Gisa Pauly

Fräulein Wunder

SYLT-SAGA

Band 1

WILHELM HEYNE VERLAG
MÜNCHEN

Penguin Random House Verlagsgruppe FSC® N001967

Originalausgabe 03/2022
Copyright © 2022 by Gisa Pauly
Copyright © 2022 dieser Ausgabe
by Wilhelm Heyne Verlag, München,
in der Penguin Random House Verlagsgruppe GmbH,
Neumarkter Str. 28, 81673 München
Printed in Germany
Umschlaggestaltung: Zero Werbeagentur, München,
unter Verwendung von © Getty Images/George Marks
und FinePic®, München

Satz: Leingärtner, Nabburg
Druck und Bindung: CPI books GmbH, Leck
ISBN: 978-3-453-42577-4

www.heyne.de

TEIL I

Juni 1959, Riekenbüren

»Bɪ – ᴋɪ – ɴɪ!« Erwartungsvoll blickte Brit ihren Vater an. Dieser jedoch setzte dieselbe Miene wie ihr Erdkundelehrer auf, der unter dieser Bezeichnung auf keinen Fall etwas anderes als eine Inselkette im Pazifischen Ozean verstehen wollte. »Mensch, Papa! Du musst doch schon mal von einem Bikini gehört haben!« Ihre Augen sprühten, hilfloser Zorn machte ihr rundes, weiches Gesicht schmal und hart. »Alle werden einen Bikini tragen, wenn wir auf Sylt sind.«

»Wenn das so ist, bleibst du zu Hause.« Edward Heflik humpelte zur Drechselbank und drehte seiner Tochter den Rücken zu, besonders breit, besonders unversöhnlich.

Im selben Augenblick wurde die Tür zur Werkstatt aufgerissen, Brits Mutter erschien auf der Schwelle mit hochrotem Gesicht, so strahlend, als hätte sie in der Lotterie gewonnen. »Sie funktioniert tatsächlich!« Wie ein Sportler einen Pokal, hielt sie eine elektrische Kaffeemühle triumphierend in die Höhe. Die war ihr von Edward zum Geburtstag geschenkt worden. »Ein Knopfdruck, und schon ist der Kaffee gemahlen.« Als sie weder von ihrer Tochter noch von ihrem Mann eine Reaktion erhielt, ließ Frida Heflik die Mühle entmutigt sinken. »Habt ihr schon wieder Streit?«

Brit schob ihre Mutter zur Seite und ging mit schnellen Schritten aus der Werkstatt. Und ob sie Streit hatten! Eigentlich hatte sie mit ihrem Vater nur noch Ärger. Er erlaubte ihr einfach gar nichts! Ständig hieß es: Was ist das für ein neumodisches Zeug? So was brauchst du nicht, das hatten wir früher auch nicht …

7

Kopflos rannte sie aus der Schreinerei, über den Hof, an dem Traktor vorbei, um den Anhänger herum, der gerade beladen wurde. Früher hatte die *Schreinerei Wunder* am Rande des Dorfes gelegen, heute stand sie mittendrin, weil Riekenbüren größer geworden war. Nur hinter dem Haus war alles so geblieben wie früher, das Land gehörte ja der Familie. Wenn sie auch nie Bauern gewesen waren, Landbesitz war immer gut. Das hatten schon die Vorfahren von Edward Heflik gewusst.

»Nun mal langsam, junge Deern«, rief Piet, der älteste Geselle, ihr nach. »Oder läuft das Fräulein Wunder schon wieder vor der Arbeit in der Küche davon?«

»Idiot«, flüsterte Brit vor sich hin. »Idiot!« Lauter wurde sie erst, als der Abstand groß genug war und niemand sie mehr hören konnte. »I – di – ot!«. Immer wieder, im Rhythmus ihrer Schritte. Wie sie es hasste, Fräulein Wunder genannt zu werden. Besonders dann, wenn der Spitzname so spöttisch gemeint war wie jetzt. Und erst recht, seit der Begriff »Fräuleinwunder« ständig in den Schlagzeilen benutzt wurde. Nur, weil die Schreinerei den Namen Wunder behalten hatte, obwohl schon seit zwei Generationen die Besitzer Heflik hießen, nachdem eine der Wunder-Frauen einen Heflik geheiratet hatte.

Der Schuppen, in dem die Gerätschaften untergestellt waren, lag nun hinter ihr, der Hof der Schreinerei lief in einer Wiese aus, die niemand brauchte. Früher hatten dort mal ein paar Ziegen gestanden, die für Ziegenkäse sorgen sollten, aber irgendwann keine Milch mehr geben wollten. Doch es fand sich niemand, der sie schlachten wollte, auch Edward Heflik nicht und seine ansonsten eher unerschrockenen Arbeiter auch nicht. »Ich schlachte kein Tier, das einen Namen hat«, hatte der Altgeselle gesagt, »und erst recht keins, das ich mal gekrault habe.« Da die drei Ziegen Rosi, Betti und Hilde hießen, hatten sie auf der Wiese stehen bleiben dürfen, bis ihnen die Beine wegknickten.

Das war dann ausgerechnet Hilde widerfahren, als sie Hassos Bollerwagen, den der Vater ihm gebaut hatte, zum Erntedankfest ziehen sollte. Die Bestürzung war sehr groß gewesen. Mittlerweile waren auch Rosi und Betti gestorben, und die Wiese war leer. Edwards Vater hatte sie vor dem Krieg gekauft, als der frühere Besitzer in finanzielle Schwierigkeiten gekommen war. Sie war von keinem großen Nutzen, seit die Ziegen weggestorben waren, erst recht nicht.

Am Ende der Wiese stand das kleine Haus, in dem die Familie Mersel zur Miete wohnte. Ganz in der Nähe stand der Wohnwagen, den sich Brit demnächst mal genauer ansehen wollte. Aber nun hatte sie keinen Blick für diese unglaubliche Neuigkeit, die sie vor ein paar Tagen noch brennend interessiert hatte. Denn offenbar wohnten darin Leute aus dem Ruhrgebiet, die auf dem Land Urlaub machen wollten. Urlaub! Was für ein Wort! Ihr Vater hatte sich darüber lustig gemacht. Kein Mensch brauchte seiner Meinung nach Urlaub, das war nur was für verwöhnte Städter. Wer auf dem Land wohnte und jeden Tag die gute Luft genießen konnte, brauchte keinen Urlaub. Urlaub war auch so was Neumodisches, das Edward Heflik aus Prinzip ablehnte. Und überhaupt … zusammengepfercht in einem winzigen Wohnwagen – das sollte Urlaub sein? Völlig verrückt. Wenn schon, dann bestand Brits Vater darauf, dass nicht von Camping sondern vom Kampieren die Rede war. Musste man denn jedes Wort dem englischen Sprachgebrauch angleichen?

Brit rannte bis zum Teich, hinter dem die Grundstücksgrenze verlief. Ein zugewucherter Zaun zeigte an, wo das Land von Bauer Jonker begann. Nein, dieses neue Wort Urlaub gab es nicht im Sprachschatz der Hefliks. Aber eine Woche Sylt – war das nicht so etwas wie Urlaub? Eine Auszeit auf jeden Fall. War es das, woran sich ihr Vater so störte? Die Zwischenprüfung der Handelsschule hatte sie bestanden, sogar mit guten Noten, sie

9

konnte sicher sein, auch die Abschlussprüfung im März zu bestehen. Grund, sich Urlaub zu gönnen? Nein, Edward Heflik fand es selbstverständlich, dass seine Tochter sich anstrengte, um eine Bildung zu bekommen, die den Frauen früherer Generationen vorenthalten geblieben war.

»Urlaub!« Sie ließ sich auf den kleinen Steg fallen, der bedenklich knirschte, zog die Sandalen aus, warf sie hinter sich und steckte die Füße ins Wasser. Eiskalt! Aber die Nordsee würde garantiert noch kälter sein.

Ihr Vater hatte gelacht, als zum ersten Mal junge Leute bei ihm erschienen und ihn baten, auf seiner Wiese ihr Zelt aufschlagen zu dürfen. Wenn sie keinen Dreck machten und ihre Notdurft dort verrichteten, wo es sonst die Ziegen getan hatten, störte es ihn nicht weiter. An einem Abend war er dann zu den drei jungen Männern gegangen, um nach dem Rechten zu sehen, und hatte von ihnen erfahren, dass dieses Campen in Mode gekommen war. Das hatte sich bis Riekenbüren noch nicht herumgesprochen. Staunend hörte Edward Heflik, dass man Geld damit machen konnte, wenn man Fremden gestattete, auf dem eigenen Grund und Boden zu kampieren, und sich gleichzeitig darüber gefreut, dass er das ungenutzte Weideland hinter seinem Haus nie verkauft hatte. Natürlich musste man dann auch einiges zur Verfügung stellen: Toiletten und Waschgelegenheiten zum Beispiel und Parkplätze, wenn die Camper mit Autos kamen und einen Wohnwagen hinter sich herzogen. »Wohnwagen?« Edward Heflik hatte gelacht, als er zum ersten Mal davon hörte. Aber dann hatte er sehr nachdenklich vor sich hin geblickt, einen ganzen Abend lang, und am nächsten Tag verkündet, dass er einen neuen Weg gefunden habe, Geld zu verdienen. »Ein zweites Standbein kann nicht schaden.«

Brit starrte in den Himmel, ohne die Vögel zu sehen, die sich einen Schlafplatz suchten, ohne zu merken, dass die Kronen der großen Bäume sich nicht mehr bewegten. Der Wind war eingeschlafen, aber ihr Zorn war noch hellwach. Über Riekenbüren entstand die Ruhe, die es nur sonntags und nach Feierabend gab. Alle Maschinen waren abgestellt worden, Stimmen waren auch nicht mehr zu hören. Nachdem ihr Vater die Gesellen nach Hause entlassen hatte, sprach er selbst auch immer ruhig und leise. Nur gelegentlich knatterte ein Motorroller, der einem jungen Arbeiter gehörte, der heimfuhr. Aber in diesem Augenblick war nichts zu hören. Nur Stille.

Eine Stille, die Brit schon seit Langem in den Ohren wehtat. Sie wünschte sich nichts sehnlicher als ein Kofferradio, das diese Stille zunichtemachen konnte. Aber diesen Geburtstagswunsch hatte ihr Vater ihr rundweg abgeschlagen. Er hielt alles für überflüssig, was es nicht auch früher schon gegeben hatte. Dass er seiner Frau eine elektrische Kaffeemühle geschenkt hatte, war ein kleines Wunder. Vielleicht sogar ein echter Liebesbeweis.

Brit hatte lange betteln müssen, bis ihr Vater die Erlaubnis für die Fahrt nach Sylt gegeben hatte. Nicht, weil kein Geld im Haus war, wie das bei einigen Klassenkameradinnen der Fall war, deren Väter im Krieg geblieben oder schwer versehrt zurückgekommen waren. Nein, sie hatten ja Glück gehabt, ihr Vater war aufgrund seiner Behinderung ausgemustert worden. Er hatte Haus und Hof über die Kriegsjahre retten können. Aber da, wo die Frauen genötigt waren, den Unterhalt für die Familie zu verdienen, ging es ärmlich zu. Frauen verdingten sich als Erntehelferinnen, als Hausmädchen, Putzhilfen, sie hatten meist nichts gelernt. Nur die Klassensprecherin in der Handelsschule hatte eine Mutter, die Goldschmiedin war. Aber ihr Geld verdiente sie dennoch als Hilfsarbeiterin in einer Fabrik, weil keiner der Juweliere im Umkreis eine Frau einstellen wollte.

Nein, der Grund für die Skepsis von Edward Heflik, wenn es um die Sylt-Reise seiner Tochter ging, war nicht das Geld. Er besaß eine gut gehende Schreinerei, die schon seit Generationen die Familie ernährte, sie waren zwar nicht reich, hatten aber nie Geldsorgen gehabt. Vielmehr verstand Edward Heflik nicht, was das Wort Erholung zu bedeuten und was es mit einer Reise an die Nordsee zu tun hatte. Außerdem gehörte es sich für eine junge Frau einfach nicht zu verreisen, selbst dann nicht, wenn es sich um eine schulische Unternehmung handelte, die unter der Aufsicht von zwei Lehrern stand. Brit konnte es immer noch nicht fassen, dass sie ihn am Ende doch umgestimmt hatte. Und sie hoffte inständig, dass das Bikini-Thema die Entscheidung ihres Vaters nicht ins Wanken gebracht hatte.

Dass er aber auch so an seinen altmodischen Ansichten hing! Und das leider nicht nur, wenn es um Urlaub und Bikinis ging. Er war der Meinung, dass Brit sehr dankbar sein sollte, dass sie eine Ausbildung auf der Handelsschule machen durfte. Schreibmaschineschreiben, Stenogramme, Buchführung, das war solide Frauensache, eine gute Grundlage für die Zukunft. Auch Brits Mutter hatte die Handelsschule besucht und konnte nun dem Vater neben der Hausarbeit noch das Büro führen. Schriftverkehr, Rechnungswesen, Telefondienst, damit konnte eine Ehefrau ihrem Mann zur Seite stehen. Denn genau dafür diente die Ausbildung – und selbstverständlich würde sie nach dem Abschluss nicht nach einer Stelle Ausschau halten, sondern nach einem Mann. Dass sich ihre Mitschülerinnen bereits mit den Zeugnissen der Zwischenprüfung auf Anstellungen bewarben, hatte als Argument nicht gegolten. Frauen, die bis zur Eheschließung berufstätig sein würden? Edward Heflik musste einsehen, dass eine neue Generation heranwuchs. Aber nicht seine Brit. Da konnte sie noch so bitten und flehen, argumentieren und begründen. Nein, sie sollte ihrer Mutter unter die Arme greifen, ihr demnächst die Büroarbeit abnehmen und später, wenn sie selbst die Frau eines Handwerksmeisters mit eigenem Betrieb war, ihren

Mann unterstützen. Manchmal kam es Brit so vor, als hätte ihr Vater schon einen Eheaspiranten ins Auge gefasst. Womöglich Enno, der älteste Sohn des Klempnermeisters im Nachbarort, der nicht einmal tanzen konnte? Oder Jens, dessen Vater eine Bauunternehmung besaß und der einmal versucht hatte, sie zu küssen? Er hatte sich derart an ihr festgesaugt, dass die Leidenschaft, die kurz in ihr aufgeflackert war, rasch in der Angst, sich nie wieder von ihm lösen zu können, untergegangen war. Beide kamen für Brit nicht infrage, aber für ihre Meinung hatte ihr Vater meistens nur eine wegwerfende Handbewegung übrig. Sie sollte erst mal älter und vernünftig werden, dann würde sie schon sehen, worauf es ankam.

Brit ließ ihre Füße im Wasser kreisen. Fünf Jahre noch bis zur Volljährigkeit! Die Eltern lachten nur, wenn sie von ihrem einundzwanzigsten Geburtstag sprach. Bis dahin würde sie vermutlich schon verheiratet, mindestens aber verlobt sein. Mit einem Mann, der in Riekenbüren oder in der Umgebung wohnte, hier arbeitete und lebte. Brit schüttelte sich. Wenn sie in Riekenbüren bleiben würde, wüsste sie sogar jetzt schon, in welchen Grabstein man ihren Namen meißeln würde. Die Gruft der Familie Heflik war groß.

Die Beine ausgestreckt, stieß sie die Hacken ins trübe Teichwasser und sorgte für einen Wirbel unter der Wasseroberfläche, den sie gern in ihr Leben übertragen hätte. Einen Alltag voller Wirbel, Aufregungen und Neuigkeiten wünschte sie sich statt des Einerleis, das sie in Riekenbüren erwartete. Wenn sie erst einundzwanzig war, würde sie aus dem Elternhaus ausziehen, so viel stand fest. Raus aus Riekenbüren und in ein Leben aufbrechen, in dem es auch Urlaub gab. Sechzehn war kein gutes Alter, das war ihr klar. Noch zu jung für ein bisschen Selbstständigkeit, aber schon zu alt für Märchen, die nicht in Erfüllung gingen. Mit sechzehn war man auch noch nicht schön genug fürs Leben. Vor allem Brit nicht. Sie war zu pummelig, Babyspeck, wie ihre Großmutter sagte. Aber die sagte auch, wenn Brit sich über ihre Pickel beklagte: »Bis zur Hochzeit ist alles wieder gut.« Immerhin, über die Anschaffung eines Büstenhalters und eines Hüfthalters war schon gesprochen worden. Während der Sylt-Woche würde sie genau hinsehen, was die anderen Mädchen trugen.

Sie drehte sich zu dem Wohnwagen um, der ohne den Borgward Arabella dastand, der ihn hierhin gezogen hatte. Wie konnte man in Riekenbüren Urlaub machen? In einem Dorf, das man gesehen hatte, wenn man einmal die Hauptstraße herauf und herunter gegangen war? In einer Umgebung, die außer Wiesen, Feldern und glotzenden Kühen nichts zu bieten hatte? Gestern hatte sie mitbekommen, wie Frau Ersting in dem Wohnwagen kochte und anschließend den Abwasch machte. Wie in einer ganz normalen Küche! Verrückt! Und abends, das hatte der Vater zu erzählen gewusst, bauten sie die Polsterbänke zu bequemen Betten um. An der See gab es sogar schon sogenannte Campingplätze, die voll waren von solchen Wohnanhängern. Dort waren auch Toiletten und Duschen für die Camper installiert. Hier, auf der Wiese der Hefliks, mussten die Erstings die Toilette der Mersels benutzen, die darüber nicht besonders erfreut waren. Aber schließlich hatten sie sich gefügt. Weil sie sich ja immer in alles fügten. Sie waren dankbar, in einem so geräumigen Haus wohnen zu können und Arbeit zu haben. Ihnen ging es hier viel besser als in der sowjetischen Besatzungszone, der sie den Rücken gekehrt hatten. Manche sagten auch schon DDR dazu.

Wenn der Borgward Arabella nicht neben dem Wohnwagen stand, waren die Erstings zu irgendeiner Besichtigung aufgebrochen. Vermutlich nach Bremen. Und vor dem Denkmal der Stadtmusikanten, das es seit ein paar Jahren gab, musste Frau Ersting sich dann in Positur stellen und sich von ihrem Mann mit der nagelneuen Agfa-Box-Kamera fotografieren lassen, mit der er gern herumprahlte.

Brits Beinbewegungen wurden langsamer. Eine unbändige Vorfreude auf ihre eigene Reise überkam sie. Erst Sylt – und dann, eines Tages, der Rest der Welt! Auf dem Schulhof hatte sie jemanden erzählen hören, der in Rimini gewesen war. Endlose Strände, wolkenloser Himmel, ein spiegelglattes Meer, immer gutes Wetter. Und die jungen Italiener waren angeblich alle gut aussehend und äußerst charmant. Brit wusste nicht genau, wo Rimini lag, aber trotzdem wusste sie, dass sie dort eines Tages Urlaub machen wollte.

Die Erstings dagegen schwärmten täglich von der herrlichen Landschaft rund um Riekenbüren, von den Wanderwegen, den klaren Bächen, denen sie gefolgt waren, den Wäldern, in denen sie sich verlaufen hatten. Sie taten dann so, als hätten sie einen Dschungel unter Lebensgefahr durchquert. Vielleicht war Urlaub nicht das, wofür man bezahlte, sondern das, was man daraus machte. Und natürlich musste es anders sein als der Alltag, den man kannte. Die Erstings kamen aus einer Gegend, die Kohlenpott genannt wurde, mit rauchenden Schloten, Kohle- und Stahlöfen und Ruß auf der Wäsche, wenn sie zu lange auf der Leine hing. Dann war es wohl schön, in einer Gegend Urlaub zu machen, die all das nicht hatte.

Angeekelt betrachtete Brit das trübe Wasser, die grünen Algen, die an ihren Füßen hängen blieben. Nein, das war nicht das blaue Wasser, von dem sie träumte. In Riekenbüren brauchte man keinen Bikini.

Was sie hier trug, war völlig gleichgültig. Ihr Kleid, das sie im Handarbeitsunterricht hatte nähen müssen und das vertrackte Ähnlichkeit mit der Kittelschürze ihrer Mutter hatte, spielte keine Rolle. Was würde sie nur dafür geben, einmal ein modisches Kleidungsstück zu besitzen! Die Hilflosigkeit, zu der sie in diesem Kaff verdammt war, tat weh, vom Kopf bis zu den Füßen und in der Mitte besonders. Aber ehe sie gezwungen war, den anderen nachzuwinken, die in den Zug nach Sylt stiegen, würde sie Zugeständnisse machen müssen, so schwer es ihr auch fiel. Dann musste eben der alte Badeanzug noch mal herhalten. Sie wollte unbedingt mit nach Sylt. Klein beigeben? Sie trat so heftig mit den Füßen, dass ihr das Wasser bis ins Gesicht spritzte. Manchmal musste es eben sein.

Juni 1959, Sylt

ARNE WURDE VON ein paar jungen Mädchen mit ausdrucksvollen Blicken bedacht. Er kannte das. Groß und schlank wie er war, mit dichten kurzen Haaren, einem schmalen, sympathischen Gesicht und hellblauen Augen fiel er häufig auf. Aber meist hielt er es so wie in diesem Moment, er sah über das verführerische Lächeln der interessierten jungen Damen hinweg. Er mochte es nicht, wenn er so unverhohlen angehimmelt wurde. Er stellte seinen Koffer ab und blickte am *Hotel Miramar* hoch. Eins von den Häusern, die heute noch so aussahen wie vor Jahren, als hätten sie sich dem Fortschritt verschlossen und wollten nichts von Modernisierungen wissen. Arne schien es so, als wäre sogar der Portier, der am Eingang stand, noch derselbe wie damals. Er sah ihn fragend an, aber Arne wich seinem Blick aus, hob den Koffer wieder an und ging weiter. Aufs Meer zu. An der Promenade klemmte er seinen Koffer zwischen die Beine und zündete sich eine Zigarette an. Eigentlich rauchte er gar nicht gern, aber zum Erwachsenwerden gehörte es einfach dazu, den Rauch einer Zigarette wegzublasen, als täte man das schon jahrelang. Tief sog er die kühle Brise ein, die ihm entgegenwehte, und drückte die Zigarette wieder aus. Das Meer lag ruhig da, die Wellen schwappten träge ans Ufer, zu kraftlos zum Auslaufen, ohne Gischt, ohne Schaumkronen. Schade eigentlich. Arne mochte es, wenn die See aufgewühlt war, wenn die Brandung an den Strand donnerte, wenn sie zischte, während sie auslief. Heute kam sie den vielen Sandburgen nicht nahe, mit denen die Strandkörbe eingefasst

17

waren. Er grinste, als er einen Mann in den Fünfzigern dabei beobachtete, wie er die Burgeinfassung mit der kleinen Plastikgießkanne seiner Kinder besprengte, damit die Türme feucht und in Form blieben.

Es schien eine Tradition auf Sylt zu sein. Das Mindeste, was sich ein Familienvater, der auf Sylt Urlaub machte, vorzunehmen hatte, war ein zwanzig bis dreißig Zentimeter hoher Wall, gekrönt von Sandkuchen, Muscheln und Seetang. Wer das Territorium noch in Muschelschrift mit dem Namen der Herkunftsstadt oder gar mit deren Wappen vor dem Eingang verzierte, der bekam Respekt. Der Eingang, das war die vordere Seite des Strandkorbs, dort, wo der Strandburgherr mit seinem Strandburgfräulein saß, das auch noch so genannt wurde, wenn es an die sechzig und übergewichtig war.

Arne wandte sich lächelnd ab. Er kannte die Gesetze des Strandlebens. Einmal im Jahr war sein Vater zu einem echten Vater geworden, wie ihn auch andere Kinder hatten. Einer, der mit ihm an der Wasserkante Burgen baute, dazwischen Kanäle grub und natürlich den Wall um den Strandkorb anlegte. Er musste höher sein als alle anderen, reicher geschmückt und während der Stunden am Strand gewissenhaft im Auge behalten werden, damit der Sand nicht trocknete und herunterrieselte. Vor sechs Jahren dann zum letzten Mal. Damals hatte sein Vater gesagt: »Schluss mit den Kindereien, du wirst jetzt erwachsen, mein Sohn.«

Da war Arne vierzehn Jahre alt, so alt wie die Pagen, die Kochlehrlinge und Zimmermädchen, die im Hotel seines Vaters ihre Arbeit oder Ausbildung begannen. Also war auch für ihn Schluss mit den unbeschwerten Spielen. Er blieb natürlich am Gymnasium, aber er war nun kein Kind mehr. Der jährliche Urlaub auf Sylt wurde gestrichen. Die besonderen Stunden mit seinem Vater auch. Vorbei das Sandburgenbauen! Knut Augustin war nun der Vater eines Heranwachsenden. Von da an fuhren sie nach Baden-Baden oder Bayreuth, damit er in die Gesellschaft eingeführt wurde und die richtigen Leute kennenlernte, wie sein Vater es nannte.

Arne stand an der Mauer der Kurpromenade unterhalb des *Hotels Miramar* und wunderte sich darüber, welche Kraft die Erinnerungen hatten. Er sah seinen Vater in einer Badehose, mit einem Strohhut auf dem Kopf, wie er abwinkte, wenn das Kindermädchen Arne auf den Arm nehmen wollte. »Das mache ich selbst.« Höchstpersönlich hatte er Arne ins *Miramar* getragen und sich nicht um die Sandspuren gekümmert, die er dort im Foyer hinterließ. Das war Sache des Kindermädchens gewesen.

Arne spürte noch die raue Wange seines Vaters an seiner, schlecht rasiert, was sonst nie vorkam, die kräftigen Hände, die ihn unerschütterlich hielten, und die barschen Worte ans Hotelpersonal, von dem er sich nicht helfen lassen wollte. Ein Vater, der stark war. Der mit seiner dröhnenden Stimme, den Maßanzügen in Übergröße, der schweren goldenen Uhrkette und den dicken Zigarren seine Hotels repräsentierte. Wieder einmal fragte sich Arne, ob er selbst wirklich auch so werden musste.

Mit schweren Schritten ging Arne zurück zum Hotel. Der Portier war nun sicher, dass er sich nicht geirrt hatte. »Bitte, mein Herr!« Mit einer leichten Verbeugung öffnete er die Tür.

Arne reagierte nicht auf seine einladende Geste. »Haben Sie keinen Dienstboteneingang?«

Der Portier begann zu stottern. Natürlich gäbe es einen für das Personal, direkt um die Ecke, aber er habe gedacht …

Arne ließ ihn nicht zu Ende haspeln, nahm energisch seinen Koffer und ging ums Haus herum. Kaum war er die paar Stufen zum Souterrain hinabgestiegen, wusste er, dass sein Versuch, hier inkognito zu bleiben, zwecklos war.

»Was ist denn das für ein feiner Pinkel?«

»Seht euch den schnieken Lederkoffer an.«

»Und den Haarschnitt. Hast du was mit einer Friseuse am Laufen?«

Juni 1959, Riekenbüren

HINTER DEM ZAUN von Bauer Jonker tat sich was. Geraschel, knickende Zweige und leises Kichern. Brit verhielt sich mucksmäuschenstill. Das mussten Hasso und Marga Jonker sein. Sie ahnte es ja schon lange: Ihr Bruder war in die Nachbarstochter verliebt. Beim letzten Scheunenball hatte er mit ihr viel öfter getanzt als mit allen anderen.

Hasso hatte davon nichts hören wollen. »Die hat sich mir an den Hals geschmissen. Eins sage ich dir – wenn du verrückt nach einem Jungen bist, lass es ihn nicht merken.«

Brit hatte einmal gelauscht, als die Eltern über Marga Jonker sprachen. Sie sei genau die Richtige für Hasso. Solide und bodenständig, kein Mädchen, das auf Firlefanz aus war. Was ihr Vater unter Firlefanz verstand, wusste Brit: hoch toupierte statt streng gescheitelte Haare, Petticoats oder Caprihosen statt knielange Röcke und Elvis Presley statt Rudolf Schock. Ob Marga wirklich gern auf all das verzichtete, was unter Gleichaltrigen als neumodisch galt und zu Edward Hefliks Empörung mit dem englischen Ausdruck »up to date« bezeichnet wurde? Oder war es ihr, wie Brit, von ihren Eltern verboten worden? Vielleicht Letzteres, denn wenn sie die einsetzende Dämmerung nutzte, um ungesehen mit ihrem Bruder zu knutschen, war Marga vielleicht doch nicht so gesittet und sterbenslangweilig, wie sie tat.

Brit lauschte auf die vertrauten Geräusche des Abends. Das ferne Lachen der heimkehrenden Arbeiter, quietschende Stalltüren, klappernde Eimer, blökende Schafe und das Geraschel im Gras waren erst zu hören, wenn der Tag nicht mehr rief und schrie, die Motoren nicht mehr brüllten und die Sägen in der Werkstatt nicht mehr kreischten. Dann war ein Flüstern hinterm Zaun zu hören, Rascheln von Kleidung, abwehrende Worte, hastiges Drängen, dann wieder leises Kichern und Seufzen im Gebüsch.

Brit setzte sich auf und zog die Beine an. Vorsichtig ließ sie den Körper erst nach rechts, dann auf die Knie fallen und erhob sich langsam und geräuschlos. Als der Steg nicht mehr unter ihr knarrte, fühlte sie sich sicher. Niemand würde sie bemerken. Sie brauchte nur wenige Schritte, um zu sehen, was geschah. Das Gesicht ihres Bruders stand im letzten Licht des Abends. Sie sah den konzentrierten Ausdruck darin, schließlich die Anstrengung und den Schweiß, der sich auf seiner Stirn bildete, dann das Verzerrte, als litte er Schmerzen, bis sich Entspannung auf seinem Gesicht breitmachte.

Brit hatte ihn einmal gefragt, was sie ihre Eltern unmöglich fragen konnte, und er hatte geantwortet, sie solle sich die Tiere angucken. »Schweine und Kühe machen es genauso.«

Das hatte sie getan, doch erst durch das Getuschel anderer Mädchen hatte sie wirklich erfahren, was sie wissen wollte. Die Entspannung, das Lächeln, das lang anhaltende Glück auf seinem Gesicht war natürlich weder beim Eber noch beim Ochsen zu erkennen gewesen, aber ansonsten stimmte, was Hasso ihr gesagt hatte. Das Mädchen, das bäuchlings vor ihm auf einem Baumstumpf gelegen hatte, erhob sich und richtete lächelnd seine Kleidung. Die beiden umarmten sich, er murmelte ihr etwas ins Haar, sie seufzte tief. So musste Liebe sein. Komisch nur, dass Hasso bis jetzt stets einen Hehl daraus machte, in wen er verliebt war, dass er überhaupt verliebt war. Brit verstand es erst, als sich das Mädchen von Hasso löste und sich abwandte. Sie ging nicht zum Haus zurück, sie schlich am Zaun entlang, bis zu der Stelle, wo er von den Jonker-Kindern schon vor Jahren niedergetreten worden war, damit sie Zugang zum Teich der Hefliks hatten. Das Mädchen stieg darüber, drehte sich noch einmal um, winkte Hasso zu und verschwand. Halina Mersel! Die Tochter der Flüchtlinge.

Brit drückte sich ins Gebüsch, als ihr Bruder an ihr vorbeiging. Sie sah ihm nach, beobachtete, wie sein Gang zunächst unsicher, seine Haltung gebeugt war, wie er dann aber zügig ausschritt, den Kopf zurückwarf und sich durch die Haare fuhr, als könnte er damit abstreifen, was er getan hatte.

Brit folgte ihm langsam. Ihr Vater würde niemals akzeptieren, dass Hasso die Tochter von Handlangern liebte, die mit leeren Händen aus der Sowjetunion gekommen waren und bei ihm Unterschlupf gefunden hatten. Aber vielleicht liebte Hasso sie ja gar nicht? Vielleicht war es bei ihm so, wie die Mutter es häufig mit düsterer Stimme verkündete: Männer wollten immer nur das Eine, und wenn sie es hatten, waren sie an dem Mädchen, das sich weggegeben hatte, nicht mehr interessiert. Wenn Brit gefragt hatte, was sie damit meinte, war sie nur vielsagend angeblickt worden. Es reiche, wenn sie sich diesen Satz merke ...

Edward Heflik kam seinem Sohn entgegen, humpelnd, mit einem kräftigen und einem dünnen, lahmen Bein. Kinderlähmung hatte er gehabt, in einem Alter, in dem man schon fast erwachsen war. Ein gut aussehender junger Mann war er gewesen, kräftig und sportlich. Seine dichten dunklen Haare wellten sich, seine hellgrauen Augen, das scharfkantige Profil, die schmale Nase und die geschwungene Oberlippe gaben seinem Gesicht etwas Distinguiertes. Er war in jungen Jahren häufig mit Hans Söhnker verglichen worden, dem beliebten Schauspieler, der als Frauenschwarm galt. Edward Heflik war ein Mädchenschwarm gewesen. Genau so erzählte es Brits Mutter. Frida war eine seiner Klassenkameradinnen gewesen, sie zeigte ihm nie, dass sie in ihn verliebt war. Sie war die graue Maus der Klasse gewesen. Alles an ihr war fahl, ihre aschblonden dünnen Haare, ihre verwaschenen Augen, nicht grau und nicht blau und immer so, als wollten sie überlaufen, das pickelige Gesicht, in das sie schon die ersten Aknenarben gekratzt hatte, ihre Figur mit dem verschwindend kleinen Busen, dem viel zu dicken Hintern und den Beinen, die ihre Mitschüler erbarmungslos Sauerkrautstampfer genannt hatten. Natürlich hatte der flotte Edward Heflik ihr nie einen Blick gegönnt. Das änderte sich erst, als er der arme kranke Edward Heflik geworden war, der Krüppel, der zusehen musste, wie seine gleichaltrigen Kameraden in den Krieg zogen, Ruhm und Ehre erlangten oder den Heldentod sterben durften.

»Wo warst du?«, herrschte er Hasso an. »Ich habe dich gesucht.«

Ehe Hasso antworten konnte, stellte sich Brit ihrem Bruder an die Seite, mit den Schuhen in den Händen. »Am Teich.« Sie zeigte auf die Füße ihres Bruders. »Hasso ist immer noch wasserscheu.«

Die Augen ihres Bruders wurden groß, sein Mund blieb offen stehen. Er blickte seine Schwester an, als hätte sie etwas Unanständiges gesagt.

Edward Heflik schien mit der Auskunft zufrieden zu sein. Er drehte sich um und ging zum Wohnhaus zurück in der sicheren Erwartung, dass sein Sohn ihm folgte.

In dem Moment kam Alfons Mersel, Halinas Vater, auf den Hof. »Kann ich Sie etwas fragen?«

Edward Heflik reagierte ungehalten. »Was ist los?«

Mersel sah Brit und Hasso an, als würde er das Gespräch lieber mit ihrem Vater allein führen. Aber dann gab er sich einen Ruck. »Es geht um meine Tochter. Halina … Sie braucht Arbeit.«

Edward Heflik runzelte die Stirn. »Ich dachte, sie hat eine Stelle bei dem Imbiss am Bahnhof.«

»Es gefällt ihr dort nicht. Die Arbeitszeiten … Sie muss oft spätabends arbeiten. Am Bahnhof treibt sich allerlei Gesindel herum.«

»Tja.« Edward Heflik zuckte mit den Achseln. »Und wie kann ich ihr helfen?«

»Könnte sie nicht bei Ihnen arbeiten? Als Putzfrau?«

»Ich brauche keine Putzfrau.«

Brit sah ihren Bruder an, der auf einen Punkt vor seinen Füßen starrte. Sie bückte sich, um ihre Schuhe wieder anzuziehen, und öffnete dabei schnell und flink den Schnürsenkel seiner Schuhe. Ein altes Spiel, mit dem sie ihren Bruder als kleines Mädchen oft geärgert hatte.

Hasso sah sie an, als würde er ihr gern zur Strafe die Zöpfe abschneiden, wie er es ihr früher oft angedroht hatte, dann aber knotete er sich die Schuhe geduldig wieder zu und gab ihr, als er sich erhob, mit einem Zwinkern zu verstehen, dass er sie als Komplizin akzeptierte.

»Ich denke darüber nach, auf der Wiese einen Campingplatz zu errichten«, brummte Brits Vater. »Natürlich mit einem Haus für Toiletten, Wasch- und Duschanlagen. Da könnte Ihre Tochter beschäftigt werden.«

»Als Toilettenfrau?« Alfons Mersel, der sonst immer so unterwürfig war, begehrte zum ersten Mal auf.

Edward Heflik zuckte mit den Achseln. »Sie kann es sich ja überlegen. Wir leben mittlerweile in einer Zeit der Vollbeschäftigung. Es wird vom Wirtschaftswunder geredet. Da kann es für eine junge gesunde Frau doch nicht schwer sein, Arbeit zu finden, die ihr gefällt.« Er griff nach dem Arm seines Sohnes und zog ihn mit sich, ohne weiter auf Alfons Mersel zu achten.

Brit blieb zurück, folgte Hasso und ihrem Vater nur langsam und sah sich schließlich um. Alfons Mersel verschwand mit gesenktem Kopf in der Dunkelheit. Er tat ihr leid. Was mochte in Hasso vorgehen, wenn er sah, wie Halinas Vater gedemütigt wurde? Aber ... vielleicht liebte er Halina ja gar nicht. Vielleicht hatte er nur das Eine gewollt.

Juni 1959, Sylt

ARNE NAHM SEINEN KOFFER auf und ärgerte sich, dass er sich für diese Reise keinen Seesack besorgt hatte. Was für eine dumme Idee, hier mit einem Lederkoffer aufzukreuzen! Der Personalchef hatte natürlich einen anerkennenden Blick darauf geworfen. Er wusste, wessen Sohn Arne war, und fand es völlig normal, dass er mit teurem Gepäck reiste, so wie die gut betuchten Gäste des Hotels. Deswegen begrüßte er Arne auch persönlich, ließ einfließen, dass er ein sehr angenehmes Telefonat mit seinem Vater geführt habe und dass es für das *Miramar* eine Ehre sei, den Sohn von Knut Augustin ins Hotelfach einzuführen. Selbstverständlich durfte er sich auch Zeit lassen, sein Quartier aufzusuchen, und sich erst mal bei seiner Verwandten einrichten, ehe er am nächsten Tag mit dem Dienst begann.

Arne ging Richtung Süden und hoffte, dass er sich nicht verirrte. Solange er am Strand entlanggehen konnte, war er sicher, wenigstens in die richtige Richtung zu laufen. Aber dann wurden seine Erinnerungen unscharf. Es war schon sechs Jahre her, dass er Tante Ava zum letzten Mal besucht hatte. Jedes Jahr, wenn er mit seinem Vater Urlaub auf Sylt machte, war er zu ihr gegangen. Und einmal während der Ferienwochen hatte sein Vater die Cousine seiner verstorbenen Frau zum Essen ins *Miramar* eingeladen. Pflichtschuldigst. Und jedes Mal mit dem Seufzer: »Hoffentlich benimmt sie sich anständig.«

Natürlich hatte sie sich jedes Mal anständig benommen. Sie war ja in denselben Verhältnissen aufgewachsen wie Arnes Mutter.

Als hätte sie mit der unpassenden Ehe und dem Verstoß aus dem Elternhaus gleichzeitig sämtliche Manieren verloren!

Als die St.-Christophorus-Kirche in Sicht kam, verließ er die Wasserkante und ging auf dem Stranddistelweg weiter. Er hatte gehört, dass die kleine Kirche in der Neuen Straße Anfang des Jahres abgerissen worden war. Schon vor zwei Jahren war als Ersatz dafür mit dem Bau der Kirche neben dem Friedhof der Heimatlosen begonnen worden. Sie war nach dem Heiligen Christophorus benannt worden, dem Schutzpatron der Reisenden, eine freundliche Verneigung der Insel an ihre Feriengäste. Arne hatte in einer Zeitschrift gelesen, dass die Architektur dieser Kirche zukunftsweisend sei. Eine sehr außergewöhnliche Bauart! Tante Ava hatte geschrieben, er solle nach dem Turm Ausschau halten, dann könne er ihr kleines Haus am Bundiswung nicht verfehlen.

Vor der Kirche stellte er seinen Koffer ab und betrachtete sie, damit niemand erkannte, dass er eine Pause brauchte, weil ihm der Koffer zu schwer geworden war.

Prompt stellte sich ein Mann mit einer Kamera neben ihn. »Eine Voigtländer«, erklärte er und beriet mit Arne, dem es nicht gelang, sich zu entziehen, wie er am besten die ganze Kirche und vielleicht sogar noch die Wolkenformation über dem Turm mit einem einzigen Foto aufnehmen könne. »Die Entwicklung der Bilder kostet ja.«

Als es gelungen schien, setzte Arne seinen Weg fort. Er würde ihn demnächst jeden Morgen und jeden Abend gehen müssen, auch bei Regen und Sturm. Sein Vater hatte gesagt: »Es wird Zeit, dass du dir mal einen anderen Wind um die Nase wehen lässt, mein Sohn. Sei froh, dass du einen Namen hast, der im *Miramar* bekannt ist. Ein paar Privilegien sind dir also sicher.«

Da war etwas in ihm aufgestiegen, was wohl auch Tante Avas Lebensweg bestimmt hatte: kindlicher Trotz und der Wunsch zu beweisen, dass er mehr Kraft besaß, als ihm zugetraut wurde.

Der Personalchef des *Miramar* hatte ihn verblüfft angesehen. »Ist das Ihr Ernst?«

Arne hatte genickt. »Die Lehrlinge werden doch sowieso mit ihren Vornamen angesprochen, oder? Da kann es kein Problem sein, wenn mein Nachname unter den Tisch fällt. Oder vielmehr ... wenn ich meinen Kollegen einen anderen nenne. Meine Tante, bei der ich wohne, heißt Ava Düseler. Ich werde mich Arne Düseler nennen.«

»Düseler?«, hatte der Personalchef wiederholt und Arne angesehen, als hielte er ihm einen schmutzigen Socken entgegen.

»Ich will keine Sonderbehandlung«, hatte Arne noch einmal erklärt.

Das Haus der Tante, eine Cousine seiner verstorbenen Mutter, war nicht schwer zu finden. Es war das kleinste Haus, das ungepflegteste, das ärmlichste. Arne blieb eine Weile am Zaun stehen und betrachtete es. Tante Avas Liebe zu dem Sylter Matrosen musste groß gewesen sein, wenn sie das komfortable Leben in Hamburg für dieses karge Dasein aufgegeben hatte. Sein Vater hatte ihm nicht viel erzählen können, nur, dass Ava sich in einen Sylter Seemann verliebt hatte und nicht davon abzubringen gewesen war, ihm auf seine Insel zu folgen. Von den Eltern war sie daraufhin verstoßen und enterbt worden, niemand wollte mehr etwas mit ihr, der Frau eines einfachen Matrosen, zu tun haben. Nicht einmal, als Tante Avas Mann nach nur kurzer Ehe auf See blieb und seine Frau mittellos zurückließ. Knut Augustin hatte vermutet, dass Ava wieder in den Schoß der Familie aufgenommen worden wäre, wenn sie ihren Stolz vergessen, ihren schweren Fehler eingesehen und die Eltern gebeten hätte, zurückkehren zu dürfen. Aber dazu war Ava Düseler nicht bereit gewesen. Und damit war sie ganz allmählich vergessen worden. Knut Augustin war der Einzige, der ihr einmal im Jahr einen Besuch abstattete, da er regelmäßig mit seinem Sohn auf die Insel kam. Er hielt es für ungehörig, in Avas Nähe Urlaub zu machen und ihr die kalte Schulter zu zeigen. Und das wegen eines Familienstreits, mit dem er selbst nie etwas zu tun gehabt hatte. In den ersten Jahren waren Vater und Sohn nach ihrer Rückkehr von den anderen Verwandten stets mit Fragen überhäuft worden. Wie es Ava ginge, wie sie aussah, unter welchen Umständen sie lebte, ob sie an eine zweite Ehe dächte … Aber die Fragen waren von Jahr zu Jahr oberflächlicher und seltener geworden und schließlich ganz ausgeblieben. Tante Ava war für die Familie gestorben.

Das Gartentor quietschte, als Arne es öffnete, es hing schief in den rostigen Angeln. Der kurze Weg zur Haustür war voller Stolperfallen, herausgebrochene Steine, Bodensenken, die sich unbemerkt oder unbeachtet immer tiefer eingegraben hatten.

Arne suchte vergeblich nach einer Klingel oder einem Klopfer. Er pochte an die Tür, einmal, zweimal, dann endlich wurde er gehört, Schritte kamen auf die Tür zu. Als er Tante Ava gegenüberstand, fiel ihm ein, was er als Vierzehnjähriger schon empfunden, aber nicht in Worte hatte kleiden können. Erstaunlich, dass eine so leidenschaftslose Frau wie Ava Düseler für eine Leidenschaft auf Komfort und Bequemlichkeit verzichtet hatte.

Sie begrüßte ihn wie einen Nachbarn, den sie täglich sah, oder den Briefträger, der die Post an der Tür abgab, weil in ihrem Briefkasten wegen seltener Benutzung ein Schwalbenpaar nistete. »Komm rein.« Sie streckte ihm die Hand hin und wischte sie anschließend an ihrer Schürze ab, als hätte sie vergessen, es vorher zu tun und wollte es nachholen. »Gut siehst du aus.«

Arne sah an sich herab. Ava Düseler konnte vermutlich erkennen, wie teuer seine Jacke und wie edel das Leder seiner Schuhe war. Hoffentlich fiel das den anderen Kellnern im *Miramar* nicht auf.

Sie war klein und dünn, hatte schütteres graues Haar, das sie im Nacken zu einem mageren Knoten geschlungen hatte. Alles an ihr war farblos, die Haut, ihre Augen, die Kleidung und ihre Haare. Sogar ihr Lächeln war fahl. Aber mit einem Mal stieg so etwas wie Herzlichkeit in ihre Züge. Sie wuschelte seine kurzen blonden Haare und lächelte. »Ein hübscher Kerl bist du geworden. Bestimmt liegen dir die Frauen zu Füßen. Hast du eine Freundin?«

Er schüttelte den Kopf. »Nichts Festes.«

»Auf Sylt hast du die große Auswahl. Guck dich im *Miramar* um, da hast du die gute Gesellschaft vor Augen.«

»Ich arbeite dort als Page, Tante Ava, nicht in der Geschäftsführung.«

Sie ging vor ihm die Treppe hinauf in eine winzige Kammer, in der ein Bett, ein kleiner Tisch und ein Stuhl standen. Für einen Schrank war kein Platz mehr gewesen. Tante Ava zeigte auf ein Stück Tau, das sie von einer Zimmerecke zur nächsten gespannt hatte. »Ich hoffe, das reicht für deine Kledage. Du wirst ja wohl keinen Frack dabeihaben.« Sie ging zur Tür und sah sich noch einmal um. »Wenn du dich eingerichtet hast, kannst du runterkommen. Ich koche uns einen Tee.«

HASSO HALF IHR DABEI, den Schlafsack zusammenzurollen und ihn auf den Rucksack zu schnallen. »Pass auf dich auf, Kleine. Auf Sylt soll richtig was los sein. Reiche Kerle mit dicken Autos. Und überall Hasch und Sex.«

Brit legte ihm die flache Hand auf den Mund. »Halt die Klappe. Sonst lässt Papa mich doch nicht mitfahren.«

Hasso lachte. »Eure Lehrer werden schon gut auf euch aufpassen.«

Der Abend, an dem Brit auf das Geheimnis ihres Bruders gekommen war, hatte viel verändert. Bisher schienen die drei Jahre, die sie trennten, unüberbrückbar zu sein. Hasso wusste alles besser, er war seiner kleinen Schwester haushoch überlegen, schien die Geheimnisse des Lebens zu kennen, nach denen Brit noch vorsichtig tastete, und lachte sie aus, wenn ihr dabei etwas in die Finger kam, was er längst beiseitegeschoben hatte und Mädchenkram nannte. Seit sie wusste, was hinter dem Teich geschehen war, hatte Hasso sie als Verbündete akzeptiert. Es war das erste Mal, dass er auf Augenhöhe mit ihr sprach.

»Freunde von mir waren auch mal mit dem Zelt auf Dikjen Deel. War schön, haben sie gesagt. Ein großer Zeltplatz, und der Strand ist ganz nah.« Er begutachtete Brits Rucksack und zog alle Gurte noch einmal fest. »Was werdet ihr unternehmen? Außer am Strand liegen und euch einen Sonnenbrand holen?«

»Einen Ausflug von Hörnum nach Föhr. Auf der *Wappen von Hamburg*. Hoffentlich werde ich nicht seekrank.«

»Wird schon gut gehen.«

»Eine Wattwanderung ist auch geplant.«

»Super! Da hätte ich ja glatt Lust mitzufahren.« Brit kicherte. »Die Mädchen in meiner Klasse würden überschnappen.«

Ihr Vater hatte sich ausbedungen, ihr Gepäck zu kontrollieren, damit sie nicht viel überflüssiges Zeug mitschleppte und Wichtiges vergaß. Brit schulterte ihren Rucksack und ging über den Hof auf den rückwärtigen Eingang der Schreinerei zu. Die Tür stand offen, die Stimmen der Gesellen waren zu hören und die Geräusche, mit denen Brit aufgewachsen war. Hämmern, Klopfen und das Kreischen der Säge.

Edward Heflik stand neben dem Tisch, den er sein Büro nannte. Darauf stand ein Telefon, daneben lagen irgendwelche Papiere, Lieferscheine, Stundenzettel, Briefe von Zulieferern. Alles andere brachte Edward Heflik am Abend in die Küche, wo es in eine Schublade wanderte, bis Frida Heflik sich der Sachen annahm. Sie stellte dann die Schreibmaschine auf den Küchentisch und erledigte den Schriftverkehr. Und einmal im Monat wurden die T-Konten-Blätter dazugelegt, dann wurde gebucht. An diesen Abenden ließ sich Frida Heflik nicht gern stören. Ihre Miene war dann bedeutungsvoll, man sah ihr an, wie sehr sie diese Arbeit neben all dem Kochen, Putzen und Waschen genoss.

Alfons Mersel stand dicht neben Brits Vater, damit er trotz des Lärms in der Schreinerei gehört wurde. »Die Sache mit dem Campingplatz ist eine großartige Idee«, sagte er. »Ich habe gehört, dass es demnächst viele Wohnwagen geben wird, für die Campingplätze gebraucht werden. In schöner Gegend.« Er wies zu der offenen Tür. »Hier ist eine schöne Gegend.«

Brits Vater sah ungeduldig aus. Er verlagerte das Körpergewicht auf sein gesundes Bein, es tat ihm nicht gut, lange auf einem Fleck zu stehen. »Nun sagen Sie schon, was Sie wollen.«

»Wenn Sie auf der Wiese vor unserem Haus … vor dem Haus, das Sie uns vermietet haben, einen Campingplatz einrichten wollen, könnten wir drei, meine Frau, Halina und ich, den Platz versorgen. Ich mache alle Arbeiten, die anfallen, den Platz sauber halten, auf Ruhe und Ordnung achten, die Standplätze verteilen, Reparaturen durchführen. Meine Frau würde die Toiletten und Waschräume putzen, damit alles schön sauber ist. Und Halina könnte die Kasse übernehmen. Und einen kleinen Kiosk führen, damit die Camper sich was zu essen und am Abend Getränke kaufen können.«

Edward Heflik sah so aus, als nehme er Alfons Mersel zum ersten Mal ernst. »Keine schlechte Idee«, brummte er. »Ich kümmere mich um die Genehmigungen, und Sie fragen mal nach, welche Kündigungszeiten Sie haben.«

Alfons Mersel war direkt nach seiner Flucht aus der Sowjetunion in der Zigarettenfabrik angestellt worden, in der viele Riekenbürener beschäftigt waren, die weder in der Landwirtschaft noch in den ortsansässigen Handwerksbetrieben Arbeit finden wollten oder konnten. Die Zigarettenfabrik zahlte besser, und sie bot Aufstiegschancen, von denen ein Landarbeiter oder Handwerksgeselle nur träumen konnte. Außerdem hatten dort viele Kriegsversehrte Arbeit bekommen, die am Fließband noch zu gebrauchen waren, aber auf einem Bauernhof oder in einem Handwerksbetrieb nicht mehr einzusetzen waren. Doch alle, die dort arbeiteten, stöhnten über den weiten Weg, den sie am frühen Morgen, auch bei Eis und Kälte, mit dem Fahrrad zurücklegen mussten, über die ungünstigen Arbeitszeiten, sodass sie oft erst spät, bei Dunkelheit, zurückkehrten. Fein raus waren nur die jungen ledigen Männer, die sich ein Auto leisteten, und wenn es nur ein Messerschmitt-Kabinenroller war. Sie kamen jedenfalls warm und trocken in der Fabrik an und waren durchaus geneigt, einen Kollegen gegen entsprechende Beteiligung am Sprit mitzunehmen.

»Drei Monate«, kam es wie aus der Pistole geschossen zurück. »Meine Kündigungsfrist beträgt drei Monate. Ich würde gern selbstständiger arbeiten. In der Zigarettenfabrik ist es immer dasselbe, Tag für Tag, und um mich herum nur Kriegsveteranen, die von der russischen Gefangenschaft reden.« Alfons Mersel zog sich zur Tür zurück und suchte nach einem eleganten Abgang, um einerseits Dankbarkeit zu zeigen, dass seine Bitte nicht abgeschlagen worden war, und andererseits durch eine aufrechte Haltung zu beweisen, dass er für eine selbstständige Tätigkeit genau der Richtige war. »Neben mir arbeitet sogar ein Kriegsblinder, daran sieht man, wie anspruchslos die Arbeit ist.« Er warf einen Blick zu dem dünnen, lahmen Bein Edward Hefliks, das unter der weiten Zimmermannshose kaum zu sehen war. »Seien Sie froh, dass Sie nicht in den Krieg mussten. Wer weiß, ob Sie noch lebten.«

Das war genau der falsche Satz. Brit wusste, dass Alfons Mersel sich damit um viele Chancen gebracht hatte. Edward Heflik auf die Folgen der Kinderlähmung anzusprechen war absolut fahrlässig. Ihm einzureden, er habe Glück im Unglück gehabt, war für die Beziehung zu ihm tödlich. Edward Heflik hatte nichts lieber gewollt, als in den Krieg zu ziehen, hatte gelitten wie ein Hund, als seine Freunde in den Zug stiegen und siegessicher zurückwinkten, hatte auch bei keiner Todesnachricht Dankbarkeit verspürt, und nicht einmal, als sein bester Freund in den letzten Kriegstagen fiel, war er froh gewesen, weil ihm ein solches Schicksal erspart geblieben war. Und der Kriegsveteran aus dem Nachbardorf, der in Frankreich ein Bein verloren hatte, war nie wieder zum Bier eingeladen worden, nachdem er seine Behinderung lachend mit Edward Hefliks verglichen hatte. »Wir humpeln nun beide durchs Leben. Aber dir ist wenigstens erspart geblieben, im Lazarett ohne Betäubung amputiert zu werden.«

Brit schob sich schnell vor Alfons Mersel, bevor Edward etwas erwidern konnte, legte ihren Rucksack auf den Tisch und bat ihren Vater, seinen Inhalt zu kontrollieren. Aber sie wusste natürlich, dass es zu spät war. Alfons Mersels Worte waren nicht mehr aus der Welt zu schaffen.

Juni 1959, Hamburg

KNUT AUGUSTIN WAR ein großer, stattlicher Mann. Das Blond seiner Haare war mittlerweile in einem schmuddeligen Grau untergegangen, nur der Kinnbart zeigte noch, dass er in jungen Jahren wie ein Wikinger dahergekommen war. Damals war er kräftig und muskulös gewesen, jetzt spannte sich seine Weste über einem Bauch, der bei Männern seines Alters neuerdings gern Wohlstandsbäuchlein genannt wurde. So etwas wäre Knut Augustin jedoch nie über die Lippen gekommen. Man prahlte nicht mit seinem Wohlstand, auch nicht mit Scherzworten, allenfalls zeigte man ihn. Die dicke Uhrkette, die zu einer eleganten Uhr in seiner Westentasche führte, bewies, dass er bereits am Wirtschaftswunder partizipierte, seine Kleidung war teuer, sein Gebaren großzügig.

Er hatte sich mit seinem alten Freund Robert König in dessen Café an der Alster getroffen. Das taten sie regelmäßig. Beide gehörten nicht zu denen, die sich gern in verräucherten Kneipen an die Theke setzten und so lange Bier und Schnaps konsumierten, bis sie nicht mehr ohne Hilfe nach Hause kamen.

Sie waren sich sehr ähnlich, Knut Augustin und Robert König, wenn Letzterer auch optisch das Gegenteil seines Freundes war. Er war klein und von schmaler Statur, trug mit Vorliebe Cordanzüge und besonders gern diejenigen, die schon uralt und ausgebeult waren. Seine Hemden und Krawatten waren jedoch vom Feinsten, und auch seinen Schuhen sah man an, dass sie sehr teuer gewesen waren. Seine Frau war ebenfalls klein und zierlich gewesen, für Robert ein großes Glück, denn er hatte schon geglaubt, unverheiratet bleiben zu müssen, weil sich keine Frau fand, die auf ihn herabblicken oder beim Tanzen seine Nase in ihrem Dekolleté haben wollte. Dennoch war seine Ehe nicht etwa eine Zweckgemeinschaft, sondern eine Liebesheirat gewesen. Auch da ähnelten sich die beiden. Knut Augustin hatte ebenfalls aus Liebe geheiratet, wenn auch oft getuschelt wurde, dass er mit seiner Ehe geschäftlich das große Los gezogen hatte. Zu dem Hotel, das seine Großeltern in Hamburg aufgebaut hatten und das den Krieg unbeschadet überstanden hatte, waren auf diese Weise zwei weitere hinzugekommen. Isa Augustin hatte eigentlich den Ehrgeiz gehabt, die beiden Hotels ihres Vaters höchstpersönlich zu leiten, denn tatsächlich hatte sie tatkräftig dabei geholfen, die beiden Häuser, die im Krieg arg gelitten hatten, wieder aufzubauen. Aber als Knut um ihre Hand anhielt, gab es niemanden, der sie in ihrem Wunsch unterstützte. Nein, ihre Eltern und auch Knut wollten, dass sie sich mit der Familienplanung und dem Haushalt beschäftigte und ihrem Mann das Geldverdienen überließ. Schließlich hatte sie klein beigegeben, getan, was von ihr erwartet wurde, hatte das Haus, das Knut kaufte, zu einem prächtigen Wohnsitz gemacht und einen Sohn zur Welt gebracht. Aber eine heimtückische Erkrankung hatte alles zunichtegemacht. Isa Augustin starb kurz vor dem zweiten Geburtstag ihres kleinen Sohnes. Für Knut eine Tragödie, die ihm damals unüberwindbar erschien.

Robert König war es ähnlich ergangen. Die beiden Freunde fanden sehr viel Trost beieinander, als Sibylle bei der Geburt der Tochter starb. Diese gemeinsame Trauer hatte ihre Freundschaft gefestigt, einer war für den anderen da, jederzeit.

»Sylt hat Zukunft«, sagte Robert König. »Man muss sich früh etablieren, ehe die Grundstückspreise explodieren.«

Knut Augustin nickte. »Das glaube ich auch. Wir müssen schnell sein.«

»Ein neues *Hotel Augustin*? Das vierte?«

»Klar! Und du? Willst du es wirklich mit einem zweiten Café versuchen? Noch ein *Linda*?«

Robert König hatte sein Café nach seiner Tochter benannt. Das *Linda* in Hamburg war bekannt und florierte bestens, seit die Leute wieder Freizeit hatten und Geld, um sich etwas zu leisten.

Knut Augustin bekam mit einem Mal einen Blick, der sich in die Ferne richtete, über den Platz, darüber hinweg, ohne etwas zu sehen. »Wäre es nicht wunderbar, etwas Gemeinsames zu versuchen?« Sein Blick kehrte zurück, seine Augen wurden groß und lebhaft. »Das wär's! Kein *Augustin*, kein *Linda*, sondern … *König Augustin*!«

Robert König sah für einen Moment so aus, als würde er das Opfer von akutem Kreislaufversagen. Dann ging ein Leuchten über sein Gesicht. »Das ist es! Das machen wir!«

Knut Augustin beugte sich vor. »Hotel oder Café?«

»Im Erdgeschoss Café, in den Etagen darüber Hotel.«

»Und an der Fassade ein großes Schild.« Knut malte es in die Luft: »*König Augustin*!«

Nun war doch ein Glas Champagner fällig, obwohl die beiden es sonst bei Kaffee und Tee beließen.

»Gut, dass Arne zurzeit auf Sylt ist«, sagte Knut Augustin, als sie sich zugeprostet und den ersten Schluck getrunken hatten. »Er soll sich schon mal in Westerland umsehen. Die Häuser dort sind weitgehend unversehrt. Bombardierungen hat es auf Sylt nicht gegeben. An der Insel ist der Krieg ja vorbeigegangen.« Knut Augustin verzog das Gesicht, als hätte er Mühe, die Erinnerungen hervorzuholen. »1939 haben die Engländer es versucht. Da waren schon zehntausend Soldaten auf der Insel stationiert. Aber die britischen Kampfflugzeuge haben nicht viel erreicht. Fünf wurden abgeschossen, wenn ich mich recht erinnere, die anderen wurden durchs Flakfeuer vertrieben.«

»Haben es die Briten nicht noch einmal versucht?«

»Stimmt. Ein paar Monate später. Mitten in der Nacht haben sie angegriffen. 120 Bomben! Aber die meisten sind ins Meer und in die Dünen gefallen. Nur eine hat getroffen. Ausgerechnet das Lazarett in der Hörnumer Kaserne.«

Robert König wischte mit einer Handbewegung die trübe Vergangenheit beiseite. »Von den siebenhundert Syltern, die eingezogen wurden, sind garantiert viele gefallen. Und die haben Familien hinterlassen, die in Häusern sitzen, die sie nur mit Mühe instand halten können, weil kein Geld für Modernisierungen da ist.«

»Die sind billig zu haben.«

»Aber wir müssen auf eine gute Lage achten.«

»Strandnähe, das ist klar.«

Die beiden Herren wurden in ihren Wunschträumen von einem Wirbelwind unterbrochen, der in das *Café Linda* einbrach. Eine bildhübsche junge Frau von achtzehn Jahren, strahlend, lachend, in einem knallroten Kleid, das mit weißen Tupfen übersät war. Es hatte einen weiten Rock, der durch mehrere Petticoats aufgeplustert worden war. Ein Gürtel schnürte ihre Taille so sehr zusammen, dass man Angst bekam, eine emotionale Aufwallung könnte sie zum tiefen Durchatmen zwingen. Ihr Dekolleté war trotz ihrer Jugend bereits atemberaubend. Linda König trug die Haare hoch toupiert, wie es zurzeit Mode war, und hatte sich dadurch glatt zehn Zentimeter größer gemacht, als sie eigentlich war.

»Hier gibt's Champagner? Da bin ich dabei.«

Sie winkte nach einem dritten Glas, ehe ihr Vater sich darum kümmern konnte, gab erst ihm und dann Knut Augustin einen Kuss. »Moin, Onkel Knut. Ihr beiden seht aus, als wolltet ihr einen Plan aushecken.«

Robert König gab seinem Freund mit einem Zeichen zu verstehen, dass Linda noch nichts von ihren Plänen wissen sollte. Sie würde es glatt in ganz Hamburg herumerzählen.

»Geschäfte«, gab er kurz angebunden zurück. Dafür interessierte sich Linda kein bisschen, das wusste er.

»Wie geht's Arne?«, fragte sie Knut. »Ich glaube, ich habe ihn ein ganzes Jahr nicht gesehen. Sieht er immer noch so gut aus?«

»Eher noch besser«, antwortete Robert an Knuts Stelle. »Ihr beide würdet gut zusammenpassen.« Er lachte, um zu zeigen, dass er einen Scherz gemacht hatte, den Linda nicht ernst nehmen musste.

Sie ordnete ihre Petticoats, die sich, als sie sich setzte, auf ihrem Schoß aufgebauscht hatten. »Warum nicht? Wenn er attraktiv und gut fürs Geschäft ist, soll es mir recht sein.« Sie stürzte ihren Champagner hinunter, dann bekam ihr Vater einen weiteren Kuss. »Eigentlich hatte ich dir nur sagen wollen, dass es heute bei Inge eine Kellerparty gibt. Ich werde dort übernachten.«

»Wer ist Inge?« Robert König runzelte die Stirn.

»Die war doch neulich bei uns, diese kleine Brünette mit dem runden Gesicht.« Linda flatterte aus dem Café, wie sie hereingekommen war. Ein Schmetterling, der vergeblich zu fangen sein würde.

Robert König seufzte. »Ich werde nicht fertig mit ihr. Sie macht, was sie will. Am besten wäre es wirklich, sie würde bald heiraten, damit ich die Verantwortung los bin.«

Knut Augustin lachte. »Da bin ich ja richtig froh, dass ich einen Sohn habe.« Er prostete Robert noch einmal zu. »Das wär's, alter Junge! Unsere beiden Kinder zusammen vor dem Traualtar! Ein schönes Paar gäben sie ab.«

Robert seufzte, als ginge es um einen Traum, der sich nie erfüllen würde. »Und sie könnten gemeinsam das *König Augustin* leiten.«

Als dieser Gedanke ausgesprochen worden war, brauchten sie glatt noch ein weiteres Glas Champagner.

Juli 1959, Sylt

SO ALSO WAR die Freiheit. So schmeckte sie, so roch sie, so fühlte sie sich an. Wie Kunsthonig, Leberwurst und Pfefferminztee schmeckte sie, wie Salzwasser roch sie, wie kalter Wind auf der Haut fühlte sie sich an. Niemand mahnte Brit, früh aufzustehen und statt der neumodischen Nylons die dicken Wollstrümpfe anzuziehen. Niemand verbot ihr, die Haare so hoch zu toupieren, wie es ging, niemand fahndete in ihren Taschen nach einem verbotenen Lippenstift. Es gab auch keinen Menschen, der sie zur Kirche trieb oder in die Küche zum Geschirrabtrocknen holte. Und kein einziges Mal wurde ihr vorgehalten, wie gut sie es habe, dass sie und ihre Familie von Kriegsgräueln, von Bombardements und vom Hunger verschont geblieben waren, dass sie Wohlstand genießen durften, dass sie gesund waren.

Alles war anders als zu Hause. Die beiden Lehrer, der ältere und gutmütige Herr Jürgens und das zarte Fräulein Brunner, waren erstaunlich entspannt und drückten hier und da ein Auge zu. Einige Mitschülerinnen zeigten, wie eigenständig und unabhängig man als Schlüsselkind aufwuchs und wie wenig man beachtet wurde, wenn man viele Geschwister hatte. Manche konnten sogar Twist tanzen, hatten schon von Bill Haley gehört und wussten, dass in Großstädten der Minirock in Mode gekommen war.

In Riekenbüren war das undenkbar, aber hier, auf Dikjen Deel, war mit einem Mal alles anders. Es waren auch Jungen auf dem Zeltplatz, die allerdings strenge Lehrer hatten, die im Gegensatz zu Herrn Jürgens und Fräulein Brunner genau aufpassten, was geschah, und ihre Schutzbefohlenen nie allein ließen. Wenn im Aufenthaltsraum Twist getanzt wurde, saßen die Lehrer in einer Ecke und taten so, als unterhielten sie sich miteinander, ohne auf die Jungen und Mädchen zu achten. Aber in Wirklichkeit hatten sie ihre Augen überall. Der Sohn des Platzbetreibers war für das Auflegen der Platten zuständig, und er merkte bald, was die Jungen und was vor allem die Mädchen wollten. Twist!

Als Brit am ersten Abend den Hüftschwung gelernt hatte, der der älteren Generation die Sorgenfalten auf die Stirn trieb, ihren Rock mit Sicherheitsnadeln zwanzig Zentimeter kürzer gesteckt hatte und sich vorstellte, so ihren Eltern unter die Augen zu treten, da setzte dieses Gefühl von Freiheit ein. Etwas tun, was ihre Eltern nicht billigen würden, und vor Entdeckung und Strafe sicher sein! Ein herrliches Gefühl! Bisher war der Trotz, den sie in sich gespürt hatte, immer in hilflosen Zugeständnissen und letztlich in Kapitulation untergegangen. Ihre Eltern waren stärker gewesen. Hier aber war sie ihnen endlich einmal überlegen. Sie machte einfach, was sie wollte, etwas, was ihre Eltern nicht wollten. Sie hatte nicht geahnt, wie wunderbar dieses Gefühl, dieses Siegen über die Verbote war. Brit nahm sich vor, es in Riekenbüren auch einmal auszuprobieren: darauf bestehen, etwas zu tun, auch wenn die Eltern dagegen waren …

Bald sprach sich herum, dass man auf Sylt sogar nackt baden durfte. Es war nicht nur erlaubt, es wurde sogar empfohlen. Angeblich war der Wellenschlag auf der Haut sehr gesund. Ein Sylter Arzt hatte es vor vielen Jahren herausgefunden, und es gab auf der Insel immer noch Ärzte, die es ihren Patienten empfahlen. Sylt war großartig. Wenn sie abends in ihren Zelten lagen, miteinander tuschelten und sich die Zukunft ausmalten, nahmen sich alle vor, in ein paar Jahren noch einmal nach Sylt zu kommen und dann die Sache mit dem Nacktbaden auszuprobieren. Am besten zusammen mit einem Ehemann, der aussehen würde wie Karlheinz Böhm und sie wahnsinnig lieben würde, weil sie dann natürlich alle so schön geworden waren wie Romy Schneider.

In der Nähe von Dikjen Deel, auf der Süderstraße, gab es ein kleines Haus, das schon ziemlich baufällig aussah. Dennoch erfreute es sich großen Zuspruchs. Am Abend standen viele Fahrräder vor der Tür, gelegentlich auch ein Motorroller oder eine Isetta. Über der Tür stand *Herzog Ernst*, daneben hing eine Speisekarte, die nichts zu bieten hatte, was es nicht auch in anderen Gaststätten auf Sylt gab: Matjesbrötchen, Scholle mit Kartoffelsalat oder Frikadelle auf Brot. Aber der Wirt lockte mit einer Attraktion, die es woanders nicht gab und die ihre Wirkung erzielte: ein Fernsehapparat. Leider sorgte er dafür, dass am Abend die Gardinen zugezogen wurden, sodass niemand vor den Fenstern stehen und das Programm verfolgen konnte, ohne etwas bei ihm zu konsumieren.

Rosemarie, die sich, seit sie die Sissi-Filme gesehen hatte, nur noch Romy nennen ließ, war das mutigste Mädchen, das Brit je kennengelernt hatte. Und das, obwohl sie es wirklich nicht leicht hatte. Sie war die Tochter einer Frau, die sich Kriegerwitwe nannte. Aber in Riekenbüren hatte sich schnell herumgesprochen, dass ihr erster Mann nicht gefallen, sondern als Spätheimkehrer bei ihr aufgetaucht und sein Platz besetzt gewesen war. Romys Mutter hatte nicht mehr mit der Rückkehr ihres Mannes gerechnet, war an einem Abend, als ihr jemand erzählt hatte, dass nun Schluss sei mit den schlechten Zeiten, dass Deutschland auf dem Weg nach oben sei, mit einem Mann ins Bett gegangen und prompt schwanger geworden. Der Amerikaner, den sie kurz danach kennengelernt hatte, störte sich nicht daran, sorgte für eine weitere Schwangerschaft und kündigte an, mit ihr in die USA zurückzugehen, sobald der Ehemann von Romys Mutter für tot erklärt worden war. Sie hoffte von einem Tag auf den anderen auf eine Mitteilung, die sie zur Witwe machte, und konnte ihr Entsetzen nicht verbergen, als ein abgemagerter, hohlwangiger Mann vor ihrer Tür erschien und dankbar umarmt werden wollte. Was er bekam, war ein Schmalzbrot und ein Kaffee, dann hatte er wieder gehen müssen. In den nächsten Ort, wo seine Mutter lebte, die so reagierte, wie er es sich jahrelang erträumt hatte. Und Romys Mutter zog von Riekenbüren fort, in den nächsten Ort, wo der Spätheimkehrer nie gesehen worden war. Romy sprach nie darüber, in Riekenbüren war unbekannt, was aus ihm geworden war. Romy sprach auch nie über ihren leiblichen Vater, von dem sie nicht einmal den Namen kannte.

In Riekenbüren wurde die Nase gerümpft, wenn von Romys Mutter die Rede war. Ein leichtlebiges Frauenzimmer! Erst ein Kind von einem Mann, dessen Namen sie nicht einmal kannte, und dann eins von einem Amerikaner. Und das, obwohl sie noch verheiratet war! Gut, dass sie von Riekenbüren weggezogen war, solche Leute passten nicht hierher. Und die älteste Tochter schien ganz nach ihrer Mutter zu kommen. Nur an Petticoats und hoch toupierten Haaren interessiert. Schlecht in der Schule, aber gut, wenn es darum ging, Mitschüler zu bezirzen und sogar ältere Männer anzumachen. Wie sie enden würde, war jetzt schon zu erkennen!

Doch Romy ließ sich nicht unterkriegen, und Brit bewunderte sie dafür. Romy war es auch, die Brit nun zu ihrem ersten Kneipenbesuch verhalf – nur sie beide, auf Sylt, in eine Gaststätte mit Fernsehapparat!

Natürlich war Brit gelegentlich im Riekenbürener *Dorfkrug* gewesen, wenn ihr Vater sie mit seinem Humpen losgeschickt hatte, um ihn an der Theke füllen zu lassen, oder wenn die Mutter sie und auch Hasso mitnahm, weil der Vater dort eine Versammlung einberufen hatte. Schon seit Jahren engagierte sich Edward Heflik in der Ortspolitik, und hatte daran mittlerweile so viel Gefallen gefunden, dass er beschlossen hatte, bei der nächsten Wahl für das Amt des Bürgermeisters zu kandidieren. Denn auch wenn der Schreinermeister kein Anhänger von unnützem modischem Firlefanz wie Kofferradios, elektrischen Kaffeemühlen und Bikinis war, so war er doch sehr daran interessiert, dass das Wirtschaftswunder endlich auch in Riekenbüren ankam. In diesem Zusammenhang hatte er die Idee von einem Campingplatz den anderen Bewohnern des Orts schmackhaft machen können, wie Brit am letzten Abend vor ihrer Abreise im *Dorfkrug* selbst hatte miterleben können. Selbstverständlich sprach ihr Vater nicht von dem eigenen Profit, den er sich erhoffte. Er redete nur davon, dass es dem Ort guttun würde, demnächst einen Campingplatz zu haben. Zwar sahen sich alle vielsagend an, aber da jeder hoffte, daran partizipieren zu können, wurde niemals der Verdacht laut, dass Edward Heflik für einen Wirtschaftsaufschwung sorgen wollte, an dem er selbst am meisten verdiente. Und er wurde nicht mal rot, als man ihm für seine Ankündigung, den Ausbau einer Zufahrt selbst zu finanzieren, applaudierte. Das schien nur Brit aufzufallen. Ihr Vater schaffte es, dass hauptsächlich von den Investitionen geredet wurde, aber nicht vom möglichen Gewinn. Wenn er an seinem Tisch residierte und niemand sein verkümmertes Bein sah, war er eben immer noch der flotte Edward, der beste Tänzer im Dorf, derjenige, für den die Mädchen schwärmten. Wenn er redete, redete er sich in seine Vergangenheit zurück. Und seine Familie musste dann anwesend sein, um zu zeigen, was alle längst wussten: Der zukünftige Bürgermeister war ein solider Familienvater mit einer angesehenen Ehefrau und wohlgeratenen Kindern.

Brits Mutter hatte sich im *Dorfkrug* hingegen nie wohlgefühlt. Kneipen seien etwas für Männer, hatte sie gesagt. Und voller Entrüstung hatte sie sich einmal angehört, was eine Nachbarin erzählte: Ein Restaurantbesitzer in Hamburg hatte eine Frau ohne männliche Begleitung eingelassen. Der Gedanke an das Gesicht ihrer Mutter, wenn sie wüsste, dass ihre Tochter ohne den Schutz ihrer Eltern in eine Kneipe ging, nahm Brit beinahe den Mut.

Aber der Wirt vom *Herzog Ernst* und auch die männlichen Gäste, zum Teil in Begleitung, sahen gleichmütig über sie hinweg, als Romy und Brit mit klopfenden Herzen die Kneipe betraten. Jede von ihnen bestellte sich eine Regina, an der sie nippten, bis der Film »Die Halbstarken« vorbei war. Romy hatte sogar darüber nachgedacht, sich ein Glas Sekt zu bestellen. Aber da sie nicht wusste, ob ihr Geld dafür reichte, beließ sie es ebenfalls bei der Brause.

*

Was für ein Erlebnis! Brit ging auf dem Heimweg mit großen Schritten: rechts – links! Frei – heit! Frei – heit! Diese Halbstarken im Film hatten sich einfach genommen, was sie wollten, sich nicht um Verbote geschert, gemacht, was sie für richtig hielten. Frei – heit! Na gut, sie waren natürlich kriminell gewesen, waren zu Dieben und Mördern geworden. So was wollte Brit nicht. Aber die fremden Schicksale, die über dieses kleine Gerät in die Gaststätte geflimmert waren, hatten ihr doch etwas gezeigt: Auch mit sechzehn konnte man Entscheidungen treffen, selbst wenn sie von den Eltern missbilligt wurden. Man musste es einfach nur tun. Frei – heit! Ein letzter großer Sprung, und sie waren wieder an ihrem Zelt angekommen. Frei!

Dunkel war es ringsum. Aus dem Gemeinschaftshaus drangen noch ein paar Stimmen herüber, aber die meisten schienen zu schlafen. Romy fragte flüsternd: »Wo sind der Jürgens und die Brunner?«

Keiner wusste es. Die Lehrer schliefen im Haus, auch sie waren wohl schon zu Bett gegangen.

»Ich habe eine Idee!«, flüsterte Romy. »Wer macht mit?«

Juli 1959, Sylt

ARNE WAR NUN seit fast vier Wochen auf Sylt, Arne Düseler, der mittlerweile nicht mehr unangenehm durch feine Kleidung auffiel. Alles hatte er ersetzt und den Kollegen klarmachen können, dass seine Patentante der Meinung gewesen war, ihn ausstaffieren zu müssen. Sie habe geglaubt, er müsse unbedingt richtig gekleidet sein, wo doch die Gäste des *Miramar* alle so vornehm waren. Er erntete gutmütiges Gelächter und gehörte daraufhin schon bald dazu. »Der feine Pinkel mit der reichen Patentante«, so wurde er nun genannt, aber mit gutherzigem Spott. Er war heilfroh, dass er nicht Arne Augustin war, dem sich keiner genähert hätte, und wenn, dann nur, um durch ihn eine Eintrittskarte in die feine Gesellschaft zu bekommen, vielleicht auch eine gute Position in einem Hotel seines Vaters.

Häufig ging er abends mit Carsten Tovar aus, dem Sohn einer Kriegerwitwe, die nicht viel Geld, aber den Ehrgeiz hatte, dass aus ihrem Sohn etwas wurde. Eine Ausbildung im *Miramar* mit möglichen Aufstiegschancen vom Pagen über den Zimmerservice zum Rezeptionsmitarbeiter erschien ihr verlockend. So hatte sie ihr letztes Geld zusammengekratzt und ihren Sohn nach Sylt geschickt.

Manchmal ließ Carsten sich von Arne einladen, der behauptete, seine Patentante stattete ihn großzügig mit Taschengeld aus. Dann gingen sie gelegentlich ins *Herzog Ernst*, wo es billig war und abends der Fernseher lief. Gemütlich war es dort weiß Gott nicht, aber das spielte für die beiden keine Rolle, für Carsten noch weniger als für Arne. Tische mit Resopalplatten, wackelige Holz-stühle, bunte Tapeten, die an vielen Stellen schon schadhaft waren, und Plastikblumen – es war ihnen egal.

Am Abend zuvor hatte Carsten zunächst gezögert, dann aber abgelehnt, als Arne den Vorschlag machte, ins *Herzog Ernst* zu gehen. »Ich habe meiner Freundin versprochen, einen Brief zu schreiben und ihr Fotos vom Hotel zu schicken. Das schiebe ich schon seit Tagen vor mir her ...«

Arne war unschlüssig, ob er alleine losziehen sollte. Die Abende bei Tante Ava waren düster und einförmig. Sie war am Abend sel-ten im Haus, verdiente sich mit ihrer Nähmaschine in der Nach-barschaft etwas Geld. Manchmal sah Arne sie das Haus verlassen, die Nähmaschine auf einem kleinen Bollerwagen, das Zubehör in einer großen Tasche. So ging sie von Haus zu Haus, erledigte Flickarbeiten, nahm Änderungen an Kleidungsstücken vor oder nähte Kinderkleidung. Arne war dann froh, das Haus für sich allein zu haben. Wenn Tante Ava daheim war, wollte sie zum Glück nicht unterhalten werden, wie er das von vielen anderen Tanten kannte, die sich etwas erzählen lassen wollten oder selbst erzählten und erwarteten, dass er geduldig zuhörte. Da war ihm Tante Avas Teilnahmslosigkeit schon lieber. Sie fragte auch nie nach seinem Vater oder nach anderen Verwandten. Entweder wollte sie ihn nicht in Loyalitätskonflikte bringen oder sie hatte einfach kein Interesse mehr an ihrer Vergangenheit. Oft suchte er in ihrem Gesicht so etwas wie Bedauern oder Reue, doch schien sie sich tatsächlich nie zu fragen, wie gut es ihr hätte gehen kön-nen, wenn sie statt des Matrosen Düseler einen Mann geheiratet hätte, der aus den Kreisen stammte, in denen sie mal zu Hause gewesen war. Oft dachte er auch, dass er Tante Ava gleichgültig war. Keiner von den Menschen ringsum schien ihr etwas zu be-deuten. Vielleicht hatte sie irgendwann gelernt, sich gegen große Trauer und Verlustangst zu wappnen, indem sie keinen Menschen mehr an sich herankommen ließ. Wenn sie niemanden liebte, wenn ihr niemand mehr wichtig war, würde sie auch niemals mehr die Trauer ertragen müssen, unter der sie gelitten hatte, als ihr Mann nicht zu ihr zurückgekehrt war.

Sie forderte Arne nie auf, sich zu ihr zu setzen, aber wenn er in seiner kleinen Kammer Geräusche von unten hörte, fühlte er sich dennoch schlecht, weil er sie allein ließ mit ihrem Nähzeug, der Wolle und den Stricknadeln. Häufig summte sie eine Melodie vor sich hin, und Arne nahm sich vor, seinen Vater darum zu bitten, ihr eins von den modernen Kofferradios zu schenken. So etwas würde ihr sicherlich gefallen. Das Telefon, das Arnes Vater ihr auf die Konsole hinter der Eingangstür gestellt hatte, war von ihr nur misstrauisch betrachtet worden. Sie ließ sich zeigen, was zu tun war, wenn es klingelte, schien aber entschlossen, niemals den Hörer aufzunehmen, um selbst eine Nummer zu wählen. Vermutlich gab es auch niemanden, den sie anrufen konnte. Aber Knut Augustin hatte darauf bestanden, auf diese Weise jederzeit seinen Sohn erreichen zu können, der im *Miramar* auf keinen Fall angerufen werden wollte.

Arne ging die Treppe hinunter und warf einen Blick ins Wohnzimmer. Tante Ava war über ihrem Strickzeug eingeschlafen, er hatte Gelegenheit, ihre Einrichtung in Augenschein zu nehmen, ohne dass sie es merkte, auf sich wirken zu lassen, was ihr gehörte, womit sie auskommen musste. Der Sessel mit den abgeschabten Armlehnen, der wackelige Tisch mit der schäbigen Spitzendecke, der Schrank, dessen Türen schief in den Angeln hingen, die einzige Vase, in der eine Papierblume stand. Der fadenscheinige Teppich war die reinste Stolperfalle. In die Küche hatte Arne noch keinen Blick geworfen und wollte es auch nicht tun. Das fehlende Badezimmer war schon schlimm genug. Das Plumpsklo in dem kleinen Anbau neben der Küche und die große Zinkwanne, die der wöchentlichen Körperpflege diente, hatten ihm gereicht. Er war froh, dass er im *Miramar* duschen und dort auch seine Mahlzeiten einnehmen konnte.

Kurzerhand beschloss Arne, doch noch auf einen Sprung im *Herzog Ernst* vorbeizuschauen. Er schämte sich ein wenig, weil es ihm gefiel, ohne ein paar höfliche Worte das Haus verlassen zu können. Dass er ausgegangen war, würde Tante Ava vermutlich gar nicht auffallen. Sie würde schlafen gehen und sich nicht darum scheren, ob Arne schon im Bett war, ob er im Schein der kleinen Funzel in seinem Zimmer noch las, oder ob er ausgegangen war. Es interessierte sie auch kein bisschen, wann er heimkam. Alles in allem eine sehr angenehme Unterbringung, die sein Vater da für ihn ausgesucht hatte, obwohl Arne sicher war, dass Knut Augustin sich das anders gedacht hatte.

Im *Herzog Ernst* war es voll. Die hässlichen Kronleuchter, die der Gaststube wohl etwas Elegantes geben sollten, was jedoch völlig misslang, hatte der Wirt ausgeschaltet. Sobald er den Fernseher anstellte, wurde die Beleuchtung auf das Notwendigste heruntergeregelt. Scheinbar wollte er Kinoatmosphäre erzeugen. Der Film »Die Halbstarken« hatte viele angelockt. Arne hatte sich gerade ans Ende der Theke gedrückt, als er die beiden Mädchen eintreten sah, jünger als er, er schätzte sie auf sechzehn oder siebzehn Jahre. Die Tonangebende wurde von ihrer Freundin mit »Romy« angesprochen. Sie gehörte zu denen, die sich irgendwann vorgenommen hatten, die Welt zu erobern, und wusste noch nicht, dass sie sich viel schwerer unterwerfen ließ, als sie glaubte. Sie bedachte sämtliche Männer ringsum mit herausforderndem Blick, auch die, die in Begleitung waren, bekam aber nicht mit, dass die Frauen neben ihren Männern nicht einmal aufmerkten, von den Männern selbst ganz zu schweigen. Sie hatte eben nichts zu bieten außer Jugend und Leichtsinn. So was reichte nicht, wenn sie es auch glaubte. Romy war noch zu jung, um das zu sein, was sie eigentlich sein wollte. Mit ihrem Erscheinen war nicht die

Versuchung in die Gaststätte eingedrungen, sondern ein lästiges Kind.

Hinter Romy betrat ein zweites Mädchen die Gaststube, das Arne auf Anhieb gefiel. Sehr sogar. Er brauchte eine Weile, um sich selbst zu erklären, was ihn zu ihr hinzog. Als Zwanzigjähriger verliebte man sich nicht in eine Sechzehnjährige, die noch nichts von der Liebe wusste. Oder doch? Gehörte er etwa zu den Männern, die es gern hatten, einer jungen Frau zu zeigen, wie die Welt sich drehte?

Erschrocken bestellte sich Arne ein Bier und war, bis er ausgetrunken hatte, mit der Frage beschäftigt, ob er etwa Ähnlichkeit mit seinem Vater bekam. Dann erst sah er das blonde, blasse Mädchen wieder an. Sie wurde Brit gerufen und unterschied sich auf eine Weise von den anderen, die ihr selbst nicht bewusst war. Zwar wirkte sie auf den ersten Blick schüchtern und ängstlich, aber ihre Augen waren hellwach und selbstbewusst. Sie gehörte zu den Menschen, die ihre Umgebung wahrnahmen, nicht so, wie sie sie haben wollte, sondern so, wie sie war. Mit kritischem Blick beobachtete sie, was um sie herum vorging. Romy hätte alle Männer um sich herum gern um den Finger gewickelt, Brit jedoch beobachtete ihre Umgebung aufmerksam. Ihn allerdings streifte ihr Blick nur zwei-, dreimal und als der Film begann, kein einziges Mal mehr. Arne bekam von der Handlung nicht viel mit. Seine Augen ruhten während der folgenden neunzig Minuten auf Brits Profil, das ihn anrührte, wenn sie mitfieberte, Angst um die Hauptdarsteller hatte und erleichtert war, wenn etwas gut ging, das aussichtslos erschienen war. Als sie am Ende des Films ihr Glas austrank und an ihm vorbei zur Tür ging, nahm er ihren Geruch wahr, der aus Wind und Wasser, Frische und Sauberkeit bestand. Er gefiel ihm. Deswegen zahlte er rasch und verließ die Gaststätte direkt hinter den Mädchen. Schon bald wusste er, wo sie wohnten: im Zeltlager auf Dikjen Deel.

Er ließ Brit nicht aus den Augen, bis sie im Kreis der anderen Mädchen nicht mehr zu erkennen war. Sie hatte schöne Bewegungen, weich und rund, ihr Körper hatte sich einmal vor der Nachthelle über dem Meer gezeigt, als sie aufstand und sich reckte. Er war ebenfalls weich und rund. Auch ihr Gesicht war weich und rund. Mit einem Mal fiel ihm ein, wie sein Vater seine verstorbene Mutter beschrieben hatte: weich und rund. Vielleicht zog Brit ihn so an, weil sie so war wie seine Mutter, an die er sich gar nicht erinnern konnte? War Brit so, wie seine Mutter mit sechzehn Jahren gewesen war? Gab es tief in seinem Innern, weit weg vom Bewusstsein, eine Erinnerung, die man nur fühlen, aber gedanklich nicht erfassen konnte?

Arne war derart aufgewühlt, dass er noch nicht nach Hause gehen wollte. Tief in Gedanken versunken machte er sich auf den Weg zum Strand, vorbei an den flachen Holzhäusern, die Flüchtlingen und Vertriebenen als provisorisches Aufnahmelager dienten. Dort herrschte noch Unruhe, obwohl nichts zu sehen war. Paare stritten miteinander, Kinder, die nicht schlafen wollten, nörgelten, Väter schimpften, Mütter versuchten es mit freundlichen Worten, was aber auch nicht zu helfen schien. In einem Raum wurde Karten gespielt, in einem anderen lief das Radio. Über die Nachrichten, die gesendet wurden, entstanden lautstarke Diskussionen.

Je weiter Arne sich dem Meer näherte, desto ruhiger wurde er, auch in seinem Herzen stieg die Ruhe auf, die er nur selten fand, das wurde ihm jetzt klar. Er wusste, wann er sie immer gefunden hatte: wenn er auf den Armen seines Vaters ins *Miramar* zurückgekehrt war und sich so sicher gefühlt hatte wie vorher nie und später nie wieder. Er ging nicht zur Wasserkante, sondern ließ sich am Dünenrand nieder. So hielt er es immer, wenn die Dunkelheit eingebrochen war. Nachts ließ er das Meer allein, ihm war immer so, als wollte es sich nicht gern stören lassen, als wäre es ihm wichtig, mit dem Mond, der auf den Wellen glitzerte, allein zu sein und Kraft für Brandung und Wellen zu sammeln, für den Tag. Diesen Gedanken hätte er niemals laut ausgesprochen, weil er ihm dumm und kindisch erschien. Vielleicht hatte er auch etwas mit seiner Mutter zu tun. Seine Oma hatte ihm erzählt, dass sie ihn während des einzigen Urlaubs auf Sylt, den sie gemeinsam verlebt hatten, gern in den Arm genommen und sich mit ihm an den Dünenrand gesetzt hatte, wenn er nicht einschlafen konnte. Womöglich war auch das eine Erinnerung, die nicht in seinem Kopf, sondern in seinem Herzen wohnte.

Arne erschrak, als er leise Stimmen hinter sich hörte. Gekicher, leise Schreie, verhaltenes Jubeln – das mussten junge Mädchen sein. Als er sah, was sie vorhatten, duckte er sich. Er wollte die vier keiner Peinlichkeit aussetzen. Sie hatten gerade ihre Kleidung von sich geworfen, allen Mut zusammengerafft und liefen los. Richtung Meer! Richtung Abenteuer!

Er sah nur Brit. Weich und rund! Sie schrie nicht und kicherte auch nicht. Aber sie warf sich mit dem gleichen Elan in die Wellen. Etwas vorsichtiger, etwas näher am Strand, nur in der flachen Brandung. Sie schien keine gute Schwimmerin zu sein. Aber ihr Vergnügen war nicht geringer als das der anderen.

In Arnes Kopf formte sich eine Idee. Und er wusste, ihm würde der Mut abhandenkommen, wenn er zu lange darüber nachdachte, was ihm soeben in den Sinn gekommen war. Vorsichtig, sehr darauf bedacht, dass die Mädchen ihn nicht sahen, erhob er sich …

»Frei – heit«, flüsterte Brit, als sie nackt hinter den anderen herrannte. Weiter als bis in die auslaufende Brandung traute sie sich jedoch nicht. Sie hatte im Teich vor dem Zaun von Bauer Jonker schwimmen gelernt, er war in vier, fünf Zügen zu durchqueren und nicht besonders tief. Das war etwas ganz anderes, als im Meer zu schwimmen, wo man gehoben und gezogen wurde, geworfen und von den Wellen überrollt. Trotzdem war es herrlich. Der Sylter Arzt hatte recht. Das Allerherrlichste aber würde sein, hinterher die Kleider über die nasse Haut zu ziehen, ohne sich abzutrocknen, zu den Zelten zurückzulaufen, so laut zu kichern, dass einige wach würden, und ihnen zu erzählen, was sie gewagt hatten. Sie hatten nackt gebadet! Was für ein herrlicher Leichtsinn!

Als sie aus dem Wasser kamen, waren sie einander fremd geworden. Die nackte Haut, die nassen Haare, die blau angelaufenen Lippen, der Sand auf den nassen Füßen, jede von ihnen sah anders aus als vorher.

»Wo ist mein Kleid?«

Die anderen rollten bereits ihre Unterwäsche zusammen, warfen sich ihre Kleider über die nasse Haut, ließen den Sand wirbeln …
nur Brit war immer noch nackt. Als Einzige. Sie suchte lange, die anderen halfen, aber ohne Ergebnis. Ihr Kleid war verschwunden.

»Macht nichts«, sagte Romy. »Du kannst eins von mir haben.«

Obwohl Brit noch ein weiteres Kleid dabeihatte, nahm sie Romys Angebot an. In einem Kleid von Romy würde sie immer zu denen gehören, die Mut hatten, die sich was trauten.

Kichernd ging es zurück, Brit in Unterwäsche, die schnell durchgefeuchtet war. Einige kamen aus ihren Schlafsäcken gekrochen und hockten sich wieder vor ihr Zelt. Brit wurde bestaunt. »Dein Kleid ist weg?« Unzählige Mutmaßungen machten die Runde. Gestohlen! Unmöglich, sie hatten niemanden gesehen. Ein Fetischist! Brit hatte keine Ahnung, was das bedeutete, schloss sich trotzdem Romys Meinung an, dass ein Fetischist an der Unterwäsche interessiert gewesen wäre. War das Kleid teuer gewesen? Natürlich nicht, von Brits Mutter selbst genäht. Schlagartig wurde aus Brit jemand, dem etwas Besonderes widerfahren war, der darum etwas Besonderes darstellte, fast wie Freddy Borchert und seine Bande Halbstarker. Noch einmal waren Brit und Romy den anderen um einiges voraus. Die »Halbstarken« hatte sonst niemand gesehen, aber einige hatten immerhin gehört, dass es in diesem Film von gut aussehenden jungen Männern nur so wimmelte.

Die Schwärmerei wanderte schnell zu Horst Buchholz. Der war ja ein noch viel attraktiverer Mann als Karlheinz Böhm, ganz anders, nicht nur jünger, sondern vor allem mutiger und draufgängerischer. Hätte jetzt jemand eine Zigarette kreisen lassen, Brit hätte ebenfalls einen Lungenzug versucht und hätte sie vielleicht sogar für einen Augenblick im Mundwinkel hängen lassen, wie Horst Buchholz es getan hatte. Schade, dass keiner eine Zigarette zur Hand hatte. Brit hätte auf jeden Fall versucht, so zu rauchen wie Karin Baal.

Eine Stunde später war die Sensation halbwegs verarbeitet, Brit kam es nun sogar so vor, als wäre sie zusammen mit Horst Buchholz nackt baden gegangen. Und alle hatten versprochen, am nächsten Tag Brits Kleid zu suchen. Bei Helligkeit würde es schon zu entdecken sein. Dass es bei Dunkelheit nicht auffindbar gewesen war, musste an den Farben liegen, beige wie der Sand, ein Muster in Olivgrün wie das Dünengras.

Kichernd zogen sie sich in ihre Zelte zurück, Brit zusammen mit Gerti, einem der stilleren, unauffälligen Mädchen, das sofort die Augen schloss, als wollte sie nichts mehr hören von den Halbstarken und dem Nacktbaden. Sie gehörte nicht zu den Mädels, die tonangebend waren. Brit bisher auch nicht. Ohne Romy wäre sie nie auf die Idee gekommen, ins *Herzog Ernst* zu gehen und anschließend nackt zu baden. Aber sie fühlte sich gut, sehr gut dabei. So gut, dass sie nicht zur Ruhe kam. Mut machte scheinbar schlaflos.

Nach einer Weile beschloss sie, noch einmal aufzustehen. Es war mucksmäuschenstill, nur die Brandung war zu hören und gelegentlich ein Rumoren in einem der Zelte. Am liebsten wäre sie noch einmal zum Meer gegangen, aber der Weg dorthin war ihr zu weit, der Mut, den sie zusammen mit den anderen gehabt hatte, war ihr abhandengekommen. Er war nun eher ein schwaches Glühen, dieser Mut, doch ihre Beine gingen immer noch im selben Rhythmus: »Frei – heit«.

Hinter einem der Fenster im Haus sah sie ein schwaches Licht. Ob Herr Jürgens noch las? Oder Fräulein Brunner, die irgendeinen Roman von Thomas Mann mitgenommen hatte, den sie ihren Schutzbefohlenen dringend ans Herz gelegt hatte? Vergeblich natürlich. Brit konnte später nicht sagen, warum sie sich dem erleuchteten Fenster genähert hatte. Aber dann sah sie den Spalt zwischen den beiden Gardinenhälften und dahinter eine rhythmische Bewegung. Beinahe so wie Frei – heit. Auf und ab, vor und zurück, im selben Rhythmus wie das Stöhnen, das bis nach draußen zu hören war. Als sie näher ans Fenster trat, sah sie den nackten bleichen Hintern ihres Lehrers, seinen behaarten Rücken, die Fußsohlen mit der grauen Hornhaut. Erschrocken wich sie zurück. Nein, das hatte sie nicht sehen wollen, nicht die Nacktheit von Herrn Jürgens und nicht die schweißnasse Haut von Fräulein Brunner. Ein verheirateter Mann und eine ledige

Lehrerin! Brit hätte es nicht für möglich gehalten. War das auch Freiheit?

Sie lief zurück, erst schnell und hastig, dann wieder mit großen, rhythmischen Schritten. Frei – heit! So was gab es also auch bei den Erwachsenen, bei Menschen wie Herrn Jürgens und Fräulein Brunner, die scheinbar immer wussten, was zu tun war, moralisch integer, über jeden Zweifel erhaben.

In allen Zelten war es still, nur in Romys machte sie eine Bewegung aus. Sie kniete sich neben die Zeltwand und flüsterte: »Bist du noch wach?«

Es dauerte nur wenige Sekunden, bis der Reißverschluss schnarrte und Romy erschien. Ihre Zeltgenossin grunzte unwillig, warf sich auf die andere Seite und schlief weiter.

»Was ist los?« Romy hatte sofort durchschaut, dass Brit etwas Ungeheuerliches zu berichten hatte. »Weißt du, wer dir dein Kleid geklaut hat? Einer von den Kerlen aus dem Flüchtlingsheim?«

»Vielleicht«, antwortete Brit geheimnisvoll. »Kann schon sein. Aber …«

Während sie flüsternd berichtete, zunächst begierig, Romy etwas zu verraten, die sonst immer mehr wusste als die anderen, spürte sie, dass sich alles veränderte. Ihr Schuldgefühl lähmte schon im dritten Satz ihre Zunge, und während des vierten wurde ihr bereits klar, dass sie sich um ein gutes Gefühl brachte: um das weiche, warme Gefühl von Diskretion und Verschwiegenheit. Was sie jetzt tat, war grell mit scharfen Spitzen, die wehtaten und verletzten. Aber es war zu spät. Sie hatte angefangen zu erzählen, sie musste nun weitermachen. Ein paar Sätze noch. Wie sollte man das, was sie gesehen hatte, in viele Sätze kleiden? Brit fand dafür kaum Worte, die angemessen waren. Aber Romy verstand auch so. Sie lachte über Brits Stottern und schnitt ihr das Wort ab. »Die beiden haben also gevögelt?«

Brit hatte das Wort noch nie gehört, nickte aber. »Herr Jürgens ist verheiratet.«

Romy grinste. »Und die Brunner hat einen Schulleiter, der mit dem Bischof verwandt ist. Wir haben beide in der Hand, wenn wir wollen.«

Brit erschrak. »Wie meinst du das?«

»Erwartest du auf dem Abschlusszeugnis eine Eins?«, fragte Romy zurück.

Brit schüttelte den Kopf und wagte nicht zu antworten.

»Eine Zwei?«

»Mindestens drei Zweien. In Steno, Buchführung und Deutsch.«

»Dann wirst du drei Einsen haben. Das wird sich gut machen, wenn du dich bewirbst.«

Brit ließ unerwähnt, dass sie sich nicht bewerben würde, dass ihre Eltern für sie vorgesehen hatten, in der Schreinerei ihres Vaters zu arbeiten, dass es dann ein richtiges Büro im hinteren Teil der Schreinerei geben sollte. Ein bisschen Geld würde sie auch bekommen, und da sie wohl nicht den ganzen Tag dort beschäftigt sein würde, sollte sie der Mutter noch im Haushalt helfen.

»Mit drei Einsen kriegst du einen tollen Job.« Romy grinste breit. »Und ich weiß jetzt wenigstens, dass ich die Prüfung bestehen werde.« Sie rieb sich die Hände und lachte leise. »Prima.«

»Du willst … du willst sie erpressen?«

Romy winkte ab, als sie Brits entsetztes Gesicht sah. »Keine Sorge, ich regle das. Du musst mich höchstens bestätigen, wenn's nötig ist.« Romy kroch ins Zelt und holte ein Kleid heraus. »Hier! Das kannst du morgen anziehen.«

Als Brit sich auf ihrer Luftmatratze ausstreckte und an das Dach des Zeltes starrte, kam sie sich vor wie Sissy von den Halbstarken, die von Karin Baal gespielt worden war. Ein aggressives Mädchen, mitleidlos, gefühlskalt, ohne Gewissen, das einzige Mädchen, das zu der Gruppe gehört hatte. Brit strich Romys Kleid glatt, das sie morgen tragen würde, und drehte sich auf die Seite. Wenn sie doch auch ihr Gewissen glatt streichen könnte!

*

Das Kleid hatte er mit zwei Wäscheklammern an dem Tau befestigt, das ihm als Kleiderschrank diente. Er legte sich aufs Bett und starrte es an. Was hatte er sich nur dabei gedacht? Was sollte er dem Mädchen erklären, wenn er mit dem Kleid zum Campingplatz kam, um es ihr zurückzugeben? Er habe es am Strand gefunden? Dann musste er es unbedingt durch den Sand ziehen, damit es so aussah, als wäre es in die Dünen geweht worden. Aber wie sollte er erklären, dass er wusste, wem es gehörte? Besser war vielleicht, ganz offen zuzugeben, dass er einen Weg gesucht hatte, sich ihr zu nähern. Vielleicht sogar zugeben, dass er auf ein bisschen Anerkennung hoffte? Junge Mädchen liebten es doch, wenn jemand viel Mühe aufwandte, um mit ihnen in Kontakt treten zu können. Linda, die verwöhnte Tochter von Robert König, hatte er einmal davon reden hören, dass ein junger Mann es bei ihr mit Rosen, Theaterkarten und schließlich sogar mit einem Lied versucht hatte, in dem sich jede Zeile auf »Linda« reimte. Der junge Mann war für Linda nicht infrage gekommen, er war nicht ihr Typ, sie würde sich niemals in ihn verlieben, das hatte sie ihrer Freundin verraten. Aber er hatte sich dennoch so etwas wie Anerkennung erworben. Ein Mann, der so viel auf sich nahm, wurde nicht ausgelacht. Arne konnte also hoffen.

Am nächsten Tag hatte er Spätdienst. Der gefiel ihm besser als die Frühschicht. Wenn er erst am frühen Abend ins Hotel kommen musste, stand ihm der ganze Tag zur Verfügung. Er konnte sich die Insel ansehen, den Strand genießen und alles noch einmal erleben, was er früher mit seinem Vater erlebt hatte. Seine

Tätigkeit im *Miramar* war eigentlich langweilig. Er stand am Eingang zum Frühstücksraum und begrüßte die Gäste, sorgte später dafür, dass sie alles hatten, was sie brauchten, und half ihnen dann dabei, ihr Tagesprogramm zusammenzustellen. Dabei kam ihm zugute, dass er sich auf Sylt auskannte. Wenn er Spätdienst hatte, besorgte er Taxis, bemühte sich um Eintrittskarten zu einem Konzert oder in die Spielbank und half später an der Hotelbar aus. All das nannte sein Vater »das Hotelfach von der Pike auf lernen«.

Jetzt hatte er Zeit, sich zu überlegen, wie er seinen Plan in die Tat umsetzte. Als er aufstand, wusste er es immer noch nicht. Seit die Morgensonne in seine Kammer gekrochen war und die Erinnerung an den Abend mit einem Mal in grellem Licht vor ihm stand, fand er seine Ideen allesamt aberwitzig. Am besten, er schmuggelte das Kleid unauffällig auf den Zeltplatz und hoffte, dass es Brit zurückgegeben wurde. Oder – vielleicht noch besser – er warf es einfach in die nächste Abfalltonne. Möglich auch, dass es in der Kirche eine Stelle gab, wo man Kleidung für Bedürftige abgeben konnte. Arne überlegte, was eigentlich früher mit seiner abgetragenen oder aus der Mode gekommenen Kleidung geschehen war. Er wusste es nicht. Darum hatte sich immer die Haushälterin gekümmert.

Zwei Stunden später hatte er sich einen Ruck gegeben und war zum Zeltplatz aufgebrochen, Brits Kleid im Rucksack. Einen Plan hatte er immer noch nicht, er würde sich entscheiden, wenn er sie sah. Es war kühl an diesem Morgen, eine dichte Wolkendecke verhinderte, dass die Sonne durchbrach. Vom Sportplatz waren laute Stimmen zu hören, Gelächter, Gekreische, Anfeuerungsrufe. Eine Mädchengruppe, die Brennball spielte. Arne blieb auf dem hölzernen Steg stehen, der zum Eingang des flachen Haupthauses führte, und betrachtete sie. Brit war unter ihnen, die Mädchen, in deren Begleitung sie am Vorabend gewesen war, ebenfalls. Besonders sportlich war Brit nicht. Sie gehörte zur Fängermannschaft und schien den Ballkontakt eher zu meiden, als sich nach ihm zu drängen. Als die Mannschaften getauscht wurden und sie zu den Läufern zählte, reihte sie sich als Letzte ein. Sport war nicht ihr Ding, das wurde Arne schnell klar. Vielleicht war ihr, wie immer noch vielen Frauen und Mädchen, eingeredet worden, dass Sport der Weiblichkeit nicht bekomme.

Als das Spiel zu Ende war, nahm er das Kleid aus dem Rucksack und hielt es so, dass sie es erkennen musste, wenn sie zu ihm sah. Es war dann jedoch Romy, die darauf aufmerksam wurde. Er hörte sie rufen: »Brit! Dein Kleid ist wieder da.«

Sie kam auf ihn zu, im Hintergrund ihre kichernden Mitschülerinnen und Romy, die stehen geblieben war und sie beobachtete.

»Guten Tag«, sagte Brit, und beinahe sah es so aus, als wollte sie knicksen. »Wo haben Sie mein Kleid gefunden?«

Sie erwartete, dass er ihr das Kleid gab, hatte schon den Arm ausgestreckt, aber er konnte sich nicht davon trennen. Das Kleid verband sie. Wenn er es ihr gegeben hatte, konnte sie sich umdrehen und weglaufen. Aber das wollte er unter keinen Umständen. Er wollte sie halten, so lange wie möglich. Die Frage nach dem Warum konnte er sich nicht beantworten. Ihr rundes Gesicht löste etwas in ihm aus, das er noch nie gespürt hatte. Ihre Augen, so klar, ihr Blick, so unverfälscht und aufrichtig. Ihm war, als hätte er nie solche Augen und nie einen solchen Blick gesehen. »Können wir zusammen zum Strand gehen?«, fragte Arne. »Dann erkläre ich es dir.«

Sie würde ablehnen, er wusste es. Sie war ein Mädchen, das niemals sofort zustimmte. Das hatte ihr wahrscheinlich die Mutter eingeprägt. Einerseits gefiel es ihm, andererseits wünschte er sich nichts sehnlicher als ein Ja von ihr.

Brit sah sich zu Romy um, in deren Gesicht stand – das war trotz der Entfernung zu erkennen – das Wissen, von dem Brit noch nicht einmal berührt worden war.

»Ich muss mich erst umziehen.«

War das ein Ja? Hatte sich zwischen ihnen etwas gebildet, das nicht nur er, sondern auch sie empfand? »Gut, ich gehe voraus.«

Am liebsten hätte er sie berührt, hätte nach ihrem Arm gegriffen, sie mit sich gezogen. Mein Gott, was war nur los mit ihm? Er hatte ein Mädchen vor sich, das eindeutig jünger war als er, während er schon längst ein Mann war, einer, der schon gelernt hatte, mit Frauen umzugehen. Aber sie, dieses Mädchen mit den runden, klaren Augen, mit dem Lächeln in den Mundwinkeln, die zitterten, als versuchte sie gerade, die Angst niederzulächeln, sie berührte sein Herz. Und er begriff schlagartig, dass es bisher noch nie berührt worden war. Bis zu diesem Tag hatte er es sich nur eingebildet.

»Kann aber sein, dass Fräulein Brunner mich nicht lässt.«

Arne lächelte und reichte ihr das Kleid, weil er mit einem Mal die Zuversicht besaß, dass es nicht vorbei sein würde, wenn sie es zurückbekommen hätte. »Wie wär's, wenn du sie einfach nicht fragst? Dann kann sie es dir nicht verbieten.«

Nun zitterten ihre Mundwinkel noch mehr, aber ihr Lächeln hatte sich vertieft. Er vertraute ganz fest darauf, dass sie zu ihm kommen würde.

Arne wartete so lange, bis Brit an Romys Seite in die Umkleidekabine gegangen war, dann machte er sich auf den Weg zum Strand. Langsam, mit kleinen, vorsichtigen Schritten. Brit hatte ihn gesiezt, hatte ihn angesehen wie ein Kind einen Erwachsenen, dessen Meinung mehr wiegt. Es konnten höchstens vier Jahre sein, die er älter war, doch vielleicht stellten sie die Grenze zwischen Kind und Erwachsenem dar? Damit hatte er nicht gerechnet. Vermutlich gehörte sie zu den Mädchen, die in einem strengen Elternhaus aufwuchsen, die so wenig wie möglich von den Gefahren wissen sollten, die auf die Frömmigkeit solcher Mädchen lauerte, und die so lange mit Verboten gefügig gehalten wurden, bis ein Eheaspirant auftauchte, der ihnen dann zeigte, was sie vor der Ehe versäumt hatten.

Es dauerte lange. Er war längst am Strand angekommen, als er sie endlich am Dünenkamm sah. Sie lief so schnell sie konnte, wurde aber langsamer, als sie merkte, dass er auf sie aufmerksam geworden war. Jetzt trug sie wieder ein Kleid, diesmal ein buntes, in leuchtenden Farben, das ihr nicht passte. Es war zu kurz, das Oberteil zu eng, so, als hätte sie es sich von einer Freundin geliehen. Vielleicht weil das Kleid, das er ihr gestohlen hatte, ihr einziges war?

Sie fragte ihn nicht, wo er ihr Kleid gefunden hatte, so brauchte er nicht die Entscheidung zu treffen, sich zur Wahrheit zu bekennen oder eine Ausrede zu erfinden. »Ich hätte nicht gedacht, dass ich das Kleid zurückbekomme«, sagte sie nur und ergänzte: »Schön.«

»Ich wusste, dass es dir gehört«, antwortete er und wunderte sich, dass sie ihn nicht fragte, woher er das wusste.

Mit einer Selbstverständlichkeit, die ihn glücklich machte, ging sie an seiner Seite zur Wasserkante. Eine Welle schwappte vor ihre Füße, sie zogen ihre Schuhe aus, lachten sich an, machten nun einen Schritt vor und freuten sich, als die nächste Welle ihre nackten Füße erreichte. Arne fragte sich, ob er ein Gespräch beginnen müsse, ob er sie fragen sollte, woher sie kam, aus welchem Ort, aus welcher Familie sie stammte, ob sie Geschwister hatte … Aber es schien alles nicht wichtig zu sein. Er sah sie nur an und hatte damit alles erfahren, was er wissen wollte. Er wusste, dass sie ein schwärmerischer Mensch war, feinfühlig und begeisterungsfähig. Und er spürte, dass diese Empfindungen bisher unterdrückt worden waren. Als sie an der Wasserkante entlanggingen, griff er nach ihrer Hand und war sicher, dass Brit sie ihm nicht entziehen würde. Und er hatte recht. Er sah sie an und lächelte, sie blickte zurück, aber er hatte die Sonne im

Rücken, und sie musste die Augen zusammenkneifen und krauste die Nase. Doch sie lachte. Mein Gott, sie lachte, als wäre sie glücklich!

*

Für Brit begann ein neues Leben. Ein Leben von wenigen Tagen, aber ganz anders als zuvor. Ein Leben, wie sie es sich erträumt und sich immer gewünscht hatte. Ein Leben, das sie vorher nicht hätte beschreiben können und das nun den Namen Arne Düseler trug. Ganz einfach! Arne! Ein Leben ohne ihn würde nicht mehr möglich sein. Sie entfernte sich in den folgenden Tagen von ihren Mitschülerinnen, auch von Romy, und innerlich erst recht von Riekenbüren, ihren Eltern. Nichts anderes war mehr von Bedeutung, nur Arne. Seine blauen Augen, sein Lächeln, sein Mund.

Als Brit am Tag ihrer ersten Begegnung abends zurück ins Zeltlager kam, versuchte Romy sofort, ihre Liebe mit kritischen Erkundigungen infrage zu stellen. Doch sie merkte schnell, dass es unmöglich war, Brits Gefühle zu erschüttern.

»Bei der ersten Liebe ist das immer so«, sagte Romy, als wären ihre Erfahrungen mit der Liebe bereits beträchtlich. »Das ändert sich später.«

Nein, es würde sich nichts ändern, es würde kein Später geben. Brit wusste es schon am Ende des ersten Tages so sicher, wie sie wusste, dass die Erde rund war. Sie hatte einmal irgendwo gelesen, dass es für jeden Menschen eine große Liebe gibt, die Liebe seines Lebens. Manche finden sie nie oder sind blind dafür, aber diejenigen, denen sie begegnet, erkennen sie sofort. Und dafür brauchte man keine Erfahrungen. Brit wusste, dass ihr die Liebe ihres Lebens begegnet war. Seit der ersten Stunde, in der sie an der Wasserkante mit den Wellen herumgealbert hatten, wusste sie es. Die Frage, was sein würde, wenn sie nach Riekenbüren zurückkehrte und er auf Sylt zurückblieb, ließen beide noch nicht an sich heran.

Brit schlich sich am nächsten Tag erneut davon, als Arne Pause hatte, zwanzig Minuten würden ihnen vergönnt sein. Brit lehnte an seiner Schulter, beide sahen zum Horizont, als Arne endlich sagte, was ihm anfänglich so schwergefallen war: »Ich habe dir das Kleid geklaut.«

Brit lachte, sie hatte es längst geahnt. »Warum hast du das getan?«

»Weil ich ... weil mir nichts anderes einfiel, um dich näher kennenzulernen. Vom ersten Augenblick an dachte ich, dass wir uns näher kennenlernen müssen, dass wir füreinander bestimmt sind ...«

Mehr brachte er nicht heraus. Er wurde unterbrochen. Romy kam den Weg heruntergelaufen und winkte mit beiden Armen.

Juli 1959, Riekenbüren

HASSO STAND AUF DER WIESE vor dem kleinen Haus der Mersels wie in einer Bedürfnisanstalt einer Großstadt. So, als wüsste er nicht, für welche der ein Dutzend Toilettenschüsseln er sich entscheiden sollte.

Der Fahrer von Sanitär-Knipsel hatte sie säuberlich auf der Wiese aufgereiht. »Die hat Ihr Vater bestellt. Gab's zum halben Preis. Das Hotel, dem wir sie liefern sollten, hat alle Aufträge storniert. Irgendwelche Erbstreitigkeiten.«

Hasso lief in die Schreinerei. »Sollen die Pisspötte da stehen bleiben, bis der Campingplatz fertig ist?«

»Weißt du einen besseren Platz?«, fragte sein Vater zurück. »Der Preis war gut, das konnte ich mir nicht entgehen lassen. Die Erstings reisen sowieso morgen ab.«

»Und die Mersels?«

»Ihre Miete ist günstig. Die werden nicht meckern.«

Hasso trat dichter an seinen Vater heran. »Papa, so geht das nicht. Warum kannst du das nicht vorher mit mir absprechen? Mit mir und mit Mama?«

Edward Heflik griff wütend nach einem Kantholz. »Noch bin ich hier der Herr im Haus. Du musst deine Lehre machen. Wenn du Geselle bist, darfst du vielleicht mitreden.«

Hasso drehte sich um und ging wortlos in die Küche zu seiner Mutter. Sie winkte ab, weil sie wusste, was er ihr sagen wollte. »Es ist nicht mit ihm zu reden.«

»Es dauert mindestens ein halbes Jahr, bis das Waschhaus und das Haus für die Rezeption fertig sind. So lange sollen diese Piss-pötte auf der Wiese stehen?«

Frida Heflik zuckte hilflos mit den Schultern. »Der Preis war günstig.« Sie wuselte ihrem Jungen durch die dichten blonden Haare und drückte ihn auf die Eckbank. »Der Streuselkuchen ist fertig. Du bekommst das erste Stück. Ist noch warm.«

Hasso sah seine Mutter kopfschüttelnd an. Oft tat sie ihm leid, weil sie immer wieder und meist vergeblich zu vermitteln versuchte. Sie schaffte es nie, sich auf eine andere Seite zu stellen als auf die des Vaters. Einmal hatte sie Hasso erzählt, dass sie ihm sehr dankbar sei für das Leben, das er ihr bot. Der blendend aussehende Edward Heflik hatte sie zur Frau genommen, nachdem sich alle anderen von ihm abgewandt hatten. »Nun passten wir plötzlich zusammen«, hatte sie gesagt, und Hasso war die Bitterkeit in ihrer Stimme nicht entgangen. »Ein Krüppel und ein Mauerblümchen.« Erschrocken hatte sie die Hand vor den Mund geschlagen. »Um Himmels willen! Verrate ihm bloß nicht, was ich gesagt habe.«

Das würde Hasso niemals tun, das wusste Frida. Es gab viele Vertraulichkeiten zwischen ihnen, von denen auch Brit nie etwas erfuhr.

Hasso griff nach ihrem Arm, als sie ihm ein Stück Streuselkuchen auftat, und zwang sie, ihn anzusehen. »Ich möchte nicht, dass die Mersels, wenn sie aus dem Fenster gucken, ein Dutzend Pisspötte sehen.«

In die Augen seiner Mutter stieg so etwas wie Misstrauen oder heimliches Wissen. »Warum willst du das nicht?«

»Weil es sich nicht gehört. Und weil die Mersels berechtigt wären, weniger Miete zu zahlen.«

»Und warum sonst noch?«

Sie starrte ihn an, er erwiderte ihren Blick genauso lang und intensiv. Dann sagte er: »Ja, du hast recht.«

Frida Heflik ließ sich auf einen Stuhl fallen. »Und Marga Jonker?«

»Die will ich nicht.«

»Aber … dein Vater redet schon mit Bauer Jonker über die Zukunft. Der Zaun soll weg und …«

Hasso fuhr wütend auf. »Wir leben doch nicht mehr im Mittelalter. Ich lasse mich nicht an eine Frau verschachern, die meinem Vater gefällt. Die Zeit der arrangierten Ehen ist nun wirklich vorbei.«

»Wir dachten, dass Marga dir gefällt.«

»Du dachtest das auch?«

Frida schlug die Augen nieder. »Ja, ich spüre schon lange, dass du etwas anderes willst. Aber ausgerechnet solche Habenichtse?«

Hasso griff nach der Hand seiner Mutter. »Stehst du auf meiner Seite?«

Frida schaffte es nicht, zu nicken oder zu bejahen. Aber Hasso wusste trotzdem, dass sie Verständnis für ihn hatte. Doch ob sie es schaffen würde, sich für ihn einzusetzen, das wusste er nicht.

Juli 1959, Sylt

BRIT LÄCHELTE ARNE nach, der erschrocken auf die Uhr geschaut und festgestellt hatte, dass er sich unbedingt aufmachen musste, wenn er nicht zu spät kommen wollte. Romy setzte sich zu Brit in den Sand. »Ich gehe gleich nach Westerland. Allein! Und du kannst wegbleiben, so lange du willst, Brit. Der Jürgens hat begriffen, dass wir ihn in der Hand haben. Wir können machen, was wir wollen.«

Brit hatte noch nie im Leben gemacht, was sie wollte. Mit dieser Art von Freiheit wusste sie gar nichts anzufangen. »Wie willst du das den anderen erklären? Ich möchte nicht, dass die ganze Klasse erfährt …« Sie brach ab, weil ihr die Worte, die sie von Romy gehört hatte, nicht über die Lippen kamen. Anfänglich war es ihr so vorgekommen wie ein Stück Freiheit, dass Romy die körperliche Liebe mit einem Ausdruck bedachte, den sie selbst nie laut aussprechen würde. Dann aber hatte sie gemerkt, dass es ihr Unbehagen bereitete, wenn Romy vom Vögeln sprach und nicht von Liebe. Möglich, dass das zwischen Herrn Jürgens und Fräulein Brunner gar keine Liebe war, sondern nur die Lust auf das Eine, aber Brit wollte trotzdem von Liebe reden.

Romy erhob sich und blickte auf sie herab. »Willst du dich demnächst öfter mit Arne treffen?«

Brit brauchte nicht zu überlegen. »Ja.«

»Dann werden wir ab heute gemeinsam in einem Zelt schlafen. Helga schicke ich zu Gerti.« Sie reckte die Arme in die Höhe und wedelte mit den Händen. »Die Nächte werden ab jetzt uns

68

gehören!« Sie lachte noch lauter, als sie Brits verzagtes Gesicht sah. »Wenn wir erwischt werden, wird uns nichts passieren. Kapierst du endlich?«

Sie wartete Brits Antwort nicht ab, sondern lief zurück, mit großen, weit ausholenden Schritten. Wie ein Mensch, der Wichtiges vorhatte und sich nicht aufhalten lassen würde.

*

Am nächsten Morgen kam Arne zu ihr an den Platz, den sie am Tag zuvor entdeckt und ihren Geheimplatz genannt hatten. Dort wollten sie sich in Zukunft treffen. Eine Mulde zwischen zwei Dünenhügeln, vom Strandhafer geschützt. Brit wartete schon auf Arne und streckte die Hand nach ihm aus, als er sich setzte. »Ich konnte kaum erwarten, dass du kommst.« Sie kuschelte sich an ihn, drängte sich an seine Haut, genoss seinen männlichen Duft und rieb sich an seinen rauen Wangen.

Er küsste sie sanft, dann fragte er: »Was war los mit Romy? Was hatte sie Aufregendes zu berichten?«

Brit hätte gern nach einer Ausrede gegriffen, fand aber keine. Sie stand auf, ging dem Wasser entgegen, und ihr wurde klar, dass sie dem Mann, der für sie die Liebe ihres Lebens war, nichts verschweigen sollte. Während sie Hand in Hand an der Wasserkante entlangschlenderten, berichtete Brit, was sie gesehen hatte, und gestand Arne, dass sie es nicht geschafft hatte, es für sich zu behalten. »Ich wollte nicht, dass sie erpresst werden. Daran habe ich nie gedacht.«

Sie spazierten Richtung Süden. Erst jetzt spürte sie seine Hand richtig, die am Anfang eine Hand gewesen war wie die ihres Vaters, wenn sie dafür sorgte, dass sie den richtigen Weg nahm. Nun war sie eine Hand, die ihr fremd war, weicher als die ihres Vaters, kräftiger als die Hand ihrer Mutter, jung und liebkosend. Bald schwangen ihre Hände im selben Rhythmus, bald konnten sie es wagen, sich auf Armeslänge voneinander zu entfernen, ohne dass sich ihre Hände verloren, sich zu betrachten, wieder zusammenzufinden und Seite an Seite weiterzugehen. Bald gab es keine Strandkörbe mehr, die Leute, die sich in der Sonne badeten, wurden weniger, schließlich sah nur noch gelegentlich ein Kopf aus den Dünen, oder jemand lief zur Wasserkante, um sich abzukühlen.

Brit erschrak, als sie einen nackten Mann sah, der ein Handtuch in den Sand legte. Er bückte sich, um es glatt zu streichen, und zeigte seine Nacktheit in obszöner Weise, ohne die geringste Scham. Brit hatte bisher nur ihren Bruder nackt gesehen, und seit sie beide dem Kindesalter entwachsen waren, hatte die Mutter ihm oft zugezischt, er möge sich, wenn er aus dem Bad kam, um Himmels willen etwas überziehen. »Und schließ die Tür ab, wenn du ins Bad gehst. Du hast eine heranwachsende Schwester!«

Damit hatte sie Brits Neugier geweckt, mit der es aber schnell ein Ende hatte, als das Geheimnis in einem Sommer am Gartenteich gelüftet wurde. Warum wurde aus diesem schrumpeligen Etwas so viel Wirbel gemacht? Schön war es weiß Gott nicht, und gefährlich schien es auch nicht zu sein. Warum diese ganze Geheimniskrämerei?

Doch das, was sie damals im Garten der Eltern gesehen hatte, hatte nichts mit dem zu tun, was sie nun vor sich hatte. Der gelatinöse Wurm, auf den ihr Blick fiel, war dunkel und behaart und krümmte sich wie ein Tier, das noch nicht wusste, ob es angreifen oder sich verstecken sollte. Was unter ihm hing, dieses Graue, Schlaffe, erinnerte an den Jutesack von Opa Johann, dem Vater von Bauer Jonker, der nicht mehr schwer tragen durfte und deshalb mit halber Ernte, manchmal nur mit zwei Kohlköpfen, vom Feld geschickt wurde.

Schnell wandte sie den Blick ab. »Ich möchte zurück.«

Arne, der den nackten Mann ebenfalls gesehen haben musste, verstand zum Glück sofort, worum es ihr ging. Sie machten kehrt, er zog sie an seine Seite, als wollte er sie beschützen, und sie gingen langsam zurück, mit den Schuhen in der Hand und den Füßen im Wasser. Sie redeten nicht viel, alles ließ sich mit dem Druck der Hände, einem Lächeln und der Berührung ihrer Lippen erklären. Es ging nicht darum, was sie sagten, sondern nur darum, wie sie es sagten. Ihre Körper wurden voneinander angezogen, ihre Seelen auch. Ihre Gedanken brauchten nicht ausgesprochen zu werden, um zu spüren, dass sie gleich waren, dass sie sich ähnelten. War das die Liebe? Brit war davon überzeugt, dass sie so aussehen musste. So und nicht anders!

Gegen Mittag bekamen sie Hunger. Arne wies zu einem Strandkiosk. »Ich hole uns was.« Bevor er loslief, sah er Brit ausgiebig an, so lange, dass sie rot und verlegen wurde. »Als du in den *Herzog Ernst* gekommen bist, wusste ich sofort, dass du etwas Besonderes bist. Etwas Besonderes für mich.« Als er mit zwei Fischbrötchen zurückkam, bat er sie: »Du musst mir mehr von deinem Leben erzählen. Noch mehr. Von deiner Familie, von der Stadt, in der du lebst ...«

»Kuhdorf«, warf Brit ein, die sich zum ersten Mal in ihrem Leben für Riekenbüren schämte.

Während sie berichtete, was ihr bisher nicht berichtenswert erschienen war, weil sie nur mit Menschen zu tun hatte, die alles schon kannten, stellte sich vieles mit einem Mal in anderem Licht dar. Das Schicksal ihres Vaters, der so gerne in den Krieg gezogen wäre und einfach nicht einsehen wollte, dass ihm die Kinderlähmung vielleicht das Leben gerettet hatte. Das Leben ihrer Mutter, die heimlich für den Vater geschwärmt hatte, sich aber nie Hoffnungen machen durfte, solange er gesund gewesen war. Ihr Bruder Hasso, der so gut aussah wie ihr Vater, der aber die falsche Frau liebte. Die *Schreinerei Wunder*, in der Brit demnächst die Büroarbeiten erledigen sollte, für die ihre Mutter bisher nicht mehr als zwei Wochentage abends am Küchentisch aufgewandt hatte. »Dabei werde ich wohl drei Einsen auf dem Abschlusszeugnis haben.« Sie biss sich auf die Lippen, als der Satz heraus war. Dann aber sprach sie tapfer weiter: »Ich könnte vielleicht eine Anstellung in einem großen Hotel oder in der Sparkasse bekommen.« Schnell lenkte sie ab. »Und nun du. Woher kommst du? Was machst du? Hast du Geschwister?«

Arne ließ sich Zeit. Er bestand darauf, erst den Kampf mit den großen Zwiebelringen zu gewinnen, bevor er zu reden anfing. Seine Auskünfte waren dann ziemlich spärlich. Er kam aus Hamburg, war Einzelkind, an seine Mutter, die schon früh gestorben war, konnte er sich nicht erinnern. Sein Vater arbeitete in einem Hotel und hatte ihm geraten, sich ebenfalls fürs Hotelgewerbe zu entscheiden. »Es werden fette Jahre kommen«, meinte Arne. »Das Wirtschaftswunder ist nicht mehr aufzuhalten. Hier auf Sylt erst recht nicht.« Er wurde im *Miramar* zum Hotelpagen ausgebildet, was danach mit ihm geschehen würde, konnte er noch nicht sagen. Wahrscheinlich würde er zurück nach Hamburg gehen. Natürlich musste er dann Geld verdienen, er hoffte, bald eine Stelle zu finden. Vielleicht schaffte er es später mal bis an die Rezeption. Gäste empfangen, ihnen ihre Zimmer zuweisen, dafür sorgen, dass ihnen ihr Gepäck neben die Betten gestellt wurde, ihnen helfen, wenn es Schwierigkeiten gab … das würde ihm gefallen. Oder sogar ein eigenes Hotel. »*Hotel Düseler!*« Er lachte Brit an. »Oder soll ich es anders nennen? *Hotel Brit?*« Er beugte sich vor, nahm Brits Gesicht in beide Hände und küsste sie. Dass er gerade Zwiebeln gegessen hatte, spielte keine Rolle. Doch! Es machte beide glücklich, dass es nichts ausmachte. Mittlerweile wusste Brit auch, worauf es beim Küssen ankam. Beim ersten Mal hatte sie die Lippen gespitzt, wie sie es tat, wenn sie ihre Mutter oder eine alte Tante küsste, aber das war natürlich falsch gewesen. Arne hatte ihre Lippen behutsam mit der Zunge geöffnet, und dann waren sie weich und nachgiebig geworden. Es dauerte nicht lange, und Brit wusste, wie man küsste. Ein himmlisches Gefühl! Es schien alles zu verändern. In Riekenbüren würde sie sich nicht mehr von ihren Eltern sagen lassen, dass sie noch ein Kind war, das nichts vom Leben wusste. Sie hatte in diesen Tagen einiges vom Leben erfahren. Ein Mann hatte sich in sie verliebt, kein Junge, sondern ein Mann, im gleichen Alter wie Hasso. Ihre Eltern würden nun einsehen müssen, dass sie erwachsen war.

Von da an gehörte Brit nicht mehr dazu. Sie hatte sich etwas herausgenommen, hatte sich abgesondert, indem sie etwas erlaubt bekommen hatte, was sonst niemandem zugebilligt worden wäre. Warum? Diese Frage stand in allen Gesichtern. Und: Was hast du getan? Mit einer Erklärung hätte sie sich wieder in die Gemeinschaft der Klassenkameradinnen einfügen können, aber Brit schwieg und wurde damit zur Zielscheibe des Getuschels.

Auch Romy gehörte nicht mehr dazu. Aber ihre Position war nie in der Mitte der anderen gewesen, sie war immer die Spitze gewesen, mit einem deutlichen Abstand zu den anderen. Nun war sie noch weiter abgerückt von ihnen. Beide, Brit und Romy, waren einen ganzen Tag unterwegs gewesen, ohne dass jemand erfuhr, wo sie sich aufgehalten hatten und warum es ihnen gestattet worden war. Und auf diesen Tag folgten weitere. Oft gingen Brit und Romy vormittags weg und kehrten erst abends zurück, während die anderen Mädchen Wattwanderungen, Rundfahrten und Radtouren machten.

Die wenigen letzten Tage auf Sylt waren zu einer Ewigkeit geworden und doch wie im Flug vergangen. Wann immer Arne Zeit hatte, trafen sie sich, oft schwänzte er auch seinen Dienst oder gab vor, erkältet zu sein oder an Übelkeit zu leiden.

Von der Zukunft sprachen sie erst kurz vor Brits Rückreise. »Wir müssen uns wiedersehen«, sagte Arne. »Ich werde dich besuchen. Möglichst bald.«

Dieser Gedanke machte Brit Angst. »Meine Eltern …« Nun rückte Riekenbüren wieder näher, die Hände ihrer Mutter griffen nach ihr, die Prinzipien ihres Vaters drohten ihr. »Ich muss sie erst mal vorbereiten.«

»Ja, gut.« Arne hatte Verständnis für sie. »Aber es darf nicht zu lange dauern. Wir gehören zusammen, Brit. Vergiss das nicht.«

Als ob sie das vergessen könnte! »Ich werde ihnen klarmachen, dass wir nicht zu trennen sind.«

Sie saßen wieder an ihrem Geheimplatz, als sie darüber sprachen, wie die Zukunft aussehen könnte. Arne nahm ihr Gesicht in die Hände und betrachtete sie forschend. »Meinst du, das wollen deine Eltern? Uns trennen?«

Brit betrachtete seine blauen Augen, in denen sie immer versinken konnte, sah seine Sorge darin, als er begriff, dass die Zukunft nicht einfach sein würde. »Du bist stark, Brit. Du schaffst das. Tu es für uns. Lass dir nicht von deinen Eltern einreden, dass du noch zu jung bist. Oder dass ich nicht der Richtige für dich bin.« Er zog sie in seine Arme und flüsterte an ihrem Ohr: »Ich bin der Richtige für dich. Kein anderer wird es je sein. Nur ich!«

Und dann kam der Tag des Abschieds. Brit hatte Arne gebeten, nicht zum Bahnhof zu kommen. Sie wollte wie die anderen in den Zug steigen, fröhlich und unbeschwert, mit vielen Erinnerungen, die sie zu Hause erzählen wollte. Das hätte Brit nicht geschafft, wenn Arne auf dem Bahnsteig gestanden und ihr nachgewinkt hätte. Der Abend vor der Abreise hatte ihnen noch einmal gezeigt, worauf es ankam. Sie gehörten einander, niemand würde sie trennen können. Brit hatte die Erinnerung an Arnes Gesicht, an seine Augen, seine Haare in sich, seinen Duft in ihrer Nase, seine Hände auf ihrer Haut. Diese Erinnerung würde sie festhalten, bis sie sich wiedersahen. Schon bald ...

*

Romy und Brit saßen in einem Eisenbahnabteil für sich allein, niemand wollte bei ihnen sein.

»Was hast du eigentlich all die Tage gemacht?«, fragte Brit, als der Zug über den Hindenburgdamm fuhr. Sie fragte es zum ersten Mal.

Romy ließ sich Zeit mit einer Antwort. Schließlich gab sie zu verstehen, dass sie Brit nichts verraten wolle. »Du bist nicht verschwiegen.«

»Ich?« Brit zeigte auf ihre Brust. »Wie kannst du das sagen?«

»Du hast mir erzählt, dass die Brunner und der Jürgens miteinander gevögelt haben.«

»Ja, aber ... du warst diejenige, die es ausgenutzt hat. Du hast sie erpresst, nicht ich.«

»Hast du dich dagegen gewehrt?«

Nein, das hatte Brit nicht. Ihre Schuld hatte sich verdoppelt. Erst war sie nicht verschwiegen gewesen, dann hatte sie nicht verhindert, was Romy getan hatte.

Mit einem Mal grinste Romy. »Vielleicht wären wir ein ganz gutes Gespann.«

»Ich wohne in Riekenbüren.«

»Das weiß ich.« Das folgende Schweigen rumpelte und schaukelte auf den Schienen. »Meine Mutter ist froh, wenn ich mich endlich selbstständig mache. Die erlaubt mir auf jeden Fall, in eine andere Stadt zu gehen, wenn ich dort eine Stelle bekomme. Und da nun sicher ist, dass ich die Abschlussprüfung bestehe, finde ich eine. Ganz bestimmt. Vielleicht sogar in Westerland. Im *Miramar*.«

Brit wollte sich an die Stirn tippen, aber Romys entschlossener Gesichtsausdruck hinderte sie. Ja, Romy würde es vielleicht wirklich schaffen. »Meine Eltern erlauben mir das niemals.«

Wieder grinste Romy. »Vielleicht, wenn sie wüssten, was du getan hast.«

Brit spürte, dass sie rot anlief. »Woher willst du wissen …«

Romy schnitt ihr das Wort ab. »Von mir erfährt keiner, dass du gevögelt hast.«

Brit sprang auf. »Ich muss mal.«

Sie lief bis ans Ende des Zuges, wo es leer war. Dort blieb sie stehen und kämpfte mit den Tränen. Das schreckliche Wort, das Romy schon wieder benutzt hatte, wollte sie nicht noch einmal hören. Romy hatte ja keine Ahnung. Sie wusste nichts von der Liebe, tat nur so, als würde sie sich auskennen. Wer etwas von Liebe wusste, würde niemals dieses Wort herausbringen. Brit hätte nie gedacht, dass sie sich einmal Romy überlegen fühlen könnte. Erst recht hätte sie nicht für möglich gehalten, dass sie sich daran nicht erfreuen könnte.

Erst als der Halt in Hamburg angekündigt wurde, ging sie zurück, nahm ihren Rucksack und sprang später auf den Bahnsteig, ohne sich von jemandem zu verabschieden. Auch nicht von Fräulein Brunner und Herrn Jürgens. Sie sah eine junge Frau mit zwei kleinen Kindern die Treppe heraufhasten und Herrn Jürgens begrüßen. Er schwenkte erst das größere Mädchen, dann das kleine durch die Luft. Fräulein Brunner ging dicht an ihnen vorbei und blieb an der Treppe stehen, um einen Blick zurückzuwerfen. Sie tat Brit leid. Dann beobachtete sie, wie Romy ihren Rucksack die Treppe hinuntertrug, achtete aber darauf, sich ihr nicht anzuschließen. Die Zeit auf Sylt war vorbei, die Zeit mit Romy auch.

Romy war die Einzige, die nicht abgeholt wurde. Sie ging zur Haltestelle und suchte nach einer Möglichkeit, mit dem Bus nach Hause zu kommen.

HASSO STAND MIT dem NSU Prinz vor dem Bahnhofsvorplatz und wartete auf sie. Als er Brit sah, griff er über den Beifahrersitz und öffnete die Tür für sie. »Na, Kleine? Hattest du eine schöne Zeit?«

Brit ließ sich neben ihn fallen und begann zu weinen. Bis Riekenbüren hatte sie ihrem Bruder alles erzählt.

»Oje!«, sagte er, als sie vor der Schreinerei ankamen. »Ein Hotelpage! Das wird unserem Vater nicht gefallen.«

Riekenbüren schien kleiner geworden zu sein, in nur einer einzigen Woche. Die Straße, die ins Dorf hineinführte, war schmaler, die Kirche niedriger, das Haus der Familie Heflik klein und geduckt. Nur die *Schreinerei Wunder* war noch breit und ausladend, streckte sich bis zum nächsten Nachbarn.

Frida Heflik empfing ihre Tochter mit einer weichen Umarmung und mit frischem Apfelkuchen. »Du musst unbedingt erzählen, was du erlebt hast.«

Sogar ihr Vater umarmte sie, der sonst Mühe hatte, Gefühle zu zeigen. »Ich hoffe, du hast keine Dummheiten gemacht.«

Dummheiten? Sie hatte die Liebe kennengelernt. Sie liebte! Sie wurde geliebt! Die vielen heimlichen Stunden am Strand spürte sie noch auf ihrer Haut wie Sand, der nicht abgewaschen worden war. Und dann die letzte Nacht auf Sylt, die Nacht in Arnes Bett! Seine Tante hatte nichts gemerkt, Fräulein Brunner dagegen hatte am Morgen am Eingang des Zeltplatzes auf sie gewartet und sich wortlos umgedreht, als Arne sie dort ablieferte.

Sie musste herausgefunden haben, dass Brit die Nacht über weggeblieben war. Von den anderen Mädchen hatte niemand etwas mitbekommen. Außer Romy natürlich.

»Respekt«, hatte sie gesagt, als Brit ins Zelt schlüpfte, um sich umzuziehen. »Dass du dich das traust, hätte ich nicht gedacht.«

Aber es war keine wirkliche Anerkennung gewesen, die aus Romys Worten sprach. Es war auch kein Neid gewesen, wie Brit sich zunächst einzureden versuchte, weil ihr einfach keine andere Erklärung einfiel. Genauso wenig war es Romys Sorge gewesen, den Platz an der Spitze der Gleichaltrigen zu verlieren. Vielleicht war es ihre Erkenntnis, dass jemand etwas geschenkt bekam, was nicht gefordert oder erschmeichelt werden musste, die Erkenntnis, dass so die Liebe aussah und dass Romy sie noch nicht gefunden hatte. Vielleicht war sogar die Angst in ihr entstanden, sie niemals finden zu können. Dass sie mit sechzehn Jahren noch viel Zeit hatte, der Liebe auf die Spur zu kommen, besänftigte Romy in diesem Moment womöglich nicht. Vielleicht hatte sie mit der Einsicht zu kämpfen, dass so etwas wie Liebe nicht zu erzwingen, nicht zu ertrotzen war und dass sich das Schicksal nicht erpressen ließ.

Nach der Rückkehr in den Schulalltag nahm Brit gleichmütig zur Kenntnis, dass ihre Noten seit der Fahrt nach Sylt viel besser geworden waren, und stellte fest, dass Fräulein Brunner und Herr Jürgens ihre Leistungen weiterhin erstaunlich großzügig bewerteten. Aber wann immer sie eine Klassenarbeit zurückerhielt, ließ Brit sie in der Tasche verschwinden, nachdem sie nur einen kurzen Blick auf die Note geworfen hatte. Ihre Fehler nahm sie erst in Augenschein, wenn sie allein war. Romy machte es genauso. Mit der Lässigkeit, die Menschen zu eigen ist, die gern so tun, als wäre etwas anderes wichtiger, ohne klarzumachen, was dieses andere war. Bei Brit war es die Ängstlichkeit, die aus einem schlechten Gewissen kam. Aber das stand nicht im Vordergrund.

Bestimmt wurde ihr Leben von ihren Gedanken an Arne, von ihren Erinnerungen an Sylt, ihrem Glück, ihrer Liebe, ihren Zukunftsplänen, die noch geheim bleiben mussten. Warum eigentlich?

Das fragte Arne bei jedem Telefonat. »Warum?« Aber Brit hatte das Gefühl, dass ihr Mut auf Sylt geblieben war.

Sie brauchte sich nur das Gesicht ihres Vaters vorzustellen und die Verzweiflung ihrer Mutter, und sie vertröstete Arne damit, erst ihren Schulabschluss abwarten zu wollen. Dann würde sie notfalls ihre Sachen packen und sich auf Sylt, in Arnes Nähe, Arbeit suchen. Jedes Mal, wenn sie das aussprach, entstand ein Kribbeln in ihrer Körpermitte, das wohl eine Mischung zwischen Angst und Entschlossenheit war.

»Du bist noch längst nicht volljährig«, sagte Arne dann jedes Mal. »Wie soll das gehen, wenn deine Eltern es dir nicht erlauben?«

»Immerhin werde ich bald siebzehn«, war dann jedes Mal ihre Antwort gewesen. »Dann müssen meine Eltern einsehen, dass sie mich nicht zwingen können, in Riekenbüren zu bleiben.«

Aber die Wahrheit war, dass sie große Angst hatte, ihre Eltern darum zu bitten, sie gehen zu lassen. Sie wusste, dass sie nicht die Erlaubnis erhalten würde. Sie wusste auch, dass von da an das Leben in Riekenbüren noch eintöniger sein würde. Die Eltern würden noch strenger darauf achten, dass sie im Haus blieb. Und sie würden unerbittlich darauf aufpassen, dass es keinen Kontakt zu dem Hotelpagen auf Sylt gab. Ihre Tochter war schließlich kein Flittchen, das sich in ein paar Tagen erobern ließ. Von einem jungen Mann, der völlig unbekannt war, von dem niemand etwas wusste, dessen Familie niemand kannte, dessen Pläne man nur erahnen konnte. Womöglich ein Faulpelz, der in einen gut gehenden Handwerksbetrieb einheiraten wollte und sich dann auf die faule Haut legte. Nein, Brit brauchte einen Mann, dessen Familie in Riekenbüren bekannt war. Nur so einer kam für sie infrage.

Nichts von dem war bisher ausgesprochen worden. Dennoch war Brit sicher, dass sie all das zu hören bekommen würde, wenn sie das Wagnis einging, ihre Eltern darum zu bitten, Arnes Besuch in Riekenbüren zu gestatten.

ZUM GEBURTSTAG erhielt Brit einen eigenen Büroraum hinter der Werkstatt, darin ein Schreibtisch und darauf ein Telefon. Sie wuchs ein Stück in die Höhe vor Stolz, ließ sich auf dem Schreibtischstuhl nieder, schlug die Beine übereinander und griff mit spitzen Fingern, wie die Chefsekretärin eines Diplomaten, nach dem Telefonhörer. Zum Entsetzen ihres Vaters rief sie eine Nachbarstochter an, von der sie wusste, dass es in dieser Familie bereits ein Telefon gab.

»Aber nur ausnahmsweise und weil du Geburtstag hast«, sagte Edward Heflik, als sie aufgelegt hatte. »Zwanzig Pfennige! Wenn du das fünfmal am Tag machst, ist es schon eine Mark. Und Ferngespräche ...« Über die Unsummen, die Ferngespräche verschlangen, wollte er lieber gar nicht nachdenken. »Nur, wenn es sein muss.«

Hasso machte ein Foto von seiner Schwester, wie sie an ihrem Schreibtisch saß, und wurde von seinem Vater zurückgehalten, als er vorsichtshalber ein zweites machen wollte. Das war Verschwendung, und so was durfte nicht sein. Er hatte Hasso schon am Tag zuvor dabei erwischt, wie er die Toilettentöpfe auf der Wiese fotografierte. Auch das war natürlich Verschwendung gewesen. Und nachdem Hasso ihm geantwortet hatte, er wolle später seinen Enkeln zeigen, was ihr Großvater seinen Mitmenschen zugemutet habe, nur um ein bisschen Geld zu sparen, hatte Edward Heflik zornig gefragt: »Ein bisschen Geld? Soll ich dir mal ausrechnen, wie viel ich gespart habe?« Als Hasso daran nicht interessiert war, hatte er stundenlang nicht mit seinem Sohn geredet.

»Meinst du, Papa merkt«, fragte Brit ihren Bruder tuschelnd, »wenn ich häufig mit Sylt telefoniere?«

»Besser, du bist vorsichtig.«

Bis zu diesem Tag war Brit, wenn sie mit Arne telefonieren wollte, in die Schreinerei geschlichen, wo ihr Vater ein Telefon stehen hatte. Wenn er dann mit einem Lieferanten oder einem Kunden telefonierte, schrie er gegen die Kreissäge, das Hämmern und das Schleifen an und hatte sich auf diese Weise angewöhnt, Telefongespräche grundsätzlich schreiend zu führen, als traute er dem glänzenden schwarzen Gerät nicht, dessen Technik ihm sowieso suspekt war. Frida Heflik nahm nicht einmal den Hörer von der Gabel, ihr kam es so vor, als übertrüge sich nicht nur ihre Stimme zu einem unsichtbaren Gesprächspartner, sondern ihre Gedanken gleich mit.

Als der Frankfurter Kranz gegessen war und Edward Heflik zur Feier des Tages eine Flasche Wein aus dem Keller holte, öffnete Brit die Küchenschublade, in der ihre Mutter aufbewahrte, was für den Schriftverkehr und das Rechnungswesen nötig war. Sie schichtete alles in einen Wäschekorb und legte die Akten, die auf dem höchsten Regalbrett über dem Herd standen, darüber. Mit feierlicher Miene trug sie den Wäschekorb in ihr neues Büro, begleitet von den gerührten Blicken der Eltern, die glaubten, sie könne es nicht abwarten, diesen Büroraum zu beziehen.

»Warte erst mal deine Prüfung ab«, rief ihr die Mutter hinterher.

Aber Edward Heflik brachte sie zum Schweigen. »Sie soll sich ruhig schon einarbeiten.« Mit erhabener Miene schrieb er vier Zahlen auf einen Zettel und wies Brit an, sie auswendig zu lernen. Auf ihren erstaunten Blick sagte er: »Mit diesen Zahlen kannst du die Tresortür öffnen.« Er sah so aus, als wollte er seiner Tochter übers Haar streichen, unterließ es dann aber. »Wenn du das Büro führst, musst du vielleicht einmal an den Tresor. Also musst du die Zahlen kennen.«

Ein einmaliger Vertrauensbeweis, das wusste Brit. Beinahe hätte sie vor Rührung zu weinen begonnen, aber das hätte natürlich nicht zu der erwachsenen jungen Frau gehört, der Verantwortung zugebilligt wurde. Feierlich ging Edward Heflik seiner Tochter voraus, Frida Heflik folgte den beiden ins Wohnzimmer. Hinter der Schranktür, in der die Tischdecken aufbewahrt wurden, gab es einen Tresor, was Edward Heflik für einen genialen Schachzug gehalten hatte, als er ihn einbauen ließ.

»Im Büro suchen Diebe so was zuerst. Dass der Tresor hinter den Tischdecken versteckt ist, darauf kommt niemand.«

Er wies Brit an, die soeben auswendig gelernten vier Zahlen zu benutzen und den Tresor zu öffnen. Zum Glück gelang es ihr auf Anhieb. Ihr Vater nickte anerkennend, und die Mutter zog Brit in ihre Arme. Dieses Geschenk war das größte, bedeutungsvollste, für Brit so wunderbar wie das Telefon.

Die Schnur des Apparats war lang, Brit konnte sie bis vor die Tür ihres Büros ziehen. Die Gesellen hatten Feierabend, die Schreinerei war leer. Sie würde rechtzeitig sehen und hören, wenn jemand hereinkam, und Zeit genug haben, das Gespräch zu beenden.

Es war das erste Mal, dass Ava Düseler sich meldete. Brit erschrak, damit hatte sie nicht gerechnet. Arne hatte ihr erzählt, dass seiner Tante das Telefon unheimlich war und sie es ungern benutzte. Warum sie es überhaupt angeschafft hatte, wusste Arne angeblich nicht. So ein Telefon kostete Geld, und es war nicht zu übersehen, dass seine Tante nicht mehr als das Nötigste besaß. Trotzdem stand ein Telefon in ihrer Diele? Brit hatte es nicht verstanden und Arne keine Erklärung dazu abgegeben.

Brit begann zu stottern. »Ich würde gerne … ich möchte Arne sprechen.«

»Moment.«

Einen Augenblick später hörte sie Arnes Stimme. »Herzlichen Glückwunsch!« Er sang für sie »Happy birthday«, und Brit war froh, dass es ihrem Vater nicht zu Gehör kam. Hasso hatte einmal dieses Lied geschmettert, als die Mutter Geburtstag hatte, und war von seinem Vater scharf zurechtgewiesen worden. Kannte er keine deutschen Lieder? Warum musste er auf Texte zurückgreifen, die kein Mensch verstand? Weil es modern wurde, neuerdings Party statt Tanzabend zu sagen und Teenager statt Backfisch? In seinem Hause jedenfalls nicht!

»Ich kann dir nicht mehr schenken«, flüsterte Arne, »als meine Liebe. Warum darf ich nicht zu dir kommen?«

»Weil du auf Sylt arbeitest, keinen Urlaub hast und kein Geld für die Fahrt.«

Er seufzte. »Stimmt.«

In diesem Augenblick war ein Geräusch zu hören. »Ich muss Schluss machen.«

Halina war in die Schreinerei gekommen, vermutlich um heimlich nach Hasso Ausschau zu halten. Sie lächelte, als sie Brit stattdessen antraf. »Herzlichen Glückwunsch!«

Halina war ein sehr hübsches Mädchen mit langen, schwarzen Haaren, einem dunklen Teint und braunen Augen. Ihr Aussehen war fremdländisch, vielleicht war es das, was der Vater nicht mochte. Sie unterschied sich von den Riekenbürenern, die allesamt hellhäutig und überwiegend aschblond waren.

»Du hast zugenommen«, sagte Halina lachend. »Steht dir gut.«

Brit sah an sich herab. Halina hatte recht. An diesem Tag hatte sie den Rock mit dem Gummizug in der Taille gewählt, weil der, den sie eigentlich anziehen wollte, zu eng geworden war. Auch der Verschluss ihrer Bluse spannte. Der dritte Knopf von oben sprang immer wieder auf.

Am Abend, während sie Geschirr abtrocknete, sagte sie zu ihrer Mutter: »Ich brauche einen Büstenhalter. Und einen Hüfthalter auch. Alle anderen Mädchen haben so was.«

Das stimmte nicht. Aber sie hatte die Erfahrung gemacht, dass eine Bitte, wenn sie mit einer solchen Behauptung daherkam, eher erfüllt wurde. Und das war ihr jetzt wichtig. Sie war kein Kind mehr! Sie war eine Frau geworden. Heimlich zwar, aber unübersehbar. Alle Frauen, die sie kannte, hatten einen größeren Busen und einen dickeren Bauch als junge Mädchen. Ihre körperliche Veränderung konnte nur daher rühren, dass sie eine Nacht mit Arne verbracht hatte. In dieser Nacht war sie zur Frau geworden. Damit brauchte sie einen Büstenhalter und einen Hüfthalter auch.

Schade, dass sie es niemandem erzählen konnte, nicht ihre Gefühle, ihre Ängste, ihre Wünsche. Sie hatte keine Freundin, der sie sich anvertrauen konnte, Hasso, einem Mann, würde sie es niemals verraten, aber auch Halina nicht. Sie fürchtete sich vor deren Reaktionen. Sollte ihr jemand Vorhaltungen machen, sollte man sie unmoralisch nennen, verdorben, unanständig, sittenlos, lasterhaft, schlampig und was es alles für schreckliche Bezeichnungen für Mädchen gab, die sich so verhielten wie sie, dann hätte sie nicht viel entgegenzusetzen. Dass sie es nicht gewollt hatte? Eine Ausrede, die ihr niemand geglaubt hätte. Überhaupt ging es nur um das, was sie getan hatte, ob sie es gewollt hatte oder nicht, danach würde niemand fragen. Sie hätte Nein sagen können, Arne hätte dieses Nein akzeptiert. Tatsächlich hatte sie es geflüstert. »Nein.« In Riekenbüren musste ein Mädchen Nein sagen, das hatte ihr die Mutter eindringlich erklärt. Ein Mädchen, das nicht Nein sagte, wurde nicht geheiratet. Auch Brits Freundinnen hielten es so: Selbst wenn man Ja meinte, muss man erst Nein sagen. Als Arne vor ihr ins Haus gehuscht war, sagte sie es vorsichtshalber noch einmal. »Nein.« Aber gefolgt war sie ihm trotzdem. An der Wohnzimmertür vorbei, hinter der Ava Düseler in ihrem

Sessel saß, über der Strickarbeit eingenickt. Die Treppe hoch und vor der Tür des winzigen Zimmers ein letztes Mal. »Nein.« Aber sie hatte sich nicht gewehrt, als Arne sie ins Zimmer schob und die Tür hinter ihnen schloss. Als er unter ihr Kleid griff, es über ihren Kopf zog, sich aufs Bett fallen ließ und sie mit sich nahm, sodass sie auf seinem Bauch zu liegen kam. Ab jetzt gab es nur noch Ja. Sie war nicht in Riekenbüren, sie war auf Sylt.

Für alles, was dann folgte, hatte Brit nur einen Namen: Verschmelzung. Ja, sie verschmolzen miteinander, teilten sich Intimität, ihre Lust, ihre Liebe, sie wurden eins, ihre Seelen, ihre Körper, alles. Sogar, als das Schrecklichste geschah, was Brit sich hatte vorstellen können, dass Ava Düseler die Treppe hochkam und oben verharrte, als wäre ihr etwas aufgefallen, selbst dann kam die Scham nicht, das Schuldbewusstsein auch nicht. Die Liebe blieb und schaffte es sogar, sich unter Albernheit zu verstecken. Kichern, unter die Decke kriechen, tuscheln, mit angehaltenem Atem lauschen … und dann erleichtert ausatmen, als Tante Ava in ihrem eigenen Schlafzimmer verschwand.

Irgendwann waren sie in einen leichten Schlaf gefallen, am frühen Morgen wieder wach geworden, weil das Bett viel zu schmal war und sie sich ständig gegenseitig störten, weil Brits Arm über Arnes Gesicht gefallen und sein Körper so schwer geworden war, dass sie beinahe aus dem Bett gefallen wäre. Schlafwarm hatten sie sich erneut umarmt und waren dann aufgestanden, während Arnes Tante sich hinter der Küche an einem Zuber mit kaltem Wasser wusch, und hatten es geschafft, das Haus unbemerkt zu verlassen.

*

In Riekenbüren gab es das Wäschegeschäft von Fräulein Frank, die schon mehrere Generationen mit allem versehen hatte, was die Brust hob, aus der Kehrseite etwas Glattes, Festes machte, was

nicht im Entferntesten an Gesäßbacken denken ließ, etwas auf-
polsterte, wo die Natur gestümpert und etwas abschnürte, wo sie
es übertrieben hatte. Es sollte schon Männer gegeben haben, die
bei Fräulein Frank vor der Tür erschienen waren, weil sie nicht
wussten, wie sie ihre Frau aus dem herausholen sollten, was sie
ihnen empfohlen hatte, oder sich bei ihr beschwerten, weil sich
nach dem Entkleiden herausstellte, dass sie auf eine Mogelpa-
ckung hereingefallen waren. Aber das war natürlich nur dummes
Gerede, das glaubte niemand.

Fräulein Frank wurde in Riekenbüren nicht nur wegen ihres
guten Geschmacks und ihrer Fachkenntnis geschätzt, sondern
vor allem wegen ihrer Diskretion. Nie hatte jemand in Erfahrung
bringen können, mit welchen Mitteln die Frau des Kohlenhänd-
lers von Körbchen-Größe A zu C gewechselt hatte, und kein
einziges Mal war frühzeitig von einer Schwangerschaft etwas
ruchbar geworden, weil Fräulein Frank die Angelegenheit schnell
durchschaut hatte, indem sie einen Büstenhalter mit verstellbaren
Trägern empfahl. Alle Frauen von Riekenbüren achteten darauf,
grundsätzlich allein bei Fräulein Frank in ihrem winzigen Laden
zu sein, in den sowieso nur mit Mühe eine zweite Kundin passte.
Und wenn sich doch noch jemand wegen des schnellen Kaufs
von Gummiband oder Wäscheknöpfen hineintraute, hielt Fräulein Frank die beiden Vorhänge der Umkleidekabine zu, sodass
niemand einen Blick auf die Frau werfen konnte, die etwas anpro-
bierte, was erst zum Schützenfest Premiere haben sollte. In ganz
schwierigen Fällen kam Fräulein Frank sogar mit ihrem großen
Musterkoffer ins Haus.

Brit stand zusammen mit ihrer Mutter in Fräulein Franks Geschäft, sah sich die Büstenhalter an, die von nun an zu ihrer
Grundausstattung zählen sollten, und fragte sich auf einmal, ob
sie wirklich so erwachsen sein wollte, wie sie sich zurzeit fühlte.
Und die Hüfthalter, deren Sinn sich ihr sowieso nicht erschloss,

hätte sie am liebsten zurückgewiesen. Fräulein Frank war mit beiden Unterarmen hineingefahren und zeigte nun, wie dehnbar sie waren, wie perfekt sie aus einem schwingenden Unterkörper etwas Unelastisches machten, das mit dem Schöpfungswerk Gottes nichts mehr zu tun hatte.

Fräulein Frank ging mit Brit in die Umkleidekabine, betrachtete sie mit Kennermiene und fragte: »In welchem Monat?«

Ehe Brit sich erkundigen konnte, was sie meinte, wurde der Vorhang zur Seite gerissen. Frida Heflik starrte das Spiegelbild ihrer Tochter mit aufgerissenen Augen an. »Brit! Was hast du getan?«

»Im dritten Monat mindestens«, entgegnete Fräulein Frank.

Frida Heflik rechnete zurück. »Die Woche im Zeltlager auf Sylt!«, stöhnte sie.

Fräulein Frank wurde nicht zum ersten Mal Zeugin einer familiären Tragödie. Sie bewahrte Ruhe, empfahl mit gleichmütiger Miene einen Büstenhalter, der besonders dehnbar war, und riet dazu, vom Kauf eines Hüfthalters zunächst abzusehen.

Diese stoische Ruhe ging auf Frida Heflik über. Sie schaffte es tatsächlich zu warten, bis sie das Geschäft verlassen hatten und um die nächste Ecke gebogen waren. Erst dann verpasste sie Brit zwei schallende Ohrfeigen. »Du Flittchen!«

Oktober 1959, Hamburg

KNUT AUGUSTIN versetzte seiner Sekretärin einen ordentlichen Schreck, als er unvermittelt zu schreien begann. »Bist du verrückt geworden? Wie kannst du dich derart austricksen lassen? Auf eine so miese Tour?«

Fräulein Mucke duckte sich und verließ das Chefbüro, als hätte sie Angst, Knut Augustin könnte mit dem Telefonhörer nach ihr werfen. Leise drückte sie die Tür ins Schloss, um ihm nicht den geringsten Grund für weitere Wutausbrüche zu geben.

»Mein Sohn! Derart dämlich! Ich fasse es nicht!«

»Du irrst dich. Sie weiß nicht, wer ich bin. Sie kennt mich als Arne Düseler. Ich habe ihr erzählt, dass mein Vater in einem Hotel in Hamburg arbeitet, das ist alles. Sie denkt, du bist Portier oder Kofferträger.«

»Du hast ja keine Ahnung.« Knut Augustin überschätzte die Länge der Telefonschnur und riss das Telefon vom Schreibtisch, als er unbedingt einen Blick aus dem Fenster werfen wollte, während er mit seinem Sohn sprach. Es hätte ihn beruhigt. Aber jetzt wurde sein Zorn nur noch größer, als er sich bücken und das Telefon aufheben musste. »Jedenfalls wirst du sie nicht heiraten«, blaffte er in den Hörer.

»Du vergisst, dass ich in wenigen Tagen volljährig werde.«

»Du willst mir drohen?«

»Ich will dich nur daran erinnern, dass du mir bald keine Vorschriften mehr machen kannst.«

»Ich werde dich enterben.«

»Und wenn mir das egal ist?«

»Dieses Weibsbild hat dich verhext!«

»Nenn sie nicht so. Brit ist ein unbescholtenes Mädchen aus einem Dorf bei Bremen. Der Vater hat eine Schreinerei. Sie kommt aus ganz soliden Verhältnissen.«

»Wetten, dass sie dich belogen hat?«

»Das glaube ich nicht. Sie lebt mit ihren Eltern in Riekenbüren.«

»Du kommst erst mal nach Hause.«

»Das geht nicht. Ich habe Dienst.«

»Ich werde dafür sorgen, dass du Urlaub bekommst.«

»Ich will keine Extrawurst, nur weil ich der Sohn vom alten Augustin bin.«

»Ich werde gleich den Hoteldirektor anrufen.«

»Nein!«

»Du packst sofort deine Koffer. Sag Ava, sie soll ans Telefon gehen. Ich habe mit ihr zu reden.«

»Vater!«

»Wolltest du nicht sowieso kommen, damit wir deinen 21. Geburtstag feiern?«

Arne gab auf. »Also gut.«

*

Das süffisante Grinsen des Personalchefs, der ihn am folgenden Tag zu sich rief, gab Arne den Rest. »Na, wohl doch nicht so gleich wie alle anderen?«

Als er das Hotel verließ, begegnete ihm Carsten. »Was ist los? Du hast Sonderurlaub bekommen?«

»Ein Trauerfall in der Familie.«

»Oh, das tut mir leid.«

Arne klopfte ihm auf die Schulter. »Ein paar Tage, dann bin ich wieder da.«

Tante Ava reagierte so gleichgültig wie eh und je. »Lohnt es sich, dass ich dir das Bett frisch beziehe?«

»Natürlich, ich komme bald wieder.« Arne stellte den gepackten Rucksack vor der Tür ab und drehte sich ein letztes Mal zu ihr um. »Wenn Brit anruft … du weißt schon … sag ihr, dass ich mich bei ihr melden werde.«

»Meinetwegen.«

Sie hatte die Tür schon geschlossen, kaum dass Arne auf den Gehweg trat. Einen letzten Blick warf er zu dem kleinen Mansardenfenster, hinter dem er mit Brit so glücklich gewesen war. Dort war sein Kind gezeugt worden. Mein Gott, ein Kind! Ein raues Schuldgefühl beschlich ihn. Er hätte besser aufpassen müssen. Brit war noch so jung, so unschuldig. Er hätte sie nicht bedrängen dürfen. Sie war anders als die Frauen, mit denen er es bisher zu tun bekommen hatte. Linda König hatte einmal versucht, ihn zu verführen. Nur im allerletzten Augenblick hatte er es verhindern können. Sie hätte dafür gesorgt, dass sie nicht schwanger wurde. Sie kannte sich aus.

Auf dem Weg zum Bahnhof musste er immer wieder stehen bleiben, die Augen schließen, die Sonne auf seinem Gesicht spüren und den Geruch der Insel in sich aufnehmen. Sylt! Er würde wieder hierhin zurückkehren, mit Brit. Die Ausbildung beenden, mit Brit in einer kleinen Wohnung glücklich sein. Sein Vater würde sich irgendwann damit abfinden, dass er Opa wurde, vermutlich würde er über kurz oder lang ganz vernarrt in sein Enkelkind sein. Und Brits Eltern? Nach allem, was er von denen gehört hatte, würde es mit ihnen problematischer sein als mit seinem Vater. Sie gehörten zu den kleinen Leuten mit verquasten Moralvorstellungen. Nichts konnte sein, was nicht sein durfte. Auch wenn jeder wusste, dass es dennoch geschah. Hauptsache, die Leute merkten nichts. Dann war auch die Lüge mit einem Mal keine Todsünde mehr. Dennoch würde Arne versuchen, sie gernzuhaben, und würde sich Mühe geben, damit auch sie ihn gernhatten. Entgegen der Meinung seines Vaters vermutete er eher, dass es mit der Sympathie von Brits Vater vorbei sein würde, wenn er herausbekam, dass der Mann, der seine Tochter liebte, aus reichem Hause kam. Auf dem Bahnsteig rief er sich Brits Stimme ins Gedächtnis. »Wir bekommen ein Baby, Arne.« Ganz zaghaft hatte ihre Stimme geklungen, wie ein kleines Mädchen hatte sie es wiederholt: »Ein Baby.« Offenbar hatte sie nichts bemerkt von ihrer Schwangerschaft, erst irgendeine Ladenbesitzerin, die ihr Wäsche verkaufen wollte, hatte es festgestellt. »Und Halina, Hassos Freundin. Aber mein Vater ...«

Dann hatte sie ihm etwas von irgendwelchen Toilettentöpfen erzählt, die ihr Vater vor dem Haus von Halinas Eltern hatte abstellen lassen, um sie zu ärgern, und dann ... dann hatte sie zu weinen begonnen. »Arne, wir lieben uns doch. Oder?«

»Natürlich, Brit. Ich liebe dich sehr. Und wir werden das hinkriegen. Ich bin bald volljährig, und deine Eltern werden dir schon die Erlaubnis zur Heirat geben. Wenn nicht, dann warten wir eben damit, bis du auch volljährig bist. Wir werden zusammen auf Sylt wohnen, ich finde bestimmt ein kleines Zimmer für uns. Und dann werde ich Nachtschichten im *Miramar* schieben, damit wir genug Geld haben. Das kriegen wir hin.«

»Und wenn meine Eltern mich nicht gehen lassen?«

»Glaubst du, sie wollen ein uneheliches Enkelkind aufziehen?«

Nein, das glaubte Brit nicht. »Aber ...«

Am Ende hatten sie beide geweint. Erst als Tante Ava dazugekommen war, hatte er sich zusammenreißen können. Und in Riekenbüren hatte es ein verdächtiges Geräusch gegeben, und Brit hatte sofort auflegen müssen. »Sie überlegen, was mit mir geschehen soll«, hatte sie noch geflüstert.

Was mit ihr geschehen sollte? Was hatten Brits Eltern damit gemeint?

»DIE BRUNNER UND den Jürgens knöpfe ich mir vor«, brüllte Edward Heflik.

»Sie können nichts dafür.« Brit brachte es vor lauter Weinen kaum hervor. »Sie konnten es nicht wissen.«

»Lass uns erst überlegen, was geschehen soll«, meinte Frida Heflik. »Wenn wir den Lehrern Vorwürfe machen, können wir die Sache nicht mehr geheim halten.«

Die Sache! Ihr Baby war zu einer Sache geworden. Brit schluchzte noch lauter.

»Geh raus«, sagte Frida Heflik zu Brit. »Ich muss mit deinem Vater allein reden.«

»Aber …« Brit fuhr auf. »Es geht um mich.«

»Raus!«, bekräftigte Edward Heflik. Seine Stimme war dreimal so laut wie Fridas. »Hast du nicht gehört, was deine Mutter gesagt hat?«

Brit gehorchte, ging mit lauten Schritten über den Flur und die Treppe hinauf – und kehrte auf Strümpfen zurück. Die Eltern sprachen in der Küche zwar leise, aber als sie das Ohr ans Schlüsselloch legte, konnte sie jedes Wort verstehen.

»Wenn sie heiratet, wird sicherlich eine Weile gelästert, aber das ist immer noch die beste Lösung«, sagte Frida Heflik.

»Und dann bekommt sie ein Siebenmonatskind?«

»Sie wäre nicht die Erste.« Frida fielen auf Anhieb einige Namen ein.

Edward stimmte ihr zu. »Eine Weile wird geredet, aber heute

haben die meisten vergessen, dass die Braut vor der Hochzeit schwanger geworden ist.«

»Wir müssen uns eine Geschichte ausdenken«, sagte Frida Heflik leise. »Die Leute müssen glauben, dass Brit den Mann schon länger kennt.«

»Was meinst du, was das für ein Gerede gibt, wenn wir bekennen müssen, wie die Schwangerschaft wirklich entstanden ist! Die Wahl zum Bürgermeister kann ich mir abschminken.«

»Eben! Deswegen brauchen wir etwas Besseres. Wir sollten uns den jungen Mann wenigstens ansehen.«

Edward Heflik stand auf und humpelte zur Tür. »Du suchst die Telefonnummer vom *Miramar* in Westerland heraus. Ich schau mal nach, ob die Werkstatt leer ist. Muss ja keiner mitbekommen ...«

Mit wenigen Schritten war Brit unter die Treppe gehuscht, damit ihr Vater sie nicht sah. Dann folgte sie ihm geduckt in die Werkstatt. Dort gab es viele Möglichkeiten, sich zu verstecken. Die Gesellen und Arbeiter hatten Feierabend gemacht, es war still in der Werkstatt. Schon wenige Minuten später kam die Mutter mit dem Telefonbuch in das Büro. Sie hielt es in der linken Hand, ihr rechter Zeigefinger lag unter der Telefonnummer des *Miramar*. Sie legte das Telefonbuch so sorgfältig auf den Tisch, dass ihr Zeigefinger nicht verrutschte. »Hier!«

Edward Heflik beugte sich vor, versuchte, die Nummer zu lesen, ließ sich die vielen Zahlen dann aber von seiner Frau diktieren. Brit hörte das Schnarren der Wählscheibe, dann die Stimme des Vaters, die wieder so laut war, als hätte er Angst, nicht verstanden zu werden. »Ich möchte Herrn Düseler sprechen.«

Brit drückte sich an eine Hobelbank und schloss die Augen. Arne war nicht im Hotel, er hatte Urlaub bekommen. Sonderurlaub, weil er volljährig wurde. Nun war er in Hamburg und setzte seinem Vater auseinander, dass er Opa wurde.

»Arne Düseler«, brüllte ihr Vater. »Er ist Hotelpage in Ihrem Haus.«

Eine Weile blieb es still, ganz still. Dann hörte sie den Vater mit leiser Stimme sagen. »Einen Düseler gibt es gar nicht bei Ihnen?«

Kurz darauf hörte Brit, wie der Hörer aufgelegt wurde. »Sie hat sich reinlegen lassen«, stöhnte Edward Heflik. »Dieses dumme Gör!«

*

Brit machte auf dem Absatz kehrt und rannte hinaus. Über den Hof der Schreinerei, durch den Garten, mit einem Sprung über den Bach, bis zum Teich, wo sie häufig Hasso und Halina vorfand, die sich dort gern trafen. Auch diesmal hatten sie sich im Gebüsch versteckt. Ein schönes Plätzchen hatten sie sich eingerichtet, auf einem Baumstamm, wo sie so schnell nicht gesehen werden konnten. Der Herbst wartete noch mit ein paar schönen Tagen auf, vom sonnigen Oktober war zurzeit die Rede. Die Sonne war längst hinter dem Haus der Mersels versunken, aber graue Helligkeit und eine trügerische Wärme hatte sie zurückgelassen, die allerdings schon klamm und unbehaglich wurde.

Brit warf sich weinend in Hassos Arme. »Ich will sterben.«

Ihr Bruder fragte nicht, er wiegte sie nur, streichelte sie, flüsterte ihr tröstende Worte ins Ohr und schob sie erst von sich weg, als sie sich beruhigt hatte.

Er strich ihr das tränennasse Haar hinter die Ohren. »Stimmt es, was Halina sagt?«

Halina legte einen Arm um Brits Schultern. »Mir ist bald aufgefallen, dass dein Körper sich veränderte.«

»Er liebt mich«, schluchzte Brit. »Ich bin sicher, dass er mich liebt.«

Hasso wollte ihr glauben und Halina auch. Aber als die beiden hörten, dass die Eltern im *Miramar* auf Sylt angerufen hatten, verging das Mitgefühl auf ihren Gesichtern.

»Er hat dir einen falschen Namen genannt?« Hasso war fassungslos. »Er hat dich belogen?«

»Nein, das kann nicht sein!«, schrie Brit. »Der Name muss richtig gewesen sein. Seine Tante hieß auch Düseler.«

»Aber er arbeitet nicht im *Miramar*«, stellte Halina fest. »Mach dir nichts vor, Brit. Du bist auf einen Lügner reingefallen.«

»Nein! Nein! Nein!« Brit stampfte mit dem Fuß auf, im Rhythmus des Wortes, so heftig und kurz, und dachte nur ganz flüchtig daran, dass ihre Füße auf Sylt das Wort Frei – heit gestampft hatten. »Ich werde zu ihm ziehen, wenn das Kind auf der Welt ist. Und wir werden heiraten. Wenn Papa es nicht erlaubt, dann eben erst, wenn ich volljährig bin.«

Nun stand in den Gesichtern von Hasso und Halina nichts als Mitleid. »Du wirst von der Schule fliegen«, sagte Hasso.

»Nein!«, schrie Brit. »Herr Jürgens und Fräulein Brunner müssen dafür sorgen, dass das nicht passiert. Ich habe sie in der Hand. Wenn sie mir nicht helfen, verrate ich sie.«

Halina schüttelte den Kopf, als Brit erzählt hatte, was sie auf Dikjen Deel beobachtet hatte. »Die beiden können dir nicht helfen. Nicht einmal, wenn sie es wollen. So was entscheidet der Schuldirektor. Es hat noch nie eine schwangere Schülerin gegeben.« Sie zählte an ihren Fingern ab. »Du wirst das Kind im März bekommen. Und wann sind die Abschlussprüfungen? Im März! Möglicherweise auch Anfang April.«

Hasso nickte düster. »Selbst, wenn du es schaffen würdest. Selbst, wenn der Direktor es zulassen würde. Was, wenn mitten in den Prüfungen die Wehen einsetzen?«

Brit fiel auf die Knie und schlug die Hände vors Gesicht. »Ich sollte drei Einsen bekommen. Ich hätte mich überall als Sekretärin bewerben können.«

Hasso hielt es für richtig, jedes Wenn und Aber aus der Luft zu wischen. »Du weißt, dass du in der *Schreinerei Wunder* arbeiten sollst. Mach dir also nichts vor. Wenn ich mit der Schreinerlehre fertig bin, sind wir ein Familienbetrieb. So will Papa das. Schon vergessen? Du bist siebzehn! Frei über dein Leben entscheiden kannst du erst in vier Jahren. Bis dahin haben unsere Eltern längst einen Mann aufgetrieben, dem es nichts ausmacht, eine Frau mit einem Kind zu heiraten.« Seine Stimme wurde gallebitter. »Da wird sich schon einer finden. Ein Witwer, der eine Frau für seine drei Kinder braucht oder …«

Halina verhinderte, dass er weitersprach. »Brit braucht Zeit. Und deine Eltern auch. Die Hefliks sind nicht die Ersten mit einem unehelichen Kind in der Familie.«

DAS CAFÉ LINDA war gut gefüllt, wie immer am Sonntag. Verliebte junge Paare saßen an kleinen Tischen im Hintergrund, alte Paare in der Nähe der Fenster, wo sie hinaussehen konnten, wo es nicht auffiel, dass sie sich nichts mehr zu sagen hatten. An großen Tischen lärmten Familien mit heranwachsenden und kleinen Kindern, krümelten die Tischdecke voll und schimpften mit den Großen, wenn die Kleinen die Decke beinahe heruntergerissen hätten.

Knut Augustin steuerte auf den kleinen Tisch in der Nähe der Tür zu, die in die Küche führte. Nicht der beste Platz, deswegen wurde er selten beansprucht, aber für die beiden Freunde genau richtig. Hier waren sie ungestört.

Robert König sah seinem Freund besorgt entgegen. »Was ist los, Knut? Sonntags treffen wir uns sonst nie.«

»Ich muss mit dir reden.« Knut Augustin ließ sich prustend nieder und wischte sich den Schweiß von der Stirn, obwohl es draußen nicht warm war.

Robert König war nun wirklich beunruhigt. »Ist was passiert?« Er beugte sich vor, ließ das abgewetzte Revers seines curryfarbenen Cordanzugs sehen, das im merkwürdigen Kontrast zu dem perfekt gestärkten weißen Kragen seines Hemdes stand. Auf teure Hemden legte er allergrößten Wert, während er sich in seinen Jacken und Anzügen erst wohlfühlte, wenn er sie jahrelang getragen hatte. Er winkte nach dem Ober, bestellte für seinen Freund einen Milchkaffee und ein Stück Schwarzwälder

Kirschtorte und sah zu, wie Knut das Jackett aufknöpfte, die Weste zurechtstrich und die Uhrkette in die richtige Position brachte. Alles untrügliche Zeichen dafür, dass er äußerst erregt war. »Es geht um Arne.«

Robert lächelte erleichtert. »Um das große Fest zur Volljährigkeit?«

»Nein!« Diese Silbe schoss Knut Augustin auf seinen Freund ab. »Ich weiß nicht einmal, ob ich das Fest besser absagen sollte.«

Robert König sah ihn entgeistert an. »Alle Einladungskarten sind raus.«

Knut Augustin seufzte. »Und das Essen ist bestellt.« Er beugte sich über den Tisch und flüsterte: »Ich werde Großvater.«

Robert König hätte beinahe gratuliert. Aber ihm wurde rechtzeitig klar, dass diese Mitteilung kein Grund zur Heiterkeit war. »Wer ist die Mutter?«

»Irgendeine Siebzehnjährige, die gemerkt hat, dass Arne aus reicher Familie stammt. Er will sie heiraten, stell dir das vor.«

Robert König stellte es sich vor und schüttelte entsetzt den Kopf. »Ist der Junge verrückt geworden? So was regelt man doch anders.«

»Das habe ich ihm auch erklärt, aber er redet von Liebe, dieser Idiot! Angeblich weiß das Mädchen nichts von seiner Herkunft. Er glaubt, dass er aufrichtig geliebt wird.«

Robert König lachte. »Ja, ja …« Er zog exakt die Miene, die sein Freund erwartete. Und er schrak zusammen, als sich plötzlich zwei zarte Hände auf seine Augen legten und eine Stimme zwitscherte: »Wer bin ich?«

»Lass den Unsinn, Linda!«

Seine Tochter setzte sich zu ihnen, winkte zwei jungen Männern zu, die auf sie warteten, griff nach dem Oberarm ihres Vaters und schmiegte sich daran. »Ich brauche Geld, Papa. Wir wollen ins Ohnsorg-Theater und danach essen gehen. Wenn du nicht willst, dass ich den Schmuck meiner Mutter verkaufe, musst du mich unbedingt unterstützen.«

Robert König seufzte, zog aber bereitwillig seine Geldbörse hervor und zählte ein paar Scheine ab.

Währenddessen wandte sich Linda an Knut Augustin:»Hast du ein neues Auto, Onkel Knut? Ich habe Arne gerade in einem knallroten Roadster gesehen. In einem Affenzahn!«

Knut Augustin schwankte zwischen Stolz und Sorge.»Ja, brandneu. Aber Arne hätte mich wirklich fragen können …«

Linda nahm die Geldscheine so unauffällig in Empfang, wie sie ihr von ihrem Vater hingeschoben wurden. Er erhielt dafür einen dicken Kuss, Onkel Knut ebenfalls, und schon war sie wie ein Wirbelwind wieder verschwunden.

Knut Augustin sah ihr stirnrunzelnd hinterher.»Dass Arne sich einfach den neuen Wagen genommen hat, gefällt mir gar nicht. Er kommt offenbar nicht darauf, dass es sich um sein Geburtstagsgeschenk handelt.«

Sein Freund winkte ab.»Lass gut sein, Knut. Das ist jetzt das geringste Problem. Wir sollten lieber überlegen, wie du mit der anderen Angelegenheit klarkommst. Und mit den Eltern, falls die dahinterstecken. Geld ist das Einzige, was in diesem Fall zählt, das ist klar. Aber wie viel? Und was willst du dafür verlangen?« Er grinste leicht.»Du hast doch Erfahrung auf diesem Gebiet.« Schnell wurde er wieder ernst.»Fahr zu ihnen, so schnell wie möglich. Mit dem alten Mercedes. Protzerei ist in so einem Fall nicht gut. Der alte Mercedes wird für diese Leute schon beeindruckend genug sein. Kennst du den Namen?«

»Nein, aber den Namen des Dorfes. Der Vater hat eine Schreinerei, und seine Tochter heißt Brit. Wenn das nicht alles gelogen ist, finde ich die Familie.«

Die beiden Freunde steckten die Köpfe zusammen, überlegten hin und her, dann lehnten sie sich schließlich zurück, verschränkten die Arme über der Brust und lächelten sich an wie zwei, die soeben gemeinsam einen Plan ausgeheckt hatten.

Robert König hatte noch Zweifel. »Was, wenn Arne nicht mitspielt? Oder ... wirklich Liebe im Spiel ist?«

»Glaubst du das?«

Nein, Robert König glaubte es natürlich nicht. »Fahr sofort los. Du solltest keine Minute vergeuden.«

Oktober 1959, Hamburg

ARNE WOLLTE ENDLICH loslassen. Seinen Vater, sein bisheriges Leben, seine Zukunft. Dass er dafür den neuen Roadster seines Vaters benutzte, entbehrte natürlich einer gewissen Logik. Aber er redete sich ein, dass ein Fahrrad oder ein paar Wanderschuhe einfach nicht dafür geeignet waren, so schnell, so endgültig loszulassen. Alle anderen überholen. Die Fußgänger erschrecken und verscheuchen. Das Recht des Stärkeren in Anspruch nehmen. So würde er sich losreißen können. Schon als kleiner Junge hatte er mit seinem Roller die Nachbarskinder besiegt, weil keiner einen so guten, teuren Roller besaß wie er. Es gab ja auch keinen, der einen Vater hatte, der für seinen Sohn immer das Beste und Teuerste wollte, weil Arne so vieles, was die anderen hatten, entbehren musste. Eine Mutter, einen Vater, der Zeit für ihn hatte. Heute wusste Arne, dass sein Vater sich mit jedem kostbaren Spielzeug entschuldigt hatte. Mit dem teuersten Roller hatte er einen schweren Sack voller Schuldgefühle abgeladen. Sein Vater hatte nie davon gesprochen, dass er sich ein neues Auto zulegen wollte. Vielleicht war dieser knallrote Roadster das Geschenk zu seinem 21. Geburtstag?

Er fuhr nach Südwesten, Richtung Bremen, mit Höchstgeschwindigkeit auf die A1 und dann so schnell er konnte. Warum machten Männer so etwas?, fragte er sich insgeheim. Warum ließen sie einen Motor aufheulen, wenn sie emotional angegriffen waren, während Frauen zu ihrer Schneiderin gingen und sich ein Kleid nähen ließen, das Sofia Loren in irgendeinem Film getragen hatte? Dabei wussten sie, dass sie nicht die Taille und auch nicht das atemberaubende Dekolleté der Loren hatten. Aber Männer wussten letztendlich ja auch, dass sie nicht stark oder unbesiegbar waren, nur weil sie einen Wagen mit viel PS fuhren.

Wo lag Riekenbüren eigentlich genau? In der Nähe von Bremen, hatte Brit gesagt. In dem Roadster gab es keine Straßenkarte, überhaupt nichts Privates, nicht die frischen Socken, die sein Vater immer mitnahm, weil er unter Schweißfüßen litt, auch keine Pfefferminzbonbons und keine Sonnenbrille. Arne wurde immer sicherer, dass dieses Auto ihm gehören sollte. Und es legte sich schwer auf sein Gewissen, dass er seinem Vater die Überraschung verdarb. »Egal!« An der nächsten Raststätte würde er anhalten und nach dem Weg fragen. Tankstellenwärter wussten immer gut Bescheid. Sie kannten auch kleine, unbedeutende Dörfer.

Brit, ich hole dich. Dieser Gedanke rauschte durch seinen Kopf. So wie die Räder auf dem Asphalt, die den Regen aufwirbelten. Deine Eltern werden dich hergeben müssen, du gehörst zu mir, das müssen sie einsehen. Er steigerte die Geschwindigkeit noch weiter, das Röhren des Motors, das Vibrieren der Karosserie tat ihm gut. Ja, sie haben das Gesetz auf ihrer Seite, aber auf meiner Seite ist die Liebe. Ja, auch das Schuldgefühl. Aber ich werde die Eltern zwingen. Es geht nicht nur um Brit, es geht auch um mein Kind.

Er dachte an die Nacht, in der das Kind entstanden war. Brit, so unerfahren und doch so entschlossen. Vier Jahre jünger als er, aber emotional gleichaltrig. Die Kraft ihrer Gefühle hatte ihn überrascht. Und auch ihre Unerschrockenheit, ihre Neugierde. Er sah wieder all das Weiche, Runde vor sich, hörte ihre Gespräche noch einmal, ihre Argumente, wenn er anderer Meinung war, das Ernsthafte in ihren Augen, das Kluge, das in ihrem konservativen und kleinbürgerlichen Dorf eingeschränkt worden war. Wenn sie an der Wasserkante entlanggingen, waren sie von Gott und der Welt begleitet worden, von Zukunftsplänen und Zukunftsängsten, vom Aufbegehren und Anpassen, von der Frage, was sein durfte und was sein musste. So jung sie auch war, sie hatte viele neue Gedanken in ihm wachgerufen. Vorher hatte er nicht gewusst, wie ein Mädchen auf dem Lande lebte, welchen Ansprüchen es ausgesetzt war. Er kannte ja nur Mädchen wie Linda König, die bekamen, was sie wollten, und von denen nichts anderes verlangt wurde, als über kurz oder lang den richtigen Mann nach Hause zu bringen. Einen, der Gnade vor den Augen des Vaters fand und der das Geschäft weiterführte. Wie einfach dieses Leben war. Er dachte an seine Mutter, die den Wunsch gehabt hatte, in der Hotelleitung mitzuwirken. Nein, so einfach war dieses Leben dann doch nicht, zumindest nicht, wenn man seinen eigenen Weg gehen wollte.

Er war mit den Gedanken nicht mehr bei der Sache, nahm alles, was sich auf der Autobahn abspielte, nur noch verschwommen wahr, blickte über die Gefahren hinweg. Den Lastwagen, der vor ihm ausscherte, bemerkte er zu spät, und er trat viel zu spät auf die Bremse. Der Roadster schlingerte, prallte gegen den Lkw, schlingerte wieder, prallte erneut auf, diesmal heftiger, weil der Lastwagenfahrer ebenfalls auf die Bremse gegangen war, als er merkte, was passierte. Der Roadster drehte sich, stieß irgendwo an, Arne verlor die Kontrolle. Er riss die Arme hoch, ergab sich, wusste im selben Moment, dass er ohne Chance war und ließ geschehen, dass der Wagen von der Straße rutschte, noch einmal aufheulte, in einen Graben raste, sich überschlug und gegen einen Baum prallte. Das war das Letzte, was Arne wahrnahm. Ein grelles Licht über ihm …

»WENN DAS GROSSE FEST zu Arnes Volljährigkeit steigt«, hatte Robert König gesagt, »sollte alles erledigt sein. Also beeil dich. Linda ist an deinem Sohn interessiert. Und mit einem jungen Mann wie Arne, der soeben eine Enttäuschung erlebt hat, kann man machen, was man will.« Er hatte gegrinst, ein bisschen stolz, ein bisschen sorgenvoll. »Jedenfalls meine Linda.«

Der Einwand, dass Linda und Arne viel zu jung waren, hatte Robert mit einer kurzen Geste zurückgewiesen. »Natürlich soll noch nicht von Hochzeit die Rede sein, nicht einmal von Verlobung. Es reicht, wenn jeder weiß, dass die beiden zusammen sind und vielleicht später ein Paar werden könnten. Also zögere nicht, fahr los. Nicht dass dein Sohn eher in Riekenbüren ankommt als du!«

»Meinst du wirklich …?« Knut hatte die Frage nicht auszusprechen gewagt.

»Möglich ist alles. Und vergiss nicht, vorher in deinem Büro vorbeizufahren …« Robert hatte gegrinst und Knut sofort verstanden, was er meinte …

Er nahm nicht die A1, auf einer Autobahn fühlte er sich nicht wohl. Erst recht mochte er es nicht, wenn an Stammtischen getönt wurde, die wunderbaren Autobahnen habe man Adolf Hitler zu verdanken. Einiges sei im Dritten Reich ja nicht akzeptabel gewesen, aber ohne Hitler hätte man wohl ohne Autobahnen auskommen müssen …

Sein Mercedes-Benz schaffte mit Mühe 100 km/h, und wenn

er auf der Autobahn von einem Borgward Isabella oder einem Opel Diplomat überholt wurde, fühlte Knut Augustin sich unterlegen. Ein Gefühl, das er nicht ertragen konnte. Das hatte er auch seinem Sohn schon früh beigebracht: Ein Augustin unterliegt nicht. Das galt in jeder Lebenslage, auch in der Ehe und erst recht in der Liebe. Immer der Stärkste zu sein, das war am leichtesten zu erreichen, wenn man das Geld für ein Auto mit starkem Motor hatte, zum Beispiel ein Roadster. Wenn man im Alter von Knut Augustin war, reichte schon die Erinnerung an diese Möglichkeiten aus.

Es begann zu dämmern, als er nach Riekenbüren hineinfuhr. Mehrmals hatte er nachfragen müssen, einmal einen Bauern auf dem Feld, dann eine alte Frau, die in ihrem Vorgarten Unkraut jätete, und schließlich einen jungen Mann, der von der Arbeit heimkehrte. Zum Dank musste er ihn die letzten Kilometer mitnehmen, nicht gern, aber er brachte es nicht fertig, diese Bitte abzuschlagen. Noch vor dem Ortseingang ließ der Junge sich vor einem kleinen Haus absetzen, hinter dessen Fenster sofort ein neugieriges Gesicht erschien. »Die *Schreinerei Wunder* ist gleich vorne rechts. Sie ist die einzige im Dorf.«

Er schaute dem Wagen nach, dann zündete er sich eine von diesen Mentholzigaretten an, die neuerdings in Mode waren.

Die Maschinen wurden gerade abgestellt, im selben Moment, in dem die Uhr der kleinen Kirche schlug. Das Kreischen der Säge erstarb, der letzte Hammerschlag war zu hören, ein Hobel machte noch eine Weile weiter, dann war auch er nicht mehr zu hören. Kurz darauf traten die ersten Männer auf die Straße. Einige machten sich zu Fuß auf den Weg, einer schloss die Tür eines Autos auf, zwei, drei junge Kerle schwangen sich auf ihre Mopeds.

Knut Augustin blieb sitzen, bis Ruhe herrschte. Mit der rechten Hand tastete er nach der linken Innentasche seines Jacketts, als könnte ihm während der Fahrt etwas verloren gegangen sein. Gut, dass er immer größere Mengen Bargeld im Tresor seines Büros hatte. Man wusste ja nie.

Schließlich erschien ein Mann an dem großen Tor, schloss es von außen und verriegelte es sorgfältig. *Wunder* prangte in großen Buchstaben darüber. Nun humpelte er zum Eingang des Wohnhauses. Eins seiner beiden Beine war dünn und schwach, er hatte offensichtlich Kinderlähmung gehabt. Er öffnete die Tür des Wohnhauses, in dem Fenster daneben ging in diesem Augenblick das Licht an. Es war zu erkennen, dass dahinter die Küche lag. Eine Frau bewegte sich hin und her, sie bereitete vermutlich das Abendessen zu.

Knut fühlte sich mit einem Mal schlecht. Wenn das hier wirklich das Elternhaus des Mädchens war, das von seinem Sohn ein Kind erwartete, hatte er sich womöglich in seiner Einstellung geirrt. Alles, was er sah, strahlte Rechtschaffenheit aus. Ein solides Gebäude, ein gut gepflegter Vorplatz, schneeweiße Gardinen vor den Fenstern des Hauses. Trotzdem stieg er entschlossen aus dem Wagen. Alles nur Fassade, redete er sich zu, diese Leute wollten demnächst wohl damit prahlen, dass ihre Tochter dem Sohn eines reichen Mannes den Kopf verdreht hatte. Wahrscheinlich war sie bildschön und von vornherein dazu ausersehen gewesen, mit ihrer Attraktivität dafür zu sorgen, dass das Wirtschaftswunder für die Familie noch ein bisschen schneller greifbar wurde. Das Fräuleinwunder! Beinahe hätte er gelächelt.

Er wäre gerne länger im Auto sitzen geblieben, hätte das Haus und das helle Fenster am liebsten noch länger betrachtet. Ob Arne schneller als sein Vater gewesen war? Ob er bereits hier aufgetaucht war und den Eltern versichert hatte, dass er mit ehrbaren Absichten gekommen war? Knut Augustin schnaufte, weil ihm ein verächtliches Lachen nicht gelingen wollte. Dann würde er diesem Schreiner und seiner Frau klarmachen, dass sie sich zu früh gefreut hatten. Das gemachte Nest, auf das sie für ihre Tochter hofften, würde es nicht geben. Wenn Arne seinen eigenen Weg gehen wollte, dann mit allen Konsequenzen. Das würde er auch seinem Sohn klarmachen. Von den Plänen mit Robert und dessen Tochter würde Knut Augustin sich dann schweren Herzens lossagen, und Arne würde lernen müssen, ohne die Unterstützung seines Vaters zurechtzukommen, wenn er dieses Mädchen partout heiraten wollte. Und wie Knut Augustin sein Testament änderte, würde er schon in den nächsten Tagen mit seinem Anwalt besprechen. Gleich morgen sollte seine Sekretärin einen Termin ausmachen.

Er öffnete entschlossen die Wagentür und stieg aus. Nun war die kurze Verunsicherung vorbei, der er angesichts des heimeligen Lichts in der Küche unterlegen war. Jetzt gab es nur noch Knut Augustin, den erfolgreichen Geschäftsmann. Während er auf das Haus zuging, nahm er einen Geruch wahr, der ihm fremd geworden war, das wurde ihm in diesem Augenblick bewusst. Er kannte ja nur noch die Gerüche der Stadt, die großspurig daherkamen, so, als wäre alles andere nicht mehr zeitgemäß. In Riekenbüren roch es so wie früher bei seiner Großmutter. Er hatte vergessen, wie es gewesen war, wenn der Boden nicht nach einer Asphaltdecke roch, sondern nach Ackerboden, Erdschollen, Pflastersteinen und Pferdeäpfeln. Sie war schwer, diese Luft. Aber nicht, weil sie wie in der Stadt im Laufe des Tages verbraucht worden war, sondern weil sie von Sonne, Wind und Regen, von Stallgeruch, dem Duft frisch geschnittenen Holzes und geräuchertem Fisch gesättigt worden war.

Er klopfte und suchte, als es keine Reaktion gab, nach einem Klingelknopf. Ehe er ihn gefunden hatte, hörte er Schritte, keine gleichmäßigen, sondern humpelnde Schritte, ein kräftiger, ein schwacher Schritt. Der Schreiner selbst kam zur Tür.

Als er öffnete, konnte Knut Augustin in seinem Gesicht lesen, was sich in ihm abspielte. Zunächst war da das Konziliante, das ein Handwerksmeister an den Tag legte, der auf einen neuen Kunden hoffte, dann entstand daraus die Erkenntnis, dass ein Mann wie Knut Augustin bei Edward Heflik etwas anderes wollte, und nach einem kurzen Blick auf den Mercedes im Hintergrund kam der Schreck. Edward Heflik begriff augenblicklich, was nun kommen würde.

»Ich bin Arnes Vater.« Vorsichtshalber verzichtete er darauf, seinen Nachnamen zu nennen. »Ich glaube, wir haben ein gemeinsames Problem.«

Edward Heflik nickte wortlos und bat Knut herein. Er führte ihn nicht in die Küche, wo Geschirrklappern zu hören war und aus der ein angenehmer Duft kam. Erbsensuppe.

Edward Heflik öffnete auf der anderen Seite der Diele eine Tür, die in einen kühlen, dämmrigen Raum führte. Die gute Stube, die nur selten benutzt wurde. Das Licht, das er anmachte, schaffte es nicht, dem Raum Gemütlichkeit zu geben. Die Möbel schienen mehrere Generationen alt zu sein. Ein wuchtiger dunkler Schrank, ein viel zu großer und zu hoher Tisch mit einem Brokatläufer darauf, ein dunkelrotes Sofa, das fast hinter dem Tisch verschwand, zwei Sessel, die an seinen schmalen Enden standen, beide im schrägen Winkel zur Tischplatte ausgerichtet und so, dass die Teppichfransen nicht durcheinandergerieten.

Heflik zeigte auf einen unbequemen Sessel, dann rief er durch die offene Tür: »Frida! Komm mal rüber!«

Knut versuchte, Platz zu nehmen, ohne die Ausrichtung des Sessels zu zerstören, aber es gelang ihm nicht. Umständlich setzte er sich und stellte fest, dass der Sessel genauso unbequem war, wie er aussah.

Kurz darauf trat eine unscheinbare Frau in die gute Stube. Sie trocknete sich die Hände an der Schürze ab, sah ängstlich von einem zum anderen und fragte dann: »Soll ich den Likör holen?«

Knut Augustin winkte ab. »Danke. Ich werde nicht lange bleiben.«

Er nahm eine Bewegung am Fenster wahr. So, als versuchte jemand, der draußen stand, ins Zimmer zu spähen. Die Tochter des Hauses? Beinahe hätte er einen Blick zum Fenster geworfen, aber er verbot es sich. Er wollte das Mädchen nicht sehen und sich später nicht an sie erinnern.

Er wartete, bis das Ehepaar Heflik nebeneinander auf dem Sofa Platz genommen hatte, dann fragte er: »Für eine Abtreibung ist es zu spät?«

Frida Heflik zuckte zusammen und begann zu weinen, ihr Mann nickte nur. Knut Augustin griff in die Innentasche seiner Jacke und zählte die Geldscheine auf den Tisch. »Zehntausend Mark. Als Gegenleistung erwarte ich, dass Ihre Tochter das Kind nach der Geburt zur Adoption freigibt und ich nie wieder etwas von ihr höre. Mit diesem Geld kann sie sich eine Zukunft aufbauen. Ohne meinen Sohn! Der wird in ihrem Leben nie wieder vorkommen. Haben Sie mich verstanden?«

Die beiden verstanden ihn augenblicklich. Trotzdem versuchte Frida Heflik es mit Schluchzen, und ihr Mann schien zu überlegen, ob es Sinn hatte, den Preis zu verhandeln. Er schaute den Geldstapel begehrlich an, wagte dann aber nicht, mehr zu verlangen.

Knut Augustin griff in die andere Tasche seiner Jacke. »Ich habe hier eine Adresse. Wenden Sie sich dorthin. Die Unterbringung bin ich auch bereit zu bezahlen.« Er ließ den beiden ein paar Sekunden, dann fragte er: »Wir sind im Geschäft?«

Das Ehepaar sah sich an, er lockte die Zustimmung aus den Augen seiner Frau, sie nickte schließlich ergeben.

Knut Augustin stand auf und ging zur Tür. Ehe Edward Heflik sich hochgestemmt und sein lahmes Bein in Gang gesetzt hatte, war er schon an der Haustür. »Leben Sie wohl«, sagte er, als er hörte, dass die ungleichen Schritte ihn erreicht hatten. Während er zu seinem Auto ging, hörte er, wie die Tür des Hauses sehr leise und behutsam geschlossen wurde.

DIE ORTSCHAFT ACHIM war noch längst nicht erreicht, da erschien das Haus unerwartet auf der linken Seite. Kein Schild hatte darauf hingewiesen, nur eine Bushaltestelle ließ vermuten, dass es an dieser Straße ein Haus gab, wenn man darauf geachtet hätte. Hasso hielt am Straßenrand und nahm die Wegbeschreibung zur Hand, die ihm geschickt worden war. »Ja, das ist es.«

Es handelte sich um eine alte Villa, die vermutlich mal einer reichen Familie gehört hatte. Dort mussten mehrere Generationen Platz gehabt haben, dazu ein Stab von Bediensteten. Aber von dem ehemaligen Glanz war nichts übrig geblieben. Der Verputz war grau und bröckelte, der Garten war ungepflegt, nur die Wege hatte jemand geharkt, der wohl dafür sorgen wollte, dass der erste Eindruck nicht allzu schlecht ausfiel. Die hohe Hecke hätte dringend geschnitten werden müssen, aber vielleicht sollte sie so hoch werden. Womöglich wollte sich der Eingang des Hauses dahinter verstecken.

Hasso bog in die Einfahrt ein und stellte fest, dass es drei Eingänge gab. Auf der linken Seite war ein Parkplatz angelegt worden, der erst zu erkennen war, wenn man das Anwesen betreten hatte. Er wurde vermutlich über eine Nebenstraße angesteuert, und Hasso konnte sich denken, dass dort die Adoptionseltern ankamen, um ein Neugeborenes abzuholen.

Er stellte den Wagen gleich hinter der Einfahrt ab und wischte sich über die Augen. »Wie wirst du Weihnachten feiern?«

»Wahrscheinlich betend und büßend«, antwortete Brit mit

bitterem Ton. Sie hatte schon längst keine Tränen mehr. Beim Kofferpacken waren sie noch aus ihr herausgeströmt, schluchzend hatte sie sich aufs Bett geworfen – und dann beschlossen, ihre Eltern nicht merken zu lassen, wie sie sich fühlte. Sie schickten ihre Tochter weg, statt ihr zu helfen. Es war ihnen wichtiger, dass niemand etwas von ihrem Fehltritt erfuhr. Für viel Geld verkauften sie ihr Enkelkind. Nein, nein, nein! Ihre Tränen würden sie nicht zu sehen bekommen. Sie hatte sich weder von ihrer Mutter noch von ihrem Vater in die Arme ziehen lassen. Sie hatte sich weggedreht, war zu Hasso ins Auto gestiegen und hatte nicht zurückgeschaut. Sie wollte dieses Haus, in dem sie aufgewachsen war, nicht mehr sehen und die Eltern, die vor der Tür standen, auch nicht. Brit blickte nur kurz in den Rückspiegel, sah, dass sie winkten, aber sie reagierte nicht. Wenn die Nachbarn, die vorüberkamen, sich nun Gedanken darüber machten, warum der Abschied zwischen Tochter und Eltern so kühl ausfiel, geschah ihnen das ganz recht.

»Ich glaube, ich werde ihnen nicht einmal eine Weihnachtskarte schreiben …«

»Den Riekenbürenern wird derweil eine Geschichte erzählt, die sowieso kein Mensch glauben wird.«

Brit konnte sich gar nicht mehr erinnern, was die Eltern beratschlagt und am Ende beschlossen hatten. Sie hatte nur neben ihnen gesessen und dann das Urteil angenommen, das vollstreckt wurde. »Heim für ledige Mütter.«

»Weißt du, was sie den Nachbarn erzählen werden?«

»Du hast während der Woche auf Sylt ein Angebot bekommen, das man nicht ausschlagen konnte. Fräulein Brunner hat dir angeblich dazu verholfen. Sie hat ja gekündigt, niemand kann sie fragen.«

Brit fuhr zu ihm herum. »Fräulein Brunner unterrichtet nicht mehr?«

Hasso zuckte mit den Schultern. »Keiner weiß, warum.« Mit einem spöttischen Lächeln ergänzte er: »Aber vorher hat sie dir noch eine ganz, ganz tolle Stelle besorgt, so wird es heißen.« Brit versuchte, spöttisch zu grinsen, bekam es aber nicht hin. »Dafür verzichte ich sogar auf die Abschlussprüfung?«

»Wie gesagt, das wird sowieso kein Mensch glauben. Aber es reicht, wenn alle so tun.« Brit schlug die Hände vors Gesicht. »Ich hätte drei Einsen bekommen!«

»Was hätte es dir genützt? Papa hätte nicht zugelassen, dass du dich woanders bewirbst.« Er setzte zurück, als fühlte er sich im Angesicht des Eingangs nicht gut und wollte sich hinter der Hecke verstecken. »Später wird es heißen, dass du Heimweh bekommen hast, dass es dir auf Sylt zu kalt und zu windig war, dass du wieder in Riekenbüren leben willst. Dann wird alles den Gang gehen, den es von vornherein gehen sollte.«

Hasso blieb neben der Bushaltestelle stehen. Edward Heflik war ja der Meinung gewesen, dass seine Tochter den Bus von Riekenbüren hierher nehmen sollte. »Nur einmal umsteigen! Oder hätte die Dame es gern bequemer?«

Frida Heflik war prompt erneut in Tränen ausgebrochen, aber Hasso war hart geblieben: »Ich bringe sie dorthin.« Einen Widerspruch hatte er nicht geduldet, und sein Vater hatte erstaunlicherweise geschwiegen.

»Ich werde dafür sorgen, dass die zehntausend Mark im Tresor bleiben. Das habe ich Papa klipp und klar erklärt. Das Geld gehört dir. Er hat in den letzten Tagen verdächtig oft von einem neuen Traktor gesprochen. Und der Campingpatz soll umgehend fertiggestellt werden. Im nächsten Frühjahr erwarten wir die ersten Gäste. So was kostet.«

Er hatte Mühe, seine Gefühle zu verbergen, und versuchte es, indem er sachlich wurde. »Du wolltest bei seiner Tante anrufen.«

»Habe ich getan.« Brit schaffte es nun, wieder mit kräftiger Stimme zu sprechen. »Sie hat gesagt, Arne wohne nicht mehr bei ihr. Sie wüsste nicht, wo er sich jetzt aufhielte. Sie habe keinen Kontakt zu ihm. Und zu seiner Familie auch nicht.«

»Glaubst du das?«

»Natürlich nicht. Arnes Vater hat sie scheinbar genauso gekauft wie unsere Eltern.«

Dieser Meinung war Hasso ebenfalls. »Ein Schwächling, der tut, was Papa will. Vielleicht hatte er nie vor, dich zu heiraten. Er hat dich nicht geliebt, er wollte nur das Eine. Warum sonst hat er dich belogen?« Er startete den Motor wieder, legte den ersten Gang ein und rollte ein zweites Mal durch die Einfahrt des Entbindungsheims. »Wir müssen gelegentlich telefonieren, ohne dass Papa es merkt. Seine Strafe ist ja: kein Kontakt zur Familie, damit du merkst, wie gut du es hattest.« Er schluckte die Tränen hinunter. »Ich schreibe dir eine Ansichtskarte. Da steht versteckt die Zeit drauf, zu der du in der Schreinerei anrufen kannst. Hoffentlich gibt es im Heim die Möglichkeit zu telefonieren. Papa wird demnächst viel unterwegs sein, und Mama muss dann mit. Die Bürgermeisterwahl, du weißt doch.«

Die Tür der großen alten Villa öffnete sich, auf der Schwelle erschien eine Frau in einem langen dunklen Kleid und einer weißen Schürze darüber. Ihre Haare waren streng zurückgesteckt, auf ihrem Kopf saß eine Haube.

»Lieber Himmel!«, stöhnte Hasso. »Wie sieht die denn aus? Ich wusste gar nicht, dass es so was noch gibt.«

KNUT AUGUSTIN saß am Bett seines Sohnes und weinte. Er wusste nicht, wie lange er schon nicht mehr geweint hatte, vermutlich seit dem Tod seiner Frau nicht mehr. Arne lag vor ihm, bleich, mit geschlossenen Augen, ein Beatmungsschlauch hielt ihn am Leben. Die monströsen Gipsverbände waren weniger schlimm, gebrochene Knochen konnten heilen, aber die Kopfverletzungen machten den Ärzten Sorgen.

Eine Hand legte sich auf seine Schulter. »Gönnen Sie sich ein wenig Ruhe«, sagte die Krankenschwester. »Wir informieren Sie sofort, wenn sich etwas verändert.«

Knut Augustin nickte, erhob sich und streichelte die Fingerspitzen seines Sohnes, die aus dem Gipsverband herausschauten. Dann verließ er mit gesenktem Kopf das Zimmer. Vor dem Krankenhaus atmete er tief ein und aus. Eigentlich musste er sich unbedingt in seinen Hotels in Hamburg blicken lassen. Ob die beiden Geschäftsführer zurechtkamen? Er machte sich Sorgen. Es war nicht weit von Bremen nach Hamburg, aber er wollte in Arnes Nähe bleiben. Ein schrecklicher Gedanke, dass sein Sohn ihn brauchte, und er war nicht da. Während er sich auf den kurzen Fußweg zu dem kleinen Hotel machte, in dem er ein Zimmer gefunden hatte, schlich sich der Gedanke an ihn heran, dass er häufig nicht da gewesen war, wenn Arne ihn gebraucht hatte. Zu früh hatte er Leistungen eines Erwachsenen von ihm verlangt. Arne hatte nicht lange genug Kind sein dürfen. Und nun ... Knut dachte an Frida und Edward Heflik, die zum Glück auf alle seine

Vorschläge eingegangen waren. Und er war froh, dass er das Mädchen nicht zu Gesicht bekommen hatte. Sie musste nun auf dem Weg ins Entbindungsheim sein. Hoffentlich hatte sie sich mit allem einverstanden erklärt. Er stieß einen Stein vor sich her. Natürlich hatte sie das! Ihr war es doch nur ums Geld gegangen, das würde auch Arne bald einsehen. Als sie begriffen hatte, dass es nichts wurde mit dem guten Leben an der Seite eines reichen Mannes, war sie sicherlich froh über die zehntausend Mark gewesen. Damit ließ sich einiges machen. Ein Frisiersalon oder ein kleines Geschäft für Kurzwaren. Wenn sie fleißig war, konnte sie damit ihr Auskommen haben. Und wenn sie dann später einen soliden Mann heiratete und weitere Kinder bekam, würde sie ihr erstes bald vergessen haben.

Er führte ein kurzes Telefongespräch, ehe er sein Hotelzimmer verließ. »Ende März«, sagte er. »Ich werde alles in die Wege leiten.«

Er lauschte kurz auf das, was am anderen Ende der Leitung gesagt wurde, dann ging ein überhebliches Grinsen über sein Gesicht. »Wenn ich es doch sage. Wir sind im Geschäft.«

Robert König erwartete ihn in der Lobby des Hotels. Knut war derart dankbar und erleichtert, dass er dem alten Freund in die Arme fiel, was beide erschrak und in große Verlegenheit brachte. Sogar Linda war mitgekommen. Passend gekleidet, dunkel und schlicht, mit passender Miene, ernst, aber optimistisch. Linda war eben eine Frau, die wusste, worauf es ankam. Noch war sie jung und schlug gerne über die Stränge, aber in ein paar Jahren würde sie nicht mehr nur ans Vergnügen denken, dann würde sie eine ernsthafte junge Frau sein. Sehr schön, sehr elegant, gerade gebildet genug, um an der Seite eines erfolgreichen Mannes eine gute Figur zu machen. »Es tut mir so schrecklich leid, Onkel Knut!«

Knut Augustin hatte eigentlich die Absicht gehabt, sich in sein Hotelbett zu legen und auf einen Anruf des Krankenhauses zu warten, aber nun lud er Robert und Linda zum Abendessen ein.

Zum Glück gab es in der Nähe des Hotels ein Restaurant, das einen guten Eindruck machte. Er hinterließ an der Rezeption die Anweisung, dass man ihm sofort Bescheid geben solle, wenn ein Anruf kam.

Linda ging voraus, Robert drückte sich an Knuts Seite. Leise fragte er: »Meinst du, dass er auf dem Weg nach Riekenbüren war?«

Knut Augustin zuckte mit den Schultern. »Wie auch immer – später wird Arne mir dankbar sein, dass ich diese Angelegenheit für ihn geregelt habe.«

Oktober 1959, Achim

ZÖGERND BETRAT BRIT das Haus der Schwestern des Ordens, dessen Namen sie vergessen hatte. Sie wusste mittlerweile, dass in Achim und Umgebung nur von »den Schwestern« die Rede war und vor allem von »Schwester Hermine«, die das Entbindungsheim leitete. Hasso hatte in Erfahrung gebracht, dass manche hochachtungsvoll von ihr sprachen, weil sie es angeblich schaffte, die Insassen des Heims auf den rechten Weg zurückzuführen, es gab aber auch Menschen, die ihr strenges Regiment für nicht mehr zeitgemäß hielten.

»Du tust einfach, was sie sagt, dann bekommst du keinen Ärger«, hatte Hasso geraten. »Es ist ja nur für ein paar Monate.«

Brit hatte einen anderen Geruch, andere Geräusche und eine ganz andere Stimmung erwartet. Sie verzog das Gesicht, als sie hinter Schwester Hermine durch die Schwingtür trat, die den kleinen Flur vom Treppenhaus trennte. Direkt hinter der Haustür hatte es nach Geschäftsmäßigkeit gerochen, nach Akten, Papier und nassen Regenschirmen. Im Treppenhaus fehlte es an jeglicher Ausdünstung. Kein Schweiß, kein Körper- und kein Wohlgeruch. Nur der scharfe Dunst von Ata und Imi lag in der Luft, von gut gescheuerten Fußböden und blank geputzten Treppenstufen. Als sie sich dem Speisesaal und der Küche näherten, veränderte sich der Geruch, blieb aber unangenehm. Kochschwaden kamen Brit entgegen, ohne jeden Duft, ohne irgendetwas, was verlockte, Geschirr- und Besteckgeklapper drang aus dem Speisesaal, aber keine Stimme, keine fröhliche Unterhaltung.

Als sie den großen Raum betrat, war sie wie erstarrt. Lange Tischreihen, davor Bänke ohne Rückenlehnen. Darauf Frauen, junge Frauen, Mädchen, mit niedergeschlagenem Blick, die schweigend ihre Suppe löffelten. Eine graue Brühe mit einer Einlage, die nicht appetitanregend aussah. Der Raum war ohne jeden Wandschmuck, nur ein riesiges Kreuz hing an einer der beiden Schmalseiten. Gegenüber stand ein Mädchen, die Hände über ihrem spitzen Bauch gefaltet, den Blick auf die Füße gerichtet.

Schwester Hermine zeigte auf sie. »Wer der Hausordnung zuwiderhandelt, wird bestraft. Dann gibt es kein Essen, dann darf man nur den anderen beim Essen zusehen.«

Brit konnte vor Entsetzen kein Wort herausbringen. Wo war sie hier gelandet? In einer Strafanstalt? Zwei junge Schwestern in ähnlicher Tracht, wie Schwester Hermine sie trug, huschten von Tisch zu Tisch, stellten Terrinen auf und nahmen sie wieder mit, wenn sie leer waren. Eine Schwangere griff nach einer Terrine, ehe sie wieder weggetragen wurde, und sagte: »Da ist noch was drin. Ich habe noch Hunger.«

»Ruhe!«, dröhnte Schwester Hermine. »Beim Essen wird geschwiegen.«

Brit merkte, dass ihr die Beine zitterten, als sie den Speisesaal wieder verließ. Sie spürte die Blicke all derer, die dort zurückblieben, und folgte Schwester Hermine in einen Teil des Gebäudes, aus dem feuchte Wärme drang. Angenehmer als in der Küche und dem Speisesaal, scheinbar die Waschküche. Sauberkeit roch hier besser als eine frisch gekochte Mahlzeit.

Berge von Wäsche empfingen sie. »Unser Haus arbeitet ohne Gewinn«, erklärte Schwester Hermine. »Wir müssen sehen, dass wir über die Runden kommen, damit wir den ledigen Müttern und ihren Familien weiterhin helfen können. Deswegen betreiben wir eine Wäscherei. Die Hotels in der Umgebung, zwei Kliniken und einige Privathäuser bringen uns ihre Wäsche.« Im nächsten Raum standen riesige Heißmangeln. »Hier können wir es mit dir versuchen.« Sie stieß einen Hocker zur Seite, auf dem eine der jungen Schwestern gesessen hatte. »Aber wir wollen es dir nicht zu bequem machen. Buße hat nichts mit Komfort zu tun. Am Ende des Tages wirst du dir gut überlegen, ob du dich noch einmal zu einem Mann legst, mit dem du nicht verheiratet bist.«

Brit war mittlerweile derart eingeschüchtert, dass sie es nicht schaffte, auf Schwester Hermines Worte etwas zu erwidern. Schweigend folgte sie ihr wenige Minuten später die Treppe in die erste Etage hoch. Der Schlafsaal war nicht minder deprimierend als der Speisesaal. Etwa zwanzig Betten standen nebeneinander, nein, Pritschen waren es eher, dünne Matratzen auf schmalen Bettgestellen, darauf eine dünne Decke, obwohl es eiskalt im Raum war.

»Du sollst nicht verweichlicht werden«, sagte Schwester Hermine. »Wenn du hier wieder rauskommst, wirst du stark genug für ein anständiges Leben sein.« Sie ging zu einem schmalen Spind, öffnete ihn und zeigte auf ein kleines Fach. »Da kannst du deine Sachen unterbringen. Was da nicht reinpasst, brauchst du nicht, das bringe ich in meinem Büro unter.« Sie zeigte auf Brits Mantel und ihre Schuhe. »Die private Kleidung kommt auch in mein Büro. Hier tragen alle die gleichen Kleider. Wir wollen keine Modenschauen und keine Konkurrenz.«

Auch hier war der einzige Wandschmuck ein riesiges Kreuz. Schwester Hermine knickste davor und verlangte von Brit, es genauso zu machen. »Du wirst Gottes Beistand brauchen.«

Während Schwester Hermine zu den Fenstern ging und sie aufriss, obwohl es schon schrecklich kalt im Schlafsaal war, hatte Brit Gelegenheit, sie zu betrachten. Groß und hager war sie, ihr Gesicht war schmal, ihre Wangen waren eingefallen, ihre Augen von einem blassen Grau. Ein Gesicht ohne jede Freundlichkeit und ohne Lebensfreude. Sie zeigte auf ein Bett, auf dem ein dunkles

Kleid und eine weiße Schürze lagen. »Dort wirst du schlafen. Zieh dich um, und bringe deine Sachen, die nicht in den Spind passen, ins Büro.«

Brit wagte nicht zu widersprechen, sie wagte überhaupt keine Reaktion auf diese barschen Ansagen. Sie war froh, dass sie allein war, nachdem Schwester Hermine gegangen war, und niemand ihre Tränen sehen konnte. Ob ihre Eltern wussten, wie sie hier leben sollte? Ob Hasso eine Ahnung gehabt hatte? Es konnte doch nicht sein, dass sie Brit aus ihrem warmen Zuhause in diese Kälte entlassen hatten!

Als sie, was nicht in den Spind passte, über den Arm legte und die Treppe hinabgehen wollte, hörte sie Schwester Hermines harte Stimme auf dem Flur. »Wer hat da gekichert? Ihr seid nicht hier, um euch zu amüsieren. Ihr seid hier, um Buße zu tun. Habt ihr das endlich verstanden?«

URSULA BERGHOFF gehörte zu den Frauen von Riekenbüren, die ausgefüllte Tage hatten. Langeweile gab es bei ihr nie. Ihr Haus war groß und musste sauber gehalten werden, der Gemüsegarten nahm viel Zeit in Anspruch, dann noch das Ernten, das Einwecken und Marmeladekochen ... Ursula Berghoff hatte gut zu tun. Und darüber hinaus gab es noch ihre Lieblingsbeschäftigung: das Leben der anderen Riekenbürener. Sie hatte wirklich keine ruhige Minute. Diejenigen, die sie als Klatschbase bezeichneten, waren auch die, die sie mit ihrem vollen Vornamen ansprachen. »Ursula« – mit spitzen Lippen und hochgezogener Stirn. Sie selbst ließ sich lieber Uschi nennen, das war angeblich moderner. Diejenigen, die sie mochten – aber das waren nicht viele –, nannten sie Ulla. Das klang so breit und behäbig, wie sie war, und passte zu ihr.

Frida Heflik hatte damit gerechnet, dass Ursula Berghoff bald bei ihr auftauchen würde. Allerdings hatte sie auf etwas mehr Entgegenkommen gehofft und damit gerechnet, dass sie sich ein paar Tage Zeit lassen würde. Aber diesmal hatte Ulla es wohl nicht geschafft, ihre Neugier so lange zwischen Küche und Gemüsegarten hin und her zu bewegen, bis der Verdacht, sie könne etwas erfahren wollen, was sie nichts anging, nicht unbedingt auf der Hand lag. Sie hatte es einfach nicht geschafft, das neueste Riekenbürener Gerücht, das sich um die Familie des angehenden Bürgermeisters rankte, hinter ihrer Gartenpforte festzuhalten. Doch immerhin war es ihr gelungen, einen Grund vorzuschieben, der nichts mit ihrer Wissbegier zu tun hatte. Ein Glas Eierpflaumenmarmelade, das sie Frida angeblich immer schon bringen wollte, damit sie sie probierte. Dass sie dann auf Brit zu sprechen kam, war selbstverständlich reiner Zufall.

Frida, die ein ehrlicher Mensch war, fiel es schwer, Ulla zu berichten, was ihr Mann ihr eingebläut hatte: Die Klassenfahrt nach Sylt war für Brit zu einem Karrieresprung geworden.

»Karriere?« Ursula Berghoff schien das Wort noch nie gehört zu haben, jedenfalls nicht in Verbindung mit einer weiblichen Person. Nun bekam sie sogar zu hören, was Frida sich selbst für Fälle wie diesen zurechtgelegt hatte. Dass es heutzutage für eine Frau nicht reichte, sich nur aufs Putzen und Kochen zu beschränken, dass sie darauf achten sollte, beruflich selbstständig zu werden, da man ja nie wisse, was das Leben bringe. »Brit wird in einem Hotel in der Geschäftsleitung arbeiten.« Beherzt fügte sie an: »Fräulein Brunner hat ihr diese Stelle besorgt.«

»Aber sie sollte doch in der Schreinerei die Büroarbeit machen!« Ursula Berghoff war bestens informiert.

»Das kann sie später immer noch.«

Frida war dankbar, als sich ein weiterer Gast durch vernehmliches Klopfen an der Tür ankündigte. Die junge Frau, die davor stand, wohnte nicht in Riekenbüren, aber sie kam ihr bekannt vor. Sie musste etwa in Brits Alter sein. Vielleicht eine Mitschülerin? Frida erschrak bei dem Gedanken daran, dass sie die Küchentür offen gelassen hatte. Ursula Berghoff würde ihren Stuhl vermutlich näher an die Tür rücken.

»Ich bin Romy Wimmer. Ich wollte nach Brit fragen, wir gehen zusammen zur Handelsschule. Was ist los mit ihr? Warum kommt sie nicht mehr in die Schule? Ist sie krank?«

»Sie hat eine Stelle gefunden«, stotterte Frida Heflik. »Woanders«, fügte sie hilflos an.

»Was?« Dieses Wort bestand aus mindestens sieben A's. »Das

wusste ich ja gar nicht. Warum hat sie nicht bis zur Abschlussprüfung gewartet? Und warum hat sie mir nichts davon erzählt?«

»Es … ging alles ziemlich schnell.«

»Und die Prüfung?«

»Ich habe mit dem Direktor gesprochen. Die kann sie nachholen.«

Tatsächlich hatte Frida Heflik mit ihm gesprochen, er musste ja die Wahrheit erfahren. Sie hatte auf ein wenig Mitgefühl für eine leidgeprüfte Mutter gehofft, aber sein Blick war hart und streng gewesen, als er hörte, was es mit Brit auf sich hatte. Und er hatte Frida schnell entlassen mit einer Bemerkung, die ausdrücken sollte, dass er eine Frau für eine schlechte Mutter hielt, die nicht verhindern konnte, dass ihre Tochter schwanger wurde.

Ursula Berghoff kam aus der Küche und stellte sich dazu. »Ich will dann mal nicht länger stören …«

Romy nahm sie nur am Rande zur Kenntnis. »Was ist das denn für eine tolle Stelle? Und wo?«

Dass Fridas Gesicht dunkelrot anlief und ihr der Schweiß auf die Stirn trat, fiel wohl beiden auf, Ursula Berghoff und Romy. »Auf Sylt«, stotterte Frida. »In … einem Hotel.«

»Weihnachten wird sie sicherlich zu Hause verbringen?«, fragte Romy. »Dann komme ich vorbei. Sie soll mir dann erzählen, wie es auf Sylt so zugeht. Ich will versuchen, im *Miramar* eine Stelle zu bekommen.«

»Weihnachten? Ja, natürlich! Obwohl … gerade in der Weihnachtszeit soll ja sehr viel los sein auf Sylt. Ganz sicher ist es noch nicht, dass sie heimkommen kann.«

Romy war nicht zufrieden mit den Erklärungen. »Komisch, dass sie sich nicht verabschiedet hat. Die Brunner auch nicht. Die ist auch von einem Tag auf den anderen weggeblieben.«

Ursula Berghoff warf sich mit Inbrunst in die Erörterung, warum eine Lehrerin mitten im Schuljahr ihre Schüler im Stich ließ. »Vielleicht ist sie schwanger?« Über solch einen skandalösen Umstand war ihr schon mal was zu Ohren gekommen. »Man kann die Kinder ja nicht von einer schwangeren Lehrerin unterrichten lassen. Dazu noch von einer unverheirateten!« Sie schien genug gehört zu haben und wandte sich zum Gehen. »Ja, ja, eine Schwangerschaft zum falschen Zeitpunkt kann viel Unheil anrichten.«

Frida rief ihr einen Dank für die Marmelade hinterher und sicherte Romy zu, im nächsten Brief an Brit ihren Gruß auszurichten ... dann blickte sie beiden nach, mutlos und verzagt. Romy ging zur Bushaltestelle, Ursula Berghoff hielt die Frau des Friseurs auf und begann eine Unterhaltung mit ihr, bei der die Köpfe zusammengesteckt wurden.

Seufzend schloss Frida die Tür und ging in die Küche. Ihr Mann erschien kurz darauf und wunderte sich, dass seine Frau in Tränen aufgelöst am Tisch saß. »Was ist los?«

»Kein Mensch glaubt uns«, schluchzte Frida. »Die Berghoff redet schon im ganzen Dorf darüber und Brits Mitschülerin in der Schule.« Ausgerechnet die Tochter der Frau, die früher im Haus des Metzgers gewohnt hatte. Mittlerweile war ihr eingefallen, woher sie Romy kannte. »Die Mutter hatte schon ein Kind von einem anderen und war wieder vom nächsten schwanger, als ihr Mann aus der Gefangenschaft zurückkam.«

»Egal«, brummte Edward Heflik. »Sie wissen es nicht, nur darauf kommt es an. Geredet wird viel, aber beweisen kann es keiner.« Er warf einen Blick zur Kaffeekanne, zog es dann aber vor, wieder in die Schreinerei zu gehen, wo er von Familiärem verschont blieb.

Ein paar Minuten später erschien Hasso bei seiner Mutter und bediente sich am Kaffee. »Wie wär's, wenn ihr einfach mit der Wahrheit herausrückt? Das würde einer Klatschbase wie Ursula Berghoff den Mund stopfen.«

»Um Himmels willen!« Frida schlug die Hand vor den Mund. »Das wird dein Vater nicht zulassen. Wie sollen wir erklären, dass das Kind … Nein!«

Dezember 1959, Entbindungsheim

SIE LEGTE DIE STIRN an die Fensterscheibe und blickte hinaus. Ein grauer, farbloser Dezembertag breitete sich vor ihr aus. Diese Tage hatte es in Riekenbüren in den Wochen vor Weihnachten auch häufig gegeben. Aber dann hatte Brit gerne nach draußen geschaut, aus der Wärme der Küche heraus, aus dem Duft eines Kuchens, der im Ofen stand, oder einer Suppe, auf die sie sich freute. Wie sich ihr Leben verändert hatte! Ihre Füße schmerzten, die Hände taten weh, die über und über mit Brandblasen bedeckt waren. Es war nicht leicht, die heiße Mangel zu bedienen. Schwester Hermine sagte jedes Mal, wenn Brit die Arbeit antrat: »Vielleicht schaffst du es heute endlich.« Das sollte keine Aufmunterung sein, sondern es war ein Satz voller Häme.

Der eiskalte Fußboden, die Hitzeschwaden um den Kopf herum, der schmerzende Rücken ... Brit glaubte manchmal, es nicht zu schaffen, alles hinzuwerfen, Schwester Hermine zu bitten, ihren Bruder anzurufen, damit er sie abholte. Aber ... würde er es tun? Würden die Eltern es zulassen? Sie war nicht die Einzige, die gern aufgegeben hätte, aber genau wie die anderen Mädchen wusste sie, dass es eine Rückkehr ins Elternhaus erst in ein paar Monaten geben würde.

Ihrer Bettnachbarin Maria waren am Tag zuvor die Nerven durchgegangen. »Ich schaffe das nicht mehr«, hatte sie geweint. »Ich will nach Hause.«

Aber Schwester Hermine hatte nur geringschätzig gelächelt. »Dort wirst du dich erst wieder blicken lassen können, wenn du keinen dicken Bauch mehr hast, das weißt du doch. Wer einmal hier ist, der bleibt bis zur Geburt. Verstanden? Wenn sich tatsächlich später ein Mann findet, der dich heiratet, dann weißt du, was Arbeit bedeutet. Das hast du hier gelernt. Du wirst mir noch dankbar sein.«

*

Die Adventszeit war angebrochen. In Riekenbüren würde es in jedem Haus einen Kranz mit vier Kerzen geben. Die Mutter würde während der Küchenarbeit Weihnachtslieder singen und Christstollen für die Festtage backen. Die Erinnerung an diese heimelige Atmosphäre drang durch die Kälte und wärmte Brit für einen Augenblick das Herz. Sie könnte zu Hause anrufen. Telefongespräche mit der Familie waren erlaubt, obwohl nur wenige davon Gebrauch machten. Die schwangere Tochter war zu Hause nicht erwünscht. Sie alle waren ins Entbindungsheim geschickt worden, damit die Schande möglichst schnell getilgt wurde. Ohne dicken Bauch und ohne ein Baby sollten sie zurückkehren. Brit wusste, dass ihre Eltern dann nie wieder von dieser Zeit reden würden. Ihr Kummer, ihre Angst, ihre Verzweiflung und auch ihr Kind – alles würde totgeschwiegen werden.

Manchmal war es in ihr so kalt wie um sie herum. Bisher hatte sie gewusst, dass sie geliebt wurde. Von ihren Eltern, von Hasso – und dann auch von Arne. Nun aber war sie von allen verraten worden. Konnte so Liebe aussehen? Hatte die Liebe ein zweites Gesicht, eine Fratze, die sich hinter dem gütigen Lächeln einer Mutter, der Fürsorge eines Vaters und den Beteuerungen eines Liebhabers versteckte? Sie war betrogen worden. Es gab sie gar nicht, diese Liebe, die alles verzeihen konnte. Die Liebe der Eltern, die in der Literatur, die sie in der Schule durchgenommen hatten, immer unendlich gewesen war, durch nichts zu erschüttern.

Schwester Hermine behauptete, dass die Eltern aller ledigen Mütter aus reiner Liebe ihre Töchter zu ihr schickten. Konnte das wahr sein? Angeblich sorgten alle Eltern, die ihre Töchter hier abgaben, dafür, dass ihnen der Weg ins Erwachsenenleben geebnet wurde, dass sie die Chance bekamen, später ein anständiges Leben zu führen.

Brit verbiss sich die Tränen, als sie Schwester Hermines Stimme von unten hörte. Sie durften sich heute außerhalb der Mahlzeiten in den Speisesaal setzen, eine große Kerze ansehen und ein Lied singen. Ein ungeheures Entgegenkommen, das sie selbstverständlich alle nicht verdient hatten. Ein paar Mädchen behaupteten, dass die Schwestern sogar Weihnachtsplätzchen gebacken hatten. Aber daran wagte Brit nicht zu glauben. Langsam ging sie nach unten, darauf bedacht, die schmerzenden Füße so vorsichtig wie möglich aufzusetzen. Diese Stunde, in der sie sitzen durfte und nicht arbeiten musste, wollte sie sich nicht durch Ungehorsam verderben. Von Stufe zu Stufe schleppte sie ihren schweren Körper und wusste, dass es nicht das Baby war, das jedes Vorankommen so unbeholfen machte, sondern ihr Inneres, das nicht mehr leicht, sondern bleischwer geworden war. Alles in ihr war erstarrt, leblos, ein vereistes Herz, so kam es ihr vor, gefroren und verhärtet. Wie sollte ein Körper mit einem so kalten Herzen im Inneren leicht und sprunghaft sein?

Dezember 1959, Hamburg

DER ARZT ZOG ein sorgenvolles Gesicht. »Sie müssen mir versprechen, meine Anweisungen zu befolgen. Mit einem Schädel-Hirn-Trauma ist nicht zu spaßen. Ihr Sohn hatte einen Schädelbruch und eine Hirnschwellung, die Blutungen im Gehirn waren zum Glück nur schwach und kurz, aber ...«

»Das weiß ich doch.« Knut Augustin wurde ungeduldig.

Arne sah, wie die Krankenschwester hinter dem Rücken seines Vaters hervortrat. »Ich werde mich um alles kümmern.«

Der Arzt betrachtete sie skeptisch. »Sind Sie geübt in solchen Fällen?« Sein Blick flog zu Knut Augustin, dem er scheinbar zutraute, irgendeine Krankenschwester mit schlechten Zeugnissen anzustellen, wenn sie nur bereit war, während der Weihnachtsfeiertage für Arne zu sorgen.

»Selbstverständlich«, antwortete Schwester Angelika und griff nach Arnes Rollstuhl. In den Augen seines Vaters sah er sich wie in einem Spiegel. Zusammengesunken, blass, mit einem fragenden Blick, als verstünde er nicht, was mit ihm geschehen sollte. Er hatte Mühe, sich zusammenzureißen, sich aufzurichten und zu zeigen, dass er sich auf die Weihnachtstage freute.

»Am zweiten Feiertag bringen Sie ihn zurück«, mahnte der Arzt.

»Versprochen.« Knut bedeutete der Krankenschwester beiseitezutreten, packte die Griffe des Rollstuhls und schob seinen Sohn den Gang hinunter. Schwester Angelika kümmerte sich notgedrungen um das Gepäck, das sie eilig hinterhertrug. Man sah ihr an, dass ihr die Funktion, die ihr zugefallen war, nicht behagte.

Sie wollte sich um den Patienten kümmern und nicht um seine Koffer. Das Kindermädchen, das sie früher nach Sylt begleitet hatte, war auch immer sehr unzufrieden gewesen, wenn Knut Augustin seinen Sohn höchstpersönlich ins *Miramar* getragen hatte und sie sich mit dem Sandspielzeug abplagen musste.

Zu Hause wurden sie von der Haushälterin empfangen, die prompt in Tränen ausbrach, als Arne über die Schwelle geschoben wurde. »Ich habe den Kirschkuchen gebacken, den Sie so gern essen.«

Es war das erste Mal, dass Arne lächelte. Die Bewegung in seinen Mundwinkeln war ihm fremd. »Danke«, sagte er und blickte sich um, als wäre er jahrelang nicht in diesem Haus gewesen.

Knut Augustin schob ihn ins Esszimmer, wo der Tisch gedeckt war, und bat die Haushälterin, zwei weitere Gedecke aufzulegen. »Herr König und seine Tochter werden gleich kommen.«

Er schob Arne an den Tisch und sicherte der Krankenschwester zu, sie auf der Stelle aus der Küche zu holen, wenn sein Sohn ihrer Hilfe bedurfte. Arne betrachtete das Geschirr, das seine Eltern zur Hochzeit bekommen hatten, und betastete die himmelblauen Blumen auf der Tischdecke, die seine Mutter während ihrer Verlobungszeit aufgestickt hatte. Alles so wie immer. Nur der Kirschkuchen war anders. Sonst hatte es am Nachmittag des Heiligen Abends immer Christstollen gegeben, den Arne jedoch nicht gern mochte. Diesmal hatte die Haushälterin eigenmächtig eine Änderung vorgenommen und den Kirschkuchen gebacken, den Arne liebte.

Er lächelte sie noch einmal an. »Danke.«

Die Haushälterin strahlte. »Die Sahne mit Zimt aufgeschlagen.«

Als Robert und Linda erschienen, hatte Arne seinen Oberkörper weiter aufgerichtet, hatte aus dem Gewohnten Kraft geschöpft und vermutlich auch seine Blässe verloren. Jedenfalls fühlten sich seine Wangen nicht mehr kühl, sondern erhitzt an.

Linda zog ihn in seine Arme, sodass seine Nase in ihrem Dekolleté landete. Dass diese Tatsache nichts in ihm auslöste, zeigte ihm, dass er noch weit von der Wiederherstellung seiner Gesundheit entfernt war. »Du siehst aus wie immer«, behauptete sie.

Robert schlug ihm auf die Schulter. »Musst du wirklich wieder ins Krankenhaus zurück?«

»Natürlich, Onkel Robert. Meinst du etwa, ich finde mich mit diesem Zustand ab? Ich will nicht den Rest meines Lebens im Rollstuhl verbringen.«

Das gemeinsame Kaffeetrinken war viel zu fröhlich, zu lärmend, zu berauscht, um normal sein zu können, aber Arne genoss es trotzdem. Er wusste, dass alle, die mit ihm am Tisch saßen, nichts anderes wollten, als ihm sein altes Leben zurückzugeben, und dabei ein wenig übertrieben. Es war wie im letzten Jahr auf Sylt, als sein Vater ihn ins *Miramar* trug, obwohl er längst laufen konnte und viel zu schwer geworden war.

»Wollt ihr nicht doch mit zu uns kommen?«, fragte Robert ein letztes Mal, als Linda ihn daran erinnerte, dass es Zeit wurde heimzugehen.

Aber auch diesmal schüttelten Vater und Sohn den Kopf. »Arne ist am besten zu Hause aufgehoben«, erklärte Knut Augustin. »So wie früher.«

Die Haushälterin wurde zu ihrer eigenen Familie entlassen, als sie einen kalten Imbiss vorbereitet hatte, die Krankenschwester verstand den Hinweis, dass Vater und Sohn allein vor dem Weihnachtsbaum sitzen wollten, und zog sich zurück.

Der Wohnraum im Hause Augustin war groß, aber dennoch behaglich. Die Einrichtung hatte sich seit dem Tod von Arnes Mutter nicht verändert. Knut Augustin hielt nichts vom modernen Einrichtungsstil, der ihm schmucklos und ungemütlich erschien. Isa Augustin hatte schwere Möbel mit reichen Schnitzereien ausgesucht, weil sie besser zu ihrem Mann passten, ausladende, weiche Polstermöbel, in die sie sich selbst gern kuschelte, wertvolle Teppiche, bauschende Gardinen vor den Fenstern. Der Weihnachtsbaum stand wie seit Jahren auf einem kleinen Tisch, direkt gegenüber der Tür, und überstrahlte den ganzen Raum.

Arne zählte die Kerzen, wie er es als kleiner Junge getan hatte. Bei fünfundzwanzig hörte er auf und wandte sich seinem Vater zu. »Ich glaube, es ist an der Zeit, über Brit zu reden«, sagte er leise. »Du brauchst mich nicht mehr zu schonen. Es muss ja einen Grund geben, warum sie nach dem Unfall nie zu mir gekommen ist.« Er sah seinen Vater nicht an. Die klitzekleine Hoffnung, dass alles nicht so schlimm war, wie er befürchtete, ließ sich nur bewahren, wenn er nicht in seine Augen blickte.

Knut Augustin seufzte auf. »Bist du sicher, dass du stark genug bist?«

Arne nickte. Er spürte, dass die Hoffnung in sich zusammenfiel, und nickte trotzdem noch einmal. »Ich habe diesen Unfall überlebt, ich werde auch den Rest überstehen.«

Man sah Knut Augustin die Erleichterung an, als er seinen Sohn unversehens auf dem Weg fand, der Richtung Genesung führte. »Wenn du gesund bist, kaufe ich dir einen neuen Roadster.«

»Mal sehen … Eines Tages würde ich mir gerne selbst einen kaufen können.« Arne lächelte kurz, wurde aber schnell wieder ernst. »Also … was ist geschehen, während ich bewusstlos war?«

Knut Augustin stand auf und rückte eine Kerze zurecht, die in gefährliche Schieflage geraten war. »Ein paar Tage nach deinem Unfall ist sie zu mir gekommen.« Er setzte sich wieder und griff nach Arnes Hand. »Damals ging es dir noch sehr schlecht. Niemand wusste, ob du überleben würdest.«

Erst als das Schweigen zur Last wurde, fragte Arne: »Was wollte sie von dir?«

»Sie hat mir ein Angebot gemacht. Für zehntausend Mark war sie bereit, die Schwangerschaft abbrechen zu lassen.«

»Was?« Geld? Brit wollte Geld und dafür sein Kind weggeben? Seine Brit?

»Eigentlich war es schon zu spät dafür, aber sie kannte jemanden, der das Risiko eingehen wollte.«

»Ihre Eltern«, flüsterte Arne. »Die müssen dahinterstecken.« Er konnte seine Tränen nicht mehr zurückhalten. Verzweifelt schlug er die Hände vors Gesicht und schluchzte hemmungslos. »Ihre Eltern müssen es gewesen sein«, brachte er mühsam hervor. »Sie haben sie unter Druck gesetzt.«

»Kann sein. Ich habe ihr jedenfalls die zehntausend Mark gegeben und mir versprechen lassen, dass sie die Familie Augustin nie wieder behelligen wird.« Er räusperte sich umständlich. »Tut mir leid, mein Sohn. Ich hatte offenbar recht. Sie wusste genau, auf wen sie sich einließ. Es war ihr von vornherein nur ums Geld gegangen.«

»Von vornherein? Du meinst …«

Arne war froh, dass sein Vater nicht antwortete. Konnte er sich wirklich so in Brit getäuscht haben? Alles nur vorgetäuscht? Keins ihrer Worte hatte der Wahrheit entsprochen? Arne hatte das Gefühl, dass sich ein Ring um seine Brust legte. Das Atmen fiel ihm schwer. Mühsam brachte er hervor: »Wie hat sie erfahren, wer ich bin? Und von meinem Unfall?«

»Das weiß ich nicht. Vielleicht kennt sie jemanden, der dich kennt … jedenfalls hat sie nur zwei Tage verstreichen lassen, dann stand sie auf der Matte.« Knut beobachtete seinen Sohn sorgenvoll. »Kannst du das wirklich schon verkraften?«

Arne nickte, spürte aber, wie die Blässe in sein Gesicht zurückkehrte.

»Sie will mit den zehntausend Mark ein Geschäft aufmachen. Irgendwo. Hat sie zumindest behauptet.«

Arne nickte. Sein Blick irrte durch den Raum, blieb am Weihnachtsbaum hängen, starrte in die Flammen der Kerzen. Im Krankenhaus gab es eine Telefonzelle im Eingangsbereich, die hatte er einmal benutzt, als ihm erlaubt worden war, sich allein mit dem Rollstuhl auf den Fluren zu bewegen. Er war in den Aufzug gerollt und hatte später jemanden gefunden, der ihm dabei half, den Hörer von dem Telefonapparat zu nehmen und das Geld in den Schlitz zu stecken. Tante Ava hatte sich gemeldet, emotionslos wie immer. Nach seinem körperlichen Zustand hatte sie sich nur mit einem kurzen Satz erkundigt, war damit zufrieden gewesen, dass er von einer Besserung sprach, mit der kaum jemand gerechnet hatte. »Dann ist es ja gut.« Das war alles gewesen. Auf seine Frage, ob Brit sich bei ihm gemeldet habe, hatte sie geantwortet: »Nein, kein einziges Mal.«

Warum er nach ihr fragte, schien für sie ohne Interesse zu sein. Sie hatte ihre Antwort gegeben, wünschte ihm weiterhin gute Besserung und legte den Hörer auf. Arne hatte anschließend eine Krankenschwester gebeten, ihn in den zweiten Stock zurückzubringen. Er hätte es alleine nicht geschafft. Der Beweis, dass Brit ihn betrogen hatte, wog einfach zu schwer. Er hatte geglaubt, sie hätte sich Sorgen gemacht, als sie nichts mehr von ihm hörte, wäre in großer Angst um ihn gewesen, hätte nach ihm gesucht … Und da wäre es ja das Naheliegendste, Tante Ava anzurufen. Die Telefonnummer kannte sie. Aber sie hatte es nicht getan. Sie hatte auf anderem Wege von seinem Unfall gehört und sich scheinbar nicht lange gefragt, wie sie auch ohne Heirat einen Nutzen aus seiner Liebe zu ihr ziehen konnte.

Dezember 1959, Achim

ES WURDE EIN großer Weihnachtsbaum in der Halle aufgestellt, so groß, dass eine Leiter nötig war, um seiner Spitze einen Stern aufzusetzen. Dazu musste ein junger Mann aus der Nachbarschaft ins Haus geholt werden, der sich bemühte, die Augen niederzuschlagen und so selten wie möglich aufzublicken und jemanden anzusehen. Außer dem Pfarrer kamen sonst keine Männer in diesen Bereich des Hauses. Nur im Büro von Schwester Hermine erschienen gelegentlich adoptionswillige Frauen und Männer, die sich jedoch ebenfalls nicht gern gründlich umsahen. Diese vielen schwangeren Frauen, die meisten von ihnen junge Mädchen, verunsicherten vor allem die Männer.

Brit hatte die Aufgabe zugewiesen bekommen, zusätzlich zu der Arbeit in der Wäscherei, in den vier Schlafsälen für Ordnung zu sorgen. Das Treppensteigen fiel ihr mittlerweile schwer. Wie leichtfüßig sie früher in ihr Zimmer gesprungen war! Und wie mühelos ihr das Wort Frei – heit in die Füße gefahren war. Und nun? So unfrei wie zurzeit war sie noch nie gewesen. Sie durfte nicht einmal das Haus verlassen, weil Schwester Hermine es für richtig hielt, dass ledige Mütter sich aus der Öffentlichkeit zurückzogen, bis sie wieder gesellschaftstauglich waren.

Mittlerweile schaffte sie es, Arne aus ihren Gedanken zu verbannen. Hier gehörte sein Name nicht hin, hier hatten die Gedanken an ihn keinen Platz. Langsam stieg sie die Treppe hoch. »Ar – ne«, flüsterte sie. Die Schritte fielen auf die Stufen. Schwer und ohne Klang. »Ar – ne«. Nein, der Name half ihr nicht, er war nur ein Wort, das aus zwei Silben bestand.

Auf dem ersten Treppenabsatz blieb sie stehen. »Liebe«, wisperte sie. »Lie – be«. Sie versuchte es, gab es aber gleich wieder auf. Das Wort Liebe war zu beschwingt, das schaffte sie zurzeit nicht. »Lie – be« war schnell, diese beiden Silben sprangen die Treppe hinauf, sie hüpften und stolperten nie.

Mühsam erklomm sie die letzten Stufen. Arne und Liebe – sie gehörten nicht mehr zu ihr. Am besten, sie strich beides aus ihrem Wortschatz.

Widerwillig betrachtete sie den Schlafsaal, in dem sie nun schon viele Nächte zugebracht hatte. Zwischen den Betten hatte je ein Nachtschränkchen für persönliche Dinge Platz. Viele hatten ein gerahmtes Foto dort stehen, Brit jedoch hatte das Bild, das ihre Mutter ihr mitgegeben hatte, in ihrer Reisetasche gelassen. Es zeigt ihre Eltern vor dem Eingang der *Schreinerei Wunder*. Nein, das wollte sie nicht täglich vor Augen haben.

Die Wände des großen Raums waren kahl, nur ein Kreuz mahnte die Schwangeren, ihr Leben nach der Entlassung zu ändern. Es war kalt im Raum, Brit machte sich klein vor der Kälte, die vom Steinboden aufstieg und von den Wänden herabfiel. Die Decken, unter denen sie schliefen, waren dünn, die Wäsche war löchrig und schäbig.

Als sie mit der Arbeit fertig war und in die große Halle zurückkehrte, erschauerte sie unter dem Anblick der Gleichheit, der sich zeigte. Dunkel und abweisend war sie, diese Gleichheit. Alle Mädchen trugen die gleichen dunklen Kittel, darüber gestreifte Schürzen. Brit kam es wie Anstaltskleidung vor. Sie waren ja auch gewissermaßen hier eingesperrt, dazu verdammt, so lange auszuharren, bis die Wehen einsetzten. Dann allerdings würden sich ihre Schicksale ändern. Es gab Frauen, die zu ihren Familien zurückkehren durften, und andere, die für Eltern und Geschwister gestorben waren. Eine Schande für ihre Familien waren sie alle. Aber einige erhielten doch eine zweite Chance. Sie durften sich wieder blicken lassen, wenn niemand mehr erfahren musste, dass sie als unverheiratete Frauen ein Kind bekommen hatten. Jede dieser Familien, genau wie die Hefliks, hatten ihre eigenen Lügen dafür, dass eine junge Frau, die Tochter, Schwester oder Enkelin, für ein paar Monate woanders lebte. Und jede der Schwangeren ging anders damit um. Viele von ihnen hatten ein hartes Herz bekommen, so wie Brit. Das Kindliche war verloren gegangen, aber das hieß nicht, dass sie erwachsen geworden war. Doch, das auch. Aber das Wesentliche war, dass sie sich verschlossen hatte, vor den Menschen, die bisher zu ihr gehört hatten, vor dem Mann, den sie nach wie vor liebte, auch wenn sich in ihr alles dagegen wehrte, vor dem Leben da draußen. Vielleicht würde alles besser, wenn sie ihr Kind behalten dürfte. Dann wäre die Liebe zu ihr zurückgekehrt.

Brit lehnte sich an eine Wand und sah den anderen zu, die ihre Aufgaben erledigten, heute mit etwas mehr Freude, weil schließlich Weihnachten war. Alle hatten etwas rosigere Wangen als sonst, auch die, die nichts zu erwarten hatten. Sie schloss dankbar die Augen, wenn sie an Hasso dachte. Die Gedanken an ihre Eltern waren voller Bitterkeit, und ohne ihren Bruder würde es ihr so gehen wie ihrer Bettnachbarin, die schon beim Aufwachen zu weinen begonnen hatte, weil sie die Weihnachtsfeiertage zu Hause verbringen wollte. Bei der Familie, bei diesen hartherzigen Menschen, die sie weggeschickt hatten!

Bei ihrer Ankunft hatte Schwester Hermine Hasso angewiesen, Brits Koffer am Eingang abzustellen und sich zu verabschieden. »Besuch ist möglich«, hatte sie gesagt, »aber nur von Familienangehörigen. Und nur von weiblichen.« Sie wandte sich an Brit. »Mutter, Großmutter oder Schwester.«

Brit schüttelte den Kopf. »Meine Omas leben nicht mehr, und eine Schwester habe ich nicht.«

»Und deine Mutter?«

Brit hatte Hasso fragend angesehen, der hatte den Kopf geschüttelt. »Sie wird wohl nicht kommen.«

Schwester Hermine hatte so was schon öfter gehört. Sie hatte Brit keine Zeit gelassen, Hasso nachzuwinken. »Alle Frauen, die hier leben, arbeiten im Haus, in der Küche oder in der Wäscherei. Bis zur Entbindung.«

»Und danach?«, fragte Brit verzagt.

»Du hast dann noch eine Woche, wenn du möchtest. Danach wirst du ausziehen.«

»Ohne mein Kind?«

Schwester Hermine sah sie an, als hätte sie um ein eigenes Zimmer mit Frühstück im Bett gebeten. »Deswegen bist du doch hier.« Sie betonte, dass dieses Haus ein Ort der Barmherzigkeit sei. Hier wurde den gefallenen Mädchen geholfen, sie durften noch ein paar Wochen oder sogar Monate hier arbeiten, wenn sie nicht wussten, wohin. Für Kost und Logis! Währenddessen sollten sie einen Vertrag beim Notar unterschreiben, in dem sie sich mit der Adoption einverstanden erklärten, und alles war erledigt. Das gefallene Mädchen war wieder ein rechtschaffenes. »Alles ganz korrekt.«

Brits Bettnachbarin weinte sich jeden Abend in den Schlaf. Nicht, weil sie von dem Vater ihres Kindes im Stich gelassen worden war, sondern weil ihre Familie sie zwang, hier ihr Kind zu bekommen und zur Adoption freizugeben. Dann erst durfte sie wieder nach Hause kommen.

Abend für Abend fragte Brit sie flüsternd: »Warum willst du da wieder hin? Sie tun dir so weh. Nimm dein Kind, und geh deinen eigenen Weg.«

»Wohin soll ich denn? Ich muss tun, was meine Eltern wollen, ich bin ja noch minderjährig.«

»Geh irgendwohin, wo du dein Kind behalten kannst.«

Aber Maria schüttelte dann jedes Mal den Kopf. »Mein Vater hat viertausend Mark für die Entbindung bezahlt.«

»Warum? Die Kosten für eine Entbindung übernimmt die Krankenkasse.«

Das wusste Maria nicht. Vermutlich wollte ihr Vater nicht einmal vor seiner Krankenkasse zugeben, dass seine Tochter ein uneheliches Kind bekam. Maria schüttelte auf alles, was Brit sagte, nur den Kopf und wartete sehnsüchtig auf den Tag, an dem sie zu ihrer Familie zurückdurfte. Ohne ihr Baby. »Wir werden dann in die USA gehen, mein Vater ist Amerikaner. Dann werde ich Mary heißen. Eigentlich wären wir schon drüben, wenn ... wenn das nicht passiert wäre.« Sie griff nach ihrem Bauch. »Aber meine Mutter war zum Glück bereit zu warten.«

An diesem Tag kam eine Ansichtskarte von Hasso. Darauf prangte ein Bild der Bremer Stadtmusikanten. Hasso schrieb, er habe mit Halina einen Ausflug unternommen. »Du weißt ja, der Bus, der dienstags um 19:30 Uhr fährt, ist der günstigste.«

Am folgenden Dienstag bat sie darum, die Telefonzelle benutzen zu dürfen, die es im Eingangsbereich des Entbindungsheims gab. Hasso war sofort am Apparat. Aber auf Brits Frage, ob es nicht doch möglich sei, mit dem Kind nach Hause zurückzukehren, machte er ihr keine Hoffnungen. »Sie erzählen in ganz Riekenbüren, dass du eine tolle Stelle auf Sylt gefunden hast. Fräulein Brunner hat sie dir vermittelt. Ein Angebot, das du nicht ausschlagen konntest.«

»Glaubt das jemand?«

»Niemand.«

Hasso zögerte, ehe er fragte: »Geht's dir gut?«

Brit antwortete nicht, brachte es nicht fertig zu bejahen, wollte Hasso aber auch nicht sagen, wie unglücklich sie war.

»Gefällt es dir dort?«

Nur begann sie doch zu weinen. »Nein! Es ist schrecklich hier!«
Aber Hasso wollte keine Einzelheiten hören. »Es sind ja nur
noch ein paar Wochen. Die wirst du schon aushalten.«

*

Vier Wochen nach Brit erschien eine Frau im Entbindungsheim,
die sie gut kannte. Der Schreck traf sie beide gleichermaßen. Sie
waren heimlich im Entbindungsheim, wollten unerkannt bleiben,
wollten später nicht zugeben, dass sie Mütter geworden waren …
und standen sich nun mit einem Mal gegenüber.

»Herr Jürgens?«, fragte Brit.

Fräulein Brunner nickte. »Der Junge vom Strand?«, fragte sie
ihrerseits.

Brit nickte ebenfalls. »Warum müssen Sie hier entbinden? Sie
sind doch volljährig, erwachsen. Sie können tun, was Sie wollen.«

Fräulein Brunner sah mit einem Mal sehr traurig aus. »Leider
nicht. Als Lehrerin darf man nicht schwanger werden. Nicht einmal, wenn man verheiratet ist. Das heißt … dann darf man natürlich, aber man muss die Arbeit aufgeben. Eine schwangere,
verheiratete Lehrerin hat nicht einmal Pensionsansprüche. Als
Lehrerin muss man ein Leben lang unverheiratet bleiben.«

Brit hatte längst gemerkt, dass ihr Schicksal in diesem Haus
nicht das schwerste war, aber dass eine Frau wie ihre Lehrerin,
eine gebildete Frau, eine Respektsperson, ganz ähnliche Probleme hatte wie sie, eine siebzehnjährige Schülerin, bewegte sie.
Eine Weile gingen sie sich aus dem Weg, weil eine nicht vom
Schicksal der anderen berührt werden wollte, dann jedoch zog
die gemeinsame Vergangenheit sie an. Immer wieder und täglich
mehr.

Nach einer Woche zeigte Fräulein Brunner deutlich, dass sie
ein Gespräch mit Brit wollte. Sie setzte sich im Speisesaal dicht

neben sie. »Wie hat Romy es eigentlich herausgefunden?«, fragte sie flüsternd. »Hat sie uns beobachtet?«

Brit zögerte nur kurz. »Das war ich. Ich habe Sie gesehen und hab's Romy erzählt. Es tut mir so leid.«

Fräulein Brunner winkte ab. »Mach dir keine Vorwürfe. Das spielt jetzt keine Rolle mehr. Ich wäre so oder so hier gelandet. Und dass ich Romys Erpressungen nicht mehr ausgesetzt bin, erleichtert mich. Damit muss sich jetzt Günter rumschlagen.«

Günter, das musste Herr Jürgens sein. Und Fräulein Brunner hieß Hildegard. Brit durfte sie so nennen, ab jetzt würden sie sich sogar duzen.

An dem Tag, an dem Hildegard Brunner eingezogen war, schlief Brit mit leichterem Herzen ein.

Am Heiligen Abend verteilte Schwester Hermine die Päckchen, die angekommen waren, allesamt bereits geöffnet und auf ihren Inhalt überprüft. Aus jedem holte Schwester Hermine hervor, was geschickt worden war: Süßigkeiten, selbst gebackene Plätzchen, Handschuhe, Schals … und steckte alles wieder zurück. »Selbstverständlich bekommt ihr es ausgehändigt, niemand soll mir vorwerfen, ich hätte euch etwas weggenommen. Später … wenn ihr dieses Haus verlasst und gelernt habt, was Gottes Wille ist.« Sorgfältig verschloss sie die Päckchen wieder und sah lächelnd in die fassungslosen Gesichter. »Die Grüße eurer Familien reiche ich euch weiter. Man ist ja kein Unmensch. Verdient habt ihr es alle nicht.«

Jede von denen, die eine Nachricht erhalten hatten, musste zu ihr kommen und bekam sie ausgehändigt, nachdem sie geknickst und ein Kreuz geschlagen hatte.

Brit weinte, als sie las, was ihre Mutter geschrieben hatte. »Mein liebes Kind, wir vermissen dich alle sehr. Aber es muss sein, das hast du sicherlich inzwischen eingesehen …«

Erneut wurde sie von Kälte ausgefüllt. So kalt war ihr mit

einem Mal, dass ihre Tränen schnell versiegten. Ihre Eltern und Hasso saßen heute in der guten Stube, um den Weihnachtsbaum herum, erwarteten ein besonders leckeres Essen, der Festtagsbraten stand im Ofen ... und sie sollte einsehen, dass alles so sein musste? Nein! Und Arne? Nein, an ihn wollte sie gar nicht denken. Sicherlich saß er auch in einer warmen Weihnachtsstube und ließ es sich gut gehen.

Viele standen mit gesenkten Köpfen da, als ihre Namen nicht aufgerufen worden waren. Sie bekamen auch an diesem Tag gezeigt, dass sie eine Schande für ihre Familie waren. Schwester Hermine forderte danach alle zu einem Gebet auf. Sie mussten den gnädigen Herrgott bitten, sie zu einem anständigen Leben zurückzuführen und sie nicht noch einmal der Versuchung auszusetzen. Die kleine, dünne Agnes, erst dreizehn Jahre alt, begann daraufhin laut zu weinen. Sie war einer Vergewaltigung zum Opfer gefallen, hatte ihre Schwangerschaft einem brutalen Gewalttäter zu verdanken und wollte verständlicherweise von früherer Versuchung und heutiger Buße nichts hören. Trotzdem erhielt sie von Schwester Hermine den gleichen strengen Blick, denn es bestand ja immerhin die Möglichkeit, dass Agnes durch ihr unzüchtiges Verhalten den Vergewaltiger zu seiner schrecklichen Tat angeregt haben könnte.

Hildegard Brunner schien ähnliche Gedanken zu haben. Brit war sicher, dass sie an Günter Jürgens dachte, daran, dass er mit seiner Familie Weihnachten feierte, mit den Kindern spielte, die Christmette besuchte, dann mit seiner Frau schlafen ging ... Sie hatte von ihm keinen Gruß erhalten, dabei war er der Einzige, der ihren derzeitigen Aufenthaltsort kannte. Aber er tat sein Bestes, sie so schnell wie möglich zu vergessen. Als sie sich von ihm verabschiedet hatte, war es ihm nur darum gegangen, dass sie von ihrer Entscheidung, das Kind zur Adoption freizugeben, nicht abwich. Das erzählte Hildegard Brunner mit zitternden Lippen.

Sie setzten sich auf eine Treppenstufe, als das gemeinsame Singen und Beten beendet war, weitab von denen, die sich gegenseitig trösteten, die weinten oder ihre Familien verfluchten, von Schwester Hermine immer wieder dazu aufgefordert, sich in Reue und Buße zu üben.

»Diese Heuchlerin«, flüsterte Hildegard und starrte die leuchtenden Kerzen am Weihnachtsbaum an, als würde sie am liebsten einen Eimer Wasser darüber ausleeren. »Die sollte besser vor ihrer eigenen Tür kehren. Erst lässt sie sich von den Müttern oder von deren Familien die Geburt bezahlen, dann von den Adoptiveltern die Baby-Erstausstattung für zweitausend Mark und die Kosten für die Entbindung noch einmal. Die zahlen alles, was sie können, weil sie Angst haben, dass sie sonst kein Kind bekommen. Und die Einnahmen der Wäscherei steckt sie auch in die eigene Tasche.«

»Woher weißt du das?«, fragte Brit entgeistert.

»Günter hat es herausgefunden und hat mich vor diesem Heim gewarnt. Er hatte mir ein anderes ausgesucht, aber ich wollte in der Nähe bleiben. Und außerdem … ich habe ihm nicht glauben wollen.« Hildegard betrachtete Brit eine Weile. »Wer übernimmt bei dir die Kosten? Dein Vater?«

»Nein, Arnes Vater.«

Hildegard Brunner nickte, das hatte sie erwartet. »Ich musste meine ganzen Ersparnisse an Schwester Hermine zahlen. Man könnte meinen, ich bekäme hier einen Fünfsterneservice. Mir bleibt gar nichts anderes übrig, als das Kind zur Adoption freizugeben. Ob ich will oder nicht. Nur so kann ich weiter als Lehrerin arbeiten und meinen Lebensunterhalt verdienen.«

»Und Herr Jürgens?«

»Er kann nicht ein paar Tausend Mark vom Sparbuch abheben, ohne dass seine Frau etwas merkt.«

Dezember 1959, Riekenbüren

FRIDA BEGANN zwei Tage vor dem Heiligen Abend, als der Weihnachtslikör angesetzt worden war, zu weinen und hörte damit nur auf, um zu schlafen oder eine Mahlzeit zu sich zu nehmen.

Edward Heflik betrachtete seine Frau von Tag zu Tag ungeduldiger, dann sagte er zu Hasso: »Du hast recht. Wir sagen einfach, dass Brit erkrankt ist. Wie sollen wir diese Heulerei sonst erklären?«

Hasso machte ein letztes Mal den Vorschlag, die Riekenbürener mit der Wahrheit zu verblüffen, aber er kam nicht einmal dazu, seine Empfehlung zu begründen. »Kommt nicht infrage. Deine Mutter würde das nicht wollen.«

Ursula Berghoff war die Erste, die Hasso einließ. Sie erschien am frühen Nachmittag des Heiligen Abends, um selbst gebackene Plätzchen zu bringen, die eine Mutter, deren einzige Tochter ausgerechnet an Weihnachten erkrankt war, dringend benötigte. »Nervennahrung. Das Kind ist krank und dann noch weit weg – schrecklich. Das hält keine Mutter aus.«

Natürlich hatte sie eigentlich in ihrem eigenen Haushalt genug zu tun, um das Fest vorzubereiten, aber für das Wohlergehen einer Nachbarin war Ursula Berghoff nichts zu viel. Der Kartoffelsalat, den es bei ihr traditionsgemäß am Heiligen Abend zu essen gab, war vorbereitet und konnte vor dem Kirchgang schnell zusammengerührt werden. Frida Heflik brauchte Trost, das sah ja jeder. Da musste Ulla Berghoffs Mann verstehen, dass seine Frau in diesem Jahr beim Baumschmücken keine Hilfe sein konnte.

Den Weihnachtslikör wies sie zunächst zurück, ließ sich dann aber überzeugen, dass der Rum, den er enthielt, sie auf dem Rückweg wärmen würde, dass es sich also um eine gesundheitsfördernde Verabreichung handelte.

Frau Jonker erschien zusammen mit ihrer Tochter Marga in der Küche. Sie trug den schweren schwarzen Wollmantel, der nur an Sonn- und Feiertagen aus dem Schrank genommen wurde, und präsentierte eine frische Dauerwelle. Hasso nahm sich vor, ihr ein Kompliment zu machen, brachte es dann aber doch nicht über die Lippen. Margas Auftrag war es wohl zu zeigen, dass sie mal eine bescheidene Ehefrau und sparsame Hausfrau werden würde und ein Mann sich glücklich schätzen musste, der sie zum Traualtar führen durfte. Das wurde Hasso mehr oder weniger deutlich vermittelt. Ihren Mantel besaß sie offenbar schon länger, das Kleid, das ihre Mutter ihr genäht hatte, schaute darunter hervor, ein braves Kleid, ohne jedes modische Accessoire. Der karierte Wollstoff hatte als Krönung der Artigkeit einen weißen Kragen erhalten, der fürs Weihnachtsfest frisch gestärkt worden war. Die Haare hatte sie in Locken gedreht und am Hinterkopf zusammengesteckt. Marga Jonker wäre ohne Weiteres von der Direktorin eines strengen Mädchenpensionats als neue Mitschülerin akzeptiert worden. Hasso fand, dass sie schrecklich langweilig aussah.

Der Bauer hatte vor der Küchentür beigedreht und war mit zwei Fläschchen Magenbitter zu Edward in die Werkstatt gegangen. Hasso brauchte nicht nachzusehen, wie es dort zuging. In der Werkstatt würden die beiden auf männliche Weise, ohne Tränen, Seufzen und Stöhnen, sich ein frohes Weihnachtsfest wünschen, und zwar bei jedem Glas, das sie herunterkippten. Seine Mutter hatte es unruhig zur Kenntnis genommen. Sie schien genau wie Hasso zu befürchten, dass Jonker die Gelegenheit nutzen wollte, auf die Verlobung seiner Tochter mit dem Sohn des Hauses zu sprechen zu kommen. Hasso hatte seinen Eltern vor den Weihnachtstagen vorsichtshalber mehrmals, bei jeder Gelegenheit, versichert, dass Marga Jonker für ihn als Ehefrau nicht infrage komme und dass sich daran nichts geändert habe. »Wenn ihre Kochkünste noch so beeindruckend sind.«

Dass er schon mehrmals vor Marga die Flucht ergriffen hatte, ließ er natürlich unerwähnt. Er hatte sich sogar mit Halina ein neues Plätzchen suchen müssen. Marga musste herausgefunden haben, dass er sich gern am Teich, in der Nähe des Zauns zu Bauer Jonkers Grundstück, aufhielt und hatte ihm dort eines Abends aufgelauert. Ohne Hose hatte er flüchten müssen, während es Halina im allerletzten Augenblick gelungen war, ihre Unterwäsche an sich zu reißen, bevor sie sich gemeinsam hinter das Haus der Mersels geduckt hatten. Von dort hatte Hasso beobachten können, wie Marga auf seine Unterhose aufmerksam wurde, sie mit spitzen Fingern aufnahm und sich mit großen Augen umgeblickt hatte. Zufällig hatte er später gesehen, dass ihr auf der Wäscheleine seiner Mutter dieselbe Unterhose aufgefallen war, von der sie bis zu diesem Augenblick vielleicht geglaubt hatte, sie sei von jemandem vergessen worden, der unerlaubt im Teich der Hefliks geschwommen war. Ihm war die Hoffnung gekommen, dass Marga die richtigen Schlüsse zog und sie sich nun einen anderen Eheaspiranten suchte. Aber wenn er jetzt ihre arglose Miene betrachtete und sah, wie sie ihre hausfraulichen Talente glänzen ließ, verlor er die Hoffnung. Den Schokoladenkuchen, den sie Frida mitbrachte, hatte sie selbst gebacken und eigenhändig mit Marzipanglöckchen verziert, die sie überdies selbst hergestellt hatte.

»Das Mädchen wird mal eine fantastische Hausfrau«, schwärmte ihre Mutter auffällig häufig und verdrehte genießerisch die Augen. »Ihren Sauerbraten macht ihr keiner nach.«

Frida blickte dann jedes Mal in Hassos Gesicht und beließ es zu seiner Erleichterung bei höflichem Interesse. Dann begann sie wieder zu weinen, in ihrer Schwermut fühlte sie sich offenbar am sichersten. Dazu gut behütet in Ursula Berghoffs Mitleid, in Marga Jonkers Anstrengungen, ihr zu gefallen, und in dem Bemühen ihrer Mutter, die Tochter zu präsentieren wie ein Metzger sein bestes Filetstück. Drei Gäste voller Übereifer also, wie er nur in weihnachtlichen Emotionen passend war und zu keiner anderen Jahreszeit gebilligt worden wäre.

Als Romy erschien, sah Hasso, dass Frida nervös wurde. Ihre Tränen versiegten vorübergehend, er wusste jedoch nicht, ob das ein gutes oder ein schlechtes Zeichen war. Romy hatte die Haare so hoch toupiert, dass das Licht der Küchenlampe hindurchschien, die eingeschaltet sein musste, weil der Tag regnerisch und trübe war. Eine Kapuze hatte sie nicht darüber stülpen können, trotz des Nieselregens, die hätte die toupierte Pracht ruiniert. So war sie nur durch ein dünnes Chiffontuch geschützt worden, das Romy um den Hals gebunden und dann im Nacken geknotet hatte. Hasso wusste, dass die Mädchen in Riekenbüren ihre Kopftücher so trugen, damit sie um Himmels willen nicht an die Kopftücher der Landarbeiterinnen erinnerten, sondern an das, was Brigitte Bardot in einem Cabrio in Nizza getragen hatte. Unter ihrem Mantel kam ein Kleid zum Vorschein, das mit einem breiten Gürtel in der Taille zusammengezurrt worden war und dessen weiter Rock sich über einem üppigen Petticoat bauschte, der kaum unter dem Mantel Platz gehabt hatte. Hasso war beeindruckt.

Ursula Berghoff rückte beiseite, um einem weiteren Stuhl Platz zu machen, Frau Jonker war dazu nicht bereit, die intuitiv das Feld für ihre Tochter verteidigen wollte. Und Marga verriet sich, indem sie die Konkurrenz einfach nicht zur Kenntnis nahm. Hasso drückte Romy an eine Tischecke, wo sie saß wie ein unerwünschter Gast, was sie ja auch war. Aber sie schien es nicht zu merken oder nicht merken zu wollen. Sie zupfte ihre toupierten Haare zurecht und lächelte einen nach dem anderen freundlich an.

»Sie sind Rosemarie Wimmer?«, fragte Ursula Berghoff. Vermutlich wollte sie Romy von vornherein klarmachen, dass man sich in Riekenbüren an ihre leichtlebige Mutter erinnerte und dass jeder wusste, wie Romy entstanden war: im Hof einer Bar, als ihre Mutter sich schon Kriegerwitwe nannte. Zu früh, wie sich später herausstellte.

Frida versuchte, mit ihrer Freudlosigkeit zu begründen, dass sie vergaß, Romy den Weihnachtslikör anzubieten, Hasso jedoch zog die Flasche heran und goss Romy ein Glas ein. Sie hob es, prostete allen lachend zu und kippte den Likör hinunter, als wollte sie Karneval feiern. Missbilligend wurde sie von Ursula Berghoff, Mutter und Tochter Jonker und auch von Frida Heflik angesehen, die der Ansicht waren, dass das Weihnachtsfest keineswegs allzu fröhlich ausfallen durfte, erst recht nicht, wenn ein Familienmitglied sich fern der Heimat aufhielt. Dass der Weg zur Christvesper auf keinen Fall schwankend zurückgelegt werden durfte, war ja sowieso klar. Noch nach Jahren wurde gerne – manchmal mit Empörung, meist jedoch kichernd hinter vorgehaltener Hand – darüber geredet, dass der alte Knudsen mit seinem Schnarchen sogar »Oh, du fröhliche« übertönt hatte. So war das eben, wenn einem kinderlosen Witwer niemand zur Seite stand, der den Weihnachtslikör rechtzeitig in den Vorratsschrank zurückstellte.

»Brit ist krank«, schluchzte Frida Heflik ihrem neuen Gast entgegen, noch bevor sie gefragt wurde. »Sonst wäre sie über Weihnachten nach Hause gekommen.«

»Hoffentlich nichts Schlimmes.« Romy schien nicht besonders beeindruckt zu sein, was Frida sehr unruhig machte.

»Eine schwere Erkältung. Sie muss über die Feiertage im Bett bleiben.«

»Wie schade«, sagte Romy, fand sich aber schnell damit ab, dass sie Brit nicht antraf. »Ich hätte gern mehr von ihrer Stelle erfahren.

Die muss ja toll sein, wenn sie dafür auf die Abschlussprüfung verzichtet.«

Hasso schaffte es, keine Miene zu verziehen. Wenn er allein mit seinen Eltern gewesen wäre, hätte er ihnen vorgehalten, wohin ihre Unehrlichkeit führte. Nun beschränkte er sich darauf, ein Glas von dem Weihnachtslikör zu trinken, den er eigentlich gar nicht mochte.

Als es an der Tür pochte, verließ er die Küche langsam, schloss die Tür hinter sich und atmete ein paarmal tief durch, bevor er auf die Haustür zuging. »Du darfst nicht lügen!« Das hatten seine Eltern ihm eingebläut, wenn er nicht zugegeben hatte, dass er in den Teich gefallen war, dem er sich als Kind eigentlich nicht nähern durfte, oder sich auf dem Rücksitz eines Mofas hatte mitnehmen lassen, was ebenfalls streng verboten war. Damals hatte er noch nicht durchschaut, dass die Wahrheit einem Pendel glich, das mal nach rechts und mal nach links ausschlug und trotzdem immer noch Wahrheit genannt wurde. Meist dann, wenn es darum ging, den Nachbarn etwas vorzumachen. »Das geht niemanden etwas an.« Das war die Erklärung gewesen, wenn seine Eltern es mit der Wahrheit nicht so genau nahmen.

Er wusste, wer vor der Tür stand, als er eine leise Stimme hörte, und öffnete lächelnd. Herr Mersel schob seine Tochter an Hasso vorbei ins Haus. Die Flasche Dujardin hielt er voller Stolz im linken Arm. Selbst gönnte er sich so etwas vermutlich nie. »Wir wollten … wir dachten …«

»Fröhliche Weihnachten«, schnitt Hasso seine Bemühungen ab, die richtigen Worte zu finden. »Schön, dass Sie vorbeikommen.«

Frau Mersel, eine kleine zierliche Person mit schwarzen Locken, dunklen Augen und dem waidwunden Blick der ewig Kranken, stellte sich an die Seite ihres Mannes. »Wir wollen ein fröhliches Fest wünschen. Wir haben gehört, dass Ihre Schwester krank ist und nicht nach Hause kommen kann.«

Herr Mersel unterbrach seinen Weg zu Küchentür. »Im Januar geht es doch weiter mit dem Bau des Sanitärhauses?« Diesen Begriff hatte er von Edward Heflik gelernt, der nicht wollte, dass von Camping-Klos die Rede war.

»Es sei denn, es friert«, antwortete Hasso. »Wenn das Wetter es zulässt, machen wir weiter.«

Er strich Halina unauffällig über den Rücken, als er ihr den Mantel abnahm. Sie zwinkerte ihm zu und spitzte die Lippen, als wollte sie ihn küssen. Und sie hätte es vielleicht sogar hinter dem Rücken ihrer Eltern getan, wenn nicht in diesem Augenblick Edward Heflik mit Bauer Jonker aus der Schreinerei gekommen wäre. Die Farbe ihrer Gesichter ließ vermuten, dass den beiden der Magenbitter nicht gereicht hatte, dass sie mehr gebraucht hatten, um dem jeweils anderen zu versichern, dass sie das nächste Weihnachtsfest schon als große Familie gemeinsam feiern würden. Hasso wusste, dass hinter den Lackdosen in der Werkstatt eine Flasche Aquavit stand, die in außergewöhnlichen Fällen hervorgeholt wurde. Und die Tatsache, dass der Sohn des Schreiners der Tochter des Bauern partout keinen Heiratsantrag machen wollte, war vermutlich solch ein außergewöhnlicher Fall. Jedenfalls am Heiligen Abend, wenn die Wellen der Emotionen höher schlugen als sonst und eine spontane Verlobung über die Abwesenheit der Tochter gut hätte hinwegtrösten können.

Es wurde eng in der Küche. Frida beteuerte schluchzend, dass Besuch eigentlich in die gute Stube gebeten würde …

»Aber natürlich nicht, wenn das Christkind dort den Weihnachtsbaum schmückt«, tönte Edward Heflik. Nein, am Heiligen Abend musste man warten. Die gute Stube, die ja auch die Weihnachtsstube war, wurde erst am Abend nach dem Kirchgang geöffnet.

Die Mersels wurden zu einem Weihnachtslikör gezwungen, den sie mit großem Misstrauen probierten, aber dann für schmackhaft befanden. Hasso streckte vorsichtig den Fuß aus und war glücklich, als er Halinas Beine berührte. Sie blickte auf, lächelte ihn kurz an und erwiderte den Druck seines Fußes. Ursula Berghoff und Romy kassierten Blicke, die ihnen, wenn ihre Sensibilität ausgeprägter gewesen wäre, gezeigt hätten, dass es Zeit zum Gehen war. Aber Ursula Berghoff hatte Angst, etwas zu verpassen, und bei Romy hatte Hasso den Verdacht, dass es nicht viel anders war. Beide warteten darauf, dass jemand sich verhaspelte und die Wahrheit über Brit ans Licht kam. Hasso wurde klar, wie richtig sie mit ihren Vermutungen lagen. Wenn man etwas wissen wollte, musste man oft einfach nur abwarten, bis sich zwei widersprüchliche Aussagen nicht korrigieren ließen.

Bauer Jonker bemerkte, dass Alkohol am Morgen auf die Blase schlug, und gab zu verstehen, dass er die beschauliche Runde kurz verlassen müsse, damit aus seinem kleinen Problem kein großes wurde. Das, so stellte er launig fest, ginge bei Männern in seinem Alter sehr flott. Da er den strategisch ungünstigsten Platz eingenommen hatte, gab es ein großes Hin- und Herrücken am Tisch, weil jeder einmal die Sitzfläche lüften, den Stuhl verrücken musste und dabei die Tischdecke verrutschte. Prompt kippte ein Glas Weihnachtslikör um, von dem keiner mehr wusste, wem es eigentlich gehörte, und Hasso hoffte inständig, dass dieses Durcheinander für Ursula Berghoff und Romy ein Zeichen des Aufbruchs wurde. Doch er hatte sich geirrt. Die beiden ließen sich wieder nieder und lächelten harmlos wie Weihnachtsengel in die Runde.

Hasso tastete mit dem rechten Fuß in Halinas Richtung, war erleichtert, als er ihr Bein wiederfand und bewunderte ihre Selbstbeherrschung, als an ihrer Miene nichts abzulesen war. Und das, obwohl er an ihrem Bein heraufkroch und sich sogar an die Innenseite vortastete. Dann aber zog Marga mit einem Mal kokett eine Locke über das rechte Auge und blitzte ihn verführerisch von der Seite an. Entsetzt erkannte Hasso seinen Irrtum, sprang auf, holte die Schale mit den Spekulatius von der Vitrine, stellte sie in die Mitte des Tisches und ließ sich von seiner Mutter belobigen, dass er daran gedacht habe. Sie selbst sei ja unfähig, einen klaren Gedanken zu fassen, seit sie die Nachricht von Brits Erkrankung erhalten habe. Zum Glück weinte sie mittlerweile nicht mehr ganz so durchdringend, sondern beließ es bei gelegentlichem Schluchzen und Augenabtupfen.

Jeder kostete einen Spekulatius, prüfte die Qualität, erkundigte sich, wo er gekauft worden war, gab Erfahrungen mit anderen Bäckern zum Besten, während Frau Jonker natürlich behauptete, ihre Tochter sei in der Lage, selbst Spekulatius herzustellen, man habe dafür sogar extra ein Spekulatiusbrett angeschafft. Hasso bekam eine Gänsehaut, als sich währenddessen ein schuhloser Fuß an seinem Bein zu schaffen machte. Er starrte Halina an, die sich gerade mit Verve in die Diskussion warf, was einen qualitativ hochwertigen Spekulatius ausmache, und entschloss sich, Marga einen Blick zuzuwerfen, der sie daran erinnern sollte, wie sich eine anständige junge Frau zu benehmen habe. Dann aber lüftete sie ihre Sitzfläche, um die Flasche mit dem Weihnachtslikör zur anderen Seite des Tisches zu schieben … und Hasso begriff, auf wen er hereingefallen war. Romy! Ihm fiel nichts anderes ein, als die Flasche mit dem Weihnachtslikör von der anderen Seite des Tisches zurückzuholen, sich dafür zu erheben und alle Gläser erneut zu füllen, trotz des Protestes der meisten, die dann aber doch nicht unhöflich sein und ein gefülltes Glas stehen lassen wollten.

»Nicht lang schnacken, Kopp in Nacken!«

Dieser Spruch von Alfons Mersel wurde von allen als sehr unpassend empfunden, führte aber dennoch zu Gelächter, weil ja niemand einen Menschen, der andere erheitern wollte, im Regen der Verstummung stehen lassen wollte.

»Jetzt müssen wir aber …«

Frau Mersel war die Erste, die diese rettenden Worte sprach, blieb aber ungehört. Ihr Mann hatte zwar eingesehen, dass er seinen Trinkspruch am Heiligen Abend nicht wiederholen durfte, schien aber darauf zu hoffen, dass sein Dujardin noch zum Einsatz kommen und ihn zum besonders großzügigen Gast von Edward Heflik machen könne. Dazu musste jedoch erst mal dem Weihnachtslikör der Garaus gemacht werden. Der Spruch, dass niemand auf einem Bein stehen könne, war längst überholt, die Behauptung, dass das Christkind fröhliche Gläubige in der Christvesper sehen wolle, zog auch nicht mehr, mittlerweile waren nur noch kurze Trinksprüche möglich:

»Auf das Leben!«

»Auf das neue Jahr!«

»Auf die Liebe!« Er war von Bauer Jonker hervorgelallt worden und sorgte für einen Stoß in die Realität. Jedenfalls bei Ursula Berghoff, die sich auf ihren Ehemann und den Weihnachtsschmuck besann und entsetzt feststellte, dass sie nicht in der Lage sein würde, beides mit festen Schritten zu erreichen. Romy fiel ein, dass sie sich besser vorher nach der Abfahrtszeit des Busses erkundigt hätte, der am Heiligen Abend deutlich seltener fuhr als an anderen Tagen, und Hasso entgegnete auf die Frage, die in ihren Augen stand und noch nicht ausgesprochen worden war: »Ich kann nicht mehr Auto fahren. Ich wüsste nicht mal, wo sich das Gaspedal befindet.«

»Ich würde Ihnen helfen«, säuselte Romy, bestand aber zum Glück nicht darauf, einen Versuch zu wagen.

Auch deshalb, weil Marga Jonker von Hasso begleitet werden wollte, da ihr angeblich der Transport der Kuchenplatte ins Nachbarhaus ohne Hilfe nicht gelingen würde. Hasso erklärte seine Bereitschaft, wartete aber, bis beide Jonkers ebenfalls den Heimweg antreten wollten und der Bauer sich stark genug fühlte, die Kuchenplatte unter den Arm zu klemmen. Dass er von seiner

Frau und seiner Tochter wie ein Spielverderber angesehen wurde, verstand er nicht. Währenddessen verkündete Halina heldenhaft, sie schaffe es durchaus, ihre Eltern zunächst nach Hause und später in die Christvesper zu bugsieren, ohne dass ein Unglück geschehe.

Alfons Mersel jedoch ließ sich zurücksinken und wurde deutlicher: »Lasst uns den Dujardin noch probieren.«

Als Edward Heflik sich darauf einließ, beschloss Frida, ins Bett zu gehen, weil sie sich sterbenskrank fühle und ihr der Heilige Abend total egal geworden war. Hasso blieb nichts anderes übrig, als Ursula Berghoff nach Hause zu begleiten, wo sie von einem fassungslosen Ehemann empfangen wurde. Anschließend bestellte er für Romy ein Taxi in den Nachbarort und bezahlte es im Voraus, obwohl sie den Vorschlag machte, sich in seinem Bett auszuschlafen. Danach war er mit seinen Kräften am Ende. Eigentlich hatte er Halina noch hinter dem neuen Sanitärhaus treffen wollen, aber dazu fühlte er sich nicht mehr in der Lage. Seinen Vater, der erfolglos gegen einen Schluckauf ankämpfte, und Alfons Mersel, der ihm so kräftig auf den Rücken schlug, dass Edward vornüber auf die Tischplatte fiel, überließ er ihrem Schicksal.

Diese Christvesper war die erste, an dem die komplette Familie Heflik in der Kirche fehlte, Halina Mersel verloren in einer Bank saß, sich immer wieder umsah, als erwarte sie jemanden, und dann während der Predigt einschlief. Auch das Ehepaar Jonkers war nicht erschienen, hatte es jedoch noch geschafft, dem Pfarrer die Nachricht zukommen zu lassen, sie hätten sich gemeinsam mit den Hefliks eine gefährliche Viruserkrankung zugezogen. Herr Berghoff dagegen hockte allein in der Bank und gab auf die Frage, wo seine Frau sei, keine Antwort.

Der Pfarrer war höchst besorgt und machte gleich am ersten Feiertag in der Frühe einen Krankenbesuch sowohl bei den Hefliks als auch bei den Jonkers und alarmierte, als in beiden Häusern niemand öffnete, den Krankenwagen. Hasso konnte gerade noch das gewaltsame Eindringen der Sanitäter verhindern, was bei den Jonkers bereits geschehen war und bei dem Bauern erst zu wüsten Beschimpfungen und dann zu spontanem, starkem Erbrechen geführt hatte ...

ARNE WOLLTE NICHT, dass sie im *Miramar* abstiegen. »Dort bin ich immer noch Arne Düseler, der Hotelpage.«

»Nicht für die Geschäftsleitung.«

»Aber fürs Personal, meine früheren Kollegen.«

»Das muss dich nicht mehr interessieren. Deine Ausbildung dort ist beendet.«

»Ich sollte das Hotelwesen von der Pike auf lernen.«

»Jetzt nicht mehr.«

Aber Knut Augustin war dann doch dem Wunsch seines Sohnes gefolgt und hatte zwei Zimmer im *Hotel zum Deutschen Kaiser* am anderen Ende der Friedrichstraße gebucht. Robert und seine Tochter hatten ihnen den Gefallen getan und waren ebenfalls dort abgestiegen. Direkt nach Silvester waren sie losgefahren, Knut und Arne folgten ihnen Mitte Januar. Arnes gesundheitliche Fortschritte waren beachtlich gewesen. Knut kam es so vor, als hätte dazu beigetragen, dass er seinem Sohn klargemacht hatte, wie sehr er sich in Brit Heflik getäuscht hatte. Arne hatte mit ihr abgeschlossen, hatte eingesehen, dass sie nicht die Richtige für ihn gewesen wäre, dass die Liebe ihn blind gemacht hatte. Wenn Knut auch, als er Arne nach den Weihnachtsfeiertagen ins Krankenhaus zurückbrachte, unter leichten Schuldgefühlen litt, fühlte er sich jetzt sicher und hatte keinen Zweifel mehr daran, das Richtige getan zu haben. Sein Sohn war gesund geworden, also war alles gut! Das Mädchen war ins Entbindungsheim gegangen, das hatte er kontrolliert, und wenn der März vorüber war, war auch diese Episode vorüber, die Arne beinahe dazu geführt hatte, einer großen Dummheit zu unterliegen. Arne war noch schwach, aber das war ja ganz normal. Er würde sich schon erholen, wenn er auf Sylt war. Doch seine Niedergeschlagenheit, die über ihm stand, als wollte sie sich jederzeit auf ihn stürzen, ihn einhüllen und ihn lähmen, machte Knut Augustin Sorgen. Beruhigen konnten ihn nur die Worte des Arztes, die er sich immer wieder ins Gedächtnis rief: »Die Rekonvaleszenz Ihres Sohnes ist noch nicht abgeschlossen.« Arne würde noch Zeit brauchen. Und die sollte er haben.

Sie fuhren über den Hindenburgdamm. Das Meer war glatt und grau, der Himmel von der gleichen Farbe, am Horizont wurde das Meer Teil des Himmels und die Wolken schienen ins Meer zu sinken. Ein trüber Tag, alles war starr vor Frost, Menschen und Tiere bewegten sich, als machte die Kälte ihnen das Vorankommen schwer.

Der Arzt hatte die Reise befürwortet. »Seeluft wird Ihnen guttun. Aber übertreiben Sie es nicht. Kurze Strandspaziergänge sind in Ordnung, lange Wanderungen wären zu viel.«

Knut Augustin wischte den feuchten Belag von der Fensterscheibe des Zuges, legte die Stirn daran und spähte hinaus. Arne tat es ihm gleich, aber nur kurz. Dann malte er abstrakte Figuren an die beschlagene Scheibe und schien an dem, was dahinter zu sehen war, nicht mehr interessiert zu sein. »Ich könnte doch mit meiner Ausbildung im *Miramar* weitermachen, wenn der Doktor mich gesundschreibt.«

Aber Knut Augustin winkte ab. »Wenn das Objekt in Westerland so ideal ist, wie Robert behauptet, bleibt dafür keine Zeit. Dann müssen wir uns darum kümmern, das Haus umzubauen und einzurichten. Da kommt viel Arbeit auf uns zu.«

»Wir? Uns?«

»Natürlich!« Knut setzte sich so kerzengerade hin, dass auch Arne die Malerei an der Scheibe aufgab und Haltung annahm.

»Ich möchte, dass du dieses Haus leitest.« Am liebsten hätte er ergänzt: zusammen mit Linda. Aber er wollte nicht noch einmal Druck auf seinen Sohn ausüben. Robert hatte ihn gewarnt. Er war der Meinung, dass viel mehr zu erreichen sei, wenn die Kinder selbst entscheiden konnten oder zumindest den Eindruck hatten, unbeeinflusst entschieden zu haben.

»Wenn du meinst.« Arne reagierte erschreckend gleichgültig. »Wo soll ich wohnen, wenn es so weit ist?«

»Das ist alles, was du dazu zu sagen hast?« Knuts Stirn schlug Wellen. »Für diese Gedanken ist es noch zu früh. Erst mal das Café und die Hoteletage.«

Arne zuckte mit den Schultern. Wie Knut mittlerweile dieses Schulterzucken hasste!

»Hoffentlich riskierst du nicht zu viel.«

»Sylt ist im Kommen.« Knut war sich ganz sicher. »Da muss man jetzt investieren, bevor die Preise explodieren.«

Der Zug fuhr kreischend in den Bahnhof Westerland ein. Der rauchende Schornstein der Lokomotive hüllte die Wartenden ein, deren Gestalten sich erst allmählich wieder aus dem Qualm herausschälten.

Robert und Linda waren sofort zu erkennen. Beide trugen sie Pelzmäntel und -mützen, dicke Fäustlinge und Stiefel, die mit Pelz besetzt waren. Robert blieb am Ende des Bahnsteigs stehen, Linda kam ihnen entgegengehüpft wie ein kleines Mädchen. »Arne! Du kannst wieder laufen! Dass der Arzt dir diese Reise erlaubt hat, ist einfach wundervoll.« Sie warf sich ihm so stürmisch an den Hals, dass Knut Angst um seinen Sohn bekam.

»Vor temperamentvollen Frauen hat der Arzt ihn ausdrücklich gewarnt«, behauptete Knut lachend.

Robert beließ es selbstverständlich beim Händeschütteln und Schulterklopfen. Aber dass er sich freute, stand auch in seinem Gesicht. »Wollt ihr das Haus sofort sehen oder euch erst mal ausruhen?«

Knut und Arne entschieden sich fürs Ausruhen und für einen leichten Imbiss. Den besorgte Robert ihnen auf der Stelle, nachdem sie das *Hotel zum Deutschen Kaiser* betreten hatten. Ihre Koffer wurden währenddessen auf die Zimmer gebracht.

Das *Hotel zum Deutschen Kaiser* war ein imposanter Bau am Anfang der Friedrichstraße, gegenüber vom Kaufhaus Jensen. Diese Ecke markierte das Hotel mit einem Turm, der noch in den unteren beiden Etagen Teil der Fassade war, sich dann aber erhob, über das Dach des Gebäudes hinaus, mit einem Balkonzimmer, das besonders begehrt war. Eine großzügige Veranda erstreckte sich entlang der Maybachstraße, ihr Dach bildete Balkons für die Zimmer in der ersten Etage. In der zweiten gab es nur gelegentlich einen kleinen Balkon, in der dritten, die bereits zum Dachgeschoss gehörte, ebenfalls, jeweils als Teil eines arabesken Aufbaus.

Linda zappelte an Arnes Seite herum. »Nimm das Krabbenbrot, Arne, das ist sehr lecker.«

Arne folgte ihrem Vorschlag und bestätigte sie anschließend. »So sollte ein Essen aussehen, wenn man an der See ist.«

Linda wollte etwas erwidern, aber ihr Vater unterband es, indem er seinen rechten Zeigefinger hob. »Hört euch das an.« Das Radio in der Ecke des Speisesaals war angestellt worden und dudelte eine Melodie, die sich in den letzten Monaten zum Schlager entwickelt hatte: das *Lied vom Wirtschaftswunder*, das der Kabarettist Wolfgang Neuss sang. »Jetzt kommt das Wirtschaftswunder«, hieß es da.

Robert hob lachend sein Weinglas und prostete Knut zu. »Na, bitte! Wir haben es doch gesagt.«

Arne wurde nachdenklich. »Nach Kriegsende hat der kommandierende Offizier der britischen Militärregierung noch gesagt: Die Inselbewohner sollen nicht daran denken, den Fremdenverkehr wieder aufzubauen. Ihre Aufgabe wird es in den nächsten Jahren sein, sich um die Flüchtlinge zu kümmern.«

»Das ist quasi erledigt«, sagte Robert König.

»Nicht ganz. Ich habe gesehen, dass es auf Dikjen Deel immer noch Flüchtlinge gibt.«

Robert machte eine wegwerfende Handbewegung. »Nicht mehr lange. Der Bürgermeister hat die Zukunft schon fest im Blick. Er ist schlau und redet nicht vom Fremdenverkehr, sondern davon, aus Sylt ein Volksbad für Erholungsbedürftige und Kranke zu machen. Das klingt überzeugender.«

»Das ist doch längst überholt«, meinte Knut. »In Deutschland haben wir quasi Vollbeschäftigung, die Arbeitslosenquote liegt unter zwei Prozent. Vor zehn Jahren wurden schon zwanzigtausend Autos über den Damm transportiert, mittlerweile sind wir bei fast hunderttausend. Ich sage es euch – wir hätten nicht länger warten dürfen mit einer Investition auf Sylt. Westerland hat mittlerweile jährlich ungefähr fünfzigtausend Gäste.«

»Es gibt schon die ersten Parkuhren«, warf Robert ein, »und fürs nächste Jahr ist eine Verkehrsampel geplant.«

»Wo?«, fragte Knut.

Das wusste Robert nicht. Aber er war genauso sicher wie sein Freund, dass der Aufschwung des Sylter Fremdenverkehrs nicht aufzuhalten war.

Arne fühlte sich müde und erschöpft, deswegen machten sich Knut Augustin und Robert König allein auf den Weg, um das Haus anzusehen, das Robert entdeckt hatte. Bei Linda hielt sich das Interesse sowieso in Grenzen, sie wollte lieber zum Tee ins *Café Wien* gehen. Das war den beiden Vätern nur recht, die zufrieden waren, wenn sie sich allein unterhalten konnten.

Die Käpt'n-Christiansen-Straße war nicht weit vom *Miramar* entfernt, hatte allerdings nicht so eine exponierte Lage. Am Ende der Friedrichstraße, die immer gut besucht war, stieß ein Feriengast, der Richtung Meer bummelte, notgedrungen aufs *Miramar*. »Stell dir vor, was das Grundstück heute kosten würde«, erinnerte

Robert, als Knut einen sehnsüchtigen Blick auf den Eingang warf. »Unbezahlbar!« Robert lachte. »Vielleicht können wir die Bude irgendwann kaufen, wenn wir in allen Orten von Sylt ein *König Augustin* erbaut haben.«

Knut lachte. »Du übertreibst mal wieder.«

Sie nahmen nicht die Strandpromenade, wo der Wind ihnen eiskalte Nadelspitzen ins Gesicht getrieben hätte, sondern gingen die Dünenstraße unterhalb des Deichs entlang, wo sie bald an der Ecke ankamen, die links in die Käpt'n-Christiansen-Straße führte. Das Haus, das Robert ins Auge gefasst hatte, war das zweite.

»Warum nicht das Eckhaus?«, fragte Knut.

»Das steht leider nicht zum Verkauf. Die Erben wollen dort eine Pension aufmachen. Ich glaube aber nicht, dass das funktioniert. Die Feriengäste, die auf Sylt Urlaub machen, sind gut betucht. Die wollen keine einfache Pension, sondern ein komfortables Hotel. Vermutlich können wir den Laden in ein paar Jahren billig bekommen und expandieren.«

Das Haus, das Robert stolz präsentierte, war in einem sehr schlechten Zustand, aber man sah ihm die vergangene Pracht noch an. Der gelbe Putz war jedoch abgeblättert, die Fenster waren blind, ihre stuckartigen Umrahmungen schmutzig und zum Teil abgefallen. Die hölzerne Haustür hing schief in den Angeln, der Vorgarten war verwildert, wie es hinter dem Haus aussah, konnte man sich gut vorstellen.

Robert König sah, dass sein Freund nicht begeistert war. »Natürlich hat das *Café Wien* in der Strandstraße eine bessere Lage, das *Miramar* sowieso, aber sieh dir den Strandübergang an.« Er zeigte zu der Senke, die mit Bohlen ausgelegt war und von der Strandpromenade auf die Dünenstraße führte. »Wenn die Leute von einem Tag in der Sonne zurückkehren, können sie unser Café gar nicht übersehen. Und unsere Hotelgäste werden begeistert über die Lage sein. Direkt am Strand, aber trotzdem ruhig.«

Knut stimmte ihm nun doch zu. »Du könntest recht haben. Und der Preis ist ja wirklich passabel. Vermutlich können wir noch handeln?«

»Garantiert! Wir werden alles aufschreiben, was kaputt ist. Auch wenn wir es sowieso erneuern wollen. Damit drücken wir den Preis.«

Knut warf einen Blick auf den Friedhof der Heimatlosen, der direkt neben dem Haus lag. »Ein interessanter kultureller Aspekt, der vielen Gästen gefallen wird«, murmelte er. »Und niemand kann dort ein konkurrierendes Café oder Hotel aufmachen.«

Robert griff nach seinem Arm. »Lass uns reingehen.«

DIE ARBEIT IN der Wäscherei fiel Brit immer schwerer, und selbst die dagegen leichte Tätigkeit im Schlafsaal, die ihr noch vor vier Wochen wie eine Erholung vorgekommen war, erschien ihr nach den Stunden in der Wäscherei kaum noch zu bewältigen. Das Bettenbeziehen, das Aufspannen der Laken, das Ausschütteln der Kissen, alles war zu einer körperlichen Herausforderung geworden. Dabei hatte sie noch einige Wochen vor sich, und diese letzte Zeit der Schwangerschaft würde wesentlich beschwerlicher werden. Aber sie biss die Zähne zusammen und ließ Schwester Hermine nicht merken, dass sie unter Rückenschmerzen litt und sich in unbeobachteten Augenblicken manchmal heimlich auf ein Bett legte, um auszuruhen. Der Hohn der Schwester tat weh. Wenn sie ein Mädchen sah, das die Hand in den Rücken legte und sich mit schmerzverzerrtem Gesicht dehnte oder nach dem Bodenwischen nur mühsam in die Höhe kam, tönte ihre harte Stimme über die Flure: »Das hätten Sie sich früher überlegen müssen, meine Damen, bevor Sie die Beine breit machten.«

Maria hatte erstaunlicherweise weniger Beschwerden. »Ich rede mir ein, dass ich dick geworden bin, weil ich viel Schokolade gegessen habe. Ich kann dann vergessen, dass ich schwanger bin. Manchmal hilft es.«

Während Brit mit immer größerer Angst der Entbindung entgegensah, wurde Maria von Tag zu Tag gelassener. Sie schien sich damit abgefunden zu haben, demnächst ein Baby auf die Welt bringen zu müssen, das ihr sofort weggenommen werden sollte.

»Ich mache die Augen zu, wenn es auf der Welt ist, ich will es nicht sehen. Am Ende denke ich sonst ständig an das Kind und werde traurig. Aber ich will mit meinen Eltern in Amerika neu anfangen. Wenn ich mit meiner Mutter in die USA gehe, soll alles so sein wie früher. Dann bin ich wieder ein junges Mädchen, das Spaß am Leben hat.«

Marias Mutter war mit einem Amerikaner verheiratet, der es in Deutschland nicht mehr aushielt und in die Heimat zurückwollte. Alles war schon vorbereitet gewesen, als sich herausstellte, dass Maria schwanger war. Ihre Mutter hatte sie täglich mehrfach geohrfeigt, hatte sogar ihren Bauch mit Schlägen traktiert, aber dann hatte die Familie einen Entschluss gefasst: Der Vater sollte allein in die USA gehen, und die Mutter würde mit der Tochter folgen, sobald das Baby auf der Welt und in die Hände von Adoptiveltern gegeben worden war. »Ich werde es vergessen können. Ganz sicher. In Amerika weiß dann niemand etwas von dem Kind und von dieser schrecklichen Zeit hier.«

Sie schien so sehr davon überzeugt zu sein, dass Brit es nicht wagte, ihre Bedenken zu äußern. Vielleicht funktionierte das ja, was Maria sich vornahm, vielleicht würde sie dieses Haus verlassen, ohne an das Kind zurückzudenken, das bei fremden Menschen aufwachsen musste. Sie selbst konnte sich einfach nicht vorstellen, ihr Baby wegzugeben, ohne danach täglich daran zu denken, ständig vor Augen zu haben, wie alt es war, wie es aussehen mochte, sich zu fragen, ob es schon laufen oder die ersten Wörter sprechen konnte, welche Haar- und welche Augenfarbe es hatte. Aber Maria war mit einem Mal davon überzeugt, dass sie es schaffen würde – mit Verdrängung und Selbstverleugnung. Ihre Verzweiflung, die sie in den Weihnachtstagen noch geschüttelt hatte, war vorbei. Jetzt wollte sie nur noch, dass es ein Ende hatte, dass das Kind auf die Welt kam und sie ihr Leben weiterführen konnte wie bisher.

»Meine Schwester wird mich heute wieder besuchen«, sagte sie eines Morgens.

Brit sah sie erstaunt an. »Du hast eine Schwester?«

»Eine Halbschwester. Sie ist von einem anderen Mann. Meine Mutter hatte kein Recht, mir Vorwürfe zu machen und mich zu schlagen. Vom Vater meiner Schwester kennt sie nicht einmal den Namen. Wie kann sie mir Vorwürfe machen?«

»Wird deine Schwester mit euch in die USA gehen?«

»Nein, sie bleibt hier. Obwohl sie noch nicht volljährig ist. Mein Daddy will sie nicht.«

»Daddy?«

»So sagt man in Amerika zu Papa.«

»Wie alt ist deine Schwester?«

»Siebzehn. Meine Mutter will ihr ein Zimmer besorgen, bevor wir abreisen.«

Brit stand auf und ging in den Waschraum, wo schon einige vor der Waschrinne standen. Siebzehn Jahre alt war Marias Schwester, so alt wie sie selbst. Und sie wurde von der Mutter in Deutschland zurückgelassen, obwohl sie noch nicht volljährig war. Es ging also. Ein Mädchen musste nicht 21 Jahre alt sein, um sich selbst durchzuschlagen. Aber als ledige Mutter? Mit einem Kind, das versorgt werden musste? Ohne Geld? Nein, das war unmöglich. Außerdem hatten ihre Eltern beschlossen, dass das Kind weggegeben werden musste. Und sie, die minderjährige Mutter, hatte kein Recht und keine Möglichkeit, es zu verhindern. Sie konnte noch nicht über ihr Leben bestimmen, sie musste tun, was ihre Eltern verlangten.

Als Brit in den Schlafsaal zurückkam, fragte sie: »Deine Schwester hat dich schon öfter besucht?«

Maria schüttelte den Kopf. »Bisher noch nicht, es ist das erste Mal.« Über ihr Gesicht ging ein Lächeln, für das Brit keinen Namen fand. Glücklich? Nein, dazu war Marias Situation zu schwer.

Aber vielleicht erleichtert, weil es in ihrer Familie jemanden gab, der zu ihr stand. Oder zuversichtlich, weil jeder Besuch ihrer Schwester sie darüber hinwegtröstete, dass ihre Mutter niemals zu Besuch kam. Vielleicht auch erlöst, weil sie sich, wenn ihre Schwester gegangen war, nicht mehr so minderwertig fühlte, wie man ihr vorher eingebläut hatte.

Gäste kamen nicht weiter als bis ins Besuchszimmer. Der Teil des Hauses, in dem die Schwangeren lebten, blieb ihnen verschlossen. Wer Besuch bekam, wurde von seinen Pflichten entbunden, musste allerdings die Zeit nachholen, da war Schwester Hermine unerbittlich. Wer das Gemüse nicht geschnitten hatte, weil er die Zeit mit einem Gast verbracht hatte, würde später die Gläser polieren oder die Spültücher waschen müssen. Schwester Hermine sorgte dafür, dass keine Freude aufkam. Ihre Schützlinge hatten Buße zu tun, das war ihr oberstes Gebot.

Brit hatte den Schlafsaal aufgeräumt und gelüftet, die Betten gemacht und die Schmutzwäsche in die Waschküche gebracht. Dort warteten noch Berge von Wäschestücken. Täglich kamen Lieferwagen von Hotels und Häusern mit großen Haushalten und gaben die Wäsche ab, die von den ledigen Müttern gewaschen und gebügelt wurde. Als sie zurückkehrte, kam ihr Hildegard Brunner entgegen, aufgeregt und atemlos. Ihre kurzen Haare, die bisher von einer Dauerwelle in Form gehalten worden waren, hingen ihr strähnig ins Gesicht. Die Dauerwelle war herausgewachsen, die Möglichkeit, einen Friseur aufzusuchen, gab es nicht. Aus der adretten Lehrerin war eine Frau geworden, die keine Gelegenheit mehr hatte, auf ihr Äußeres zu achten.

Ehe Brit fragen konnte, stieß sie sie in den Raum, in dem die Putzmittel aufbewahrt wurden. Sie vergewisserte sich mit einem Blick über den Flur, ob sie beobachtet worden waren. Dann schloss sie die Tür.

Brit sah sie erschrocken an. »Was ist los?«

»Ich habe die Schwester von Maria Anderson gesehen.« Hildegard Brunner lehnte sich an die Wand, schloss die Augen und legte die Hände auf ihren Bauch. »Zufällig habe ich aus dem Fenster geblickt, als sie ankam.«

»Na und?«

Sie öffnete die Augen wieder und sagte: »Romy Wimmer!« Sie ließ sich auf einen Kanister mit Schmierseife sinken. »Sie darf mich hier nicht sehen.«

Brit lehnte sich an die Wand. Romy war Marias Schwester? Romy war es, die demnächst allein zurückbleiben würde, wenn die Mutter mit Maria in die Staaten gegangen war? »Keine Sorge«, sagte Brit, »hier darf ja niemand rein.«

Hildegard sah Brit mit einem langen Blick an. Sie sagte nichts, aber in ihren Augen stand die Frage, unter der sie litt.

»Nein.« Brit beugte sich zu ihr. »Ich werde nichts verraten. Nicht noch einmal. Versprochen.«

»Wirklich nicht?«

Brit wäre beinahe in Tränen ausgebrochen. »Ich habe dich verraten, ich weiß. Aber ich werde es nicht noch einmal tun. Ganz sicher nicht.«

Nun stand Hildegard auf und strich ihre Schürze glatt. »Gut, ich vertraue dir.« Sie zögerte. »Danke.«

Vertraute sie Brit wirklich? Oder versuchte sie nur, sich selbst Gewissheit zu geben? Hildegard öffnete vorsichtig die Tür, dann schlüpfte sie auf den Flur. Als Brit an ihrer Seite stand, sagte sie: »Wenn ich in der Nähe eine Anstellung finde, dann würde mir alles kaputt gemacht, wenn …«

»Nein!« Brit ließ sie nicht aussprechen. »Ich sag' nichts!«

»Romy hat mich schon einmal erpresst.«

»Sie wird diesmal nichts erfahren.«

Brit sah Hildegard Brunner nach, die sogar von hinten einen verzagten Eindruck machte. Sie ging nicht aufrecht, sie hatte die

Hände vor die Brust genommen und den Kopf gesenkt. Nein, diesmal würde sie schweigen. Brit versprach es sich selbst ganz fest.

Schwester Hermines Stimme war aus dem Erdgeschoss zu hören. Brit huschte zu einem Fenster, von dem aus ein winziger Teil des Weges zu sehen war, der zum Eingang führt. Zwei, höchstens drei Meter. Diesen Weg gingen die Frauen, die zur Entbindung kamen, und ihre Besucher. Die adoptionswilligen Paare nahmen einen anderen Weg, die Lieferanten kamen von hinten. Schwester Hermines Stimme drang die Treppe hoch, Brit verdrückte sich in den Schlafsaal und machte sich an einer Zudecke zu schaffen, die sie aufnahm und zusammenlegte, während sie horchte. Es wurde ruhiger, Schwester Hermine war ins dritte Stockwerk gegangen. Ihre Stimme verlor sich, als dort eine Tür geöffnet wurde, und erstarb, als sie ins Schloss fiel.

Brit lief die Treppe hinab und versuchte, nicht eilig zu wirken, als ihr andere Frauen entgegenkamen. Sie lächelte, nickte freundlich und murmelte etwas von Schwester Hermines Ansprüchen, mit denen es immer schlimmer würde. Als sie an der Tür angekommen war, die zu den Besuchsräumen führte, blieb sie stehen und sah sich um. Niemand war zu sehen. Zu dieser Zeit waren alle mit den Hausarbeiten beschäftigt, die ihnen aufgetragen worden waren. Aus der Küche war das Hacken eines Messers zu hören, das Brutzeln von Fett in der Pfanne, die Anordnungen, die eine der Schwestern traf, die es bald geschafft haben würde, so streng und unerbittlich wie Schwester Hermine zu werden.

Lautlos öffnete Brit die Tür, durch die niemand hindurchging, der keinen Besuch erwartete. Keine der Frauen ließ sich gern dort blicken, wo es Menschen gab, die sie erkennen konnten. Alle legten Wert darauf, niemanden wissen zu lassen, dass sie ein paar Monate hier verbracht hatten.

Zwei der kleinen Besuchszimmer waren besetzt, aus einem drang die Stimme von Maria, die ihrer Schwester erzählte, dass es ihr nun besser ging, dass sie zuversichtlich sei und keine Angst mehr vor der Zukunft habe. »In Amerika kann ich ganz von vorn anfangen.«

Die Stimme, die antwortete, gehörte eindeutig Romy. Sie versprach, so bald wie möglich wiederzukommen. Sie wäre schon eher gekommen, wenn ihre Mutter bereit gewesen wäre, den Namen des Entbindungsheims zu verraten. Von jetzt an würde sie Maria regelmäßig besuchen.

Nun brach Marias Zuversicht doch zusammen, sie begann zu weinen, aber Romy tröstete sie. »Alles wird gut. Du musst das jetzt durchstehen, und dann kannst du es vergessen.«

»Ja, vergessen«, wiederholte Maria weinend. Dann aber riss sie sich zusammen. »Ich schaffe das.«

»Ich hole dich ab, wenn alles überstanden ist.«

»Mama wird nicht kommen?«

Romy zögerte. »Sie wird dich zu Hause erwarten.«

Stühle wurden gerückt, Schritte näherten sich der Tür. Brit wollte fliehen, aber sie schaffte es nur noch, sich hinter eine große Topfpflanze zu drücken. Romy! Die Erinnerungen an sie waren nicht gut, dennoch stellte sie in diesem Augenblick die Verbindung zu ihrem alten Leben dar. Noch mehr als Hasso, den sie nicht wiedersehen durfte, nachdem er sie hier abgesetzt hatte.

Maria umarmte ihre Schwester vor der Tür des Besuchszimmers, dann ging sie den Flur hinab und öffnete die Tür, die in den Wohnbereich der Schwangeren führte. Dort warf sie ihrer Schwester noch einen Kuss zu, dann fiel die Tür hinter ihr ins Schloss.

Romy trat vor einen Spiegel und richtete sich die Haare. Brit lauschte ins Haus hinein, ehe sie einen Schritt vortrat. »Romy.«

Die Verblüffung war nur ganz kurz, dann lächelte Romy. »Habe ich es doch gewusst!« Sie kam auf Brit zu, und beinahe sah es so aus, als wollte sie ihr um den Hals fallen. Aber sie unterließ es und setzte das Grinsen auf, das sich nach dem Film »Die Halbstarken« viele Mitschülerinnen angeeignet hatten. Überheblich, wissend, unerschütterlich. »Was deine Eltern mir erzählt haben, konnte ja nicht stimmen.« Sie betrachtete Brits Figur, ihr Grinsen vertiefte sich sogar noch. »Was ist mit dem Kerl, der dich auf Sylt flachgelegt hat? Fehlanzeige?«

Brit hatte diese Formulierung noch nie gehört, aber sie nickte. »Er hat mich belogen.«

»Aha.«

Brit griff nach Romys Arm und zog sie zur Seite. »Kannst du mir helfen?«

»Soll ich dich entführen? Oder was? Du bist ein freier Mensch, du kannst gehen, wenn du willst.« Sie holte eine Schachtel Zigaretten aus ihrer Handtasche und zeigte, dass sie schon auf dem Weg ins Erwachsenenleben war. »Ach nee, geht ja nicht. Deine Eltern! Du wirst wohl oder übel tun müssen, was sie wollen.«

»Wenn du das nächste Mal Maria besuchst ... können wir dann miteinander reden?«

Romy kniff die Augen zusammen und fixierte Brit eine Weile. Aber dann sagte sie: »Ich bin gespannt ...«

HASSO HEFLIK WAR NERVÖS. Wie immer, wenn er allein war und Brits Anruf erwartete. Nach wie vor lehnten seine Eltern es ab, mit ihrer Tochter zu telefonieren oder sie gar zu besuchen. Erst musste die Schande getilgt sein, dann würde Brit wieder Teil der Familie werden. Keinen Moment vorher. Sie wollten auch nicht wissen, wie es ihr ging, ob sie Angst vor der Geburt hatte, ob es gesundheitliche Probleme gab, ob sie Beistand brauchte, den Schwester Hermine nicht geben konnte.

Halina schlich sich von hinten in die Schreinerei. Sie war durch den Garten gekommen, wie meist, und hatte Hasso einen gehörigen Schreck eingejagt. »Hat sie noch nicht angerufen?«

Hasso stand neben dem Schreibtisch in dem Büro, das Brit zum Geburtstag geschenkt bekommen hatte, und starrte das Telefon an. »Es gibt vermutlich nur eine Telefonzelle mit einem Telefonapparat. Wenn der belegt ist oder eine Schlange davor steht, wird es schwierig für Brit, pünktlich anzurufen.«

Halina zog eine Grimasse. »Vielleicht ist sie auch ungehorsam gewesen und muss nun zur Strafe die Toiletten putzen.«

Manchmal kam sie mit solchen Bemerkungen, die eigentlich nicht ihn, sondern seine Eltern verletzen sollten. Sie war wütend auf die Hefliks, nahm es ihnen übel, dass sie nicht zu ihrer Tochter standen, dass sie ihr nicht helfen wollten. Wenn sie in die Kirche gingen, mit frommem Blick, fleißig das Vaterunser sprachen und das Kreuz schlugen, sagte Halina manchmal leise: »Ich könnte kotzen.«

Dann entspann sich zwischen ihnen jedes Mal eine hitzige Debatte über Spießertum, Engstirnigkeit, Intoleranz und Unbelehrbarkeit. Am Ende siegte Halina jedes Mal, und Hasso musste ihr Recht geben. Seine Eltern bestanden auf einer Lüge, die von den meisten durchschaut wurde, dennoch reichte es ihnen, dass niemand den Gegenbeweis antreten konnte. Für diesen billigen Triumph wurde Brit verstoßen und ein Kind verleugnet.

Sie setzten sich nebeneinander auf den Schreibtisch, das Telefon zwischen sich. Halina stellte ihre Füße auf den Schreibtischstuhl, Hasso ließ sie baumeln.

»Wann dürfen wir uns endlich zu unserer Liebe bekennen?«, fragte Halina leise, und Hasso wäre am liebsten aufgesprungen und hätte eine wichtige Tätigkeit vorgeschoben. Diese Frage überforderte ihn, er konnte sie nicht beantworten, jedenfalls nicht so, wie Halina es wollte.

»Glaubst du wirklich, dass die Zeit es schon irgendwie richten wird?«

»Ich muss den geeigneten Moment abwarten.«

»Bis Marga Jonker einen anderen gefunden hat?«

Hasso suchte nach einer passenden Entgegnung, aber Halina war schneller. »Du verhältst dich ihr gegenüber unfair. Ihren Eltern gegenüber auch, mir gegenüber sowieso. Und deine Eltern?«

»Meine Mutter weiß Bescheid.«

»Toll!« Sie schlug ihm auf die Schenkel wie ein Mann seinem Kumpel, der einen guten Witz erzählt hatte. »Aber auf unserer Seite steht sie trotzdem nicht.« Sie rückte von ihm ab, um ihm ins Gesicht sehen zu können. »Wie nennt dein Vater meine Familie? Die Habenichtse aus der Sowjetrepublik? Die Leute, die demnächst für ihn die Drecksarbeit machen werden? Die Dummen, die die Toiletten putzen, damit er nur die Hand aufhalten und kassieren kann? Meine Eltern vertrauen darauf, dass er uns anständig bezahlt, wenn der Campingplatz fertig ist. Sorg bitte dafür, Hasso, dass sie nicht enttäuscht werden.«

Zum Glück brauchte Hasso darauf nichts zu sagen, denn in diesem Augenblick schellte das Telefon. »Brit! Wie geht es dir?«

Halina stand auf und ging zur Tür. Dort drehte sie sich um und schenkte ihm einen Luftkuss zum Abschied, bevor sie durch die hintere Tür verschwand.

Brit wollte viel von ihrem Bruder wissen. Ob die Eltern gesund seien, wie es um die Bürgermeisterkandidatur des Vaters bestellt sei, und natürlich, wie es ihrem Bruder ging. »Nächste Woche wirst du zwanzig, und ich kann dir kein Geschenk machen.«

»Das schönste Geschenk wird sein, wenn du zurückkommst.«

Brit zögerte. »Und dann? Dann tun alle so, als wäre nichts gewesen?«

»Wir tun so, als wäre die großartige Stelle, die Fräulein Brunner dir besorgt hatte, doch nicht so großartig gewesen. Oder wir tun so, als hättest du schreckliches Heimweh bekommen. Eins von beiden.«

Hasso konnte sich diese »Zeit danach« gar nicht vorstellen. Er hatte seine Mutter schon oft gefragt, wie sie aussehen sollte, diese Zeit. Brit war dann wieder ein Kind? Ein unbeschwertes Mädchen, das seine Abschlussprüfung nachholte und als Höhepunkt des Tages im Teich planschte? Das glücklich war mit dem Büro hinter der Schreinerei? Seine Mutter hatte ihn nur hilflos angesehen und geschwiegen.

»Und das Baby?«

Es war das erste Mal, dass sie es aussprach. Auch Hasso hatte bisher vermieden, über das Kind zu reden. Wahrheitsgemäß hätte er antworten müssen: »Das muss dann totgeschwiegen werden.« Aber er schaffte es nicht.

»Das muss ich vergessen?«

Hasso schwieg. Er wäre beinahe in Tränen ausgebrochen.

»Und wenn ich das nicht schaffe?«

Hasso war vollkommen hilflos. »Ich weiß nicht …«

»Warum besucht Mama mich nicht?«, fragte Brit.

»Sie hat Angst, dass sie jemandem begegnet. Dann wären alle Lügen umsonst gewesen. Sie beichtet sie jeden Sonntag.« Brit schwieg, sie hatte diesmal viel Zeit. »Hast du Kleingeld gesammelt?«, fragte Hasso lächelnd. »Oder bist du die Einzige, die heute telefonieren will?«

»Beides«, antwortete Brit. »Ich habe Heimweh. Nicht nach Riekenbüren, aber nach dir.«

»Und nach Mama und Papa?«

Brit zögerte. »Sie haben mir sehr wehgetan. Ich weiß nicht, ob ich ihnen jemals verzeihen kann. Dass sie mich zwingen …« Sie sprach den Satz nicht zu Ende, aber Hasso wusste natürlich, was sie sagen wollte. »Dass sie mich nur akzeptieren, wenn ich mich so verhalte, wie sie wollen. Dass sie nicht zu mir stehen, wenn ich den Boden unter den Füßen verliere. Dass sie mich nicht auffangen. Sie lassen mich fallen und helfen mir nicht, mich wieder aufzurichten. Ich darf erst zurückkommen, wenn ich selbst aufgestanden bin und wenn niemand mehr merkt, dass ich ins Straucheln geraten bin. Sie …«

»Schon gut, Brit.« Hasso hatte sich erhoben und ging unruhig hin und her, so weit es die Schnur des Telefons zuließ. Alles, was seine Schwester sagte, entsprach auch seiner Meinung, dennoch ertrug er es nicht, wenn sie es laut aussprach. Halina hatte ihm gelegentlich vorgeworfen, dass er nicht viel besser sei als seine Eltern. »Ein echter Riekenbürener! So einer geht die Probleme nicht an, er schweigt sie kaputt.« Als er ihren Vorwurf zurückgewiesen hatte und sich verteidigen wollte, hatte sie ihn lächelnd in den Arm genommen. »Aber du stehst zu deiner Schwester, das zeigt, dass dein Herz weiter ist als das der anderen Riekenbürener.«

Hasso riss sich zusammen. »Unsere Eltern lieben dich, Brit, da kannst du ganz sicher sein. Sie sind eben … sie kommen aus Riekenbüren, sie leben in Riekenbüren. Und sie sind viel schwächer, als du glaubst. Sie schaffen es nicht, die Wahrheit zu sagen. Sie ertragen sie nicht einmal.«

In diesem Augenblick hörte er ein Geräusch. Er nahm den Hörer ein wenig vom Ohr weg und lauschte. War das die Tür zur Schreinerei gewesen? Nein, unmöglich. Er war allein, das wusste er. Trotzdem konnte er sich nicht mehr richtig konzentrieren. Was Brit ihm von Schwester Hermine und von den Frauen erzählte, die mit ihr auf die Entbindung warteten, bekam er nur noch am Rande mit. Er zog die Telefonschnur so weit, dass er den Rahmen der offenen Tür berühren konnte, damit sie noch weiter aufschwang. In der Schreinerei war alles dunkel und still. Keine Bewegung. Vielleicht war das Geräusch doch aus dem Wohnhaus gekommen …

»Brit, ich glaube, ich habe was gehört …«

»Was meinst du?«

»Ich weiß nicht. Ich möchte nachsehen.«

»Hasso!« Brits Stimme wurde jetzt so hart, wie sie geklungen hatte, als ihr klar wurde, dass ihre Eltern dem Wunsch von Arnes Vater nachgeben würden. »Du willst verdrängen, was in ein paar Wochen geschehen wird?«

»Natürlich nicht. Da war wirklich ein Geräusch …«

Aber Brit wollte ihn einfach nicht loslassen. Die Geburt rückte näher, vermutlich wuchs ihre Angst, vor allem die Angst vor dem, was danach geschehen würde. Wenn eine resolute Hebamme das Kind aus dem Zimmer trug … Hasso sah ein, dass er das Gespräch nicht abbrechen durfte, er ließ zu, dass Brit sich von der Seele redete, was sie belastete.

Schließlich sagte sie: »Am liebsten würde ich nicht zurückkommen.«

Hasso erschrak. »Nein! Ich hole dich ab, und dann werden wir gemeinsam nach Hause fahren.«

»Ich will nicht wieder nach Riekenbüren.«

»Du bist noch nicht volljährig.«

»Ich könnte auch woanders leben.«

»Das geht nicht. Ich könnte das auch nicht. Solange wir minderjährig sind, entscheiden unsere Eltern darüber, wo wir wohnen.«

»Sie entscheiden auch über mein Kind?«

»Natürlich.«

»Meinst du nicht, dass ich sie überreden könnte?«

»Niemals! Außerdem … wovon wolltest du leben?«

»Da ist noch das Geld von Arnes Vater.«

»Das liegt in unserem Tresor.«

Es folgte ein langes, schweres Schweigen, das durch die Leitung rauschte wie ein Gewitter, das sich ankündigte. Als Brit sprach, konnte sie das Rauschen nicht übertönen. »Ich würde das Kind so gern behalten.«

»Unmöglich, Brit! Das werden Mama und Papa nicht zulassen. Wahrscheinlich gibt es schon Adoptiveltern, die darauf warten.«

Nun knisterte etwas in dem folgenden Schweigen, als sprühten Funken auf der anderen Seite. Aber nach wenigen Sekunden war es vorbei. »Also gut.«

Hasso war nicht so beruhigt, wie er sein sollte. »Schwester Hermine wird anrufen, sobald die Wehen einsetzen, so ist es verabredet. Wenn es vorbei ist, stehe ich vor der Tür, um dich zu holen. Ungefähr zwei, drei Wochen musst du noch durchhalten, dann ist alles gut.«

Hasso merkte, wie seine Hände zitterten, als er sich von Brit verabschiedet hatte und durch die Schreinerei ins Wohnhaus ging. Die Schreibtischlampe hatte er hinter sich gelöscht, die Straßenlaterne warf genug Licht durchs Fenster, um die Tür zu finden. Dennoch stolperte er, als er die Schwelle überschritt, und erschrak, als die Tür hinter ihm ins Schloss fiel. Laut, lauter als sonst. Mit einem so endgültigen Schlag, als wäre ihm der Weg zurück abgeschnitten worden. Er merkte schnell, woran es lag. Durchzug fegte durchs Haus. Die Haustür stand offen. Ein etwa zwei Zentimeter breiter Spalt nur, aber das reichte. Und vor allem – er war sicher, dass sie geschlossen gewesen war.

Vorsichtig schob er sie ins Schloss und sah sich um. Ein Einbrecher? Solange er denken konnte, hatte es in Riekenbüren keinen Einbruch gegeben. Hier wurden die Häuser nicht verschlossen, hier vertraute einer dem anderen. Er sah sich um. Die Küchentür saß fest im Schloss, die Treppe, die ins Obergeschoss führte, knarrte bei jedem Schritt. Wenn sich dort oben jemand versteckte, würde Hasso in ein offenes Messer laufen. Bevor er sich hinauftraute, sollte er lieber Bauer Jonker zu Hilfe holen. Sein Blick fiel auf die Tür der guten Stube. Sie zog ihn an, obwohl sich nichts verändert hatte. Fest wie immer saß sie im Schloss. Nach den Weihnachtstagen war der Christbaum entfernt worden, seine Mutter hatte dort geputzt und danach hatte niemand mehr nach der Klinke gegriffen. Sie knarrte sehr leise, als er sie herunterdrückte. Trotzdem schien es ihm, als sei das Geräusch im ganzen Haus zu hören. Kälte schlug ihm entgegen, denn natürlich wurde dort nicht geheizt. Als er einen Schritt hinein machte, sah er sofort, was geschehen war. Die Tür des Schranks war nur angelehnt. Die Tischdecken, die seine Mutter während der langen Zeit bestickt hatte, in der sie auf eine Heirat hoffte, waren verschoben. Hasso schaltete das Licht ein und öffnete die Schranktür weiter. Knarzend machte sie den Blick frei auf den Tresor, dessen Tür sperrangelweit offen stand.

ROMY WURDE AUS dem Schlaf geschreckt. Jemand hatte den Daumen auf die Klingel gesetzt und schien ihn erst wieder runternehmen zu wollen, wenn sie wach war. Sie sprang aus dem Bett und musste sich für einen Moment am Bettpfosten festhalten, um ihren Kreislauf zu stabilisieren. Sie blickte auf die Uhr. Noch keine acht. Erst vor vier Stunden war sie ins Bett gekommen. Vorsichtig, als wäre der Weg zur Tür voller Hindernisse, tappte sie in den kleinen Flur und öffnete die Tür.

Eiskalter Wind blies ihr entgegen, sie versteckte sich hinter dem geöffneten Türblatt. »Ist es so weit?«, fragte sie schläfrig.

Ihre Mutter kam herein und schloss die Tür hinter sich. »Schwester Hermine hat bei der Nachbarin angerufen. Gut, dass die ein Telefon hat.«

»Die Wehen haben eingesetzt?«

»Das hat sie natürlich nicht gesagt. Nur, dass die Nachbarin mir Bescheid sagen soll, dass ihre Tochter bald käme. Ich wüsste dann schon Bescheid.«

Das verabredete Zeichen. Romy machte kehrt und ging in ihr Zimmer zurück. Ein Zimmer, das Küche, Wohn- und Schlafzimmer gleichzeitig war. Ein Bad hatte sie nicht, und die Toilette auf dem Treppenabsatz gehörte vier Familien.

Ihre Mutter folgte ihr, blieb in der Nähe der Tür stehen und sah sich um, als wollte sie eigentlich nicht sehen, was sich ihr bot. Sie war eine hübsche Frau, die viel tat, um noch hübscher auszusehen, als die Natur für sie vorgesehen hatte. Trotz der frühen

Stunde und trotz der Aufregung, die in ihrem Gesicht stand, hatte sie daran gedacht, die dunklen Locken zurückzustecken, einen Lippenstift zu benutzen und ihre Wangen zu pudern. Sie war eine Frau, die erst zufrieden war, wenn sie von allem zu viel hatte. Zu viel Dauerwelle, zu viel Schminke, zu viel Schmuck klimperte an den Ohren und Handgelenken, zu hohe Absätze und der Mantel zu rot.

Romy setzte sich auf die Bettkante und versuchte, ihre Haare mit den Fingerspitzen zu ordnen. »Das kann dauern«, sagte sie. »Beim ersten Kind! Das musst du doch wissen. Ich brauche mich nicht zu beeilen.«

Ihre Mutter fuhr mit bebenden Fingern über die Knopfleiste ihres Mantels. »Ich muss Steven ein Telegramm schicken.«

»Willst du damit nicht warten, bis das Kind da ist?«

Ihre Mutter schien diese Frage nicht gehört zu haben. »Dann die Flüge buchen und die Koffer packen ...«

»Nicht so eilig. Maria muss sich erst mal erholen.«

»Das kann sie auch in Amerika.« Liliane Anderson griff nach der Türklinke. »Ich habe dir schon vor Wochen die Busverbindungen aufgeschrieben. Ich hoffe, du hast sie nicht verschlampt. Das sähe dir ähnlich.«

Romy zuckte zusammen, als die Tür hinter ihrer Mutter ins Schloss fiel. Noch eine Weile blieb sie sitzen, dann erhob sie sich schwerfällig und suchte die Toilette auf dem Treppenabsatz auf. An diesem Morgen sah sie so aus, als hätte es in der Nacht diverse Magen-Darm-Verstimmungen unter den Bewohnern gegeben, die sie benutzten.

Sie machte sich nicht die Mühe, daran etwas zu ändern, sondern holte einen Krug, füllte ihn mit Wasser und trug ihn in ihr Zimmer, um sich zu waschen. Danach zog sie sich an und suchte den Zettel mit den Busverbindungen, die ihre Mutter für sie notiert hatte. Als sie sich auf den Weg machte, traf sie die ersten verschlafenen Gestalten auf der Treppe, Frauen im Nachthemd, Männer in Unterhosen auf dem Weg zur Toilette, allesamt müde oder verkatert. In der ersten Etage weinte ein Baby, ein größeres Kind schrie nach seinem Morgenbrei, das Haus erwachte zum Leben. Das bekam Romy normalerweise nicht mit. Sie schlief bis gegen Mittag, dann waren alle aus dem Haus, die Arbeit hatten. Frauen, die als Verkäuferinnen arbeiteten, als Putzfrauen, als Hausmädchen, Männer, die im Hafen ihr Auskommen suchten. Alle, die in diesem Haus wohnten, hatten schon vom Wirtschaftswunder gehört, aber keine Hoffnung, jemals etwas davon mitzubekommen. Romy, als Bardame, gehörte nicht wirklich zu ihnen. Sie hatte eine Ausbildung, konnte sich also auch nach einer seriösen Anstellung umsehen und hatte Chancen, Sekretärin oder Kontoristin zu werden. Wenn sie am Abend das Haus verließ, das andere müde und abgerackert betraten, war sie schick und aufreizend gekleidet, während ihre Geschlechtsgenossinnen mit schmutzigen Kitteln und zerdrückten Frisuren heimkehrten. Romy schien nur auf eine gute Gelegenheit zu warten, in ein Leben zu starten, das ihr alles bieten würde, während die anderen, die in diesem Haus wohnten, nur darauf hofften, dass es nicht noch schlimmer wurde.

Drei Stunden später stand Romy vor der Tür des Entbindungsheims. Mit einem Mal verließ sie der Mut, dort anzuklopfen. Was würde sie erwarten? Zum ersten Mal stiegen ihr Tränen in die Augen, als sie an Maria dachte. Warum ließ ihre Mutter sie allein? Konnte sie nicht wenigstens jetzt, in Marias schwerer Stunde, zu ihrer jüngsten Tochter stehen? Romy verlangte schon lange nichts mehr von ihrer Mutter, aber Maria war doch ein Kind, das von ihr geliebt wurde. Langsam stieg sie die Treppe hoch. Geliebt? Romy war nicht sicher. Manchmal kam es ihr so vor, als wäre ihre Mutter unfähig zu lieben. Den Zweifel an ihren Gefühlen hatte sie auch schon oft in Stevens Augen gesehen. Hoffentlich ging alles gut in

Amerika. Hoffentlich wurden ihre Mutter und vor allem Maria mit offenen Armen dort empfangen. Die drei würden dann eine Familie sein. Romy schüttelte trotzig den Kopf, ohne es zu merken. Egal! Zu dieser Familie hatte sie sowieso nie gehört. Sie war immer nur geduldet worden. Wenn überhaupt.

Sie wartete eine Weile, es fiel ihr schwer, die Klingel zu betätigen. Der Gedanke, was ihre kleine Schwester in diesem Augenblick durchmachen musste, belastete sie schwer. Wie gern hätte sie sich umgedreht und wäre weggelaufen. Sollte ihre Mutter doch sehen, wie sie mit ihrer jüngsten Tochter zurechtkam! Warum blieb immer alles an ihr hängen? Sie musste Verständnis dafür haben, dass sie in Amerika nicht erwünscht war, und außerdem musste sie dafür sorgen, dass Maria wohlbehalten aus diesem Haus heraus und zum Flughafen kam. Rückwärts ging sie eine Stufe hinab, dann aber gleich wieder hinauf. Nein, sie durfte jetzt nicht ihrer Feigheit folgen. Nicht nur Maria wartete auf sie, auch Brit. Romy blickte an der Fassade des Entbindungsheims hoch, als könnte es sein, dass Brit das Fenster öffnete, um ihr zuzuwinken. Hoffentlich ging alles gut. Bei Maria und bei Brit ...

Sie fragte sich, was das war zwischen ihr und Brit. In der Handelsschule hatte sie Brit zunächst nur am Rande zur Kenntnis genommen und spöttisch gegrinst, als sie hörte, dass jemand sie Fräulein Wunder nannte, weil sie aus der *Schreinerei Wunder* stammte. Nein, Brit war alles andere als eine Vertreterin des Fräuleinwunders, von dem zurzeit in Deutschland oft die Rede war. Sie war zu unauffällig, zu sehr bestrebt, es den Lehrern recht zu machen, zu gut erzogen, zu ängstlich. Auf Sylt hatte sich das geändert. Da war Romy aufgefallen, wie hübsch Brit war. Nicht attraktiv nach der neuesten Mode, sondern auf eine ganz eigene Art. Sie hatte bemerkt, dass etwas in Brit schlummerte, eine Kraft, von der diese selbst nichts wusste. Am Ende der Woche auf Dikjen Deel hatte sie geschwankt zwischen dem Wunsch, aus Brit eine Freundin zu machen, und der Verächtlichkeit, die sie allem Angepassten gegenüber empfand. Vor allem all denjenigen, die stärker werden konnten als Rosemarie Wimmer. Es hatte lange gedauert, bis Romy klar geworden war, dass sie Brit die Familie neidete. Diese spießige, dörfliche, kleinliche, muffige Familie. Eine Mutter, die ihre beiden Kinder liebte, ein Vater, der für Frau und Kinder sorgte, Bruder und Schwester, die sich gegenseitig unterstützen. Und das alles in einem kleinen Wohlstand, der ererbt war und mit viel Arbeit erhalten wurde. Romy fiel es schwer, es sich einzugestehen, aber so etwas wollte sie auch. Nein, anders. Das hatte sie auch gewollt. Jetzt war sie ja eines Besseren belehrt worden, hatte einsehen müssen, dass Brit sich auf ihre Familie genauso wenig verlassen konnte wie Romy auf ihre Mutter.

Die Klingel war so laut, dass sie vor der Tür und sicherlich auch im ganzen Haus zu hören war. Lange blieb es still, dann waren Schritte zu hören. Sie konnten nicht zu Schwester Hermine gehören, die bewegte sich resolut, mit festen Schritten, nicht so leicht und zaghaft wie diese. Die Tür wurde vorsichtig geöffnet, eine der Küchenhilfen spähte heraus. Als Romy den Grund ihres Erscheinens erklärt hatte, öffnete sie die Tür weiter. »Ihre Schwester wird bald kommen.« Sie wies auf den Eingang eines Besuchszimmers. »Da können Sie warten.«

Es dauerte nicht lange, und Brit erschien. Sie blickte sich vorsichtig um, ehe sie in den Raum huschte. »Ich habe gerade gehört, dass es überstanden ist. Ein kleiner Junge.« Sie beugte sich vor und flüsterte: »Wo werdet ihr auf mich warten?«

»Kannst du deine Tasche tragen?« Romy warf einen vielsagenden Blick auf Brits Bauch.

»Wie weit?«

»Bis zur Straße. Dort warten wir auf dich.«

»Das schaffe ich.«

»Maria kann natürlich nicht lange an der Straße warten. Sie will so schnell wie möglich weg, aber Schwester Hermine passt auf, dass sie sich Zeit zum Ausruhen nimmt.«

Vor der Tür war ein Geräusch zu hören, Brit huschte wieder hinaus. »Der Bus geht stündlich«, zischte Romy ihr nach. »Immer Viertel nach.«

Sie sah auf die Tür, die sich hinter Brit geschlossen hatte, dann entdeckte sie einen kleinen Spiegel. Sie stand auf und kontrollierte ihr toupiertes Haar. Als sie nicht zufrieden war, holte sie einen Stielkamm heraus, stach mit ihm in die hochgebauschte Pracht und hob sie um ein oder zwei Zentimeter an. Sie strich den Pony glatt und rückte die Schleife, die darüber saß, zurecht. Die Zeit verstrich nur langsam. Sie versuchte, an etwas anderes zu denken, nicht an ihre kleine Schwester und auch nicht an Brit. Vielleicht an den Seemann, den sie in der letzten Nacht in der Bar kennengelernt hatte? Ein hübscher Kerl, der ihr haufenweise Komplimente gemacht hatte. Er wollte wiederkommen, heute oder morgen Abend.

Romy schüttelte den Kopf und stellte sich ans Fenster. Auf den Parkplatz fuhr ein großer Wagen. Das Paar, das ausstieg, wirkte nervös. Der Mann strich sich mehrmals den Mantel glatt, ehe er auf die Beifahrerseite ging, um seiner Frau beim Aussteigen zu helfen. Sie hängte sich an seinen Arm, als sei sie nicht fähig, einen Schritt ohne seine Unterstützung zu tun. Die Adoptiveltern ihres Neffen? Romy atmete tief ein und stieß dann laut die Luft von sich. Sie sahen sympathisch aus. Sicherlich freuten sie sich auf das Baby. Der Kleine würde es gut bei ihnen haben.

Das stundenlange Warten quälte sie. Romy ging zur Tür und spähte hinaus. Was sie hörte, war weit weg. Zwischen den Besuchszimmern und den Räumen, in denen die Schwangeren lebten, mussten viele Türen sein. Sie trat heraus und stand nun auf der kleinen quadratischen Diele, gegenüber die Tür eines weiteren Besuchszimmers, links von ihr eine Schwingtür, dahinter eine großzügige Treppenanlage. Dieses Haus musste mal der Sitz einer reichen Familie gewesen sein. Schön geschnitzte Geländer begleiteten die Treppen, an jeder Ecke gab es Ornamente, zierliche Podeste für Blumen und Amoretten. Nach rechts ging es in die Küche und in die Speiseräume, Romy hörte Topf- und Geschirrgeklapper, links gab es eine Tür mit einer Glasscheibe, hinter der es dunkel war. Romy folgte ihrer Intuition und schob sie auf. Sie trat auf einen schmalen fensterlosen Gang, von dem mehrere Türen abgingen. Hinter einer hörte sie das Stöhnen einer Frau, hinter einer anderen das Weinen eines Babys. Sie öffnete sie, ohne lange nachzudenken. Eine Säuglingsschwester war damit beschäftigt, ein Neugeborenes anzuziehen.

Erschrocken sah sie auf. »Was wollen Sie hier?«

Romy starrte das Baby an, das runde Gesichtchen, die winzige Nase, der flaumbedeckte Kopf. »Ist das das Kind von Maria Anderson?«

Die Schwester beantwortete ihre Frage nicht. »Besser, Sie gehen wieder. Ich werde Ihnen das Kind nicht in den Arm legen. Das bringt nichts. Und wenn Schwester Hermine Sie sieht ...« Ängstlich sah sie zur Tür.

Romy ging zwei, drei Schritte rückwärts, dann schloss sie die Tür wieder. Als sie erneut im Besuchszimmer saß, spürte sie, dass sie am ganzen Körper zitterte. Vielleicht war es ein Fehler gewesen. Sie würde das kleine Gesicht nie wieder vergessen können.

Erschrocken fuhr sie herum, als sich hinter ihr die Tür des Besuchszimmers öffnete. Schwester Hermine trat ein, Marias Tasche in der Hand. »Ihre Schwester sollte sich noch ein wenig ausruhen, bevor sie geht.« Sie trat zur Seite und ließ Maria eintreten. Sie sah blass aus und schwankte. »Alles gut«, sagte sie, als Romy erschrocken nach ihrem Arm griff. »Lass uns gehen.«

Aber Romy drängte sie auf einen Stuhl. »Nicht so schnell. Du brauchst ein bisschen Zeit.«

Schwester Hermine nickte zufrieden und verließ das Besuchszimmer.

Maria atmete tief durch, als sie mit ihrer Schwester allein war.
»Ich habe es so gemacht, wie ich es mir vorgenommen hatte. Ich
habe die Augen erst aufgemacht, als Schwester Hermine das Kind
hinausgetragen hatte.«

Vor Romys Augen erschien das Bild des Neugeborenen, die
Fäustchen, die durch das Gesicht fuhren, das runde Köpfchen ...
Möglich, dass Maria es richtig gemacht hatte.

März 1960, Achim

»WER IST HEUTE für die Badezimmer zuständig?«, brüllte Schwester Hermine. Immer, wenn gerade ein Baby geboren wurde, brüllte sie besonders laut. Und dann war es unter den Schwangeren besonders ruhig. Brit entzog sich, indem sie einen Teller in die Küche trug, und wünschte sich inständig, dass Schwester Hermine nicht daran dachte, dass sie es war, die an diesem Tag die Waschräume säubern musste. Aber natürlich hatte sie vergeblich gehofft. Ein Blick auf den Arbeitsplan, den Schwester Hermine führte, und sie wusste, wer seine Pflicht versäumt hatte.

»Brit Heflik! Trag deinen dicken Bauch ins Badezimmer! Und wehe, da ist nachher nicht alles blitzsauber.«

Brit verdrückte sich in den großen gefliesten Raum, in dem es eiskalt war. Er enthielt nichts als eine lange Waschrinne und ein paar Haken darüber, wo Handtücher aufzuhängen waren. Alles Feuchte war gefroren, vor allem die Waschlappen. Geduscht wurde im Entbindungsheim nur einmal pro Woche, dafür gab es einen Raum im Keller, der genauso kalt war. »Abhärtung ist gesund!«, keifte Schwester Hermine, wenn jemand mit den Zähnen klapperte und klagte. Zum Glück hatte an diesem Tag niemand duschen dürfen, dort war also nichts zu tun. Brit begann die Waschrinne zu putzen, ohne jede Aufmerksamkeit, ohne die geringste Sorgfalt, und lauschte auf Schwester Hermines Stimme, die aus der Küche drang. Sie verteilte die Aufgaben für die nächste Mahlzeit. Es gab keine Nachfragen, keine Bestätigungen, erst recht keine Widerworte. Alle nahmen schweigend die ihnen zugeteilten

Aufgaben entgegen. Brits Gedanken waren bei Maria und ihrem Kind. Niemand sprach über sie, aber Brit war dennoch sicher, dass jede von ihnen dieselben Gedanken hatte. So war es jedes Mal, wenn bei einer Frau die Wehen einsetzten. Alle anderen warteten dann. Worauf? Auf ein Kind, über das später niemand ein Wort verlor. Manchmal packte die Mutter noch am selben Tag die Tasche, manchmal blieb sie bis zum nächsten Tag, gelegentlich auch eine ganze Woche. Die Älteste unter ihnen, die dreißigjährige Gertrud, war nach der Geburt nicht mehr gesehen worden. Es hieß, sie habe nach ihrem Kind geschrien, habe es nicht hergeben wollen, hatte sich mit einem Mal anders entschieden ... Schwester Hermine hatte ihre Reisetasche geholt, ihre Kleidung hineingestopft und war damit verschwunden.

»Selbstverständlich darf jede Mutter ihren Säugling behalten«, sagte sie jeder Schwangeren beim Eintreffen im Entbindungsheim. »Bei Minderjährigen natürlich nur, wenn die Eltern einverstanden sind.«

Hildegard Brunner kam herein und flüsterte Brit zu: »Maria ist so weit. Sie will nach Hause. Sie macht sich auf den Weg zur Bushaltestelle.«

»Schon?« Brit blickte erschrocken auf die Uhr, die über der Tür hing. »Dann habe ich nur noch eine Dreiviertelstunde.«

»Das schaffst du«, munterte Hildegard Brunner sie auf. »Notfalls halte ich Schwester Hermine auf.«

»Danke.«

Hildegard Brunner schüttelte den Kopf, als lehne sie den Dank ab. »Beeil dich! Maria muss den nächsten Bus bekommen. Sie schafft es nicht, in der Kälte eine Stunde zu warten.«

Brit legte das Putztuch zur Seite. Sie hörte, dass Schwester Hermine in der Küche eine Strafpredigt hielt. Irgendjemand hatte die Töpfe nachlässig gespült und musste die Prozedur nun wiederholen. So eine Schimpftirade dauerte immer lange. Schwester

Hermine holte gern weit aus, blieb nicht bei dem einen Vergehen, bei dem sie jemanden ertappt hatte, sondern schlug die Brücke zu dem Grund, warum sie alle im Heim für ledige Mütter gelandet waren. Wer mit Töpfen nachlässig umging, war offenbar auch imstande, seine Moral zu vernachlässigen.

Diese Gelegenheit war günstig. Brit umarmte Hildegard Brunner, dann stieg sie die Treppe in die erste Etage hoch, ging in den Schlafsaal, öffnete ihren Spind und holte ihre Tasche heraus. Die hatte sie vorher in einem unbeobachteten Moment gepackt. Ihre Hände zitterten so sehr, dass ihr die Tasche aus den Händen glitt. Sie riss das Fenster auf, beugte sich so weit wie möglich heraus und ließ die Tasche in ein weiches Blumenbeet fallen. Dann ging sie langsam die Treppe wieder hinunter – nur keine Unvorsichtigkeit, die am Ende zu einem Sturz, geschwollenem Knöchel und Schwester Hermines Behandlung führten, die zu viel Zeit stahl!

Am Fuß der Treppe blieb sie stehen und lauschte. Schwester Hermine war noch nicht fertig mit ihren Vorhaltungen. Hildegard Brunner, die einen Blick in die Küche geworfen hatte, gab Brit mit dem Kopf einen Wink. Die Luft war rein, sie sollte den Haupteingang nehmen.

Brit bedankte sich mit einem Lächeln und schritt auf die Schwingtür zu, die in die Diele und von dort nach draußen führte.

In diesem Moment fuhr ein Windstoß durch die beiden Hälften der Schwingtür, die immer in Bewegung und nie fest verschlossen waren. Jemand hatte die Haustür geöffnet. Der Gärtner! Er hielt Brits Tasche in der Hand. »Wer hat die aus dem Fenster geworfen?« Seine Stimme war so laut, so dröhnend, dass Schwester Hermine aufmerksam wurde und ihre Strafpredigt unterbrach. Eine Sekunde später waren ihre Schritte zu hören.

Brit warf sich nach vorn, dem Gärtner entgegen, der ihre Tasche losließ, als sie danach griff, weil er mit diesem Überfall nicht gerechnet hatte. Die Verzweiflung gab Brit für einen Augenblick ihre Wendigkeit und Kraft zurück. Trotz ihrer körperlichen Schwerfälligkeit schaffte sie es, in wenigen Schritten an der Schwingtür zu sein, sie aufzustoßen und die Eingangstür aufzureißen. Der Gärtner gehörte nicht zu denen, die schnell begriffen und reagierten. Er glotzte Brit nur nach, verständnislos, öffnete den Mund – und beließ es bei dieser einzigen Reaktion.

Schwester Hermine dagegen war wesentlich schneller. »Brit Heflik!«, schrie sie. »Du bleibst hier!«

Brit hatte gerade die Freitreppe vor der Haustür bewältigt, stand an ihrem Fuß und sah sich hektisch um. Der Weg zur Straße war zu weit. Schwester Hermine würde sie sehen, ihr folgen und sie einholen. Sie war zwar wesentlich älter als Brit, aber schneller als sie mit ihrem dicken Bauch. Sie musste ein Versteck finden.

Zeit zum Nachdenken war nicht. Brit warf die Tasche unter den Treppenaufgang und drängte sich daneben. Hier, unter der hohen breiten Treppe, die zum Eingang hochführte, standen ausrangierte Möbelstücke, Fahrräder, die schon lange nicht mehr gebraucht wurden, ein Handkarren, der auch nicht so aussah, als würde er regelmäßig benutzt. Es roch unangenehm. So gut es ging, schob Brit sich tief hinein in das Weggeworfene, Vergessene, ohne Hoffnung, dass sie dort unentdeckt blieb. Schwester Hermine würde schnell dahinterkommen, wo sie geblieben war. Brit schluchzte auf. Es war zu spät. Man würde sie zurückholen, Schwester Hermine würde in der Schreinerei anrufen, ihrem Vater erzählen, dass sie zu fliehen versucht hatte, und anschließend dafür sorgen, dass sie bis zur Entbindung unter Aufsicht blieb.

»Brit Heflik!« Die Stimme kam näher, als hätte sich Schwester Hermine übers Geländer gebeugt.

Brit sackte in sich zusammen und gab auf. Der Schmerz, der mit einem Mal durch ihren Körper zog, war stärker als der Wunsch zu flüchten und die Angst vor dem Entdecktwerden. Die Kälte griff nach ihr und machte sie wehrlos.

Die Eingangstür über ihr öffnete sich erneut, jemand war zu Schwester Hermine getreten. Sie konnte genauso gut aus ihrem Versteck hervorkommen und sich ergeben. Es war zu spät. Schwester Hermine würde dafür sorgen, dass sie tat, was ihre Eltern verlangten.

»Brit Heflik!« Eine Stimme, die das Befehlen gewöhnt war: »Komm sofort zurück!«

Brit richtete sich auf, bereit, sich zu ergeben, da wurde Schwester Hermine von einer Stimme aufgehalten. »Sie sollten sich gut überlegen, was Sie jetzt tun.«

Hildegard Brunner! Wie konnte sie es wagen, so mit Schwester Hermine zu sprechen?

»Sie ist minderjährig«, schimpfte Schwester Hermine. »Ich kann sie nicht einfach gehen lassen. Sie ist mir anvertraut worden.«

Nun würde sie die Treppe herunterkommen, unter den Treppenlauf schauen und Brit entdecken. Es war sinnlos, sich weiterhin zu verstecken, sinnlos, sich ... Sie konnte nicht weiterdenken. Ein scharfer Schmerz, gnadenloser als der erste, zog durch ihren Rücken. Sekunden-, minuten- oder stundenlang, sie wusste es nicht. »Romy!«, wimmerte sie.

Romy wartete mit Maria an der Bushaltestelle, sie durfte nicht vergeblich warten und ohne sie in den nächsten Bus steigen. Sie musste zu ihnen. So schnell wie möglich. Sie musste es wenigstens versuchen. Wenn auch Schwester Hermine da oben auf dem Absatz stand und sie zurückhalten würde. Sie würde sich nie verzeihen, es nicht versucht zu haben.

Als der Schmerz verklungen war, schaffte sie es, ihre Tasche hervorzuholen. Sie brauchte die dicke Jacke, die obenauf lag. Unbedingt. Sie schlotterte bereits vor Kälte. »Romy!« Sie schluchzte den Namen, als könnte Romy sie hören.

Nein, sie musste ohne Jacke los, so sehr sie auch fror. Der Bus würde bald kommen. Erst zur Bushaltestelle, dann konnte sie dafür sorgen, sich warm anzuziehen.

Zwei, drei Schritte waren gemacht, als der nächste Schmerz sie angriff. »Nein!« Zu groß, zu gewaltig, zu heftig. Sie fiel auf die Knie, auf die Erde, vor ihre Tasche. Sie sah ein, dass es zu spät war.

»Ich kenne Ihre Machenschaften«, sagte Hildegard Brunner in diesem Augenblick.

»Wie bitte?« Schwester Hermines Stimme war mit einem Mal dünn und sehr schrill. »Was wollen Sie damit sagen?«

»Ich weiß, dass Sie sich jede Entbindung fürstlich bezahlen lassen. Erst von der Mutter und dann von den Adoptiveltern. Ich weiß, dass Sie mit den Erstausstattungen ein gutes Geschäft machen. Und ich weiß auch, dass nur diejenigen eine Chance haben, ein Adoptivkind zu bekommen, die viel Geld auf den Tisch legen. Von den Einnahmen der Wäscherei will ich gar nicht reden.«

»Was fällt Ihnen ein?«, kreischte Schwester Hermine.

Aber Hildegard Brunners Stimme blieb ganz ruhig. »Ich schlage Ihnen ebenfalls ein Geschäft vor. Sie lassen Brit Heflik gehen und rufen ihre Eltern erst morgen an, das merkt niemand. Und wenn ich so weit bin, dann ...«

Die Eingangstür öffnete sich, Hildegard Brunners Stimme verlor sich. Ein paar Schritte, und die Tür fiel ins Schloss. Von Schwester Hermine war kein Widerspruch mehr gekommen.

Der Schmerz und die Kälte wollten Brit zerreißen. Sie klammerte sich an den Handkarren und stöhnte. Drei Wochen zu früh! Würde ihr Kind zu klein, zu schwach auf die Welt kommen? Mühsam versuchte sie ein paar Schritte, als der Schmerz vergangen war. Aber sie wusste, er würde zurückkommen. Unerbittlich. Immer wieder ...

Sie musste zur Bushaltestelle kommen. Irgendwie. Dort wartete Romy auf sie. Und Maria. Maria, die schwach war und ein Bett und viel Schlaf brauchte. Die beiden konnten nicht auf sie warten, völlig unmöglich. Aber was sollte sie tun? Diese Frage löste sich in der nächsten Schmerzwelle auf. Sie konnte nichts mehr tun. Nur noch schreien und um Hilfe flehen. Wenn auch niemand da war, der sie hörte. Sie hatte sich gerade bis zur Eingangstreppe vorgekämpft, da hörte sie den Bus kommen …

»Nein, nein! Wartet!« Sie wollte so laut wie möglich rufen, konnte aber nur wimmern und wusste, dass niemand sie hören würde. Sinnlos! Es war zu spät. Sie musste zurück ins Heim, ihr Kind dort zur Welt bringen, zu früh, drei Wochen zu früh. Und dann würde man sie ihren Eltern ausliefern. Die ganze Scheinheiligkeit in Riekenbüren würde sich fortsetzen, niemand würde ihr erlauben, an ihr Kind auch nur zu denken …

Der Bus bremste, Brit hörte, wie sich die Türen öffneten und wieder schlossen. Der Fahrer gab Gas, der Bus setzte sich in Bewegung …

TEIL II

März 1962, Bremen

OLAF RENSING DRÜCKTE die Wohnungstür so leise wie möglich ins Schloss. Die Treppe knarrte, er versuchte, so geräuschlos wie möglich aufzutreten. Er verhinderte auch, dass die Haustür laut ins Schloss fiel, er drückte sie vorsichtig zu. Dann lief er hinters Haus, wo sein Opel Kadett stand, auf den er sehr stolz war. Der Motor knatterte, als er ihn startete, aber das ließ sich nicht vermeiden. Die Nachbarn waren daran gewöhnt, niemand beschwerte sich, weil Olaf ansonsten ein rücksichtsvoller, umgänglicher Mann war.

Er kam pünktlich um vier vor der *Konditorei Möllmann*, dem besten Café Bremens, an, stellte den Wagen vor der Ladentür ab und stieg aus. Kurz schnupperte er in den Wind, schloss die Augen und genoss den Frühlingsgeruch, der in der Luft lag und der morgens viel intensiver war als Stunden später, wenn er sich mit dem Geruch von Bratfisch, Teerpappe und Abflussrohren vermischt hatte. Das war das Schöne an seinem Beruf, ihm präsentierte sich der Tag vor dem Erwachen, wenn er sich noch verschlafen rekelte und noch nicht getrübt war von alltäglichem Ärger. Der Vortag war verblichen, der frühe Morgen fing ganz neu an. Olaf war Anfang zwanzig, ein großer, kräftiger Mann, schlank, aber von breiter Statur. Er hatte blonde, kurz geschnittene Haare, ein kantiges Gesicht mit hellen, grauen Augen und einer kräftigen Nase. Ein Mann, der zu jedermann freundlich war und Vertrauen weckte.

Sein Chef begrüßte ihn mürrisch wie immer. Er war ein netter

Mann, eigentlich fröhlich und lustig, aber um diese Zeit noch nicht besonders umgänglich. Dann erzählte er oft, dass er morgens gern lange schlief und nur deshalb Bäcker geworden war, weil sein Vater ihm den Laden vererbt hatte, damit er ihn weiterführte.

»Ich wäre als Nachtwächter glücklicher geworden«, behauptete er immer. Bis zum späten Vormittag ging es so, danach wurde es besser. Spätestens gegen zwölf zeigte er, dass er ein freundlicher Mann war und ein Vorgesetzter, der immer ein offenes Ohr für seine Mitarbeiter hatte. Wenn einer kurz nach Arbeitsbeginn mit einer Bitte zu ihm kam, war er einfach dumm. Was Herr Möllmann am frühen Morgen rundheraus ablehnte, war gegen Mittag ohne Weiteres von ihm zu bekommen. Zu dieser Tageszeit war er stolz auf seinen Laden, aus dem er etwas gemacht hatte. Hatte sich früher um eine kleine Bäckerei gehandelt, konnte Herr Möllmann nun auf eine Konditorei mit erlesenem Warenangebot und auf ein großes Café stolz sein, das er der Konditorei angebaut hatte.

»Die Hochzeitstorte muss fertig werden.«

Olaf nickte, das wusste er. Am Tag zuvor war bereits alles vorbereitet worden. Er hatte sogar schon aus Marzipan ein Brautpaar geformt, das ihm ziemlich gut gelungen war. Hochzeitstorten waren das I-Tüpfelchen auf dem Beruf des Konditors. Endlich gab es wieder Brauteltern, die das Geld hatten, solche Extras zu bezahlen.

Während sich Olaf an die Arbeit machte, hing er seinem Traum nach, mal seine eigene Hochzeitstorte zu entwerfen. Ob es je dazu kommen würde? Immer, wenn er das Thema anschnitt, antwortete die Frau, die er liebte, mit verlegenem Schweigen oder mit einem Satz, der ablenken sollte. Er hatte sogar schon daran gedacht, einen richtigen Heiratsantrag mit Kniefall, roten Rosen und Verlobungsring zu machen. So, wie es früher, vor dem Krieg, üblich gewesen war. Bei den Eltern um die Hand der Tochter

anhalten, das ging ja nicht, sie hatte keinen Kontakt zu ihren Eltern. Und ohne deren Einwilligung ging es erst in zwei Jahren.
Aber egal, er wäre schon froh gewesen, wenn die Ringe an seinem
und an ihrem Finger zeigten, dass sie verlobt, dass sie füreinander
bestimmt waren, dass sie über kurz oder lang heiraten würden.

Olaf seufzte, während er die Schokolade für den Guss schmel-
zen ließ. Es gab etwas, was zwischen ihnen stand, etwas, was sich
nicht beim Namen nennen ließ. Manchmal kam es ihm vor, als
wären sie durch eine Seifenblase voneinander getrennt, die nur
zerstochen werden musste. Aber er schien ihr vergeblich hinter-
herzujagen und nicht die richtige Nadel zu besitzen, um sie zum
Platzen zu bringen. Trotzdem war er noch heute glücklich, dass er
damals vor zwei Jahren im richtigen Augenblick am richtigen Ort
gewesen war, sonst hätte er sie vielleicht nie kennengelernt.

Er war kurz vor dem Bus an der Haltestelle angekommen und
hatte Romy Wimmer erkannt, die im Nachbarhaus wohnte. Sie
waren sich manchmal begegnet, wenn er sich zur Arbeit aufmachte und sie heimkehrte, nachts zwischen drei und vier. Sie
tat ihm leid, wenn er ihren müden Blick sah, bemerkte, dass sie
stolperte, weil sie auf ihren hohen Absätzen nicht mehr laufen
konnte, und ihr Lippenstift verschmiert war. Manchmal hatte sie
ihm von den Männern in der Bar erzählt, in der sie als Animierdame arbeitete, und sich darüber beklagt, dass man sie oft für ein
leichtes Mädchen hielt, das sich nach der Arbeit in der Bar gern
noch einen Hunderter zusätzlich verdiente. Empört hatte sie ihn
einmal gefragt, ob eigentlich alle Männer so wären. Das hatte er
natürlich ebenso empört verneint und sich selbst als gutes Beispiel
präsentiert. Dann hatte sie jedes Mal gelacht und ihn mit ihren
blauen Augen angefunkelt, als glaubte sie ihm, während sie spöt-
tische Bemerkungen machte, als hielte sie ihn für keinen Deut besser als alle anderen. Einmal hatte er sie gefragt, warum sie sich diesen Job ausgesucht hatte, ob sie keine vernünftige Schulausbildung

hätte. Sie hatte stolz entgegnet, dass sie die Handelsschule besucht und die Abschlussprüfung bestanden hatte. »Aber in der Bar verdiene ich doppelt so viel.«

Er mochte Romy. Nur ihre herausfordernde Art, wie sie sich in Positur stellte, sobald sie mit einem Mann redete, wie sie die Brust rausreckte und aus ihren Lippen einen Schmollmund machte, das mochte er nicht. Er hoffte, dass sie irgendwann begreifen konnte, dass sie dadurch für einen Mann nicht attraktiver wurde. Jedenfalls nicht für einen Mann wie ihn.

Er war in die Bremse gegangen, als er sie an der Bushaltestelle stehen sah. Neben sich ein junges Mädchen, das sich an ihren Arm klammerte und aussah, als wäre es krank. Olaf hatte bei seiner Tante in Achim einen Besuch gemacht, in der Nähe des Heims für ledige Mütter, das seiner Tante ein Dorn im Auge war. Sie tat gern so, als handelte es sich um ein Gefängnis voller Verbrecherinnen.

Er war aus dem Wagen gesprungen. »Soll ich euch mitnehmen?«

Romy hatte derart erleichtert ausgesehen, dass ihm das Herz aufgegangen war. In diesem Augenblick war ihm aufgefallen, dass auch sie so aussah, als wäre sie krank. Blass und nervös, unglücklich und geradezu verzweifelt. Von dem Verhalten einer Animierdame, das er kannte, war sie weit entfernt.

»Ist was passiert?«

Sie hatte nur darum gebeten, dass ihre Schwester Maria sich in sein Auto setzen dürfe, und war zurückgelaufen, in den Garten des Entbindungsheims.

»Was will sie da?«, hatte er Maria gefragt.

Aber sie hatte nur die Schultern gezuckt und sich auf dem Beifahrersitz niedergelassen. Dort hatte sie die Augen geschlossen und ihren Mantel fest um den Oberkörper gewickelt.

Kurz darauf war Romy mit einer hochschwangeren jungen Frau zurückgekommen, die sich in einer Wehe krümmte, als sie die Bushaltestelle erreichte. Olaf war hinzugesprungen, hatte zugelassen, dass sie ihm entgegenfiel, den Kopf an seinen Oberkörper lehnte, als brauchte sie Kraft von ihm, die sie selbst nicht mehr besaß.

Dann hatte sie sich aufgerichtet und ihn verwundert angesehen. »Wer sind Sie?«

Romy hatte das Antworten übernommen. »Das erkläre ich dir später. Wir werden dich zu einer Hebamme bringen.«

Olaf versah die Hochzeitstorte mit Blüten aus Marzipan und legte obenauf eine Platte aus Zuckerfondant, die er mit Lebensmittelfarbe aus der Drogerie grün gefärbt hatte. Das Marzipan-Hochzeitspaar befestigte er darauf mit Zuckerguss und setzte dort, wo der Guss hervorquoll, noch ein paar weitere Blüten auf.

Sein Chef kam vorbei und grunzte anerkennend. Der Fabrikant, dessen einzige Tochter heiratete, würde zufrieden sein. »Wie geht's der kleinen Kari?« Herr Möllmann lobte die Arbeit eines Angestellten auf seine Weise. Wenn er ein privates Gespräch begann, war das die höchste Form der Auszeichnung. »Ist sie gesund?«

»Letzte Woche war sie erkältet, aber das ist vorbei.«

»Passen Sie gut auf die Kleine auf. Sie ist so zart.«

»Versprochen.« Olaf grinste. Dass er nicht Karis Vater war, vergaß Herr Möllmann gern. Er war sicher, dass Olaf die Mutter der Zweijährigen längst geheiratet hätte, wenn es möglich gewesen wäre, und damit würde er dann ja quasi der Vater, der Stiefvater eben. Also konnte er ruhig jetzt schon so tun, als sei die Ehe bereits geschlossen. Dass es Familien gab, die ihre Tochter verstießen, wenn sie schwanger wurde, brachte sein Blut in Wallung, das sonst eher ruhig dahinfloss. Überhaupt regte Herrn Möllmann alles auf, was sich gegen Kinder richtete. Wenn sie schlecht behandelt wurden, wenn sie nicht zu ihrem Recht kamen, wenn sie nicht die Liebe erhielten, die sie brauchten, wurde aus dem gemütlichen Bäcker ein Hitzkopf. Dass Brit sich für ihr Kind und gegen ihre Eltern entschieden hatte, nötigte Herrn Möllmann

höchsten Respekt ab. Er selbst hatte vier Töchter, vier Schwieger-
söhne, die er allesamt schätzte – etwas anderes würde er niemals
zugeben, da man Familienangehörige, auch die angeheirateten,
seiner Meinung nach zu schätzen hatte – und von jeder Tochter je
zwei männliche Enkel. Eine Enkelin fehlte noch zu seinem ganz
großen Glück. Bis es so weit sein würde, kümmerte er sich um
Kari, die genau so war, wie er sich ein Enkeltöchterchen vorstellte: klein, zart, hübsch, mit blonden Locken, großen blauen
Augen und einem strahlenden Lächeln. Als sie Herrn Möllmann
den Namen Ludi gab, weil sie gehört hatte, dass er Rudi hieß,
hatte sie sein Herz erobert. Lebenslanger kostenloser Konsum
von Apfelhörnchen, Rosinenbrötchen und Streuselschnecken
war ihr quasi zugesichert.

Die Mutter eines so süßen Mädchens bekam auch eine Stelle
in seinem Café, selbst wenn er den Arbeitsvertrag mit zugedrück-
ten Augen unterschreiben musste. Dass Brit bei der Angabe ihres
Alters geschwindelt hatte, wusste er, übersah es aber, und dass
seine Kellnerinnen eigentlich erst nach Ablauf des ersten Arbeits-
jahres die zweite Gehaltsstufe erreichen konnten, hatte er in Brits
Fall vergessen.

Als Olaf erwähnt hatte, dass er sich mit großer Freude an der
Versorgung der kleinen Kari beteiligte, erhielt er ungefragt einen
Bonus, den er von da an alle drei Monate bekam. Herr Möllmann
war beeindruckt, als er hörte, wie gut die Betreuung der Kleinen
organisiert war. Brit und ihre Freundin hatten in dem Haus, in
dem Romy bisher ein Zimmer bewohnt hatte, eine kleine Wohnung bekommen, die aus zwei Zimmern mit Küche und eigenem
Bad bestand. Zu zweit konnten sie die Miete bezahlen. Brit war
vormittags bei Kari, Romy übernahm gegen Mittag, wenn sie aus-
geschlafen hatte, und Olaf sprang ein, wenn sich Engpässe erga-
ben, was abends schon mal vorkommen konnte, wenn das Café
länger aufbleiben oder Romy früher in der Bar erscheinen musste.

Gelegentlich wurde dort schon am frühen Abend eine Männergruppe erwartet, die etwas zu feiern hatte, solche zusätzlichen Einnahmen ließ sich ihr Chef nicht entgehen. Wenn Olaf dann im Nachbarhaus, in der Wohnung, die Brit und Romy sich teilten, schlief, wurde ihm immer ein Lager auf dem Sofa im Wohnzimmer bereitet. Die Vermieterin war zwei- oder dreimal überraschend erschienen, um sich zu vergewissern, dass alles seine Ordnung hatte, dass sie nicht fürchten musste, sich demnächst wegen Kuppelei verantworten zu müssen, weil sie die Unzucht förderte, indem sie ein unverheiratetes Paar zusammenleben ließ. Mittlerweile war sie beruhigt, und Brit legte großen Wert darauf, ihre Großzügigkeit nicht auszunutzen. Sie hatte sich ja schon sehr milde gezeigt, als ihr das Einverständnis von Romys Mutter reichte, um der minderjährigen Tochter eine Wohnung zu vermieten. Da deren minderjährige Freundin nur als Untermieterin galt, hatte sie zum Glück darauf verzichtet, auch hier das Einverständnis der Eltern einzuholen.

In Brits Bett hatte Olaf noch nie geschlafen. Trotzdem fühlte er sich ihr näher, wenn er auf dem Sofa lag und sich vorstellen konnte, wie sie sich nebenan im Schlafzimmer umzog und sich die Haare bürstete. Manchmal kam es ihm so vor, als wäre es Brit ganz recht, dass die tolerante Vermieterin nicht enttäuscht werden sollte. Auf eine richtige Beziehung zu ihm wollte sie sich scheinbar nicht einlassen. Lange hatte er davon geträumt, sie zu küssen, und war glücklich gewesen, als er allen Mut aufgebracht und sie ihn nicht zurückgewiesen hatte. Seitdem nannte sie ihn ihren Freund, was ihn sehr glücklich machte. Sie gehörten nun zusammen, sie waren ein Paar. Er liebte sie, aber bis jetzt hatte er noch nicht gewagt, es ihr zu sagen. Zu groß war seine Angst davor, dass sie schweigen oder etwas erwidern würde, was er zwar erwartete und erhoffte, was aber banal klingen würde.

Am frühen Nachmittag wurde das Café geöffnet, und Brit trat

ihren Dienst an. Sie begrüßte ihn mit einem flüchtigen Kuss, und das auch erst, nachdem sie sich mit einem Blick vergewissert hatte, dass niemand sie beobachtete. Vertraulichkeiten unter dem Personal schätzte Herr Möllmann nicht, vor allem nicht, wenn Gäste in der Nähe waren.

Hübsch sah sie aus. Sie war schlank und hatte trotzdem nicht das Runde, Weiche verloren. Es hatte ihn angezogen, als er sie zwei Tage nach der Geburt besuchte, aber er hatte es mit der Mutterschaft in Zusammenhang gebracht. Doch sie war so geblieben, rund und weich. Er hatte eine Cousine in Brits Alter, die viel kindlicher wirkte, lustiger und lachender war. Aber Brits ernstes Gesicht hatte sicherlich etwas damit zu tun, dass sie schon früh Mutter geworden war und außerdem alleine zurechtkommen musste. Wenn Gäste nach ihrem Alter fragten, glaubten sie ohne Weiteres, dass Brit schon einundzwanzig war. Vielleicht lag es auch an Karis Vater. Olaf hatte noch nicht viel von ihm erfahren, Brit sprach nicht gerne über ihn. Nur dass er sie belogen hatte, dass er sie eigentlich heiraten wollte und dann plötzlich verschwunden gewesen war, hatte er erfahren. Und er wollte nicht weiter in sie dringen. Was ging ihn dieser Mann an?

Olaf brachte die Hochzeitstorte nach vorne, die Herr Möllmann im Verkaufsraum präsentieren wollte, bevor sie in den Saal gebracht wurde, in dem die Hochzeit gefeiert werden sollte. Die Kunden sollten sehen, dass das *Café Möllmann* einen äußerst fähigen Konditor hatte.

Brit bewunderte die Torte ausgiebig, dann flüsterte sie Olaf zu: »Hasso hat eine Karte geschickt. Ich soll heute Abend anrufen. Seine Nachricht klang irgendwie … bedrückt.«

Olaf runzelte die Stirn. »Meinst du, deinen Eltern geht es nicht gut?«

»An diese Möglichkeit habe ich auch gedacht. Hoffentlich kann ich pünktlich Feierabend machen.«

Olaf betrachtete sie gerührt, ohne dass sie es merkte. Wenn sie mit ihm über ihre Eltern sprach, ging es immer nur um die Enttäuschung, die sie ihr zugefügt hatten, darüber, dass sie bereit gewesen waren, auf ihr Enkelkind zu verzichten und in Kauf nahmen, dass ihre Tochter todunglücklich wurde. Wenn sie sich vorstellte, wie über die Familie Heflik gesprochen wurde, nachdem Brit nicht nach Riekenbüren zurückgekehrt war, hatte ihre Stimme sogar hämisch geklungen. Aber sobald sie fürchtete, dass es Papa und Mama schlecht ging, vergaß sie ihre Erbitterung. Als Hasso vor Monaten erzählt hatte, dass die Mutter mit dem Verdacht auf Lungenentzündung ins Krankenhaus gekommen war, war sie nah daran gewesen, alles über Bord zu werfen und sie zu besuchen.

»Zahlen, bitte!«

Brit eilte zu dem Ehepaar, das sie gerufen hatte, und war nun wieder die beflissene Kellnerin, die sich gern um die Gäste des Cafés kümmerte. Sie war zufrieden mit diesem Beruf, sagte Olaf oft, sie sei dankbar, dass Herr Möllmann ihr diese Stelle gegeben hatte, und dachte wohl nicht mehr allzu häufig an die Abschlussprüfung der Handelsschule zurück, die ihr eigentlich wichtig gewesen war. Aber war sie auch glücklich? Oft schien es so. Als damals klar geworden war, dass ihre Eltern nicht die Polizei alarmiert hatten, damit sie ihre Tochter fand und nach Hause zurückbrachte, schien sie erleichtert. Dann wieder schien sie gerade deswegen unglücklich zu sein. Nachdem Schwester Hermine die Hefliks angerufen und darüber verständigt hatte, dass Brit geflüchtet war, hatten sie sich offenbar entschieden, sie aus ihren Herzen zu reißen. Olaf wusste, dass Brit die Frage quälte, wie oft sie an ihr Enkelkind denken mochten und wie oft sie sich fragten, ob die Geburt gut verlaufen war, wie Brit mit ihrer neuen Aufgabe zurechtkam und wo und wovon sie lebte. Es war ein ständiges Schwanken zwischen Glück und Unglück, so schien es Olaf. Die

Gemeinschaft mit Romy schien Brit glücklich zu machen und dass sie in ihm nun einen Freund gefunden hatte, ebenfalls. Aber häufig gab es dann doch diese Momente, in denen sie auf einen Fleck an der Wand starrte und mit ihren Gedanken weit weg war, oder Kari an sich drückte und sich anschließend Tränen aus den Augenwinkeln wischte. Dann war sie weit, sehr weit von Olaf entfernt. Ob sie in solchen Augenblicken unglücklich war, wusste er nicht genau zu sagen.

Herr Möllmann stieß ihn an. »Du schläfst ja im Stehen ein. Wir brauchen frischen Rosinenstuten.«

Olaf warf Brit einen Blick zu, ehe er in die Backstube ging. Sie sah genau in diesem Moment auf und zwinkerte ihm zu. Alles war gut, sagte Olaf sich, alles war gut.

LINDA KÖNIG DREHTE sich vor dem Spiegel und ließ den Rock ihres Kleides wirbeln. Ein wunderbares Kleid. Genau richtig für eine Verlobung. Ein erdbeerfarbener Rock aus feinstem Chiffon, der sich in zwanzig Stufen bauschte, mit einer trägerlosen Korsage in der gleichen Farbe, aus glänzendem Satin. Die weiße Nerzstola, die ihr Vater ihr geschenkt hatte, und die mehrreihige Perlenkette ihrer Mutter zeigten, dass Linda zu der selbstbewussten Generation gehörte, die sich im neuen Wohlstand eingerichtet hatte. Wer sie sah, würde nichts anderes denken, würde den Nerz niemals für Webpelz und die Kette nicht für Wachsperlen halten. Alles an Linda war echt. Auch das Blond ihrer Haare, die von ihrer Friseurin toupiert und aufgetürmt worden waren nach dem Vorbild von Farah Diba, der iranischen Königin, die im Oktober zur Kaiserin gekrönt werden würde. Von ihr hingen in jedem Frisiersalon Fotos, weil es kaum eine Frau gab, die nicht versuchte, die Haare so zu tragen wie sie.

Es klopfte, und ihr Vater trat ein. Lächelnd und voller Stolz betrachtete er seine Tochter. »Bist du glücklich, meine Kleine?«

»O ja, Papa! Natürlich!«

Ein weiteres Mal drehte sie sich vor dem Spiegel, diesmal, um ihrem Vater zu zeigen, wie glücklich sie ein Kleid wie dieses machte.

Robert König schien mit einem Mal skeptisch zu sein. »Liebst du Arne wirklich?«

Linda hörte auf, sich zu drehen. »Er sieht gut aus, wir passen wunderbar zusammen. Wir sind ein tolles Paar.«

»Daran habe ich keinen Zweifel, aber du hast meine Frage nicht beantwortet.«

»Natürlich liebe ich ihn, Papa.« Sie kam zu ihm und griff nach dem Revers seines Anzugs. »Aber du tust mir den Gefallen und ziehst zur Verlobungsfeier einen neuen Anzug an? Am besten einen Smoking.«

»Natürlich, mein Schatz.«

*

Knut Augustin trat hinter seinen Sohn, der sich abmühte, eine Fliege zu binden. »Das lass besser jemanden machen, der was davon versteht.«

Arne ließ die Hände sinken. »Du hast recht, ich kriege das nicht hin.«

»Ich lasse dem Herrenausstatter Bescheid geben.«

»Danke.«

Knut klopfte ihm unbeholfen die Schultern. »Geht's dir gesundheitlich gut?«

»Es könnte nicht besser sein.«

»Und ... sonst?«

»Was meinst du?«

»Bist du glücklich mit deiner Entscheidung?«

»Natürlich. Wir passen gut zusammen. Habt ihr euch das nicht immer gewünscht, Onkel Robert und du?«

Knut wandte sich ab, als wollte er sein Gesicht nicht sehen lassen. »Das war doch nie ernst gemeint.«

Arne stand auf und ging zu ihm. »Das sagst du mir jetzt? Nachdem ich Linda einen Heiratsantrag gemacht habe?«

Knut sah ihn erschrocken an. »Du hast deswegen ...?«

Arne unterbrach ihn lachend. »War nur Spaß.«

Knut lachte erleichtert mit, verließ das Hotelzimmer und ging die Treppe hinab ins Café. Es war nicht geöffnet an diesem Tag, ein Schild mit »Geschlossene Gesellschaft« hing an der Tür. Er blieb kurz stehen und ließ seinen Blick über die Einrichtung wandern. Alles war so geworden, wie er es sich gewünscht hatte. Zum Glück hatte Robert sich herausgehalten, der zu aufwendigem Interieur neigte. Arne hatte nur die Schultern gezuckt und Linda viele Kataloge durchgeblättert und dann beschlossen, dass Onkel Knut so was am besten konnte. So war eine Mischung aus Eleganz und Bodenständigkeit entstanden, in dem die Schönen und Reichen auf Sylt sich wohlfühlten und die Mittelschicht, die allmählich zu Geld kam, ebenfalls. Weiße Schleiflackmöbel, rote Polster und viele Pflanzen, natürlich keine künstlichen, wie sie immer noch in vielen Cafés und Restaurants zu sehen waren.

Die Kellner und Kellnerinnen waren dabei, den Raum umzumöblieren und ihn für die Verlobungsfeier zu schmücken. Sie sahen ihm ängstlich hinterher, als er an ihnen vorbei zum hinteren Ausgang schritt, den er sonst nie benutzte. Dort schreckte er zwei Kellner auf, die eine Zigarettenpause einlegten und nun aufsprangen und eine Erklärung hervorhaspelten, auf die Knut Augustin nicht hörte. Er ging zu dem Tor, das jetzt weit offen stand, weil mehrere Lieferanten erwartet wurden. Dort verließ er das Grundstück über den breiten Weg, der an dem Eckhaus vorbei zur Straße führte. Die Besitzer dieses Hauses hatten ihn zur Verfügung gestellt, da Knut Augustin ihnen das Wegerecht gut bezahlt hatte. Viel zu gut. Aber Knut Augustin hatte sich bewusst entgegenkommend gezeigt, damit er später, wenn das Eckhaus zum Kauf angeboten wurde, als Erster ein Angebot machen konnte. »In Kleinigkeiten großzügig, in den großen Geschäften knallhart!« Das war sein Grundsatz. Er hatte längst gemerkt, dass die Pension im Nebenhaus nur wenige Gäste hatte. Das *König Augustin* grub ihnen das Wasser ab. Es war eine Frage der Zeit, und das Eckhaus, auf das Knut von Anfang an ein Auge geworfen hatte, würde ihm wie eine reife Frucht in den Schoß fallen.

Er nahm den Strandübergang und trat auf die Strandpromenade, auf der zurzeit nichts los war. Zwar gab es Syltbesucher zu jeder Jahreszeit, aber sie flanierten nur in den Mittagsstunden. Wenn die Sonne sich nicht blicken ließ, nicht einmal dann. Der Strand war leer, auf der Promenade gab es nur wenige, die Spaß daran hatten, sich ordentlich durchpusten zu lassen.

Knut Augustin blieb stehen und sah zum Horizont. Einer seiner größten Wünsche wurde heute Abend erfüllt, dennoch fühlte er sich nicht wohl. Lange hatte er nicht an die Hefliks gedacht. Dass ihm nun die Erinnerung an sie kam, machte ihn noch unzufriedener.

Robert trat hinter ihn. Knut hatte nicht gemerkt, dass sein Freund ihm gefolgt war. Schweigend standen die beiden eine Weile da, ließen zu, dass der Wind sie rüttelte, zogen die Köpfe ein und schlugen die Arme um den Oberkörper.

»Der Wind ist schon nicht mehr so kalt«, sagte Knut.

»Stimmt, der Frühling kommt«, antwortete Robert.

Knut zögerte, ehe er fragte: »Glaubst du, dass die beiden glücklich miteinander werden?«

»Du etwa nicht?«

»Denk mal an deine eigene Verlobung! Wie verliebt du warst!«

Robert zögerte, ehe er antwortete: »Und du konntest den Blick nicht von Isa lassen.«

»Das ist bei Linda und Arne anders.«

»Vielleicht … ist das heutzutage so bei den modernen jungen Leuten.«

»Es mag auch daran liegen, dass sie sich schon so lange kennen. Von klein auf.« Knut griff nach Roberts Arm und zog ihn mit sich. »Es ist zu kalt. Wir müssen zurück. Sonst liegen wir nach der Verlobungsfeier mit einer Grippe im Bett.«

Robert folgte ihm, sichtbar bemüht, das Gesprächsthema zu wechseln. »Wird die Cousine deiner Frau auch kommen?«

Knut nickte. »Ich konnte sie nicht übergehen.«

Robert zuckte mit den Schultern. »Warum auch?«

Dass Ava nicht zu der übrigen Gesellschaft passte, schien für ihn keine Rolle zu spielen. Sie würde ein uraltes, schäbiges Kleid und ausgetretene Schuhe tragen, würde sich aber herausfordernd umblicken und dafür sorgen, dass niemand es wagte, sie geringschätzig anzusehen. Knut seufzte unhörbar. Wenn sie wenigstens bescheiden auftreten würde!

Er hatte ihr die Einladung zur Verlobung persönlich überbracht und gehofft, dass sie sie ablehnen würde. Aber er hatte sich getäuscht. Sie nahm sie an, nicht freudig, sondern eher gleichgültig. Eine Haltung, die mittlerweile zu ihr gehörte. So, als stünde sie dem Leben gleichgültig gegenüber. Sie hatte ihm einen Tee angeboten, er hatte ihn angenommen und sich heimlich im Wohnzimmer umgesehen, als sie in der Küche war. Du lieber Himmel! Das Geld, das er ihr gegeben hatte, brauchte sie wirklich dringend. Er nahm sich vor, ihr gelegentlich etwas zuzustecken, wusste aber nicht, ob sie es nehmen würde. Sie ließ sich nicht gern etwas schenken. Das, was sie von ihm bekommen hatte, hatte sie sich verdient.

Damals, als er sein Problem gelöst nannte, hatte er einen Besuch bei ihr gemacht, um ganz sicherzugehen, dass die Zukunft keine bösen Überraschungen mehr bereithielt. »Hat sich das Mädchen bei dir gemeldet?«, hatte er gefragt, als Ava mit der Teekanne ins Wohnzimmer kam.

Sie hatte genickt, so gleichgültig wie zu allem anderen. »Sie hat angerufen. Aber ich habe ihr gesagt, was du mir aufgetragen hast.«

»Gut.« Er hatte nach seiner Brieftasche gegriffen und ihr ein paar Scheine auf den Tisch gelegt. »Damit du deine Meinung nicht änderst.«

»Und das Telefon?«

»Das bleibt. Es könnte ja sein, dass ich dich mal schnell erreichen will.«

Danach hatte er nie wieder mit ihr darüber gesprochen. Die Sache war erledigt. So wenig er von Ava Düseler wusste, er war doch sicher, dass er sich in diesem Fall auf sie verlassen konnte.

*

Knut und Robert froren nun sehr. Mit schnellen Schritten kehrten sie zurück, diesmal benutzten sie den Haupteingang. Die Tür wurde ihnen geöffnet, als sie lange genug energisch geklopft hatten. Beide schüttelten sich, als sie eingetreten waren, als könnten sie die Kälte auf diese Weise loswerden. Dann einigten sie sich mit einem kurzen Blick darauf, dass nur ein guter Rum sie vor einer Erkältung schützen konnte. Der Barkeeper wurde geholt, der ausnahmsweise die Arbeit des Staubsaugens zugeteilt bekommen hatte, und bot ihnen an, was er selbst für das Beste hielt. Knut und Robert prosteten sich zu. »Auf das Glück unserer Kinder! Auf den Erfolg von *König Augustin*.«

März 1962, Bremen

BRIT ZOG KARI warm an, dann machte sie sich auf den Weg zur nächsten Telefonzelle. Eine alte Frau stand darin und schien schon länger zu telefonieren. Der Mann, der wartete, machte ungeduldig ein paar Schritte hin und her, um sich warm zu halten.

Er verdrehte die Augen. »Sie scheint die ganze Verwandtschaft abzutelefonieren. Man kann nur hoffen, dass ihr die Groschen bald ausgehen.« Er versuchte, die Frau auf sich aufmerksam zu machen, und zeigte, als sie ihm einen Blick zuwarf, auf das Schild, dass es in jeder Telefonzelle gab: »Fasse dich kurz.«

Brit überlegte. Sie konnte mit Kari einen Spaziergang machen und es später noch einmal versuchen. Doch gerade in diesem Augenblick beendete die Frau das Telefonat, hängte den Hörer ein und kramte die Zehnpfennigstücke zusammen, die übrig geblieben waren.

»Bei mir dauert es nicht lange«, sagte der Mann. »Ich muss nur bei der Bahn anrufen und hören, wann morgen ein Zug nach Duisburg geht.«

Kari wurde ungehalten, als sich der Kinderwagen nicht mehr bewegte, Brit musste einige Fingerspiele veranstalten und viele Fratzen schneiden, damit die Kleine nicht zu weinen begann. »Kuckuck – bah!« Dieses Spiel war nach wie vor beliebt bei ihr und hielt sie bei Laune, bis der Mann sein Gespräch mit der Bahn beendet hatte.

Mürrisch öffnete er die Tür. »Dreimal umsteigen«, brummte er. »Und das mit zwei schweren Koffern.«

Brit ging in die Zelle, ließ aber die Tür offen, weil der Kinderwagen nicht mit hineinpasste. Die Nummer der Schreinerei kannte sie auswendig, das Kleingeld, das in ihrer Manteltasche steckte, legte sie griffbereit auf das zerfledderte Telefonbuch.

Ihr Bruder meldete sich sehr schnell. »Schreinerei Wunder, Hasso Heflik am Apparat.« Als er Brits Stimme hörte, veränderte er seinen Tonfall. »Gut, dass du anrufst.« Er sprach jetzt hektisch, wie es alle taten, die ein Ferngespräch führten. Mit Freundlichkeiten hielt er sich nicht auf, als er hörte, dass Brit sehr bald ein neues Geldstück in den Schlitz werfen musste. »Papa hat gesagt, er will sich mit dir versöhnen. Und Mama will es sowieso.«

Brit lachte, obwohl ihr nicht nach Lachen zumute war. »Wie stellen sie sich das vor?«

»Das ist das Problem … Sie wissen ja nicht, wo du steckst.«

»Ich will auch nicht, dass sie es erfahren. Vergiss das nicht.« Brits Stimme wurde schneidend. »Was bilden sie sich ein? Dass ich ohne Kari nach Riekenbüren komme? Damit niemand erfährt, dass ich eine ledige Mutter bin?«

»Nein, nein«, gab Hasso hastig zurück. »Ihnen ist ja klar, dass du ein Kind bekommen hast. Sie wollen ihr Enkelkind kennenlernen und es nicht mehr verleugnen. Es tut ihnen alles schrecklich leid …«

»Und die Nachbarn und der Pfarrer und Ursula Berghoff …?«, höhnte Brit. »Die sollen nun erfahren, dass sie belogen worden sind?«

»Die wissen ja sowieso, was Sache ist. Oder zumindest ahnen sie es. Natürlich tun sie Papa und Mama den Gefallen, über dich nicht mehr zu reden, aber dass sie Bescheid wissen, ist klar. Warum sonst solltest du nicht mehr nach Hause kommen?«

Kari begann zu nörgeln, Hassos Stimme wurde mit einem Mal ganz weich und viel höher. »Ist sie das?«

»Ja.« Brit sprach schnell weiter, weil sie ahnte, dass er sie nun wieder darum bitten würde, sie besuchen zu dürfen. So sehr sie sich nach ihrem Bruder sehnte, so wenig wollte sie ihn wiedersehen. Sie wusste, dass sie dann erneut unter ihrem mühsam niedergekämpften Heimweh leiden würde. Nein, das wollte sie nicht riskieren. Riekenbüren lag hinter ihr und musste dort bleiben. In der Vergangenheit! Sobald sie von Hasso umarmt und von ihm herumgeschwenkt worden wäre, würde sie ihren Kampf um die Sehnsucht nach ihrem Zuhause verloren haben. Das hatte sie Hasso immer wieder erklärt. Sie merkte zwar einerseits, dass er es verstand, spürte aber auch, dass er andererseits nicht mehr lange nachgeben würde. Zum Glück wusste er nur, wo sie arbeitete, die Adresse ihrer Wohnung kannte er nicht. »Was gibt es Neues in Riekenbüren? Zu Hause? Und bei dir?«

Während Hasso erzählte, wurde Karis Nörgeln zu wütendem Geschrei. »Mama!«

»Ich muss aufhören, Hasso.«

Ihr Bruder unterbrach seine Erzählung. »Überleg dir bitte, was ich gesagt habe.«

»Ich weiß noch nicht, wie ich mich entscheide. Darüber muss ich erst nachdenken.«

»Warte nicht zu lange. Papa und Mama leiden wirklich sehr darunter, dass sie dich verloren haben.«

»Leiden sie auch darunter, dass sie ihr Enkelkind weggeben wollten?«

»Ja, natürlich.«

Brit glaubte ihm nicht. Zumindest war sie nicht sicher, ob sie ihm das abnehmen durfte. »Und haben sie sich mal gefragt, wie ich zu leiden hatte in dem Heim für ledige Mütter? Oder haben sie gedacht, mir ginge es dort gut? Sie haben keine Ahnung, wie es unter der Fuchtel von Schwester Hermine war.«

»Mama geht kaum noch aus dem Haus, nur noch in die Kirche. Und dann fürchtet sie sich davor, angesprochen zu werden. Papa leidet immer noch darunter, dass man ihn nicht zum Bürgermeister gewählt hat.«

»Das wird er mir dann vermutlich vorhalten, sobald ich mich in Riekenbüren blicken lasse.«

»Nein, bestimmt nicht.«

»Oder ich werde herumgezeigt, weil meine Eltern so gnädig sind, mit ihrer gefallenen Tochter Kontakt aufzunehmen? Als gutes Beispiel für ihren Großmut?«

»Nein, Brit, sieh doch …«

»Lass mir Zeit, Hasso.«

»Die Sache mit dem Geld … die haben sie dir auch verziehen.«

»Verziehen?« Da hatte Hasso das falsche Wort gewählt. »Die zehntausend Mark gehören mir.«

»Du hast zwölftausend genommen.«

»Ich nicht. Während des Diebstahls habe ich mit dir telefoniert. Schon vergessen? Ich kann es also nicht gewesen sein.«

»Wahrscheinlich hast du Romy angestiftet. Wetten? Das sieht ihr ähnlich.«

»Vielleicht hat der Diebstahl ja gar nichts mit mir zu tun.«

Kari brüllte jetzt so laut sie konnte. »Mama! Weiter!«

Brit war ihr dankbar dafür. »Ich muss aufhören. Tschüss, Hasso.«

Ihr Bruder rief jetzt laut, als wollte er es mit Kari aufnehmen, als hätte er Angst, dass der Telefonhörer schon nicht mehr an Brits Ohr war. »Ruf bald wieder an. Ich schicke dir eine Ansichtskarte, wenn ich …«

Aber Brit hängte ein, bevor er zu Ende gesprochen hatte. Sie übergab die Tür der Telefonzelle an den nächsten, der schon ungeduldig mit den Groschen in seiner Hand klimperte, und ging weiter, obwohl es allmählich dunkel wurde und Kari eigentlich zu Bett gebracht werden musste. Sie gab der Kleinen ein Milchbrötchen in die Hand, das Herr Möllmann spendiert hatte, und ging mit ihr in die Dunkelheit hinein. Ihre Eltern wollten sich mit ihr versöhnen? Wie ernst mochte diese Bitte gemeint sein? Welche Bedingungen würden daran geknüpft werden, sobald Brit ihr Einverständnis signalisierte? Nein, sie wollte kein Risiko eingehen. Wenn sie einen Besuch in Riekenbüren machte, würde sie ihre Eltern wieder in ihr Herz und in ihr Leben lassen. Dann wüssten Edward und Frida wieder zu viel über sie. Am Ende würde vielleicht sogar die Polizei vor der Tür ihrer Wohnung stehen, um die minderjährige Mutter zu den Eltern zurückzubringen und ihr Kind in staatliche Fürsorge zu geben. Nein, Brit traute ihren Eltern nicht mehr.

Als sie nach Hause zurückging, hatte sie sich entschieden. Eine Versöhnung konnte es erst in zwei Jahren geben. Wenn sie volljährig war und tun und lassen konnte, was sie wollte. Wenn ihre Eltern keinen Zugriff mehr auf ihr Leben hatten …

Mit großen Schritten bewegte sie sich voran. Frei – heit! Sie hatte das Wort lange nicht in den Füßen gespürt. Frei – heit! Jetzt wusste sie wieder, wie wichtig es war. Und dass sie ihre Freiheit niemals aufs Spiel setzen durfte.

ARNE MACHTE EINEN BESUCH im *Café Wien*, dem schärfsten Kon-
kurrenten für das *König Augustin*. Zum Glück wurde er nicht erkannt. Er konnte in aller Ruhe genießen, worin das *Café Wien* allen
anderen Cafés voraus war. Das Angebot der Teesorten war reich-
haltiger, stellte er fest, die Schokolade war besonders köstlich, als
Getränk, als Torte, als Naschwerk. Er würde mit seinem Konditor
reden müssen. Der Mann verstand zwar sein Handwerk, aber er
schien noch nicht eingesehen zu haben, dass es nicht reichte,
wenn das Angebot im *König Augustin* besonders gut war, es musste
besser sein, das allerbeste. Die Torten, die dort in den Glasvitri-
nen standen, konnten sicherlich mit dem Angebot des *Café Wien*
mithalten, aber Arne wollte, dass es übertrumpft wurde. Und es
fehlte eine persönliche Note, irgendetwas, an dem jeder, der ein
Stück Torte im *Café König Augustin* vorgesetzt bekam, sofort erkannte, wer es gebacken hatte und wo es verkauft worden war.
Das fehlte dem Konditor, den sein Vater einem Café in Hamburg
abgeworben hatte. Knut war der Meinung gewesen, dass ein Konditor von dieser Qualität auf Sylt wohl nicht zu finden sein würde.
Und damit hatte er recht gehabt. Aber die Feriengäste, die auf
Sylt ihren Urlaub verbrachten, suchten das Besondere. Sie verlangten und erwarteten es. Gedeckter Apfelkuchen und Schwarz-
wälder-Kirsch-Torte, das konnte jeder Bäcker anbieten, das *König
Augustin* musste mit anderen außergewöhnlichen Kreationen auf-
warten.

Während er die Schokoladentorte auf der Zunge zergehen ließ, betrachtete er seinen funkelnden Verlobungsring, den zukünftigen Ehering, der auf dem Ringfinger der linken Hand saß und damit anzeigte, dass er zwar vergeben, aber noch nicht verheiratet war. In einer Woche würde Linda zurück nach Hamburg gehen und dort alles vorbereiten für die Hochzeit auf Sylt. Robert König würde für eine Weile auf Sylt leben, genau wie Arnes Vater, der erst wieder nach Hamburg gehen wollte, wenn das Geschäft auf Sylt zufriedenstellend lief. Zunächst war er mit Arne in eine Wohnung gezogen, die er in Westerland gefunden hatte. In der Nähe von Tante Ava, was Knut Augustin zunächst nicht besonders gut gefallen hatte. Aber Arne war sorglos gewesen. Tante Ava war keine Frau, die anderen lästig fiel. Sie legte auch keinen Wert auf regelmäßigen Kontakt oder Einladungen, sie lebte in ihrem eigenen kleinen Kosmos. Arne wusste nach wie vor nicht, wie es dort aussah. Die Zeit, die er vor nunmehr drei Jahren bei ihr verbracht hatte, hatte nicht ausgereicht, auch nur einen winzigen Blick in ihre Gefühlswelt zu werfen. Allerdings, das räumte er gleich beschämt ein, hatte er sich auch keine große Mühe mit ihr gegeben. Er hatte ja nur Brit im Kopf gehabt und seine Freizeit ausschließlich mit ihr verbracht. Und überhaupt war die Zeit bei Tante Ava sehr kurz gewesen, zu kurz, um sie richtig kennenzulernen. Robert König und seine Tochter hatten ein großes Apartment in Wenningstedt gefunden, wo sie bis zur Hochzeit gemeinsam wohnen wollten.

»Wir brauchen das Eckhaus«, hatte Knut nach der Verlobungsfeier gesagt. »Dann schaffen wir eine Verbindung zwischen den beiden Häusern. Das Eckhaus wird unser Hotel, die Etage über dem Café machen wir zu eurer Wohnung, Arne. Das wird auch Linda gefallen.«

Gestern war er auf Dikjen Deel gewesen, hatte sich eingeredet, dass er rein zufällig dort vorbeigekommen war, auf einem seiner Spaziergänge, die ihm sein Arzt empfohlen hatte. Er war über den

Platz bis zum Strand gegangen und hatte sich dort niedergelassen. Direkt vor dem Strandhafer, am Fuß der Dünen. Dort, wo seine Mutter mit ihm gesessen hatte, als er ein Baby gewesen war. Dort, wo er auf Brit gewartet hatte. Dort, wo die Mädchen ihre Kleider abgeworfen hatten, um nackt zu baden. Er war sogar an der Kneipe *Herzog Ernst* vorbeigegangen und froh gewesen, dass sie geschlossen war. Sonst hätte er sich noch dazu verleiten lassen hineinzugehen. Das war nun wirklich nicht das richtige Etablissement für den zukünftigen Besitzer des *König Augustin*.

Er blickte auf, als sich ein Paar an einem Tisch in der Nähe niederließ. Die Frau kam ihm bekannt vor. Er brauchte eine Weile, bis er sie erkannte. Das war die Lehrerin, die damals zusammen mit einem Kollegen die Mädchen auf ihrer Klassenfahrt begleitet hatte! Brit hatte sie beim Sex mit ihrem verheirateten Kollegen beobachtet. Ach, Brit! Neunzehn war sie nun. Was mochte sie in den letzten beiden Jahren erlebt haben? War es ihr gelungen, einen Mann zu finden, der ihr ein sorgenfreies, ein luxuriöses Leben bieten konnte? Noch immer passte dieser Ehrgeiz nicht zu dem Bild, das er nach wie vor von ihr hatte. Brit, so rund und weich. Brit, die ihr Kind für zehntausend Mark verkaufte? Der Gedanke daran schnitt ihm ins Herz. Und er hörte noch ihre Stimme: »Wir bekommen ein Baby, Arne …«

Er warf der Lehrerin einen Blick zu. Sie unterhielt sich angeregt mit ihrem Begleiter. Ob das der verheiratete Lehrer war, mit dem sie ein Verhältnis angefangen hatte? Hatte er sich für sie scheiden lassen? Für einen Lehrer undenkbar. Er würde es mit schweren disziplinarischen Maßnahmen zu tun bekommen. Ausgeschlossen, weiter an der Schule zu unterrichten. Wie sollte er ein Vorbild für seine Schüler sein?

Arne lauschte auf das Gespräch der beiden, das er allerdings nur bruchstückhaft verstehen konnte. Es hörte sich so an, als spräche die Lehrerin mit einem Mann, dessen Kinder sie in seinem

Haus in Kampen unterrichten sollte. Vielleicht war ihr Verhältnis zu ihrem Kollegen aufgeflogen, sie hatte ihre Anstellung verloren und musste sich nun als Privatlehrerin durchschlagen. Vielleicht hatte sie auch eingesehen, dass eine Liebe zu einem verheirateten Mann zu keinem glücklichen Ende führen konnte. Arne wusste, dass die Gesellschaft mit Lehrerinnen streng umging. Sie hatten Wesen ohne sexuelle Bedürfnisse zu sein. Sobald sie etwas anderes im Sinn hatten als die ihnen anvertrauten Kinder, verloren sie ihre Anstellung, sogar ihre Pensionsansprüche.

Er bestellte noch ein Stück Friesentorte, was der Kellner mit hochgezogenen Augenbrauen quittierte. Scheinbar wunderte er sich über den Konsum seines Gastes. »Auch noch eine Tasse Schokolade?«, fragte er, als er die Friesentorte servierte.

Arne griff sich an den Magen. »Besser einen Pfefferminztee.«

Die Friesentorte war gut, sehr gut sogar. Damit zu konkurrieren, war schwierig. Er würde seinem Konditor die Anweisung geben müssen, eine Friesentorte auf andere Art herzustellen. Vielleicht mit der Zugabe von Pflaumenschnaps? Oder eine Variante mit Marzipan? Jedenfalls sollte es eine Friesentorte werden, wie sie nur im *König Augustin* zu essen war, die sie dann auf einem Schild vor dem Eingang als besondere Spezialität anbieten konnten.

Eine halbe Stunde später zahlte Arne und erhob sich. Einen letzten Blick warf er auf die Lehrerin, die ihn nicht beachtet hatte. Er trennte sich ungern von ihrer Gegenwart, sie war etwas, was ihn mit Brit verband. Wenn sie allein gewesen wäre, hätte er sie vielleicht sogar angesprochen.

ROMY HATTE AN einem Abend in der Woche frei. Diesen Abend verbrachte sie mit Brit und Kari. Manchmal kam Olaf aus dem Nachbarhaus herüber und gesellte sich zu ihnen, aber Romy hatte es lieber, wenn sie unter sich blieben. Dann kochten sie gemeinsam, spielten mit Kari, redeten über ihr Leben, ihre Zukunft und natürlich auch über die Vergangenheit. Romy liebte diese Stunden. »Wir sind eine richtige Familie«, sagte sie dann oft. »Eine Bilderbuchfamilie.«

»Wie geht es Maria?«, fragte Brit, während sie die Heringe ausnahm, die sie auf dem Rückweg vom *Café Möllmann* gekauft hatte. »Und deiner Mutter?«

Romy zuckte nur mit den Achseln. »Ich höre nicht viel von ihnen.«

Das stimmte nicht ganz. In letzter Zeit kamen öfter Briefe von Maria, die sich darüber beklagte, dass ihre Mutter sich nicht mehr mit Steven verstand, dass sie eine Trennung befürchtete, dass sie Angst hatte, gezwungen zu werden, nach Deutschland zurückzukehren, wo sie doch gerade einen *boyfriend* gefunden hatte. Aber mit der Sprache kam sie noch immer nicht gut zurecht. Ebenso wenig wie ihre Mutter, die ständig an Steven hing, weil sie sonst niemanden hatte, mit dem sie reden konnte. Seine Geduld schien zu Ende zu gehen, befürchtete Maria, er hatte sich das Leben mit ihrer Mutter in seiner Heimat anders vorgestellt.

Romy sah Brit bei der Küchenarbeit zu, dann zündete sie sich eine Zigarette an. »Du bist meine Familie«, sagte sie. »Du und

Kari. Maria und meine Mutter gehören nicht mehr zu mir. Und Steven hat nie zu mir gehört.«

Brit lächelte in sich hinein. »Du bist auch meine Familie. Du hast mich stark gemacht. In der Woche auf Sylt habe ich viel von dir gelernt. Und ohne dich hätte ich es nicht geschafft, Schwester Hermine zu entkommen.«

Es wurde still in der Küche, nur Kari redete vor sich hin. Sie blätterte in einem Bilderbuch, las ihrem Teddy etwas vor und schimpfte manchmal mit ihm, weil er nicht aufmerksam genug zuhörte.

Jede von ihnen hing ihren Erinnerungen nach, über die sie nach wie vor häufig sprachen. Die Woche auf Sylt, der Besuch im *Herzog Ernst*, der Film mit Horst Buchholz. Über Arne sprachen sie nie, wohl aber über Fräulein Brunner und Herrn Jürgens. Was mochte aus Fräulein Brunner geworden sein?

»Frauen zahlen immer drauf«, sagte Romy bitter. »Sie hat ja gekündigt. Wahrscheinlich, damit Herr Jürgens stellvertretender Schulleiter werden konnte. Wenn herauskäme, dass er ein Verhältnis mit einer Kollegin hatte, könnte er sich seine Karriere abschminken.«

Sie selbst hatte schon jede Menge Erfahrungen mit verheirateten Männern gemacht, die eine Nacht einmal tun und lassen wollten, was sie sonst nicht durften. In der Bar, in der sie arbeitete, gab es viele dieser Männer. Oft wurde Romy wütend, wenn sie durchblicken ließen, was sie von Frauen wie Romy erwarteten. Eine Animierdame! Die sollte sich bloß nicht so anstellen …

Brit hatte sie oft gefragt, warum sie es nicht mit einer Stelle als Büroangestellte versucht hatte. Schließlich war es ihr gelungen, die Abschlussprüfung der Handelsschule zu bestehen. Aber Romy hatte darauf hingewiesen, wie viel sie in der Bar verdiente und wie viel Trinkgeld sie zudem kassierte. Von Brits Hinweisen auf die Zukunft, darauf, dass ihr Lebenslauf durch diese Arbeit einen hässlichen Fleck aufwies, wollte sie nichts hören.

»Ich habe heute mit Hasso telefoniert«, sagte Brit in diesem Augenblick. Sie legte den letzten Hering zur Seite und wusch sich die Hände.

»Wie geht's ihm?«, fragte Romy mechanisch. »Hat er sich immer noch nicht mit Halina verlobt?«

Brit schüttelte den Kopf. »Ich glaube, er ist ein Feigling. Für mich war mein Bruder immer groß und stark, aber in Wirklichkeit ist er schwach. Dass Halina das mitmacht!«

»Ist der Campingplatz fertig?«

»Schon seit dem letzten Sommer. Er läuft sehr gut. Halina kümmert sich um alles. Aber es scheint, dass sie allmählich eine Entscheidung von Hasso erwartet. Dumm nur, dass auch Marga Jonker noch immer auf seine Entscheidung wartet. Mein Vater macht ihm Druck.«

Romy schüttelte den Kopf wie eine Lehrerin, die über ein ungezogenes Kind spricht. »Hilft eure Mutter ihm nicht? Sie weiß doch, dass Hasso in Halina verliebt ist und Marga nicht heiraten will.«

Brit seufzte und nahm sich die Kartoffeln vor. Während sie sie zu schälen begann, sagte sie: »Ich verstehe nicht, dass Marga so lange wartet. Es muss ihr doch klar sein, dass Hasso sie nicht liebt.«

»Dass er warten will, bis sie sich einem anderen zuwendet, ist eine ziemlich feige Tour«, sagte Romy. »Er muss endlich lernen, Entscheidungen zu treffen.« Lächelnd fügte sie hinzu: »So wie seine kleine Schwester.«

Brit lächelte nicht zurück. »Er sagt, Papa will sich mit mir versöhnen.«

Romy wurde sehr ernst. »Fall da nicht drauf rein, Brit. Wenn er deinen kleinen Finger hat, schnappt er sich die ganze Hand.« Mit nervösen Fingern drückte sie ihre Zigarette aus. »Das Recht ist immer noch auf seiner Seite. Wenn er weiß, wo du zu finden bist, schickt er uns die Polizei auf den Hals. Dann bist du ruckzuck wieder in Riekenbüren und kannst nicht mehr über dein Leben bestimmen. Über Karis erst recht nicht.«

Brit warf eine geschälte Kartoffel ins Wasser. »Ich bin froh, dass ich Hasso nicht verraten habe, wo wir hier in Bremen leben. Irgendwie ... schien es mir klüger zu sein. Obwohl ich nicht glaube, dass er mich verraten würde.«

»Da wäre ich nicht so sicher.« Romy stand auf und holte Kari auf ihren Schoß. »Schlimm genug, dass er weiß, wo du arbeitest. Bremen ist zwar kein Dorf, aber dein Vater kann sich denken, dass du in der Nähe deiner Arbeitsstelle wohnst. Du hättest Hasso nichts von dem Café erzählen dürfen.«

»Ja, ich weiß.« Tapfer wiederholte Brit: »Aber Hasso würde mich niemals verraten.«

»Er würde es anders nennen. Versöhnung mit seinen Eltern zum Beispiel, Heimkehr des gefallenen Mädchens ...«

Brit unterbrach sie. »Ihm ist übrigens klar, dass du das Geld aus dem Tresor geholt hast.«

Romy machte eine wegwerfende Geste. »Das ist mir so was von egal.«

»Und dass du zweitausend Mark mehr genommen hast, hat er mir heute auch vorgehalten.«

Romy erregte sich. »Herrgott, das ist doch jetzt schon Jahre her! Da siehst du, was er für ein Erbsenzähler ist. Ich habe einfach genommen, was da rumlag. Oder meint er, vor dem offenen Tresor hätte ich erst in aller Ruhe nachgezählt?« Sie rieb ihre Nase an Karis, die sich das kichernd gefallen ließ. »Hat dein Vater eigentlich die Polizei verständigt und den Diebstahl angezeigt?«

»Natürlich nicht.« Brit stellte den Kartoffeltopf auf den Herd und zündete die Gasflamme an. »Dann hätte er ja erzählen müssen, woher er das viele Geld hat.« Sie trocknete sich die Hände und legte die Schürze ab. »Ich bin nur froh, dass es noch da war, das habe ich Hasso zu verdanken. Er hat darauf bestanden, dass das Geld für mich aufbewahrt wird. Papa hätte es gern für die Ausstattung des Campingplatzes verwendet.«

Kari wurde müde, lehnte sich an Romys Brust und steckte den Daumen in den Mund. Die Dämmerung kam durchs Fenster gekrochen, die Strahlen der Gasflamme leuchteten bald heller als das Licht des Tages. Im Kartoffeltopf gluckste und gurgelte es. Der Dampf, der unter dem Deckel hervorkam, wärmte die Küche. Romy genoss es. Sie schloss die Augen und fühlte und roch es: ihre Familie. Hoffentlich blieben ihre Mutter und Maria in den USA.

DER SOMMER WOGTE über Riekenbüren, nur gelegentlich stand er
still, dann brannte die Sonne hinab auf das Dorf, und alle atmeten
auf, wenn wieder ein schwacher Wind aufkam. Für Kühle konnte
er nicht sorgen, aber dass er die Wärme bewegte, war schon eine
Wohltat. Der Campingplatz war gut besucht. Hasso ging jeden
Abend zu Halina und half ihr, wenn sie vor Arbeit kaum noch ein
und aus wusste. Ihre Mutter war noch kränklicher geworden, ihr
Vater hatte von jeher dazu geneigt, mehr über die Arbeit zu reden,
als sie zu erledigen. Er hatte bald festgestellt, dass die Position des
Platzwartes für ihn genau das Richtige war. Er ging gern von
Wohnwagen zu Wohnwagen und redete mit den Leuten, ließ sich
berichten, woher sie kamen, welche Berufe sie ausübten und erzählte von seiner eigenen Heimat und warum er sie verlassen
hatte. Die Zeltbewohner, meist junge Leute, mussten sich viele
Lebensweisheiten anhören. Wenn er Studenten vor sich hatte, ließ
er sich haarklein berichten, welche Prüfungen sie noch vor sich
hatten und welche wichtigen Positionen sie demnächst bekleiden
würden. So verging der Tag, und am Abend war Alfons Mersel fix
und fertig, weil er von morgens bis abends auf dem Platz unterwegs gewesen war und für Ordnung gesorgt hatte, wie er es nannte.

Die eigentliche Arbeit machte Halina. Sie betrieb den Kiosk an
der Einfahrt des Platzes, bediente die Schranke für ein- und aus-
fahrende Fahrzeuge und putzte das Waschhaus, wenn es ihrer Mutter nicht gut ging. Wenn Hasso abends zu ihr kam, war sie froh
und dankbar. Er übernahm dann die Arbeit, die sie nicht geschafft

hatte, sorgte aber dafür, dass sein Vater davon nichts mitbekam. Edward Heflik hätte den Juniorchef sofort in die Schreinerei zurückgeholt, damit er das tat, wofür er ausgebildet worden war und sich nicht um die Arbeit der Flüchtlinge kümmerte, die dafür seiner Meinung nach gut bezahlt wurden.

Manchmal sah Hasso ihm nach, wenn er von der Schreinerei ins Haus ging. Das Hinken war schlimmer geworden, das lahme Bein schien noch lahmer geworden zu sein. Und wenn Hasso seine Mutter sah, wie sie gebeugt aus dem Hintereingang huschte, zu den Johannisbeerbüschen ging und sie aberntete, ohne den Blick zu heben, dann hoffte er, bald wieder mit Brit telefonieren zu können. Aber in letzter Zeit reagierte sie nicht immer auf seine Ansichtskarten, auf denen stand, wann sie gefahrlos in der Schreinerei anrufen konnte. Angeblich hatte sie dann keine Zeit gehabt, oder Kari war krank gewesen oder sie selbst so erkältet, dass sie das Bett hüten musste. Hasso bekam es mit der Angst zu tun. Seit er seine Schwester gebeten hatte, den Eltern eine Chance zur Versöhnung zu geben, war ihr Verhältnis abgekühlt.

Er ließ sich neben Halina auf der Bank vor dem Kiosk nieder. »Es wäre so schön, wenn wir wieder eine richtige Familie wären. Brit würde die Büroarbeit erledigen, Kari könnte auf dem Campingplatz herumlaufen …«

»… und du würdest immer noch vor Marga Jonker flüchten, damit sie dir nicht im Dunkeln begegnet und über dich herfällt«, ergänzte Halina mit bitterem Humor.

Hasso ließ den Kopf auf die Brust fallen und starrte auf seine Fußspitzen. »Was soll ich denn sonst machen?«

Halinas Lachen klang schrill. »Du sollst dich zur Wahrheit bekennen, das ist doch klar. Wann wird in deiner Familie endlich gesagt, was gesagt werden muss? Brit war die Erste und bisher Einzige, die es gewagt hat, auf die ganze Spießbürgerlichkeit zu pfeifen. Deine Mutter flüchtet sich in Schweigsamkeit, dein Vater in den Schnaps, den er in der Schreinerei versteckt hat, und du selbst ...«

Halina sprach nicht zu Ende. Hasso wagte nicht, aufzublicken und ihr ins Gesicht zu sehen. Er wusste, was sie sagen wollte. Dass er darauf wartete, dass Marga Jonker, ihre und seine Eltern es aufgaben, an eine Ehe zu denken, hielt Halina für feige und heuchlerisch. Dass er sie, die Frau, die er liebte, warten ließ, fand sie ebenso feige und heuchlerisch. »Ich weiß nicht, ob ich das noch lange mitmache.« Damit schloss sie manches Gespräch, und dieser Satz wurde immer schärfer und bitterer.

Halina stand auf und betätigte die Schranke, weil ein Ehepaar von einem Ausflug zurückkehrte. Sie winkte ihnen freundlich hinterher, ehe sie sich wieder zu Hasso setzte. »Warum bekennst du dich nicht dazu, dass du Kontakt mit Brit hast?« Ehe er antworten konnte, rief sie mit hoch erhobenem Zeigefinger, wie eine strenge Lehrerin: »Ach ja! Der Papa würde schimpfen. Und die Mama auch!«

»Ich kann es ihnen nicht antun«, sagte Hasso leise.

»Aber ihnen etwas vormachen, sie belügen ... das kannst du ihnen antun? Von dir könnten sie erfahren, dass es Brit gut geht, dass sie ihr Leben im Griff hat, dass sie eine kleine Tochter hat und Freunde, die ihr helfen. Dass sie sogar eine Stelle gefunden hat, obwohl sie minderjährig ist. Dass sie ihr eigenes Geld verdient und die zehntausend Mark, die Arnes Vater hinterlassen hat, eigentlich gar nicht braucht. Brit hat trotzdem alles geschafft, das müsste sie doch beruhigen.«

»Wenn ich ihnen erzähle, dass es Romy ist, die ihr hilft ...«

»Ach ja!« In Halinas dunklen Augen sprühten jetzt Funken. »Romys Familie hat ja keinen guten Ruf. Romy stammt aus zwielichtigen familiären Verhältnissen, ich vergaß! Die Mutter hat ihren Mann, als er aus dem Krieg zurückkam, mit einem dicken Bauch empfangen. Und Romys Vater soll ja nicht mal namentlich bekannt sein. Und nun ist die Mutter mit dem Vater ihres nächsten Kindes sogar in die USA gegangen. Du meine Güte! Zustände sind das!« Halina verzog spöttisch den Mund, ihre Worte trieften vor Sarkasmus. »Romy soll es ja auch mit der Moral nicht so genau nehmen. Jedenfalls mit dem, was in Riekenbüren Moral genannt wird. Dass sie Brit hilft, spielt dabei keine Rolle. Nur dass sie den Männern gern den Kopf verdreht, wird erwähnt, wenn von Romy die Rede ist. Wer weiß, vielleicht hat Brit sogar einen Freund, dort, wo sie lebt. Und das als Minderjährige! Wo doch niemand in der Nähe ist, der darauf aufpasst, dass die beiden nicht zusammen ins Bett gehen. Vielleicht wird sie bald schon wieder schwanger. Lieber Himmel ...!«

Hasso stand auf. »Hör auf, Halina.«

Sie erhob sich ebenfalls, stellte sich dicht vor ihn und sah ihm in die Augen. »Gut, ich höre auf. Aber glaube nicht, dass ich noch lange warte, Hasso Heflik. Dieses Versteckspiel bin ich leid. Ich liebe dich, das weißt du. Aber zur Liebe gehört auch Achtung und Respekt. Und beides verspielst du gerade.«

»Hasso!«, dröhnte die Stimme seines Vaters über den Hof.

Hasso sprang auf – und ließ sich langsam wieder nieder, als er Halinas Gesicht sah. Vorsichtig, als wären sie zerbrechlich, nahm er ihre Hände in seine. »Was hältst du von einer Verlobung unter dem Weihnachtsbaum?«

BRIT WICKELTE IHREN SCHAL um den Kopf, sie hatte ihre Mütze vergessen. Aber es war keine Zeit, zurückzukehren und sie zu holen. Sie war spät dran. So großzügig Herr Möllmann auch war, Angestellte, die häufig zu spät kamen, standen bei ihm auf der Kündigungsliste ganz oben.

Eilig lief sie die Obernstraße hinab, die auf den Marktplatz führte, der guten Stube Bremens. Vor einer Woche war dort der Weihnachtsmarkt aufgebaut worden. Wie hatte Kari sich an den bunten Lichtern und über die Lebkuchen gefreut, die Romy ihr gekauft hatte! Aber jetzt hatte Brit weder für die Stände noch für den riesigen Weihnachtsbaum einen Blick. Sie umrundete die Stände so gut es ging, drängte sich zwischen den Weihnachtsmarktbesuchern hindurch, die bereits am frühen Nachmittag gekommen waren, und lief zum Dom. Ihm gegenüber prunkte *Konditorei und Café Möllmann,* in exponierter Lage, was Herr Möllmann schon früh erkannt hatte, als die Immobilienpreise noch erschwinglich gewesen waren.

Eine Minute vor Arbeitsbeginn betrat sie das Café durch den Seiteneingang und lief gleich in den kleinen Raum, der dem Personal gehörte. Hier gab es die Möglichkeit, die warme Kleidung abzulegen und sich umzuziehen. Brit ließ die weiße Bluse und den schwarzen Rock, den sie als Kellnerin zu tragen hatte, immer hier hängen. Zu Hause hätte Kari die Bluse mit Tomatensoße beschmiert und den Rock zerknittert, so was schaffte sie in Sekundenschnelle.

Mit fliegenden Fingern knöpfte sich Brit die Bluse zu und ordnete hastig ihre Haare. Kurz darauf erschien sie hinter der Theke. Von hier aus waren die Tische mit den Café-Besuchern nicht zu sehen. Ob viel los war, ließ sich nicht erkennen. Aber es war ruhig, nur wenige leise Stimmen waren zu hören.

Herr Möllmann hielt sie auf. »Alle Gäste sind mit Kaffee und Kuchen versorgt. Kannst du hier an der Theke helfen? Die Tabletts mit den Blechkuchen müssen raus und frisch gefüllt werden.« Tabletts mit zwei, drei Kuchenstücken sahen nicht gut aus. Etwas Übriggebliebenes wollte kein Kunde haben.

Brit machte sich an die Arbeit, brachte die Tabletts in die Küche, füllte sie frisch auf und stellte sie zurück in die Auslage. Nur die Torten blieben, wie sie waren. Sie wurden bis zum letzten Stück verkauft, ehe sie durch eine neue Torte ersetzt wurden. Währenddessen kamen einige Kunden in den Laden, die Kuchen fürs Kaffeetrinken zu Hause kauften, es erschienen aber auch Gäste, die durch den Verkaufsraum ins Café gingen.

»Kümmer dich jetzt um die Gäste«, sagte Herr Möllmann. »Die Arbeit an der Theke schaffe ich allein.«

Brit nahm die schwarze Ledermappe mit dem Wechselgeld, steckte sie in die Tasche ihrer Servierschürze und ging um die Kuchentheke herum … Ein paar Meter war sie gekommen, als sie erschrocken zurückprallte. Entsetzt ging sie rückwärts, Schritt für Schritt, bis sie gegen Herrn Möllmann stieß, der sie auffing und herumdrehte. »Was ist mit dir los?«

Brit merkte, dass das Blut aus ihrem Gesicht wich, sie spürte, wie sie kreidebleich wurde.

»Ist dir nicht gut?«

Brit antwortete nicht, drehte sich um und ging in die Küche, steifbeinig, wie eine Marionette. Herr Möllmann rief nach einem jungen Kellner, der eigentlich Getränke aus dem Vorratsraum holen sollte, und schickte ihn zur Bedienung ins Café. Dann erschien er in der Küche neben Brit, die kraftlos an der Anrichte stand und so aussah, als würde sie gleich umsinken. »Mädchen! Um Himmels willen! Setz dich erst mal.«

Brit ließ sich widerstandslos auf einen Hocker drücken, dann erst kam sie allmählich wieder zu sich. Sie stöhnte auf und begann zu weinen. »Nein, o nein!«

Herrn Möllmann verließ die Geduld. »Nun sag schon, was los ist. Hast du einen Geist gesehen?«

Brit schüttelte den Kopf. »Nein, meinen Vater«, flüsterte sie.

Herr Möllmann kannte ihre Geschichte und brauchte nun auch einen Hocker, um sich zu setzen. »Zufall?«

»Das glaube ich nicht.«

»Woher weiß er, dass du hier arbeitest?«

»Mein Bruder!« Nun begann Brit wieder zu weinen. »Er kann es nur von Hasso erfahren haben.«

»Ich dachte, der wäre ein netter Kerl«, begann Möllmann zu toben. »Hast du mir nicht erzählt, dass er als Einziger zu dir steht?«

Brit brachte nur mühsam unter Schluchzen eine Antwort hervor: »Er will mich seit fast einem Jahr dazu überreden, mich mit meinen Eltern zu versöhnen. Anscheinend versucht er es nun auf diese Weise.«

»Kruzitürken! Zum Henker!« Möllmann musste sich in Situationen wie dieser erst mal seine Wut vom Leibe schimpfen. Dann erst fragte er: »Und nun?«

Brit zuckte nur hilflos mit den Schultern.

»Er hat dich gesehen?«

»Nein, ganz sicher nicht.«

Möllmann stand auf und sammelte seine körperlichen und geistigen Kräfte, als rechnete er mit einem Handgemenge, wenn nicht sogar mit einer ordentlichen Keilerei. »Dann werde ich jetzt zu ihm gehen und ihn fragen, ob er noch etwas verzehren möchte. Mal sehen, ob er nach dir fragt.«

Brit blieb in der Küche zurück, krümmte sich vor, legte die Arme auf die Knie und den Kopf darauf. Was würde jetzt geschehen? Wie würde es weitergehen? Wie konnte Hasso ihr das antun? Brauchte er jemanden, der ihm zur Seite stand, wenn er den Eltern offenbarte, dass er sich am Weihnachtstag mit Halina verloben wollte? Oder glaubte er wirklich, dass eine Versöhnung mit ihren Eltern sie glücklich machen könnte? Sie hatte es ihm doch beim letzten Telefongespräch gesagt. »Noch nicht! Vielleicht später. Erst muss ich volljährig sein. Vorher können sie mich zwingen, in Riekenbüren zu bleiben, auch wenn ich nicht will. Und sie hätten das Recht, mir Kari wegzunehmen. Das darf ich nicht riskieren.«

Herr Möllmann kam zurück und blickte Brit ernst an. »Er hat mich gefragt, ob ich der Besitzer des Cafés bin. Und dann wollte er wissen, ob eine gewisse Brit Heflik bei mir arbeitet.«

»Und?« Brit sah ihn ängstlich an.

»Ich habe ihm gesagt, den Namen hätte ich nie gehört.«

Trotzdem sah Herr Möllmann nicht besonders glücklich aus. »Aber ob er mir geglaubt hat? Ich bin nicht sicher. Wenn er annimmt, dass ich eine Minderjährige ohne Einwilligung der Eltern eingestellt habe, hat er mich in der Hand. Er könnte mich anzeigen.«

»Ich würde sagen, dass ich Sie belogen habe«, sagte Brit schnell. »Dass ich meine Papiere gefälscht habe.«

Aber Herr Möllmann schüttelte den Kopf. »Besser ist es, Mädchen, du packst deine Sachen. Ich werde nicht auf der Kündigungsfrist bestehen, ich bezahle dir den ganzen Dezember. Aber ich kann keine Anzeige riskieren.«

In diesem Augenblick trat Olaf aus der Backstube in die Küche. Er sah sofort, dass Brit geweint hatte und wie ernst das Gesicht von Herrn Möllmann war.

»Es reicht nicht, wenn ich hier nicht mehr arbeite«, sagte Brit leise. »Ich muss weg aus Bremen.«

»Dann gehe ich mit«, sagte Olaf, ohne zu überlegen und zu wissen, worum es ging.

»Kruzitürken! Zum Henker!«, begann Herr Möllmann wieder zu schimpfen. »Wegen diesem Vater, der seine Tochter zwingen wollte, ihr Kind wegzugeben, soll ich meinen besten Konditor verlieren?« Zornig stach sein rechter Zeigefinger auf Olafs Brust. »Bei dir bestehe ich auf der Kündigungsfrist. Vor Ende des Jahres kommst du nicht weg.«

Olaf nickte ergeben. Er wusste, dass Möllmann im Recht war und er nichts machen konnte.

»Es sei denn ...« Diese drei Wörter ließ Herr Möllmann stehen, war nicht bereit, den Satz zu vollenden, sondern verschwand in seinem Büro. Dort hörten sie ihn telefonieren. Sehr lange.

Olaf und Brit sahen sich an. Schließlich ließ Brit sich nach vorn fallen, mit der Stirn an Olafs Brust. »Was sollen wir tun?«

Olaf griff nach ihren Oberarmen, drückte sie von sich weg und sah ihr in die Augen. »Willst du meine Frau werden, Brit?«

*

Knut saß am Schreibtisch und betrachtete die Bewerbung, die er erhalten hatte. Olaf Rensing! War das ein Wink des Schicksals? Sein alter Freund Rudi Möllmann hatte ihn vor ein paar Tagen angerufen und ihn gefragt, ob er den herausragenden Konditor schon gefunden habe, nach dem sein Sohn bereits seit einer Weile suchte. Dann folgte eine wirre Geschichte von einer jungen Frau, die von ihrer Familie verfolgt wurde, mit der sie aus irgendwelchen Gründen keinen Kontakt wünschte und die deshalb aus Bremen flüchten wolle. Und da Olaf Rensing sie liebte und sich nicht von ihr trennen wollte, hatte er beschlossen, mit ihr zu gehen, wohin auch immer. Rudi Möllmann hatte am Telefon geschimpft, wie es seine Art war, am Ende aber zugegeben, dass er den beiden jungen Leuten helfen wollte. Und das, obwohl er schrecklich wütend darüber war, den außergewöhnlich guten Konditor zu verlieren.

»Dann sage ich ihm also, er kann sofort bei dir anfangen.«

Knut Augustin schrak auf. »Nun mal langsam. Ich muss erst mit Arne reden.«

»Meinetwegen. Sag mir Bescheid, wenn ihr euch entschieden habt.«

»Ich muss auch noch eine Unterkunft für ihn finden.«

»Das schaffst du schon. Kannst du auch noch eine Kellnerin gebrauchen?«

»Seine Freundin? Ich halte nichts von einem Techtelmechtel im Betrieb.«

»Ist vielleicht auch besser so. Sie ist noch minderjährig.«

»Damit will ich nichts zu tun haben.«

»Alles klar. Der Konditor ist volljährig. Und er ist wirklich gut.«

Arne war erleichtert, als sein Vater ihm vom Gespräch mit Rudi Möllmann erzählte. »Das ist ja wunderbar. Ich sehe mich schon seit Wochen nach einem guten Mann um. Einem besonders guten. Kannst du Rudi Möllmann vertrauen?«

»Wenn er sagt, der Mann ist sehr gut, dann ist er es.«

»Lass ihn also kommen. Ich glaube, wir haben noch irgendwo was frei.«

Knut Augustin hatte die Idee gehabt, mehrere einfache Ferienwohnungen anzumieten, in denen er seine männlichen Mitarbeiter unterbrachte. Junge Männer, die vom Festland nach Sylt gekommen waren, um auf der Insel ihr Glück zu versuchen, wollten nicht viel Geld für Wohnraum ausgeben. Sie alle waren froh über das Angebot ihres Chefs, für wenig Geld eine Bleibe zu finden. Vier Personen lebten in einer Wohnung, teilten sich Küche und Bad und mussten nur wenig dafür bezahlen. Für Frauen hatte Knut Augustin diese Möglichkeit allerdings nicht geschaffen.

Seine weiblichen Angestellten wohnten allesamt auf der Insel und übernachteten bei ihren Familien.

Arne dachte nach, dann schüttelte er den Kopf. »Wir können ihn bei Tante Ava einquartieren. Die kann den Verdienst gut gebrauchen.«

»Schau erst, ob in einer der Wohnungen noch was frei ist.«

ROMY WEINTE. Brit hatte sie noch nie weinen sehen. Wenn Romy wütend oder auch traurig war, dann schimpfte sie auf die Welt, auf die Männer, auf ihre Mutter. Das war ihre Art, Gefühle zu zeigen. Aber jetzt schien sie wirklich traurig zu sein, sehr traurig. »Wie soll ich ohne euch leben? Ohne dich und Kari?«

Brit setzte sich zu ihr und nahm sie in den Arm. »Die starke Romy! Die mutigste von allen! Und nun so hasenherzig?«

Romy putzte sich die Nase. »Es ist ja nicht so, dass ich mir nicht zutraue, allein zu leben. Ich will es nur nicht. Du und Kari, ihr seid meine Familie. Ich will euch nicht hergeben.«

Brit stand auf und begann Kaffee zu kochen. Sie schüttete Bohnen in die Kaffeemühle, setzte sich auf einen Hocker, klemmte die Mühle zwischen die Knie und drehte, bis das laute kratzende Geräusch weich und leise wurde und sich die Kurbel schließlich widerstandslos drehte. In der kleinen Lade unter dem Mahlwerk war der pulverisierte Kaffee angekommen. »Du musst hier nicht allein bleiben. Du kannst mitkommen nach Sylt.« Sie sah Romy nachdenklich an, bevor sie das Kaffeepulver in die Filtertüte schüttete und kochendes Wasser nachgoss. »Meinst du, deine Mutter würde es nicht wollen?«

Romy machte eine wegwerfende Geste. »Die gibt für alles ihre Erlaubnis. Sie hat es meinem Chef auch schriftlich gegeben, dass ich in der Bar arbeiten darf.«

»Aber sie hat geglaubt, du arbeitest als Kellnerin.«

»Egal. Wenn ich umziehen will, hat sie nichts dagegen, so viel steht fest. Ein neuer Vermieter wird ihre Zustimmung bekommen, ein neuer Arbeitgeber auch, das ist kein Problem.«

Brit goss Wasser nach, und Romy sah zu, wie der Kaffee in die Kanne sickerte. Ihr Blick wurde versonnen. »Vielleicht versuche ich es wirklich im *Miramar* als Hotelsekretärin. Das wollte ich doch damals schon. Die Brunner und der Jürgens haben dafür gesorgt, dass ich die Prüfung bestehe. Zwar nicht mit guten Noten, aber immerhin.«

Der Kaffee war durchgelaufen, Kari erwachte aus ihrem Mittagsschlaf und wollte sich zu ihrer Mutter und zu Tante Romy gesellen. Der Nachmittag wurde schon bald dämmrig, sie machten kein Licht an, sondern begnügten sich mit dem Schein einer Kerze. Sogar Kari schien von der ausdrucksvollen Ruhe berührt zu werden. Sie schmiegte sich auf Brits Schoß, steckte den Daumen in den Mund und ließ sich von ihrer Mutter schaukeln.

»Ich werde ja noch eine Weile hier sein«, sagte Brit leise. »Wer weiß, wie lange es dauert, bis Olaf etwas für mich gefunden hat. Arbeit und Wohnung. Und die Möglichkeit, Kari zu versorgen. Gut, dass ich noch viel von den zehntausend Mark habe. Als du sie für mich geholt hast, wusste ich noch nicht, dass ich die Gelegenheit haben würde, regelmäßig Geld zu verdienen. So werde ich eine Weile über die Runden kommen.«

»Es waren zwölftausend«, korrigierte Romy.

»Die zweitausend gehören dir, nicht mir.«

Sie stritten eine Weile, aber mit leisen, freundlichen Stimmen, dann fragte Romy: »Willst du Olaf wirklich heiraten?«

»Ich könnte mir keinen besseren Mann vorstellen.«

»Aber … liebst du ihn?«

»Du denkst an Arne, stimmt's?«

Romy nickte und schwieg.

»Du hast recht, so wie Arne werde ich keinen zweiten Mann lieben. Aber er war ein Lügner und Betrüger. Bei Olaf ist es anders.

Er ist grundehrlich und würde mich nie so enttäuschen, wie Arne es getan hat. Und er wird Kari ein guter Vater sein.«

»Aber du liebst ihn nicht.«

»Doch! Irgendwie ... schon. Anders eben.« '

Romy steckte sich eine Zigarette an und versuchte, für Kari Rauchkringel zu erzeugen, was die Kleine zum Lachen brachte. »Wahrscheinlich machst du es richtig«, sagte sie dann. »Ich würde es zwar nicht so machen, aber für dich ist es gut so.«

»Dir liegt doch auch an einer Familie. Da bist du nicht viel anders als ich.«

Romy machte zwei, drei tiefe Züge aus ihrer Zigarette, ehe sie erklärte: »Ich war schon in der Schule das Kind, das ständig ungezogen war. Deine Eltern und die Nachbarn in Riekenbüren haben immer schlecht über mich geredet. Mich hat der Esel im Galopp verloren, habe ich mal jemanden sagen hören. Was kann man von so einer erwarten? Die kriegt bestimmt bald ein uneheliches Kind oder eine Geschlechtskrankheit, eins von beiden. Auf keinen Fall einen anständigen Mann, dem sie mit Freuden den Haushalt führt. Wenn ich mich dazu entschließen sollte, Prostituierte zu werden, würde sich niemand wundern.«

»Romy!«

»Keine Sorge! Bevor ich Nutte werde, finde ich was anderes. Aber Hausfrau und Mutter ... das ist nichts für mich. Ich brauche keinen Mann, der mich auf Händen trägt, ich brauche einen, der mich herausfordert. Ich will kein schönes Leben, sondern ein aufregendes. Ich will nicht mein Auskommen haben, sondern reich werden. Ich will ...«

Brit unterbrach sie lachend. »Nimm dir nicht zu viel vor.«

Romy drückte ihre Zigarette aus und zündete eine zweite Kerze an. »Hast du eigentlich heute mit Hasso telefoniert?«

»Nur ganz kurz.« Brit drückte Kari an sich, als brauchte sie den kleinen warmen Körper als Trost.

»Und? Hat er zugegeben, dass er dich an deinen Vater verraten hat?«

»Zumindest hat er es nicht abgestritten.« Brit setzte Kari auf die Knie und ließ sie reiten. »Hoppehoppe Reiter …« Nachdem die Kleine mehrfach über das »Plumps« gelacht hatte, sagte sie: »Ich habe das Telefonat sehr kurz gehalten. Dass ich ihn für einen Verräter halte, habe ich ihm gesagt, und dass ich nichts mehr mit ihm zu tun haben will. Und er soll sich keine Mühe mehr geben, ich ziehe um. Wohin, das wird er nicht erfahren.«

Romy riss staunend die Augen auf. »Was hat er gesagt?«

»Bevor er antworten konnte, habe ich den Hörer aufgelegt.« Sie lachte ohne jede Fröhlichkeit. »Eine schöne Verlobungsfeier habe ich ihm noch gewünscht.«

»Donnerwetter!« Romy stand auf und suchte ein Päckchen mit Gebäck aus dem Schrank. Sie riss es auf und stellte es in die Mitte des Tisches. »Willst du wirklich den Kontakt zu ihm abbrechen? Ganz und gar?«

Brit hatte es sich bereits überlegt. »Zumindest, bis ich volljährig bin. In dem Moment ändert sich dann alles. Dann können mir meine Eltern nicht mehr gefährlich werden. Dann kann ich jede Stelle bekommen, die ich will. Dann kann ich heiraten. Und dann … ja, dann kann ich auch Hasso wieder anrufen.«

»Das wird schwer für dich«, warnte Romy. »Du wirst nicht mehr wissen, was in Riekenbüren geschieht. Deine Mutter könnte krank werden, dein Vater könnte sterben – und du erfährst nichts davon.«

Sie sah, dass Brit die Tränen in die Augen stiegen. »Daran habe ich auch schon gedacht. Aber es geht hier um meine Freiheit. Die darf ich nicht wieder aufgeben.«

DIE TAGE VOR Weihnachten vergingen wie im Fluge. Herr Möllmann hatte mal wieder gezeigt, was für ein weiches Herz er hatte, und Olaf schon früher aus dem Vertrag entlassen. »Ich habe Ersatz gefunden«, hatte er gebrummt und so getan, als sei er schrecklich wütend auf Olaf. »Meinetwegen kann du schon morgen nach Sylt gehen und dort Karriere machen. Im *König Augustin* können sie jemanden wie dich gebrauchen.« Dann hatte er ihn umarmt und ihm lange auf die Schulter geklopft. »Dort wirst du dein Glück finden. Du und Brit und die kleine Kari.«

Olaf war sehr beschäftigt, er wollte im *König Augustin* den besten Eindruck machen, arbeitete viel und versuchte sich bis in die Nacht hinein an neuen Kuchenkreationen. Das Rezept der Friesentorte, die dem Juniorchef ein besonderes Anliegen war, hatte er so raffiniert verfeinert, dass es als besondere Spezialität angeboten wurde. Vor dem Eingang des Cafés gab es nun einen Aufsteller, der die Friesentorte anpries. Und es gab viele Gäste, die das Angebot annahmen.

Knut Augustin hatte ihn in einer Dienstbotenunterkunft untergebracht. Das Zimmer war klein und wurde nicht geheizt, Olaf teilte es sich mit zwei Kellnern aus dem Café. Das Beste an dieser Unterbringung war, dass es ein Telefon im Haus gab. Völlig unverständlich für ihn, denn ansonsten fehlte es an vielem. Die Dienstboten hatten die Erlaubnis, das Telefon zu benutzen, vorausgesetzt, man selbst war nicht der Anrufende, sondern nahm lediglich ein Gespräch entgegen, produzierte also keine Kosten.

Montags, wenn er frei hatte, saß er abends neben dem Telefon und wartete auf Brits Anruf. Das Telefon stand neben der Haustür, wenn die Tür zur Gemeinschaftsküche offen stand, konnte er beobachten, wie die anderen jungen Männer Karten spielten, rauchten, Zeitung lasen oder ihre Schuhe polierten.

Am Tag zuvor war ein Brief von seiner Mutter gekommen. Er hatte ihr seine neue Adresse mitgeteilt und ihr eine schöne Ansichtskarte von Sylt geschickt. Ihr Brief hatte traurig geklungen, sie hatte gehofft, dass ihr Sohn sie endlich mal wieder zu Weihnachten besuchte. Aber sie sah ein, dass die Fahrt von Sylt nach Braunschweig zu weit war und dass er ohnehin keinen Anspruch auf Urlaub hatte, weil er die Stelle auf Sylt gerade erst angetreten hatte. Sie wünschte ihm ein frohes Weihnachtsfest und hoffte, dass sie die junge Frau, in die er schon so lange verliebt war, bald kennenlernen durfte. Olaf nahm sich vor, ihr bald wieder eine Ansichtskarte zu schicken.

Während er auf Brits Anruf wartete, wanderten seine Gedanken zu seiner Mutter. Sie war alleinstehend, aber er hatte nie das Gefühl gehabt, sie wäre einsam. Sie hatte Freundinnen und Familienangehörige, mit denen sie lebhaften Kontakt unterhielt. Zwar gab es Menschen, die ihr reserviert begegneten, weil sie das war, was man eine ledige Mutter nannte, aber zum Glück waren es nicht viele. Auch Olaf hatte als Kind Geringschätzigkeit erfahren, weil er keinen Vater hatte, aber er hatte zu den stärksten Jungs in seiner Klasse gehört und sich Anerkennung mit den Fäusten erworben. Im Übrigen war er nicht das einzige uneheliche Kind in der Schule und auch in der Nachbarschaft gewesen. Olaf hatte zwar oft darunter gelitten, dass er seinen Vater nicht einmal kannte. Aber er hatte stets dafür gesorgt, dass seine Mutter es nicht merkte. Sie hatte alles getan, damit er nicht anders aufwuchs als die Kinder, die einen Vater hatten. Es wurde wirklich Zeit, dass er sie mal wieder besuchte.

Das Telefon läutete. »Mein Liebling!«

Brits Stimme klang hohl in der Telefonzelle, er hörte die Geldstücke rasseln. Wenn er doch endlich einen Weg sah, sie nach Sylt zu holen. »Olaf! Wie geht es dir?«

Viel konnte er ihr nicht erzählen, so ein Ferngespräch kostete ja Unsummen. Und da Brit zurzeit nichts verdiente, mussten sie vorsichtig mit dem Geld umgehen. Kurz und bündig berichtete er von seiner Arbeit, aber das, was sie wirklich hören wollte, konnte er ihr nicht sagen. Er hatte bisher weder eine Unterkunft noch eine Arbeitsstelle für sie gefunden. »Ich habe mich bei meinen Kollegen erkundigt. Niemand kennt einen Vermieter, der unverheiratete Paare zusammenwohnen lässt. Der Kuppelei-Paragraf, du weißt ja. Und Wohnungen sind teuer.« Er sprach jetzt so leise, dass die Männer in der Küche ihn nicht hören konnten. »Am liebsten würde ich dich ja hier einziehen lassen. Aber das Zimmer ist selbst für eine Person zu klein, und wir wohnen bereits zu dritt darin. Nicht mal für einen Schrank ist Platz. Außerdem … ich kann schlecht die anderen bitten auszuziehen, weil meine Freundin bei mir wohnen will.«

»Ich bin deine Verlobte.«

»Es geht nicht, Brit. Wirklich nicht.«

»Dies ist der letzte Groschen, Olaf. Gleich ist das Gespräch weg …«

Und schon war es geschehen. Ein gleichmäßiges Tut-tut tönte in sein Ohr, ihr Gespräch war abgeschnitten. Olaf legte den Hörer wieder auf und stieg die Treppe hoch. Weihnachten ohne Brit! Ein schrecklicher Gedanke. Er hatte, als er nach Sylt kam, die Hoffnung gehabt, sie würde ganz rasch nachkommen, er hätte bis zu den Feiertagen etwas für sie gefunden. Aber eine Unterkunft für alleinstehende junge Frauen zu finden war viel schwieriger, als er angenommen hatte. Noch dazu für ein minderjähriges Mädchen! Bei einer Anstellung verhielt es sich ähnlich. Aber da gab es die Möglichkeit, eine stundenweise Beschäftigung zu finden, das hatte er herausgefunden. In dem Fall schauten die Arbeitgeber nicht aufs Geburtsdatum, sie waren großzügiger, weil solche Aushilfen schlecht bezahlt wurden. Blieb aber immer noch Karis Versorgung. Wie das alles zu bewerkstelligen war, konnte Olaf sich zurzeit nicht vorstellen. Deprimiert schloss er die Tür seines Zimmers hinter sich, stellte sich an das winzige Fenster und sah hinaus. Zwei Jahre! Diese beiden Jahre mussten überstanden werden, dann würde alles einfacher werden. Dann konnten sie heiraten, konnten eine gemeinsame Wohnung suchen, Brit würde eine gute Stellung finden. Blieb nur noch Kari …

Olaf fröstelte und beschloss, zu Bett zu gehen. Eigentlich war es noch zu früh, aber unter dem schweren Plumeau würde er wenigstens nicht frieren. Er freute sich darauf, am nächsten Tag wieder in die warme Backstube zu kommen.

*

Knut Augustin zögerte, ehe er die Telefonnummer wählte. Erstaunlicherweise hatte er sie noch im Kopf. »Ich möchte Frau Rensing sprechen.«

»Moment«, kam es zurück. Es folgte Blättergeraschel und die Frage an eine Person in der Nähe, ob Margarete im Haus sei. »Ich weiß nicht, in welcher Etage sie zurzeit arbeitet. Wollen Sie später noch mal anrufen?«

»Ich warte.«

Es dauerte lange. Er hörte Stimmen im Hintergrund, das Klingeln eines anderen Telefons, gelegentlich Margarete Rensings Namen, dann endlich wurde der Hörer aufgenommen. »Ja, bitte?«

»Ich bin's. Knut.«

»Du? Von wo rufst du an?«

»Von Sylt.«

Es blieb eine Weile still auf der anderen Seite der Leitung. »Olaf ist auch auf Sylt.«

»Das weiß ich. Hast du ihn geschickt?«

»Wie kommst du darauf?« Ihre Stimme klang entrüstet. »Ich wusste ja gar nicht, dass du auf Sylt bist. Hast du dort ein neues Hotel aufgemacht?«

»Ja. Und außerdem ein Café. Dein Sohn arbeitet seit Kurzem für mich als Konditor.«

Ein leises Lachen war die Antwort. »Du bist der tolle Chef, den Olaf so bewundert?«

»Tut er das?«

»Mir wäre es ja lieber gewesen, er hätte sich fürs Hotelfach entschieden. Aber er wollte unbedingt Konditor werden.«

»Warum sollte er ins Hotelfach gehen? Damit er mir irgendwann über den Weg läuft?«

Er wusste genau, wie sie jetzt aussah. Auch nach so vielen Jahren würde sie noch den Schalk in den Augen haben, den Kopf schräg legen. Und hätte er vor ihr gestanden, hätte sie ihn von unten herauf angesehen. »Ich konnte nicht wissen, dass du die Absicht hast, ein Café zu eröffnen.«

»Er scheint ein sehr guter Konditor zu sein.«

»Der beste.«

»Es bleibt alles so, wie es verabredet ist?«

»Wenn du weiterhin zahlst, sehe ich keinen Grund, etwas zu ändern.«

»Dann ist es ja gut. Und …« Er zögerte. »… wie geht es dir sonst so?«

»Gut, danke. Ich komme über die Runden. Ohne deine Zuwendungen wäre es schwer, aber so geht es.«

»Du arbeitest immer noch im selben Hotel.«

»Warum nicht? Man behandelt uns anständig. Ich bin zufrieden hier.«

»Also gut. Wenn was ist, du kannst mich jederzeit anrufen.«

»Was soll schon sein? Es ist seit über zwanzig Jahren nichts gewesen.«

Knut Augustin räusperte sich umständlich. »Wenn du schweigst und Olaf nichts erfährt …«

»Das wird er nicht. Ich habe es doch versprochen.«

»Ich wünsche dir alles Gute.«

»Ich dir auch.«

Er hörte, dass am anderen Ende aufgelegt wurde, und saß noch eine Weile da, mit dem Hörer in der Hand. Ob sie die Wahrheit gesagt hatte? Ganz sicher war er nicht. Er würde Olaf Rensing im Auge behalten. Wenn er etwas wusste, würde Knut es herausfinden. Ganz sicher.

Es war Romys Idee gewesen, in Olafs Wohnung ins Nachbarhaus zu ziehen. Er zahlte für den Dezember noch Miete und hatte die kleine Wohnung möbliert bekommen, sodass alles Nötige noch vorhanden war. Brit packte ihre Sachen zusammen und in Olafs Wohnung nur das Nötigste aus. Bis Neujahr musste sie etwas Neues gefunden haben. Wenn nicht auf Sylt, dann in einem anderen Ort, weit weg von Bremen. Die Wohnungsbesitzerin hatte für den 1. Januar schon einen neuen Mieter gefunden.

»Wenn dein Vater herausgefunden hat, wo du wohnst, bist du hier sicher«, sagte Romy, die stolz auf ihre Idee war.

Die Einkäufe für das Weihnachtsessen übernahm sie, auch die Spaziergänge mit Kari, die trotz der Kälte regelmäßig an die frische Luft musste. Brit ließ sich so wenig wie möglich draußen blicken. Und wenn, dann wickelte sie ihren Schal um den Kopf, sodass nur ihre Augen zu sehen waren, und hatte ihre Umgebung fest im Blick. Sie würde ihren Vater auch aus der Ferne erkennen, da war sie sicher. Dass es umgekehrt ihrem Vater genauso gehen, dass er seine Tochter ebenfalls auf große Entfernung erkennen würde, vergaß sie vorübergehend.

Von Hasso kam eine Weihnachtskarte im *Café Möllmann* an. »Bitte ruf an!«, schrieb er geradezu flehentlich. »Egal, zu welcher Zeit.«

Egal wann? Ach ja, ihr Vater wusste nun, dass sein Sohn mit der gefallenen Tochter Kontakt hatte. Da war jede Heimlichkeit zwecklos geworden. Hoffentlich musste Hasso dafür keine Strafpredigt über sich ergehen lassen. Hoffentlich? Es konnte Brit egal sein, was in Riekenbüren geschah. Und wenn Hasso sich von seinem Vater ausschimpfen ließ wie ein kleiner Junge, dann war das sein Problem. Wirklich hoffen konnte man nur, dass ihn der Mut nicht verließ und er dabei blieb, sich am Weihnachtstag mit Halina zu verloben. Ein finsteres Fest würde es für ihre Eltern werden! Die Tochter nicht gefunden und den Sohn an die falsche Frau verloren. In Brit rührte sich so etwas wie Mitleid.

Romy verbrachte viel Zeit bei Brit und Kari in Olafs Wohnung. Sie schlief noch in ihrem eigenen Bett, aber wenn sie wach geworden war, kam sie ins Nachbarhaus. Olafs Wohnung wurde zu einem Versteck. Ein gutes Versteck, wie sich bald herausstellte.

Zwei Tage vor Weihnachten war Romy aufgebrochen, um einen kleinen Weihnachtsbaum zu kaufen. »Du bleibst zu Hause. Man weiß nie, ob dein Vater noch nach dir sucht.«

Brit schmückte währenddessen Olafs Wohnung mit Weihnachtssternen und sang Kari Weihnachtslieder vor. Als es klingelte, öffnete sie lächelnd die Tür – und prallte erschrocken zurück, als sie Romys Gesicht sah. Sie drängte sich in den Flur und schloss hastig die Tür, als könnte ihr jemand gefolgt sein. »Er war da«, stieß sie hervor. »Er hat nach dir gefragt.«

Brit musste sich setzen. »Woher kann er die Adresse haben?«

Romy zuckte mit den Schultern. »Vielleicht hat er einen deiner Kollegen gefragt. Die konnten nicht ahnen, dass deine Adresse geheim bleiben soll.«

»Was hast du ihm gesagt?«

»Dass ich allein lebe.«

»Hat er dir geglaubt?«

»Zunächst nicht. Aber dann habe ich ihn reingelassen und ihm angeboten, sich die Wohnung anzusehen. Da musste er es glauben.« Romy lachte nun, die Anspannung fiel von ihr ab. Aber bald wurde sie wieder ernst. »Du musst hier weg. Ich habe mich umgehört …«

AM ERSTEN WEIHNACHTSTAG war es so weit. »Heute wird dein Vater nirgendwo stehen, um dir aufzulauern«, sagte Romy. »In Riekenbüren hat man an den Weihnachtstagen zu Hause zu sitzen und auf den Festtagsbraten zu warten.«

Brits Habseligkeiten waren schnell gepackt. Einen Koffer mit dem Nötigsten würde sie mitnehmen, der Rest würde in der Wohnung, die Romy nun allein gehörte, darauf warten, nach Sylt geholt zu werden, wenn es so weit war. Olaf litt schrecklich darunter, dass er ihr nicht helfen konnte. Aber gerade an den Weihnachtstagen war sehr viel zu tun im *König Augustin*. Die Insel war voller Weihnachtsurlauber, das Hotel war ausgebucht, das Café jeden Nachmittag überfüllt. Seine Friesentorte war ein Verkaufsschlager, und die Weihnachtstorte, die er extra für diese Tage kreiert hat, ein Riesenerfolg. Der Seniorchef hatte ihn zu sich kommen lassen und ihm eine Prämie auf den Tisch geblättert. »Für besondere Leistungen. Schön, dass ich mich in Ihnen nicht getäuscht habe, junger Mann!«

Brit war rechtzeitig am Bremer Hauptbahnhof angekommen, sodass bis zur Abfahrt des Zuges noch Zeit genug war, in der Zelle am Bahnhof zu telefonieren. Und zum Glück hatte Olaf pünktlich Feierabend machen können. Er war sofort am Apparat, als Brit die Nummer der Dienstbotenunterkunft gewählt hatte. »Romy hat recht. Hauptsache, du bist weg. Weg aus Bremen. In Niebüll bist du außerdem viel näher bei mir. Ich kann dann den Zug über den Hindenburgdamm nehmen und in einer Stunde bei dir auf dem Festland sein. An jedem freien Tag werde ich kommen. Und wer weiß, vielleicht ist die Bäuerin auch bereit, mich hin und wieder bei dir übernachten zu lassen.«

Das war sie allerdings nicht. Josefa Jansen machte von Anfang an deutlich, dass sie schon ihre liebe Mühe hatte, ein minderjähriges Mädchen mit einem Kind zu akzeptieren und es auch nie in Erwägung gezogen hätte, wenn ihr Sohn sie nicht so dringend darum gebeten hätte. Er war Barkeeper in Bremen, ein Kollege von Romy, der seinen Eltern mit seiner Berufsentscheidung eine Menge zugemutet hatte. Nicht nur, dass er kein Bauer werden wollte, er hatte dazu noch einen Beruf ergriffen, den Josefa Jansen für durch und durch verdorben hielt. Zwar war sie selbstverständlich noch nie in einer Bar gewesen und hatte keine Ahnung, welche moralischen Bedenken bei einem Barkeeper angebracht waren, aber dass jemand, der nachts arbeitete und tagsüber schlief, einem anrüchigen Gewerbe nachging, war für sie klar, und sie konnte es Brit nicht oft genug sagen.

»Wie kommt der Junge nur auf diese Idee?« Diese Frage stellte sie immer wieder, ohne eine Antwort zu erwarten. Dass jemand, der zwischen Schafen und Kühen aufgewachsen war und seine Tage mit dem Geruch von Mist begonnen und beendet hatte, sich für das genaue Gegenteil entschied, würde ihr immer unbegreiflich bleiben. Ihr Sohn hatte sie einmal aufgefordert, ihn an seinem Arbeitsplatz zu besuchen, aber das hatten Josefa und ihr Mann erschrocken abgelehnt. Das wäre etwa so gewesen, als hätte eine Prostituierte ihre Eltern auf den Autostrich oder ins SM-Studio eingeladen. Josefa hätte, wenn sie gefragt worden wäre, keinen Unterschied zwischen einem Barkeeper und einem leichten Mädchen gesehen, wie sie eine Prostituierte zu nennen pflegte. Nein, mit diesem Milieu wollte sie nichts zu tun haben. Das änderte jedoch nichts daran, dass sie ihrem Sohn einfach keine Bitte abschlagen konnte. Da war es ihr dann auch gar nicht mehr so wichtig, ob eine junge Mutter noch minderjährig war und eigentlich eine schriftliche Einverständniserklärung der Eltern vorlegen musste, wenn sie bei ihr ein Zimmer mietete. Eine Mutter war für Josefa ganz automatisch eine erwachsene Frau, sie kam gar nicht auf die Idee, sich Gedanken zu machen. Und ein kleines Zubrot wurde natürlich auch immer gerne genommen. Das war ein weiterer Grund, sich keine unnötigen Gedanken zu machen. Da alle zahlungskräftigen Feriengäste mit dem Zug durch Niebüll rauschten, der schönen Landschaft kaum einen Blick gönnten und nur die Insel Sylt vor Augen hatten, musste sie nehmen, was kam. So war ihr ein Gast mit Vollpension mehr als recht.

Josefa Jansen war eine breite Frau, die aber keineswegs vollschlank oder gar dick war. Ihre Figur hatte sich ausschließlich in eine Richtung entwickelt, in die Breite. Der Hintern war breit, ihre Brust auch, ihre Hüften waren so, dass sie nur Kittelschürzen in Übergröße tragen konnte. Auch ihr Gesicht war breit, die hellen Augen darin lebendig und freundlich, ihr Mund, ebenfalls breit, lachte meistens und ihre Arme waren so, dass ein Kind sich geradewegs hineinschmiegen wollte. Eine Frau, in deren Armen einem nichts passieren konnte.

Ihr Mann war genauso. Ebenso breit wie sie, allerdings in einer mürrischen Ausgabe. Doch wer ihn eine Weile kannte, der merkte schnell, dass hinter seiner missmutigen Fassade ein weichherziger Bauer steckte, der heimlich weinte, wenn seine Schafe zum Schlachten abgeholt wurden.

Als Brit ihren Koffer ausgepackt hatte, sah sie sich lange um. Kari war eingeschlafen, erschöpft von der Reise, und ihre Mutter kam zu der Ansicht, dass sie hier sicher war, in diesem winzigen Raum, der nur notdürftig ausgestattet, aber doch behaglich war. Ein altes Bett mit vielen Verschnörkelungen, ein schmaler Schrank mit knarrenden Türen, ein winziger runder Tisch, auf dem eine

Spitzendecke lag, darauf eine Engelsfigur und eine kleine Vase, in die eine einzige Blume passte. Jetzt war es ein Tannenzweig, an dem eine kleine goldene Kugel hing. Vor dem Fenster stand ein Kinderbett, mindestens so alt wie der Rest der Möblierung. Kari nahm es sofort an, ließ sich hineinbetten, steckte den Daumen in den Mund, vergewisserte sich, dass ihre Mutter in ihrer Nähe blieb, und schlief wieder ein. Brit genoss das Gefühl von Sicherheit, das sich verstärkte, als sie hinaussah und nichts als Wiesen und darauf unzählige Schafe erblickte.

Auch das Geld von Arnes Vater würde hier sicher sein. In der Wohnung in Bremen hatte sie sich zusammen mit Romy raffinierte Verstecke ausgedacht, hier würde es reichen, wenn sie die vielen Banknoten zwischen ihrer Wäsche versteckte. Romys Kollege war stolzer Besitzer eines Volkswagens, in dem der Rest von Brits Habe unterzubringen war, die sehr überschaubar war. Die würde er demnächst zu ihr bringen, bei dieser Gelegenheit seine Eltern besuchen und Romy die Möglichkeit verschaffen, Brit und Kari wiederzusehen.

Wenn Brit morgens aufwachte, das Blöken der Schafe hörte, das Klappern der Melkeimer und das ferne Rauschen der Autozüge, das sich anhörte wie das Tosen des Meeres, kam ein Glück über sie, das dem Gefühl ähnelte, das sie am ersten Tag auf Dikjen Deel verspürt hatte. Freiheit! Als sie aufstand, um das Plumpsklo aufzusuchen, fanden ihre Füße ganz automatisch den Takt: Frei – heit, Frei – heit. Wenn sie später Kari in den Bollerwagen der Jansens setzte und den Weg entlang der Wiesen wanderte, wurden ihre Schritte immer größer: Frei – heit! Kleiner wurden sie nur, wenn sie an Riekenbüren dachte. An ihre Mutter, die kein schönes Weihnachtsfest gehabt hatte, an ihren Vater, der eine weitere Enttäuschung hatte erleben müssen, als auch sein Sohn nicht tat, was er, der Vater, wollte. Wie oft mochte er den Kopf geschüttelt und gemurmelt haben: »So undankbar, diese Kinder. Es geht ihnen gut, sie haben den Krieg überlebt, sie sind gesund, mussten nie hungern. Und nun das Wirtschaftswunder! Aber sie danken ihrem Schicksal nicht, sie treten es mit Füßen.«

FRIDA UND EDWARD hatten geahnt, dass es in diesem Jahr anders sein würde. Zwei Weihnachtsfeste waren so verstrichen, als gäbe es im Hause Heflik eine ansteckende Krankheit oder als läge ein Familienmitglied auf dem Sterbebett. Nicht einmal Ursula Berghoff war gekommen, um eine ihrer berüchtigten Marmeladen zu bringen und mit einem Blick in alle Ecken ein frohes Fest zu wünschen. Nur der Pfarrer hatte es sich nicht nehmen lassen, hatte aber anderen Gemeindemitgliedern davon abgeraten, die leidgeprüfte Familie Heflik mit Besuchen noch weiter zu verstören. Ursula Berghoff hatte noch mehrere Versuche unternommen, ihre Weihnachtsbesuche karitativ zu nennen und ein Abwenden von der gewohnten Tradition sogar brüskierend, aber der Pfarrer war dabei geblieben. Was sich 1959 im Hause des Schreiners begeben hatte, sollte sich nicht wiederholen. Vermutlich war es ihm aber eher um den Alkoholkonsum gegangen als um falsch verstandene Nächstenliebe.

In diesem Jahr jedoch waren die Riekenbürener nicht zu halten gewesen. Alfons Mersel hatte nicht schweigen können und diverse Andeutungen gemacht. Somit war klar, dass es im Haus Heflik eine Verlobung zu feiern geben würde, und zwar eine, mit der niemand gerechnet hatte, eine, die Edward Heflik nicht gefallen würde. So etwas konnte man unmöglich vorübergehen lassen, ohne zu reagieren. Jeder wollte sehen, ob Frida und Edward es schafften, gute Miene zum bösen Spiel zu machen, ob die Jonkers mit ihrer Tochter trotzdem ihre Weihnachtsgrüße überbrachten und ob bei dieser Gelegenheit auch über Brit gesprochen wurde, die seit drei Jahren nicht mehr gesehen worden war. Der Pfarrer konnte mahnen, wie er wollte, Ursula Berghoff fand auf jede Mahnung eine Entgegnung, die zwar unglaubhaft, aber auch nur schwer zu widerlegen war. Gottes Wille hin oder her, Nachbarschaftshilfe war wichtiger, weil greifbarer. Was hatte man von segnenden Händen? Ein Glas Marmelade mehr im Vorratsschrank war da einfach handfester und auf jeden Fall sinnvoller.

Keiner wusste, warum Frida gerade an diesem Tag der Mut überkam, der ihr bisher immer gefehlt hatte, wenn es darum ging, eine andere Meinung als ihr Mann zu haben. Vielleicht war das Maß einfach voll. Jedenfalls sagte sie laut und deutlich zu Ursula Berghoff, dass sie sich über die Verlobung ihres Sohnes freue und glücklich sei, dass er sich für die Frau entschieden habe, die er liebe. Und das wiederholte sie sogar, als die Jonkers mit einer Flasche Köhm erschienen, und ergänzte zum Schrecken ihres Mannes und zur Begeisterung aller Anwesenden, dass sie kein Verständnis für Marga habe, die doch längst gemerkt haben müsse, dass sie von Hasso nichts zu erwarten habe. Ob sie wirklich den Rest ihres Lebens auf jemanden warten wolle, der sie offensichtlich nicht liebe? »Dann bist du dumm.«

Als Marga daraufhin in Tränen ausbrach, winkte Frida nur ab, und als ihr Mann ihr scharfe Blicke zuwarf, reagierte sie genauso. Dass auf solche mutigen Aussagen ein alkoholisches Getränk folgen musste, hätte sogar der Pfarrer eingesehen, wenn er zugegen gewesen wäre. Die Jonkers brauchten jedenfalls unbedingt einen Schnaps, und als sie ihrer weinenden Tochter, die aus der Küche stürmte, nachblickten, einen zweiten und sogar einen dritten, bevor sie beschlossen, das Kind alleine heulen zu lassen und ihr nicht nachzulaufen. Auch die Mersels hatten dringend einen Schnaps nötig, obwohl der Genuss von Alkohol für Frau Mersels gesundheitliche Verfassung angeblich bedenklich war. Sie betonte nach jedem »Prost!«, dass sie keine Ahnung gehabt hätte, was sich hinter ihrem Rücken zugetragen habe. Dass Hasso so häufig auf dem Campingplatz aushalf, hatte sie lediglich mit seiner Hilfsbereitschaft erklärt. Zwar glaubte ihr das niemand, aber da diese Aussage ein Grund für einen weiteren Schnaps war, fand sie allgemeine Zustimmung. Als Ursula Berghoff es wagte, auf Brit zu sprechen zu kommen, weil ihr die Gelegenheit günstig erschien, war die Flasche leer, und Halina machte den Vorschlag, zum Eierlikör überzugehen, der nicht ganz so viele Prozente hatte. Dieser Versuch, ein Besäufnis zu verhindern, fruchtete jedoch nicht viel. Als Bauer Jonker sehr deutlich den Verdacht beim Namen nannte, dass Brit ein uneheliches Kind bekommen habe und von den Eltern verstoßen worden sei, bewirkten diese paar Prozente auch nichts mehr. Und als Edward Heflik gestehen musste, dass er versucht hatte, seine Tochter zu finden, um sie nach Hause zurückzuholen, wurde ein starker Kaffee benötigt, der aber ebenfalls nicht mehr wirkte. Hasso und Halina verdrückten sich, ehe alles so schlimm wurde, dass der Pfarrer sie später fragen würde, warum sie es nicht hatten verhindern können. Sie waren auch die Einzigen, die später den Weg in die Kirche fanden und die Blicke aller anderen Riekenbürener auf ihre verschränkten Hände und die Frage nach ihren Familien heldenhaft ertrugen.

DER WINTER SCHIEN vorbei zu sein. Er lauerte noch hinter den Dünen und fuhr manchmal unerwartet hinab, aber er war nicht mehr so kalt, nicht mehr eisig, nicht mehr so gnadenlos wie noch im Februar. Gelegentlich brach sogar schon ein Pflänzchen aus dem Boden, winzig und kümmerlich, aber dann doch erstaunlich robust. Die Luft war weicher geworden und schien jeden Morgen ein bisschen durchsichtiger zu werden.

Arne hatte es an diesem Tag nicht im Haus gehalten. Seit Wochen drängte es ihn hinaus, aus der Wohnung, die er nach wie vor mit seinem Vater teilte, und aus dem Café, das mehr und mehr das Café seines Vaters wurde, obwohl ihm täglich gesagt wurde, wie wichtig es sei, dass sich alles nach seinen Vorstellungen entwickelte. Sein Vater schaffte es nicht, sich zurückzuziehen, obwohl er es täglich ankündigte. Arne beobachtete ihn oft und fragte sich dann, ob er selbst jemals so werden würde: in der Arbeit aufgehen, das Geschäft zu seinem Leben machen. Vielleicht, wenn er endlich ganz allein entscheiden konnte, wenn niemand ihm mehr dreinredete, wenn er nicht jede Idee verteidigen musste. Egal, ob er mit seinem Vater oder mit Onkel Robert diskutieren musste, jedes ihrer Argumente begann mit: »Natürlich ist es deine Entscheidung, aber ...«

Er musste froh sein, dass Linda keine Ambitionen hatte, neben ihm in der Geschäftsleitung zu sitzen. Dann gäbe es nicht mehr drei, sondern vier Meinungen. Manchmal fragte er sich, was Linda den ganzen Tag machte. Sie war jetzt ständig auf Sylt, hatte ihre

Schränke in Hamburg leer geräumt und alles, was ihr wichtig war, nach Sylt spedieren lassen. Dabei war es eigentlich geplant gewesen, dass sie erst nach der Heirat auf die Insel ziehen würde. Auch sie wohnte bei ihrem Vater, in einer kleinen Wohnung zwischen Westerland und Wenningstedt, obwohl es ihr dort nicht gefiel. Robert König begann den Tag, den er natürlich im Café verbrachte, mit Seufzen und beendete ihn ähnlich. Jedenfalls, wenn er daran dachte, am Abend mit Linda darüber zu streiten, ob man der Putzfrau nachsehen könne, dass sie die Blumen nicht goss, oder das gemeinsame Bad nicht eigentlich seiner Tochter gehören musste, weil eine Frau nun mal an diese Örtlichkeit ganz andere Ansprüche stellte. Als Arne mitbekam, dass Robert König gelegentlich im Badezimmer seiner Vermieterin um Asyl bat, weil seine Tochter ihn einfach nicht ans Waschbecken oder zur Toilette ließ, nahm er sich vor, in der zukünftigen gemeinsamen Wohnung auf jeden Fall auf zwei Bädern zu bestehen. Das würde er Linda als besonderes Entgegenkommen schenken, ohne sie merken zu lassen, dass er dabei vor allem an seine eigenen Bedürfnisse dachte.

Indessen kämpfte er mit seinem Herzen. Nach einer kurzen Zeit der Zuversicht, die ihm ermöglichte, sich am Neuen zu freuen und damit das Alte zurückzudrängen, kam alles wieder zum Vorschein: die Trauer über den Verlust seiner Liebe, die Erkenntnis, sich so schwer in Brit getäuscht zu haben, die Verzweiflung, weil ihm sein Kind genommen worden war, und dann die Hoffnungslosigkeit. Wer sich einmal so geirrt hatte wie er, dem war nicht zuzutrauen, dass er jemals die wahre Liebe erkennen würde. Offenbar gehörte er zu den Männern, die sich einredeten, an die Liebe zu glauben, wenn sie sich ihnen möglichst ungeschminkt präsentierte. Er würde es nicht noch einmal versuchen, das Spiel mit der Liebe. Scheinbar war er unfähig, echte Gefühle zu erkennen. Es war ja auch schon egal, wen er heiratete und ob er überhaupt heiraten wollte.

Wenn er an diesem Punkt seiner Überlegungen angekommen war, verwandelte sich die Trauer jedes Mal in Übelkeit. Immer öfter erhob er sich am Morgen in der Befürchtung, den Tag nicht ohne Erbrechen zu überstehen. Er wurde täglich schwächer, das Unwohlsein zehrte an ihm immer mehr.

Er hatte den Wagen an der Friesenkapelle abgestellt und ging nun parallel zum Wenningstedter Weg, zügig, mit großen Schritten, sodass ihm bald warm wurde. Herrlich, diese Sylter Luft, so wirbelnd, so duftend, so tollkühn. Sein Vater hatte ihm nachgerufen, dass der Konditor ihn zu sprechen wünsche, dass eine Entscheidung wegen des Getränkelieferanten getroffen werden müsse … aber er war einfach weitergegangen, als hätte er nichts gehört. Das *König Augustin* war für seinen Vater zum letzten großen Projekt geworden, das er noch verwirklichen wollte, bevor er in den Ruhestand ging. Dass es eigentlich Arnes Plan sein sollte, vergaß er immer wieder. Und Robert König ging es genauso. Beide wollten dem jeweils anderen beweisen, dass es eine tolle Idee gewesen war, ihre beiden Namen auf die Fassade eines Hauses zu schreiben, hinter der eine Erfolgsgeschichte erzählt werden sollte. Sobald Arne sie daran erinnerte, dass er es eigentlich war, der hier die Entscheidungen treffen sollte, zogen sich die beiden alten Herren zurück, mit vielen gemurmelten Entschuldigungen, um sich dann später Schritt für Schritt erneut in die Verantwortlichkeit zurückzuschleichen. Jeder in seinem Bereich, Knut in das Angebot des Cafés, Robert in die Organisation. Für Arne blieb nichts mehr übrig. Jedenfalls kam es ihm so vor.

Er blieb stehen, legte die Hand über die Augen und sah sich um, in den Himmel, über die Dünen, zum Ende der Straße, die sich in sanften Schwüngen in der letzten Kurve verlor. Als er hier angekommen war, um sich im *Miramar* ausbilden zu lassen, hatte er sich am richtigen Platz gefühlt, was vor ihm lag, hatte er Zukunft genannt. Nun war es nichts als eine Reihe von Jahren geworden, die er hinter sich bringen musste. Irgendwie. Ein Weg, der lang sein würde oder nur kurz, wer wusste das schon. Eigentlich war es ihm auch gleichgültig.

Er ging weiter, setzte einen Schritt vor den nächsten. Wie konnte ein Mann in seinem Alter dem Leben so lustlos entgegensehen? Eigentlich verstand er es selbst nicht. Er war noch so jung, aber er wusste jetzt schon, dass das Leben nicht so sein würde, wie er es wollte, sondern so, wie sein Vater und Linda es wollten. Linda! Sie war seine Flucht aus seiner Sehnsucht nach Brit geworden, jetzt gestand er es sich ein. Zum ersten Mal. Angesichts der Natur, von der er heute ein Teil geworden war, fand er sich der ganzen Wahrheit gegenüber. Er tat Linda unrecht, wenn er sie heiratete, ohne sie zu lieben. Nur, weil er sich gesagt hatte, dass sie gut zusammenpassten. Das hatten doch alle gesagt. Sie kamen aus dem gleichen Nest, sie hatten die gleichen Ziele. Eine solche Ehe musste gutgehen. Sie hatte viel größere Chancen als eine, die im Rausch der Liebe geschlossen wurde und nur in einer Enttäuschung enden konnte. Die Beziehung zu Linda würde ihn nicht enttäuschen, seine Erwartungen waren gar nicht groß genug, um in einer Ernüchterung zu enden. Und bei ihr musste es ähnlich sein. Immer wenn er sie fragend ansah, immer wenn sie seinem Blick auswich, kam sie anschließend heimlich in sein Bett und zeigte ihm, wie schön die Zukunft an ihrer Seite werden würde. Vielleicht tat er ihr doch unrecht. Vielleicht war alles gut so, weil auch sie es so wollte. Und wenn er daran dachte, dass er Brit geheiratet hätte ... Du lieber Himmel! Eine so berechnende Frau. Ach, ein großes Kind, das unbedingt bekommen wollte, was es sich wünschte. Und als es nicht gelungen war, hatte sie eine andere Rechnung aufgemacht, die ihr unter dem Strich einen satten Gewinn eingetragen hatte. Ach, Brit. Nein, es war richtig, dass sein Vater früh genug erkannt hatte, was er in seiner Verliebtheit nicht hatte sehen wollen. Tante Ava hatte es bestätigt. Brit hatte sich kein einziges Mal bei ihr gemeldet, hatte nie nach ihm gefragt. Sie hatte das Geschäft, das sein Vater ihr geboten hatte, mit Freuden angenommen und war jetzt vermutlich auf der Suche nach dem nächsten Mann, mit dem sie endlich erreichen konnte, was sie wollte.

Er sah sich um, als er hörte, dass sich ein schneller Wagen näherte. Ein knallroter Roadster! War Linda wieder mit seinem Wagen unterwegs? Ja, das Kfz-Kennzeichen war sein eigenes, wenn er sie selbst auch nicht am Steuer erkannt hatte. Was wollte sie hier? Wo fuhr sie hin? Arne selbst begnügte sich meistens mit einem der kleinen Lieferwagen, die an der Seite »König Augustin« stehen hatten. Linda hingegen liebte den Roadster. Anfänglich hatte sie jedes Mal gefragt, ob sie ihn nehmen dürfe, mittlerweile steckte der Autoschlüssel immer in ihrer Handtasche. Würde es immer so sein an ihrer Seite? Würde sie stets das Beste bekommen und er nur das, was sie ihm ließ? So jedenfalls ging es ihrem Vater. Robert König sprach oft davon, dass Linda wieder nach Hamburg ziehen und bis zur Hochzeit dort bleiben solle. Das Zusammenleben mit seiner Tochter wurde ihm augenscheinlich immer unerträglicher.

Arne machte kehrt und ging zu seinem Auto zurück. Sein Vater würde froh sein, wenn er wieder im *König Augustin* ankam. Er wollte seinen Sohn stets an seiner Seite haben, auch wenn er dann selten guthieß, was Arne tat. Der Juniorchef! So nannte er ihn, als sei er stolz auf seinen Sohn. Hoffentlich ging er bald nach Hamburg zurück, um sich wieder um die Hotels zu kümmern, die er seinem Geschäftsführer überlassen hatte. Aber was dann? Würde Arne es wirklich schaffen, all das zu tun, was von ihm erwartet wurde? Was sein musste? Vielleicht sollte er froh sein, dass es zwei erfahrene Geschäftsmänner gab, die ihm die Verantwortung abnahmen. Vielleicht … vielleicht auch nicht.

Es war so, wie er vermutet hatte. Sein Vater empfing ihn aufgeregt, als wäre in der Zwischenzeit etwas schiefgelaufen, was nur Arne in den Griff bekommen hätte. »Du kannst doch nicht einfach wegfahren, ohne zu sagen, wohin.«

Als er hörte, dass Arne der Sinn nach einem Spaziergang an der frischen Luft gewesen war, kam Knut aus dem Kopfschütteln gar nicht wieder heraus. »Ein Hotelier! Ein Café-Besitzer, ein Geschäftsmann! Der geht nicht zwischendurch spazieren! Der ist in jeder Minute in seinem Betrieb. Nur dann funktioniert der Laden. Die Angestellten müssen wissen, dass man ihnen ständig auf die Finger schaut.«

Arne seufzte und ging in sein Büro, das kaum Platz für ihn bot. Sein Vater hatte sich in dem kleinen Raum breitgemacht, Onkel Robert erledigte dort ebenfalls alles für seine Cafés in Bremen, Arne musste sich meist auf die Ecke einer Fensterbank setzen, wenn er telefonieren oder sich Notizen machen wollte. Jetzt wollte er einen Tisch im *Miramar* bestellen, um mit Linda dort zu Mittag zu essen. Sie hatte noch nie Verständnis für ihren Vater gehabt, wenn ihm das Geschäft wichtiger als sein Privatleben war. Das würde ihm auch bei ihrem zukünftigen Ehemann nicht gefallen. Mit einem Essen im *Miramar* würde er ihr zeigen, dass sie mit ihm glücklich werden würde.

Im Restaurant des *Miramar* waren Grüntöne vorherrschend, dunkelgrüner Teppichboden, grün gemusterte Gardinen, blassgrün gepolsterte Stühle. Auch die Tischdekorationen fügten sich in diesen Farbstil, wo es möglich war, gab es dezente Goldverzierungen. Die Stimmung war gedämpft. Die Kellner sprachen leise, bewegten sich dezent, und auch die Gäste unterhielten sich in gemessener Lautstärke. Die Musik im Hintergrund war so leise, dass man sie kaum wahrnahm. Alles in allem eine sehr angenehme Atmosphäre.

Arne sah Linda schon, als sie eintrat, und betrachtete sie,

während der Kellner ihr den Mantel abnahm. Sie sah hübsch aus, nicht schön und attraktiv, weil sie viel Zeit und Geld für Kosmetik ausgegeben hatte, nein, diesmal fiel ihm das Hübsche auf, das die Natur ihr geschenkt hatte, wie es ihn auch bei Brit gefangen genommen hatte. Natürlich, jung, nicht zurechtgemacht, ohne Schminke. Erstaunlich eigentlich. Linda ging sonst selten ungeschminkt aus dem Haus.

Lachend, strahlend, fröhlich ließ sie sich ihm gegenüber nieder. »Schöne Idee!« Ihr Vater hatte sie ins *Miramar* geschickt und ihr gesagt, dass dort ihr Verlobter auf sie wartete. Beide Väter hatten vermutlich missbilligend hinter ihr hergeblickt. Weder Knut noch Robert hielten es für richtig, für ein Mittagessen im *Miramar* das Geschäft im Stich zu lassen.

Als sie bestellt hatten, fragte Arne: »Wo warst du heute Morgen?«

Lindas Antwort kam wie aus der Pistole geschossen. »In Hörnum. Bei Sina. Du weißt doch, die Mitschülerin aus dem Pensionat, die einen Kapitän geheiratet hat.«

Arne runzelte die Stirn. »Aber ... ich habe dich gen Norden fahren sehen. Richtung List.«

Linda hatte ihren Zorn nur so lange im Griff, bis der Ober, der ihre Bestellung aufgenommen hatte, in die Küche gegangen war. »Du kontrollierst mich?«

Arne sah sie verständnislos an. »Wie kommst du denn darauf? Der Roadster ist an mir vorbeigefahren, ich habe ihn erkannt und wollte wissen, was du in List gemacht hast. Oder im Klappholttal oder ...«

»Wenn ich sage, ich war in Hörnum, dann war ich dort. Dein Roadster ist vermutlich nicht der einzige auf der Insel.«

»Schön, dass er immer noch mein Roadster ist«, antwortete Arne. »Du meinst, es gibt noch einen, der dasselbe Kfz-Kennzeichen hat wie meiner?«

»Du hast dich vertan.«

Das Lachende, Strahlende, Fröhliche war dahin. Arne, der überhaupt nicht die Idee gehabt hatte, Linda zu kontrollieren, war mit einem Mal von dem Misstrauen erfüllt, das sie ihm unterstellte. Verheimlichte sie ihm etwas?

Frida Heflik ging wieder aus dem Haus, als der Frühling nach Riekenbüren kam. Ihr erster Weg führte sie zum Campingplatz, wo Halina die Saison vorbereitete. Im Mai sollte der Platz wieder geöffnet werden, die Vorbereitungen waren in vollem Gange. Das Waschhaus strahlte vor Sauberkeit, der Spielplatz hatte einen neuen Sandkasten bekommen, überall waren das Unkraut entfernt und die Wege geharkt worden. Als Frida auftauchte, füllte Halina gerade die Vorräte auf. Die Tür des kleinen Raums hinter dem Kiosk stand weit offen.

Frida sah sich mit leuchtenden Augen um. »Der Campingplatz ist schön geworden.«

»Sie waren noch nie hier?«, fragte Halina perplex.

Frida sah peinlich berührt aus. »Die Toilettentöpfe vor Ihrem Fenster damals waren mir sehr unangenehm.«

Halina lachte. »Aber wir haben uns nicht vertreiben lassen.« Sie betrachtete Frida eine Weile, dann ergänzte sie: »Herzlichen Glückwunsch zu dem Mut, den Sie Weihnachten bewiesen haben. Ich habe Sie sehr bewundert.«

»Wirklich?« Frida lief rot an, als wäre sie noch nie für etwas bewundert worden. »Meinem Mann hat es nicht gefallen.«

»Das kann ich mir denken.« Halina lächelte.

»Wo sind Ihre Eltern?«

»Papa redet mit einem Handwerker. Oder genauer … er hält ihn von der Arbeit ab. Und Mama hat heute wieder schwer unter ihrer Migräne zu leiden.«

Halina hatte die Arbeit nur kurz unterbrochen und machte nun weiter damit, Kartons aufeinanderzustapeln und Getränkekisten an ihren Platz zu schieben.

»Sind Sie nun wirklich richtig verlobt?«

Halina konnte nicht anders, sie musste lachen, obwohl die angemessene Reaktion vermutlich ein Tippen an die Stirn gewesen wäre. »Sie waren doch an Weihnachten dabei.« Spöttisch lächelnd ergänzte sie: »Das war der Tag, an dem Sie einmal über sich hinausgewachsen sind.«

Frida entging ihr Spott. Sie schaute auf Halinas Verlobungsring und sagte, als wollte sie es sich ein weiteres Mal bestätigen lassen: »Sie nennen sich jetzt seine Verlobte. Überall.«

»Ich bin Hassos Verlobte. Wir sind beide erwachsen. Wir müssen nicht darauf warten, dass die Eltern uns ihre Zustimmung geben.«

»Es hat keine Verlobungsfeier gegeben.«

»Wir hätten sie haben können. Aber bevor es so weit war, waren ja alle betrunken.«

»Umso wichtiger, dass es eine schöne Hochzeit wird. Hasso sagt, sie soll noch in diesem Sommer stattfinden?«

Halina ließ die Arbeit ruhen, sie sah Frida eindringlich an. »Es muss kein großes Fest werden. Eine kleine Feier mit unseren Eltern, das reicht.«

Frida drehte sich um und verließ den Vorratsraum. Als Halina ihr gefolgt war, sagte sie leise: »Brit wäre sicherlich gern dabei.«

»Vielleicht …« Halina winkte ihrem Vater zu, der mit dem Handwerker zum Eingang des Waschhauses ging und ihm demonstrierte, dass die Tür nicht richtig schloss. »Hasso hat einen großen Fehler gemacht. Ich habe ihm sehr davon abgeraten, Brit zu verraten. Sie hatte ihm vertraut.«

»Er hat es doch nur gut gemeint.«

»Gut gemeint ist selten gut gemacht.« Halinas Stimme klang nun hart. »Jetzt hat Hasso den Kontakt zu ihr verloren. Sie antwortet schon seit Langem nicht mehr auf seine Karten, und mittlerweile kommen sie zurück mit dem Stempel ›Unbekannt verzogen‹.«

»Edward hat sich sehr darüber geärgert, dass Hasso heimlich Kontakt mit Brit hatte.«

»Geärgert?« Halina sah sie fassungslos an. »Freuen sollte er sich. Sonst wüsste er nicht einmal, ob sie noch lebt.«

»Heimlich«, betonte Frida. »Das hat ihn geärgert.«

Halinas Augen blitzten nun zornig. »Hasso war gezwungen, den Kontakt zu Brit heimlich zu halten.«

Frida nickte, als hätte sie es jetzt verstanden. »War sie es, die das Geld von Arnes Vater aus dem Tresor gestohlen hat?«

»Das kann nicht sein. Als der Diebstahl geschah, telefonierte sie gerade mit Hasso.«

Wieder nickte Frida, dann blieb sie eine Weile stumm, von Halina aufmerksam beobachtet. »Brit hat also ein kleines Mädchen?«

»Sie heißt Kari. Brit hat Hasso erzählt, dass sie gesund und munter ist.«

Nun begann Frida Heflik zu weinen. Ein gleichmäßiger Strom, ohne Schluchzen und Klagen. Als Halina sie in ihre Arme zog, ließ sie es ohne Weiteres zu, lehnte sich an den jungen, kräftigen Körper und schien zum ersten Mal in ihrem Leben außerhalb ihrer vier Wände Gefühle zu zeigen. Halina sagte nichts, ließ sie weinen, hielt sie fest und gab Hasso, der erschrocken auf sie zugelaufen kam, mit einem Kopfschütteln zu verstehen, sie jetzt besser nicht zu stören.

Als die Kraft in Fridas Körper zurückkehrte, als sie sich von Halina lösen konnte, um wieder auf eigenen Beinen zu stehen, putzte sie sich gründlich die Nase und trocknete mit dem Schürzenzipfel ihr Gesicht. »Wir müssen also warten, bis Brit volljährig ist?«

Halina nickte. »Kann sein, dass sie dann nach Riekenbüren kommt. Vielleicht … Sicher ist es nicht.«

OLAF STRAHLTE, als er vor dem Bauernhaus der Jansens hielt. Voller Stolz präsentierte er den dunkelroten Deux Cheveaux, als wäre es sein eigener. »Ein Kollege hat mir die Ente geliehen. Damit können wir alles nach Sylt transportieren.« Er war der Ansicht gewesen, dass man auf einer Insel kein Auto brauchte, und hatte seinen Opel Kadett, auf den er sehr stolz gewesen war, verkauft. Das Geld, so hatte er gemeint, könne man für Wichtigeres gebrauchen, für die Einrichtung einer eigenen Wohnung zum Beispiel.

Brit warf sich in seine Arme. Er kam fast jede Woche, immer an seinem freien Tag. Und jedes Mal, wenn sie ihn vom Bahnhof abholte, hatte sie sich gesagt, dass er ein gut aussehender Mann war, nicht besonders attraktiv, aber so, wie ein Mann sein sollte: groß und kräftig, gepflegt, aber nicht besonders auf sein Äußeres bedacht, lachend und von unverwüstlichem Lebensmut. Und wenn er sie ansah und mit dem ersten Blick schon zeigte, wie sehr er sie liebte, dann fand sie ihn noch anziehender.

Josefa Jansen begann zu weinen, als sie Kari ein letztes Mal auf den Arm nahm. Brit war während der Zeit, in der sie auf dem Hof der Jansens gelebt hatte, zu einem Familienmitglied geworden. Sie nahm mittlerweile alle Mahlzeiten mit den Jansens zusammen ein, half bei der Arbeit in der Küche und lernte von der Bäuerin das Kochen. Nach deren Angaben schmeckte Brits Grünkohleintopf besser als ihr eigener. Und als Kari die beiden zum ersten Mal Opa und Oma genannt hatte, waren sie zu Tränen gerührt gewesen.

Das war der Tag gewesen, an dem Brit sich ihnen anvertraut und zum ersten Mal von den Großeltern der Kleinen erzählt hatte. Nicht nur von ihren eigenen Eltern, sondern auch von Arnes Vater. Nichts hatte sie ausgelassen, bei der Klassenfahrt nach Sylt angefangen, von ihrer Naivität, als sie an Arnes Liebe geglaubt hatte, von dem Besuch von Arnes Vater, der ihren Eltern klargemacht hatte, dass Brit nur ein Spielzeug für seinen Sohn gewesen war. Und dann von dem Geschäft, das er ihren Eltern angeboten hatte. Josefa Jansen hatte sich ans Herz gefasst, als sie hörte, dass Brit in einem Heim für ledige Mütter ihr Kind zur Welt bringen sollte, das direkt nach der Geburt an Adoptiveltern gegeben worden wäre. Als Brit von Romy erzählte, hatten sie gelauscht, als würde ihnen ein Krimi erzählt. Romys Rolle auf Sylt, das Wiedersehen mit ihr im Entbindungsheim, Brits Flucht, bei der Olaf geholfen hatte, ihr Bemühen, von den Eltern nicht gefunden zu werden. »Sie würden mir mein Kind wegnehmen.«

Das konnte sich Josefa nicht vorstellen, aber ihr Mann war Brits Meinung. »Besser, niemand weiß, wo du bist.«

Ihren Bruder Hasso nannte er, ohne mit der Wimper zu zucken, einen falschen Hund und kümmerte sich nicht darum, dass Brit versuchte, dieses Bild geradezurücken. Dass er es in Wirklichkeit gut gemeint hatte, konnte ein geradliniger Bauer wie Hermann Jansen nicht glauben. »Die Schwester verraten? Dafür gibt es keine Entschuldigung.«

Die Jansens waren froh, dass sie Brit geholfen hatten, fühlten sich nachträglich bestärkt in dem Entschluss, den sie getroffen hatten, ohne es recht zu wissen, und baten sich aus, regelmäßig besucht zu werden, wenn Olaf und Brit die Insel verließen oder nach Sylt zurückkehrten. Und zur Hochzeit wollten sie eingeladen werden.

Brit schaute lange, sehr lange zurück. Der Hof der Jansens war noch zu sehen, als sie sich schon weit entfernt hatten, es gab nichts, was sich in den Blick schob, keine Bäume, keine anderen

Gebäude. Das Haus lag inmitten weitläufiger Wiesen, auf denen Schafe grasten, dem Wind ausgesetzt, jedem Wetter geöffnet. Schmucklos und zweckmäßig und dennoch schön. Es kam ihr vor, als könnte sie die beiden Jansens noch lange in der Auffahrt stehen und ihnen nachwinken sehen.

Olaf berührte ihren Arm, als sie auf den Autozug gefahren waren. »Jetzt nur noch nach vorn sehen, Brit, schau nicht mehr hinter dich. Ein neues Leben beginnt.«

Es war schwierig gewesen, für Brit eine Unterkunft auf Sylt zu finden, erzählte er während der Überfahrt. Zwar war Sylt bekannt für seinen mondänen und unvoreingenommenen Ruf, eine Insel, wo man mit Leuten, die aus der Rolle fielen, sehr tolerant umging. Doch ledige Mütter, die noch dazu minderjährig waren, erging es nicht anders als in Bremen oder Riekenbüren. Und für unverheiratete Paare gab es auch auf Sylt keinen Wohnraum. Sämtliche Vermieter fürchteten, wegen vorsätzlicher Vermittlung und Förderung der Unzucht angezeigt zu werden.

»Wenn sie Mühe hätten, ihre Wohnungen zu vermieten«, erklärte Olaf, »wären sie vermutlich großzügiger. Aber es gibt ja genug Interessenten. Nicht nur Feriengäste, auch diejenigen, die vom Festland gekommen sind, um auf Sylt zu arbeiten, brauchen Wohnraum.« Schließlich hatte ihm ein Kollege von Rieke Beering erzählt, der Frau eines Kapitäns in Hörnum, die sich zur Aufgabe gemacht hatte, ledigen Müttern zu helfen. Sie nahm sie bei sich auf und versorgte sogar die Kinder, während ihre Mütter arbeiteten. »Ein Wink des Himmels«, sagte Olaf. »Schade nur, dass Hörnum so weit weg ist. Ich werde mir wieder ein Auto zulegen müssen, damit ich dich häufig besuchen kann. Hätte ich nur den Opel Kadett nicht verkauft!«

Kari lachte und klatschte in die Hände, als der Zug das Festland verließ und ins Meer stach. Es herrschte Hochwasser, das Meer flutete an den Damm, Wellen spritzten auf, Möwen fuhren hinab, wenn sie Beute gesichtet hatten. Ein hellgrauer Tag in den Farben von Eis und Schnee, aber ohne, dass es fror oder schneite.

Olaf hatte nach seinem Heiratsantrag so lange gefragt, bis sie ihm alles von Arne erzählt hatte. Bisher hatte er noch nicht viel erfahren, nur, dass er Brit belogen, ihr die Ehe versprochen hatte und dann verschwunden war. Jetzt erfuhr er alle Einzelheiten, darauf hatte er ein Recht. Er behandelte Kari wie ein Vater, Brit konnte ihm nicht vorenthalten, wie sie Arne kennengelernt und wie sie von ihm betrogen und belogen worden war. Als sie an Dikjen Deel vorbeifuhren, schwieg Brit, sah stur geradeaus, um nichts von dem Ort sehen zu müssen, an dem sich ihr Leben geändert hatte. Und auch Olaf sagte eine Weile nichts.

Dann bemühte er sich darum, dem Augenblick die Schwere zu nehmen, und erzählte, dass diese Straße einen besonderen Namen hatte: Straße der Höflichkeit. »Nach der Eröffnung des Hindenburgdamms kamen immer mehr Autos auf die Insel. Deswegen wurde 1935 diese einspurige Straße zwischen Rantum und Hörnum angelegt.« Mit großer Geste zeigte er auf die Betonplatten vor sich, aus denen die Straße bestand. »Alle zweihundert Meter eine Ausweichstelle! Sie zwingt die Fahrer zur Höflichkeit. Wer ein entgegenkommendes Fahrzeug nicht rechtzeitig sieht, ist gezwungen, den Rückwärtsgang einzulegen. Mal trifft es diesen, mal jenen. Ohne Höflichkeit geht hier gar nichts.«

Er trat auf die Bremse, fuhr in eine Ausweichbox und ließ ein entgegenkommendes Fahrzeug passieren. Brit lächelte, sprach aber immer noch nicht. Daraufhin redete Olaf mit Kari, erklärte ihr, was Dünen waren, ohne dass die Kleine etwas davon verstand. Aber sie liebte es, wenn das Wort direkt an sie gerichtet wurde, wenn man ernst mit ihr sprach, und hörte zu, als verstünde sie alles. Erst in Rantum wurde dann das Gespräch wieder lebhaft, und in Hörnum dachte Brit vor allem an das, was sie erwartete, nicht mehr an das, was zurücklag.

Olaf zeigte zu einem Häuschen am Ende des Weges. »Wir sind da.«

Brit saß noch eine Weile stumm da, als Olaf den Wagen geparkt hatte und ausgestiegen war. Mein Gott, was für ein Haus!

*

Knut Augustin war froh, als er seinen Freund Robert hereinkommen sah. »Ich wollte gerade nach dir suchen lassen.« Er zeigte zu einem Tisch in der Ecke und bestellte einen Cognac für Knut und einen Aquavit für sich selbst. Das Café war noch nicht geöffnet. Zwar waren sie nicht allein, um sie herum wurde geputzt, die Tische mit frischen Blumen dekoriert, die Kerzen erneuert, aber niemand hatte Zeit, auf sie zu achten oder gar ihr Gespräch zu belauschen.

»Ich habe gerade unseren Nachbarn getroffen«, sagte Robert.

Damit konnte nur der Besitzer des Eckhauses gemeint sein, denn auf der anderen Seite des *König Augustin* gab es keinen Nachbarn, sondern den Friedhof der Heimatlosen.

Knut war alarmiert. »Ist es so weit? Will er verkaufen?«

Robert nickte. »Zwar nennt er es noch nicht so, aber er hat es durchblicken lassen. Die Pension läuft nicht gut. Wir müssen jetzt schnell sein. Dass er sein Haus nur nicht einem anderen anbietet! Notfalls müssen wir ihm doch mehr bieten, als wir eigentlich wollten.«

Knut hob die Hände. »Immer langsam. Gibt es denn überhaupt noch einen weiteren Interessenten?«

»Er sprach von einem entfernten Verwandten, der sich überlegt, auf Sylt zu investieren.«

Knut biss sich auf die Lippen, während er nachdachte. »Er überlegt ... das klingt so, als müsste er erst Mittel beschaffen und wäre sich noch nicht sicher.«

»Eben! Also müssen wir diesem Verwandten zuvorkommen.«

»Wir müssen mit Arne reden, bevor wir etwas unternehmen.«

Roberts Miene wurde gedankenvoll. »Eigentlich müsste er es sein, der die Initiative ergreift.«

Knut seufzte schwer. »Ich glaube, wir haben einen Fehler gemacht, Robert. Arne ist noch nicht so weit. Ihm fehlt die Führungsqualität. Und die Lust an der Arbeit. Die Lust am Erfolg. Mein Gott, was habe ich geackert, als ich der Leiter meines ersten Hotels war. Mein ganzes Leben bestand aus nichts anderem. Und was macht mein Sohn? Er geht spazieren, weil er zwischendurch mal frische Luft braucht.«

Robert nickte. »Vielleicht sollten wir uns zurückziehen, Knut.«

»Wir sind hier, um Arne zu helfen.«

»Wir helfen ihm nicht, wir nehmen ihm alles aus der Hand.«

»Weil er es selbst nicht schafft.«

»Weißt du das? Er hat sich ja nie beweisen müssen. Nie beweisen dürfen.«

Knut stöhnte. »Dieser Unfall! Seitdem ist er nicht mehr derselbe.«

»Du musst ihm Zeit lassen.«

»Im Gegenteil. Ich mache ihm Feuer unter dem Hintern.«

»Knut!«

»Wir kaufen das Eckhaus, egal, was es kostet. Dann richten wir dort das Hotel ein, die obere Etage dieses Hauses wird somit frei. Die Wohnung für das junge Paar! Es wird Zeit, dass die beiden heiraten.«

»Sollten sie das nicht selber entscheiden?«

»So ist es abgemacht.«

»Der Kauf des Eckhauses ... das muss Arne bestimmen.«

»Wir müssen ihm das so präsentieren, dass er gar nicht anders kann.« Knut Augustin bestellte einen weiteren Aquavit und für Robert einen Cognac, obwohl der abwinkte. »Verdammt noch mal! Er bekommt ein Hotel und ein Café auf dem Silbertablett serviert. Dazu noch eine schöne Frau! Was will er mehr?«

Robert zeigte mit dem Kinn zu einem jungen Kellner, der an der Theke die Gläser sortierte. »Arne sollte auch keine Freundschaften mit Angestellten schließen.«

Knut drehte sich um. »Er ist mit … mit dem befreundet? Wer ist das überhaupt?«

»Carsten Tovar. Ja, die beiden gehen gelegentlich abends zusammen aus. Gestern, vorgestern …«

Knut sah aus wie vom Donner gerührt. »Ich dachte, Arne wäre mit Linda unterwegs.«

»Sie war außer Haus, aber ich weiß nicht, wo. Wahrscheinlich mit Freundinnen verabredet. Ich habe Arne mit dem Kellner im *Café Orth* gesehen. Da scheinen sie sich öfter zu treffen. Der Wirt hat es mir gesagt.«

Knut stöhnte auf. »Der Chef mit einem Angestellten! Ich muss mir Arne zur Brust nehmen.«

Robert verzog das Gesicht. »Ich weiß nicht, ob das so gut ist, Knut. Er ist noch sehr jung.«

»Ich war nicht viel älter, als ich geheiratet habe. Und du auch.«

»Er fühlt sich nicht wohl, das sieht man doch.«

»Linda muss ihm einheizen. Frauen haben immer den größten Einfluss.«

Robert sah unglücklich auf seine Hände. »Ich glaube, Linda ist es ziemlich egal, mit wem Arne sich trifft.«

Mai 1963, Bremen

DIE BAR *Der starke Roland* gehörte zu den Etablissements, die als seriös galten. Trotzdem gab es natürlich auch dort, wie in allen Bars der Stadt, ein düsteres Ambiente, rote Beleuchtung und Bilder und Ausschmückungen an den Wänden, die durchaus frivol zu nennen waren. An diesem Tag war nicht viel los. Wenn die Männer sich dicht vor der Theke drängten, kam Romy oft nicht dazu, sich jeden einzelnen anzusehen. Dann achtete sie nur darauf, dass ihr Dekolleté zur Geltung kam, denjenigen, bei denen das Geld besonders locker saß, in die Augen zu sehen, und mit Blicken etwas zu versprechen, das sie niemals halten würde. Das war ihre Aufgabe als Animierdame. Auf keinen Fall gehörte es zu ihren Pflichten, darüber hinauszugehen. Wer etwas nach Feierabend von ihr wollte, hatte Pech. Wenn die Gäste mehr getrunken und mehr Geld ausgegeben hatten, als sie eigentlich wollten, dann hatte sie ihre Arbeit zur Zufriedenheit ihres Chefs erledigt. Wilke Jansen, der Barkeeper, unterstützte sie dabei. Er mixte dann gern angeblich neue Cocktails zu utopischen Preisen und veranstaltete ein Ratespiel über die Ingredienzien, bei dem auf jeden Fall der gewann, bei dem das Geld am lockersten saß. Natürlich musste er dann eine Runde für seine Kollegen ausgeben und würde sich später fragen, wo das ganze Geld geblieben war, das er in der Tasche gehabt hatte, als er losgegangen war. Und erst recht würde er sich fragen, was er eigentlich davon gehabt hatte, dass er so freizügig gewesen war. Eine sehr junge Frau auf dem Barhocker neben sich, der er über den Rücken streichen, deren Duft er schnuppern durfte und die nicht zuckte, wenn er ihren Brustansatz berührte. Das war's aber schon. Ob sich das gelohnt hatte und ob diejenigen, die in der zweiten Reihe vor der Theke geblieben und von ihm Feigling geschimpft worden waren, nicht doch klüger gewesen waren, überlegte er sich natürlich erst, wenn es zu spät war.

Romy sah auf, als sich die Tür öffnete und ein Paar eintrat. Sie stellte sofort fest, dass es sich nicht um ein Ehepaar handelte. Der Mann war ausgesucht höflich, schob die Frau mit neckischen Bemerkungen über die Schwelle, und sie reagierte mit einem Kichern, das alles verriet.

Wilke merkte nicht, dass sich Romys Blick verdüsterte. Mit eckigen, zornigen Bewegungen ging sie auf das Paar zu, als sich die beiden gesetzt hatten. »Na? Lehrerausflug der Handelsschule?«

Der Mann fuhr herum, die Frau öffnete nur den Mund, als bekäme sie nicht heraus, was sie gern gesagt hätte. Eine wie Fräulein Brunner, dachte Romy. Solide und nur mäßig attraktiv, eine Frau, die für einen Charmeur eine leichte Beute war.

Ehe Herr Jürgens etwas sagen konnte, hatte er Romy erkannt. »Was machen Sie denn hier?«

»Arbeiten«, entgegnete Romy. »Was darf's sein?«

Herr Jürgens sah sich vielsagend um. »Weiter haben Sie es nicht gebracht? Trotz der bestandenen Abschlussprüfung?«

Romy warf einen hintergründigen Blick zu seiner Begleitung. »Hoffentlich bringen Sie diese Dame nicht in die gleiche unangenehme Situation wie Ihre Kollegin damals.«

»Das geht Sie nichts an. Bringen Sie uns zwei Campari Orange.« Er neigte sich zu seiner Begleiterin. »Wie immer, richtig?«

Sie stand auf. »Ich muss mir erst mal die Nase pudern.« Scheinbar wollte sie von dem Gespräch zwischen ihrem Verehrer und Romy nichts mitbekommen.

Als sie außer Hörweite war, flüsterte Herr Jürgens: »Sie können mir glauben, dass mir die … die Sache sehr leidtut. Schauen Sie morgen mal in die Zeitung. Dann wissen Sie, dass mir das Schicksal von Hildegard Brunner nicht egal ist. Es hat eine Weile gedauert, bis ich alle Beweise beisammenhatte. Aber inzwischen ist im Entbindungsheim einiges passiert.«

Romy hatte keine Ahnung, worauf er anspielte. »Wie fühlt es sich an zu wissen, dass Ihr Kind von Fremden aufgezogen wird? Sie werden es nie kennenlernen, aber das wollten Sie vermutlich sowieso nicht. Und zum Glück müssen Sie auch nie Alimente zahlen. Genau genommen haben Sie alles richtig gemacht. Spaß gehabt, ohne dafür zu bezahlen. Bravo! Und Ihre Frau hat wirklich keine Ahnung? Ich vermute mal, sie weiß auch nicht, wo Sie sich heute Abend aufhalten – und mit wem?«

Er stand auf, als er sah, dass seine Begleiterin aus den Waschräumen zurückkam. »Wir gehen. Die Bestellung storniere ich.« Er schob die junge Frau zur Tür und würdigte Romy keines Blickes, als er die Bar verließ.

Wilke sah Romy ärgerlich an. »Musste das sein? Wenn die sich beim Chef beschweren …«

»… dann ist mir das so was von egal«, vervollständigte Romy den Satz.

»Was hat er dir getan?«, fragte Wilke Jansen. »Warum behandelst du ihn so?«

Darauf antwortete Romy nicht. Möglich, dass Wilke sie nicht verstanden hätte. Womöglich hätte er ihr vorgehalten, dass Herr Jürgens schon für seinen Fehltritt bezahlt hatte, indem er auf ihre Erpressung eingegangen war und getan hatte, was sie von ihm verlangte.

BRIT HATTE NOCH nie ein so schönes Haus gesehen. Die Lage oberhalb des Hörnumer Hafens, mit einem herrlichen Blick nicht nur über den Hafen, sondern auch aufs Meer, war einzigartig. Jedes einlaufende Schiff war schon von Weitem zu erkennen, jedes auslaufende so lange zu verfolgen, bis der Dunst es verschluckte. Das richtige Haus für einen Kapitän. Wenn seine Frau das Schiff ihres Mannes gesichtet hatte, war Zeit genug, zum Hafen zu laufen und ihn dort zu erwarten.

Das Haus lag in einem großen Garten, während die Nachbarhäuser enger aneinandergedrängt standen. Auf den ersten Blick sah es so aus, als wollte es sich absetzen von den weniger schönen Häusern, sich entfremden von allem, was nichts als Unterkunft war. Dazu trug auch der Efeubewuchs bei, der das Haus einbettete und unter einer grünen Decke versteckte. Dann aber öffnete sich die Tür, und mit einem Mal änderte sich alles. Von Zurückgezogenheit konnte keine Rede mehr sein.

Die Frau, die aus dem Haus prallte, gehörte sicherlich nicht zu denen, die Abgeschiedenheit liebten. Es war auch auf den ersten Blick zu sehen und zu hören, dass sie keine Norddeutsche war, sondern aus einer anderen Region Deutschlands stammte, wo es wärmer war, wo das Wetter besser war, wo sich das Leben draußen abspielte, weil tagsüber die Sonne schien, die noch die Abendstunden wärmte, wenn sie längst untergegangen war. Wenn diese Frau auftauchte, erschrak sie alle anderen, ließ niemandem Zeit, sich an ihr lautes Organ zu gewöhnen, an das rollende R und an den bayerischen Dialekt, den in Hörnum niemand verstand. Warum ein Sylter Kapitän ausgerechnet eine Bayerin zur Frau genommen hatte, war den Einheimischen unverständlich. Brit fragte sich, wie es überhaupt möglich gewesen war, dass sich ein Kapitän aus dem Norden und eine Frau aus dem Süden Deutschlands kennengelernt hatten. Und wie bei all den kulturellen Unterschieden erst Liebe und am Ende eine Heirat stehen konnte, ohne dass sie sich darum zu sorgen schienen, dass sie nicht zueinanderpassten. Sie hatte kaum Zeit, sich diese Gedanken zu machen. Sie flatterten nur kurz durch ihren Kopf, dann wurden sie vom bayerischen R weggerollt, von vielen unbekannten Wörtern verschluckt und von einer herzlichen Umarmung einfach zerdrückt. Als Brit ihre Nase aus dem tiefen Ausschnitt des Dirndls nahm, das sich in Hörnum etwa so ausmachte wie ein Nerzmantel auf dem Dampfer von Kapitän Beering, wusste sie, dass die Antwort auf ihre Fragen vollkommen gleichgültig war. Wie immer Rieke Beering nach Sylt gekommen war, hier war sie genau am richtigen Platz. Eingebüßt hatte sie lediglich ihren Vornamen. Eigentlich hieß sie Kreszentia und wurde in ihrer Heimat Zenzl genannt. Ihr Mann jedoch hatte diesen Namen nicht aussprechen können, jedenfalls nicht so, wie es ein Bayer tat, mit schnalzendem L und reinster Musik auf der ersten Silbe. So war aus Zenzl Rieke geworden. Ihr gefiel der Name, ihrem Mann erst recht, und die Hörnumer hatten durch ihn das Gefühl, dass die Frau des Kapitäns doch zu ihnen gehörte, wenn sie auch ein Dirndl trug und in einem Dialekt redete, den niemand verstand.

Willem Beering, der seine Frau oft genauso wenig verstand wie die Nachbarn und die Matrosen seines Schiffs, hatte einmal gesagt: »Seid doch froh, dass ihr sie nicht immer versteht. Ich jedenfalls bin es.«

Damit war der Bann gebrochen gewesen, die Verpflichtung, Rieke Beering auf alles, was sie sagte, eine Antwort zu geben, war dahin, die Anstrengung, aus dem, was sie von sich gab, einen Sinn zu erkennen, auch. Seitdem gehörte sie dazu, auch deswegen, weil jeder schnell gemerkt hatte, dass sie eine Frau war, die das Herz am rechten Fleck hatte. Den weiblichen Friesen tat sie überdies leid, weil sie keine Kinder bekam, den männlichen gefiel sie besonders wegen des Ausschnitts ihrer Dirndlblusen. Den Ausdruck, dass eine Frau wie sie jede Menge Holz vor der Hütte hatte, übernahmen sie augenblicklich in ihren Wortschatz, den sie sonst gern so dürftig ließen, wie er von klein auf gewesen war. Als Rieke dann den Sohn eines Fischers ins Haus nahm, der durch einen schrecklichen Sturm Vater und Mutter verloren hatte, stand sie bei allen Hörnumern hoch im Kurs. Rieke Beering gehörte nicht nur dazu, man war sogar stolz darauf, dass sie dazugehörte. Mittlerweile war der Sohn des Fischers erwachsen, hatte sein eigenes Fischerboot, kam aber immer noch häufig zu den Beerings, ließ sich einen Labskaus kochen, an Riekes Dirndlausschnitt drücken und gestärkt durch viel Liebe und Essen wieder aufs Meer hinausschicken.

Dann hatten alle Hörnumer mitbekommen – außer den zwei, drei sehr Schwerhörigen unter ihnen und dem komplett tauben Hinnerk –, wie ein Elternpaar aus Köln mit der unerwarteten Schwangerschaft ihrer siebzehnjährigen Tochter umging. Sie waren in einer Pension abgestiegen und hatten durch die ungewohnte Nähe zu ihrer Tochter, die im selben Zimmer schlief wie die Eltern, mitbekommen, dass sie schwanger war. Das Gebrüll des Vaters und das Geschrei der Mutter waren im ganzen Hafen zu hören gewesen, wenn es auch so wenig verstanden wurde wie das bayerische Schimpfen von Rieke Beering, wenn ihr mal wieder was übergekocht war, was bei ihr sehr häufig vorkam. Dass die Kölner aus einem G ein J machten, war den Hörnumern von vornherein sehr eigenartig erschienen, diese Angewohnheit in gebrüllter und gekreischter Form kam ihnen noch weitaus seltsamer vor. Die wenigen, die die Eltern verstanden, und einer, der das weinende Mädchen am Hafen gefunden und mit nach Hause genommen hatte, wussten bald, warum die Eltern derart außer sich waren. Diese Schande! Wie sollten sie das in Köln ihren Nachbarn erklären?

Dies war der Moment, in dem Rieke Beering eine neue Aufgabe für sich entdeckte. Sie gab der jungen werdenden Mutter ein Obdach, deren Eltern beruhigt und vertrauensvoll nach Hause fuhren und sich während der Fahrt in aller Ruhe eine Ausrede ausdenken konnten, warum ihre Tochter nicht mit ihnen heimkam. Als das Kind auf der Welt war, erschienen die Kölner Eltern umgehend auf Rieke Beerings Schwelle, um das Baby in ein Waisenhaus zu bringen und ihre Tochter nach Köln zurückzuholen. Aber Rieke sorgte dafür, dass das Neugeborene bei seiner Mutter blieb und dass diese eine Stelle in einem Sylter Hotel fand. Sie selbst kümmerte sich um das Kind, damit die Mutter ihr Geld verdienen und selbstständig werden konnte. Ein weiteres Mal war das Gebrüll des Kölner Vaters und das Gezeter der Mutter in ganz Hörnum zu hören gewesen. Heute jedoch wussten alle, wenn der dicke Mercedes mal wieder vor dem Haus Beering hielt, dass die dankbaren Großeltern bei Rieke Beering zu Besuch waren. Ihre Tochter hatte einen Hotelbesitzer in Kampen geheiratet, und das Enkelkind brauchte längst keine intensive Betreuung mehr.

Seitdem wurden viele verstoßene Mütter und verängstigte Kinder bei Rieke Beering abgegeben. Manchmal war jedes der drei Kinderzimmer, die sie nach der Hochzeit eigentlich für ihre eigenen Kinder eingerichtet hatte, bewohnt.

Als Brit und Kari erschienen, war der letzte ihrer Schützlinge gerade ausgezogen, eine junge Mutter, die geheiratet hatte und mit ihrem Kind aufs Festland gezogen war, zu einem Mann, der als Feriengast nach Hörnum gekommen war und sich unsterblich in sie verliebt hatte. Rieke Beering war glücklich über diese Fügung gewesen, aber unglücklich, dass sie nun allein leben sollte, wenn ihr Mann nicht zu Hause war. So war sie sehr zufrieden, als ihr von Brit und ihrem Schicksal erzählt wurde. Ihr Herz und ihr Haus standen weit offen.

Kari stolperte über die Schwelle, ließ sich von Rieke auffangen und steckte zielsicher eine kleine Faust in ihren Ausschnitt. »Was ist das?« Etwas Derartiges war dem Kind noch nie untergekommen.

Rieke Beering lachte so laut, dass es im Hafen zu hören sein musste, und ließ Kari nicht los, während sie Brit zur Begrüßung ein zweites Mal umarmte. Olaf entging dem Kontakt mit ihrem mütterlichen Busen nur dadurch, dass dort einfach kein Platz mehr war. Er trug Brits Gepäck über die Schwelle, setzte es ab und rechnete damit, nun verabschiedet zu werden. Aber da kannte er Rieke Beering schlecht. Selbstverständlich hatte sie reichlich gekocht und bat ihn nicht, sondern verlangte von ihm, sich mit ihnen an den Tisch zu setzen. Darauf erschien Augenblicke später eine Terrine, die einen absonderlichen Geruch verströmte.

»Fischsuppe«, verkündete Rieke, hob den Deckel und strahlte einen nach dem anderen an. Dass sie in verängstigte Gesichter sah, war sie offenbar gewöhnt. Natürlich bemühten sich Brit und Olaf um höfliches Interesse und kündigten beide vorsichtshalber an, dass sie nicht an der See aufgewachsen seien und daher mit Fischgerichten nicht besonders vertraut waren.

Nur Kari tat sich keinen Zwang an und hielt sich die Nase zu. »Iiii!«

Rieke Beering lachte und zauberte aus der Küche ein Schälchen Apfelmus herbei. »Das dachte ich mir schon. Fischsuppe ist nichts für kleine Kinder.«

Brit hätte gerne auch um Apfelmus gebeten, und Olaf nutzte sogar die Gelegenheit, als Rieke Beering in der Küche verschwand, den Rest seiner Fischsuppe in die Terrine zurückzuschütten. »So was Ekelhaftes habe ich noch nie gegessen«, flüsterte er Brit zu. »Hat sie einen alten Socken mitgekocht?«

Sie hätte es ihm gerne gleichgetan, war aber nicht schnell genug. Als Rieke Beering zurückkam, sah sie sich gezwungen, weiterhin einen Löffel nach dem anderen in den Mund zu schieben und heldenhaft gegen ihr Ekelgefühl anzukämpfen. Als sie es geschafft hatte und Rieke erneut zur Kelle griff, war sie froh über die Behauptung, die Olaf kurz vorher aufgestellt hatte: Sie hätten im Hafen ein Fischbrötchen gegessen, das ihnen den Magen bereits gefüllt habe.

Als Olaf sich von ihr verabschiedete, flüsterte er ihr zu: »Wenn du die Verköstigung nicht erträgst, sehe ich mich nach einer anderen Bleibe für dich um.«

Aber wie konnte man angesichts der heimeligen Atmosphäre hier freiwillig wieder ausziehen? Brit hatte schon jetzt Rieke Beering in ihr Herz geschlossen und war bereit, alles zu essen, was ihr vorgesetzt wurde, wenn sie nur bleiben durfte. Was das Haus von außen versprochen hatte, hielt es in seinem Inneren. Zwar wirkte es kleiner, als es war, doch das lag nur daran, dass es kein Fleckchen am Boden oder an den Wänden gab, das nicht dekoriert worden war. Zu den schönen alten Möbeln gesellten sich die vielen Erinnerungen, die der Kapitän von seinen Reisen mitgebracht hatte, alles andere hatte Rieke umhäkelt, bestickt oder mit Muscheln und Seegras verziert. Was möglicherweise in anderen Häusern überladen gewirkt hätte, war unter Riekes Händen zu einer Gemütlichkeit geworden, die jeden dazu einlud, sich niederzulassen, sich fallen zu lassen, sich auszuruhen. Vielleicht wäre es wirklich einfach zu viel gewesen, wenn dazu noch ein verführerischer Duft aus der Küche gekommen wäre. Brit dachte kurz an die Jansens, wo sie sich auf jede Mahlzeit gefreut hatte, wo die Räume aber karg und kalt gewesen waren, wo jede Ecke zeigte, dass in ihrem Haus gespart werden musste. Kari ging es genauso wie Brit. Sie verließ den Schoß ihrer Mutter sehr schnell, begab sich allein auf Erkundung des Hauses, inspizierte jedes Teil, das sie sah, und ließ sich jede Muschel erklären. Natürlich verstand sie nicht, was es bedeutete, dass Rieke eine besonders große Muschel auf einem Spaziergang an der Odde gefunden hatte, oder dass eine Wanderung an der Südspitze von Sylt ein wunderbares Erlebnis war. Aber als ihr angeboten wurde, dort bald gemeinsam mit Rieke einen Spaziergang zu machen, verstand sie jedenfalls, dass ein schönes Erlebnis auf sie wartete, und sie klatschte begeistert in die Hände.

Das Zimmer, das Rieke für Brit und Kari hergerichtet hatte, war genauso anheimelnd wie das ganze Haus. Das Spielzeug, das Kinder zurückgelassen hatten, die dafür zu groß geworden waren, nahm Kari gerne in Beschlag. Am ersten Abend ließ sie sich zufrieden zu Bett bringen und schlief sofort ein. Brit saß noch eine Weile an ihrem Bettchen, betrachtete das schlafende Kind und konnte nicht vermeiden, dass ihre Gedanken nach Riekenbüren wanderten. Was für einen weiten Weg hatte sie zurückgelegt. Über das Entbindungsheim zu dem Leben mit Romy in Bremen, der Arbeit bei Herrn Möllmann, der ihr gezeigt hatte, wie tolerant Menschen sein können, zu Olafs Liebe. Und nun nach Sylt, als hätte sich ein Kreis geschlossen. Aber das war nicht so. Die Erinnerung an Arne lag irgendwo außerhalb dieses Kreises, gehörte nicht mehr zu Sylt dazu, die Erinnerung an ihn lohnte sich nur, wenn sie Kari betrachtete und immer wieder Ähnlichkeiten mit Arne entdeckte. Was wäre aus ihrem Leben geworden, wenn sie nicht Romy gefunden, wenn diese ihr nicht geholfen hätte? Allein wäre ihr die Flucht niemals gelungen. Romy, das respektlose Mädchen mit der verrufenen Mutter, Romy, die ihr immer durch ihren Mut imponiert hatte. Wenn ihre Eltern wüssten, wem sie ihr neues Leben zu verdanken hatte, würden sie ein weiteres Mal schlecht über Romy reden. Dabei konnten sie sich allesamt eine Scheibe von ihr abschneiden. Keiner in ihrer Familie war so mutig wie Romy gewesen. Letztlich nicht einmal Hasso.

Sie lauschte auf die fremden Geräusche, die vom Hafen heraufkamen, das Tuten eines spät einlaufenden Schiffs, schimpfende Männerstimmen, der Schrei einer Möwe. Vor dem Haus brummte ein Fahrzeug vorbei, kurz darauf klapperte das Schutzblech eines Fahrrades. Schöne Geräusche, anheimelnde, heimatliche. Obwohl … Brit musste sich eingestehen, dass auch die Geräusche in Riekenbüren so gewesen waren. Bevor sie eingeschlafen war, hatte sie es auch genossen, das Blöken eines Schafes zu hören, die Tür der Schreinerei oder das Tuckern eines Traktors, wenn ein Bauer während der Erntezeit spät vom Feld zurückkehrte.

Sie stand leise auf, damit Kari nicht geweckt wurde. Fürs Wohlfühlen brauchte es keine bestimmten Geräusche, es mussten nur welche sein, die man kannte, sie durften laut oder leise sein, wenn sie vertraut waren. Brit lauschte noch einmal. Merkwürdig, es drangen Geräusche herein, die sie nicht kannte, aber dennoch kamen sie ihr bereits vertraut vor.

Mai 1963, Riekenbüren

HASSO LEGTE seinem Vater die Zeitung auf die Hobelbank. »Schon gelesen?« Er zeigte auf einen Artikel, dessen Überschrift ins Auge stach. »Schwester Hermine, der Engel der ledigen Mütter?« Das Fragezeichen war besonders groß und fett gedruckt worden, darunter das Foto einer streng aussehenden Frau im dunklen Kleid, darüber eine weiße Schürze. Der kleine weiße Kragen wurde von einer überdimensionalen Brosche zusammengehalten.

Edward Heflik nahm die Zeitung und humpelte damit in sein Büro. Nein, in Brits Büro. Heimlich nannte er es noch immer so, das wusste Hasso. Er folgte ihm, stellte sich in den Türrahmen und beobachtete seinen Vater, während er den Artikel las.

»So einer Frau ist meine Schwester anvertraut worden«, sagte er, als Edward die Zeitung weglegte.

Sein Vater sah ihn nicht an. »Ich kannte sie nicht. Ich hatte nie von diesem Haus gehört. Der Vater ... der andere Vater wusste davon. Er war der Meinung, dass Brit dort gut aufgehoben sei.«

»Eine Lügnerin und Betrügerin! Sie hat den jungen Müttern und ihren Eltern und außerdem den Adoptionspaaren das Geld aus der Tasche gezogen. Für alles hat sie sich mindestens zweimal bezahlen lassen. Und für alles hat sie horrende Preise verlangt. Die ledigen Mütter haben nur einfachste Kost bekommen, niemals eine Süßigkeit. Was ihnen von den Eltern geschickt wurde, hat Schwester Hermine eingesackt, auch die Weihnachtsgeschenke. Brit musste in der Wäscherei schwer arbeiten, wie alle anderen auch. Nein, nicht nur die Wäsche des Hauses wurde dort gewaschen, Hotels und Pensionen gaben dort auch ihre Wäsche ab. Natürlich mussten sie dafür bezahlen, und nicht zu knapp, aber jeden Pfennig steckte Schwester Hermine in ihre eigene Schürzentasche.«

Edward Heflik zuckte mit den Schultern, als ginge ihn das nichts an.

»Klar, du hast ja nichts zu bezahlen brauchen. Das hat alles dieser andere Vater erledigt.«

»Lass mich in Ruhe.« Edward stand auf und versuchte, sich an seinem Sohn vorbeizudrängen.

Aber Hasso stellte sich ihm in den Weg. »Die Schwangeren sind sogar schlecht von ihr behandelt worden. Sie mussten schwer arbeiten, sie hatten keinen freien Willen. Aber damit ist jetzt Schluss.« Hasso trat zur Seite. »Wenn du mich fragst, diese Entbindungsheime für ledige Mütter gehören verboten. Eine Schande ist das. Angeblich sollen sie Familien retten.« Er stieß ein bitteres Lachen aus. »Na, bei uns hat das ja wunderbar geklappt.«

Er ging zu Halina, die im Kiosk neben der Kasse stand und die gleiche Zeitung vor sich liegen hatte, die Hasso in Händen hielt. »Du hast es auch schon gelesen?«

Halina nickte. »Und so eine Betrügerin wagt es, die jungen Mütter moralisch niederzumachen.«

»Das ist vorbei. Ich hoffe nicht, dass das Heim bestehen bleibt.«

»Jedenfalls nicht in dieser Form«, bestätigte Halina. »Schwester Hermine hat schon eine Nachfolgerin. Sie wird die Geschäfte zunächst weiterführen. Und der wird man genau auf die Finger schauen.«

*

Knut hatte gerade Arnes Büro verlassen, zornig und gleichzeitig hilflos. Hätte er nur nicht seinem Sohn das *König Augustin* versprochen! Am liebsten würde er alles rückgängig machen. Aber Robert bestand ja darauf, dass alles so blieb, wie es war. Nicht nur Arne war das Café und Hotel versprochen worden, sondern auch Linda. Und die wollte mit einem Direktor verheiratet sein, nicht mit einem Mann, der darauf warten musste, dass sein Vater ihm Platz auf dem Chefsessel machte.

Arne machte Tag für Tag den gleichen lustlosen Eindruck. Er hockte an seinem Schreibtisch, starrte die gegenüberliegende Wand an und entgegnete auf jeden Vorschlag seines Vaters: »Mal sehen, ich werd's mir überlegen.« Dass es geschäftliche Entscheidungen gab, die nicht aufgeschoben werden durften, schien er nicht zu begreifen. Ob er ihn zu einem Arzt schickte? Vielleicht war er krank. Psychisch krank. Aber wehe, jemand bekäme etwas davon mit, dann spräche sich im Nu herum, dass der Juniorchef nicht ganz richtig im Oberstübchen sei. Danach wäre Arne dann vermutlich wirklich ein Fall für die Psychiatrie.

Er war erfreut, als er Robert im Café sitzen sah. Die beiden hatten mittlerweile einen Tisch in der Nähe der Theke zu ihrem Stammplatz erkoren und die Kellner angewiesen, dort ständig das »Reserviert«-Schild stehen zu lassen, damit kein Gast ihnen den Tisch streitig machen konnte.

Robert las Zeitung, als Knut sich zu ihm setzte. Wie übellaunig er war, bemerkte Knut erst, nachdem Robert ihn auf den Artikel aufmerksam gemacht hatte, den er gerade las. »Schau dir das an. Hast du nicht mal irgendwelchen Leuten verholfen, dort ein Adoptivkind zu bekommen? Du musst diese Heimleiterin kennen.«

Knut gab sich erstaunt und verständnislos. Tatsächlich hatte Robert damals ein Telefonat mitbekommen, was ihn jedoch nicht wirklich beunruhigt hatte. Erstens würde Robert ihn niemals verraten, und zweitens: warum auch? Er hatte mitangehört, wie Knut am Telefon gesagt hatte, er könne etwas für gute Freunde tun, Schwester Hermine, die Heimleiterin, sei ihm bekannt. Und mit Geld wäre alles möglich …

Knut hatte Mühe, seine Gleichgültigkeit weiterhin gut zu spielen. »Nein, die kenne ich nicht. Ich kannte damals nur jemanden, der sie kennt. Den habe ich gefragt. Aber ... was aus der Sache geworden ist, weiß ich nicht.«

Robert gab sich schnell zufrieden. »Eine Schande ist das. Die hat von allen kassiert, von den Müttern, von deren Eltern und den Adoptiveltern gleichzeitig. Eine gut gehende Wäscherei hat sie betrieben, die Schwangeren dort arbeiten lassen und das Geld in die eigene Tasche gesteckt.« Robert faltete die Zeitung zusammen. »Schrecklich! Diese Xanthippe soll die armen Mütter so richtig drangsaliert haben. Was für eine Ungerechtigkeit. Wenn man bedenkt, dass an der Entstehung eines Kindes schließlich zwei beteiligt sind ...«

*

Romy ging gleich nach dem Aufwachen zum Marktplatz, wo es einen Kiosk gab, ein kleines hölzernes Häuschen mit einem Verkaufsfenster, an dessen Rahmen die aktuelle Tagespresse angeheftet wurde. Sie holte sich selbst die Tageszeitung herunter, schob dem Verkäufer wortlos das Geld hin und begann schon zu blättern, bevor sie wieder zu Hause war.

Schwester Hermine am Pranger! Das tat ihr gut, wenn es auch Brit und Maria nicht mehr half. Wenigstens würden andere von dieser Frau verschont bleiben. »Der Engel der unverehelichten jungen Mütter!« Da konnte man ja nur lachen. Korrupt war sie gewesen, geldgierig und gemein. Na, der würde nun endlich das Handwerk gelegt.

Romys Gedanken an Herrn Jürgens wurden freundlicher. Woher mochte er seine Kenntnisse haben? Selber recherchiert? Oder kannte er jemanden im Entbindungsheim, der ihn mit Fakten versorgt hatte? Egal! Hauptsache, Schwester Hermine würde ihre gerechte Strafe bekommen und alle weiteren ledigen Mütter, die Hilfe suchten, jemanden, der sich wirklich um sie kümmerte und sie nicht mit weiteren Strafmaßnahmen demütigte.

Noch besser wären natürlich Familien, die sich nicht für eine Tochter schämten, die schwanger geworden war, ohne verheiratet zu sein, die stattdessen zu ihr standen und ihr halfen. Aber das war wohl Utopie. Romy seufzte. Ungewollte Schwangerschaften wurden immer von den Frauen ausgebadet. Sogar dann, wenn sie durch eine Vergewaltigung entstanden waren.

Sie betrat ihre Wohnung, zog den Mantel aus und setzte sich an den Küchentisch, um den Artikel noch einmal gründlich zu lesen. Aber gerade, als sie die Zeitung ausgebreitet hatte, klingelte es an der Tür. Eine Nachbarin stand davor, die ein Blatt Papier schwenkte. »Ein Telegramm! Der Bote war vor einer halben Stunde da.« Neugierig blieb sie stehen, während Romy den Umschlag aufriss. »Hoffentlich nichts Unangenehmes. Ihre Mutter? Ihre Schwester?«

Romy stieß die Luft von sich, als sie die wenigen Worte gelesen hatte. »Ankomme Freitag. Mama.« Sie versuchte, die Nachbarin anzulächeln. »Nichts Unangenehmes. Meine Mutter kommt nach Bremen.«

»Da hat sie es ja nicht lange ohne ihre Älteste ausgehalten.« Die Nachbarin, die mit fünf Kindern gesegnet war, blickte nachdenklich vor sich hin. Romy war sicher, dass sie sich fragte, ob sie nach einer gelungenen Flucht in die USA bereit gewesen wäre, so bald zurückzukommen.

Als sie die Tür geschlossen hatte, lehnte sie sich an die Wand. Warum war von ihrer Schwester in dem Telegramm nicht die Rede gewesen? Was war mit Maria?

*

Olaf ging in die Küche hinter der Theke, wo sich die Küchenhilfen um das schmutzige Geschirr und die Entsorgung von Kuchenresten kümmerten. Dort war niemand. Die Kaffeezeit hatte noch nicht begonnen, erst allmählich trafen die Gäste ein, die sich nach einem Spaziergang auf der Promenade mit Kaffee und Kuchen stärken wollten. Die meisten würden vermutlich erst später kommen und zunächst die Sonne genießen, die zurzeit von einem wolkenlosen Himmel schien. Da wurde die kühle Luft leicht vergessen, aber sobald sich eine Wolke zeigte und sich vor die Sonne schob, würden fröstelnde Gäste in der Tür stehen.

Olaf lehnte sich an die Anrichte und dachte nach. Was er soeben gehört hatte, würde Brit alarmieren. Er musste, wenn sich zwischendurch die Gelegenheit ergab, eine Zeitung kaufen oder einen der Hotelpagen darum bitten. Brit würde den Artikel über Schwester Hermine lesen wollen. Vermutlich war es ihr eine Genugtuung, wenn sie las, dass die strenge, unbarmherzige Schwester nun am eigenen Leibe erfahren würde, was es bedeutete, wenn alle mit dem Finger auf sie zeigten.

KNUT AUGUSTIN BRAUCHTE frische Luft. Keine Stille, keine Abgeschiedenheit, sondern Autolärm und möglichst viele Menschen um sich herum. Alleinsein hätte ihm Angst gemacht.

Hoffentlich hatte Schwester Hermine auf genaue Aufzeichnungen verzichtet. Er hielt sie eigentlich für schlau genug. Besonders in seinem Fall rechnete er fest damit, dass alles unter der Hand, also ohne irgendeinen Vermerk in ihren Büchern vonstattengegangen war. Schließlich war aus seinem Plan nichts geworden! Brit Heflik hatte vor der Geburt die Flucht ergriffen. Es war sehr unwahrscheinlich, dass ein Untersuchungsgremium vor seiner Tür erscheinen würde. Das fehlte noch!

Langsam, sehr langsam ging er die Friedrichstraße entlang. Auf dem Bürgersteig drängten sich die Urlauber, auf der Fahrbahn stand ein Auto hinter dem anderen, ärgerliches Schimpfen drang aus einem Fenster, das heruntergelassen worden war. Knut blieb vor einem Schaufenster der Firma Wergst stehen und tat so, als betrachtete er die Auslagen. In Wirklichkeit nahm er keines der muschelbesetzten Schmuckkästchen, keine friesischen Stickereien und keine Ansichtskarte zur Kenntnis. Hermine Diester war eine so entfernte Verwandte, dass niemand den Weg über die Cousine seiner Mutter, deren Pflegekind und wiederum deren angeheirateter Stieftochter finden würde. Er war Hermine bei einem Familientreffen über den Weg gelaufen, sie brauchte für ihr Heim finanzielle Unterstützung, und er hatte ihr geholfen. Aber das lag schon über zwanzig Jahre zurück. Im Übrigen dürfte das auch jeder erfahren. Er war damals der Meinung gewesen, ein gutes Werk zu tun, und das war er immer noch. Unverehelichte junge Mütter, häufig noch minderjährig, sollten heimlich ihre Babys zur Welt bringen und ihren guten Ruf erhalten dürfen. Die Kinder würden an Eltern gegeben werden, die sich sehnlichst ein Baby wünschten, aber am Bürokratismus gescheitert waren. Eine gute Sache! Allen wurde geholfen! Die Mädchen galten weiterhin als unbescholten, ihre Familien behielten ihren guten Ruf, und die Säuglinge kamen in liebende Hände. Die Entbindungsheime verfolgten ein Ziel, das man nur gutheißen konnte. Dass Schwester Hermine nicht ganz so liebevoll war, wie sie sich ihm dargestellt hatte, konnte er nicht wissen. Und dass er aus gutem Grunde dafür hatte sorgen wollen, dass sie ein ganz bestimmtes Kind zur Adoption bekam, ahnte niemand.

Schwester Hermine hatte ihm zugesagt, ihn über das Kind fortlaufend zu informieren, aber sie kannte den Grund nicht. Er wollte sein Enkelkind kennenlernen, es aus der Ferne aufwachsen sehen, es unter seine Fittiche nehmen, wenn es nötig sein sollte, es auf seine Seite ziehen, wenn es sich lohnte. Das befreundete Ehepaar war auf dem Adoptionsmarkt chancenlos gewesen, beide zu alt für ein Adoptivkind. Sie hatten nach der Aussicht, die er ihnen bot, gegriffen wie Ertrinkende nach einem Stück Tau. Es war sehr unangenehm gewesen, dass aus der Sache nichts geworden war. Die Mutter seines Enkelkindes hatte es tatsächlich geschafft, sich kurz vor der Geburt abzusetzen. Irgendjemand musste ihr geholfen haben. Nun war sein Fleisch und Blut irgendwo, wuchs auf, ohne dass er eine Ahnung hatte, unter welchen Umständen, und war seinem Einfluss entzogen. Eine sehr ärgerliche Sache! Aber wirklich peinlich würde es werden, wenn bei den Untersuchungen sein Name ins Spiel kam. Natürlich musste er sich keine Schuldgefühle machen, er

würde garantiert mit weißer Weste aus dieser Geschichte her-
auskommen, aber es war vielleicht nicht zu umgehen, dass Arne
dann etwas davon mitbekam …

Mai 1963, Sylt

Es war, wie Olaf gesagt hatte: Bei einer Aushilfe schaute sich niemand die Papiere genauer an. Und wer bei Rieke Beering wohnte, war sowieso über jeden Zweifel erhaben. Die Bäckerei in der Nähe des Hafens stellte Brit jedenfalls gern als Verkäuferin ein. Sie verdiente nicht viel, weniger als im *Café Möllmann,* aber es reichte, um Rieke Beering Kost und Logis zu bezahlen und noch etwas übrig zu haben für Kari und sich selbst, für Kleidung und ein gelegentliches Vergnügen.

Brit war glücklich. Ja, wenn sie in sich hineinhorchte und es dabei schaffte, nicht an Arne zu denken, fühlte sie sich wirklich glücklich. Wo mochte Arne sein? Das fragte sie sich oft. Ob er gelegentlich an sie dachte? Und an sein Kind? Romy hatte ihr erklärt, dass Männer anders seien als Frauen. Männer schafften es ohne Weiteres, hatte sie behauptet, etwas so Wichtiges wie ein eigenes Kind aus dem Gedächtnis zu streichen.

Willem Beering, mit dem Brit darüber gesprochen hatte, war jedoch ganz anderer Meinung gewesen. »So was ist nicht männlich oder weiblich, so was hat mit dem Charakter zu tun. Wer einen guten Charakter hat, handelt nicht so wie Karis Vater. Nur wer einen schlechten Charakter hat, lässt die Mutter seines Kindes im Stich.«

Sie hatte ihn vom ersten Augenblick an gemocht. Genau wie Rieke. Willem Beering war schon von Weitem anzusehen, dass er Seemann war. Sein schaukelnder Gang, seine kräftigen Hände, sein struppiger Bart, seine dröhnende Stimme und die Schiffermütze – so stellte sich jeder einen Kapitän vor. Kari war zunächst erschrocken gewesen, als seine laute Stimme ins Haus gedrungen war, aber schon bald hatte sie sich aus Brits Armen gelöst und war auf seine Späße eingegangen. Mittlerweile war es so, dass die Kleine freudig lachend zur Tür lief, wenn Rieke Beering rief: »Der Käpten kommt!«

Kaum durch die Tür, hob er das Kind auf die Arme, schwenkte es herum und fragte: »Wo ist denn mein Leichtmatrose?«

»Hier! Ich!« Das hatte Kari schnell gelernt.

An jedem zweiten Abend kehrte Willem Beering nach Hause zurück, manchmal auch jeden Abend, die Zeit der großen Fahrten war vorbei. Er wollte sich nicht mehr so lange von seiner Frau trennen, sie hatte sich jedes Mal, wenn er losfuhr, in Tränen aufgelöst und bis zu seiner Rückkehr große Angst ausgestanden, dass sein Schiff unterging und er nicht zu ihr zurückkehrte.

Willem Beering konnte das bald nicht mehr ertragen. »Sie ist eben keine Norddeutsche, meine Rieke. Die Sylter Frauen wachsen damit auf, dass die Männer auf große Fahrt gehen und keiner weiß, wann sie zurückkehren. Meine Rieke hat so sehr darunter gelitten, dass ich es auch nicht mehr wollte.«

Vor ein paar Jahren hatte er das Angebot bekommen, für die Adler-Schiffe Ausflugsfahrten für Urlauber zu machen. Die Insel- und Hallig-Reederei war gerade erst gegründet worden und bot mit viel Erfolg Fahrten zu den Nachbarinseln an. Schon bald wurden weitere Schiffe in den Dienst gestellt, und Willem Beering griff zu, als ihm das Angebot gemacht wurde, auf einem der Schiffe als Kapitän zu arbeiten. Zwar musste er sich sagen lassen, dass so was doch nichts für ihn sei, der auf allen Meeren der Welt zu Hause gewesen war, aber der Kapitän winkte dann ab und ließ die Spötter reden. Er fuhr sein Schiff nach Helgoland, nach Amrum, nach Hooge, Föhr oder Cuxhaven, manchmal auch auf die Halligen. »Straßenbahnfahrer auf dem Wasser«, musste er sich schimpfen lassen. Aber Willem lachte dann zurück. Er hatte seine

Entscheidung nie bereut und freute sich, wenn er abends zu seiner Frau nach Hause kam. Er schien sich sogar auf das zu freuen, was sie gekocht hatte. Brit konnte sich nicht genug darüber wundern. Scheinbar musste man daran gewöhnt sein, dann ging es. Brit selbst sorgt dafür, dass sie, bevor sie Feierabend machte, ein übrig gebliebenes Stück Kuchen in der Bäckerei aß oder ein Rundstück, das am nächsten Tag unverkäuflich gewesen wäre. Dann konnte sie in Riekes Küche schnuppern, sich heimlich schütteln und behaupten, sie hätte keinen Hunger mehr, weil der Bäcker ihr Kuchen und Rundstücke aufgenötigt hatte, die sie unmöglich hatte zurückweisen können.

Zum Glück hatte sich Kari schnell an das gewöhnt, was Rieke ihr vorsetzte. Ihr selbst gekochtes Apfelmus mochte die Kleine besonders gern, und das brachte auch Brit herunter. Es war so ziemlich das Einzige, was sie genießbar fand.

Wenn Olaf sie besuchte, was meistens montags oder mittwochs möglich war, dann gingen sie zum Pfannkuchenbäcker und aßen sich dort satt oder kauften sich ein Fischbrötchen und wanderten damit am Strand entlang. Kari war ganz außer sich vor Freude, als die Tage im Mai wärmer wurden und Brit ihr erlaubte, die Wellen über ihre bloßen Füße schwappen zu lassen. Das Wasser war noch eiskalt, aber Kari jubelte und konnte nicht genug davon bekommen.

Ein älteres Ehepaar kam ihnen entgegen, das sich an der Freude des Kindes nicht sattsehen konnte. »Wirklich entzückend, die Kleine«, sagte der Mann.

Und die Frau ergänzte zu Olaf gewandt: »Sie ist Ihnen wie aus dem Gesicht geschnitten.«

»Kein Wunder!« Olaf wurde mindestens zehn Zentimeter größer. »Sie ist ja auch meine Tochter.«

Als sie wieder allein waren, wandte er sich verlegen an Brit. »War das in Ordnung? Darf ich Kari meine Tochter nennen?«

»Natürlich«, lächelte Brit. »Du bist doch wie ein Vater für sie.«

»Wenn wir endlich heiraten können, will ich wirklich ihr Vater sein. Dann möchte ich sie adoptieren, damit alles seine Ordnung hat.«

Brit sah in sein offenes, ehrliches Gesicht und wusste, dass er sie niemals belügen und betrügen würde, so wie Arne. Er hatte ein Recht darauf, Kari seine Tochter zu nennen, sie war ja längst sein Kind geworden. »Das fände ich sehr schön. Und Kari sicher auch. Sie sagt doch schon lange Papa zu dir.«

Olafs Glück, das in den Augen begann und schließlich sein ganzes Gesicht erstrahlen ließ, ging auf sie über. »Ich liebe dich, Olaf.«

Er zog sie an sich und drückte sein Gesicht in ihr Haar. Brit wurde klar, dass sie die drei magischen Worte an diesem Tag zum ersten Mal sagte. Jetzt empfand sie auch zum ersten Mal so. Uneingeschränkt! Keine Vernunft machte aus ihren Gefühlen etwas Schutzloses, Schwankendes, etwas Graues, wenn es doch strahlend weiß sein sollte. Sie spürte, dass Olafs Körper vibrierte, ein feines Zittern, eine Unruhe zwischen besonnenem Glück und Lebenslust und Leichtsinn.

Er ließ Brit los und rief Kari zu: »Komm zu deinem Vater! Du kriegst ein Eis.«

Das ließ sich die Kleine nicht zweimal sagen. Strahlend kam sie angelaufen und schmiegte ihre kleine Hand in Olafs große Pranke. Während sie am Eisstand warteten, fachsimpelte Olaf mit einem anderen Elternpaar darüber, wie viel Eis einem Kind in diesem Alter zuträglich war. »Man muss als Vater ja aufpassen. Man möchte sein Kind am liebsten ständig verwöhnen, aber das kann nicht gut sein.«

Später brachte Rieke Kari zu Bett, damit Olaf und Brit noch Zeit für sich allein hatten, bis der Bus nach Westerland fuhr. »Meinst du nicht«, flüsterte Olaf, »wir könnten sie fragen, ob ich bei dir übernachten kann?«

Aber Brit wollte davon nichts wissen. »Am Ende hält sie mich für ein leichtes Mädchen, wo ich doch schon ein lediges Kind bekommen habe.«

Olaf seufzte, gab sich aber schnell zufrieden. Allerdings bestand er darauf, mit dem Bäcker, bei dem Brit arbeitete, zu sprechen. Denn am Wochenende, wenn Brit freihatte, musste Olaf arbeiten, also wollte er ihn überreden, ihr an einem Montag oder Mittwoch freizugeben. »Ich möchte dir endlich zeigen, wo ich arbeite. Du kennst das *König Augustin* noch nicht.«

»Immerhin von außen«, wandte Brit ein. Tatsächlich war sie ganz am Anfang einmal mit Olaf in Westerland gewesen, um sich seinen Arbeitsplatz anzusehen. Zusammen mit Kari. Danach war es schwierig gewesen. Brit musste den ganzen Tag arbeiten, am Abend war sie für Kari zuständig. Wenn Rieke die Kleine den ganzen Tag versorgt hatte, wollte Brit ihr nicht auch noch zumuten, sie am Abend zu füttern und ins Bett zu bringen. Rieke musste auch Feierabend haben. Außerdem war der Weg von Hörnum nach Westerland weit. Die Busse fuhren spärlich, und man wusste nie, ob sie den Fahrplan einhielten. Nach Feierabend, wenn die Bäckerei geschlossen hatte, mit dem Kind nach Westerland zu fahren – das war undenkbar. Sie wäre erst nachts zurückgekommen, aber ob dann ein Bus nach Hörnum fuhr, war nicht einmal sicher. Und am Sonntag, wenn Brit freihatte, war Olaf besonders eingespannt.

Es wäre so schön, wenn ich dir endlich alles zeigen könnte«, sagte Olaf. »Wir können durch Westerland bummeln, wenn wir endlich mal einen freien Tag finden. Kari …« Er korrigierte sich lachend. »Meine Tochter würde ein schönes Spielzeug bekommen und du … vielleicht eine neue Bluse?«

Brit konnte nicht anders, sie musste lachen. »Du bist verrückt.«

Aber sie war glücklich, als der Bäcker sich großzügig zeigte und Brit einen freien Tag außer der Reihe zubilligte, wenn er ihn natürlich auch von ihrem Lohn abzog. Aber Olaf hatte abgewinkt. »Darauf kommt es nicht an. Ich verdiene ja gut genug.«

Am Morgen brachte Rieke sie zur Bushaltestelle und verabschiedete die kleine Familie, als ginge sie auf große Fahrt mit ungewisser Wiederkehr. Brit bekam viele Ermahnungen mit auf den Weg, ein großes Paket mit dick belegten Butterbroten und der Telefonnummer des Hafenmeisters, der ein Telefon hatte und im Notfall die Beerings alarmieren würde.

Brit lächelte noch, als der Bus bereits durch Rantum fuhr. Riekes Liebe tat ihr gut, wenn ihre Fürsorge manchmal auch viel zu überschwänglich, geradezu überspannt war. Mütterliche Zuwendung war eben so, und Rieke war ihr ja längst wie eine Mutter geworden. Ob Frida auch so ähnlich mit einer erwachsenen Tochter umgehen würde? Natürlich war ihr Brits Wohlergehen immer sehr wichtig gewesen, daran hatte es nie einen Zweifel gegeben, aber ihre Ermahnungen waren stets in Kritik eingewickelt gewesen, ihre Sorgen hatten immer wie Verweise geklungen. Trotzdem spürte Brit jetzt die Sehnsucht, die auf einem Umweg über Karis begeistertes Gesichtchen zu ihr kam. In diesem Augenblick war sie sich sicher, dass sie nach Riekenbüren fahren würde, sobald sie volljährig geworden war. Mit ihrer Tochter, mit dem Wunsch, den Eltern und Hasso zu verzeihen, und der Erwartung, dass auch ihr verziehen würde. Aber als sich der Bus Dikjen Deel näherte, verflogen diese sehnsüchtigen Gedanken. Während sie stur geradeaus geguckt hatte, als sie am Tag ihrer Ankunft auf Sylt mit Olaf auf dieser Straße gefahren war, sah sie nun nach links und prägte sich alles ein, was in den Sekunden des Vorüberfahrens zu erkennen war. Hatte sich etwas verändert? Nein. Hatte sie sich verändert? O ja.

ARNE HATTE EINEN unbeobachteten Augenblick genutzt, um los-
zufahren. Sein Vater sollte ihn nicht fragen, wohin, er hätte ja nur
mit den Schultern zucken und sagen können: »Ein bisschen rum-
fahren ...« Er warf einen Blick auf seine rechte Hand, an der der
Ehering funkelte. Er war nun ein verheirateter Mann. Er war es
schneller geworden, als er wollte, und früher, als er gedacht hatte.
Übertölpelt fühlte er sich jetzt. Warum hatte er sich auf diese
überstürzte Eheschließung nur eingelassen? Ihm war, als wäre er
gar nicht zum Nachdenken gekommen. Und nun war ihm sogar
so, als wäre es Linda genau darauf angekommen. Er trat aufs Gaspedal und fuhr aus Westerland hinaus, Richtung Wenningstedt.
Genauso gut hätte er gen Süden, nach Hörnum, fahren können.
Es war ihm egal.

Er wusste, dass sein Vater ihn suchen würde. Und er wusste, er
würde schrecklich wütend darüber sein, dass er sich einfach ver-
drückt hatte, ohne sich abzumelden. Noch dazu ohne einen nach-
vollziehbaren Grund. Es gab jede Menge Arbeit, es mussten viele
Entscheidungen getroffen werden, Umbauarbeiten mussten geplant werden und die Einrichtung der Hotelzimmer war noch
nicht abgeschlossen. Um die Wohnung über dem Café, die er mit
Linda beziehen sollte, musste er sich zum Glück nicht kümmern.
Das würde seine Frau selbst erledigen. Sie würde dafür sorgen,
dass dort eine Wohnung entstand, die repräsentativ war. Sie würde
ständig irgendwelche Leute einladen, und er würde sich Abend
für Abend langweilen, nachdem er sich schon den ganzen Tag

lang mühsam durch seine Pflichten gekämpft hatte. Während Linda ihrer gemeinsamen Zukunft entgegenfieberte, hatte Arne ständig damit zu ringen, dass er sie nicht merken ließ, wie anstrengend er die Pläne dieser Zukunft fand. Eigentlich empfand er sein ganzes Leben als eine einzige Anstrengung. Ihm fehlte die Kraft für Entscheidungen. Vielleicht würde es besser, wenn sein Vater ihm endlich freie Hand ließ.

Onkel Robert hatte er schon gelegentlich mit seinem Vater darüber reden hören, dass man Arne mehr Eigenständigkeit zubilligen musste. Aber Knut hatte ihn jedes Mal angefahren. »Der Junge schafft es nicht! Merkst du das nicht? Der braucht noch Hilfe! Sonst geht unsere schöne Idee mit dem *König Augustin* den Bach runter!«

Er hatte ja recht, vielleicht würde er es wirklich nicht schaffen. Nur ... es war ihm egal. Er beneidete manchmal die Kellner, die zwar einen langen, harten Arbeitstag hatten und nicht viel Geld verdienten, die aber, wenn sie heimgingen, alles hinter sich lassen konnten. Sie nahmen keine Verantwortung mit nach Hause, mussten sich nicht um Umsatzzahlen kümmern und interessierten sich nur für die Konkurrenz, wenn von dort ein besseres Angebot kam und sie hundert Mark mehr verdienen konnten.

Wieder hatte Arne den kleinen Lieferwagen des Hotels genommen, weil seine Frau auch am heutigen Tag mit dem Roadster unterwegs war. Sie hatte einen Termin in einem Brautmodengeschäft, sah sich Hochzeitskleider an, musste sich festlegen, ob der Schleier lang oder kurz sein sollte, ob das Kleid eine Schleppe brauchte, ob die Kleider der Brautjungfern rosa oder himmelblau sein sollten ... Arne hielt die Diskussionen, die sie dann nach Hause trug, nur mit großer Mühe aus.

Nachdem er einmal ungeduldig herausgeplatzt war: »Muss dieses ganze Theater sein?«, war Linda wachsam geworden. Von da an beobachtete sie ihn manchmal heimlich, ein Plan schien in ihr zu reifen, er spürte es. Linda merkte scheinbar, was in ihm vorging, und sie wollte verhindern, dass er einen Entschluss traf, der ihr nicht gefiel. Eigentlich war sie die geborene Geschäftsfrau, die schon früh merkte, wenn jemand zum Beispiel von Zahlungsunfähigkeit bedroht war. Bei so einem trieb sie flugs die Außenstände ein oder sorgte dafür, dass sie den Laden später billig übernehmen konnte. Schade, dass sie überhaupt keine Lust hatte, Arne einen Teil der Arbeit abzunehmen. Manchmal glaubte er sogar, dass es ihrer Beziehung guttun würde, wenn sie etwas Gemeinsames wie die Arbeit im *König Augustin* hätten. Nun schien sie zu spüren, dass Arne in schlechter Verfassung war, dass sie womöglich Gefahr lief, ihn zu verlieren. Vielleicht hatte Robert mit ihr darüber gesprochen, dass er und sein Freund Knut es nur deswegen so lange auf Sylt aushielten, weil sie fürchteten, dass der Betrieb unter Arnes Führung schnell den Bach runtergehen würde.

»Du willst nicht mehr heiraten?« Lindas Augen waren groß, ihr Blick war angriffslustig geworden.

»Doch, natürlich«, hatte er schnell geantwortet, sich aber weggedreht, damit sie seinen Blick nicht sah. Was war er doch für ein erbärmlicher Feigling! »Aber …«

Aus diesem Aber hatte er keinen fassbaren Einwand machen können. Ihm war jedoch aufgefallen, dass Linda von da an vorsichtiger war, ihre Freude auf die Hochzeit zu verbergen versuchte und jede Euphorie in seiner Gegenwart vermied. Von da an verfolgte sie eine neue Strategie, das spürte er. Wieder dachte er: die geborene Geschäftsfrau! Sie sorgte dafür, dass ihr Geschäftspartner nicht merkte, wenn sie einen anderen Weg gefunden hatte, um zu ihrem Ziel zu kommen. Wer mit ihr verhandelte, würde bald wissen, dass er Augen und Ohren offen halten musste, wenn er nicht ein schlechtes Geschäft machen wollte.

Die Hochzeit an zwei aufeinanderfolgenden Tagen groß zu feiern schien ihr mit einem Mal zu gewagt zu sein. Eigentlich hatte an einem Tag die standesamtliche, am nächsten die kirchliche Trauung und am Abend eine große Hochzeitsfeier stattfinden sollen, so war es geplant gewesen. Aber nun erschienen ihr die Monate, bis es so weit war, zu riskant.

Angeblich, um ihm entgegenzukommen, war sie plötzlich auf die Idee verfallen, den Gang zum Standesamt vorwegzunehmen, am besten so schnell und so geheim wie möglich. Nur mit den Vätern und zwei Trauzeugen, Sina aus Hörnum und Carsten Tovar, dem Kellner im *König Augustin,* den Arne mittlerweile seinen Freund nannte.

»Alles ganz unspektakulär. Dann geht alles ein bisschen ruhiger zu«, hatte sie gesagt. »Wir brauchen auch keine neuen Klamotten. Dein dunkler Anzug und mein grünes Kostüm reichen. Es wird uns ja niemand sehen. Anschließend essen wir im *König Augustin,* und dann teilen wir allen mit, dass wir ein Ehepaar sind, basta.«

Sie war sogar mit Arnes Trauzeugen einverstanden gewesen. Er hatte ihr angesehen, dass es ihr nicht gefiel, einen Kellner des *König Augustin* an einem so wichtigen Tag mit am Tisch sitzen zu haben, aber sie fügte sich, was Arne zeigte, wie vorsichtig sie mit ihren Plänen umging. Allerdings blieb sie beim Sie und hatte Arnes Wunsch, dass sie sich mit Carsten Tovar duzte, geschickt umschifft. Nein, Linda König ging nicht vertraulich mit einem Angestellten um, das kam für sie nicht infrage. Und letztlich war es Arne nicht so wichtig erschienen, um darauf zu bestehen. Er hatte sogar den Eindruck, dass Carsten ganz froh war, seine Frau nicht duzen zu müssen.

Obwohl Arne das Gefühl hatte, dass Linda sichergehen wollte, dass die Hochzeit auch wirklich stattfand, dass sie nicht mehr warten wollte, dass sie seine Wortlosigkeit und sein stilles Nachdenken beenden wollte, hatte er es nicht geschafft, ihr Angebot abzulehnen. Es lief ja doch immer alles so, wie Linda es wollte. Als er an ihrer Seite das Westerländer Rathaus verlassen hatte, war er sich vorgekommen wie eine Marionette. Als die Väter ihnen strahlend gratulierten, war ihm klar gewesen, dass auch sie einen guten Schritt weitergekommen waren. Roberts Tochter und Knuts Sohn ein Ehepaar! Dem *König Augustin* war nichts mehr anzuhaben.

Er fuhr auf einen kleinen sandigen Parkplatz, der zurzeit leer war, als könnten seine Erinnerungen seine Verkehrstüchtigkeit gefährden. So würde sein Leben aussehen. Privat nach Lindas Pfeife tanzen und geschäftlich nach der seines Vaters. Wollte er das wirklich? Was für ein Leben erwartete ihn? Einerseits natürlich ein bequemes Leben, Wohlstand, Reichtum, alles, was sich viele Menschen wünschten. Aber ihm war der Gedanke zuwider, bis an das Ende seines Lebens so weiterzumachen. So wie sein Vater, immer zuerst das Geschäft. Warum hatte er sich nur auf die vorgezogene standesamtliche Trauung eingelassen? Nun war er verheiratet, diese Frage stellte er sich zu spät. Nun trug er einen Ring am Finger, der ihn an Linda band. Bis zum Ende seines Lebens. Ein schrecklicher Gedanke. Dass er wirklich geglaubt hatte, die Hochzeit mit Linda könnte ihn Brit vergessen lassen, konnte er jetzt nicht mehr begreifen.

Er war gerade ausgestiegen, um zum Strand zu gehen, als der Roadster an ihm vorbeifuhr, auch diesmal in atemberaubendem Tempo. Was er niemals tun wollte, tat er nun doch. Er sprang wieder in den Lieferwagen und folgte ihm. Es war nicht viel los auf den Straßen, er konnte den Roadster im Auge behalten. Vor der Zufahrt zum Klapphottal bremste Linda ab, dann bog der Wagen in den Weg ein, der erst vor ein paar Jahren befestigt worden war. Er führte zu niedrigen kleinen Holzhäusern, eine Oase der Ruhe mitten im Naturschutzgebiet. Mit einem Schuppen der Inselbahn hatte die Bebauung dieses Tals begonnen, im Ersten Weltkrieg hatte dann das Militär im Lager Klapphottal ein Soldatenquartier eingerichtet. Nun lebten dort einige Künstler, das wusste Arne, die die Ruhe brauchten, um zu arbeiten. Vor allem Maler und

Bildhauer, aber auch einige Literaten und Dichter hatten sich dort einquartiert. Sie wurden von Rudolf Augstein, dem *Spiegel*-Herausgeber, unterstützt. Er, ein Kunstliebhaber und passionierter Opern- und Theaterbesucher, bezahlte ihnen den Unterhalt.

Auch Arne bog in den Weg ein, dann blieb er stehen und stieg aus. Sollte er wirklich? Er zögerte. Weitergehen und nachsehen, wohin Linda gegangen war? Zugeben, dass er sie kontrollierte?

Er hörte den Motor eines anderen Wagens, kein Sportwagen, vielleicht ein Lieferwagen wie seiner. Er drehte der Straße den Rücken zu, obwohl er merkte, dass der Wagen langsamer fuhr und schließlich zum Stehen kam. Er wollte sich hier nicht sehen und nicht ansprechen lassen.

Aber als er die Stimme in seinem Rücken erkannte, wandte er sich doch um. »Hallo, Arne! Was machst du hier?«

Er lächelte erleichtert. »Carsten!« Der Kellner des *König Augustin* saß im gleichen Lieferwagen wie er selbst, es gab mindestens fünf Stück davon, die für Lieferungen und Besorgungen gebraucht wurden.

»Was machst du hier?«, wiederholte Carsten.

»Ach, ich …« Arne hatte Schwierigkeiten, eine Antwort zu finden.

»Gib dir keine Mühe.« Carsten Tovar stieg aus. Er war ein großer schlanker Mann mit klaren Gesichtszügen und leicht gebeugter Haltung. Er wirkte wie ein Intellektueller, der zu viel Zeit mit Nachdenken verbrachte. Die älteren Damen im *Café König Augustin* waren entzückt, wenn er sie bediente. »So ein kultivierter Mann!«

Arne hatte schon einige Stunden mit Carsten in irgendwelchen Pinten verbracht und mit ihm über Gott und die Welt geredet. Carsten war auch der Einzige, der wusste, wie sehr Arne von den Aufgaben, die er auf Sylt hatte, angeödet wurde. Mit ihm hatte er sogar einmal über Brit gesprochen.

Carsten trat dicht neben ihn. »Ich weiß, was du hier willst. Ich habe mich schon gefragt, wann du es endlich merkst.«

Arne sah ihn ungläubig an. »Du meinst …?« Er sprach den Satz nicht zu Ende.

»In der zweiten Baracke«, rief Carsten über die Schulter zurück, dann stieg er ein und gab Gas.

Arne blieb noch eine Weile stehen, starrte die Tür an, die in die zweite Baracke führte, dann setzte er sich ebenfalls wieder hinters Steuer. Was immer er dort sehen würde, es würde ihn zu einem Entschluss zwingen. Wollte er das? Konnte er das? Er schüttelte den Kopf und fuhr in anderer Richtung davon, zurück nach Westerland. Was hätte Carsten ihm sagen können, wenn er ihn gefragt hätte? Er könnte es immer noch tun. Und er könnte ihn darum bitten, ihm die Wahrheit zuzumuten. Aber … wollte er das?

Langsam fuhr er zurück, so langsam und unbeteiligt, so gleichgültig und teilnahmslos, dass sein Vater, wenn er ihn jetzt sähe, sich die Haare raufen würde. »Wann tust du endlich was? Mach doch mal was! Du bist es, der die Entscheidungen treffen muss!« Und wenn Arne dann sagte: »Du kannst das doch viel besser«, rannte Knut Augustin aus dem Zimmer und knallte die Tür hinter sich zu. Und manchmal war sein Gesicht kalkweiß vor Wut, wenn er aus dem Café kam oder aus dem Hotel, das seiner Vollendung entgegensah und seinen Sohn unter der Lampe saß, in ein Buch vertieft, oder am Fenster stand und in die Dunkelheit starrte. Mittlerweile sagte er nicht mehr, dass ein Geschäftsmann keine Zeit haben durfte, abends ein Buch zu lesen oder aus dem Fenster zu blicken. Er ging dann wortlos in sein Schlafzimmer, stellte seinen Wecker und war am nächsten Morgen schon vor seinem Sohn wieder auf den Beinen.

Arne stellte den Lieferwagen hinter dem Haus ab und betrat es durch den Lieferanteneingang. Er hörte die Stimme seines Vaters schon, als er gerade die Küche betrat.

»Wo ist mein Sohn?« Wie er diese Frage hasste!

»Ich weiß nicht, Herr Augustin«, antwortete eine ängstliche Mädchenstimme.

»Ich glaube, er ist mit seiner Frau unterwegs.« Das war Carstens Stimme. »Ich meine gehört zu haben, dass die beiden zu der Schneiderin nach Wenningstedt wollen. Die soll nicht nur das Brautkleid nähen, sondern auch das Hemd des Bräutigams.«

Auf der Stelle wurde die Stimme seines Vaters ruhig und leise. »Das wird sicherlich nicht lange dauern. Es sei denn, meine Schwiegertochter will noch einen Besuch in der *Kupferkanne* machen.« Er lachte, wie er nur lachte, wenn es ums Geschäft ging. Sein privates Lachen hörte sich anders an. »Auch ein Geschäftsmann muss sich gelegentlich den Wünschen seiner Frau fügen.«

Arne machte kehrt und schlich sich zurück. Heimlich bedankte er sich bei Carsten, der vermutlich annahm, dass Arne noch im Klappholttal war, sich mit seiner Frau auseinandersetzte und sich nicht vorstellen konnte, dass er sich zu schwach fühlte dafür. Oder vielleicht sogar zu gleichgültig. Kurz darauf stand er auf der Dünenstraße und nach wenigen Metern neben dem *Miramar*. Erst jetzt wurde ihm klar, dass er sich selbst die Würde genommen hatte. Er benahm sich wie ein Schuljunge, der vor seinem Lehrer weglief, wie ein Lehrling, der sich vor seinem Meister versteckte. »Feigling«, hämmerte es in seinem Kopf. »Feigling!« Sogar seine Ehe hatte er aus Feigheit geschlossen. Weil er sich nicht mehr mit Brits Bild quälen wollte, weil er glaubte, sie vergessen zu können, wenn er mit Linda verheiratet war. Sie schaffte es ja immer wieder, seine Zweifel zu zerstreuen, indem sie in sein Bett kam und ihm dort zeigte, was sie für Liebe hielt. Und schließlich war er die Ehe mit ihr eingegangen, weil er zu feige gewesen war, die Verlobung zu lösen. Was hätte sein Vater dazu gesagt? Was hätte das für die Freundschaft zwischen Robert König und Knut Augustin bedeutet? Und was hätte es aus dem *König Augustin* gemacht?

Er schlenderte die Friedrichstraße entlang, blickte sich Auslagen an, die ihn nicht interessierten, grüßte Passanten, die er nicht kannte. Er war schon beim Kaufhaus *Jensen* am Ende der Friedrichstraße angelangt, als er sich endlich die Frage stellte, ob es besser gewesen wäre, zu der zweiten Baracke zu gehen und einen Blick durchs Fenster zu werfen. Nein, kein feiges Anschleichen! Er hätte die Tür öffnen, mit der Faust dagegenschlagen müssen, wenn sie verschlossen gewesen wäre. Und wenn es dahinter still geblieben wäre, wenn er ein verstohlenes Wispern und Tuscheln gehört hätte, das Rascheln von Wäsche, das Knarren eines Bettes, erst dann hätte er durchs Fenster sehen dürfen. Aber das wäre vermutlich mit einer Gardine zugehängt worden. Nein, während er ein Herrenoberhemd im Schaufenster betrachtete, sagte er sich, dass er richtig gehandelt hatte. Eine Frau in flagranti zu erwischen war für denjenigen, der sie überraschte, mindestens genauso demütigend wie für die beiden, die notdürftig ihre Nacktheit verdeckten, die Entschuldigungen stammelten und sich zu Entscheidungen genötigt sahen, die in dieser schrecklichen Situation gar nicht zu treffen waren. Aber er würde Linda darauf ansprechen müssen, wenn sie behauptete, bei ihrer Schneiderin in Wenningstedt gewesen zu sein. Ja, das musste er tun. Obwohl – musste er wirklich? Warum eigentlich? Natürlich um seine Würde zu erhalten. Er stöhnte leise und ging weiter, als er den Blick eines Mannes auffing, der aussah, als wollte er ihm seine Hilfe anbieten. Im nächsten Schaufenster an der Ecke waren Hosen ausgestellt, die er betrachtete, ohne sie zu sehen. Und wenn er einfach gar nichts sagte? Wenn er so tat, als wüsste er nichts? Dann bliebe alles so, wie es war, dann befreite er sich damit von seinen eigenen Schuldgefühlen, dann schaffte er es vielleicht, sein Leben in eine Ordnung zu bringen, die er eigentlich nicht wollte. Das Geschäft am Laufen halten und sich eine Geliebte zulegen. So machten es viele, die mit seinem Vater bekannt waren. Und sie wirkten alle sehr aufgeräumt und zufrieden.

In der Schaufensterscheibe spiegelte sich das Geschehen auf der Friedrichstraße. Menschen, die sich hinter ihm vorbeidrängten, Autos, die langsam vorüberfuhren, weil die Friedrichstraße zu den am stärksten befahrenen Straßen der Insel gehörte, Urlauber, die Bekannte trafen, stehen blieben und sich lachend begrüßten. Die junge Frau mit dem kleinen Mädchen an der Hand musste darum bitten, dass man ihr Platz machte, damit sie passieren konnte. Als sie hinter ihm vorbeiging, war sie höchstens zwei oder drei Meter von ihm entfernt. Wie erstarrt folgte er dem Bild ihrer Gestalt im Schaufenster. Erst als es verschwand, drehte er sich herum, um ihr zu folgen. Konnte es wirklich sein? War sie es? An der Straßenecke blieb sie stehen und nahm das kleine Mädchen auf den Arm, das zu weinen begonnen hatte. Ja, sie war es. Brit! So weich und rund wie immer. So liebenswert, so liebevoll, so ungekünstelt und so natürlich wie damals. Eine junge Mutter mit einem kleinen Kind. So hatte er sie sich damals vorgestellt. So würde sie mit seinem Kind umgehen. Dieses kleine Mädchen konnte nicht viel jünger sein als das, was sie nicht hatten haben wollen. Sie musste bald wieder schwanger geworden sein. Und jetzt konnte sie sich einen Urlaub auf Sylt leisten, weil sie das Leben seines Kindes teuer verkauft hatte? Arne hätte schreien können, zu ihr laufen, sie anhalten, sie zur Rede stellen. Aber er war starr vor Schreck. Er blieb stehen, bewegte sich nicht, solange sie nicht weiterging, verbarg sich hinter einer Menschengruppe, als sie in seine Richtung sah. War er schon wieder feige? Müsste er stattdessen auf sie zugehen und ihr vorwerfen, was sie getan hatte?

Sie stellte das Kind wieder auf den Boden und putzte ihm die Nase. Aber sie ging nicht weiter. Nun merkte Arne, dass sie auf jemanden wartete. Unachtsam wechselte er die Straßenseite, sodass ein Mercedesfahrer zu einer Bremsung gezwungen wurde. Auf das wütende Schimpfen des Mannes achtete er nicht. Er wollte Brit nicht aus den Augen verlieren, gleichzeitig aber nicht Gefahr laufen, von ihr gesehen zu werden. Wenn überhaupt, dann wollte er es sein, der auf sie zuging, nicht umgekehrt.

Es dauerte nicht lange, bis ein Mann aus einem Laden kam, der Sandspielzeug in der Hand hatte. Den kannte er. Das war Olaf Rensing, der Konditor des *König Augustin*. Er lief auf Brit zu, küsste sie, ging in die Knie und gab das Spielzeug dem kleinen Mädchen, das einen Schrei des Entzückens ausstieß. Es ließ sich auf der Erde nieder und konnte nur mit Mühe davon überzeugt werden, dass dieses Spielzeug nicht für die Straße gedacht war. Die Eltern lächelten nachsichtig, der Vater nahm die Kleine auf die Schultern, und Brits Lachen war auf der anderen Straßenseite zu hören, als die Kleine mit der Plastikschaufel auf den Kopf ihres Vaters klopfte.

ROMY PACKTE IHRE SACHEN. Sie bemühte sich, nicht auf ihre Mutter zu achten, die heulend daneben stand und immer wieder versuchte, ihre Tochter zurückzuhalten. »Du kannst mich doch jetzt nicht allein lassen. Ich bin deine Mutter. Du bist alles, was ich noch habe. Meine Familie.«

Romy richtete sich auf, als sie das letzte Kleidungsstück in ihren Koffer gepackt hatte. Eigentlich hatte sie vorgehabt, von Bremen aus in aller Ruhe eine Stelle und ein Zimmer auf Sylt zu suchen und dabei natürlich auch auf Brits Hilfe gehofft. Jetzt musste alles schnell gehen. Weg von ihrer Mutter! So tun, als wäre die Abreise zu diesem Zeitpunkt schon lange geplant. »Ich bin nicht deine Familie, das war ich nie. Ich war nur das Kind, das du bekommen musstest, weil du damals noch nicht die Adresse eines Entbindungsheims hattest oder nicht das Geld, eine Person wie Schwester Hermine zu bezahlen. Oder eine Engelmacherin. Und du bist auch nicht meine Familie. Lange Zeit habe ich mir gewünscht, von dir geliebt zu werden. So wie Maria. Jetzt brauche ich das nicht mehr. Brit und Kari sind meine Familie.«

»Ich habe Maria schon verloren! Die will ja unbedingt bei Steven bleiben …«

»Die hast du verloren, als du sie ins Entbindungsheim geschickt hast.«

»Und Steven …«

»Ich weiß nicht, was sich in Amerika zugetragen hat. Aber du

kannst mich nicht dafür verantwortlich machen, dass dir das Eng-
lischlernen zu anstrengend war.«

»Kannst du nicht wenigstens bleiben, bis es mir besser geht?«
Romy klappte den Koffer zu und verschloss ihn. »Ich habe dir
doch gesagt, dass ich gerade jetzt die Stelle bekommen habe, auf
die ich schon lange warte. Hotelsekretärin im *Miramar!*« Sie war
froh, dass ihr das Lügen noch nie schwergefallen war. »Brit und
Kari sind auch auf Sylt.«

»Du willst mich wirklich in Bremen allein lassen?«

»Du hast mich auch hier allein gelassen. Und du bist eine erwachsene Frau.«

»Aber ...«

»Schluss, Mama!« Romy stellte den Koffer auf den Boden und
sah sich um, damit sie nichts vergaß. »Ich schicke dir eine Beschei-
nigung, die du unterschreiben musst. Schließlich bin ich noch
minderjährig. Schick sie dann bitte umgehend zurück.«

Sie betrachtete ihre Mutter. Nach dem kurzen Leben in den
USA passte sie noch weniger nach Bremen als zuvor. Dürr war sie
geworden, möglich, dass das in Amerika modern war. Und gekleidet war sie wie ein sehr junges Mädchen, vielleicht war auch das in
den Staaten der letzte Schrei. Die Haare hatte sie hochgetürmt
und mit Unmengen von Haarspray dafür gesorgt, dass sie nicht
wieder zusammenfielen. Das enge Kleid war mit Stoffblüten
übersät und ziemlich kurz, um ihren Hals baumelten unzählige
Perlenketten, ihre Zigarette steckte neuerdings in einer langen
Spitze. Wie immer hatte sie von allem zu viel. Die Lippen zu stark
geschminkt, der Lidstrich zu dick, dass Rouge zu rot. Wenn sie
wenigstens auf die roten Lackstiefel verzichtet hätte!

»Wird Steven dir Unterhalt zahlen?«

Wieder fing Liliane Anderson an zu weinen. »Er kümmert sich
ja jetzt um Maria, er bezahlt ihr eine Ausbildung und die Wohnung, die sie mit ihrem Freund beziehen will.«

»Dann wirst du dir Arbeit suchen müssen. Geh in den *Starken Roland*. Da ist nun eine Stelle als Animierdame frei. Ich glaube, dafür bist du genau die Richtige.« Romy blickte auf die Uhr. »Ich muss los. Mein Zug geht bald.« Es fiel ihr schwer, aber sie umarmte ihre Mutter zum Abschied. »Ich schreibe dir.«

Dann ging sie in die Bar und verkündete, dass dieser Abend ihr letzter als Animierdame war. »Morgen früh geht mein Zug nach Sylt. Aber ich habe bereits für Ersatz gesorgt.«

Ihr Chef war zornig, doch er wusste, dass er keine Möglichkeit hatte, sie zu halten. Es gab keinen Arbeitsvertrag, der geregelte Kündigungsfristen vorsah. »Hast du denn schon eine Stelle auf Sylt?«

»Nein, aber die finde ich.«

»Du wirst Geld brauchen, wenn du eine längere Zeit überbrücken musst. Sylt ist teuer.«

»Keine Sorge! Ich komme eine Weile über die Runden. Ich habe gespart.«

Nach der Arbeit nahm sie ihren Koffer, zog in ein hässliches Zimmer eines kleinen Hotels am Bahnhof und kümmerte sich am nächsten Tag um einen Zug, der sie nach Sylt brachte. Keinen Tag länger bei ihrer Mutter, die am Ende noch so lange auf sie einreden würde, bis sie es nicht schaffte, Bremen zu verlassen. Sie würde auf Sylt schon etwas finden. Hauptsache, sie war wieder bei Brit und Kari, ihrer Familie. Hörnum war natürlich kein Ort für sie, sie musste in Westerland wohnen und arbeiten. Dort, wo etwas los war. In einem Haus, in dem ledige Mütter mit ihren Kindern aufgenommen wurden, wollte sie sowieso nicht leben. Sie wollte es einfach im *Miramar* versuchen. Das Abschlusszeugnis der Handelsschule steckte in ihrer Tasche.

Mai 1963, Sylt

BRIT SEUFZTE UND LEHNTE sich an Olafs Seite. »Was für ein herrlicher Tag!«

Sie saßen auf den *Nordseeterrassen* und hielten sich seit zwei Stunden an einem Mineralwasser fest, denn den Blick aufs Meer ließen sich die Restaurants und Cafés gut bezahlen. Ihre Gäste waren dementsprechend bereit, für Speisen und Getränke mehr auszugeben als woanders. Die Sonne stand wie ein glutroter Ball über dem Horizont. Nicht mehr lange, und sie würde im Meer versinken. Sie schien bereits die Horizontlinie zu berühren, ihre Form am unteren Rand schon zu verändern, das Rund zu verlieren. Der Himmel um sie herum war rosa, am Rand, dort, wo die Farben verwischten, standen ein paar kleine Wolken. Sie bewegten sich nicht, gehörten zu der untergehenden Sonne, eskortierten sie zum Horizont. Ein schwarzer Vogel kreuzte mit trägem Flügelschlag das Szenario. Oder war es eine Möwe, die angesichts der glühenden Farben ihr Weiß verloren hatte?

Kari war auf Brits Schoß eingeschlafen, mit dem Daumen im Mund. »Hoffentlich sorgt sich Rieke nicht«, murmelte Brit.

Ein Kollege von Olaf, stolzer Besitzer eines Gogomobils, hatte angeboten, Olaf sein Auto zu leihen, damit er Brit später, nach Abfahrt des letzten Busses, nach Hörnum zurückbringen konnte. So durfte der Besuch in Westerland ein wenig länger dauern und war unabhängig von den ungünstigen Abfahrtszeiten des Busses.

Nun bildete die Sonne einen Halbkreis auf der Horizontlinie. Unter denen, die ebenfalls das Schauspiel betrachteten, war es sehr ruhig geworden, viele Gespräche waren eingeschlafen. Es war, als wohnten sie alle einer Gedenkfeier bei, die Stille verlangte.

Vorn, an der Wasserkante, applaudierten ein paar Männer, als die Sonne versunken war. Sofort breitete sich Kälte und Dunkelheit aus. Die meisten kehrten dem Strand jetzt den Rücken, gingen in ihre Hotels zurück oder in ein Restaurant, um zu Abend zu essen. Die ersten Gäste der *Nordseeterrasse* winkten bereits nach dem Kellner. »Zahlen!«

Brit und Olaf blieben sitzen, immer noch schweigend, nach wie vor gefangen von dem Naturschauspiel, das sich ihnen geboten hatte und sie einfach nicht loslassen wollte.

Der Tag, den sie zusammen verlebt hatten, war ihnen wie eine Station auf ihrem gemeinsamen Weg vorgekommen. Ein Vorgeschmack darauf, wie es in Zukunft sein konnte. Als Erstes hatte Olaf sie mit ins *Café König Augustin* genommen und Brit mit so viel Stolz seinen Arbeitsplatz präsentiert, als ginge es um sein eigenes Haus. Brit war beeindruckt gewesen von den weißen Möbeln, den Stühlen mit den roten Rückenpolstern und Sitzflächen, der roten Auslegeware, den weißen Tischdecken mit den roten aufgestickten Streublümchen. Ein lichtes Ambiente, fröhlich, absichtlich nicht elegant.

Olaf erzählte, dass der Juniorchef Wert darauf gelegt habe, dass alle Bediensteten farblich passende Arbeitskleidung bekamen. Rote Hosen und weiße Hemden für die Kellner, rote Kleider mit weißen Kragen und Schürzen für die Kellnerinnen. »Ich glaube, das ist die einzige Entscheidung, die der Juniorchef selber getroffen hat.« Olafs Stimme hatte ein wenig geringschätzig geklungen, so, als traue er dem Sohn von Knut Augustin nicht viel zu. »Alles andere erledigen die beiden Seniorchefs. Die wissen, wie es geht. Ich bin gespannt, ob der Laden noch funktioniert, wenn der Junior allein dafür zuständig ist.«

Und dann das Zusammentreffen, das aus diesem Tag etwas so Besonderes gemacht hatte, dass Brit der Atem weggeblieben war. Die Gestalt, die vor ihnen die Strandstraße Richtung Meer ging, war ihr gleich vertraut erschienen. Die Frau trug ein dunkelblaues Kleid mit einem weiten Rock, dazu weiße Pumps. Sie hatte einen sehr charakteristischen Gang, kurze, schnelle Schritte, als hätte sie es eilig, die sie aber nicht zügiger voranbrachten als eine Frau mit gemächlichen weiten Schritten. Auch die zuckenden Bewegungen ihrer Schultern waren Brit vertraut, Nervosität, die der Frau selbst vermutlich nicht bewusst war. Brit folgte ihr wie hypnotisiert, obwohl Olaf mit Kari vor einem Schaufenster stehen blieb. Und als die Frau ebenfalls von einer Auslage angezogen wurde und Brit ihr Profil zuwandte, hatte sie Gewissheit. Hildegard Brunner.

Sie fielen sich in die Arme, beide von einer Mischung aus Glück und Erschütterung überwältigt, beide mit Tränen in den Augen und geschüttelt von einer Welle an Erinnerungen, die kaum auszuhalten war. Als Olaf mit Kari dazukam und Fräulein Brunner klar wurde, dass sie Brits Kind kennenlernte, war ihre Tränenflut nicht mehr aufzuhalten. Kari bekam Angst vor der weinenden Frau, wollte auf Olafs Arm und schmiegte sich ängstlich an ihn. Die Frage, die nun zwischen ihnen stand, brauchte Brit nicht zu stellen. Hildegard Brunner brachte die Antwort schluchzend hervor: »Es war ein Junge. Er ist tot zur Welt gekommen.«

Die Geburt war dramatisch verlaufen. Schwester Hermine hatte sich sogar genötigt gesehen, einen Arzt hinzuzuziehen, was sie sonst stets ablehnte. »Da müsst ihr jetzt durch«, hatte Brit sie oft schimpfen hören, »das habt ihr euch selbst eingebrockt.«

Hildegard Brunner tat ihr Bestes, ihre Gefühle in den Griff zu bekommen, die mitten auf der Strandstraße sehr unangenehm auffielen. Olaf sah sich verlegen um, als befürchtete er, von Bekannten gesehen zu werden. Aber für Brit spielte es keine Rolle. Ihre gemeinsame Erinnerung war so mächtig, so überwältigend, dass sie ihre frühere Lehrerin so lange im Arm hielt, bis sie sich gefangen hatte.

»Hast du gehört, was mit Schwester Hermine geschehen ist?«, fragte Hildegard, froh, ein Thema gefunden zu haben, dass ihnen gehörte, das aber nicht sehr persönlich war, nicht ihre Körper, ihre Kinder, ihre Qualen betraf.

Brit nickte. »Olaf hat mir den Zeitungsartikel gezeigt.«

»Günter hat dafür gesorgt«, sagte Hildegard. »Er war entsetzt, als er hörte, dass ich ausgerechnet in dieses Entbindungsheim gehen wollte. Er ist mit jemandem aus dem Aufsichtsrat verwandt, der sich aber nicht zu erkennen geben will. Und er ist auch mit einem Journalisten befreundet. So ist Schwester Hermines Treiben ans Tageslicht gekommen und publik gemacht worden.«

»Hast du noch Kontakt zu Herrn Jürgens?«, hatte Brit ungläubig gefragt.

Hildegard Brunner hatte beschämt genickt. »Er ist nun mal meine große Liebe. Und irgendwann ...«

Diesen Satz hatte sie nicht zu Ende gesprochen, sondern hastig auf die Uhr gesehen und erklärt, dass sie ihrem Arbeitgeber versprochen habe, am Abend auf die Kinder aufzupassen, die sie tagsüber unterrichtete.

Romy stellte ihren Koffer auf den Bahnsteig und sah sich um. Sylt! Was für eine herrliche Luft! Sogar mit dem Zug in ihrem Rücken, dessen Lokomotive noch immer schnaufte und Rauch in den Himmel stieß. Was für ein besonderer Wind auf ihrer Haut! Alle anderen Passagiere hasteten dem Ausgang entgegen, sie dagegen wartete, bis neben ihr nur noch ein gehbehinderter alter Mann und eine Mutter mit drei kleinen Kindern und schrecklich viel Gepäck übrig geblieben waren. Dann erst ging sie langsam, bedacht darauf, die Letzte zu bleiben, den Bahnsteig hinab und durch das Bahnhofsgebäude auf den Vorplatz. Dort löste sich das Gewimmel bereits auf. Ankommende wurden abgeholt, ihr Gepäck in Taxis verstaut, Hotelpagen hatten die Koffer ihrer Gäste auf Handkarren geladen und gingen ihnen voran, einige Passagiere schnallten sich ihre Rucksäcke auf und suchten sich selbst ihren Weg.

Es dauerte eine Weile, bis Romy sich zu den Bussen durchgefragt hatte und dann die Haltestelle fand, wo der Bus nach Hörnum abfuhr. Sie würde fast eine Stunde warten müssen, bis er kam. Seufzend ließ sie sich auf der kleinen Bank nieder, die voller Möwendreck war, und zog Brits Ansichtskarte hervor, auf der die Adresse stand. Zum ersten Mal zauderte Romy. Nach Hörnum wollte sie eigentlich nicht. Der unterste Zipfel von Sylt würde ihr nichts zu bieten haben. Sie wollte in Westerland bleiben, in der Nähe des *Miramar*. Doch natürlich musste sie erst mal zu Brit. Aber ... würde sie dort willkommen sein? Würde sie in Hörnum für eine Weile Unterkunft finden, bis sie wusste, wie es weitergehen sollte? Sicherlich wäre es besser gewesen, erst anzufragen. Aber das plötzliche Erscheinen ihrer Mutter hatte alles durcheinandergebracht. Ihr Klagen und Jammern, weil Stevens Liebe in Amerika vergangen war und weil sie Maria verloren hatte, die sich nun Mary nannte und ihren Boyfriend heiraten wollte ... das hätte Romy keine zwei Tage ertragen. Und auf keinen Fall wollte sie ihr verzeihen, dass sie Maria zu Schwester Hermine geschickt hatte. Niemals! Wenn sie an Marias Baby dachte – an ihren Neffen! –, kamen ihr jedes Mal die Tränen. Und ihre Mutter? Die sprach kein einziges Mal von ihrem Enkelkind, dachte nur an sich selbst und an die Ungerechtigkeiten, die ihr angeblich widerfahren waren.

Die Wartezeit war noch lange nicht vorbei, als ein Page des Hotels *Miramar* an ihr vorbeiging. Ein hübscher Kerl in ihrem Alter, der einen Blick auf ihre Beine warf.

Prompt war Romy in ihrem Element. In Fällen wie diesem war sie wieder die Animierdame aus dem *Starken Roland* und das Mädchen, das im *Herzog Ernst* versucht hatte, die Männer auf sich aufmerksam zu machen. Damals noch nicht mit besonderem Erfolg. Mittlerweile hatte sie viel dazugelernt.

»Endlich!«, rief sie so exaltiert, dass der Page prompt stehen blieb und verunsichert wurde. »Das wird aber auch Zeit!« Sie zeigte auf ihren Koffer. »Kümmern Sie sich bitte um mein Gepäck. Den Weg zum *Miramar* kenne ich selbst.«

»Aber, ich ...« Der Page schien mit anderen Aufträgen losgeschickt worden zu sein, doch Romy ließ ihn gar nicht zu Wort kommen.

»Danke! Wo finde ich die Geschäftsführung?«

»Im ersten Stock, gleich links.«

»Sie bringen den Koffer am besten dorthin. Es wird sich dann ja zeigen, in welchem Zimmer ich untergebracht werde.«

Sie ging so hoch aufgerichtet voran, dass der Page keinen Widerspruch wagte. Am Ende der Friedrichstraße war sie ihm, der mit ihrem schweren Koffer vollkommen überfordert war, weit voraus. Der Portier, der am Eingang stand und honorige Gäste von zahlungsschwachen unterschied, fiel ebenso auf ihr hochmütiges Gebaren herein. Als sie ihm erklärte, sie habe im ersten Stock bei der Geschäftsführung einen Termin, erbot er sich diensteifrig, sie dorthin zu begleiten. »Und Ihr Gepäck?«

»Das ist noch unterwegs.« Romy wies hinter sich, wo der Page schwitzend mit ihrem Koffer herankam.

Der Portier stieg ihr voran die Treppe hoch, klopfte an der Tür und hielt sie ihr auf, als von drinnen ein »Herein!« ertönte. Diskret zog er sich zurück, und nun hatte Romy ihre liebe Mühe, sich ihr selbstbewusstes Verhalten zu bewahren.

Der Geschäftsführer des *Miramar* war ein Herr um die fünfzig mit einem strengen Äußeren. Über den Rand seiner kleinen Brille sah er sie dennoch interessiert an. Romy kannte diesen Blick. Sie hatte einen Mann vor sich, der weiblichen Reizen schnell erlag. Zu Hause eine langweilige Ehefrau, im Hotel von schönen Frauen umgeben, den Gattinnen der honorigen Gäste, die natürlich für ihn tabu waren. Romy war sich sicher, dass er sich wünschte, mal wieder richtig verliebt zu sein.

Unauffällig öffnete sie einen weiteren Knopf ihrer Bluse und versuchte ein verführerisches Lächeln, das selten seinen Zweck verfehlte. »Ich bin gekommen, um Hotelsekretärin zu werden«, flötete sie.

Herr Lukassen runzelte die Stirn und begann in seinen Unterlagen zu blättern. »Ich habe keine Neueinstellung veranlasst.«

»Das war ich selbst.« Romy war zwar zum Platznehmen aufgefordert worden, aber sie tat so, als hätte sie die einladende Geste nicht bemerkt, und blieb stehen. »Seit ich mit meiner Klasse im Zeltlager Dikjen Deel war, wünsche ich mir, im *Miramar* zu arbeiten. Damals war ich noch nicht mit der Schule fertig. Jetzt bin ich es. Wollen Sie mein Abschlusszeugnis sehen?«

Herr Lukassen war noch immer verwirrt. »Wann haben Sie die Schule abgeschlossen? Und welche Schule überhaupt?«

»Die Handelsschule natürlich. In Ihrem Hause muss man doch sicherlich etwas von Korrespondenz und Buchhaltung verstehen.« Nun gab sie sich bescheiden und schlug die Augen nieder. »Ich habe mein Abschlusszeugnis im Koffer. Leider war ich aufgrund einer Notlage gezwungen, mir mein Geld zwischendurch anders zu verdienen. Jetzt konnte ich mir endlich eine Fahrkarte nach Sylt kaufen und mich Ihnen vorstellen.«

Herr Lukassen war total überfordert. Als ihm die Brille von der schwitzenden Nase in den Schoß fiel, sah er bereits so aus, als wollte er diese Hotelsekretärin unbedingt haben. Dass der Posten längst besetzt war, sogar schon seit vielen Jahren, schien er kurz verdrängt zu haben. Und als es ihm wieder einfiel, hatte er seine Brille bereits zweimal auf die Nase zurückgehoben, ehe sie ihm ein drittes Mal in den Schoß fiel. »Wir können es im Sekretariat versuchen«, sagte er dann hilflos. »Die Sekretärin kann sicherlich Hilfe für die Ablage und für die Führung der Kartei gebrauchen. Und eine … eine Schreibkraft fehlt uns, glaube ich.« Er richtete sich auf und schaffte es nun wieder, streng und wichtig auszusehen. »Aber erst mal muss ich Ihr Zeugnis sehen.«

Das war nicht das, was Romy sich vorgestellt hatte, aber ihr war klar, dass sie den Bogen nicht überspannen durfte. Und wenn Herr Jürgens auch dafür gesorgt hatte, dass sie die Abschlussprüfung bestand, ihre Noten waren weiß Gott nicht die besten …

OLAF HATTE BRIT ins Haus begleitet, um sich bei Rieke Beering zu entschuldigen, weil er Brit und Kari so spät zurückbrachte. Tatsächlich sah sie für einen Moment so aus, als wollte sie ihm Vorwürfe machen, denn natürlich hatte sie sich Sorgen gemacht, als Brit mit dem letzten Bus nicht heimgekommen war. Aber als sie das Glück in den Augen der beiden sah, war sie schnell versöhnt. So ähnlich war es, wenn Willem Beerings Schiff später als erwartet anlegte. Vorher war sie vor Sorge vergangen, dann zornig, weil sie feststellte, dass ihre Angst überflüssig gewesen war, und am Ende überglücklich, wenn sie ihren Mann in die Arme schließen konnte. Diese Gefühlsphasen hatte sie auch diesmal durchlaufen.

Sie erbot sich, Kari ins Bett zu bringen, verlangte aber, dass Olaf so lange im Hause blieb, bis die beiden ausführlich berichtet hatten, wie ihr Tag verlaufen war. Als sie androhte, den beiden das Abendessen aufzuwärmen, eine Leberknödelsuppe, wäre Olaf beinahe in die Flucht getrieben worden. Mit viel Dank und Höflichkeit versicherten beide, dass sie in Westerland unzählige Leckereien zu sich genommen hatten und sehr, sehr satt seien. Das zweite Angebot, das aus bayerischem Bier, kubanischem Rum und friesischer Bohnensuppe bestand, wobei es sich bei Letzterem um einen Schnaps mit Kandiszucker und Rosinen handelte, nahmen sie jedoch gerne an.

Rieke Beering griff sich in den Nacken, zog die Nadeln aus ihrem Knoten, ordnete ihn neu und steckte die Nadeln zurück. »Also ... was habt ihr heute so erlebt?«

Es wurde ein langer Abend, nur kurz unterbrochen von Willem, der heimkam und sich zu ihnen setzte, nachdem er die Leberknödelsuppe ebenfalls abgelehnt und um einen Tee gebeten hatte. Als die Kluntjes und ein Töpfchen Sahne neben seiner Kanne standen, hörte er ebenso interessiert zu, was Brit von der Begegnung mit Hildegard Brunner zu berichten hatte.

Rieke Beering schlug entsetzt die Hand vor den Mund. »Eine Totgeburt? Die Arme!«

Willem Beering hob die Schultern. »Wenigstens wird sie nicht von der Frage gequält, ob ihr Kind liebevolle Adoptiveltern gefunden hat, ob es gesund ist, ob es ihm gut geht.«

Brit dachte an Maria und nickte. »Die Halbschwester meiner Freundin Romy musste ihren Jungen weggeben. Sie kann den Gedanken an ihren Neffen nur schwer ertragen.«

Nachdem sie sich alle über die Machenschaften von Schwester Hermine in Zorn geredet und ihr eine gerechte Strafe an den Hals gewünscht hatten, war der Abend in die Nacht übergegangen. Die Dunkelheit stand vor den Fenstern, die Stille atmete mit dem Wind, klapperte mit den Takelagen im Hafen, schwappte mit den müden Wellen an den Strand. All diese Geräusche gehörten in der Nähe des Meeres zur Stille dazu. Sie gaben einen Rhythmus vor, der beruhigte und gleichzeitig zum Erzählen einlud.

Olaf hatte noch nie von seinem Vater gesprochen und redete auch nur selten von seiner Mutter. An diesem besonderen Abend, nach ein paar Gläsern Rum und eingelullt in die nächtlichen Geräusche, wurde er mit einem Mal offener. Bisher hatte er auf die Fragen von Rieke und Willem Beering nur ausweichend geantwortet. Dass seine Mutter Margarete hieß, dass sie als Zimmermädchen in einem Hotel arbeitete, dass Olaf sein Leben einer Liaison verdankte, über die nach wie vor geschwiegen wurde. »Mein Vater muss ein Mann sein, der auf seinen guten Ruf bedacht ist. Er hat meiner Mutter nicht nur angemessene Alimente gezahlt, sondern darüber hinaus einen stattlichen Betrag, den man wohl Schweigegeld nennen kann. Sie hat sich verpflichtet, seinen Namen nicht zu nennen. Auch ich darf ihn nicht erfahren, denn er bezahlt noch immer für ihr Schweigen, obwohl ich ja längst auf eigenen Beinen stehe. Meine Mutter hat mir versprochen, mir den Namen meines Vaters zu hinterlassen. Deswegen hat sie auch ein Testament bei einem Notar hinterlegt.« Er lächelte. »Keins, das mich zum Erbe irgendwelcher Reichtümer macht, viel Geld gibt es nicht, denn das Schweigegeld haben wir für den Unterhalt ausgegeben. Und wenn, dann würde ich als einziges Kind sowieso alles erben. Nein, ihr Nachlass für mich wird der Name meines Vaters sein. Nach ihrem Tod braucht sie sich nicht mehr an die Abmachung zu halten, hat sie mir erklärt. Nur so lange, wie sie noch die monatlichen Zahlungen erhält. Vermutlich möchte mein Vater, dass sie über ihren Tod hinaus schweigt, aber dazu ist sie nicht bereit.«

Sofort entspann sich eine lebhafte Diskussion darüber, wer dieser Mann sein könnte. Riekes Fantasie stieg durch die Zimmerdecke zu den Sternen. »Vielleicht ein Fürst? Oder sogar ein Prinz?«

Willems Vorstellungen waren realistischer. »Ein Geschäftsmann vielleicht. Aus gutem Hause. Mit einem bekannten Namen.«

Während sie auf die aberwitzigsten Ideen verfielen, stand Willem Beering plötzlich auf und ging zum Fenster. Er öffnete es einen Spalt breit und schnupperte hinaus.

»Schlechtes Wetter zieht auf«, sagte er, obwohl keiner der anderen eine Veränderung bemerkt hatte. Die Geräusche des Windes und des Meeres hatten sich nicht gewandelt. Was der erfahrene Kapitän erschnupperte, konnte niemand sagen.

Willem blickte in den Himmel, auf die Wolken, die den Mond umkreisten. »Noch nicht heute Nacht, morgen vermutlich auch nicht, aber dann …«

September 1963, Sylt

ARNE WAR AM nächsten Morgen früher im Café als sonst. Sein Vater nahm es wohlwollend zur Kenntnis.

»Wie macht sich eigentlich der neue Konditor?«, fragte er. »War die Empfehlung von Herrn Möllmann gut?«

Knut sah ihn verständnislos an. »Sehr gut sogar. Das wissen wir doch längst.«

Arne ging trotzdem in die Backstube, wo Olaf gerade eine neue Kreation vollendete. Er stellte sich neben ihn, was dafür sorgte, dass Olaf eine kandierte Kirsche aus der Hand rutschte und eine rote Spur auf der Sahnemasse hinterließ, die die Torte abdeckte.

»Tut mir leid«, sagte Arne. »Das war meine Schuld.«

Olaf schob die Torte einem Gesellen zu und bat ihn, ihr den letzten Schliff zu geben. Dann wandte er sich Arne zu. »Kann ich etwas für Sie tun?«

»Die Zeit der Pflaumenernte ist da. Was halten Sie von Pflaumentorten in Herzform? Die würden sich in der Theke gut machen.«

Olaf dachte kurz nach. »Das sieht sicherlich sehr schön aus. Aber ich muss erst ausprobieren, wie so eine Torte zu schneiden ist. Alle Stücke müssen gleich groß sein, das ist wichtig.«

»Versuchen Sie es doch mal.«

»Ja, gerne.«

Arne tat so, als wollte er die Backstube wieder verlassen und als fiele ihm etwas ein, was er beim Betreten noch nicht im Sinn gehabt hatte. »Ich habe Sie gestern mit Ihrer Frau und Ihrem Kind auf der Friedrichstraße gesehen. Kompliment zu Ihrer kleinen Familie, Ihre Tochter ist wirklich herzallerliebst.«

Über Olafs Gesicht ging ein Leuchten. »Leider bin ich noch nicht verheiratet, meine Verlobte ist noch nicht volljährig. Aber in zwei Jahren werden wir heiraten.«

»Ihre Eltern geben die Zustimmung nicht?«

Olaf schüttelte den Kopf. »Sie ist mit ihnen zerstritten. Sie waren schrecklich wütend, dass ihre Tochter schwanger wurde, ohne verheiratet zu sein.«

»Das wäre doch eigentlich ein Grund gewesen, schnellstens die Zustimmung zur Heirat zu geben.«

Olaf suchte die Zutaten für die nächste Torte zusammen. »Ein Konditor war ihnen nicht recht. Sie wollten einen Handwerksmeister mit eigenem Betrieb. Möglichst in ihrer Nähe.«

»Du lieber Himmel!« Arne gab sich entrüstet. »Wir leben doch nicht mehr im Mittelalter. Heutzutage suchen sich die Frauen ihren Ehemann selbst aus.«

»Das habe ich auch gesagt.«

»Die Kleine ist wirklich süß. Wie heißt sie?«

»Kari. Unser ganzer Stolz.«

»Wohnen Ihre Verlobte und Ihre Tochter auch in Westerland?«

»Nein, in Hörnum. Sie kennen vielleicht Rieke Beering? Die Frau von Kapitän Beering hat schon häufig unverheiratete Mütter mit ihren Kindern aufgenommen. Eine großartige Frau.«

»Da haben Sie ja Glück gehabt.« Arne ging zur Tür und griff nach der Klinke. »Aber schade, dass Sie nicht näher beieinander wohnen.«

Olaf begann, Sahne zu schlagen. »Wenn man sich liebt, kann man zwei Jahre warten. Es liegt ja noch das ganze Leben vor uns.«

Nun verlor Arne die Kraft, sich freundlich interessiert zu geben und seine brennende Wissbegier hinter der leutseligen Miene des Chefs zu verbergen. Er nickte nur und verließ die Backstube. Zum Glück war niemand in seiner Nähe, der sich darüber wundern konnte, dass der Juniorchef sich an die Wand lehnte und die Augen schloss, als wäre er sehr erschöpft.

DER PFARRER HATTE es sich nicht nehmen lassen, auch dem privaten Teil der Hochzeit beizuwohnen. Am frühen Nachmittag hatte die kirchliche Zeremonie alle Anwesenden zu Tränen gerührt, zum anschließenden Kaffeetrinken war der Pfarrer selbstverständlich erschienen, wenn er auch nicht eingeladen worden war. Er kam immer, wenn es irgendwo ein Festessen gab. Hassos Vater hatte einmal gesagt, dass dies der Grund sein müsse, warum sich ein junger Mann zum Studium der Theologie entschloss: Er durfte überall erscheinen, wo es lecker war und reichlich aufgetischt wurde. Einen Pfarrer konnte man schließlich nicht von der Türschwelle weisen. Natürlich blieb er so lange, bis auch das Abendessen auf den Tisch kam. Erst nach der Hochzeitssuppe, dem Tafelspitz und zwei Portionen Schokoladenpudding dachte er wieder an seine Dienstpflichten, in diesem Fall an die Unterrichtung der Konfirmanden, und sah darüber hinweg, dass viele Hochzeitsgäste erleichtert aufatmeten, weil es nun endlich richtig lustig werden durfte. In Gegenwart des Pfarrers traute sich ja nur der alte Rudolf, nach einer Flasche Köm zu rufen. Der war nach dem Krieg und dem Verlust seines rechten Beines aus der Kirche ausgetreten und hatte sich damit viele Freiheiten erkauft, die ihm gelegentlich geneidet wurden.

Kaum war der Pfarrer gegangen, brachte das Trio *Die Francescos*, drei beliebte Musiker aus dem Nachbardorf, die von den jungen Leuten Band und von den Älteren Tanzkapelle genannt wurden, seine Instrumente in den Saal. Ein Akkordeon, eine Gitarre, verschiedene Blasinstrumente und natürlich einen Verstärker, der die alten Tanten, die griesgrämigen Onkel, alle Mütter und Schwiegermütter daran hindern sollte, sich zu verständigen. Hasso und Halina wollten eine Hochzeit haben, auf der nicht getuschelt und getratscht und niemandem die Ehre abgeschnitten wurde. Solange die *Francescos* spielten, würde niemand die Gelegenheit haben, sich über das Brautkleid auszulassen, und auf keinen Fall konnte die Frage erörtert werden, ob die Braut überhaupt in Weiß, der Farbe der Unschuld, heiraten durfte. Hasso hatte die Musiker angewiesen, den Verstärker so weit aufzudrehen wie möglich.

Gerede hatte es ja schon genug gegeben, das wusste Hasso. Ein kniekurzes Brautkleid! Wo hatte man so was schon gesehen? Ein Schleier, der nur bis zum Kinn reichte! Du lieber Himmel! Und der sich über dem Kopf bauschte, als wäre er so hoch toupiert worden wie das Haar der Braut. Schockierend! Bisher hatte es in der Kirche von Riekenbüren nur bodenlange Brautkleider, lange Schleier und würdevolle Schleppen gegeben, mit der der zukünftigen Ehefrau klargemacht werden sollte, dass es mit der Leichtfüßigkeit vorbei war. Ab jetzt würde sie sich nur noch im Gleichschritt mit dem Ehemann bewegen. Hasso wäre es lieber gewesen, wenn Halina alles so gemacht hätte wie die Bräute vor ihr, war aber klug genug, den Mund zu halten. Als sich seine Eltern darüber beklagten, dass ihre zukünftige Schwiegertochter viel zu weit von den Traditionen abwich, stand er jedenfalls fest an ihrer Seite.

Die Schreinerei war zum Hochzeitssaal geworden. Sämtliche Maschinen, die zu schwer waren, um herausgetragen zu werden, waren mit rosa Krepppapier zugehängt worden, auch die Wände trugen einen Krepppapierschleier, und goldene Papierrosetten waren überall angebracht worden.

Frida hatte lange auf ihren Mann eingeredet, damit er bereit war, den Saal im *Dorfkrug* zu mieten, aber Edward Heflik hatte davon nichts hören wollen. »Was das kostet! Die Brauteltern können ja nicht viel beisteuern!«

Einmal hatte er sogar als Begründung angeführt, dass man ihm schließlich vor Jahren zwölftausend Mark aus dem Tresor gestohlen habe, was zu einer heftigen Debatte zwischen Edward und Hasso geführt hatte. Schließlich hatte Hasso nur klein beigegeben, weil seine Mutter ihn händeringend und unter Tränen darum gebeten hatte. Sie war froh gewesen, als wieder Frieden eingekehrt war und hatte kein einziges Mal mehr den Wunsch geäußert, im *Dorfkrug* zu feiern, um ihn nicht noch einmal zu gefährden. Dass der Campingplatz mittlerweile zu einem sehr guten Zusatzverdienst geführt hatte, wollte Edward ja nicht hören. Angeblich investierte er alles, was nach der Saison übrig geblieben war, in den Platz, damit er noch schöner wurde, und hatte bis jetzt noch keinen Gewinn verzeichnen können. Frida, die als Einzige die Buchführung kannte, schwieg dazu. Auch zu der Behauptung, die Familie Mersel koste einfach zu viel, um aus dem Campingplatz ein richtig gutes Geschäft zu machen. Hasso war froh, dass nur er diesen Satz gehört hatte und Halina nicht ahnte, dass Hassos Vater noch immer damit haderte, dass sein Sohn die Tochter von Flüchtlingen heiratete, statt die von Bauer Jonker oder wenigstens die Tochter eines anderen Riekenbüreners mit Haus und Hof und möglichst viel Land.

Nun thronten sowohl die Hefliks als auch die Mersels an dem großen Tisch an der Kopfseite der Schreinerei, zwischen sich das Brautpaar. Als das Essen abgetragen worden und der Pfarrer gegangen war, wurden die Tische zusammengerückt, damit sich eine ausreichend große Tanzfläche ergab. Unter großem Beifall forderte Hasso seine Braut mit einer tiefen Verbeugung zum Hochzeitstanz auf und eröffnete damit den vergnüglichen Teil der Veranstaltung. Auch hier hatte sich Halina durchgesetzt und sich für »All of me« entschieden. Lange hatten sie mit dem Bandleader

der *Francescos*, der im Hauptberuf Anstreicher war, verhandelt, damit er bereit war, die Platte von Louis Armstrong einzuspielen. Leider musste ihm deutlich gesagt werden, dass seine Künste mit der Trompete bei Weitem nicht an die von Louis Armstrong heranreichten, was ihn schwer kränkte. Und hätte es nicht den Auftrag gegeben, nach der Hochzeit die Wände des Anbaus zu streichen, in dem Hasso und Halina wohnen sollten, hätte das Brautpaar sich womöglich eine andere Tanzband suchen müssen. Diesen Auftrag wollte der Anstreicher sich jedoch nicht verscherzen, so hatte er zähneknirschend nachgegeben und einen Plattenspieler sowie die gewünschte Platte besorgt und an den Verstärker angeschlossen.

Hasso wäre auch »An der schönen blauen Donau« recht gewesen, der Walzer, der bei Hochzeiten in Riekenbüren erste Wahl war, obwohl er mit dem Wiener Walzer noch nie zurechtgekommen war. Aber Halina hatte unbedingt etwas anderes gewollt, nicht das, was die meisten Riekenbürener auswählten und erst recht nicht das, was Marga Jonkers ausgesucht hatte, die zwei Monate vor ihnen in den Stand der Ehe getreten war. Mit dem Kaiserwalzer als Eröffnungstanz hatte sie für ein unvergessliches Erlebnis sorgen wollen. Aber letztlich war das Unvergessliche an ihrer Hochzeit gewesen, dass die Kühe aufgrund der ungewohnten Beschallung verrückt wurden, die Stalltüren auftraten und ausrissen. Bis sie wieder eingefangen worden waren, hatten sich die Hofhunde in der Küche über das Essen hergemacht, das der Koch aus den Augen verloren hatte, weil er bei der Jagd auf die Kühe mitgeholfen hatte. Aber immer noch besser als das, was Hasso befürchtete und billigend in Kauf nahm. Als Louis Armstrongs Trompete ertönte, hört man die ersten tuschelnden Stimmen, dass man darauf ja nicht richtig im Rhythmus klatschen könne. Und dann flog die Kunde durch den Raum, dass dieser Trompeter ein »Neger« sei, und die Frage, warum ein deutsches

Hochzeitspaar auf eine Melodie mit einem englischen Text tanze, flog gleich hinterher. Die beiden Nachbarn, die schlechte Erinnerungen an die amerikanische Kriegsgefangenschaft hatten, drehten sich demonstrativ um, gingen zur Theke, die im Vorraum aufgebaut war, und bestellten mit lauter Stimme ein Bier.

Die Sitte, dass das Brautpaar nach dem Eröffnungstanz die Eltern aufforderte, entfiel in diesem Fall. Edward Heflik, der vor seiner Erkrankung ein guter Tänzer gewesen war, wollte auf keinen Fall auf die Tanzfläche humpeln, um mit seiner Schwiegertochter zu tanzen, Frau Mersel sah schon wieder so aus, als würde sie von Migräne gequält, und weigerte sich ebenfalls, mit ihrem Schwiegersohn zu tanzen. Das war vorauszusehen gewesen, deswegen sorgten die Brautjungfern verabredungsgemäß dafür, dass sich die ganze Hochzeitsgesellschaft zu dem tanzenden Brautpaar gesellte, als Louis Armstrong sein Stück beendet hatte und die *Francescos* weitermachten.

Als die Aufmerksamkeit von dem Brautpaar abrückte, fragte Hasso: »Bist du glücklich?«

Halina lächelte. »Ja, sehr.« Sie sah Hasso eine Weile fragend an. »Dir fehlt deine Schwester. Stimmt's?«

Er nickte und lehnte seine Stirn an ihre. »Hast du die Frau bemerkt, die uns nach der Trauung vor der Kirche gratuliert hat? Die in dem auffälligen gelben Kostüm?«

Halina wusste sofort, von wem er sprach. »Wer war das?«

»Liliane Anderson. Die Mutter von Romy Wimmer.« Er sah sie fragend an, um herauszufinden, ob sie wusste, von wem er sprach.

Aber Halina brauchte nicht nachzudenken, sie wusste es. »Warum ist sie in die Kirche gekommen? Wir kennen sie doch kaum.«

»Sie hat den Kontakt zu ihrer Tochter verloren. Als sie aus den USA zurückkehrte, ist Romy nach Sylt aufgebrochen. Angeblich hat sie dort eine Stelle gefunden. Aber Frau Anderson hat nichts mehr von ihr gehört.«

»Aha.« Halina sah Hasso eindringlich an. Sie spürte, dass noch etwas kommen sollte.

»Sie wollte von mir wissen, ob ich wüsste, wo Brit lebt. Die ist angeblich auch auf Sylt. Frau Anderson hatte die Hoffnung, dass ich über Brit an Romys Adresse kommen könnte.«

Halina schwieg verblüfft. Dann löste sie sich von Hasso, weil die *Francescos* einen Twist spielten, der die Alten von der Tanzfläche fegte und die Jungen begeisterte. Hüftschwingend sorgten sie für spitze Münder und hochgezogene Stirnfalten bei den Älteren.

Als der höchst anrüchige Tanz zu Ende war und die *Francescos* zu einem Klammerblues übergingen, der ebenfalls zu den Tänzen gehörte, die nicht überall Beifall fanden, flüsterte sie Hasso zu: »Mach dir keine Hoffnungen. Sylt ist zu groß. Wie willst du Brit dort finden?«

WILLEM BEERING, der erfahrene Seemann, hatte recht gehabt. Er
hatte gespürt und gerochen, dass schlechtes Wetter aufzog. Als
Brit am Morgen in der Bäckerei erschien, wurden dort bereits
Vorkehrungen getroffen. Der Bäcker holte die Aufsteller herein,
die für die Angebote des Tages warben, und drehte die Markise
herein.

»Es wird windig.« Er legte die Hand über die Augen und blickte
zum Hafen. »Das Adler-Schiff nach Amrum läuft aus. Donnerwetter! Das hätte ich nicht gedacht. Aber Käpten Beering wird
schon wissen, was er tut.« Er ging in den Laden zurück. »Na ja, ist
ja nicht weit bis Amrum ...«

Eine Stunde später schickte er Brit nach Hause. »Ich schließe
den Laden. Sieh zu, Mädchen, dass du heimkommst. Hier werden
heute keine Kunden erscheinen. Die verbarrikadieren sich jetzt
alle zu Hause. Aus dem Wind wird ein Sturm, schätze ich. Hat keiner vorausgesagt. Aber mit dem Blanken Hans ist nicht zu spaßen.«

Als Brit zu Rieke zurückkehrte, wurde sie erleichtert empfangen. »Gott sei Dank. Dann kannst du auf Kari aufpassen, während ich alles sturmsicher mache.«

Sie war mit dem Kind zum Hafen gegangen, um ihrem Mann
nachzuwinken, wie sie es immer tat, wenn er ablegte, früher auf
große Fahrt mit ungewisser Wiederkehr, mittlerweile auf Ausflugsfahrten, deren Ende sicher war. Aber den Abschied am
Hafen hatte sie nicht aufgegeben. Nach wie vor sah sie seinem
Schiff nach, bis es nicht mehr zu erkennen war. Heute war ihr das

Herz schwer geworden. Das Unwetter hatte sich bereits zusammengebraut, als Willem das Schiff losgemacht hatte.

Eine halbe Stunde war sie auf dem Dachboden beschäftigt, dann kam sie ins Erdgeschoss zurück. »Hoffen wir, dass alles gut geht. Dass Willem aber auch ablegen musste! Er will einfach nicht auf mich hören. Wahrscheinlich hat er ein paar Abenteuerlustige an Bord genommen, die nachher erzählen wollen, dass sie als Einzige nicht seekrank geworden sind.«

Sie kochte eine große Kanne Tee und setzte sich mit Brit an den Tisch. So, dass sie den Hafen im Blick hatte. »Wenn ich an den Sturm im vergangenen Jahr denke …! Eine Sturmflut, die den ganzen östlichen Nordseeraum gepackt hatte. Aber Sylt ist ja vergleichsweise gut weggekommen. Wir hatten keine Toten, im Gegensatz zu Hamburg. Der Schaden aber war gewaltig. In Westerland ist ein Teil der Kurpromenade weggespült worden. Die Flut ist durch die nördlichen Strandübergänge eingebrochen. Das sah hinterher aus wie nach einem Bombenangriff. Hier in Hörnum sind die Dünenkanten an der Westküste abgebrochen, und die Baugrube für das Meerwasser-Hallenschwimmbad hat unter Wasser gestanden.«

Sie erhob sich, ging zum Fenster und setzte sich dann wieder, während Brit sich zu Kari auf die Erde hockte und mit ihr aus Bauklötzchen einen Turm baute, den die Kleine, wenn er ihr hoch genug erschien, freudestrahlend zum Einsturz brachte.

»Im letzten Jahr dann im Winter das komplette Gegenteil«, erzählte Rieke weiter. »Wir hatten ein Hochdruckgebiet und einen so starken Frost, dass das Watt zugefroren ist. Sylt war für ein paar Wochen keine Insel mehr. Die Autofahrer konnten auf direktem Weg zu uns kommen, über das Meer.«

Brit machte große Augen. »Ehrlich?«

»Minus zwanzig Grad! Und die Eisfläche war ganz glatt. Willem hat mir erklärt, dass das ruhige Meer dafür gesorgt hat, dass die

Eisdecke so glatt war. Die hat sogar Lastwagen getragen, die uns zusätzliches Heizmaterial gebracht haben.«

Wieder stand sie auf und ging zum Fenster. Ihre Unruhe wurde spürbar.

»Hast du Angst um Willem?«, fragte Brit leise.

Rieke setzte sich wieder. »Das Schiff sollte eigentlich in die Werft. Es gibt da irgendein Problem mit der Maschine. Es hieß zwar, es wäre nicht so schlimm, diese eine Fahrt noch ... aber besser wäre es gewesen, er wäre heute nicht rausgefahren.«

Danach sprachen sie nicht mehr viel. Sogar Kari schien etwas von der Anspannung zu spüren, die im Raum lag. Sie wollte nicht mehr mit den Holzklötzchen spielen, wollte auf Brits Schoß und verlangte eine Geschichte. Brit holte ein Märchenbuch und begann ihr vorzulesen. Währenddessen sah sie immer wieder zu Rieke hinüber. Die glaubte, dass Brit nicht auf sie achtete, und gab sich keine Mühe mehr, ihre Sorgen zu verbergen. Sie wurde immer nervöser, stand immer wieder auf, schließlich hielt sie nichts mehr auf ihrem Stuhl.

»Vielleicht sollte ich uns etwas zu essen machen.«

Brit erschrak, drückte ihr Kari auf den Arm und ging in die Küche. »Lass mich das machen. Ich schaue mal, ob ich etwas finde, was ich uns zubereiten kann. Was hattest du für heute Mittag geplant?«

»Fisch. Aber ich bin ja nicht zum Einkaufen gekommen.«

Brit fand ein paar Eier im Kühlschrank und einen Kanten Brot und entschloss sich, Rühreier zu machen. Aus den zwei Tomaten, die sie im Vorrat fand, bereitete sie einen Salat zu. Währenddessen hasteten Menschen am Haus vorbei, allesamt in Regenmänteln, in geduckter Haltung, die Kapuzen unter dem Kinn festgebunden. Der Regen, der zunächst nur ein Nieseln gewesen war, wurde immer stärker. Als das Rührei fertig war, peitschte er gegen die Fenster.

Als Brit das Essen ins Zimmer trug, stand Rieke mit Kari am Fenster. Der Hafen war kaum noch zu sehen, er verschwand unter dem dichten Regenschleier. Der Wind rüttelte an den Fensterläden, aber Rieke hatte dafür gesorgt, dass alles fest verschlossen war. Als ein Rosenstämmchen brach, stöhnte sie auf. »Irgendwie … habe ich kein gutes Gefühl.«

CARSTEN TOVAR SAH seinen Freund lange nachdenklich an. »Soll ich dir mal was sagen, Arne ...? Ich kann deinen Vater mittlerweile verstehen.«

Arne fuhr zu ihm herum. »Was? Ich dachte ...«

»Schon klar! Du dachtest, dass du mir erzählen kannst, wie unerträglich die Arbeitswut deines Vaters ist, dass er dir keine Luft zum Atmen lässt, dass er dir ständig Vorschriften macht ... und du bist davon ausgegangen, dass ich jedes Mal nicke und dir recht gebe.«

Arne sah ihn mit offenem Mund an.

»Ich bin dein Freund, ja. Aber das heißt nicht, dass ich in allem deiner Meinung sein muss.«

Ehe Arne etwas sagen konnte, kam ein Matrose zu ihnen, der sie unter Deck bat. »Es zieht ein Wetter auf.«

Während sie hinabkletterten, schwankte der Kahn deutlich. Carsten wäre beinahe gestürzt. Zum Glück konnte Arne ihn am Kragen packen und festhalten. Als sie sich auf eine Bank gehockt hatten und misstrauisch die aufgewühlte See betrachteten, verlangte Arne: »Das musst du mir erklären.«

Carsten wusste, was er meinte. »Heute fährst du einfach für einen Tag nach Amrum. Du brauchst Erholung. Was im *König Augustin* abgeht, ist dir völlig egal.«

Arne fuhr auf. »Na, hör mal! Ich muss mir doch mal einen Tag freinehmen können. Du machst im Übrigen das Gleiche.«

»Ich habe einen Tag Urlaub beantragt und genehmigt bekommen.

Das ist etwas ganz anderes.« Carsten beugte sich vor, um Arne trotz des schwankenden Schiffes ins Gesicht sehen zu können. »Morgens schläfst du aus und kommst nach einem ausgiebigen Frühstück zur Arbeit. Wenn dir nachmittags alles zu viel wird, fährst du ein bisschen auf der Insel herum. Du merkst, dass deine Frau dich betrügt, bringst es aber nicht fertig, Beweise zu sammeln und sie zur Rede zu stellen. Du weichst ihr aus. Ob es um geschäftliche oder private Entscheidungen geht, du drückst dich. Und beschwerst dich dann, dass es andere sind, die für dich entscheiden. So geht das nicht, Arne.«

»Ich will nicht so werden wie mein Vater.«

»Dann steig aus. Mach etwas Eigenes, aber steh deinen Mann, und sag deinem Vater die Wahrheit. Und überleg dir genau, ob du mit Linda verheiratet bleiben willst. Noch kommst du ziemlich ungeschoren aus der Sache raus. Wenn das große Hochzeitsfest stattgefunden hat, wird es schwieriger.«

Arne zuckte mit den Schultern. »Mal sehen.«

»Mal sehen!«, wiederholte Carsten wütend. »Das sagst du mehrmals täglich. Mal sehen! So warst du früher nicht. Als wir uns im *Miramar* kennenlernten, warst du anders. Da hast du optimistisch in die Zukunft gesehen, hast dich auf dein Leben als Erwachsener gefreut.«

Arne antwortete nicht, klammerte sich an der Rückenlehne seines Sitzes fest, kümmerte sich nicht um die schlingernden Bewegungen des Schiffes, um die leisen Schreie der anderen Passagiere, als das Schiff stark kränkte. Auch als Carsten erschrocken sagte: »Verdammt, was ist mit dem Kahn los?«, blieb er unbewegt.

»Ich habe Brit gesehen«, sagte er schließlich. »Sie hat ein Kind von einem anderen. Es kann nicht viel älter sein als das Kind, das sie von mir bekommen hätte. Sie muss bald wieder schwanger geworden sein.« Er starrte vor sich hin, sah weder Carsten noch das Schiff und merkte nicht, wie es kränkte und sich jedes Mal schwerer wieder aufrichtete. »Ich hatte mir so sehr gewünscht, sie wiederzusehen. Aber natürlich nicht so. Möglich, dass ich ihr sogar verziehen hätte. Aber dafür ist es jetzt natürlich zu spät, sie hat ein Kind von einem anderen. Eigentlich verstehe ich noch immer nicht, warum sie mir das angetan hat. Kann wirklich alles Lüge gewesen sein? Ich kann und will es nicht glauben.«

»Vergiss diese Brit!« Carsten wurde ärgerlich. »Sie ist es nicht wert, dass du ihr nachtrauerst. Sie ...«

Ehe Carsten weitersprechen konnte, brach die Hölle los. Der Motor stotterte ein paarmal, dann herrschte plötzlich Stille. Das Schiff wurde zu einem Spielball der Wellen. Schwere Brecher gingen über Deck, schlugen über die Reling, rissen und rüttelten daran.

Unter den Passagieren brach Panik aus. Kräftige Männer konnten sich noch eine Weile an den Sitzen festklammern, während Frauen und Kinder über den Boden rutschten, irgendwo anschlugen, sich dort festzuhalten versuchten, aber sofort in die Gegenrichtung geschleudert wurden. Auch Arne und Carsten wurden von ihren Sitzen gehoben. Wasser drang in den Passagierraum, das Schiff neigte sich bedenklich.

»Amrum in Sicht!«, schrie einer, der offenbar allen anderen Mut machen wollte. »Wir müssen nur durchhalten!«

Aber dann geschah es. Wie schon ein paarmal zuvor hatte sich das Schiff auf die Seite gelegt, alle hatten den Atem angehalten, vor Angst geschrien oder waren vor Entsetzen erstarrt ... aber jedes Mal hatte sich der Kahn wieder aufgerichtet. Im allerletzten Augenblick, so schien es. Diesmal jedoch nicht. Unter schrecklichem Getöse, als schrie das Schiff um Hilfe, als wollte es auf sein Unglück mit kreischendem Metall und brechenden Planken aufmerksam machen, gab es auf. Arne hörte noch, dass Carsten seinen Namen rief, dann wurde er Teil des brodelnden Wassers, schnappte nach Luft, wenn es welche gab, kämpfte gegen alles an, was sein Leben bedrohte.

In den Schiffskörper, an die Seitenwand, war ein riesiges Loch gerissen worden. Arne schwamm darauf zu, fühlte, dass Carsten hinter ihm war, bekam etwas Luft zum Atmen, stieß sich vom Schiffskörper ab ... und wurde von einer Welle erfasst und fortgespült. Wohin? Er wusste es nicht. Er hatte komplett die Orientierung verloren und wusste schon bald nicht einmal mehr, wo oben und unten, wo die rettende Wasseroberfläche und wo der Meeresgrund war. Er war zu schwach, um sich gegen die Wellen zu wehren. Er ließ es geschehen. Wenn er Luft bekam, schnappte er danach, wenn er untertauchte, schien es immer das letzte Untertauchen zu sein. Die Schreie hinter ihm wurden schwächer, der Sog des versinkenden Schiffes war größer. Mit aller Kraft ging er dagegen an, machte heftige Schwimmbewegungen, bekam etwas zu fassen, eine Holzplanke, klammerte sich daran fest, ließ sich für einen Augenblick treiben, damit er Kraft sammeln konnte, löste sich aber schnell wieder davon, als sie ihn nicht mehr trug, sondern in die Tiefe ziehen wollte. Mit ein paar kräftigen Schwimmbewegungen löste er sich erneut von dem Sog, und schließlich schien er vorwärtszukommen, sich nicht mehr nur von dem Schiff lösen zu müssen, sondern durch eigene Kraft in eine Richtung zu kommen, die er selbst bestimmen konnte. Der Insel entgegen? Er wusste es nicht. Er sah zwei Männer, die sich ebenfalls zu retten versuchten, und folgte der Richtung, die sie vorgaben. Als er einmal von einer Welle nach oben getragen wurde, sah er, dass die Richtung stimmte. Einen kurzen Augenblick konnte er die Umrisse von Amrum erkennen. Dann peitschte ihm der Wind wieder schmerzhaft die Wellen ins Gesicht. Arne spürte, wie seine Lippen vor Kälte bebten, wie das Salzwasser in seinen Augen brannte, wie die nächste Bö in seinen Ohren pfiff.

»Carsten!«, schrie er, bekam aber keine Antwort. Als er das nächste Mal aus einer Welle auftauchte, sah er, dass sich am Strand etwas tat. Durch den starken Regen konnte er nur Schemen erkennen,

Bewegungen, ein schnelles Hin und Her. Er hoffte inständig, dass es Retter waren, die sich bereit machten in Boote zu steigen, um die Überlebenden an Land zu bringen. Arne bemühte sich, darauf zuzuhalten, doch die tosenden Wellen schienen ihn immer weiter und immer wieder fortzutragen. Er würde es nicht schaffen. Er hörte eine Stimme, die »Brit!« schrie. »Brit!« Und erkannte, dass es seine eigene war. Er wusste, dass es vorbei war. Es war sinnlos weiterzukämpfen. Er schrie nicht mehr um sein Leben, er schrie nach dem, was er verloren hatte. Schon einmal war ihm der Tod ganz nah gewesen. Nun kam er, um ihn zu umarmen, zu umschließen und sanft mit sich zu ziehen. Arne gab auf …

Teil III

Linda bog in den Weg zum Klappholttal ein und parkte vor der zweiten Baracke. Als sie aussteigen wollte, riss ihr der Wind die Fahrertür aus der Hand. Sie hatte Mühe, sie zu schließen, und lief geduckt auf die Baracke zu, die unter der nächsten Windbö erzitterte. Bevor sie an der Tür angekommen war, wurde sie schon von innen aufgerissen.

»Schnell! Komm rein!«

Zwei Hände griffen nach ihr, der Sturm fuhr gemeinsam mit ihr in den Raum, die Tür ließ sich nur mit großer Kraft wieder schließen.

Linda griff sich in die Haare und schüttelte sie. »Was für ein Wetter!«

Dann fiel sie dem Mann in die Arme, der sie an sich drückte, so lange, bis die Kälte von ihr abließ. Sie spürte seinen sehnigen, muskulösen Körper und fuhr mit allen zehn Fingern durch seine dichten schwarzen Locken. Sie liebte das Unkonventionelle an ihm, dass er sich leisten konnte, keine Frisur zu tragen, die das Werk eines Haarkünstlers war, sondern seine Lockenpracht auf seine Weise bändigte, zum Beispiel mit einem Gummi, mit dem er alles im Nacken zusammenband, was ihn bei der Arbeit störte.

Linda öffnete die Augen und blickte über seine Schulter. Verblüfft löste sie sich von ihm. »Bist du verrückt geworden, Chris?«

Er grinste breit, sein stets freundliches Gesicht bekam etwas Spitzbübisches. »Nein. Wie kommst du darauf?«

Sie zeigte zu dem kleinen Tisch. »Das ist … Champagner. Einer vom feinsten.«

»Wir haben was zu feiern.« Chris' Lächeln vertiefte sich. Er schob Linda in den Nebenraum, in sein Atelier. Dort stand ein riesiges Gemälde, das einen Blick auf die Nordsee zeigte, so aufgewühlt, wie sie zurzeit war. Obwohl es sich um ein expressionistisches Bild handelte, vermittelte sich die Stimmung auf Anhieb. Linda zog ihren Mantel vor dem Körper zusammen, weil sie prompt zu frieren begann. An der linken Bildkante war das *Miramar* zu sehen, verschwommen, als würde es vom Sturm geschüttelt, unkenntlich einerseits, und doch konnte es nur das *Miramar* sein. An der rechten Seite war ein kleiner Teil der Musikmuschel zu erkennen, jedenfalls für den, der das *Miramar* erkannt hatte und dem die Uferpromenade von Westerland vertraut war. Das *Miramar* und die Musikmuschel bildeten quasi den Rahmen des Bildes. Am unteren Rand verlief sich das Pflaster der Uferpromenade in grauen Wolken, die vor dem Betreten des Sturms zu warnen schienen, am oberen sah es so aus, als würde das Meer in den Himmel aufsteigen. Ein Brecher schlug über den Strand, als wollte er nach dem Hotel greifen, Gischt sprühte auf, ein Möwenschwarm brachte sich in Sicherheit.

»Dieses Bild wird demnächst im *Miramar* hängen«, sagte Chris. Und er ergänzte, als Linda zu ihm herumfuhr und vor lauter Entgeisterung nichts sagen konnte. »Ich habe einen Auftrag für weitere Gemälde.«

Linda schnappte nach Luft. »Das ist … einfach großartig! Zahlen sie gut?«

»Besser, als ich dachte.« Chris' Miene verdunkelte sich. »Nur … das *Miramar* ist quasi eure Konkurrenz.«

»Was macht das? Niemand erfährt, dass ich den Maler liebe.«

»Und wenn doch?«

»Ich passe auf.«

»Denk daran, dass ich einen Mann gesehen habe, der dir gefolgt ist.«

»Wahrscheinlich ein Spaziergänger, der zum Strand wollte.«

»Auf mich wirkte er nicht so. Und ich habe auch schon mal vom Fenster aus einen Lieferwagen vom *König Augustin* gesehen.«

»Du bist zu ängstlich.«

»Und du vielleicht zu leichtfertig?«

»Was soll schon passieren?« Linda zog Chris in den Wohnraum zurück. »Lass den Korken knallen.«

Sie beobachtete ihn lächelnd und kicherte, als er sich abmühen musste, weil er wohl noch nie eine Champagnerflasche geöffnet hatte. Wie immer trug er einen dunkelblauen Kittel, trotz des feierlichen Augenblicks. Es war sein Arbeitskittel, den er nur selten ablegte, weil ihm geeignete Kleidung fehlte. Von Linda ließ er sich nichts schenken, und mit seinen Bildern hatte er bisher nicht viel verdient. Gelegentlich bot er sie auf der Uferpromenade an, und manchmal gab es Käufer, die eine schöne Erinnerung mit nach Hause nehmen wollten. Aber Christian Reineit lebte praktisch von der Hand in den Mund. Der Zuschuss aus der Stiftung sorgte nur dafür, dass er sich Arbeitsmaterial kaufen konnte. Er hatte nie versucht, Linda an sich zu binden, mehr aus ihr zu machen als eine Geliebte. Und Linda war dankbar dafür. Sie wusste, dass sie von ihm geliebt wurde, mehr als von Arne, aber sie wusste auch, dass das Leben an seiner Seite sie unglücklich machen würde. Und das wusste auch Christian. Er hatte einmal zu ihr gesagt, dass er lieber nur einen kleinen Teil von ihr hätte, den aber ganz und gar, als sie zu seiner Ehefrau zu machen und damit am Ende auch den kleinen Teil zu verlieren. Linda war keine Frau, die aus Liebe auf Luxus verzichtete. Dass sie Chris Reineit liebte, stand außer Frage, aber dass sie ein karges, bescheidenes Leben nicht ertragen würde, war ebenso klar. Bei dem Versuch, einander ganz zu gehören, vor der Welt zueinander zu stehen, würde ihre Liebe nicht lange überleben. Das wussten beide. Das nahm Chris Reineit hin, ohne Linda jemals einen Vorwurf zu machen. Er war damit einverstanden gewesen, dass sie Arne Augustin heiratete. Und Linda war erleichtert gewesen, dass Chris sie liebte, wie sie war, Verständnis zeigte für ihre Ansprüche. Sie war keine Frau wie Ava Düseler, von der sie Chris einmal erzählt hatte. Arnes Tante hat alles hingeworfen, war der Liebe gefolgt und schien heute damit zufrieden zu sein, dass sie für eine kurze Zeit glücklich gewesen war. Aber Linda war anders, das wusste Chris.

»Vielleicht werde ich auch für andere Hotels malen können«, sagte er verträumt, »wenn meine Bilder erst im *Miramar* hängen.«

Sie stießen an, tranken, küssten sich, tranken erneut. Dann stand Chris auf und ging zum Fenster. »Was hast du deinem Mann erzählt?«

»Gar nichts. Er war nicht da. War schon nach Hörnum unterwegs. Er will mit seinem Freund nach Amrum fahren, brauchte mal eine Auszeit. Onkel Knut schäumt vor Wut.«

Chris sah in den Himmel. »Bei dem Wetter? Ich glaube nicht, dass das Schiff abgelegt hat. Er wird zurückkommen.«

Linda kam zu ihm und schmiegte sich an seinen Rücken. »Du Hasenherz.« Sie griff um seinen Körper und knöpfte ihm den Kittel auf. »Eine Stunde! Dann fahre ich wieder zurück. Bitte.«

Da hörten sie ein Geräusch, das im Tosen des Meeres und im Rütteln des Windes beinahe untergegangen war. Doch beim zweiten Mal war sich Linda sicher: Jemand klopfte an die Tür! Wer konnte das sein, bei diesem Wetter? Sie fuhr herum und sah Chris fragend an. Der zuckte mit den Schultern und schüttelte nur den Kopf. Während er sich hastig den Kittel wieder zuknöpfte, huschte Linda geräuschlos ins Atelier. Sie hörte, wie Chris öffnete. »Hast du schon gehört?«, schrie eine dunkle Stimme über das Prasseln des Regens hinweg. Das musste die Stimme eines anderen Malers sein. »Ein Adler-Schiff ist in Seenot geraten. Kurz vor Amrum. Der Kahn ist untergegangen, nur zwei oder drei konnten sich retten.«

Chris murmelte etwas, was Linda nicht verstehen konnte. Sie wartete, bis er die Tür geschlossen hatte, dann trat sie aus dem Atelier. Als sie Chris' sorgenvolle Miene sah, fragte sie leise: »Du meinst, es könnte das Schiff sein, auf dem Arne ist?«

Chris antwortete nicht. Er reichte ihr die Jacke und schob sie Richtung Tür. »Du musst zurück. Wenn dein Schwiegervater auch schon von dem Unglück gehört hat, wird im *König Augustin* jetzt die Hölle los sein.«

SCHON EINE WOCHE war vergangen, seit Romy nach Sylt gekommen war. Eine anstrengende Woche war es gewesen, die wie im Flug vergangen war. Auch wenn die Arbeit im *Miramar* bei Weitem nicht so befriedigend war, wie sie gedacht hatte. Das einzig Positive war, dass sie sagen konnte: »Ich arbeite im Sekretariat des Hotels *Miramar*.«

Das sagte sie bei jeder Gelegenheit und so oft wie möglich, aber sie hatte längst gemerkt, dass sich dieser Satz abnutzte. Schon nach wenigen Tagen! Sie hatte mehr gewollt. Nicht an der Schreibmaschine sitzen und immer die gleichen Briefe tippen. Nicht irgendwelche Karteikarten nach dem Alphabet sortieren. Und auf keinen Fall ständig tun, was die Sekretärin verlangte.

Frau Andresen war eine strenge Person. Sie war unverheiratet, wollte sich aber partout nicht mit Fräulein anreden lassen, sondern bestand auf der Anrede Frau. »Ich bin über fünfzig. Ich lasse aus mir kein Fräulein mehr machen.«

Herr Lukassen hatte Verständnis dafür. Überhaupt hielt er große Stücke auf Frau Andresen. Wenn Romy die eine oder andere kritische Bemerkung fallen ließ, wurde sie sofort zurechtgewiesen. »So weit musst du erst mal kommen. Frau Andresen ist absolut loyal, fleißig und gewissenhaft und kennt sich im Hotel aus wie keine Zweite.« Selbst in den Stunden, in denen sie Herrn Lukassen mit seinem Vornamen anreden durfte, ließ er nichts gelten, was gegen Frau Andresen sprechen könnte. »Wenn sie in Rente geht, können wir überlegen, ob du ihre Nachfolgerin werden kannst.«

Romy rechnete sich aus, wie viel Zeit bis dahin vergehen würde, und war deprimiert. Vermutlich würde sie sich doch eine andere Stelle in einem anderen Hotel suchen müssen. Zu dumm nur, dass ihre Noten auf dem Abschlusszeugnis alles andere als gut waren. Als Horst Lukassen sie gesehen hatte, war er zum Glück schon von ihren sonstigen Fähigkeiten überzeugt worden, andernfalls hätte er sie niemals eingestellt. Frau Andresen hatte ihr das Zeugnis kopfschüttelnd zurückgegeben, und ihr Gesichtsausdruck hatte klargemacht, dass sie ihren Chef nicht verstehen konnte. Überhaupt war sie eine schweigsame Person, mit Romy sprach sie so gut wie gar nicht. Aber ihr Gesicht konnte reden, wie Worte es womöglich nicht geschafft hätten. Missbilligung gelang ihr am besten. Und als sie merkte, warum Romy trotz ihrer schlechten Noten eingestellt worden war, stand die Missbilligung ständig in ihrem Gesicht, wenn sie Romy Anweisungen gab. Vermutlich glaubte sie, dass Romy ein Verhältnis mit Herrn Lukassen hatte, und Romy beließ es dabei. Sollte sie doch denken, was sie wollte! Wenn Frau Andresen meinte, dass sie die Geliebte des Chefs war, würde sie vorsichtig mit ihr umspringen, das war gar nicht schlecht. In Wirklichkeit war Herr Lukassen aber viel zu vorsichtig, um in seinem Büro für Eifersucht zu sorgen, die sich auf die Arbeitsmoral niederschlagen würde. Er war zufrieden damit, Romy gelegentlich zu küssen, ihr den Hintern zu tätscheln und mit ihr essen zu gehen, irgendwohin, wo man ihn nicht kannte.

Frau Andresen sah so aus, wie Romy auch nach dem Aufstieg zur Chefsekretärin niemals aussehen wollte. Ihr angegrautes Haar trug sie im Nacken zu einem Knoten geschlungen, ihr Gesicht war ungeschminkt, ihre Brille hing entweder an einer Goldkette um den Hals und schwang vor ihrer Brust hin und her, oder sie balancierte sie auf ihrer Nasenspitze, wobei die Goldkette ihr an den Ohren baumelte. Ihre Kleidung war makellos. Korrekte Kostüme, manchmal, wenn es ein bisschen legerer sein durfte, karierte

Röcke mit passenden Jacken, einen Pullover hatte Romy an Frau Andresen nur ein einziges Mal gesehen, nämlich als sie ihr einmal in ihrer Freizeit auf der Kurpromenade begegnet war. Ihre Schuhe waren immer schwarz und hatten einen Blockabsatz, der sehr bequem aussah. Wenn Romy sie beobachtete, wie sie an ihrem großen Schreibtisch residierte, auf jede Frage eine Antwort hatte, jeden Anrufer begrüßte, als wäre er ihr persönlich bekannt, und genau wusste, mit wem Herr Lukassen sprechen wollte und wen sie abwimmeln musste, dann packte Romy der Neid. Und auch ein bisschen die Angst, dass sie selbst niemals so gut werden würde wie Frau Andresen.

Das Einzige, was sie aufheiterte, war der Gedanke an ein Wiedersehen mit Brit. Gerne hätte sie sich schon längst nach Hörnum aufgemacht, um ihre Freundin zu besuchen, aber ihre Arbeitszeiten ließen das nicht zu. Doch an ihrem ersten freien Tag stand sie früh auf, schnappte sich die Ansichtskarte, die sie von Brit erhalten hatte, verließ ihr Zimmer im Souterrain des Hotels, wo mehrere Hotelangestellte wohnten, und ging zum Bahnhof. Der Sturm trieb sie die Friedrichstraße hinunter, langsames Gehen war kaum möglich. Vor ihr ging eine ältere Frau, die mit einem Mal von einer Windbö erfasst wurde, laufen musste, wie sie vermutlich seit zwanzig Jahren nicht mehr gelaufen war, und schließlich bäuchlings aufs Pflaster fiel, weil der Wind schneller gewesen war als sie selbst.

Einige Männer kümmerten sich um sie, Romy war froh darum, dass sie weiterlaufen konnte. Wo der Bus nach Hörnum abfuhr, wusste sie noch. Diesmal hatte sie Glück, sie musste nur wenige Minuten warten. Außer ihr fuhr lediglich eine junge Frau mit, die während der Fahrt an einem Strumpf strickte und sich von der rüttelnden Karossiere des Busses nicht aus der Ruhe bringen ließ.

Als sie an Dikjen Deel vorbeifuhren, wischte Romy die Scheibe frei und versuchte, so viel wie möglich vom Eingang des Zelt-platzes zu sehen zu bekommen. Während sie weiterfuhren, war sie mit der Frage beschäftigt, ob die Erinnerung an Dikjen Deel schön oder nur schicksalhaft gewesen war. In Hörnum waren die Straßen menschenleer. Kein Wunder bei diesem Wetter, dem Sturm hatte sich mittlerweile auch ein heftiger Regen zugesellt. Romy hielt dem Busfahrer die Adresse unter die Nase, die Brit in ihrer säuberlichen Schrift auf die Ansichtskarte geschrieben hatte, aber der Mann schüttelte den Kopf. »In Hörnum kenne ich mich nicht aus. Am besten, Sie gehen zum Hafen, da findet sich immer jemand, der Bescheid weiß.«

Romy band sich die Kapuze ihrer Regenjacke unter dem Kinn zu, ließ den Schirm in ihrer Tasche, für den es viel zu windig war, und folgte seinem Rat. Sie merkte bald, als der Hafen in Sicht kam, dass er recht gehabt hatte. So leer die Straßen auch waren, dort war viel los. In Grüppchen standen die Leute in ihren Wetter-mänteln zusammen, ohne auf den Regen zu achten, und redeten, andere starrten nur aufs Meer hinaus.

Romy trat zu drei Frauen, die aufgeregt miteinander sprachen. »Ich suche ein Haus hier in der Nähe. Können Sie mir helfen?«

Eine der Frauen wandte sich ihr widerstrebend zu. »Ein Haus?« Es sah so aus, als hätten die Frauen anderes zu tun, als jemanden zu einer Adresse zu führen. »Kindchen, du wirst hier im Umkreis von zwanzig Kilometern niemanden zu Hause antreffen. Alle sind hier am Hafen.«

Romy verstand nicht. Fragend blickte sie von einer Frau zur anderen. »Bei diesem Wetter? Aber wieso denn?«

Da begannen alle drei auf einmal zu reden. Dass sie jemanden vor sich hatten, der noch nichts von dem grauenhaften Unglück wusste, schien ihnen zu gefallen. Bisher hatten sie nur wieder-holen können, was alle schon wussten, nun konnten sie endlich jemanden informieren, der keine Ahnung hatte.

Romy hatte Mühe zu folgen. Alle drei redeten gleichzeitig auf sie ein, jede wollte die andere in Lautstärke und Schnelligkeit übertrumpfen. Am Ende war ihr aber klar geworden, dass ein Schiff gesunken war, das vor ein paar Stunden in Hörnum ausgelaufen war. Der Hafenmeister hatte die Nachricht bekommen und dafür gesorgt, dass sie sich herumsprach. Vier Frauen, die ihre Männer an Bord wussten, standen in seiner Nähe. Er sorgte dafür, dass sich niemand zwischen sie drängte, sie standen unter seinem persönlichen Schutz.

Endlich beugte sich eine Frau über die Karte, die Romy noch in der Hand hielt und nur dürftig vor dem Regen schützen konnte. »Ausgerechnet das Haus von Rieke Beering suchst du? Das liegt da oben.« Sie zeigte zu dem Haus, das von hier aus gut zu erkennen war. »Aber da würde ich jetzt nicht hochgehen. Da ist zurzeit niemand. Willem Beering ist ja der Kapitän des gesunkenen Schiffs.«

Romy erschrak. »Und die Frau, die mit ihrem Kind bei den Beerings wohnt?«

Der Zeigefinger derselben Frau bewegte sich in Schlangenlinien über diejenigen, die auf weitere Nachrichten warteten. »Da irgendwo.«

Romy zog sich zurück. So weit, bis sie einen geschützten Platz hinter dem Kiosk fand, wo sie allein war, weil man von dort nichts sehen konnte. So hatte sie sich das Wiedersehen mit Brit und Kari nicht vorgestellt. Sie wollte die beiden in die Arme schließen, sie sollten sich freuen und natürlich staunen, wenn sie erzählte, dass sie eine Stelle im *Miramar* bekommen hatte. Genau wie Romy es sich gewünscht hatte. Rieke Beering sollte Kari versorgen, damit Romy und Brit ihr Wiedersehen feiern konnten, und dann sollte ihr angeboten werden, in Hörnum zu übernachten. Und beim Abschied wollte sie zu einem nächsten Mal eingeladen werden. Teil einer Tragödie wollte sie nicht werden.

Sie machte einen Schritt vor, nun konnte sie Brit erkennen, mit Kari an der Hand. Sie hatte den Arm um eine Frau gelegt, wohl die Frau des Kapitäns. Sehr nah standen sie beieinander, wie Freundinnen, sogar wie Verwandte, und Kari stand zwischen ihnen, ganz eng, an beide geschmiegt. Romy hätte sie nicht auseinanderdrängen und sich nicht zwischen sie schieben können. Dieser Anblick war falsch, das wurde Romy jetzt klar, sie wollte Brit für sich allein. Der Frau des Kapitäns Trost zusprechen, sich um Brit und Kari kümmern, Verständnis haben, aufmuntern – in solchen Dingen war sie noch nie gut gewesen. An diesem Tag würde sie es erst recht nicht sein. Diesen Tag hatte sie sich ganz anders vorgestellt. Wenn sie Brit und Kari auch ihre Familie nannte, noch immer, so schien es ihr unmöglich, mit ihnen etwas anderes als fröhlich zu sein. Die schweren Zeiten waren doch vorbei. Jetzt sollte alles gut werden. Sie wollte Brits Überraschung sehen, wenn sie Romy vor sich stehen sah, wollte von ihrer neuen Stelle erzählen und dabei ein bisschen übertreiben, von Horst Lukassen und auch dabei übertreiben, von der Rückkehr ihrer Mutter, dabei aber natürlich untertreiben. Von Maria würde sie nicht sprechen, aber von Schwester Hermine, die hoffentlich ihrer gerechten Strafe entgegensah. So wollte Romy es haben und nicht anders. Bei Maria war das etwas anderes gewesen. Für sie hatte sie eine Menge auf sich genommen. Und was hatte sie dafür bekommen? Nichts. Maria war in den USA geblieben, war nicht zu Romy zurückgekehrt, hatte ihre Mutter allein nach Deutschland reisen lassen, hatte ihrem Boyfriend den Vorzug gegeben. Vermutlich sprach sie schon hervorragend Englisch, hatte eine Stelle gefunden und bereitete womöglich bereits ihre Hochzeit vor. An ihr Baby dachte sie vielleicht gar nicht mehr, während Romy das Bild des Neugeborenen noch immer vor Augen hatte, sobald sie die Sehnsucht nach Maria überfiel. Sie würde wohl warten müssen, auf einen besseren Moment.

Vorsichtig zog sie sich wieder zurück, den Blick auf Brit und die Frau des Kapitäns gerichtet. Als sie auf der Straße angekommen war, rannte sie los und sah sich nicht mehr um, bis sie an der Bushaltestelle angekommen war. Der Wind rüttelte sie durch, aber sie ließ es geschehen, ohne nach einem Unterstand Ausschau zu halten.

Es war Zufall, dass Brit zurückblickte. Oder war es Intuition gewesen? Sie wusste, dass man Blicke spüren und die Gegenwart eines Menschen erahnen konnte. Als sie sich umsah, war ihr jedenfalls sofort klar, warum ihre Aufmerksamkeit von den Ereignissen abgelenkt worden war, die sich auf dem Wasser abspielten oder abgespielt hatten. Die Frau, die gerade das Hafengelände verließ, war Romy. Daran hatte sie keinen Zweifel. Nun verschwand sie hinter niedrigen Büschen und war nicht mehr zu sehen.

Brit drückte Rieke ihre Tochter auf den Arm. »Ich bin sofort zurück.«

Romy war auf Sylt! Romy wollte sie besuchen. Romy hatte sie im Hafen gesucht, aber nicht gefunden. Wahrscheinlich lief sie nun zum Haus der Beerings, zu der Adresse, die Brit auf die Ansichtskarte geschrieben hatte.

Aber als Brit dort ankam, war niemand zu sehen. Sie ging in den Garten, blickte sich überall um, keine Spur von Romy. Ratlos ging sie auf die Straße zurück. Romy suchte nach ihr! Vielleicht war sie auch zuerst zum Haus gegangen, doch hier war ihr nicht geöffnet worden. Warum hatte sie nicht gewartet? Oder warum hatte sie sich im Hafen nicht zu ihr durchgefragt?

Eine böse Ahnung beschlich sie, als sie den Bus sah, der stündlich zwischen List und Hörnum verkehrte. Er drehte in der Nähe des Hafens, nachdem er seine Passagiere abgesetzt hatte, und fuhr dann zurück, um die Fahrgäste aufzunehmen, die in den Norden der Insel wollten.

Brit rannte los, aber sie kam zu spät. Sie sah gerade noch, wie Romy ihre Tasche in den Bus stellte und dann mit einen großen Schritt einstieg. Sie war der einzige Fahrgast, der Busfahrer gab Gas, die Türen schlossen sich, als er schon angefahren war.

Brit blieb stehen wie erstarrt. Romy war gekommen und gleich wieder gefahren. Warum? Warum hat sie nicht gewartet? Hatte sie jetzt wieder die Romy von damals gesehen? Die Mutigste von allen, die es gewagt hatte, in eine Kneipe zu gehen, die die anderen verführt hatte, nackt zu baden, die die Stirn gehabt hatte, Fräulein Brunner und Herrn Jürgens zu erpressen, und Brit dennoch Vorwürfe machte, weil sie nicht verschwiegen gewesen war, nachdem sie die beiden Lehrer beim Sex beobachtet hatte. Romy mit den zwei Herzen in ihrer Brust. Romy, die sie geschnitten hatte, als sie von Sylt zurückgekehrt waren. Und dann die empathische Romy, die ihre Schwester im Entbindungsheim besuchte, während die Mutter sich kein einziges Mal dort blicken ließ, und die Romy, die keine Gefahr gekannt hatte, als sie Brit half, aus dem Heim zu fliehen. Romy, die ihre Familie geworden war. Aber auch die Romy, die die Flucht ergriff, wenn sie in einer Tragödie nicht die Hauptrolle spielen durfte.

Eine Weile blieb Brit stehen und starrte die Straße hinunter, wartete, dass der Bus noch einmal hielt und Romy heraussprang, weil sie es sich anders überlegt hatte. Weil ihr klar geworden war, dass sie zu Brit gehörte in dieser schrecklichen Situation. So wie Rieke Beering. Aber der Bus verschwand, Romy kam nicht zurück.

Dann drangen die Stimmen vom Hafen wieder an Brits Ohr, das aufgeregte Rufen, und sie dachte an Rieke, die alleine am Hafen stand, mit Kari auf dem Arm, und jemanden brauchte, der ihr in der Angst um ihren Mann beistand. Langsam setzte sich Brit wieder in Bewegung und ging zum Hafen zurück. »Romy.« Wie sollte sie je aus ihr schlau werden? Sie würde nach Romy suchen, sobald sich eine Möglichkeit fand. Doch nun gab es Wichtigeres …

KNUT AUGUSTIN tastete nach der Rückenlehne eines Stuhls, sein Freund half ihm, sich zu setzen. Er gab einem Kellner einen Wink, damit er einen Cognac und ein Glas Wasser brachte. »Ein paar Männer haben sich wohl retten können«, sagte Robert immer wieder und von Mal zu Mal hilfloser. »Vielleicht gehört Arne dazu.«

Knut schwankte auf seinem Stuhl und drohte nach vorn zu kippen. Erschrocken griff Robert nach seinen Schultern und hielt ihn fest.

»Er war doch gerade erst gesund geworden«, stöhnte Knut. »Und jetzt …?«

»Du darfst die Hoffnung nicht aufgeben.«

Die Kellner, die gerade dabei gewesen waren, das Café für die Nachmittagsgäste vorzubereiten, standen blass und stumm in der Nähe der Tür, als wüssten sie nicht, ob es besser war, den leidgeprüften Vater von ihrer Anwesenheit zu befreien, oder ob es feige war, sich jetzt zu verdrücken. Olaf Rensing hatte sich Knut Augustin am weitesten genähert, aber man sah ihm an, dass es ihn Mut kostete. Er nahm dem Kellner das Tablett mit dem Cognac und dem Wasser ab, der darüber sehr erleichtert war, und stellte es vor Knut Augustin ab. Als Erstes reichte er ihm den Cognac. »Bitte. Trinken Sie.«

Knut sah ihn so dankbar an, als hätte er ihm die Nachricht überbracht, dass sein Sohn überlebt habe. Als er merkte, dass Olaf Rensing vor der Emotion in seinen Augen zurückwich, nahm er das Glas und trank es aus, ohne den Konditor noch einmal anzublicken.

Die Tür wurde aufgerissen, und Linda erschien auf der Schwelle, mit ihr ein Schwall kalter Luft, der sich in ihren Haaren und ihrer Kleidung verfangen hatte. »Was ist los? Stimmt es, was ich gehört habe?«

Robert König ging auf seine Tochter zu und schloss sie in die Arme, ohne ihre Frage zu beantworten. »Es gibt Überlebende. Wir müssen hoffen …«

Knut Augustin reagierte erst auf seine Schwiegertochter, als sie sich über ihn beugte und ihn umarmte. Das Zarte, Feingliedrige, das ihm immer gefallen hatte, schon als sie noch ein Kind gewesen war, tat ihm gut. Ihr Duft schien ihm zu zeigen, dass die Realität viel heller war, als sie jetzt aussah, und der feine Wollstoff ihrer Jacke gaukelte ihm vor, dass das Leben sich unmöglich komplett geändert haben konnte. Er wusste, dass seine Gedanken verrückt und unvernünftig waren, dennoch halfen sie ihm für einen Augenblick. Linda war für ihn immer wie eine Tochter gewesen. Und ihre Anwesenheit gab ihm die Kraft zu hoffen, dass er seinen Sohn nicht verloren hatte.

Er stand auf und blickte Robert und Linda dankbar an. »Ja, wir werden die Hoffnung erst aufgeben, wenn es wirklich keine mehr gibt.«

Er bedachte den Konditor mit einem prüfenden Blick. »Kann ich Ihnen heute die Verantwortung für das Café überlassen?«

Olafs Gesicht lief rot an. »Selbstverständlich, Herr Augustin. Sie können sich auf mich verlassen.«

Knut wurde von Robert und Linda eskortiert, als sie ins Büro gingen. »Warum ausgerechnet der Konditor?«, erkundigte sich Robert leise. »Er hat keinerlei Erfahrung in der Personalführung.«

»Er ist ein guter Mann«, antwortete Knut und kümmerte sich

nicht um Roberts und Lindas Verwunderung. Und er war froh, dass sein Freund seine Entscheidung nicht beanstandete.

Knut griff nach Lindas Hand. »Meine Arme! Noch gar nicht richtig verheiratet und dann so was!«

Linda fiel es am leichtesten, Optimismus zu verbreiten. »Arne ist nicht tot. Ich kann das nicht glauben.«

Beide Männer nickten eifrig. Jeder wollte, dass Linda bei dieser Einstellung blieb und auf keinen Fall von ihrer Zuversicht abwich.

»Lasst uns nach Hörnum fahren«, schlug Knut vor. »Dort bekommen wir alles aus erster Hand zu hören. Oder nach Amrum.«

»Wie sollen wir nach Amrum kommen? Jetzt geht garantiert kein Schiff mehr. Es wird ja auch bald dunkel. Und in Hörnum sind wir den Blicken aller Neugierigen ausgesetzt. Willst du das?«

Nein, das wollte Knut Augustin nicht. »Du hast recht. Und stundenlang am Hafen stehen, das schaffe ich auch nicht.«

Robert war zufrieden. »Wir bekommen sofort Bescheid, dafür habe ich gesorgt.«

Darauf gab es nichts mehr zu sagen. Knut sackte in seinem Schreibtischstuhl zusammen, Robert lehnte sich an die Fensterbank und starrte seinen Freund an, als wollte er herausfinden, womit ihm zu helfen sein könnte, Linda ging auf und ab, zum Fenster und wieder zurück. Ihre Absätze klackerten im immer gleichen Rhythmus. »Es kann nicht sein«, murmelte sie, »es kann einfach nicht sein.«

Es WAR KALT und düster. Vor allem kalt. Die Kälte schwappte über seine Füße, diese nasse Kälte, mal bis zu den Knien, mal erreichte sie nur seine Fußsohlen. Er musste hier weg. Gleich würde womöglich wieder einer dieser Brecher über ihn hinweggehen, denen er nicht mehr ausweichen konnte. Nicht noch einmal, nein. Auf den Ellbogen robbte er weiter, dorthin, wo der Sand trockener war. Dann ließ er den Kopf fallen, die Stirn in den Sand. Jetzt schaffte er es immerhin, den Oberkörper zu krümmen, sodass sein Mund über dem Sand schwebte. Er krümelte von seinen Lippen, die Mundhöhle war voller Sand, der Geschmack salzig. Noch ein paar Zentimeter weiter. Es tat weh. Die Knie waren aufgeschürft, die Ellbogen auch. Nun konnte er die Augen weiter öffnen und vorausblicken. Die Düsternis lichtete sich ein wenig, sie war vorher ein Nebelschleier vor seinen Augen gewesen. Und ein Schatten. Die Dunkelheit lauerte schon in den Wolken, sie würde bald herabfallen. Aber noch konnte er seine Umgebung erkennen. Der Schatten kam von dem Boot, neben dem er lag, ein umgekipptes Boot, scheinbar unbrauchbar. Er hörte Stimmen, wusste mit einem Mal, dass von ihnen Hilfe kam, versuchte, sich aufzurichten, sich bemerkbar zu machen, fiel aber gleich wieder in den Sand. Allmählich begriff er, dass er der Gefahr entronnen war. Der verzweifelte Kampf, an den er sich mit einem Mal erinnerte, waren seine Schwimmbewegungen gewesen. Er hatte dem Sog des Schiffes entrinnen können, er war an Land gekommen. Irgendwie. Vollkommen erschöpft.

»Hilfe.« Es war nur ein Murmeln, niemand würde ihn hören. Die Stimmen und die Bewegungen waren weit weg. »Brit?« Wirre Gedanken drehten sich in seinem Kopf. Nein, sie würde ihm nicht helfen. Sie hatte sein Kind verkauft. Weggeworfen. Und dann hatte sie bald einen anderen Mann in ihr Leben gelassen. »Brit!« Es war nun bewiesen. Und doch … »Brit!«

Die Erschöpfung wurde mit einem Mal übermächtig. Sie verwandelte sich in eine Gleichgültigkeit, die ihn voll und ganz ausfüllte. Sollte ihn der Tod doch holen. Sollte eine weitere Welle kommen, eine letzte, und ihn ins Meer zurückreißen. Er würde sich nicht wehren, nicht mehr wehren können. Zu müde war er und zu entkräftet.

Aber es kam keine Welle mehr. Er war in Sicherheit. Er musste nur auf sich aufmerksam machen, dann würde man ihn packen, ihm trockene Kleidung geben, ihn versorgen … und dann würde er bald nach Hause kommen und sein Leben weiterführen können. Sein Leben … mit seinem Vater und seiner Frau … und ohne Brit.

Er blieb im Schatten des Bootes liegen, bewegungslos. Wenn sie ihn entdeckten, würden sie ihn für tot halten. Vielleicht. Aber vielleicht würden sie ihn auch gar nicht bemerken. Leise Hilfeschreie drangen an sein Ohr, er hörte das Martinshorn von ferne, der Strand wurde zur Bühne für ein Schauspiel, das Lebensrettung hieß. Wo war Carsten? Er wusste nicht mehr, wo und wann er ihn verloren hatte. Aber er merkte, dass seine Kraft zurückkehrte, sein Überlebenswille.

»Über.« »Leben.« »Wille.«

*

Als er erneut die Augen aufschlug, wusste er, dass er leben wollte. Überleben, weiterleben! Ihm war entsetzlich kalt, der Wind peitschte über ihn hinweg, wirbelte den Sand vor ihm auf, trieb ihn in seine Augen. Die Kälte machte ihn fast bewegungslos. Seine Finger so eisig, dass er sie kaum krümmen konnte, sein ganzer Körper wie erstarrt. Als er versuchte, sich zu bewegen, sich von der Kälte, von dem Meer zu entfernen, merkte er, dass seine Jacke nass war und schwer an ihm hing. Er klapperte mit den Zähnen. Kalt, kalt! Er musste unbedingt weg. Irgendwohin, wo er geschützt war. Nach einigen Versuchen ließen sich seine Finger bewegen, konnten seine Hände zugreifen. Sein Körper wurde weicher, er konnte sich regen, die Füße konnten dafür sorgen, dass er seine Lage veränderte. Es ging ihm schlecht, aber doch besser. Besser, weil er merkte, dass er keine Verletzungen davongetragen hatte, dass er sich wieder dem Leben näherte und dem Tod davonkriechen konnte. Und das wollte er. Nicht sterben, sondern weiterleben!

Nun kam die Dunkelheit auf ihn zu. Sie kroch über die Dünen heran, fast unbemerkt. Er musste vor ihr sein Ziel erreichen. Welches Ziel? Diese Frage wollte er nicht beantworten. Hauptsache weg. Er kroch weiter, aus dem Schatten des Bootes hinaus, und sah, dass Sanitäter eine Frau über den Strand trugen. Tot? Vielleicht auch nur schwer verletzt. Die Helfer konzentrierten sich auf sie. Arne kroch zu einem Büschel Strandhafer. Bis zur nächsten Düne war es nicht weit, eine Dünenkette, eine, in der sich eine Düne vor eine andere schob, dazwischen ein Tal, in dem er sich ausruhen konnte. Und dann weiter. Seine Kraft wuchs, je besser er vorankam. Wenn nur die Kälte nicht wäre. Er schaffte es, sich aufzurichten und zurückzublicken. Ein Mann an der Wasserkante, der gerade von zwei Helfern aufgerichtet wurde, sah in seine Richtung. Carsten? Vielleicht. Die Hoffnung, dass sein Freund mit dem Leben davongekommen war, gab ihm weitere Kraft. Er konnte laufen, wurde schneller, die Verletzungen an Armen und Beinen waren nicht schwer. Oberflächliche Hautabschürfungen, sie brauchten nicht einmal verbunden zu werden. Alles, was er nötig hatte, war ein Dach über dem Kopf und trockene Kleidung.

In der Bäckerei von Hörnum war viel zu tun. Der erste Adventssonntag stand bevor, sowohl die Sylter als auch die Feriengäste kauften Christstollen, Spekulatius und Dominosteine. Mittlerweile gab es viele Zweitwohnungsbesitzer, und diese verbrachten mehrere Wochen des Jahres auf der Insel. Es ließ sich ja so wunderbar aus dem Alltag fliehen, erst recht, wenn Feiertage bevorstanden, die mit familiären Ansprüchen einhergingen. Sie mussten nicht erfüllt werden, wenn man nicht mehr greifbar, sondern nach Sylt ausgerissen war.

Mit jedem Kunden kam ein Schwall eiskalter Luft in den Verkaufsraum, die aber sofort von der Hitze aus der Bankstube zu Boden gedrückt wurde. Alle Hörnumer erkundigten sich nach dem Befinden von Kapitän Beering. »Er soll ja Weihnachten aus dem Krankenhaus entlassen werden.«

Brit bestätigte es jedes Mal lächelnd. Willem Beering war als einer der Letzten in den auslaufenden Wellen gefunden worden, weit entfernt von allen anderen, mit einem Kleinkind im Arm, dessen Mutter bis jetzt unauffindbar geblieben war. Das Kind war fast unverletzt geblieben. Es hatte geweint und damit die Retter auf sich und den Kapitän aufmerksam gemacht. Mit Willem Beering hatte es zunächst schlimm ausgesehen. Schwere Kopfverletzungen, eine Reihe von Knochenbrüchen, aber zum Glück nichts Lebensbedrohliches. An zwei Gehstöcken konnte er sich nun schon wieder vorwärtsbewegen. Was aber nicht heilen wollte, war sein Gemütszustand. Er fühlte sich schuldig, er hätte sich seinem Vorgesetzten widersetzen sollen. Schlechtes Wetter war angekündigt worden, aber er, der erfahrene Seebär, hatte geglaubt, damit fertigzuwerden. Der Reeder und auch dessen Stellvertreter hatten von ihm verlangt, diese Fahrt zu machen, obwohl das Schiff nicht seetauglich gewesen war. Doch die hatten ja keine Ahnung von christlicher Seefahrt, die waren allesamt Theoretiker. Er, Willem Beering, hingegen hätte ahnen können, dass diese Reise verhängnisvoll werden konnte. Immer, wenn Rieke und Brit ihn im Krankenhaus besuchten, kämpfte er mit seinen Selbstvorwürfen und ließ sich nicht damit beruhigen, dass nicht er schuld war, sondern der Reeder, und dass dieser, wenn Willem sich geweigert hätte, einen anderen Kapitän eingesetzt hätte, einen unerfahrenen, unter dessen Führung womöglich alles noch viel schlimmer geendet hätte. Trotzdem ließ Willem sich nicht damit beruhigen, dass auch andere Schiffe in Seenot geraten waren. Das Wasser war eben sehr tückisch gewesen an diesem Tag.

Brit hatte sich freigenommen, sie wollte Rieke unter keinen Umständen allein lassen, solange nicht klar war, was mit Willem geschehen war. Rieke hatte beschlossen, eine Fischsuppe zu kochen, damit sie etwas zu tun hatte, was sie von ihrer Angst ablenkte. Und Brit war sogar entschlossen gewesen, davon zu essen, wenn es Rieke helfen würde, ihre Sorgen um Willem auszuhalten.

Die Fischsuppe war gerade fertig, Brit hatte schon angefangen, den Tisch zu decken, als der Hafenmeister erschien. Man sah seiner Miene sofort an, dass er eine frohe Botschaft brachte. »Willem lebt!«, schrie er so laut, dass auch die Nachbarn es hörten. Einige kamen schon herbeigelaufen, umarmten Rieke und rüttelten sie, als es so schien, als sei sie erstarrt vor Glück.

Der Hafenmeister hatte sogar noch mehr zu berichten: »Er hatte ein kleines Kind im Arm. Das hat er nicht losgelassen, obwohl er kaum noch bei Bewusstsein war.«

Dass dieses kleine Kind ein Obdach bei den Beerings fand, war klar. Der Vater der kleinen Gitta, der noch immer darauf hoffte, dass seine Frau lebend geborgen wurde, war sehr dankbar, dass seine Tochter so gut versorgt war. Ein Kind, das bei den Beerings einziehen durfte, konnte einen großen Teil seines schweren Schicksals vor der Tür, in der Kälte, stehen lassen und würde von da an von Wärme umfangen sein. Das wusste jeder.

Mittlerweile war viel Zeit vergangen, doch Gittas Mutter hatte man immer noch nicht gefunden. Das kleine Mädchen und auch ihr Vater würden bei den Beerings das Weihnachtsfest verleben, kein fröhliches, aber ein behagliches mit viel Trost und vielleicht auch ein bisschen Zuversicht.

Olaf hatte schrecklich viel zu tun. Das *König Augustin* platzte täglich aus allen Nähten, die Weihnachtsbäckerei lief auf Hochtouren. An einem freien Tag war er mit dem Bus nach Hörnum gekommen und hatte erzählt, dass es wohl nicht nur die guten Weihnachtstorten waren, die die Gäste anzogen, sondern auch das Schicksal, das über dem *König Augustin* hing. Selbstverständlich hatte sich rasch herumgesprochen, dass der Juniorchef nicht zurückgekehrt war. Dass er zu den Opfern gehörte, die das Schiffsunglück zwischen Sylt und Amrum gefordert hatte. »Sein Freund konnte gerettet werden«, berichtete Olaf, »aber er schwebt nach wie vor in Lebensgefahr. Von dem Junior fehlt jede Spur.«

Das gleiche Schicksal wie Gittas Mutter. Es würde ein trauriges Weihnachtsfest werden. Olaf würde nicht frei bekommen, weil während der Festtage viele Gäste erwartet wurden, und Brit wollte Rieke auf keinen Fall allein lassen. Sie konnte nicht zwei kleine Kinder versorgen, während sie sich noch um einen traumatisierten Ehemann und einen verzweifelten jungen Vater kümmern musste. Nein, Rieke würde sich auf Brit verlassen können. Mittlerweile war sie für Brit die Familie geworden, die sie damals bei Romy gefunden hatte, nachdem sie von ihrer eigenen Familie in Riekenbüren verlassen und verraten worden war. Hin und wieder dachte sie an Romy, an die seltsame Begegnung an jenem tragischen Tag. An Romys abweisenden Blick. Brit hatte sich nie dazu aufraffen können, ihre alte Freundin zu suchen. Wo hätte sie auch anfangen sollen? Und offenbar hatte auch Romy kein Interesse an einem Wiedersehen. Brit hatte ihr einige Tage, nachdem sie sie gesehen hatte, eine Postkarte nach Bremen geschickt. Doch diese war unbeantwortet geblieben. Offenbar war Romy nicht auf Sylt zu Besuch gewesen, sondern wohnte jetzt auf der Insel. Oder sie wollte Brit einfach nicht antworten …

Die Entscheidung, das Weihnachtsfest in Hörnum im Hause Beering zu feiern, fiel Brit leicht. Auch für Olaf war klar, dass es keine Alternative gab. Selbst wenn es bedeutete, dass sie Weihnachten nicht als Familie zu dritt feiern würden.

Als die Bäckerei geschlossen wurde, half Brit noch beim Aufräumen, wischte alle Regale sauber, fegte den Boden und schrubbte ihn. Jeder Kunde hatte Schmutz hereingetragen, gefrorener Schnee hatte unter allen Schuhen geklebt, der im warmen Verkaufsraum sofort von den Sohlen getaut war. Der Bäcker war erleichtert, als sein Laden im Nu blitzblank war. Er griff in die Kasse und steckte Brit einen Zwanzigmarkschein zu. »Frohe Weihnachten.«

Brits Heimweg führte am Hafen vorbei. Sie blieb eine Weile stehen, obwohl es kalt war und Schnee in dicken Flocken vom Himmel fiel, der keine Puderzuckerlandschaft hervorzauberte, sondern eine graue und feuchte Welt, keine Weihnachtsstimmung, sondern schmuddelige Düsternis sowohl vor den Augen als auch im Herzen. Brit wurde schwermütig, sie dachte an Riekenbüren, fragte sich, ob ihre Eltern allein vor dem Weihnachtsbaum saßen, weil Hasso und Halina ihr eigenes Bäumchen hatten. Ob Nachbarn gekommen waren, um ein frohes Fest zu wünschen? Oder ob ihre Eltern versuchten, aus dem Heiligen Abend einen Tag wie jeden anderen zu machen, damit sie mit der Trauer um die verlorene Tochter fertigwurden? Schon lange hatte es in ihrem

Herzen keine Gewissensqual mehr gegeben, doch die graue Dämmerung, die Kälte, der Stillstand im Hafen, der keine Ruhe ausstrahlte, sondern nur steife Bewegungslosigkeit, machte ihr nun zu schaffen.

Dazu der Verlust ihrer Freundin, der sie so viel zu verdanken hatte. Sie machte sich keine Hoffnungen, sie hatte Romy verloren. Sie war nach Sylt, nach Hörnum gekommen, aber wieder gefahren, ohne nach Brit zu suchen. Und das Seltsamste daran war, dass Brit keine Ahnung hatte, warum.

Brit ging an den Häusern vorbei, in denen die Bäume bereits geschmückt worden waren. Aus vielen drang ein verführerischer Duft, ein Braten stand im Rohr. In den Küchen sah sie Licht, in den Wohnzimmern war es dunkel, dort arbeitete das Christkind, das die Kinder später mit Geschenken überraschen sollte. Sie erinnerte sich gerne an diese Zeit, als sie noch an den Nikolaus und ans Christkind geglaubt hatte. Und sie freute sich darauf, dass auch Kari nun alt genug für diese Geschichten war.

Gittas Vater saß am Tisch und weinte, seine kleine Tochter und auch Kari standen neben ihm und versuchten, ihn zu trösten. Beide legten ihre Wangen auf seine Hände und küssten sie. Zunächst schien dieser Zuspruch alles noch schlimmer zu machen, aber dann half er doch. Der arme Mann konnte sich ein Lächeln abringen und schaffte es schließlich, so zu tun, als freue er sich auf das Essen, das Rieke nach der Bescherung auftischen wollte. Willem saß in seinem Sessel, ärgerte sich darüber, dass er nicht helfen konnte, brachte es dann aber fertig, die beiden kleinen Mädchen mit einer Weihnachtsgeschichte zu unterhalten. Trotz der Trauer, die mit der Angst um Gittas Mutter ins Haus gezogen war, machte sich ganz allmählich eine feierliche Stimmung breit. Brit spürte, wie sich die Sehnsucht nach Romy und ihren Eltern in der Wärme und Gemütlichkeit auflöste. Das Einzige, was ihr noch Probleme bereitete, war das Essen, das Rieke kochte. Der gedünstete Fisch roch merkwürdig, und die Senfsoße, die Rieke dazu servieren wollte, schien mit bayerischem süßem Senf zubereitet worden zu sein, was Brit Sorgenfalten auf die Stirn trieb. Ihre Mutter hatte die Soße mit scharfem Senf gemacht, Brit hatte sie immer sehr gern gemocht. Aber diese …?

»Darf ich abschmecken?«, fragte sie, wurde aber wieder ins Wohnzimmer geschickt.

»Du musst den Weihnachtsbaum schmücken. Es wird Zeit.«

Dezember 1963, Sylt

LINDA SASS IM CAFÉ, mit einer Kaffeetasse und einem Likörglas vor sich. Es herrschte diese bestimmte Sylter Weihnachtsstimmung, die es woanders nicht gab. In anderen Städten hasteten die Hausfrauen durch die Geschäfte, kauften fürs Weihnachtsmenü ein, und die Männer suchten auf den letzten Drücker einen Baum aus, weil er dann billiger war – auch wenn er vermutlich keine Gnade vor den Augen der Gattin finden würde. Die Stimmung war gereizt, weil die Verwandtenbesuche auch selten eitle Freude hervorriefen.

Auf Sylt war alles anders. Hier brauchte niemand einen Baum zu schmücken, nur der Hotelier und seine Mitarbeiter, fürs Weihnachtsessen musste auch niemand einkaufen, das erledigten ebenfalls andere, und meistens sogar viel besser, und Verwandtenbesuche waren auch nicht zu befürchten. Kein Wunder, dass diese Art, Weihnachten zu feiern, in den letzten Jahren en vogue geworden war. Wer es sich leisten konnte und wer sich traute, Mutter und Schwiegermutter vor vollendete Tatsachen zu stellen, wurde von den daheimgebliebenen Freunden und Nachbarn glühend beneidet.

Im *König Augustin* herrschte die übliche Kaffeehausstimmung, woran die Weihnachtslieder vom Plattenspieler und die weihnachtliche Dekoration nichts änderten. Linda war immer wieder überrascht darüber, wie schnell sich der kühle Raum mit Wärme füllte, sobald er auch nur zur Hälfte mit Gästen gefüllt war. Stimmengewirr um sie herum, das Klirren von Tellern und Tassen, das Klappern von Besteck, Gelächter, die schnellen Schritte von

Kellnerinnen und Kellnern, Linda mochte diese Atmosphäre. Aber seit Arnes Tod – wie sie sein Verschwinden längst nannte, vorausgesetzt, Knut Augustin kam es nicht zu Ohren – durfte sie sich ja nicht vergnüglich geben, musste ernst und bedrückt aussehen, durfte nicht lachen, nicht einmal lächeln und auf keine Avancen eingehen. Viele Blicke flogen zu ihr, und in jedem Gesicht stand Mitleid und Betroffenheit. Wenn die Köpfe zusammengesteckt wurden, wusste Linda, was geredet wurde: »Die Arme! Und das kurz vor dem Hochzeitsfest. Wenn man wenigstens die Leiche gefunden hätte. Dann gäbe es ein Grab, einen Ort, an dem die arme junge Frau trauern könnte.«

Diese Redensarten waren ihr vertraut, und sie wusste um ihre Trivialität. All das hatte sie selbst schon oft dahingemurmelt, wenn es angebracht erschienen war.

Ihr Vater gesellte sich zu ihr, mit sehr ernstem Gesicht und im schäbigsten Cordanzug, den er besaß. Linda war froh, dass wenigstens sein fliederfarbenes Hemd neu war und nach der aktuellen Mode. Sie verstand einfach nicht, warum ihr Vater so viele Hemden besaß, alle topmodisch und sehr teuer, aber wenn es um Anzüge ging, mit Vorliebe die uralten trug, die längst aus der Mode waren. In Gedanken machte sie sich eine Notiz, bei der nächsten Shoppingtour einen neuen Anzug für ihren Vater in Auftrag zu geben, ob er wollte oder nicht.

»Knut geht es schlecht. Ich hoffe, er folgt endlich meinem Rat, zum Arzt zu gehen.« Robert König seufzte tief.

»Kennst du einen, der Trauer behandelt?«, fragte Linda und hätte beinahe gegrinst.

»Seine Herzbeschwerden machen mir Sorgen. Er hält sich oft die linke Seite und krümmt sich vor Schmerzen. Er denkt, ich merke es nicht, aber ich bin in großer Sorge.«

Nun erschrak Linda. »Hatte er das vorher … ich meine, vor dem Schiffsunglück auch schon?«

»Ich denke, das wäre mir aufgefallen. Er kann Arnes Tod einfach nicht verwinden.«

Nun sprach also auch ihr Vater nicht mehr von Arnes Verschwinden, sondern von seinem Tod. »Ich glaube, wenn es in ihm nicht noch eine kleine Hoffnung gäbe, lebte Knut schon nicht mehr. Diese winzige Hoffnung hält ihn aufrecht.«

Olaf Rensing trat an ihren Tisch. »Entschuldigung, kann ich kurz …?«

Robert machte eine zustimmende Geste. Er sah dem Konditor an, dass er etwas Wichtiges zu sagen hat.

Olaf beugte sich vor, damit er so leise wie möglich sprechen konnte und trotzdem verstanden wurde. »Ich habe dafür gesorgt, dass Herr Augustin ins Krankenhaus gebracht wird. Es ging ihm so schlecht, dass ich mir Sorgen gemacht habe. Er war sogar einverstanden. Das hat mir gezeigt, dass es ernst ist.«

Robert sprang auf, ließ sich aber nach einem Blick auf die Gäste in der Nähe wieder zurücksinken. »Nordseeklinik?«

»Wo sonst?«, mischte sich Linda mit spöttischem Ton ein. »Das ist das einzige Krankenhaus auf Sylt! Dem Deutschen Reich zu verdanken. Das Lazarett für die Luftwaffe.«

Robert wollte diese Belehrungen nicht hören. »Still jetzt! Wir müssen dafür sorgen, dass niemand davon etwas mitbekommt.«

Olaf Rensing nickte. »Ich habe den Krankenwagen an den hinteren Ausgang fahren lassen. Das ist niemandem aufgefallen.«

Robert stand auf, so langsam und unauffällig, als gäbe es etwas zu tun, was durchaus eine Stunde Zeit gehabt hätte. »Danke, das haben Sie gut gemacht.« Er sah Linda an. »Wir fahren ins Krankenhaus. Ich wollte dich sowieso bitten, den Kellner zu besuchen, mit dem Arne befreundet war. Carsten Tovar, sein Trauzeuge. Er soll wieder ansprechbar sein.«

»Ich?«, maulte Linda.

»Das können Frauen besser als Männer«, behauptete ihr Vater.

»Jemand wie du kann am besten die richtigen Worte finden. Vergiss nicht, dass dieser Tovar mit Arne befreundet war. Für den ist Arnes Tod sicherlich auch schwer.«

Linda machte keinen Hehl daraus, dass ihr diese Aufgabe nicht behagte, stimmte aber schließlich zu. Während sie ihrem Vater folgte, sagte sie: »Eigentlich wollte ich zu der Vernissage ins *Miramar*. Dort stellt ein neuer Maler aus. Das habe ich dir erzählt.«

»Linda! Das ist doch nicht wichtiger, als Onkel Knut und den Trauzeugen deines Mannes im Krankenhaus zu besuchen!« Sie sah es ihrem Vater sogar von hinten an, dass er sich über ihren Einwand ärgerte. Ein neuer Maler hatte für ihn natürlich zurzeit keine Bedeutung. Obwohl ihr Vater noch am Abend vorher ihre Idee gut gefunden hatte, ins *Miramar* zu gehen. Wenn die Konkurrenz etwas Besonderes bot, machte es einen guten Eindruck, wenn sie zeigten, dass die Familie König anderen ihren Erfolg gönnte. Außerdem wäre mit ihrem Erscheinen deutlich geworden, dass Linda keine trauernde Witwe war, sondern eine Frau, die an das Überleben ihres Mannes glaubte.

Sie seufzte. »Na gut, dann eben nicht.«

Schade, sie wäre gern dabei gewesen, wenn Chris seinen ersten Triumph feierte. Dass es ein Triumph sein würde, daran glaubte sie fest. Und wenn kein Triumph, dann würde er wenigstens großes Interesse wecken. Vor allem sollten die Bilder, die von nun an im *Miramar* hängen würden, zu weiteren Aufträgen führen. Es wurde Zeit, dass Chris endlich der Durchbruch gelang, sonst würde seine Erfolglosigkeit am Ende noch ihre Liebe belasten.

BRIT HATTE SICH lange gesträubt, aber schließlich doch nachgegeben. Rieke hatte darauf bestanden. Sie war es, die zufällig mitbekommen hatte, dass ein Nachbar am zweiten Weihnachtsfeiertag eine Verwandte in Westerland besuchen wollte. Und sie hatte auch die Idee gehabt, dass Brit diese Gelegenheit nutzen könnte, Olaf einen Überraschungsbesuch abzustatten. Natürlich würde er zu tun haben und vermutlich keine Zeit für seine Verlobte aufbringen können, aber eine flüchtige Umarmung, ein paar geflüsterte Worte taten Verliebten schon gut, das wusste Rieke.

»In zwei oder drei Stunden bist du wieder da, solange komme ich mit den beiden Mädels und den Männern alleine klar. Setz dich ins *König Augustin*, trink einen Milchkaffee, und bestell dir ein Stück Torte, die Olaf selbst gebacken hat. Das wird dir guttun. Du musst mal rauskommen.«

Schließlich war Brit einverstanden gewesen. Und als der Nachbar vor dem *König Augustin* hielt und sie aussteigen ließ, war sie regelrecht aufgeregt. Was würde Olaf sagen, wenn er sie vor sich stehen sah? Würde die Überraschung gelingen? Hoffentlich hatte er überhaupt ein paar Minuten Zeit, sich ein wenig um Brit zu kümmern. Sie lächelte, als sie zögernd den Vorraum des Cafés betrat. Sie war ja erst einmal hier gewesen. Aber auf Olafs überraschtes Gesicht freute sie sich nun wirklich.

Hinter der Eingangstür war eine Garderobe untergebracht, die von einer älteren Dame bewacht wurde, die aus List stammte. Olaf mochte Herta sehr gern und hatte Brit schon öfter von ihr erzählt. Sie hatte schon lange einen Beruf haben und ihr eigenes Geld verdienen wollen, nachdem sie in der Vergangenheit sechs Kinder großgezogen hatte, die nun alle auf eigenen Füßen standen. Aus Hertas Mann war ein langweiliger Rentner geworden, wie sie bei dem Bewerbungsgespräch, bei dem Olaf zugegen gewesen war, lachend erzählt hatte. Und sie wollte sich nicht mehr Hausfrau und Mutter nennen, das war sie lange genug gewesen. Friseuse, Masseuse, das waren Berufsbezeichnungen, die ihr gefielen, die einen guten Klang hatten. Aber da sie weder Lust hatte, mit über sechzig noch eine Lehre zu machen, und auch wohl kaum die Chance auf einen Ausbildungsplatz bekommen hätte, entschloss sie sich, Garderobiere zu werden. Das klang auch sehr gut. Herta nahm Mäntel und Jacken entgegen und gab Nummern heraus, damit sie später nicht verwechselt wurden. Dabei lernte sie federleichten Kaschmir, teuren Nerz und Kleidungsstücke kennen, in denen sich Schildchen mit Namen befanden, von denen Herta schon mal gehört hatte: Coco Chanel, Christian Dior, Pierre Cardin, Yves Saint Laurent. Herta liebte ihren Beruf, die Garderobe des *König Augustin* war ihr mittlerweile wichtiger geworden als die Zweizimmerwohnung, in der sie mit ihrem Mann lebte. »Von diesen Mitarbeitern müsste das *König Augustin* noch mehr haben«, sagte Olaf oft.

Herta war es auch gewesen, die die Idee gehabt hatte, Fotos von den Inhabern neben der Tür aufzuhängen, die ins Café führte. Knut Augustin hatte das großartig gefunden, und den Druck von Cézanne, der dort hing, bereitwillig abnehmen lassen. Robert König und Knut Augustin, jeweils in steifer Pracht, manchmal auch beide zusammen oder jeder von ihnen bei der Begrüßung eines prominenten Zeitgenossen. Im *König Augustin* waren in der kurzen Zeit seines Bestehens schon mehrere bekannte Persönlichkeiten eingekehrt, zum Beispiel Heinrich Lübke kurz nach seiner Ernennung zum Bundespräsidenten und Andy Warhol.

Brit trat an die Theke, legte ihren Mantel darauf und ließ sich eine Nummer aushändigen. »Wissen Sie, wo Olaf Rensing ist?«, fragte sie.

»Unser Konditor? In der Backstube natürlich. Er hat viel zu tun während der Feiertage.«

Brit vertraute Herta an, dass sie Olafs Verlobte sei und freute sich an deren Begeisterung. »Sie waren ja noch nie hier!«

»Einmal. Aber ich wohne in Hörnum. Wenn wir uns treffen wollen, kommt Olaf zu mir, das ist einfacher. Vor allem wegen unserer kleinen Tochter.«

»Er hat schon oft von Ihnen und der Kleinen erzählt.« Herta beugte sich vertraulich über die Theke. »Den müssen Sie sich warmhalten, junge Frau, das ist ein anständiger Kerl.«

Brit versicherte es lachend, dann ging sie auf die Tür zu … und wurde gestoppt, als ihr Blick auf die gerahmten Fotografien fiel. Dieser Mann! Den kannte sie. Oder … irrte sie sich? Sie hatte ihn nur einmal kurz gesehen und das lediglich heimlich durchs Fenster. Aber sein Gesicht hatte sich ihr eingeprägt. Der Kinnbart, die hellen Augen, die dichten Haare. Dass er groß und kräftig war, ließ sich sogar auf dem Foto erkennen, das ihn nur bis zur Brust zeigte.

Brit fuhr herum. »Wer ist das?«

Herta sah sie erstaunt an. »Knut Augustin. Ihm gehört dieses Café und auch das Hotel nebenan. Zusammen mit seinem Freund Robert König. Daher der Name *König Augustin.*«

Brit brauchte eine Weile, bis sie sich wieder gefangen hatte. Dass Herta sie stirnrunzelnd beobachtete, fiel ihr nicht auf. »Hat er einen Sohn?«, fragte sie.

»Er hatte einen«, antwortete Herta und betonte das zweite Wort. »Aber der lebt nicht mehr.«

»Arne?« Diese Frage klang wie ein Schluchzen, wie große Angst, wie die Bitte, Nein zu sagen.

Herta blickte kurz auf. »Ja, ja, so hieß er.«

CARSTEN TOVAR LAG in einem Dreibettzimmer direkt an der Tür. Die Schwester hatte Linda erklärt, dass das Krankenhauspersonal sich große Sorgen um ihn mache, nach wie vor. »Eigentlich sollte er noch keinen Besuch bekommen.«

Linda war zufrieden, als sie das hörte, gab sich rücksichtsvoll, wollte sich zurückziehen und versicherte, dass sie später wiederkommen werde, wenn es Carsten Tovar besser ging.

Aber sie spielte ihre Rolle zu gut. Die Schwester hatte wohl den Eindruck bekommen, dass Linda dieser Besuch sehr wichtig sei. »Ein paar Minuten, das geht schon. Vielleicht tut es dem Patienten auch gut.«

Linda folgte ihr, ärgerlich darüber, dass ihre Schauspielkünste besser waren, als sie gedacht hatte.

Die Schwester öffnete leise die Tür und schob Linda in das Krankenzimmer. »Aber nur kurz«, schärfte sie ihr noch einmal ein.

Linda betrat den Raum auf leisen Sohlen, betrachtete das bleiche Gesicht von Carsten Tovar und sah ängstlich auf die Schläuche, die in seinem Körper steckten. Mit der linken Hand, die in ihrer Manteltasche steckte, begann sie zu zählen. Bis hundert, dann würde sie wieder gehen. Doch bei achtzig schlug Carsten Tovar mit einem Mal die Augen auf. Er starrte sie an, und es dauerte eine Weile, bis er realisierte, wer ihm da einen Besuch abstattete. Er holte tief Luft, sammelte seine Kraft, versuchte mehrmals, Worte zu finden, bis er schließlich herausbrachte: »Wie geht es Arne?«

Linda hatte sich vor der Tür des Krankenhauses ein paar Sätze zurechtgelegt, die gefühlvoll sein sollten, da Carsten schließlich mit Arne befreundet gewesen war. Zudem wollte sie ihm zeigen, dass das *König Augustin* weiterhin ein fairer Arbeitgeber für ihn sein würde ... aber ihr blieben die Worte im Halse stecken. Die Sache verlief anders, als sie geplant hatte. »Arne? Er ist ... ist umgekommen.« Sie blieb kerzengerade stehen, schaffte es nicht, sich zu dem Kranken hinabzubeugen. »Scheinbar ist er aus dem Schiffskörper nicht herausgekommen. Er ist nicht wieder aufgetaucht. Seine Leiche wurde nie gefunden. Wir, die Familie ... ich, seine Frau ... wir alle haben keine Hoffnungen mehr.« Dass Arnes Vater nur noch von seiner Hoffnung am Leben gehalten wurde, sagte sie nicht.

»Nein!« Carsten flüsterte, diese eine Silbe war kaum zu verstehen. »Nein ...« Für den folgenden Satz musste er alle Kraft zusammennehmen. »Arne hat es an Land geschafft. Direkt vor mir. Ich habe ihn am Strand gesehen. Neben einem Boot ist er zusammengebrochen.«

BRIT DREHTE SICH UM, als ein Tusch aus der Musikmuschel kam. Das Kurkonzert begann, die Musiker hatten Aufstellung genommen. Sie war wohl die Einzige, die sich nicht dafür interessierte, die den »Badewannentango« und »Die Liebe ist ein seltsames Spiel« an sich vorüberrauschen ließ, während die anderen Feriengäste sich niederließen, um der Musik zu lauschen oder in ihrem Takt weiterflanierten. Auch Brit übernahm ganz automatisch den Takt. »Ar – ne, Ar – ne.« Dass er nicht mehr lebte, änderte mit einem Mal alles. Aus der Bitterkeit wurde Mitleid, aus Enttäuschung tiefe Trauer. Sie begriff nun, dass all ihre negativen Gedanken, der ganze Zorn, die Verachtung, der Widerwille nichts als Platzhalter für ihre wahren Gefühle gewesen waren. Nun lebte Arne nicht mehr. Es hatte sie gegeben, diese Hoffnung, ja. Brit hatte es nicht gewusst, aber jetzt wurde es ihr klar. Bis zu diesem Moment hatte sie mit dem Wunsch gelebt, Arne einmal wiederzusehen. Irgendwann. Nun war er in sich zusammengebrochen. »Ar – ne, Ar – ne.« Wann war sie eigentlich im Rhythmus von Olafs Namen gelaufen? Nie! Warum nicht, darüber wollte sie nicht nachdenken.

»Ar – ne, Ar – ne.« Sie flüsterte die beiden Silben, ihre Schritte wurden größer, ein Walzer passte nicht zu seinem Namen.

Zaudernd stand sie vor dem *Miramar*, fragte sich, ob sie weiter der Musik entgegengehen sollte oder ob es besser war, sich in die Gegenrichtung zu bewegen, wo es ruhiger war und nicht so belebt. Oder einfach die Friedrichstraße heruntergehen? Wo man schon nach wenigen Hundert Metern nichts mehr von der fröhlichen

Musik hörte? Alles Heitere schien nicht zu diesem Augenblick zu passen. Arne war tot! Ihr geliebter Arne, Karis Vater, war nicht mehr am Leben. Sie würde ihn nie wiedersehen, würde sich nie anhören dürfen oder müssen, was sich damals in seinem Leben zugetragen hatte. Würde ihn nie fragen können, warum er sie im Stich gelassen hatte. Würde ihm nie in die Augen sehen können, wenn er erklärte, warum er so gehandelt hatte. Würde nie in seinen Augen erkennen können, dass er anders war als in ihrer Erinnerung, würde nie verstehen, dass sie sich so sehr in ihm geirrt hatte. Nun war alles zu spät. Ihre Trennung war endgültig. Später, wenn Kari groß genug war, um Fragen zu stellen, würde sie sagen: Dein leiblicher Vater ist nicht bei uns, weil er schon lange nicht mehr lebt. Damit würde Kari leichter leben können, als wenn sie erfuhr, dass sie von Arne belogen und verlassen worden waren.

Mit einem Mal erhielt sie einen Stoß in den Rücken, sie stolperte zwei, drei Schritte voran, fand wieder Halt, drehte sich empört um ... und blieb wie erstarrt stehen.

»Da staunst du, was?« Romy fiel ihr um den Hals und schien nicht zu merken, dass Brit ihre Umarmung nicht erwiderte. »Ich bin schon seit einer Weile auf Sylt.«

Romy sah aus wie immer, blond gelockt, stark geschminkt, äußerst attraktiv, nach der neuesten Mode gekleidet und überschäumend.

»Lass uns irgendwo einen Kaffee trinken. Ich habe nur zwei, drei Stunden Zeit. Dann bin ich mit Horst verabredet.«

»Horst?« Brit begann zu stottern. »Wer ist das?«

»Der Personalchef vom *Miramar*. Ich arbeite dort im Sekretariat. Wie ich es mir immer gewünscht habe.«

»Warum hast du mich nicht in Hörnum besucht? Ich hatte dir eine Karte geschrieben. Mit meiner Adresse.«

»Stell dir vor, die hatte ich verloren. Ich wusste deine Adresse nicht mehr.«

»Ich habe dir oft geschrieben.«

»Nach Bremen? Meine Mutter hat die Karten vermutlich weggeworfen.« Romy griff nach Brits Arm und zog sie in die Dünenstraße. »Lass uns ins *König Augustin* gehen. Da sind wir ungestört.«

»Da komme ich gerade her«, antwortete Brit, noch immer mit tonloser Stimme.

»Ist es schön dort? Ich war noch nie im *König Augustin*. Allein gehe ich ja nur selten aus, ich verdiene einfach nicht genug dafür. Und Horst zieht Lokale vor, in denen ihn niemand kennt.« Romys Stimme klang nach wie vor schrill, ihre Gesten waren überdreht, ihr Gebaren war unnatürlich.

»Olaf arbeitet dort.«

»Ehrlich? Witzig!« Sie sah sich suchend um. »Wo ist Kari?«

»In Hörnum geblieben. Bei Rieke Beering.«

Romy zog Brit weiter, und die ließ es irgendwann geschehen, nahm die Richtung, die Romy vorgab, ließ sich führen, widerstandslos, gab Herta erneut ihren Mantel und nahm dort Platz, wo Romy es wollte.

»Wirklich schön hier, oder?« Romy sah sich um, als wollte sie Brit nicht anblicken.

»Der Besitzer dieses Hauses ist Arnes Vater, stell dir vor.« Sie wunderte sich selbst, dass sie diesen Satz herausbrachte, ohne zu weinen.

»Ehrlich? Woher weißt du das?«

»Ich habe es eben erst erfahren.«

»Dann hast du ihn wiedergesehen?«

»Nein. Arne ist tot. Auch das habe ich gerade erst erfahren.«

In diesem Moment kam Olaf aus der Backstube. Überrascht und vor Freude strahlend, kam er zu ihnen an den Tisch, hatte aber nur wenig Zeit. Doch die Überraschung war gelungen, er freute sich, Brit so unerwartet vor sich zu haben. Und dass er Romy wiedersah, gefiel ihm auch. Beiden servierte er eine

Weihnachtskreation, eine Schokoladentorte mit Zimt und Orangen, und bat sie um ihre Meinung. Natürlich war sie köstlich, sowohl Brit als auch Romy versicherten es ihm unermüdlich.

Brit betrachtete Romy genauer. Blass war sie, sie sah nicht glücklich aus. »Wie geht es dir?«, fragte sie, nachdem Olaf wieder in der Backstube verschwunden war, und griff nach Romys Hand. Dass sie nicht über Arne sprechen wollte, hatte Brit bemerkt. Und es war ihr recht. Sie selbst wollte mit einem Mal wohl auch nicht mit Romy über Arne reden.

Romy kam stattdessen mit einer Gegenfrage: »Wann wirst du nach Westerland ziehen?«

Brit spürte die Angriffslust, die hinter dieser Frage steckte, und hatte Angst davor, die falsche Antwort zu geben. Wollte Romy wieder da anknüpfen, wo sie in Bremen aufgehört hatten? Glaubte sie, alles würde wieder so wie früher, wenn sie sich täglich sehen konnten? »Es geht mir gut in Hörnum. Dort kann ich arbeiten und Geld verdienen. Rieke kümmert sich währenddessen um Kari. Unverheiratete Mütter sind auch auf Sylt nicht gern gesehen, das weißt du ja. Ich würde in Westerland keine Wohnung, nicht mal ein möbliertes Zimmer bekommen. Und eine Stelle vermutlich auch nicht. Erst recht niemanden, der sich um Kari kümmert.«

»Wir könnten es wieder so machen wie in Bremen.«

»Du hast andere Arbeitszeiten. In Bremen hast du hauptsächlich am späten Abend gearbeitet.«

Romy starrte nachdenklich vor sich hin, und Brit hatte Sorge, dass sie mit dem Vorschlag kommen könnte, sich auch auf Sylt eine Stelle in einer Bar zu suchen. Als sie dann aufblickte, waren ihre Augen verschattet, ihr Blick war freudlos. »Im nächsten Oktober wirst du volljährig. Dann kannst du Olaf heiraten. Sicherlich wollt ihr zusammenleben.«

»Natürlich«, gab Brit zögernd zurück. »Dann werde ich sicherlich nach Westerland ziehen, wenn wir eine Wohnung gefunden haben.« Als Romy darauf nicht reagierte, fragte sie: »Hast du was von Maria gehört?«

Romy zuckte mit den Achseln. »Wie denn? Sie kennt meine Adresse nicht.«

»Und deine Mutter?«

»Die auch nicht. Am Ende steht sie noch bei mir auf der Matte.«

»Sie muss doch wissen, dass du im *Miramar* arbeitest. Sie hat ihre Zustimmung geben müssen.«

»Sie hat mir vorher schon eine Zustimmung gegeben. Für alles, was ich vorhabe.«

»Das funktioniert?«

»Horst ist da sehr großzügig.«

»Er ist dein Freund?«

Romy lachte spöttisch. »Er ist verheiratet.«

»Also deine ... Affäre?«

»Dazu ist er zu feige.«

»Was ist er dann?«

»Er sorgt dafür, dass ich im *Miramar* klarkomme. Wenn die Chefsekretärin in Rente geht, kriege ich ihren Posten, das kann er regeln.«

»Und dafür darf er ... ja, was eigentlich?«

»Mir eine von den modernen Schlaghosen kaufen.« Romy lachte. »Auch mal schicke Unterwäsche. Natürlich darf niemand wissen, dass ich ihn mit Vornamen anrede. Aber natürlich weiß es jeder, dafür habe ich gesorgt. Mit mir legt sich keiner an.«

Romy war ihr fremd geworden. Brit litt unter diesem Gefühl, aber es ließ sich nicht durch ein anderes verdrängen. Dabei war es gar nichts Fremdes, was jetzt an ihr zog und zerrte. Das war die Romy von früher, die Schülerin, die viel mehr wagte als andere, die Frühreife, die einen schlechten Ruf genoss, die gnadenlos ihre Lehrer erpresste. Vor ihr saß die fünfzehnjährige Romy von damals. Nicht die reife, loyale und hilfsbereite Freundin und

Verbündete, die sie ihr während der letzten drei Jahre gewesen war.

»Du warst in Hörnum. Ich habe dich gesehen. Aber du warst schon wieder im Bus, ehe ich dich gefunden hatte. Ich habe beobachtet, wie du eingestiegen bist, es war aber zu spät, nach dir zu rufen.«

Romy gab sich gleichgültig. »Ehrlich? Ich dachte, du bist nicht da. Bei den Beerings hatte niemand geöffnet.«

»Wir waren alle am Hafen, das hast du gesehen. Es hatte ein schweres Schiffsunglück gegeben. Davon musst du gehört haben.«

»Was sollte ich da? So was ist nichts für mich. Du kennst mich doch.«

Nein, Brit hatte in diesem Moment das Gefühl, nichts von Romy zu kennen. Dabei hatte es doch die gute Freundin gegeben, die liebende Schwester, die Frau, die alles auf eine Karte setzte, nicht nur für sich selbst, auch für andere. Für die, die sie liebte. Jetzt konnte sie mit Romy nicht einmal über Arnes Tod sprechen. Brit fragte sich, wie und wann sie Romy verloren hatte.

Sie war froh, als sie das Café verlassen musste, weil der Nachbar der Beerings vor der Tür wartete. Ihr Abschied war ohne Wärme, ihre Umarmung steif.

»Komm gut ins neue Jahr«, sagte Brit, nachdem sie sich bei Herta ihre Mäntel geholt hatten.

»Du auch. Wird Olaf kommen?«

»Ja, Silvester wird es hier keinen Nachmittagskaffee geben, sodass er sich freinehmen kann.«

Olaf kam aus der Backstube gehastet, umarmte Romy und drückte Brit fest an sich. »Ich weiß nicht, ob aus meinem Besuch in Hörnum etwas wird heute Abend. Meine Mutter hat mich angerufen, sie kommt nach Sylt.«

Brit sah sich um, aber Romy war schon verschwunden. »Sie ist sicherlich auch bei Rieke und Willem willkommen.«

»Sie kommt nicht, um mit mir Silvester zu feiern. Es hat einen anderen Grund.«

»Welchen?« Brit rückte von ihm ab und sah ihn stirnrunzelnd an.

»Wenn ich das wüsste!« Olaf wurde nervös, als nach ihm gerufen wurde. »Sie will es erst sagen, wenn sie auf Sylt ist ...«

Dezember 1963, Riekenbüren

DER CAMPINGPLATZ war bis in den Herbst belegt gewesen. Hasso hatte von seinem Vater verlangt, ihn spätestens im Oktober zu schließen, aber Edward war unerbittlich gewesen.

»Kommt es dir etwa auf ein paar Mark nicht an? Dann wirst du nie ein guter Geschäftsmann. Oder hat deine Frau es nicht mehr nötig zu arbeiten? Da sie ja jetzt in einen florierenden Handwerksbetrieb eingeheiratet hat.«

»Sie arbeitet in Haus und Garten«, fauchte Hasso. »Ist das nicht das, mit dem sich Frauen begnügen sollen? Sie ist Hausfrau. Wir haben eine eigene Wohnung ...«

»Zwei Zimmer.«

»Ich hätte mich gefreut, wenn unsere Wohnung größer ausgefallen wäre.«

»Wenn das erste Kind da ist, meinetwegen. Dann können wir den Anbau erweitern. Bis dahin kann deine Frau wohl auf dem Campingplatz arbeiten.«

»Wann schaffst du es endlich, meine Frau mit ihrem Namen anzureden? Sie heißt nicht ›deine Frau‹, sondern Halina.«

Edward Heflik drehte sich um und humpelte davon. Hasso blickte ihm nach, mit geballten Fäusten, die er in den Hosentaschen versteckte.

Wie aus dem Nichts erschien Halina neben ihm. Sanft griff sie nach seinem Arm. »Ärgere dich nicht.« Offenbar hatte sie das Gespräch zwischen Vater und Sohn mitangehört. »Man kann zu jeder Zeit nach Sylt fahren, dort ist immer Saison.«

»Und der Campingplatz?«

»Der hat Saison. Wir müssen nur die Zeit wählen, in der er geschlossen hat.«

Mit einem Mal sah Hasso irritiert aus, schob seine Frau zwei Meter von sich weg und betrachtete sie mit gerunzelter Stirn. »Wie siehst du denn aus?«

»Falsche Frage!« Halina lachte. »›Was hast du dir da Bezauberndes genäht, Schatz‹?, wolltest du doch eigentlich fragen.«

Aber zu dieser Formulierung konnte Hasso Heflik sich nicht durchringen. »So was habe ich ja noch nie gesehen.«

»Weil du keine Modezeitschrift liest und keine Ahnung hast, was die Frauen in den Großstädten tragen.«

»Wir leben in Riekenbüren.«

»Deswegen möchte ich trotzdem eine Schlaghose haben.«

»So nennt man das?«

Sie drehte sich vor ihm und zeigte ihm, was eine Schlaghose ausmachte. Oben eng und von den Knien abwärts weit ausgestellt. »Gefällt sie dir etwa nicht?«

Hasso bemühte sich um Diplomatie. »Bei deiner Figur kann man natürlich alles tragen, aber … in Riekenbüren?«

»Auch in diesem Kaff werden demnächst alle eine Schlaghose tragen. Wetten?«

»Auch meine Mutter und Ursula Berghoff?«

Halina bog sich vor Lachen. »Die natürlich nicht«, prustete sie schließlich. »Und Marga vermutlich auch nicht.«

Die Tochter von Bauer Jonker hatte sich, nachdem sie schließlich aufgegeben hatte, auf Hasso zu hoffen, für einen Beamten entschieden – einen höheren Beamten, wie Frau Jonker gern betonte, denn es handelte sich schließlich um einen Oberinspektor. Die Verehelichung hatte ihrem Kleidungsstil allerdings nicht gutgetan. Seit ihrer Hochzeit zog sie sich an wie ihre Mutter, weil alles andere für eine verheiratete Frau angeblich unziemlich war. »In

meinem Alter!« Das ließ sie gern hören. Und wenn andere Gleich-
altrige dabei waren: »In unserem Alter!«

Meistens wurde dann genickt, und wer noch nicht nickte, musste
damit rechnen, spätestens am dreißigsten Geburtstag aus dem
Nicken gar nicht wieder herauszukommen.

Halina war da anders. Hasso fand es einerseits sehr attraktiv,
hätte aber andererseits doch gern gehabt, wenn sie sich den Rieken-
bürenerinnen angepasst hätte. Die Mersels waren ohnehin immer
die Fremden in ihrem Dorf gewesen, die Sonderlinge, die Flüchtlinge. Hätte Halina statt einer Schlaghose eine Kittelschürze getragen, wäre sie für Hasso zwar nicht so attraktiv gewesen, es hätte
ihn aber dennoch zufriedengestellt, weil sie dann im Dorf nicht
weiter aufgefallen wäre. Aber sie hatte nach der Hochzeit die
Schürzen, die Frida ihr bestickt hatte, nach hinten in den Schrank
geschoben und war nicht bereit gewesen, sie in der Küche zu
tragen. Auch dann nicht, wenn Frida mehr oder weniger dezent
darauf hinwies, wie viele Stunden sie für das Sticken aufgebracht
hatte.

Hasso fragte sich manchmal, wie ihr Leben ausgesehen hätte,
wenn Brit noch bei ihnen wäre. Oder wenn sie jetzt zurückkäme.
Das waren zwei verschiedene Dinge, das war Hasso klar. Wäre sie
im Elternhaus geblieben, hätte sie sich dem sozialen Druck vermutlich genauso gefügt wie Marga Jonker. Aber was wäre, wenn
sie zurückkäme? Nach Jahren der Selbstständigkeit, die sie verändert haben mussten. Wenn Brit wirklich bereit war, nach ihrem
einundzwanzigsten Geburtstag nach Riekenbüren zu kommen,
würde der Konflikt zwischen der Erinnerung und dem Neuen
vermutlich gewaltig sein. Die Eltern würden die sechzehnjährige
Brit zurückerwarten und die volljährige Tochter nicht akzeptieren
wollen. Wenn Brit überhaupt bereit war heimzufinden. Hasso
wünschte es sich so sehr. Er rechnete nicht mit einer Rückkehr,
sondern eher mit einem Besuch, aber doch mit einer Versöhnung.

Und er wusste genau, dass seine Mutter, wenn sie gelegentlich den Kalender anstarrte, an den Oktober 1964 dachte, an den Tag, an dem Brit volljährig werden würde.

Liliane Anderson erschien nun gelegentlich in der Schreinerei, wohl in der Hoffnung, etwas über ihre eigene Tochter zu erfahren. Als ihr auffiel, dass sie nicht gerne gesehen war, kam sie mit kleinen Aufträgen, die Edward schlecht ablehnen konnte. Mal brauchte sie ein neues Nachtkästchen, mal ein Regal von einer bestimmten Größe, das in einem Möbelhaus nicht zu bekommen war. Und immer blieb sie dann lange, erzählte Hasso von Romy und fragte nach Brit. Manchmal erzählte sie auch von ihrer Tochter Maria, die in den USA bei ihrem Vater geblieben war. Sie hörte selten etwas von ihr und klagte gerne darüber, dass die Kinder so undankbar seien, für die sie doch alles getan hatte.

Hasso mochte ihre Besuche nicht. Zwar versuchte er zu vergessen, was man sich in Riekenbüren über Liliane Anderson erzählte, aber es gelang ihm trotzdem nicht, ihr unvoreingenommen gegenüberzutreten. Sie spielte eine Rolle, so kam es ihm vor. Das viele Klagen und Jammern, die Tränen, die sie sich wirkungsvoll abtupfte, das Stöhnen der aufopferungsvollen Mutter, das alles schien perfekt gespielt zu sein. Die grellen Farben, in denen sie sich kleidete, die hoch toupierten Haare, die Blusen, an denen immer ein Knopf zu viel offen gelassen worden war, die vielen bunten Ketten, die hohen Absätze, das alles erschien ihm nicht authentisch. Sie spielte ihre Rolle nicht gut, nicht überzeugend. Hasso war jedes Mal froh, wenn sie wieder ging, beauftragte immer einen Gesellen, die Arbeit auszuhändigen, wenn Liliane Anderson erwartet wurde, und schärfte ihm ein, auf Barzahlung zu bestehen. Sein Vater ließ sich überhaupt nicht blicken, wenn er merkte, dass Romys Mutter im Haus war. Hasso auch nur kurz, aber die Hoffnung, etwas über Brit zu erfahren, war doch immer wach.

Dezember 1963, Sylt

Margarete Rensing war anzusehen, dass sie mal eine sehr hübsche Frau gewesen war. Jetzt hatte sie die fünfzig überschritten, ihr offensichtliches Bemühen, für ihre Reise nach Sylt einen Teil ihrer Vergangenheit wegzuschminken, hatte nichts gebracht. Als Olaf sie aus dem Zug steigen sah, erschrak er. Wenn er sie auch lange nicht gesehen hatte, auf eine solche Veränderung war er nicht gefasst gewesen. Früher hatte er ihre dunklen Augen bewundert, ihre immer noch schlanke Figur, ihre wenn auch mittlerweile ergrauten, aber dennoch schönen Locken. Dass sie als sehr junge Frau den Männern gefallen hatte, konnte er sich noch als erwachsener Mann gut vorstellen. Dass sie sogar einem reichen Mann, einem Mann mit einem bekannten Namen gefallen hatte, ebenfalls. Sie hatte oft angedeutet, dass sein Vater jemand gewesen war, der an jedem Finger zehn Frauen haben konnte, wie sie es ausdrückte. Aber natürlich war dieser Mann nicht bereit gewesen, sich für ein Zimmermädchen zu entscheiden, das hatte sie sogar verstehen können. Er hatte sich nach Olafs Geburt großzügig gezeigt, und Margarete war nicht von der Meinung abzubringen gewesen, dass er damit bewies, wie wichtig sie ihm dennoch gewesen war. Vielleicht hatte er sie sogar geliebt!

Nun hatte sie die Haare hellblond gefärbt und sich geschminkt, wie Olaf es noch nie gesehen hatte. Ihre schönen Augen waren in dem dicken kohlrabenschwarzen Lidstrich kaum zu erkennen, der knallrot geschminkte Mund wirkte so herausfordernd, dass sie sich damit um alles Schöne, was sie zweifellos noch immer besaß, beraubt hatte. Die Hippie-Bluse war nun wirklich nicht altersgemäß, und die Hose …

»Du lieber Himmel«, flüsterte Olaf.

Eine Schlaghose hatte er zwar auf Sylt schon gelegentlich gesehen, aber immer an sehr jungen Mädchen, die eine Figur wie Twiggy hatten. Auch seine Mutter war nach wie vor sehr schlank, aber dieses Bemühen, jung auszusehen, machte sie älter, als sie glaubte.

Er nahm sie mit ins *König Augustin*, obwohl es zu diesem Zeitpunkt geschlossen war. Die großen Silvestergalas fanden in den Luxushotels statt, Robert König hatte lange überlegt, ob sie etwas anbieten sollten, was mit den anderen Veranstaltungen konkurrieren konnte. Dass er Olaf zurate gezogen hatte, freute diesen jetzt noch. Gemeinsam waren sie zu der Ansicht gekommen, dass es besser war, gar keinen Tanzabend anzubieten als einen, der schlechter war als die anderen. Im *König Augustin* würde es am Neujahrstag den gewohnten Nachmittagskaffee geben, für den Olaf eine besondere Torte kreiert hatte.

»Vielleicht im nächsten Jahr.« In dieser Meinung waren sich Robert König und Olaf Rensing einig gewesen.

Olaf hatte einen der Gepäckträger des Hotels beauftragt, den Koffer seiner Mutter zu befördern. Sie würde selbstverständlich im *Hotel König Augustin* logieren. Es fehlte den Zimmern zwar noch an einigen Accessoires, aber sie waren bewohnbar. Im nächsten Jahr würde die Einweihung des Hotels stattfinden. Knut Augustin war von Anfang an entschlossen gewesen, das Hotel keinen Tag zu früh zu eröffnen. »Erst wenn alles perfekt ist. Ein Hotelgast, der einmal unzufrieden war, kommt nie wieder.«

Das war bei Margarete Rensing natürlich etwas ganz anderes. Sie arbeitete seit Jahren in einem sehr guten Hotel, in einem, das Knut Augustin gehörte, alteingesessen mit vielen Stammgästen, kannte sich also im Hotelgewerbe aus und fand, dass Olafs Chef, der auch ihrer war, die richtige Ansicht vertrat. Und sie freute sich, dass das Café geschlossen war und sie so in aller Ruhe mit ihrem Sohn reden konnte.

Damit niemand auf die Idee kam, das Café könnte trotz des Schildes, das an der Eingangstür angebracht war – Heute geschlossen! – dennoch geöffnet sein, benutzte Olaf nicht den Eingang zur Straße, sondern schloss die hintere Tür auf und führte seine Mutter durch den Vorratsraum ins Café. Sie bewunderte lange die Ausstattung, die ihr sehr gefiel, und betonte, wie stolz sie auf ihren Sohn sei, der als Konditor so viel Erfolg hatte.

Olaf war es selbst, der ihr einen Kaffee zubereitete, da die Kellner an diesem Tag frei hatten. Und er setzte ihr ein Stück Torte vor, das sie probierte und einfach köstlich fand.

Sie verdrehte genießerisch die Augen. »Du verstehst wirklich dein Handwerk, mein Junge.«

Olaf lächelte. Das hätte sie auch gesagt, wenn die Torte nur mittelmäßig gewesen wäre. »Nun erzähl mir endlich, was du auf Sylt willst. Und warum das so wichtig ist.«

Margarete Rensing trank einen Schluck Kaffee, dann sah sie ihren Sohn eindringlich an. »Du weißt, dass ich dir oft versprochen habe, den Namen deines Vaters zu verraten, wenn ich gestorben bin.«

»Du bist aber noch quicklebendig.«

Sie hielt das für ein Kompliment und kicherte neckisch. »Nun will er selbst seinen Namen offenbaren.«

Olaf war verblüfft. »Hier? Auf Sylt?«

»Er lebt hier. Und es geht ihm schlecht. Sehr schlecht sogar. Nicht nur gesundheitlich, auch ...« Ihr fiel kein Wort ein, mit dem sie den Zustand beschreiben konnte, in dem sich Olafs Vater befand. »Er erwartet uns noch heute an seinem Krankenbett.«

»SELBSTVERSTÄNDLICH! Kommt sofort!«

Arne eilte zur Theke und gab dort die Getränkebestellung weiter, die er soeben entgegengenommen hatte. Er stöhnte leise und wischte sich müde über die Stirn, während er darauf wartete, dass die Biere gezapft und die Schnäpse eingeschenkt wurden.

»Was ist, Arno?«, fragte die Wirtin. »Hättest du dir doch lieber einen anderen Beruf ausgesucht?«

Aber Arne winkte ab. »Straßenkehrer oder Briefträger? Da gibt's ja kein Trinkgeld.«

Die Wirtin lachte. »Da hast du wohl recht.«

Sie warf ihm diesen Blick zu, den er nicht mochte. Kritisch, fragend und misstrauisch. Dass er die Perücke trug, weil er durch eine schwere Krankheit kahl geworden war, schien sie ihm nicht recht glauben zu wollen. Auf dem Foto in seinem Pass waren seine Haare kurz und die Angaben allesamt verwischt gewesen. Nach seiner Flucht durch die Dünen war er froh gewesen, dass er seine Brieftasche mit den Papieren und mit Geld noch in seiner Hosentasche gefunden hatte. Das Geld war nach dem Trocknen brauchbar gewesen, aber sein Personalausweis hatte gelitten. Als er sich im *Grünen Kaktus* als Kellner bewarb, hatte er zugesichert, sich umgehend um einen neuen Ausweis zu kümmern. Angeblich waren seine Papiere in der Buntwäsche gelandet und deshalb nur noch schwer zu entziffern. Aus dem letzten Buchstaben seines Vornamens hatte er ohne Weiteres ein O machen können und ließ sich nun Arno nennen, und die letzten beiden Buchstaben seines

Nachnamens waren auch nicht mehr richtig zu erkennen. Im *Grünen Kaktus* hieß er deshalb Arno August, aber er war sicher, dass die Wirtin Zweifel an seiner Identität hatte.

Sie stellte ihm die Biergläser und die Schnapspinnchen aufs Tablett und nickte zu den beiden Männern, die in einer Nische saßen. »Die bedienst du bevorzugt, klar?«

Arno drehte sich um und betrachtete die beiden. »Warum?«

»Die sind öfter hier, weil sie hier nicht beachtet werden. In sämtlichen Luxushotels von Hamburg sind sie gut bekannt. Wichtige Geschäfte schließen die deshalb in meiner Kneipe ab.«

Arne rückte seine Perücke zurecht, ehe er an den Tisch der Herren trat. Die beiden kamen ihm bekannt vor. Immer, wenn er das Gefühl hatte, jemandem zu begegnen, den er schon einmal gesehen hatte, begannen seine Hände zu zittern. Bereits zweimal waren im *Grünen Kaktus* Männer aufgetaucht, die er schon in Begleitung seines Vaters gesehen hatte. Sie hatten sich allerdings in einem Zustand befunden, in dem sie nicht erkannt werden und sich nicht in dem Hotel sehen lassen wollten, in dem sie logierten. Betrunken und in Gesellschaft von Damen, mit denen sie garantiert nicht verheiratet waren. Von ihnen war er nicht erkannt worden, was allerdings an dem Trunkenheitsgrad gelegen hatte. Jetzt war er unruhig, wenn er sich auch sagte, dass kaum jemand einem Kellner ins Gesicht sah, der ihm ein Bier hinstellte.

Sie taten es nicht. Gott sei Dank! Aber die Wirtin hatte recht gehabt, sie redeten über Geschäfte, über den Ankauf von Hotels, sogar über ein Hotel, das seinem Vater gehörte, das *Augustin* in Kiel.

»Das ist ein günstiger Zeitpunkt. Knut Augustin liegt im Krankenhaus.«

Er musste sich Mühe geben, sich aus ihrer Hörweite zu stehlen und weiterhin seiner Arbeit nachzugehen. Als er sich ständig in der Nähe ihres Tisches aufhielt, immer wieder nach ihren Wünschen fragte und mehrmals den Tisch abwischte, rief die Wirtin ihn zu sich.

»So war das nicht gemeint. Du sollst den beiden nicht auf die Nerven gehen.«

Er war froh, als sie erneut zwei Biere bestellten und er das Recht hatte, sich in ihrer Nähe aufzuhalten. Langsam und sehr bedächtig servierte er das Bier, holte frische Bierdeckel, weil ihm die bereits benutzten nicht mehr gut genug erschienen, und dann ein Geschirrtuch, um die beiden Gläser trocken zu wischen, an denen der Bierschaum herabgelaufen war.

»Knut Augustin hat den Tod seines Sohnes nicht verwunden«, sagte da mit einem Mal der jüngere der beiden Männer. »Entweder kann man mit ihm zurzeit jedes Geschäft abschließen, weil er nicht auf der Höhe ist, oder keins mehr, weil er sich vertreten lässt.«

»Ich habe gehört, dass er im Krankenhaus liegt. Ein Freund hat mir sogar erzählt, dass es mit ihm zu Ende geht. Er will nicht mehr leben, seit er seinen Sohn verloren hat.«

»Tja, kann man verstehen. Wenn ich mir vorstelle, mein Sohn käme bei einem Schiffsunglück um …« Der Mann stöhnte auf und setzte das Bierglas an den Mund.

»Die Leiche soll nie aufgetaucht sein«, sagte der andere. »Schrecklich so was. Das könnte ich auch nicht verwinden.«

*

In dieser Nacht träumte Arne wieder von den Wassermassen, die ihn umgeben hatten, von der Angst, von dem Sog, den das Schiff ausgeübt hatte, von der Kraft, die er aufwenden musste, um ihm zu entgehen, von der Schwäche, die ihm vorgekommen war wie der Tod selbst. Als er aufschreckte, war schon der Morgen angebrochen. Er stand hinter der dichten Gardine, dunkelgrau und so müde wie er selbst. Im Zimmer war es eiskalt, der Besitzer der Pension war ein schrecklicher Geizhals. Arne hatte sich schon mehrere andere Zimmer angesehen, die schöner, aber auch teurer gewesen waren. Doch letztlich war er in der *Pension Heiermann* wohnen geblieben, die nur wenige Schritte von seiner Arbeitsstelle entfernt lag.

Das Leben war hart geworden. Wenig Geld, viel Mühe, eine schreckliche Plackerei. Er hatte sich früher nie ausgemalt, wie das Personal lebte, das für ihn arbeitete. Es würde noch lange dauern, er musste noch viel Trinkgeld kassieren, bis er sich eine richtige Wohnung leisten konnte. Trotzdem fühlte er sich endlich frei. Der Zwang, der ihm früher auferlegt worden war, die Verpflichtungen, von denen es hieß, dass sie nun mal zu seinem Leben gehörten, gab es nicht mehr. Er war aufgewacht und hatte sich schon von dem Tag, der ihn erwartete, niedergedrückt gefühlt. Am Abend war er so müde gewesen wie jetzt, wenn er stundenlang in der Kneipe auf den Beinen gewesen war. Im *König Augustin* war er körperlich überhaupt nicht belastet gewesen, und trotzdem hatte er sich am Ende des Tages so erschöpft gefühlt, dass er schon zu Bett gehen wollte, wenn Linda ihn aufforderte, sich umzuziehen, weil sie zu einer Party eingeladen waren. Diese Abende verbrachte er damit, so wenig wie möglich zu trinken, nicht im Stehen einzuschlafen und Linda dazu zu bringen, nicht zu lange zu bleiben. Fast immer war sie am nächsten Morgen dann verärgert gewesen, weil er mal wieder gezeigt hatte, dass er kein Salonlöwe war. Anscheinend wollte sie so einen Mann an ihrer Seite haben.

»Warum hast du mich eigentlich geheiratet?«, hatte er schon bald nach ihrer standesamtlichen Trauung gefragt. »Was gefällt dir denn eigentlich an mir?«

Solche Fragen konnte sie nicht leiden, dann wurde sie immer unruhig, als hätte er ihr angedroht, ihr den schönsten Schmuck wegzunehmen oder ihre Kleidung nicht mehr zu bezahlen. Dann war sie zu ihm gekommen, hatte sich auf seinen Schoß gesetzt und ihn umschmeichelt, bis er auf ihren schönen Körper, auf ihre Verführung, auf ihre geschickten Hände hereingefallen war. Am Ende jedoch war ihr auch das nicht mehr gelungen, und er wusste, dass dieser Umstand sie ängstigte. Sie wollte offensichtlich mit ihm verheiratet sein. Warum? Einmal hatte sie auf diese Frage wohl die ehrlichste Antwort gegeben. »Weil wir zusammenpassen.«

Sie kannten sich von klein auf, ihre Väter waren miteinander befreundet, ihre Geschäfte fielen zusammen, ihr gemeinsames Vermögen ermöglichte ihnen ein schönes Leben. Ein Leben, wie Linda es sich vorstellte. Wenn er darüber geklagt hatte, dass er keine Verantwortung tragen durfte, dass sein Vater ihm noch immer Vorschriften machte, dass er ihm alles aus der Hand nahm, weil er ihn für unfähig hielt, dann lachte sie oft nur. »Sei doch froh, wenn er deine Arbeit erledigt.«

Als sie das noch einmal gesagt hatte, war ihm klar geworden, dass sie ihn niemals verstehen würde. Nicht solange genug Geld für schicke Klamotten und teure Partys im Hause war. Und dann noch dieser Liebhaber im Klappholttal. Carsten hatte nicht verstehen können, dass sein Freund sich keine Gewissheit verschaffen wollte. Arne wusste, dass er sich einen Tag Urlaub genommen hatte, um auf Amrum ein ernstes Gespräch mit ihm zu führen. Scheinbar hatte er mehr von diesem Mann gewusst als Arne. Ach, Carsten! Nun war er womöglich sogar für den Tod seines einzigen Freundes verantwortlich. Hätte Carsten ihm nicht helfen wollen, wäre er nie in Lebensgefahr geraten.

Er drehte sich auf die andere Seite und starrte die Wand an, eine hässliche beige Tapete, mit dunkelgrünen Kräutern bedruckt. Wohl eher für eine Küche gedacht. Vermutlich war sie im Sonderangebot zu haben gewesen. War er jetzt glücklicher? Nein, wirklich glücklich konnte er sich noch immer nicht nennen. Dazu fehlte ihm etwas. Eine Frau, die er liebte, eine, die ihn wirklich liebte, die nicht von ihm nur Geld und ein bequemes Leben haben wollte. Er hatte im *Grünen Kaktus* schon viele Frauen kennengelernt, aber keine war darunter gewesen, die ihm gefiel, nicht einmal eine, mit der er ins Bett gehen wollte. Natürlich wusste er, welche Frau ihn retten konnte. Aber sie war für ihn verloren. Sogar wenn er ihr verzeihen könnte, wäre sie unerreichbar für ihn.

OLAF WAR NOCH völlig überwältigt, als sie vor der Nordseeklinik ankamen. Der Weg an der kalten, klaren Luft hatte ihm zwar gutgetan, aber seine Fassungslosigkeit war bei Weitem nicht überwunden, als er neben seiner Mutter durch das große Tor ging, mit dem die Klinik ihre Patienten und Besucher empfing. Ein weiter und hoher Eingang, auf dem ein Giebel aus roten Schindeln saß, breit genug für die Krankenwagen. Die weißen Buchstaben des Schriftzugs »Nordseeklinik« waren schon von Weitem zu erkennen. Rechts des Eingangs schien es eine Pförtnerloge zu geben, doch bevor sie sich dort erkundigen konnten, kam schon ein älterer Herr auf sie zu. Der Anwalt von Knut Augustin, der sich als Dr. Rasmus vorstellte. Er schien Olaf bereits zu kennen, Knut Augustin hatte wohl schon einen Hinweis gegeben. Er begrüßte Olaf freundlich, Margarete erhielt sogar einen Handkuss, was sie für Augenblicke aus der Fassung brachte.

Dr. Rasmus war ein Mann, der Seriosität ausstrahlte, dem vermutlich jeder auf Anhieb vertraute. Er ging ihnen voraus, und Olaf griff nach der Hand seiner Mutter, als sie ihm folgten. Mit einem Mal war er wieder der kleine Junge, der sich in fremder Umgebung nicht sicher fühlte. In seinem Kopf pochte der Satz, den er von Knut Augustin zu hören bekommen hatte: »Kann ich Ihnen heute die Verantwortung für das Café überlassen?« Die Freude über das Vertrauen, das sein Chef damit zum Ausdruck gebracht hatte, spürte er noch immer in sich.

In der ersten Etage blieb Dr. Rasmus vor einem Fenster stehen und legte seine Aktenmappe auf der Fensterbank ab. »Ich will Ihnen sagen, warum Knut Augustin Sie zu sich gebeten hat.« Er sah Olaf kritisch an. »Dass Sie sein Sohn sind, wissen Sie?«

Seine Mutter übernahm das Antworten. »Er hat es heute erfahren.« Es ging ihr wohl darum klarzustellen, dass sie vorher kein Sterbenswörtchen verraten hatte, wie es von ihr verlangt worden war.

Dr. Rasmus nickte zufrieden. »Und Sie wissen wohl auch, dass Herr Augustin seinen ehelichen Sohn durch ein schreckliches Unglück verloren hat.«

Das war keine Frage, sondern eine Feststellung. Olaf nickte trotzdem.

»Natürlich galt sein Sohn Arne bisher als alleiniger Erbe. Aber ...«

Er wurde vom Geräusch schneller Schritte unterbrochen. Robert König hastete den Flur entlang. »Entschuldigung!«, rief er schon von Weitem. »Ich konnte nicht pünktlich sein, weil ...« Was folgte, konnte Olaf in seiner Aufregung nicht richtig erfassen. Es kam mehrmals der Name von Robert Königs Tochter vor – und der seines Architekten, der einfach mit der Ausstattung des Hotels nicht fertig wurde.

Dr. Rasmus ließ ihn nicht ausreden. »Sie sind bei dieser Unterredung dabei, Herr König, weil Sie der beste Freund von Herrn Augustin sind, sein vollstes Vertrauen genießen und außerdem der Miteigentümer des *König Augustin* sind.«

Robert nickte und bemühte sich, wieder zu Atem zu kommen.

»Die Vorgespräche haben ergeben, dass auch Sie damit einverstanden sind, dass Herr Olaf Rensing, der seit einer Weile als Konditor im *König Augustin* arbeitet, das Erbe von Herrn Augustin antreten wird.«

Robert König war nun wieder zu Luft gekommen. »Unbedingt! Herr Rensing ist ein außerordentlich fähiger Mann.«

Margarete gab einen Laut von sich, als hätte sie sich verschluckt und wollte es niemanden merken lassen, während Olaf Dr. Rasmus anstarrte, als hätte er Chinesisch mit ihm gesprochen und erwartete, dass er ihn trotzdem verstanden hatte. Als der Anwalt an die Tür des Krankenzimmers klopfte, das dem Fenster direkt gegenüberlag, schlug Olaf das Herz bis zum Hals.

DER HAFENMEISTER MACHTE einen aufgeregten Eindruck. »Sie sollen in mein Büro kommen. Ein Anruf. Scheint dringend zu sein.«

Brit erschrak. »Olaf Rensing?«

»Er muss dringend mit Ihnen sprechen, sagt er.« Der Hafenmeister machte auf dem Absatz kehrt. »Ich bin noch eine Stunde im Büro. Aber jetzt muss ich zurück ...«

Brit starrte Rieke an, die aus der Küche kam und sie mit fragenden Augen ansah. »Ist was passiert?«

Brit griff nach ihrer Jacke. »Irgendwas muss mit Olaf sein. Er hat noch nie beim Hafenmeister angerufen. Hoffentlich ist ihm nichts passiert.«

Rieke versuchte, sie zu beruhigen. »Der Hafenmeister hat oft genug gesagt, wir dürfen sein Telefon benutzen. Warum soll Olaf sich nicht daran erinnert haben?« Sie machte ein Schritt auf die offene Wohnzimmertür zu und rief ihrem Mann zu: »Willem, wir brauchen wirklich bald ein eigenes Telefon!«

Brit legte die Hand auf die Klinke der Haustür, drückte sie aber noch nicht herunter, sondern lehnte sich dagegen. »Ich habe solche Angst ...«

Sie hatte Olaf mehrere Tage nicht gesehen. Leider war aus seinem Besuch in Hörnum nichts geworden, um gemeinsam mit Rieke und Willem Silvester zu feiern. Er hatte ja angekündigt, dass seine Mutter nach Sylt kommen würde. Anscheinend hatte sie die Einladung zu den Beerings nicht annehmen wollen. Und am Neujahrstag hatte Olaf schon wieder in der Backstube stehen müssen. Brit war sehr enttäuscht gewesen, sie hätte so gerne mit ihm ins neue Jahr gefeiert. Aber sie war auch sicher, dass Olaf einen guten Grund haben musste, wenn er nicht zu ihr kam. Nun waren die ersten Tage des neuen Jahres verstrichen, und Brit hatte darauf gehofft, dass Olaf an seinem freien Tag nach Hörnum kommen würde. Sogar dann, wenn sie selbst in der Bäckerei hinter der Theke stehen musste. Rieke Beering hatte bereits dezent durchblicken lassen, dass sie den Kuppeleiparagrafen glatt vergessen würde, wenn Olaf bei Brit übernachten wollte.

Während sie zum Hafen lief, lenkte Brit sich mit den Bildern ab, die der letzte Tag des Jahres in ihre Erinnerung gebrannt hatte. Das Feuerwerk, das in der Nähe des Hafens das neue Jahr begrüßt hatte, die Raketen, die in den Häusern gezündet worden waren, die Zweitwohnungsbesitzern gehörten, die Geld besaßen und es gern für ein beeindruckendes Feuerwerk ausgaben. Der Himmel war explodiert, so war es Brit erschienen. Sie hätten fröhlich sein können. Eigentlich … aber dazu war zu viel passiert.

Gitta war mit ihrem Vater ausgezogen. Sie wohnten nun bei Verwandten, wo sie versuchten, nicht mehr auf die Rückkehr von Gittas Mutter zu warten, und lernen wollten, mit dem schrecklichen Verlust fertigzuwerden. Willem hatte, als das Feuerwerk begann, zu nörgeln begonnen, weil er gern zum Hafen gehen wollte, wo die Sicht auf das Spektakel am Himmel besser war, aber durch seine noch nicht ganz ausgeheilte Verletzung daran gehindert wurde. Doch Rieke hatte ihm eine Standpauke gehalten. Er solle froh sein, dass er den Untergang seines Schiffes überlebt habe. Er sei schrecklich undankbar, jetzt über seine Behinderungen zu klagen, die über kurz oder lang verheilt sein würden. Wenn er sich ans Wohnzimmerfenster stellte, könne er genug vom Feuerwerk mitbekommen. Und im nächsten Jahr würde er wieder zum Hafen gehen können. Gittas Mutter dagegen …

Daraufhin hatte Willem sofort den Mund gehalten und ihn nicht mehr geöffnet, bis die letzte Silvesterrakete in den Himmel gefahren war. Er hörte selten böse Worte von Rieke. Wenn es mal der Fall war, beeindruckten sie ihn schwer.

Brit lächelte bei dieser Erinnerung, da war sie auch schon am Hafen angekommen und hatte nur noch ein Ziel: das Büro des Hafenmeisters und darin das Telefon.

Es begann schon zu klingeln, als Brit gerade eingetreten war. Der Hafenmeister hob den Hörer ab und reichte ihn Brit. »Herr Rensing.«

»Was ist passiert?«, schrie Brit unbeherrscht in den Hörer. »Ist dir was zugestoßen? Hattest du einen Unfall? Bist du krank?«

Als sie Olaf lachen hörte, wurde sie ruhiger. Ein kranker, schwerverletzter Mann lachte nicht. »Was ist los, Olaf?« Jetzt flüsterte sie, weil ihr mit einem Mal die Kraft zum lauten Sprechen fehlte.

»Es tut mir leid, dass ich Silvester nicht kommen konnte«, sagte Olaf.

»Aber deswegen rufst du nicht an.«

»Nicht nur. Auch, weil ich dir sagen will, dass ich mir morgen freinehmen kann.«

»Sonntag? Da kannst du doch nie.«

»Diesmal kann ich.«

Seine Stimme war voller Lachen, was Brit sehr irritierte. »Was ist nur los mit dir, Olaf?«

»Ich erzähle es dir am Sonntag.«

»Morgen.«

»Ja, morgen. Ich habe für eine Vertretung gesorgt.« Er werde am späten Vormittag kommen, ergänzte er, sodass er im Café noch nach dem Rechten sehen und seinem Vertreter Anweisungen geben konnte. »Bitte sorg dafür, dass wir nichts essen müssen, was Rieke gekocht hat. Ich lade dich zum Essen ein. Schau mal, welches Restaurant in Hörnum besonders gut ist.«

Nun waren die Sorgen wieder da. »Du musst verrückt geworden sein«, stöhnte sie.

»Stimmt.« Olaf lachte laut heraus. »Warte einfach bis morgen, dann erfährst du alles.«

Als sie die Bürotür des Hafenmeisters hinter sich geschlossen hatte, ging sie zur Anlegestelle, wo vor noch gar nicht langer Zeit das Schiff vertäut gewesen war, mit dem Willem Beering zu den Nachbarinseln aufgebrochen war. Mittlerweile hatte ein anderes Schiff der Adler-Flotte dort festgemacht. Der Hafen war menschenleer, aber doch voller Geräusche. Das Reiben der Planken, Platschen der Wellen und ihr Schwappen, wenn sie an den Bug eines Schiffes schlugen, und ein leises, rhythmisches Stoßen, dessen Ursprung nicht auszumachen war. In einem Hafen war es nie still. Brit dachte an Romy und stellte fest, dass ihre Gedanken und Gefühle sich geändert hatten. Sie war von Romy verletzt worden, ja, so war es. Vorher war ihr nie in den Sinn gekommen, dass Romy sie und Kari für sich haben wollte. Ihre Familie! Olafs Hilfe bei Karis Versorgung hatte sie nur notgedrungen akzeptiert, eigentlich wäre es ihr lieber gewesen, allein mit Brit und Kari dazu sein. Dass nun Olaf und Brit ein Paar geworden waren, machte Romy scheinbar zu schaffen. Sie fühlte sich ausgeschlossen. Alleine. Zaungast sein? Nein, nicht Romy Wimmer. Sie wollte Teil einer Familie sein. Ihre Mutter hatte ihr keine Familie gegeben, in Brit und Kari hatte sie das gefunden, was Familie ausmachte: Zugehörigkeit, Vertrauen, aufeinander angewiesen sein.

Die Geräusche des Hafens folgten Brit auf dem Weg zu Riekes und Willems Haus. Mit einem Mal überkam sie Mitleid. Als Romy klar geworden war, dass Brit ein Zuhause bei Rieke und Willem Beering gefunden hatte, dass Kari an den beiden und auch an Olaf hing, dass Brit von ihr Freundschaft, aber nicht Familie wollte, musste etwas in ihr zerbrochen sein.

Brit blieb eine Weile vor dem Haus stehen, betrachtete die erleuchteten Fenster und war glücklich, dass sie dort eine Heimat gefunden hatte. Eine Familie? Sie dachte eine Weile nach, dann aber schüttelte sie den Kopf. Ihre Familie lebte nach wie vor in Riekenbüren. Und mit Olaf würde sie eine Familie gründen, aber erst später, wenn sie heiraten würden. Bis dahin konnte sie ein Heimatgefühl bei Rieke und Willem genießen. Und Freundschaft bei Romy? Eine sehr innige Freundschaft, so hatte sie bisher gedacht. Aber offenbar war diese Freundschaft an Bedingungen geknüpft, die sie nicht erfüllen konnte. Wie anders doch alles gekommen wäre, wenn Arne und sie zusammengeblieben wären! Wenn er sie nur nicht im Stich gelassen hätte …

Mit aller Macht verdrängte sie den Gedanken an Arne. Er lebte nicht mehr, über das, was er getan hatte, musste das Kreuz geschlagen werden. Vergeben und vergessen! Arne hatte sich selbst die Chance genommen, seine süße kleine Tochter kennenzulernen. Er war derjenige, dem Gewalt angetan worden war, er hatte es nur nicht gewusst. Arne tat Brit nun schrecklich leid.

HASSO WAR ZUM KIOSK gegangen, um die Sonntagszeitung zu holen. Schon auf dem Rückweg blätterte er, wie es seine Gewohnheit war, durch die Seiten. Nicht selten war er dabei einem Hundebesitzer auf die Leine getreten oder einem anderen Riekenbürener vor die Füße gelaufen. Dennoch konnte er es nicht lassen.

Das Tor zur Schreinerei war schon in Sicht, als er abrupt stehen blieb. Diese Titelzeile! »Barmherzige Schwester ist überführt!« Keinen Schritt kam er weiter, wie angewurzelt blieb er stehen. Schwester Hermine hatte alles zugegeben, was man ihr vorwarf, als die Beweise erdrückend geworden waren. Dass sie sich persönlich an den jungen Müttern und ihren verzweifelten Familien und dazu noch an den Adoptivfamilien bereichert hatte, konnte sie nicht mehr bestreiten. Nur von der schlechten Behandlung der ihr Anvertrauten hatte sie nichts wissen wollen. Wer harte Arbeit verlange, behandle seine Zöglinge nicht schlecht, dabei war sie geblieben. Wenn diese verirrten jungen Frauen auf den rechten Weg zurückgeführt werden sollten, durften sie nicht verweichlicht werden, das war doch wohl klar. Sie mussten lernen, dass das Leben hart war, das hatte sie ihnen beigebracht, und das konnte nichts sein, was ihr vorzuwerfen war.

Es gab neben dem Foto von Hermine Diester beim Betreten des Gerichtssaals noch zwei Fotos von dem Schlafsaal und dem großen Speiseraum. Ein düsterer Saal mit eng beieinanderstehenden Pritschen, ohne jeden Wandschmuck, wenn man mal von dem riesigen Kreuz absah, unter dem sich alle zu ducken hatten, ehe sie sich schlafen legten. Nichts Privates, nur diese Pritschen, eine neben der anderen, darauf dünne Decken mit weißen Bezügen, neben der Tür ein schmaler Spind, in dem wohl alles Platz haben musste, was den Frauen gehörte. Der Speiseraum sah nicht besser aus. Ebenfalls graue Wände mit dem unvermeidlichen Kreuz, lange Tische und Bänke ohne Rückenlehnen.

Hasso weinte, als er heimkam, und warf sich der erschrockenen Halina in die Arme. Auf ihre Frage, was denn um Himmels willen geschehen sei, konnte er nicht antworten, sondern drückte ihr nur schluchzend die Zeitung in die Hand.

Noch eine Stunde später saßen sie über dem Artikel, lasen immer wieder einzelne Sätze und wiesen sich erneut gegenseitig auf die Ungeheuerlichkeiten hin. »Diese Frau hat sogar Unterstützung gehabt«, sagte Halina. »Bekannte Namen finden sich in den Büchern. Aber keiner will gewusst haben, wie es in dem Entbindungsheim aussah. Alle haben angeblich geglaubt, dass dort nur Gutes getan wird.« Sie veränderte ihre Stimme, als wollte sie ein Plädoyer für Schwester Hermine halten. »Ledige Mütter, die von ihren Familien verstoßen wurden, haben dort Aufnahme gefunden.« Nun sprach sie mit ihrer eigenen Stimme weiter. »Und keiner von diesen Unterstützern hat gemerkt, wie es dort zugeht?«

»Kann ja sein.« Hasso nahm seiner Frau die Zeitung wieder ab. »Wir haben es auch nicht durchschaut.«

»Ihr habt dieses Heim ja nicht ausgewählt. Das hat der Großvater von Brits Kind getan. Er hatte alles vorbereitet, und deine Eltern waren froh, dass er es bezahlte und sie sich um nichts zu kümmern brauchten.«

»... und so tun konnten, als wäre bei uns weiterhin alles in Butter«, ergänzte Hasso bitter.

»Die edlen Spender durften sogar bestimmen, was mit den Babys geschah.« Halina klopfte aufgeregt auf das Zeitungsblatt. »Wenn einer gute Freunde hatte, die aus irgendeinem Grund nicht geeignet für eine Adoption waren, sorgte so einer dafür, dass sie trotzdem ein Baby bekamen.« Sie zeigte auf eine Stelle in der Mitte des Artikels. »Hier! Schwester Hermine hat einige Namen preisgegeben. Ein gewisser Knut Augustin soll verlangt haben, dass das Kind von irgendeiner bestimmten jungen Frau an seine Freunde gegeben wird, die zu alt für eine Adoption waren. Und wenn eine der Mütter ihr Baby behalten wollte, wurde sie gezwungen, es abzugeben. Die meisten waren ja minderjährig und durften nicht selbst bestimmen, was mit ihren Kindern geschehen sollte.«

Hasso stützte die Ellbogen auf die Knie und legte den Kopf in seine Hände. Was er sagte, war kaum zu verstehen. »So wäre es Brit auch ergangen, wenn sie nicht die Chance zur Flucht bekommen hätte.«

BRIT HATTE DAS RESTAURANT am Ortsausgang ausgewählt. Es war das letzte Haus von Hörnum auf dem Weg in den Norden der Insel, stand auf einem großen Grundstück, das mit einem niedrigen Friesenwall umgeben war, als wollte es sich sehen lassen und zeigen, wie schön seine Fenster geschmückt waren. Vor seiner Tür standen häufig Autos, diesmal waren es ein Opel Kapitän und ein Ford Taunus mit Weißwandreifen, den Olaf ausgiebig bewunderte. Als er fragte, ob er sich demnächst dieses Modell oder lieber einen Ford Capri kaufen solle, zog Brit ihn lachend zur Eingangstür des Lokals und fragte ihn, ob er noch ganz klar im Oberstübchen sei. Diese Autos gehörten Feriengästen, die Geld hatten. Ein Hörnumer ging, wenn er überhaupt ein solches Haus betrat, zu Fuß. Aber Olaf hatte ihr eingeschärft, dass es das beste Haus am Platze sein müsse. Nur so ein Lokal konnte der richtige Rahmen für das sein, was er zu sagen hatte. Brit hatte mit Rieke und Willem beratschlagt, und keinem der beiden war ein besseres Restaurant eingefallen als die *Fischerkate*.

Kari hatte sich jubelnd in Olafs Arme geworfen, als er bei den Beerings erschien. Er hatte ihr Wasserfarben mitgebracht und malte mit ihr ein Bild nach dem anderen. Dann las er ihr eine Geschichte vor und brachte sie kurz nach zwölf ins Bett, damit sie ihren Mittagsschlaf halten konnte. Bis dahin hatte er noch kein Sterbenswörtchen verraten und auf alle fragenden Blicke nur mit einem Lächeln geantwortet, das Brit noch nie an ihm gesehen hatte. Als Kari eingeschlafen war, besaß Olaf sogar die

Tollkühnheit, Rieke vorzumachen, dass er gern bei ihr gegessen hätte, aber unbedingt ein paar Stunden mit seiner Verlobten allein verbringen müsse.

Rieke vergaß über das Kompliment, das ihr vermutlich noch nie gemacht worden war, ihr Bedauern darüber, dass sie, zumindest vorerst, von der Neuigkeit ausgeschlossen sein würde, und blieb mit ihrem Mann, dem Sauerkraut, den Semmelknödeln und dem Schweinebraten allein. Für Kari rührte sie einen Obstbrei an, den die Kleine nach dem Mittagsschlaf bekommen sollte, und Brit war froh, dass Rieke nicht den Versuch machen wollte, Kari mit Sauerkraut und Schweinebraten zu füttern. Das hatte sie einmal gewagt und war von Kari schwer bestraft worden. Rieke hatte anschließend mit Sauerkraut auf dem linken Ohr und Bratensoße auf der Nasenspitze dagesessen und war von Willem ausgelacht worden. Seitdem weigerte sich Kari, die Küche zu betreten, wenn die Gefahr bestand, dass sie dort etwas essen sollte, was ihr bis dato unbekannt war. Sie ließ sich nun ihre Mahlzeiten im Wohnzimmer servieren, was ihr wohl ungefährlicher erschien. Willem Beering war offenbar weit und breit der Einzige, der Riekes Kochkunst schätzte oder sich einfach an sie gewöhnt hatte. Nicht einmal der Briefträger, der schon lange verwitwet war und sich gerne bei seinen Nachbarinnen durchfüttern ließ, nahm etwas an, was aus Riekes Küche stammte.

Sie hatten sich warm angezogen, bevor sie aufbrachen, Brit hatte sich in einen dicken Schal gewickelt, eine Mütze aufgesetzt und ihre Fäustlinge übergezogen. Wie ein Blitz hatte sie die Erinnerung daran durchzuckt, wie ihre Mutter immer darauf bestanden hatte, dass sie sich warm anzog, wenn sie zur Schule aufbrach. Damals hatte sie sich die Mütze vom Kopf gerissen, sobald sie außer Sichtweite gewesen war, weil Mützen doch etwas für Kleinkinder waren. Warum diese Meinung vorherrschend war, konnte Brit sich heute nicht mehr erklären.

Sie kuschelte sich an Olafs Seite. »Ist deine Mutter schon wieder zurückgefahren?«

Olaf schüttelte den Kopf. »Sie ist noch da. Aber ich wollte mit dir allein sprechen. Sie hat es zum Glück eingesehen.« Er blieb stehen, zog Brit in seine Arme und küsste sie. »Ihr werdet noch Gelegenheit bekommen, euch kennenzulernen.«

Sie wurden von dem Oberkellner empfangen, als hätten sie vor der Tür einen Opel Kapitän abgestellt, und zu einem Tisch am Fenster geführt. Außer ihnen waren nur zwei ältere Ehepaare anwesend, und ein Paar in einer Nische, das kaum zu erkennen war. Brit hatte den beiden nur einen flüchtigen Blick zugeworfen. Es schien ein älterer Mann mit einer sehr jungen Frau zu sein, sie wandten ihnen den Rücken zu.

Es war sehr ruhig in der *Fischerkate*, eine vornehme Stille, die zum Ambiente und zu den Gästen passte. Die beiden Ehepaare waren sehr gut gekleidet, die Herren trugen legere Anzüge, die Damen farbenfrohe Kleider. Beide glänzten mit viel Schmuck und waren kunstvoll frisiert. Brit genierte sich in ihrem alten Wollrock und dem Pullover, den sie auch schon lange besaß. Olaf war ebenfalls einfach gekleidet, trug eine dunkle Hose, eine Strickjacke und eins der weißen Hemden, das im *König Augustin* zu seiner Uniform gehörte. Aber ihn schien das nicht zu kümmern. Er strahlte eine Selbstsicherheit aus, die sie noch nie an ihm bemerkt hatte. War sie wirklich neu? Oder lag es nur daran, dass Olaf etwas vorhatte, was ihn geradezu draufgängerisch machte? Dass er Sekt bestellte, verschlug Brit die Sprache. Was sie erwartete, musste wirklich etwas ganz Besonderes sein.

Bevor der Ober ihn servierte, erhob sich die junge Frau, die mit dem älteren Herrn in der Nische saß, und kam an ihren Tisch. »Das ist ja ein Zufall!«

»Romy!« Brit war überwältigt. »Was machst du hier?«

Romy deutete mit dem Kopf hinter sich. »In Westerland kann

Horst nicht mit mir ausgehen. Hier kennt ihn keiner.« Sie trug einen weißen Pullover mit einem tiefen V-Ausschnitt, dazu einen weiten Rock mit einer auffälligen Bordüre und, wohl um ihre schmale Taille zu betonen, einen breiten Stretchgürtel. Ihre Haare waren zu hoch toupiert, ihr Lippenstift war zu rot, ihr blauer Lidschatten zu blau. Brit dachte kurz an Romys Mutter, die auch gern von allem zu viel benutzte.

Der Kellner brachte den Sekt, Romy zog sich zurück, denn Horst Lukassen wollte natürlich weiterhin in der Nische, mit dem Rücken zu allen anderen, sitzen, damit er nicht gesehen und erkannt wurde. Brit fragte sich, wie lange das gut gehen würde. Was wollte Romy von so einem Mann? Die Familie, die sie sich so sehr wünschte, würde sie von ihm nicht bekommen.

Bevor sie zu ihm zurückging, fragte Romy noch: »Habt ihr das Sonntagsblatt gelesen? Schwester Hermine kann sich wohl nicht mehr rausreden.«

Brit fiel es schwer, sich auf den bevorstehenden feierlichen Moment zu konzentrieren, den Olaf ganz offensichtlich geplant hatte. »Wir können gleich noch am Kiosk vorbeigehen.«

»Nicht nötig.« Romy ging an ihren Platz und kam mit einer Zeitung zurück, die sie Horst scheinbar weggenommen hatte. »Der Artikel ist noch in anderer Hinsicht interessant«, sagte sie zu Olaf, ehe sie zurückging. Auf eine Antwort von ihm wartete sie nicht. »Du solltest dir überlegen, ob du noch im *König Augustin* arbeiten willst.«

Olaf runzelte die Stirn. Brit sah ihm an, dass er seine Neugier nur mühsam bezwang, aber er legte die Zeitung zur Seite und meinte: »Die können wir später lesen.«

Sie prosteten sich zu, und Brit genoss die leise Atmosphäre, die huschenden Schritte des Kellners, seine dezenten Gesten, seine gedämpfte Stimme. Nachdem sie sich noch einmal umgesehen und jedes Detail der Ausstattung gewürdigt hatte, wandte sie sich wieder Olaf zu. »Nun sag schon, was los ist.«

Der Kellner kam, um die Bestellung aufzunehmen. Sie entschieden sich beide für ein Fischragout.

Während der Kellner gewissenhaft notierte, dass Brit dazu einen Blattsalat und Olaf lieber Bohnensalat haben wollte, irrten Olafs Augen immer wieder zu dem Zeitungsartikel mit der Schlagzeile »Die barmherzige Schwester ist überführt!«. Als der Kellner ging, wurde es Brit klar: Nicht der Titel lenkte ihn ab, er suchte eine Erklärung für Romys letzten Satz. Wie ein Raubvogel auf eine kleine Maus stach er plötzlich auf den Namen herab, den Romy gemeint hatte. »Knut Augustin ist in Schwester Hermines Machenschaften verwickelt? Das gibt's doch nicht!«

Brit war nun ihrer Vorfreude entrissen worden. In ihr braute sich Zorn auf Romy zusammen. Sollte sie es etwa schaffen, mit einer dahingeworfenen Bemerkung diesen schönen Augenblick zu zerstören? Notgedrungen erkundigte sie sich bei Olaf, worum es ging, ließ ihre Stimme aber ungeduldig klingen, damit er merkte, dass sie jetzt nicht über diesen Zeitungsartikel reden wollte, nicht über Schwester Hermine und auch nicht über Knut Augustin.

Olafs Antwort war ganz anders, als sie erwartet hatte: »Ich weiß jetzt, wessen Sohn ich bin. Ich habe meinen Vater kennengelernt.«

»Was?« Brit machte große Augen. »Hier auf Sylt? Wer ist es?«

Als Brit den Namen hörte, stellte sie das Sektglas zurück, das sie gerade aufgenommen hatte, langsam, vorsichtig, ganz behutsam. »Knut Augustin ist dein Vater?«

Olafs Gesicht leuchtete. Es war kein Glück, aus dem dieses Leuchten kam, erst recht keine Freude, es war wohl eine Liebe, die er nicht erwartet hatte, die sein Leben heller gemacht hatte. »Knut Augustin hat mich mein Leben lang heimlich begleitet. Er wusste immer, was ich tat, wo ich lebte und arbeitete. Und er hat mir gesagt, dass mich das Schicksal nach Sylt getrieben haben muss. Herr Möllmann war nur der Handlanger des Schicksals.«

»Und jetzt?«, fragte Brit flüsternd.

Der Kellner kam und servierte das Fischragout, sie unterbrachen ihr Gespräch, betrachteten die Teller, die vor sie hingestellt wurden, sagten beide kein Wort, antworteten auch nicht auf das Gemurmel des Kellners, der sie vor dem heißen Teller warnte und ihnen einen guten Appetit wünschte. Schweigend begannen sie zu essen. Währenddessen rasten die Gedanken durch Brits Kopf. Es war ihr kaum möglich, diese Information zu erfassen. Noch purzelten sie ungeordnet durch ihren Kopf. Gerade erst hatte sie erfahren, dass der Vater ihres Kindes der Sohn von Knut Augustin war. Arne Düseler war in Wirklichkeit Arne Augustin gewesen. Warum er ihr nicht seinen wahren Namen genannt hatte, konnte sie sich jetzt denken. Lieber Himmel! Sie hatte noch nicht einmal die Gelegenheit gehabt, Olaf davon zu erzählen. Und nun war er der Sohn von Knut Augustin? Konnte das denn möglich sein? Ja, es war möglich gewesen. Das Schicksal ging manchmal wirklich verrückte Wege. Olafs Vater war Karis Großvater. Wahnsinn!

Erst nach einer Weile kam Olaf auf Brits Frage zurück. »Jetzt bin ich der Erbe meines Vaters. Er ist sehr krank, er glaubt, dass er nicht mehr lange zu leben hat. Sein Herz macht nicht mehr mit.« Olaf legte das Besteck zur Seite, ohne auf die besorgte Miene des Kellners zu achten, der ihn beobachtete und wohl glaubte, dass ihm das Fischragout nicht schmeckte. »Ich hätte nach seinem Tod einen größeren Geldbetrag geerbt, einen … sehr großen. Auch meine Mutter, weil sie all die Jahre loyal gewesen ist. Aber jetzt, nach dem Tod seines Sohnes, erbe ich alles, was Knut Augustin gehört. Zunächst den Anteil vom *König Augustin*, der Knut Augustin gehört. Das Café und das Hotel in Westerland werde ich ab sofort leiten. Die Hotels in Hamburg übernimmt zunächst sein bester Freund, Robert König, als Geschäftsführer. In fünf Jahren, wenn ich mich eingearbeitet habe, werde ich auch dort die Leitung übernehmen. Seine Tochter hat überhaupt kein Interesse am Geschäft.«

Brit starrte ihn an, als verstünde sie kein Wort. Olaf lächelte, er schien ihr sagen zu wollen: Kein Wunder, so verdutzt habe ich auch geguckt. Dann legte Brit das Besteck ebenfalls zur Seite. Sie konnte Olaf nicht ansehen, als sie fragte: »Was weißt du von seinem Sohn? Wann ist er gestorben? Und woran?«

Der Kellner traute sich an den Tisch und erkundigte sich, ob die Herrschaften zufrieden seien. Sie versicherten es ihm beide und aßen weiter, um den armen Kellner nicht zu frustrieren. Aber als Brit erfuhr, dass Arne ein Opfer des Schiffsunglücks geworden war, das sich erst vor Kurzem ereignet hatte, konnte sie nicht weiteressen. »Du bist Arnes Bruder!« Sie hatte Mühe, aus ihrer Fassungslosigkeit eine Reaktion zu machen, die in dieses Restaurant passte. In ihrem Kopf drehte sich alles. Gerade hatte sie angefangen zu begreifen, dass Olaf und Arne Halbbrüder waren, da schoss die nächste Erkenntnis durch ihren Kopf: Das ganze letzte Jahr hatte sie also gemeinsam mit Arne auf Sylt gelebt! Sie waren nah beieinander gewesen, sie hätte ihm begegnen können, er hatte in Hörnum das Schiff bestiegen, sie hätte ihn erkannt, wenn sie gemeinsam mit Rieke zum Hafen gegangen wäre, um Willem nachzuwinken. Er war der Juniorchef von Olaf gewesen! Auch das wurde ihr erst jetzt allmählich klar. Arne! Ach, Arne! Die Gefühle stürmten auf sie ein, es war schwer, sie nicht nach außen dringen zu lassen. Eine Welle der Übelkeit erfasste sie, der Raum um sie herum begann zu schwanken, als wären sie auf hoher See. Sie bemühte sich mit aller Kraft, die Fassung nicht zu verlieren, aber Olaf merkte natürlich, dass etwas in ihr vorging. Er beobachtete sie, Brit war klar, dass sie ihr Verhalten erklären musste.

Romy verließ mit Horst Lukassen das Lokal, warf ein affektiertes »Man sieht sich!« zu dem Tisch, an dem Olaf und Brit saßen, und erhielt keine Antwort.

Dann sagte Brit: »Arne Augustin ist Karis Vater.«

Januar 1964, Sylt

ARNE FROR. Er stand auf, machte ein paar Schritte den Gang auf und ab, damit ihm warm wurde, und setzte sich dann wieder. Der Zug fuhr über den Hindenburgdamm, was in Arne ein Gefühl erzeugte, das eine Mischung aus Heimweh und Angst war. Heimweh nach den vertrauten Menschen, Angst vor dem Wagnis, das er einging. Er kontrollierte in dem Wagenfenster sein Äußeres, den Sitz der Perücke, die Brille mit den Fenstergläsern, die schmal rasierten Augenbrauen, der kurze Bart. Er hatte sich vorgenommen zu hinken, wenn er den Zug verließ, um sich noch mehr von dem früheren Arne zu unterscheiden. Ob das reichen würde, um diejenigen zu täuschen, die ihn gut kannten, wusste er nicht.

Er hatte keinen Blick für das weite Wattenmeer, das sich links und rechts neben ihm ausstreckte, für die winzigen Wellen, die mit dem Licht spielten, er wusste nicht einmal, ob sie ab- oder auflaufendes Wasser hatten.

Mit kreischenden Bremsen, in dichten Rauchfahnen fuhr der Zug in den Bahnhof ein. Nicht viele stiegen aus. Sylt war im Januar kein begehrtes Reiseziel. Mit großer Konzentration humpelte Arne durch das Bahnhofsgebäude und entschloss sich schon auf dem Vorplatz, auf seinen Gehfehler zu verzichten. Das schaffte er jetzt einfach nicht. Wer seine Schicksalsfügung umdrehte und kehrtmachte, dem gelang das nur mit großen, gleichmäßigen Schritten. Humpelnd entstanden Unsicherheit und Zweifel, humpelnd geriet er ins Stocken. Er aber musste unbedingt beharrlich geradeaus gehen, auf sein Ziel zu.

Der Weg zur Alten Post, wo der Bus Richtung Wenningstedt abfuhr, war nicht weit. Den musste er nehmen, um zur Nordseeklinik zu kommen, die am Ende von Westerland, kurz vor dem Ortseingangsschild von Wenningstedt lag. Der Bus hielt direkt vorm Krankenhaus. Er zögerte, als er in die Stephanstraße einbog, ging dann aber doch weiter, und nun, ohne ein einziges Mal zu zögern. Auch nicht, als ihm auf dem Bürgersteig ein Junge auf einem Bonanzarad entgegenkam, der sich wohl vorkam wie auf einem Ritt durch den Wilden Westen, wo es keine Verkehrsvorschriften gab.

Erst als der Eingang des *Miramar* in Sicht kam, ging er langsamer. Zögernd? Nein, nur bedächtig, um das Risiko abzuwägen, um die Chance zu haben, umzukehren und zurück zur Bushaltestelle zu gehen. Aber er bog in die Dünenstraße ein, verzichtete auf einen Blick aufs Meer, der von der Plattform besonders schön war, und ging nun wieder mit großen Schritten. Dem Eckhaus warf er nur einen kurzen Blick zu, das Hotel war noch immer nicht bereit zur Eröffnung, wenn auch schon über dem Eingang das Schild *Hotel König Augustin* hing. Es wurde Zeit. Spätestens im Frühling mussten die ersten Zimmer bezogen werden.

Er atmete tief durch, als er auf das Nachbarhaus zuging. *Café König Augustin!* Er wartete, bis zwei Paare hineingegangen waren und sich hinter der Eingangstür ihrer Mäntel entledigten. Er warf Herta einen Blick zu, sie aber reagierte nicht, was ihn unendlich erleichterte.

Ein Kellner, dessen Gesicht er noch nie gesehen hatte, führte ihn zu einem Tisch und fragte nach der Bestellung. Er bat um eine heiße Schokolade, Kuchen wollte er nicht. Als die hohe Tasse vor ihm stand und er einen Schluck genommen hatte, wurde er ruhiger. Vorsichtig sah er sich um, erkannte eine Kellnerin, die jedoch gleichmütig über ihn hinwegblickte, und einen Kellner, mit dem er persönlich das Einstellungsgespräch geführt hatte. Die Verkleidung schien gut zu sein. Aber würde sie reichen, wenn …

Den Gedanken hatte er noch nicht zu Ende gedacht, als Linda hereinkam. Sie trug einen schwarzen Rollkragenpullover und einen schwarzen Rock. Ihr Vater hatte wohl von ihr gefordert, sich wie eine trauernde Witwe zu kleiden, wenn auch der Tod ihres Mannes noch nicht bewiesen, seine Leiche noch nicht gefunden worden war. Es würde nicht lange dauern, bis man ihn für tot erklären würde. Arne wusste, dass hinter ihm mehrere Passagiere im Schiff zurückgeblieben waren, dass nach ihm niemand mehr herausgekommen war, dass für alle, die seinen Tod untersuchten, schnell klar sein würde, wie er ums Leben gekommen war. So wie die anderen, die vermisst wurden. Im Wrack des Unglücksschiffs ertrunken. Ob Carsten es noch geschafft hatte? Er spürte noch dessen Berührung, absichtlich oder unfreiwillig. Und er sah die Gestalt vor sich, am Strand von Amrum, von der er hoffte, dass es Carsten gewesen war.

Linda hatte das Café durch den hinteren Eingang betreten, wo es eine Treppe gab, die direkt von der Wohnung ins Café führte. Arne saß da wie erstarrt, wagte nicht, sich zu bewegen, wollte sich aber unter gar keinen Umständen abwenden und sein Gesicht verstecken. Er musste jetzt wissen, ob seine Verkleidung ausreichte.

Tatsächlich! Sie sah über ihn hinweg, grüßte lächelnd zwei Stammgäste und ließ sich dann an einem Tisch am anderen Ende des Raums nieder und bestellte eine Kanne Tee. Arne stürzte die heiße Schokolade hinunter und rief nach der Rechnung. Auch seine Stimme, die Linda gehört haben musste, blieb ohne Reaktion bei ihr. Als er aufbrach, ging er dicht an ihr vorbei und wagte es später, der Garderobiere nun etwas länger sein Gesicht zu zeigen. Aber auch sie reagierte nicht. Arne war sehr erleichtert. Was er vorhatte, würde also gelingen.

*

Robert trat an Lindas Tisch, setzte sich aber nicht. »Wie läuft es mit dem neuen Chef?«

Linda sah ihn an, als hätte sie noch nichts von den veränderten Herrschaftsverhältnissen im *König Augustin* mitbekommen. Sie blickte sich um. Scheinbar wollte sie ihm zeigen, dass der Blick ins Café, in die Gesichter der Gäste ausreichte, um festzustellen, dass alles in Ordnung war. Trotz ihrer schwarzen Kleidung war sie schön wie eh und je, dachte Robert König voller Stolz. Die prunkvolle Kette und die langen Ohrhänger nahmen ihrer Kleidung das Dunkle, Einförmige, das bei anderen Witwen dafür sorgte, dass sie nicht mehr zur Kenntnis genommen wurden.

»Ich fahre zu Knut ins Krankenhaus«, sagte Robert. »Es geht ihm immer schlechter. Ich möchte nicht, dass er allein ist.«

»Grüß ihn von mir.« Nun zeigte sich echte Trauer im Gesicht seiner Tochter, nicht nur das Gefühl, das sie den Gästen präsentieren musste. Sie liebte seinen besten Freund fast so sehr wie er selbst, ihren Onkel Knut, ihren Schwiegervater, und kämpfte mit sich, weil sie wusste, dass es gut und anständig wäre, ihn zu besuchen, so viel Angst sie auch vor dem hatte, was sie zu sehen bekommen würde. »Ich werde auch zu ihm gehen. Heute noch.«

Robert atmete auf. »Schön. Das wird ihn freuen.«

Er grüßte nach links und rechts, als er das Café verließ, gab einem Kellner einen versteckten Hinweis auf einen Gast, der eine Bestellung aufgeben wollte, und ging zu seinem Wagen. Er fühlte sich schlecht, der Zustand seines Freundes machte ihm schwer zu schaffen. Während er sich hinters Steuer setzte und zur Nordseeklinik fuhr, spürte er jedoch auch eine gewisse Erleichterung, die ihn immer überkam, wenn er an die Zukunft des *König Augustin* dachte. Mit Arne als Knuts Nachfolger wäre es womöglich schwierig geworden. Der uneheliche Sohn dagegen würde alles besser machen als Arne, da war Robert sich sicher.

Als er die Friedrichstraße hinauffuhr, sah er Olafs Mutter.

Offenbar war sie einkaufen gegangen. An jedem Arm hingen Tüten, sie ging von Schaufenster zu Schaufenster, mit diesem zufriedenen Blick, den er schon oft an Menschen gesehen hatte, denen etwas gelungen war, mit dem sie zu Geld gekommen waren. Hoffentlich dachte sie daran, dass es noch dauern konnte, bis sie Knuts Erbe erhielt. Robert betete um jeden Tag. Ein Leben ohne Knut konnte er sich nur schwer vorstellen.

Zehn Minuten später bog er in die Einfahrt zur Nordseeklinik ein. Man kannte ihn dort mittlerweile. Niemand machte ihn mehr auf Besuchszeiten aufmerksam, erst recht fragte ihn niemand, wem sein Besuch galt.

Als er sich an Knuts Bett setzte, erschrak er. Es ging täglich abwärts mit seinem Freund. Die Schwäche nahm von ihm Besitz, die am Tag von Arnes Tod nach ihm gegriffen hatte. Für Robert war es das Schlimmste, dass er keinen Trost für ihn hatte. Sein Kind zu verlieren, dafür gab es eben keinen Trost.

Aber Knut wirkt entspannter als noch am Tag vorher. Er hatte sein Haus bestellt, seine Nachfolge gesichert, und er wusste, dass er alles nicht nur geordnet, sondern vor allem in guten Händen zurückließ. Das schien ihm das Sterben leichter zu machen.

Robert setzte sich an sein Bett und nahm seine Hand. »Ich bin genauso froh wie du, dass jetzt alles geklärt ist. Olaf ist der richtige Mann fürs Geschäft, davon bin ich ebenso überzeugt wie du.«

Olaf schien auch das Herz am rechten Fleck zu haben. Obwohl er sehr viel zu tun hatte, viel Zeit aufwenden musste, um sich in seine neuen Aufgaben einzuarbeiten, nutzte er jeden freien Augenblick, um seinen Vater im Krankenhaus zu besuchen. Das rechnete ihm Robert hoch an. Und Knut Augustin genoss es.

Er seufzte tief auf. »So wie mit Olaf wollte ich es auch mit meinem Enkelkind machen«, flüsterte er. »Es wäre in besten Verhältnissen aufgewachsen, unter meinen Augen. Aus dem Kind wäre sicherlich etwas geworden. Aber …«

Robert drückte seine Hände, damit er sich nicht überanstrengte, und sorgte dafür, dass er nicht weitersprach. Er wusste ja, was Knut sagen wollte. Und Knut wusste, dass Robert es nicht richtig fand. Dass Knut Augustin immer wieder erreichen wollte, dass die Welt sich nach seinen Regeln drehte, war oft ein Streitpunkt zwischen ihnen gewesen.

»Begnüg dich damit, dass du Olaf für dich gewonnen hast. Dein Enkelkind hast du verloren. Und du weißt genau, warum.«

Januar 1964, Sylt

WIEDER MAL HATTE er vergessen, dass es mit den Privilegien vorbei war. Arnes Besuch bei Knut Augustin wurde abgelehnt, man verwies ihn auf die Besuchszeit am nächsten Tag.

Aufgebracht verließ er das Krankenhaus. Wüsste er, in welchem Zimmer sein Vater lag, hätte er sich nicht um die Anweisungen der Schwester gekümmert, dann wäre er zu ihm gegangen, ob es verboten war oder nicht.

Vor dem Eingang blieb er stehen und atmete tief durch. Er musste sich eine Übernachtungsmöglichkeit suchen, etwas möglichst Preiswertes, und am nächsten Tag wieder herkommen. Was blieb ihm anderes übrig? Müde und resigniert überlegte er sich, wie er zum Strand kommen konnte. Er würde zu Fuß nach Westerland, ins Zentrum, zurückkehren, an der Wasserkante, das war nicht weit. Die frische Luft und der eiskalte Wind würden ihm guttun.

In diesem Augenblick sah er den roten Roadster auf den Parkplatz fahren. Linda stieg aus, immer noch ganz in Schwarz gekleidet, schön wie eh und je. Zwei jungen Ärzten, die über den Parkplatz gingen, blieben die Münder offen stehen. Arne folgte ihr unauffällig und versuchte, in Hörweite zu gelangen, als Linda auf die Pforte zuging. Die Schwester, die dort residierte, die Arne gerade noch rüde zurückgewiesen hatte, wagte es angesichts Lindas Selbstbewusstsein nicht, ihr den Weg zu Knut Augustin zu verwehren. »Zimmer 226.« Arne hörte es laut und deutlich.

Er wartete, bis die Schwester durch ein Telefongespräch abgelenkt wurde, dann huschte er ins Krankenhaus und suchte nach der Zimmernummer. Linda würde nicht lange bei seinem Vater bleiben. Erstaunlich genug, dass sie sich überwunden hatte, ihn zu besuchen. Arne wusste doch, wie sehr sie Krankenhäuser und Krankenbesuche hasste.

Er drückte sich in der Nähe des Zimmers herum, versteckte sich in einem Toilettenraum, sobald jemand vom Klinikpersonal erschien, und wartete hinter einer großen Pflanze darauf, dass Linda das Zimmer wieder verließ. Er hatte recht gehabt, länger als zehn Minuten hatte sie es bei ihrem Schwiegervater nicht ausgehalten. Vor der Tür blieb sie stehen und suchte in ihrer Handtasche nach einem Taschentuch. Damit tupfte sie sich die Augen ab. Wenn Linda ohne Publikum weinte, dann waren es echte Tränen. Arne drehte sich um und beobachtete sie in dem Spiegelbild einer Fensterscheibe. Er war sehr betroffen darüber, wie gering die Emotionen waren, die ihr Bild in ihm hervorriefen. Mit dieser Frau war er verheiratet. Mit ihr wäre er vor den Altar getreten und hätte vor Gott geschworen, dass er ihr treu sein wolle, bis der Tod sie scheiden würde. Du lieber Himmel! Linda war ihm schon vor der kirchlichen Trauung nicht treu gewesen. Wenn er an den Künstler aus dem Klappholttal dachte, überkam ihn erneut die Schwäche, unter der er so gelitten hatte, während er noch der Juniorchef des *König Augustin* war. Das Gefühl von Hilflosigkeit, von Ausgeliefertsein, gefangen im eigenen Leben.

Als Lindas klappernde Schritte verklangen, ging Arne auf die Tür zu und klopfte leise. Er erschrak, als er seinen Vater im Bett liegen sah. Wie schmal er geworden war, wie hinfällig, wie nah dem Tode! Vorsichtig trat er ans Bett und zog sich dabei die Perücke vom Kopf. »Papa!«

Knuts Augenlider begannen zu flattern, mühsam öffnete er die Augen.

»Papa, ich bin's.«

Knuts Augen weiteten sich, er starrte Arne an, als hätte er Angst vor ihm, als sähe er einen Geist, als hätte er den ersten Schritt in die andere Welt getan, wo sein toter Sohn auf ihn wartete.

»Ich will dir sagen, dass ich überlebt habe, Papa. Du sollst friedlich einschlafen können. Ich bin gekommen, um dir die Trauer über meinen Tod zu nehmen.«

Knut versuchte zu sprechen, aber es gelang ihm nicht. Er streckte seine Hand aus, doch Arne machte einen Schritt zurück.

»Ich kann nicht bleiben, man darf mich nicht sehen. Bitte, verzeih mir. Ich kann nicht so leben, wie du es wolltest. Ich weiß, es ist feige, sich so aus dem Leben zu schleichen und die Menschen, die man liebt, mit der Trauer allein zu lassen. Aber ... Linda wird über meinen Tod hinwegkommen, Onkel Robert auch. Du jedoch nicht, das habe ich begriffen. Vielleicht kannst du sogar wieder gesund werden, wenn du weißt, dass ich noch lebe. Versuch's bitte.« Er war an der Tür angekommen und griff nach der Klinke. »Leb wohl, Papa.«

Schwer atmend trat er auf den Flur und schloss die Tür hinter sich. Eine junge Schwesternschülerin kam ihm entgegen. Eine, das erkannte er sofort, die redselig war, die gern Auskünfte gab, weil sie sich damit wichtigmachen konnte. Erst recht, wenn sie von einem jungen Mann gefragt wurde, der selbst mit einer unkleidsamen Perücke noch einigermaßen attraktiv war.

»Entschuldigung! Von der Schwester an der Pforte bekommt man ja keine vernünftige Auskunft ...«

Das Mädchen ließ seine Grübchen tanzen. »So wird man vielleicht, wenn man sein Leben hier verbringt.«

Arne machte diskret deutlich, wie sicher er war, dass diese junge Frau verheiratet sein würde, noch ehe sie Oberschwester werden konnte, weil junge Männer vermutlich bei ihr Schlange standen.

Das war genau das, was die Schwesternschülerin hören wollte. »Medizinische Kenntnisse sind für eine Ehefrau und Mutter nicht schlecht. Deswegen habe ich mich für diesen Beruf entschieden.« Arne bestätigte sie in allem. Er hätte sie auch bestätigt, wenn sie von einer Karriere als Nachtklubtänzerin geschwärmt hätte. Dann erst kam er auf die Überlebenden des Schiffsunglücks zu sprechen. »Sie erinnern sich? Vor Weihnachten.«

Natürlich erinnerte sie sich daran. Die paar Überlebenden waren ja in die Nordseeklinik gekommen.

»Auch Carsten Tovar?«

Sie lachte so glockenhell, dass er sie nun tatsächlich so süß fand, dass er unter anderen Umständen eine Verabredung mit ihr getroffen hätte. »Der wird gerade entlassen.« Sie zeigte zum Fenster. »Er ist auf dem Weg zur Bushaltestelle.«

Januar 1964, Sylt

LINDA BOG IN DEN WEG zum Klappholttal ein, hielt in der Nähe der zweiten Baracke, sprang aus dem Wagen und lief zur Tür. Sie hatte keinen Blick für das Spiel der Sonne auf den Dünen, für die gewaltigen Wolkenberge, die die Sonne immer wieder verdeckten und ihr dann wieder Platz und ein Stück blauen Himmels ließen. Der perfekte Tag für einen Strandspaziergang. Die wenigen Touristen, die um diese Jahreszeit auf der Insel waren, hatten sich ihre Stiefel und Pelzjacken angezogen, dicke Schals um den Hals gewickelt, die Mützen bis zu den Augenbrauen geschoben und schlenderten an der Wasserkante entlang. Wenn die Sonne sie traf, hielten sie ihr das Gesicht hin und suchten in ihren Jackentaschen nach den Sonnenbrillen. Es war kein strahlender Tag, aber einer, der optimistisch stimmte.

Linda klopfte nicht, wie sie es sonst immer tat, sondern stürmte in das kleine Holzhaus und begrüßte Chris mit einem Jubelschrei. »Endlich!«

Sie lief auf ihn zu, er fing sie auf und drückte sie fest an sich. »Ja, endlich!«

Er hatte schon alle Gemälde sorgfältig verpackt, die Arbeitsutensilien steckten in großen Plastikwannen, die Linda ihm besorgt hatte. »Die Spedition wird gleich kommen.«

Seinen Kittel trug er nicht mehr. Er hatte eine weite Hose mit Trägern angezogen, dazu ein lässiges Leinenhemd, darüber eine Weste, die offen stand. Der allerletzte Schrei. Linda hatte ihm zu diesem legeren Outfit geraten, das schick, aber auf keinen Fall kleinbürgerlich oder gar fade war. Und Chris, der vorher behauptet hatte, er könne in keinem anderen Kleidungsstück als seinem Kittel glücklich sein, hatte es sich gern gefallen lassen.

Sie ließen sich auf dem durchgesessenen Sofa nieder, eng aneinandergekuschelt, einer im Arm des anderen. Es war leicht gewesen, ein Atelier für Christian Reineit zu finden. In Wenningstedt gab es ein Gartenhaus, das einst zu einer großen Villa gehört hatte. Eine Erbengemeinschaft hatte das Hauptgebäude abreißen lassen und stritt sich schon seit Jahren darum, was aus dem Grundstück werden sollte. Derweil war es auf angenehme Weise verwildert. Die wuchernden Bäume und Büsche boten Sichtschutz, wer dort vorbeiging, kam nicht auf die Idee, dass es im hinteren Teil des Grundstücks ein Atelier gab. Chris Reineit würde ungestört bleiben und dort in Ruhe arbeiten können. Bis der Streit der Erbengemeinschaft beigelegt war, konnte er sich vermutlich ein Atelier in Kampen leisten. Die Vernissage im *Miramar* war ein voller Erfolg gewesen, seine Auftragslage bestens.

Als sie draußen ein Geräusch hörten, sprang Linda auf. »Die Spediteure kommen.«

Chris lachte. »Meinst du, die kommen zu Fuß?«

Diese Frage drang erst zu ihr durch, als sie die Tür schon aufgerissen hatte. Vor ihr stand ein Mann, den sie erst auf den zweiten Blick erkannte.

»Darf ich reinkommen?«

»Herr Tovar?« Nun wusste sie es wieder. Arnes Trauzeuge, der Kellner vom *König Augustin*, der das Schiffsunglück überlebt, den sie im Krankenhaus besucht hatte, weil ihr Vater wollte, dass sie sich als Frau des Juniorchefs um die Angestellten kümmerte. Sie hatte mitbekommen, dass er aus dem Krankenhaus entlassen worden war. Er hatte seine Arbeit jedoch noch nicht wieder aufgenommen, und es war ungewiss, ob es jemals möglich sein würde. Er stützte sich auf eine Gehhilfe und humpelte einen Schritt vor, ohne auf eine Antwort zu warten.

Sie war zur Seite getreten, was sie kurz darauf ärgerte, als Carsten Tovar die Baracke betrat. »Was wollen Sie?«

Er ging ein paar Schritte ins Atelier hinein. »Ihnen ein Geschäft vorschlagen.«

Linda schloss die Tür. »Ich will kein Geschäft mit Ihnen machen.«

»Oh, doch!« Er sah weder Linda noch Chris an, humpelte von einem Gemälde zum anderen und tat so, als hätte er echtes Interesse. »Ich bin sicher, dass Sie das wollen.«

Lindas stets wache Widerspenstigkeit und Unverfrorenheit fielen in sich zusammen. Angst trat an ihre Stelle. Konnte es sein, dass jemand zum Schlag gegen sie ausholte, und das mit ausgesprochen guten Siegeschancen?

Carsten Tovar wandte sich um und betrachtete Linda, ohne Chris zur Kenntnis zu nehmen. Mit einem Lächeln, das Linda gar nicht gefiel. Chris' Verblüffung war anderer Art. Er verstand überhaupt nicht, was der Mann von ihnen wollte, vor allem verstand er nicht, dass Linda nichts dagegen unternahm, dass ein Fremder hier eindrang.

Carsten stützte sich auf seine Gehhilfe. »Wie ich höre, wird angenommen, dass Arne Augustin das Schiffsunglück nicht überlebt hat. Wie lange müssen Sie warten, bis Sie ihn für tot erklären können?«

Linda antwortete nicht, sondern bemühte sich um ein überhebliches Lächeln. Sie wusste nicht, ob es ihr gelang.

»Ich habe Ihnen gesagt, dass ich gesehen habe, wie Arne sich gerettet hat. Komisch nur, dass außer mir und außer Ihnen niemand davon weiß. Sie haben es für sich behalten, dass Arne überlebt hat.«

»Weil es nicht sein kann.« Nun hatte sie endlich zu ihrer Angriffslust zurückgefunden. »Dann wäre er ja wieder da. Aber er ist verschwunden.«

»Sie wissen genau, warum er verschwunden ist.« Carsten Tovar zeigte mit der Gehhilfe auf Linda, dann machte er zwei, drei Schritte auf einen Sessel zu, als wollte er sich setzen. Aber Linda verhinderte es, indem sie ihm den Weg versperrte.

Carsten grinste verächtlich. »Weil er das Leben mit Ihnen nicht mehr ertragen konnte, deshalb ist Arne verschwunden. Ich habe ihm noch kurz vor der Trauung im Standesamt zugeflüstert: Tu's nicht. Aber er ist ja so schwach. Er hat es nicht geschafft, alles hinzuwerfen. Die Ehe mit Ihnen, obwohl er wusste, dass Sie ihn betrügen.«

»Was?« Chris Reineit fuhr auf.

»Ich habe ihn hier getroffen.« Carsten wies aus dem Fenster. »Da stand Ihr Roadster. Für jeden zu sehen. Sie waren sich ja so sicher. Und Arne? Der hat nicht einmal nachgesehen, hat nicht durchs Fenster geguckt, wie das jeder andere Ehemann gemacht hätte, hat Sie nicht konfrontiert. Und wissen Sie, warum? Weil es ihn nicht interessierte. Ihm war es egal, was Sie hier treiben. Ihm war seine Ehe egal, das Geschäft, sein Vater – alles egal! Was glauben Sie denn, warum er zwar überlebt hat, aber nicht zurückgekehrt ist? Weil er endlich rauswollte aus diesem Hamsterrad. Immer nur tun, was andere wollen. Haben Sie sich das mal überlegt?« Er blickte erst in Lindas erstarrtes Gesicht, dann zu Chris, der mit offenem Mund dasaß, und wandte sich dann wieder Linda zu. »Sie wollten Arne heiraten, weil die Ehe mit ihm so bequem war. Möglich, dass Sie diesen Mann wirklich lieben.« Er nickte zu Chris. »Aber er kann Ihnen ja nichts bieten. Nein, so einer ist nicht der Richtige für Linda König. Oder vielmehr … Linda Augustin. Es muss schon einer sein, der dafür sorgt, dass Sie weiterhin das Luxusleben führen können, an das Sie gewöhnt sind.« Er machte einen Schritt auf Linda zu, und sie wich zurück, ohne es zu wollen. »Und dann sein Vater! Dem ging es doch immer ums Geschäft. Arne musste funktionieren, nur darauf kam es an. Vielleicht wäre er wirklich ein guter Geschäftsmann geworden, wenn der Alte ihn gelassen hätte. Aber er musste ihm ja Tag für Tag zeigen, dass er besser war als sein Sohn. Und Ihr Vater hat fleißig dabei mitgeholfen. Am Abend eines jeden Tages wusste Arne, dass er nie gut genug sein würde.«

Carsten machte einen weiteren Schritt vor, diesmal schaffte Linda es, stehen zu bleiben und seine körperliche Nähe zu ertragen.

»Deswegen ist er verschwunden. Deswegen ist er froh, dass man ihn für tot hält. Und deswegen verschweigen Sie, dass Arne noch lebt. Sie sind nämlich genauso froh, dass er nicht mehr aufgetaucht ist. Und deswegen … werden Sie dafür sorgen, dass es mir finanziell gut geht, auch wenn ich nicht wieder arbeiten kann.« Er grinste verächtlich. »Oder wollen Sie, dass ich aller Welt erzähle, was ich beobachtet habe? Dass Sie für sich behalten haben, dass Ihr Mann noch lebt, sogar als Ihr Schwiegervater vor lauter Kummer krank wurde?«

»Ihnen würde niemand glauben.«

»Sollen wir es darauf ankommen lassen?«

Linda schwieg.

»Hunderttausend für Ihren guten Ruf.«

»Sind Sie wahnsinnig? So viel kann ich nicht auftreiben, ohne dass es jemand merkt.«

»Sie könnten einen Teil Ihres Schmucks verkaufen. Oder verlieren. Die Versicherung wird sicherlich zahlen.«

Er drehte sich zur Tür und öffnete sie. »Geben Sie mir Bescheid, wenn Sie sich entschlossen haben. Eine Woche werde ich warten. Danach wende ich mich an die Klatschpresse. Die wird sich freuen.« Er wandte sich zum Gehen. »Sie wissen ja, wo ich wohne … noch immer dort, wo das Personal wohnen darf. Aber lange werde ich in dieser Männerwohnung wohl nicht mehr geduldet.«

OLAF STAND NUN einer der kleinen Lieferwagen zur Verfügung, den er benutzen konnte, wann immer er wollte. Mit ihm fuhr er täglich in die Nordseeklinik, um seinen Vater zu besuchen. Er war von dem Drang besessen, dem nahen Tod einen kleinen Zipfel der Vater-Sohn-Beziehung abzujagen, die es nie gegeben hatte. Seine Mutter hatte ihn nur ein einziges Mal begleitet, sie hatte schnell gespürt, dass das Band der gemeinsamen Erinnerung nicht stark genug war. Knut Augustin hatte sie so fragend angesehen, dass es schien, als erinnerte er sich kaum noch an Margarete. Ihre Verbindung waren nur noch der gemeinsame Sohn und die finanzielle Zuwendung, auf die Margarete all die Jahre angewiesen war. Mehr gab es nicht zwischen ihnen, kein Gefühl, kein »Weißt-du-noch«. Margarete war bald wieder nach Hause gefahren. Natürlich hatte sie Brit und Kari kennengelernt, die beiden umgehend in ihr Herz geschlossen, es aber dann vorgezogen, in ihren Alltag zurückzukehren. Olaf hatte Brit gegenüber den Verdacht geäußert, dass sie sich wohl schon nach einer größeren Wohnung umsehen wollte, die sie sich würde leisten können, wenn sie das Erbe, das ihr zugesprochen werden sollte, antreten konnte.

Mit dem kleinen Lieferwagen fuhr Olaf so oft wie möglich nach Hörnum, um Brit abzuholen und nach Westerland zu bringen. Wenn er auch wenig Zeit für sie hatte, es tat ihm gut, sie und Kari in seiner Nähe zu wissen. Sobald er ein Stündchen erübrigen konnte, ging er mit ihnen an den Strand, buddelte mit Kari trotz der Kälte im Sand und versprach ihr, im Sommer mit ihr baden zu gehen.

Einmal gesellte sich Romy zu ihnen, die sie vom Eingang des *Miramar* aus entdeckt hatte. Von Kari wurde sie nur zögernd begrüßt. Romy war der Kleinen fremd geworden, was diese durch lautes Lachen, albernes Spielen, wildes Herumhüpfen und Fratzenschneiden wettmachen wollte. Aber damit wurde sie Kari nur noch fremder. Der zeitliche Abstand war zu groß, Kari spürte vielleicht eine Verbundenheit, aber sie konnte sie nicht greifen. Es hätte Zeit gebraucht, und die hatte Romy nicht, weil Horst ihr einen Auftrag gegeben hatte. Sie sollte nach List fahren, eine Fischlieferung holen und war in großer Sorge, dass sie den Rest des Tages nach Fisch riechen würde. »Das werde ich Horst heimzahlen.«

Dennoch blieb Romy noch eine Weile mit Kari und Brit allein am Strand, als Olaf ins Café zurückmusste. Brit spürte die Einsamkeit ihrer ehemals so engen Freundin und tat ihr Bestes, wieder das Vertraute aufleben zu lassen, das sie verbunden hatte, als sie zusammen in Bremen gewohnt hatten, als sie eine Gemeinschaft gewesen waren, als sie wie eine Familie zusammengelebt hatten. Aber es wollte nicht gelingen. Auch sie waren sich fremd geworden. Brits Flucht aus dem Entbindungsheim schien eine Ewigkeit her zu sein. Natürlich empfand Brit immer noch große Dankbarkeit, weil Romy ihr damals geholfen hatte, und sie wollte auf keinen Fall vergessen, was Romy für sie getan hatte. Doch Romy ließ keine schöne Erinnerung zu. Sie sprach nur von der Familie, die sie damals gewesen waren, und ergänzte jedes Mal mit Gesten und ihrer ausdrucksvollen Mimik, ohne es zu sagen, dass das vorbei war. Es schien ihr vor allem darauf anzukommen, immer wieder zu betonen, wie viel besser ihr Leben heute sei, wie viel mehr Geld, Perspektive und Abenteuer sie in ihrem neuen Leben hatte.

Irgendwann gab Brit es auf, zwanghaft etwas hervorzurufen, was offenbar nicht mehr da war. Danach wurde es besser. Sie schwiegen eine Weile, ließen Kari spielen und beobachteten die Möwen, die über den Wellen kreisten.

Schließlich sagte Romy: »Ich habe in unseren Personalakten nachgesehen. Es hat tatsächlich vor fünf Jahren einen Praktikanten mit dem Vornamen Arne im *Miramar* gegeben.«

»Arne Augustin?«

»Das weißt du?«

Brit nickte. »Er lebt nicht mehr.«

»Das habe ich gehört.« Romy sprang auf. »Um so einen Lügner und Betrüger ist es nicht schade.« Sie blickte nach oben, als erwartete sie, dass Horst Lukassen vor der Tür des *Miramar* erscheinen und nach ihr rufen könnte. »Ich muss los.«

Brit wollte fragen, wann sie sich wiedersehen würden, wollte erzählen, dass sie nun öfter in Westerland sein würde. Und vor allem wollte sie ihr die unfassbaren Neuigkeiten erzählen, die sie selbst auch nach nun bald drei Monaten immer noch nicht so richtig erfasst hatte: dass nicht nur Arne der Sohn von Knut Augustin war, sondern auch Olaf! Und dass Olaf nun der rechtmäßige Erbe und Leiter des *König Augustin* war. Doch Romy schnitt jedes weitere Gespräch ab, sie hatte angeblich keine Zeit mehr. Ihr Abschied bestand aus einem Luftkuss für Kari, dann wandte sie sich um, ging hoch zur Uferpromenade, zog dort ihre Schuhe aus und klopfte sie sauber. Brit sah ihr nach, bis sie verschwunden war, Romy drehte sich kein einziges Mal um.

Als Kari zu frieren begann, nahm sie das Kind auf den Arm und versprach ihm eine heiße Schokolade im *König Augustin*. Sie trug Kari auf die Uferpromenade, dort befreite sie sie vom Sand, vor allem von dem Sand in ihren Gummistiefeln. Brit klopfte sie so lange aus, bis nichts mehr herausrieselte. Dann richtete sie sich auf … und ihr Blick fiel auf einen Mann, der gerade von der

Wasserkante hochkam. Scheinbar hatte er dort einen Spaziergang gemacht, wie es viele Feriengäste in der kalten Jahreszeit machten. Eine Wanderung mit Blick aufs Meer war einfach wunderbar.

Brit erstarrte. Es war der Gang, der ihr auffiel, die Haltung des Mannes, die kleinen, aber dynamischen Schritte, der zurückgeworfene Kopf, der Stolz verriet. Sie schüttelte den Eindruck ab. Nein, diese Haare erinnerten sie nicht, die Farbe war eine ganz andere. Aber dann blieb der Mann kurz stehen, weil eine Möwe auf ihn zuflog, die sich vor seinen Füßen niederließ. Und dabei drehte er sich zur Seite, und sie konnte sein Profil sehen. Die schmale Nase, das markante Kinn, die gewölbte Stirn.

»Arne?« Natürlich war es Unsinn, diesen Namen zu rufen. Arne lebte nicht mehr, er war bei einem Schiffsunglück ums Leben gekommen, das wusste sie doch. Abend für Abend, wenn sie einzuschlafen versuchte, hatte sie seinen Körper in einem Wasserstrudel gesehen, wie er sich wehrte und doch in die Tiefe hinabgezogen wurde ... »Arne!« Trotzdem rief sie den Namen noch einmal, weil es ihr so vorgekommen war, als wäre ein Ruck durch seinen Körper gegangen. Und nun drehte er sich um. Mit Haaren, die nicht zu ihm passten, mit Augenbrauen, die sein Gesicht veränderten, aber doch immer noch ... Arne. Mein Gott, wie war das möglich?

Nun wandte er sich ihr zu, spontan, ohne es zu wollen. Der Wunsch, sich wieder zurückzudrehen, das Bedauern, sich eingelassen zu haben, der Ärger darüber, auf den Namen hereingefallen zu sein, war in seiner Bewegung zu erkennen, ein Schwanken, Zögern. Aber dann ... dann erkannte er sie. Und er schaffte es nicht, sich wieder abzuwenden und wegzulaufen. Jedenfalls nicht, als Brit mit Kari an der Hand langsam auf ihn zukam, als sie ihm nah genug gekommen war, um ihm in die Augen sehen zu können. Die Augen! Eindeutig Arnes Augen! Warum aber trug er eine

Perücke? Warum hatte er sich verändert? Warum hieß es, er sei tot, wenn er doch hier lebendig vor ihr stand?

»Mein Gott, Brit!« Arne schluchzte ihren Namen. »Niemand hat mich erkannt. Nur du.« Er sah auf das Kind, dann wieder in ihre Augen, dann veränderte sich sein Gesicht, sah so aus, als wollte er Brit an sich ziehen und küssen, dann wieder erschien eine so schroffe Ablehnung in seinen Augen, als wollte er sie beschimpfen, herabwürdigen und von sich stoßen. »Wie kannst du … mein Kind … für zehntausend Mark … Du hast mich nie geliebt. Und ich dachte …« Tränen traten in seine Augen, gleichzeitig waren sie voller Wut. »Und dann … schon bald danach … Wie alt ist die Kleine?«

Brit konnte zunächst nicht antworten. Arnes Vorwürfe hatten sie vollkommen durcheinandergebracht. »Ich verstehe dich nicht. Was soll das alles bedeuten? DU bist damals einfach verschwunden! Und DEIN Vater hat verlangt, dass ich unser Kind weggebe!« Sie griff an ihren Kopf, als bohrte hinter ihrer Stirn ein unerträglicher Schmerz. »Und ich … ich habe an deine Liebe geglaubt! ich dachte wirklich, du würdest kommen und mich heiraten! Doch dann habe ich nichts mehr von dir gehört. Deine Tante hat gesagt, dass …«

»Tante Ava sagt für Geld alles.«

Brit zog Kari ganz fest an ihre Seite, als bestünde die Gefahr, dass sie ihr nun tatsächlich genommen werden könnte. »Kari wird im März vier«, sagte sie ganz ruhig und sah Arne fest in die Augen. Er starrte sie fassungslos an, nur langsam begriff er. Sie konnte an seinem Blick erkennen, wie sich die Wahrheit in ihm ausbreitete.

»Brit … ich … ich wollte ja zu dir kommen. Aber … ich hatte einen schweren Autounfall …« Verloren sah er von einer zur anderen, von Brit zu Kari und wieder zurück. Dann schien er zu begreifen, was damals geschehen war, so wie sich auch in Brit Stück für Stück die Erkenntnis zusammensetzte, dass jemand versucht hatte, ihr Schicksal nach seinen Vorstellungen zu lenken. Arnes Vater! Olafs Vater. Ihr zukünftiger Schwiegervater …

»Wir müssen reden«, flüsterte sie. »In Ruhe und ungestört. In zwei Stunden an dieser Stelle. Ich werde jemanden bitten, auf Kari aufzupassen.«

Sie nahm Kari an die Hand und stieg mit ihr zum *Miramar* hoch. Sie wusste, dass Arne ihr nachsah, ihr und ihrem Kind, seinem Kind. Seine Blicke brannten in ihrem Rücken. Erst jetzt fiel ihr auf, dass sie am ganzen Körper zitterte. Zwei Stunden! Diese Zeit würde sie mindestens brauchen, um zu begreifen, was geschehen war.

LINDA KOCHTE VOR WUT. Als sie bei Chris Reineit kein Mitleid, auch keine Zustimmung, sondern nur Verständnislosigkeit erntete, wurde es noch schlimmer. Auf die Frage: »Warum hast du das getan?«, versuchte sie zunächst, sich mit Anteilnahme herauszureden. Sie habe gewusst, dass Arne sich nicht wohlfühlte, dass er von seinem Vater kleingehalten wurde, dass ihm die Arbeit keinen Spaß machte, dass er nicht die Möglichkeit bekam, eigene Entscheidungen zu treffen und dass er natürlich auch in seiner Ehe nicht glücklich war. Er habe es sicherlich gespürt, dass er betrogen wurde. »Und all das hat dann dazu geführt, dass er ausgestiegen ist. Er hat die Gelegenheit genutzt, aus seinem Leben zu fliehen und woanders ganz neu anzufangen. Warum sollte ich ihm das nicht ermöglichen?«

»Aber sein Vater«, wandte Chris ein. »Was ist ihm damit angetan worden?«

»Das war Arnes Entscheidung.«

»Vielleicht hat die Trauer um seinen Sohn ihn krank gemacht. Er hätte erfahren müssen, dass Arne noch lebt.«

»Onkel Knut ist schon lange herzkrank.«

»Warum hast du es nicht wenigstens mir gesagt?«

»Hättest du Verständnis für mich gehabt?«

»Nein.«

»Na, also.«

Mittlerweile waren sie in Chris' Atelier in Wenningstedt angekommen. Aber die Freude an seinen neuen Möglichkeiten wollte nicht mehr aufkommen. Linda hatte ihn mit vielen Kleinigkeiten überraschen wollen, hatte Blumen gekauft, Champagner in den Kühlschrank gestellt, aber Chris dachte nicht daran, den Korken knallen zu lassen. »Was hast du davon, dass man ihn für tot hält?«

»Hältst du mich etwa für egoistisch? Ich habe es für ihn getan«, behauptete Linda. »Wenn er es so will …«

»Und für dich. Eine Scheidung macht sich nicht gut, darüber haben wir ja schon oft genug gesprochen. Und finanziell bist du als Arnes Witwe auf jeden Fall besser dran.«

Linda lief rot an vor Zorn. »Wie kannst du so was sagen? Hältst du mich etwa für berechnend?«

Darauf antwortete Chris vorsichtshalber nicht.

»Natürlich habe ich es auch für uns getan. Irgendwann wäre Arne hinter unsere Beziehung gekommen. Und dann? Die Augustins haben Einfluss. Arne hätte dich auf Sylt unmöglich gemacht und dafür gesorgt, dass niemand mehr ein Bild bei dir bestellt.«

Chris stand auf, machte mit der Einrichtung seines Ateliers weiter, stellte seine Staffelei auf, legte sein Pinselsortiment zurecht und stellte einen Pinselreiniger bereit. »Wie gut, dass du so altruistisch bist«, murmelte er.

Linda ging wütend zur Tür. »Ich werde die hunderttausend Mark jedenfalls bezahlen. Jetzt ist es zu spät für eine andere Entscheidung.«

Als Chris nicht antwortete, riss sie die Tür auf und ließ sie ins Schloss fallen. Sie wartete einen Augenblick, aber nichts geschah. Als sie im Roadster saß, tat sie so, als fände sie den Zündschlüssel nicht, aber immer noch ließ Chris sich nicht blicken, um sie zurückzuholen. Mit durchdrehenden Rädern fuhr sie schließlich los. Entschlossen, sich so bald nicht wieder in dem neuen Atelier blicken zu lassen. Sie würde warten, bis er angekrochen kam. Jawohl! Mit ihr sprang kein Mann so um.

LETZTLICH WAR BRIT unfähig nachzudenken. Sie fand eine Kellnerin, die bereit war, sich mit Kari in eine Ecke des Cafés zu setzen und dafür zu sorgen, dass sie beschäftigt war und niemanden störte. Es wäre richtig gewesen, Olaf Bescheid zu sagen, aber das brachte sie nicht über sich. Sie schämte sich dafür, dass sie sich rasch in die Waschräume des Cafés zurückzog, sich frisierte, sehr viel Haarspray benutzte, ihre Lippen nachzog und froh war, dass sie in ihrer Tasche Parfüm fand. Eine Stunde war vergangen, als sie das *König Augustin* verließ und zum Friedhof der Heimatlosen ging. Dort war es still und meistens auch menschenleer. Als wäre sie an den Schicksalen der Menschen interessiert, die auf Sylt angeschwemmt worden waren, ging sie von Kreuz zu Kreuz, ohne das Datum zur Kenntnis zu nehmen, an dem der tote Seemann gefunden und begraben worden war. Sie schaffte es nicht, den Rhythmus von Arnes Namen aufzunehmen. »Ar – ne!« Ein großer und ein kleiner Schritt. Nein, es funktionierte nicht. Vor dem Gedenkstein, den Königin Elisabeth von Rumänien diesem Friedhof gestiftet hatte, blieb sie stehen. Knut Augustin war es also, der alles kaputt gemacht hatte. Er hatte ihre Eltern belogen und auch seinen Sohn. Er hatte dafür gesorgt, dass sie in Schwester Hermines Heim kam, er hatte ihr Kari wegnehmen und in Hände geben wollen, die er kannte, damit er das Kind aus der Ferne beobachten konnte. Brit konnte es nicht fassen. Sie hätte toben, schreien, weinen können. Doch als wären all die Gefühle zu viel für einen Menschen, blieb sie stumm und reglos stehen, bis es an der Zeit war, zum Strand zurückzugehen.

Arne stand noch so da, wie sie ihn verlassen hatte, als hätte er sich seither nicht bewegt. Als sie auf ihn zuging, trat ein winziges Lächeln in seine Augen, und sie merkte, dass auch sie lächelte. Arne hatte die zwei Stunden offenbar genutzt, um mit seinem Vater und mit sich selbst ins Reine zu kommen. Es lag keine Verbitterung auf seinem Gesicht und auch keine Selbstanklage. Brit griff nach seinen Händen. Auch in ihr war Frieden entstanden, die Stunde auf dem Friedhof der Heimatlosen hatte sie mit ihrem Schicksal ausgesöhnt. Sie sahen sich wortlos in die Augen, Brit nahm jede Kleinigkeit auf, die sie an ihre schönsten Stunden erinnerte. Die dunklen Sprenkel in seinen hellen Augen, die dichten Wimpern, der schön geschwungene Mund. Was um sie herum geschah, nahm sie nicht wahr, das Geschrei der Möwen, das Donnern der Brandung, die Stimmen um sie herum …

Er zog sie an sich und küsste sie. Er war schön, dieser Kuss, sehr schön. Aber Brit stand trotz ihrer Erinnerungen noch mit beiden Beinen in der Gegenwart, hatte noch nicht in die Vergangenheit zurückgefunden. Vor ihr stand nicht der Arne, an den sie sich erinnerte, nach dem sie sich verzehrt hatte, der Arne, der sie so bitter enttäuscht hatte, von dem sie glaubte, dass er sie nur lieben wollte, solange die Liebe leicht und unkompliziert war. Vor ihr stand ein Mann, der genauso betrogen worden war wie sie.

»Ich liebe dich«, sagte er.

»Du bist verheiratet«, antwortete sie.

»Ich liebe meine Frau nicht.«

»Warum hast du sie dann geheiratet?«

»Weil du für mich verloren warst. Es war gleichgültig, wen ich heiratete.«

»Warum hast du dich aus deinem Leben gestohlen?«

»Weil ich es nicht mehr ertragen habe.«

»Dein Vater liegt im Sterben.«

»Ich weiß. Deswegen bin ich hier.«

»Wegen des Testamentes?«

»Nein, nicht deswegen.«

»Ein anderer wird an deiner Stelle erben. Dein Halbbruder.«

Er sah sie überrascht an, als glaubte er ihr nicht, runzelte die Stirn, wich einen Schritt zurück.

»Das Kind aus einer außerehelichen Beziehung.« Mehr wagte Brit nicht zu sagen.

Sie gingen die Uferpromenade entlang Richtung Süden. Schweigend, mit verschränkten Händen, mit gleich großen Schritten. Die Gedanken waren noch zu schwer, um sie auszusprechen. Arne kämpfte mit ihnen, das sah sie ihm an, Brit hatte sich ihnen bereits ergeben. Die Bebauung lag bald hinter ihnen, das Pflaster der Promenade endete. Nun liefen sie am Fuß der Dünen entlang.

Mit einem Mal blieb Arne stehen, zog Brit in seine Arme und flüsterte: »Ich habe dich wiedergefunden.«

Brit antwortete nicht. Ihre Wange lag an seiner Brust, die Welt sah anders aus, als sie die Augen öffnete. Die Perspektive war schief geworden, die Realität hatte sich verrückt. Sie schloss sie wieder, fühlte Arnes Wärme, seine Hände, seinen Atem, jeden Muskel, atmete den Duft seiner Haut ein. Er war ihr wieder vertraut, noch immer so vertraut. Als Arne ihre Lippen suchte, schien mit einem Mal alles ganz einfach zu sein. Die Liebe konnte einen Menschen zerstören, die Liebe konnte aber auch stärker sein als alles andere. Brits Körper wurde schwer, sie merkte, dass sie ihre Kraft verlor, dass sie gehalten werden wollte. Die Stärke, die in den letzten Jahren in ihr gewachsen war, schien sich aufzulösen in einer Schwäche, die sie Liebe nannte. »Arne …«

LINDA AUGUSTIN war unzufrieden. Dies war ihr erster Streit mit Chris gewesen. Kaum schien es so, als wären alle Schwierigkeiten überwunden, da waren sie unterschiedlicher Meinung. War das immer so? Wurden zwei Menschen von ihren gemeinsamen Problemen zusammengehalten, und zerrann ihre Seelenverwandtschaft, wenn die Probleme gelöst waren? Kam dann der Moment, in dem sich herausstellte, was übrig blieb, was ihre Beziehung, ihre Liebe wirklich ausmachte? War Chris Reineit ein Mann, in den man sich verlieben konnte, wenn der Reiz des Heimlichen, des Verbotenen dazukam? Wurde er fade, wenn das Verbotene überwunden war und alltägliche Beziehungsprobleme an dessen Stelle traten? Wurde letztlich jede Beziehung irgendwann wie eine Ehe mit Arne?

Linda entschloss sich zu einem Strandspaziergang, etwas, das ihr sonst zuwider war, weil sie Sand in den Schuhen nicht leiden konnte und sie sich nicht gern vom Wind die Frisur zerzausen ließ. Aber heute hatte sie das Gefühl, dass es ihr guttun könnte, den Wind an sich heranzulassen. Er war ja nur schwach.

Als sie so weit gelaufen war, dass es für sie nicht mehr Spaziergang, sondern schon Wanderung hieß, machte sie halt. Ja, die Bewegung hatte ihr gutgetan. Ihr war klar geworden, dass ihre Beziehungsprobleme lediglich eine Meinungsverschiedenheit gewesen waren. Außerdem hatte sie gemerkt, dass ein Mann, der auf seiner eigenen Meinung beharrte, interessanter war als einer wie Arne, der um des lieben Friedens willen zu allem Ja und Amen sagte. Sie wollte gerade kehrtmachen und überlegen, wann sich die nächste Gelegenheit bot, zu Chris zu fahren, ohne dass ihr Vater etwas bemerkte, da sah sie das Paar am Fuß der Dünen. Die beiden standen nah beieinander, schmiegten sich aneinander, hielten sich gegenseitig in den Armen und küssten sich. Ihre Leidenschaft war sogar von Weitem zu erkennen. Linda wollte sich abwenden, wollte den beiden ihren verstohlenen Augenblick lassen, aber da gab es etwas, das sie auf den Fleck bannte. Was ihr im ersten Augenblick wie Leidenschaft erschienen war, konnte auch Verzweiflung sein. Mit einem Mal kam es ihr so vor, als spielte sich vor ihren Augen eine Tragödie ab. Und dann war da etwas, das ihr vertraut erschien. Die Art, wie der Mann sein Gesicht an die Halsbeuge der jungen Frau schmiegte, wie er seinen Arm um ihre Taille legte, ein Bein zwischen ihre Schenkel drängte … und dann sah sie, dass sich seine Perücke verschob.

Innerhalb von Sekunden hatte Linda ihre Fassung wiedererlangt und einen Plan gefasst. Sie ging auf die Uferpromenade zurück und wartete dort. Sie war sich sicher, dass die beiden nicht gemeinsam zurückkommen würden, dass sie sich dort, wo sie nicht gesehen wurden, voneinander lösen würden, vielleicht für immer, vielleicht auch nur so, wie sie sich von Chris löste, nachdem ihre heimliche Zeit mal wieder vorbei war.

Und richtig! Als Linda sich vorsichtig umblickte, sah sie den Mann über die Promenade laufen, so schnell er konnte, aber nur so schnell, dass er nicht auffiel. Linda wandte ihm den Rücken zu, merkte aber gleich, dass sie sich nicht viel Mühe geben musste. Er hatte keine Augen für andere Menschen, lief blindlings drauflos, ihm wäre nicht einmal ein Elefant auf der Uferpromenade aufgefallen. Sie musste sich auch nicht bemühen, ihm unbemerkt zu folgen, er blickte kein einziges Mal zurück. Erst auf der Höhe des *Miramar* wurde er langsamer, schien tief durchzuatmen, während er an der Musikmuschel vorbeiging, und zog die Kapuze über seine Perücke, weil er scheinbar Angst hatte, dass er dort erkannt werden könnte.

Linda machte es ähnlich. Sie band das Tuch fester um ihren Kopf, zog es in die Stirn, hielt den Blick gesenkt und hoffte inständig, dass sie nicht gesehen und angesprochen wurde.

Am nächsten Strandübergang verließ Arne die Promenade und ging zum Brandenburger Platz. Dort war nichts los. Er begegnete nur einigen Feriengästen, die zum Strand wollten, die kein Auge für ihn hatten. Nun wurde er endlich langsamer, und Linda atmete auf. Dieses schnelle Tempo war sie nicht gewöhnt, sie hätte es nicht mehr lange durchgehalten. Für eine so lange Strecke hätte sie normalerweise das Auto genommen. Arne steckte die Hände in die Taschen seines Mantels und ging langsam weiter, den Blick auf die Fußspitzen gerichtet. Es fiel ihr nicht schwer, ihn einzuholen.

»Arne?«

Er schreckte zusammen und drehte sich zu ihr um, mit großen fragenden Augen. Im nächsten Moment erschien auch schon die Antwort in seinem Blick. »Linda.« Er sah sie an, resigniert und doch freundlich.

»Hast du etwa geglaubt, ich würde dich nicht erkennen?«

»Du hast mich nicht erkannt. Ich habe im *König Augustin* in deiner Nähe gesessen.«

Linda erschrak. Konnte das sein? Sie betrachtete die dünnen Augenbrauen, die schreckliche Perücke, die fadenscheinige Kleidung. Ja, schon möglich, dass sie einem solchen Mann keinen zweiten Blick, nicht einmal einen ersten gegönnt hatte.

»Jetzt weiß ich, dass du das Unglück überlebt hast.«

»Von Carsten, ja. Du weißt es schon länger, aber du hast es für dich behalten.« Mit leiser Stimme ergänzte er: »Danke.«

Die Situation war derart absurd, dass sie lachte. »Ich habe zu danken. Verschwinde aus meinem Leben, Arne Augustin. Das ist mir hunderttausend Mark wert. Carsten Tovar wird das Geld von mir bekommen, aber dann will ich nie mehr etwas von dir hören. Verstanden?«

Sie sah, was auf seinen Lippen lag. Er wollte ihr weismachen, er wüsste nichts von Carsten Tovars Erpressung, aber sie sprach schnell weiter.

»Verstehen kann ich dich nicht, aber das muss ich auch nicht. Als lebender Arne Augustin würdest du viel mehr Geld haben. Hunderttausend Mark sind ein Trinkgeld. Dein Vater wird bald sterben, dann könntest du frei schalten und walten, aber hunderttausend Mark sind dir lieber, als der Erbe deines Vaters zu sein?«

Sie bemerkte, dass seine Augen mit einem Mal unstet wurden, dass sein Blick in die Augenwinkel sprang, zu dem, was hinter ihm lag, zu dem Kuss mit der Frau am Strand.

»Die Verlobte von Olaf Rensing?« Linda lachte, als sie merkte, wie richtig sie mit ihrer Vermutung lag. »Ich würde mir an deiner Stelle gut überlegen, ob du für sie hierbleiben willst ...« Auch sie sah nun zum Strand zurück, obwohl natürlich der Ort, an dem sie Arne und Brit entdeckt hatte, nicht mehr zu erkennen war. Sie wollte ihm nur zeigen, dass sie alles wusste, dass sie ihn mit Brit beobachtet hatte. »Denn dann müsstest du mitansehen, wie Brit Heflik und Olaf Rensing das *König Augustin* demnächst führen. Besser als du!«

Arne reagierte nicht, er sah auf seine Fußspitzen, bohrte die Fäuste in die Manteltaschen und rührte sich nicht. Kein Nicken, kein Kopfschütteln.

»Das kannst du nicht mitansehen? Dann lieber diese jämmerlichen hunderttausend Mark und ein mittelmäßiges Leben führen? Und hier in Erinnerung bleiben als der arme Sohn, der durch einen tragischen Unglücksfall ums Leben kam?« Durch Lindas Kopf flogen ein Dutzend Vermutungen auf einmal, stießen sich die unterschiedlichsten Erkenntnisse an und rempelten sich gegenseitig aus ihren Gedanken wieder heraus. Dann lachte sie erneut, weil sie wusste, wie schwer es Arne fiel, dieses Lachen zu ertragen. »Ach so! Du müsstest auch vor aller Welt bekennen, dass du ein feiger Hund bist. Erst weglaufen und dann wieder angekrochen kommen. Unsere Bekannten und Freunde würden ganz schön über dich lachen, alle Welt würde über dich lachen. Und sie würden mit dem Finger auf dich zeigen, weil nun irgendein dahergelaufener unehelicher Sohn die Geschäfte weiterführen kann, wenn du …«

Weiter kam sie nicht. Arne griff so plötzlich nach ihr, dass sie erschrak und ihr die Worte im Halse stecken blieben. »Ich hasse dich! Ich weiß nicht, wie ich auf die Idee kommen konnte, dich zu heiraten. Ihr seid mir alle zuwider. Ganz besonders das *König Augustin* und erst recht und vor allem das Leben, das du mit mir führen wolltest.«

Er ließ sie los und stieß sie so heftig von sich, dass Linda strauchelte. »Werd mit deinem Maler glücklich. Vielleicht ist er der Richtige für dich.«

Sie starrte ihm nach, reglos. Er bog links in die Steinmannstraße ein und lief Richtung Wenningstedt. Vielleicht wohnte er dort irgendwo, vielleicht wollte er einfach nur weg, um sich seine falsche Entscheidung von der Seele zu laufen und um am Ende so erschöpft zu sein, dass er nicht mehr zwischen körperlicher und seelischer Ermüdung unterscheiden konnte.

NACH IHRER RÜCKKEHR ins *König Augustin* sprang Kari ihr entgegen. Die Kellnerin schien erleichtert zu sein, wieder ihrer gewohnten Tätigkeit nachgehen zu können. Brit hatte versucht, den Weg ins Café mit langen Schritten zu gehen. Ar – ne, Ar – ne. Aber es war ihr nicht möglich gewesen. Sie lief zu schnell, die Silben kullerten unter ihren Füßen weg, sie hatte Angst zu stolpern und hinzufallen. In ihrem Kopf drehte sich alles, ihr Herz drohte zu zerspringen, ihre Hände zitterten.

Olaf trat mit sehr ernstem Gesicht aus der Backstube. Brit machte sich auf Vorwürfe gefasst, auf unangenehme Fragen und holte schon tief Luft, um die Ausreden, die sie sich zurechtgelegt hatte, hervorzuhaspeln und zu hoffen, dass ihr geglaubt wurde. Aber Olaf schien gar nicht bemerkt zu haben, dass sie eine Weile außer Haus gewesen war und Kari in die Obhut einer Kellnerin gegeben hatte. Oder es war ihm nicht wichtig gewesen.

Er zog Brit in einen kleinen Raum im hinteren Teil des Cafés, in dem die Getränke angerichtet wurden, lehnte sich an einen Tisch und legte die Hände über die Augen. Nur wenige Minuten zuvor hatte er die Nachricht bekommen, dass sein Vater gestorben war. Als Brit ihn tröstend umarmte, ließ er sich gegen sie fallen und begann zu weinen. »Ich hatte ihn doch gerade erst kennengelernt.«

Wenn Brit jetzt etwas entgegnet hätte, wäre ihre Antwort bitter ausgefallen. Möglicherweise hätte sie Olaf verraten, wie Knut Augustin gewesen war. Er bestimmte, wann seine Nachkommen erfuhren, von wem sie abstammten. Kari hätte sicherlich noch zehn bis zwanzig Jahre darauf warten müssen, bis ihr Großvater sie zu sich geholt hätte, und dann auch nur, wenn aus ihr die junge Frau geworden wäre, die er sich wünschte. Ob sie, ihre Mutter, dann jemals erfahren hätte, was mit ihrer Tochter geschehen war, wusste sie nicht. Er war der Allmächtige gewesen, der über seine Kinder herrschte und bestimmte, bis ihn jetzt eine noch größere Kraft in seine Schranken gewiesen hatte. Brit hatte Mühe, Olaf zu trösten, der in den vergangenen Tagen, seit er wusste, dass Knut Augustin sein Vater war, viel nachgeholt hatte, und das, ohne ihm den geringsten Vorwurf zu machen. Er war glücklich, diesen Vater bekommen zu haben, der ihn für fähig hielt. Er dachte nicht daran, dass sein Vater nichts als ein unbekannter Alimente-Zahler geblieben wäre, wenn Olaf sich anders entwickelt hätte.

Sie ließ ihn weinen, wartete, bis er sich beruhigt hatte, dann griff sie nach einem Taschentuch und trocknete seine Tränen. »Es tut mir sehr leid«, sagte sie leise.

»Es wäre so schön, wenn du heute bei mir bleiben könntest«, flüsterte Olaf. »Ich brauche dich. Fahr bitte nicht nach Hörnum zurück.«

»Wo sollen wir schlafen? Du hast kein Zimmer für dich allein.«

Olaf hatte darüber schon nachgedacht. »Einige Hotelzimmer sind bereits halbwegs fertig, jedenfalls mit Betten ausgestattet. Können wir dort nicht übernachten?« Er sah sie eindringlich an, sein Blick war flehentlich. »Bitte.«

Brit nickte. »Und Kari?«

Olaf lächelte. »Die kommt auf die Besuchsritze. Da wird sie sich wohlfühlen.«

»Und Rieke und Willem?«

Auch da wusste Olaf Rat. Der Hafenmeister wurde noch einmal in Anspruch genommen, damit sich die beiden keine Sorgen machten, wenn Brit und Kari nicht heimkamen.

DIE NACHT WAR SCHWARZ. Der Mond hatte sich hinter einer dichten Wolkendecke verborgen, nur gelegentlich ließ er einen Schimmer erkennen, wenn die ziehenden Wolken eine dünnere, durchscheinende freigaben. Dann waren die Umrisse von Häusern zu erkennen, die gleich darauf wieder in der Finsternis verschwanden. Nirgendwo ein Licht. Einmal, zum Glück nur ganz kurz, heulte in der Ferne ein Hund auf. Danach herrschte wieder Stille. Auch kein Auto war zu hören, kein fahrendes Licht zu sehen. Gegen zwei war diese Gegend wie ausgestorben. Gott sei Dank.

Sie schlichen die Treppe hoch, den Schlüssel in der Hand wie eine Waffe, die sich auf einen möglichen Angreifer richtete. ›Hände hoch! Ergib dich!‹ Dieser Alarmruf wurde dem alten Haus unhörbar entgegengerufen. ›Wehr dich nicht! Es ist sinnlos. Du bist entlarvt!‹

Dr. Rasmus hatte den Schlüssel besorgen können, hatte ihn Brit wortlos hingelegt und war ohne Gruß gegangen. Wie er an den Schlüssel gekommen war, sagte er nicht. Brit hatte in diesem Augenblick begriffen, wie innig die Freundschaft zwischen dem Anwalt und seinem Klienten gewesen war.

Der Schlüssel drehte sich, dann öffnete sich knarzend die schwere Tür. So laut! Viel zu laut für diese stille Nacht. Sie drückten sich hindurch und sorgten dafür, dass sie sich lautlos wieder schloss. Ein Geruch von Fäulnis und Auflösung schlug ihnen entgegen, ein toter Geruch, eine Mischung aus Erinnerung und

Angst. Unverbrauchte Erleichterung hatte sich noch nicht durchgesetzt, aber sie würde später hinzukommen. Hoffentlich.

Als sie durch die Schwingtür getreten waren, wurde es noch schlimmer. Obwohl das Treppenhaus hoch und ausladend war, hatte sich der Mief von all dem Seelenschutt, der sich hier angesammelt hatte, noch nicht verflüchtigt. Früher war er aufgewirbelt worden von schnellen Schritten, wehenden Kleidern, tuschelnden Stimmen und leisem Stöhnen. Jetzt hatte er sich auf jeder Stufe niedergelassen, wie Staub, der sich zusammenkehren ließ. Aber hier würde kein Besen helfen, in diesem Fall half gar nichts, nicht einmal Kahlschlag.

»Links«, flüsterte sie, wandte sich aber selbst nach rechts. Da war die Küche gewesen, in der es nie geduftet, nur gerochen hatte. Aber für diejenigen, die hungrig waren, hatte es hingereicht. Dass der Herd wärmte, dass es in den Töpfen brodelte und dass schließlich der Ruf ertönte, zu Tisch zu kommen. Für alle, die essen durften, nicht für die, die eine Strafe verdient hatten und von einer Mahlzeit ausgeschlossen wurden. Wer versuchte, etwas aus dem Speisesaal zu schmuggeln, um einer anderen zu helfen, wurde ebenfalls von den nächsten Mahlzeiten ausgeschlossen, wenn sie erwischt wurde.

»Tut Buße!« Der Verzicht aufs Essen gehörte dazu. »Ihr habt euch die Bäuche schon vollgeschlagen. Man sieht es doch!« Über diesen Scherz konnte nur noch eine lachen, nur Schwester Hermine.

»Wo bleibst du?«

Sie riss sich los von ihren Gedanken und stellte fest, dass im Büro von Schwester Hermine bereits das Licht einer Taschenlampe brannte. Die schweren brokatenen Vorhänge waren geschlossen, sie würden kein Licht durchlassen.

Er fuhr mit dem rechten Zeigefinger über die Rücken der Ordner, bis er gefunden hatte, was er suchte. »Die Förderer dieses Hauses.« Er schlug die Akte auf und blätterte sie durch. »Mein

Vater hat Schwester Hermine zum Glück nur einmal Geld gegeben. Gott sei Dank in bar.«

Brit ließ sich auf einen Stuhl sinken. Mit einem Mal war sie so
kraftlos, dass sie nicht einmal mehr stehen konnte. »Er wollte den
Zugriff auf sein Enkelkind haben. Nur deshalb. Das war ihm bei
seinem Sohn gelungen, durch eine Abmachung mit der Mutter.
Bei meinem Kind wollte er es auf diese Weise erreichen. Irgendwann ... wenn es ihm gerade in den Kram gepasst hätte ... und
natürlich nur, wenn das Kind zu einem Menschen geworden war,
das seinen Vorstellungen entsprach ... Dann hätte er sich mein
Kind geholt. Und ich hätte nichts davon gemerkt. Für mich wäre
mein Kind nach wie vor verloren gewesen. Bei irgendwelchen
Adoptiveltern, die ich nicht kannte ...«

Brit konnte sich nicht mehr auf das konzentrieren, was sie her-
geführt hatte. Sie machte ein paar Schritte auf den Flur und ging
weiter, als sie nicht zurückgehalten wurde. Die Treppe hinauf in
den Schlafsaal. Eiskalt war es dort. Brit hatte das Gefühl, dass es
auch vor vier Jahren dort so kalt gewesen war. Sie dachte an das
Mädchen, das durch eine Vergewaltigung schwanger geworden
war. Den Namen hatte sie vergessen, nur dass sie erst vierzehn
Jahre alt gewesen war, wusste sie noch. Und sie dachte an Maria.
Ob sie es wirklich geschafft hatte, ihr Baby zu vergessen? Sie war
sehr optimistisch gewesen, hatte ihren Vorsatz wahrgemacht, hatte
ihr Kind nach der Geburt nicht angesehen. Aber natürlich hatte
sie es schreien hören. Ob sie davon in ihren Träumen verfolgt
wurde? Und Brit dachte an Hildegard Brunner. Sie hatte eine gute
Anstellung gefunden, aber sie hing noch immer an dem Mann,
den sie nur heimlich würde lieben können. Brit hatte großes Mitleid mit ihr. Und sie war ihr dankbar. Hildegard war es schließlich
gewesen, die Romy wiedererkannt und Brit davon erzählt hatte.
Romy, die im Entbindungsheim eine Familie suchte, ihre Schwester. Und die sie gerettet hatte.

»Brit?«

Sie versuchte, den Ruf nicht zu hören, und schlich weiter in die Waschküche. Wie viele Stunden hatte sie hier gewaschen, gebügelt und gemangelt. Sie rieb die Finger aneinander. Es kam ihr so vor, als wären die Brandblasen immer noch zu fühlen. »Ach, Romy.«

Romy, die sich mit Gewalt holte, was man ihr nicht geben wollte. Romy, die so viel für jemanden tat, der zu ihr gehörte, und all das vergaß, wenn sich etwas änderte. Es tat weh, sie verloren zu haben. Nur … ihre Familie konnte Romy nicht mehr sein. Aber Brit würde ihr dankbar sein, ihr Leben lang.

Sie war erstaunt gewesen, dass Romy zur Beerdigung gekommen war. Sehr viele waren erschienen, doch das hatte sie erwartet. Knut Augustin war ein bekannter Mann gewesen. Aber Romy? Natürlich hatte sie nicht immerzu auf ihre gefalteten Hände geblickt, auch das war Brit irgendwann aufgefallen. Romy hatte sich umgesehen, und vermutlich war ihr Blick irgendwann auf Arne gefallen. Er hatte in der letzten Reihe der Nicolaikirche gesessen, hatte sich ganz hinten eingereiht, als der Verstorbene zu seiner letzten Ruhestätte begleitet wurde, und war nicht ans Grab getreten, um Erde auf den Sarg zu werfen. Bevor sich die Menge der Trauernden auflöste, um ins *König Augustin* zu gehen, wo Kaffee und Kuchen gereicht wurden, war Arne verschwunden. Romy hatte ihm lange nachgesehen, und auch der Anwalt der Familie, Dr. Rasmus, hatte nachdenklich in seine Richtung geblickt. Alle anderen hatten über ihn hinweggesehen. Weggelaufen! Dieses Wort schoss Brit durch den Sinn. Er war schon einmal weggelaufen, als sich die Gelegenheit ergab, aus seinem Leben zu fliehen. Nun hatte er es wieder getan.

»Brit?«

»Komme gleich!«

Ihr war es schwergefallen, doch sie hatte es geschafft, sich nicht von Gefühlen überwältigen zu lassen, die dem Alltag nicht standhalten würden. Ihre Liebe zu Arne gab es noch – am Strand, als sie allein mit dem Meer, dem Wind und dem Horizont waren. Vielleicht wäre sie auch bestehen geblieben, wenn sie mit ihm zusammen weggelaufen wäre. Damals, als sie von der Klassenfahrt zurückgekehrt war, als sie feststellte, dass sie schwanger war, als sie sich danach gesehnt hatte, dass er zu ihr kam und zu ihr stand, wenn er nicht den schrecklichen Autounfall gehabt hätte. Das alles hatte Knut Augustin zerstört, und es wäre auch nicht zu flicken gewesen, wenn Olaf nicht in Brits Leben getreten wäre. Nein, dass ihre Liebe zu Arne kümmerlich geworden war, lag an dieser Liebe selbst. Sie war flüchtig geworden, instabil, wankelmütig. Eine Liebe, für die niemand ein Leben aufgeben sollte. Erst recht nicht das Leben mit Olaf.

Nachdem sie sich am Strand geküsst hatten, hatte Arne es nicht einsehen wollen, hatte nicht einmal gefragt, warum es so gekommen war. Als er merkte, dass es ihr ernst war, war er weggelaufen und hatte Brit allein am Strand zurückgelassen. »Warte! Ich brauche ein paar Minuten für mich allein.« Als sie sich nach ihm umgesehen hatte, war er verschwunden gewesen. Und er war nicht zurückgekommen.

»Brit!«

Sie lief die Treppe hinab und sah Olaf an der Schwingtür stehen, mit ein paar Papieren in der Hand. »Was Schwester Hermine gesagt hat, lässt sich jetzt nicht mehr beweisen.«

Er wollte nicht, dass der Ruf seines Vaters nach seinem Tod angetastet wurde. Nicht dass er mit dem einverstanden war, was sein Vater getan hatte! Aber er hatte ihn in der kurzen Zeit lieben gelernt, hatte es so genossen, endlich einen Vater zu haben, und wollte dieses schöne Gefühl nicht durch Herabwürdigungen, Bezichtigungen und Rufschädigung kaputtmachen lassen.

Er blickte sich um, ehe sie das Haus verließen, und Brit konnte sehen, dass hinter seiner Stirn Gedanken kreisten, die gerade erst entstanden waren.

Sie stellte sich auf die Zehenspitzen und küsste ihn. »Ich liebe dich.«

AUCH DIE RIEKENBÜRENER Zeitung berichtete über die Verurteilung von Schwester Hermine. Ihr war nachgewiesen worden, dass sie die Eltern der ihr anvertrauten jungen Mütter und dazu die Adoptiveltern ausgebeutet hatte. Geholfen hatten ihr junge Mitschwestern ihres Ordens, die ebenso verblendet gewesen waren wie sie selbst. Buße tun! Dieses Leitwort hatten sie uneinsichtig und völlig kritiklos übernommen. Dass eine Frau, die mit einem Mann Geschlechtsverkehr gehabt hatte, obwohl sie mit ihm nicht verheiratet war, nur durch schwere Strafe auf den rechten Weg zurückgeführt werden konnte, glaubten sie alle. Einige wenige waren gelegentlich durch Mitleid verunsichert worden, aber Schwester Hermine hatte ihnen dann schnell klargemacht, dass sie etwas Gutes taten. Verzärtelung hätte nichts gebracht. Eine leichtfertige junge Frau musste einsehen, dass es nur einen Weg gab, der in ein anständiges Leben führte: Gewissensangst, tätige Reue und Verzicht.

Die Hauptschuldige war eindeutig Schwester Hermine. Einige bekannte Persönlichkeiten wurden ebenfalls an den Pranger gestellt, hatten ihre liebe Mühe, ihren guten Ruf zu verteidigen, schafften es aber am Ende zu beweisen, dass sie keine Ahnung von Schwester Hermines Machenschaften gehabt hatten. Alle hatten sie angeblich geglaubt, Gutes zu tun, indem sie für ein Heim spendeten, das unmündigen Müttern und ihren Familien half. Es war keinem von ihnen nachzuweisen gewesen, dass sie persönliche Ziele damit verfolgt hatten. Einer der Namen, die Schwester Hermine genannt hatte, wurde vollkommen reingewaschen: Knut

Augustin. Sein Name war nirgendwo in den Akten gefunden worden.

Olaf Rensing, der uneheliche Sohn von Knut Augustin, hatte sich entschlossen, das Gebäude des Entbindungsheims zu kaufen, abzureißen und auf dem großen Grundstück etwas Neues zu errichten, so stand es in der Zeitung. Ein Luxushotel, ein weiteres *Augustin*. Mit dem alten Haus sollten sämtliche schrecklichen Erinnerungen vernichtet werden. Zukünftige Urlauber würden sich auf angenehme Weise gruseln dürfen, wenn sie hörten, dass sie sich an einem Ort entspannten, der so schwere Schicksale beherbergt hatte. Sie würden sich in einem Garten sonnen, den die jungen ledigen Mütter nie zu sehen bekommen hatten, die bis zur letzten Minute im Haus schwer arbeiten mussten und selten an die Sonne gekommen waren.

Edward Heflik faltete schweigend die Zeitung zusammen und starrte auf seinen Teller. Seine Frau bemerkte zum Glück nichts von seinen schweren Gefühlen, er war ja immer wortkarg, beim Frühstück ganz besonders. Er erhob sich und blieb eine Weile neben dem Tisch stehen. Es fiel ihm immer schwerer, in Bewegung zu kommen, das lahme Bein wurde von Jahr zu Jahr unbeweglicher. Er betrachtete Fridas Rücken und stellte fest, dass er krumm geworden war. Sie war noch nicht alt, noch keine sechzig, es war wohl die zurückliegende schwere Zeit, die sie gebeugt hatte. Der Verlust ihrer Tochter. Edward hätte es nie zugegeben, aber er bereute mittlerweile schwer, sich auf den Vorschlag eingelassen zu haben, Brit in das Entbindungsheim zu geben. Was hatte sie dort erleben müssen? Seit Schwester Hermine der Prozess gemacht wurde, kamen immer neue Gräueltaten ans Licht. Die schwere Arbeit, die die jungen Mütter bis zur Geburt verrichten mussten, die schweren Strafen, die ihnen auferlegt wurden, wenn sie sich den Anweisungen der Schwestern nicht fügten, die Verzweiflung, wenn man sie zwang, sich von ihren Babys zu trennen.

Als das lahme Bein ihn endlich tragen wollte, ging Edward Heflik zu seiner Frau und legte eine Hand auf ihren Rücken. »Bald wird Brit einundzwanzig«, sagte er leise.

Sie nickte, ohne sich umzudrehen. »Meinst du wirklich, dann kommt sie zurück?«

»Vielleicht.«

Er drehte Frida zu sich herum, die sich nur widerwillig von dem Kohlrabi löste, den sie fürs Mittagessen vorbereitete. Es traf sie völlig unvorbereitet, dass er sie in seine Arme zog. Das war schon lange nicht mehr vorgekommen. So schwer sank sie an seine Brust, dass er beinahe ins Straucheln geraten wäre. »Wie können wir ihr sagen, dass wir unsere Entscheidung bereuen?«

»Mir ist da ein Gedanke gekommen.« Edward Heflik wartete, bis seine Frau wieder fest auf ihren eigenen Beinen stand, dann sorgte er dafür, dass sie sich an den Küchentisch setzte, und breitete die Zeitung vor ihr aus. »Hier steht, dass der Abriss des Hauses so etwas wie ein feierlicher Akt werden soll. Die ehemaligen Bewohnerinnen werden aufgefordert, dabei zu sein und der Welt zu zeigen, dass es solche Häuser demnächst nicht mehr geben darf.« Er zeigte auf eine Stelle in dem Zeitungsartikel. »Vor allem den Familien soll es gezeigt werden, die ihre Töchter dort abgegeben haben.« Er starrte aus dem Fenster, ohne etwas zu sehen, und sagte, als hätte er es auswendig gelernt: »Damit niemand etwas von der Schande bemerkt …«

Frida starrte auf die schöne alte Villa, die in der Zeitung abgebildet war. »Ich glaube nicht, dass sich auch nur eine dieser unverheirateten Mütter dort blicken lässt. Dann müssten sie ja zugeben, dass sie ein Kind bekommen haben, ohne verheiratet zu sein.«

»Das ist es ja gerade.« Edward Heflik humpelte zur Tür, um an seine Arbeit in der Schreinerei zu gehen. »Dieser Olaf Rensing hofft, dass viele über ihren Schatten springen und das Schweigen ein Ende hat.«

Der Sommer kam auf leichten Füßen. Kaum war der Frühling übers Land gegangen, wurde es wärmer. Auch auf Sylt. Der Nordseewind verlor seine Schärfe, gelegentlich schlief er sogar ein oder wurde zu einem lauen Lüftchen. Als die Saison begann, war das *Hotel König Augustin* ausgebucht. Brit hatte ihre Stelle in der Bäckerei von Hörnum längst aufgegeben und war aus dem Haus der Beerings ausgezogen. Rieke hatte bitterlich geweint, als Brit ihre Sachen packte, und hatte Kari ans Herz gedrückt, als wollten sie nach Amerika auswandern. Willem hatte Mühe gehabt, seine Rührung zu unterdrücken, und gab auf, als Kari ihm einen feuchten Kuss auf die Nasenspitze verpasste. »Wir sehen uns bald wieder«, tröstete Brit sie. »Westerland ist doch nicht aus der Welt.«

Wie dankbar sie den beiden war, durfte sie auf keinen Fall in Worte fassen. Das wollten Rieke und Willem nicht hören. Der Abschiedsschmerz wurde erst leichter, als Brit versprach, die beiden auf jeden Fall zur Hochzeit einzuladen. »Im Oktober. Sobald ich volljährig bin.«

Rieke sah sie lange an. »Und deine Eltern?«

»Mal sehen.« Brits Gesicht verschloss sich. Noch immer wollte sie von ihrer Familie nichts wissen.

»Sie können dir nichts mehr anhaben«, sagte Willem Beering. »Glaubst du wirklich, sie kommen nach Sylt, um dir Kari wegzunehmen?« Er schüttelte den Kopf. »Dass sie das wollen, glaube ich im Übrigen auch nicht. Solltest du sie nach Sylt einladen … und sollten sie die Einladung annehmen … dann doch nur, weil sie sich mit dir versöhnen wollen. Und weil sie endlich ihr Enkelkind kennenlernen wollen.«

»Was in einer fremden Familie aufwachsen würde«, ergänzte Brit bitter, »wenn es nach ihnen gegangen wäre.«

Rieke zog Brit noch einmal an ihre Brust. »Verzeihen heißt auch vergessen«, sagte sie leise. »Ich glaube, deine Familie in Riekenbüren hat ihre Strafe abgesessen. Überleg dir, ob du nicht einen Neuanfang wagen kannst.«

»Mal sehen«, sagte Brit auch diesmal.

Dann hörte sie, wie Olaf die Tür des Lieferwagens schloss und zu ihnen kam. »Alles verstaut.«

Eine letzte Umarmung, aufgeregtes Winken solange es ging, dann verschwand das Haus der Beerings aus ihrem Blick. Ein Lebensabschnitt war zu Ende, so kam es Brit vor. Sie brach in eine Zukunft auf, die ganz anders war, als sie sich jemals ausgemalt hatte.

EPILOG

August 1964, Achim

»Schluss mit der Verächtlichkeit Frauen gegenüber!«
»Rechte für ledige Mütter – keine Verachtung!«
»Zwangsadoptionen dürfen nicht sein!«
»Helft den Müttern, ihre Kinder zu behalten!«
»Lasst nicht zu, dass Mütter gequält werden!«
»Zu jeder Mutter gehört auch ein Vater!«
Diese und ähnliche Parolen standen auf den großen Schildern, die von Frauen in die Höhe gehalten wurden, als sich die Presse näherte. Bisher hatten nur einige Passanten oder Anwohner aus der Nähe vor der Mauer die Hälse gereckt, Leute, die wissen wollten, was sich vor dem Entbindungsheim tat, die sich aber nicht trauten, das Gelände zu betreten. Nun hielten mehrere Limousinen vor der Villa, prompt wurden die Schilder in die Höhe gereckt, und laute Rufe ertönten.

Hildegard Brunner war eine der Ersten gewesen, die erschien. »Ich habe lange gezögert«, vertraute sie Brit an. »Eigentlich wollte ich nicht zugeben, dass ich dieses Heim kenne, dass ich hier mein Kind zur Welt gebracht habe. Aber dann dachte ich …« Sie verstummte. Brit bemerkte schnell, warum Hildegard die Worte im Halse stecken geblieben waren. Aus einem Wagen der Presse war Günter Jürgens ausgestiegen. Mit einem Block in der Hand, den Stift wie eine Waffe gezogen.

»Ich habe gehört«, flüsterte Hildegard Brunner, »dass er nicht mehr als Lehrer arbeitet, sondern für eine Zeitung. Offenbar stimmt es.«

469

In dem Moment wurde Brits Aufmerksamkeit von einer Frau in einem grellen Kostüm abgelenkt. Sie fuhr zusammen, als sie Liliane Anderson erkannte und neben ihr eine sehr junge Frau. Es war Maria, auch wenn Brit sie fast nicht wiedererkannt hätte. Alles an ihr war amerikanisch, die Kleidung, die Frisur, das Make-up. Und wenn sie den Mund aufmachte, stellte man fest, dass auch ihre Stimme anders geworden war, genauso wie ihre Sprache. Aber es schien ihr gutzugehen. An ihrer Seite ging ein junger Mann mit sehr kurzen Haaren und einer Statur wie ein Boxer. Kaugummi kauend stand er da und betrachtete die Szenerie sehr aufmerksam.

Brit machte einen Schritt vor, die Tränen schossen ihr in die Augen, als jemand von der Straße auf das Gelände des Entbindungsheims trat. »Romy!« Brit lief auf sie zu, übersah, dass Romy zurückwich, ließ nicht zu, dass sie einen Bogen um Brit machte, und zog sie in ihre Arme, obwohl Romy sich steif machte und zeigte, dass sie diesen engen Körperkontakt nicht wollte. Aber nicht lange. Dann ergab sie sich in die Umarmung.

»Romy!«, schluchzte Brit. »Ich möchte, dass du wieder meine Freundin bist.«

»Freundin«, wiederholte Romy mit leiser Stimme. So, als traute sie diesem Wort nicht.

Brit entließ sie aus ihrer Umarmung, hielt sie aber mit beiden Armen fest und sah ihr in die Augen. »Ja, Freundin. Eine Familie können wir nicht sein, Romy. Sieh das doch endlich ein.« Sie warf einen Blick auf Frau Anderson und Maria. »Da hinten steht deine Familie. Das zwischen uns ist etwas anderes. Eine Schicksalsgemeinschaft vielleicht. Aber sie ist ebenso etwas sehr, sehr Wertvolles.« Sie schob Romy in die Richtung ihrer Mutter, die wie erstarrt stehen geblieben war und ihr ängstlich entgegensah, während Maria ihrer Schwester mit einem Schrei entgegenflog. »Romy!«

Liliane Anderson machte ein paar unsichere Schritte auf die Töchter zu und wagte es nur, ihre Arme ganz vorsichtig um die beiden zu legen. »Meine lieben Kinder«, hörte Brit sie murmeln, und es klang sehr ehrlich und bewegt.

Der Garten des früheren Entbindungsheims füllte sich. Viele ehemalige Bewohnerinnen waren gekommen, mehr, als man erwartet hatte. Immerhin mussten die, die sich zum Erscheinen entschlossen hatten, über einen großen Schatten springen. Sie waren einmal ins Entbindungsheim geschickt worden, damit niemand von ihrem Schicksal erfuhr. Ihre Familien hatten unter allen Umständen verschweigen wollen, dass ihre Töchter ledige Mütter waren, dass sie Babys bekommen hatten, die an fremde Adoptiveltern gegeben worden waren. Nun rissen diese Frauen die Fassade herunter und bekannten sich zu ihrem Schicksal. Auch die Pressevertreter schienen davon beeindruckt zu sein. Sie führten viele Gespräche mit den Frauen, und man sah, dass sie mit jedem Interview einen Schritt mehr an ihre Seite traten. Auch viele Nachbarn waren erschienen, denen das Heim vorher ein Dorn im Auge gewesen war. Einige beobachteten die Frauen nach wie vor skeptisch, andere hatten jedoch angesichts des öffentlichen Interesses ihre Meinung geändert und behaupteten nun, schon immer großes Mitleid mit den ledigen Müttern gehabt zu haben.

Brit sah, dass Olaf auf der Treppe Stellung nahm, die zum Eingang hinaufführte. Ihr ging ein Schauer über den Rücken, als sie an den Tag dachte, an dem sie sich unter dieser Treppe vor Schwester Hermine versteckt hatte, während eine Wehe nach der anderen durch ihren Körper jagte. Wie anders ihr Leben doch ausgesehen hätte, wenn Hildegard Brunner nicht neben Schwester Hermine getreten wäre und Brit damit die Flucht ermöglicht hätte! Wie lange war das her! Es schien Jahrzehnte zurückzuliegen.

Olaf trat noch eine Stufe höher, damit er alle Zuhörer sehen und von allen gesehen werden konnte. Brit wusste, wie aufgeregt er war, und war stolz, dass er es schaffte, es sich nicht anmerken zu lassen. Olaf hatte noch nie eine Rede gehalten, wenn man mal von den Begrüßungsworten absah, die er an die Angestellten des *König Augustin* gerichtet hatte, als er die Leitung des Cafés und des Hotels auf Sylt übernommen hatte. Schon dieses spärliche Publikum hatte großes Lampenfieber bei ihm ausgelöst. Jetzt jedoch ging es um mehr, um viel mehr.

Dass er trotz seiner Aufregung sicher war, merkte sie sofort. Ach, Olaf! Wie wunderbar, dass sie ihn kennengelernt hatte. Ausgerechnet vor diesem Haus. Ausgerechnet im letzten Augenblick, in dem sie ihr Kind retten konnte. Wer wusste schon, was passiert wäre, wenn er nicht in diesem Moment vorbeigefahren wäre. Und wenn Hildegard Brunner sich Schwester Hermine nicht so mutig in den Weg gestellt hätte. Brit wurde klar, wie viel Glück sie gehabt hatte, wie sie vom Schicksal begünstigt worden war. Es hatte lange gedauert, aber jetzt konnte sie auch einsehen, dass ihre Liebe zu Arne, seine Liebe zu ihr, nur ein Umweg zum ganz großen Glück gewesen war. Ohne Knut Augustins Eingreifen hätten sie vielleicht zueinandergefunden, hätten ein gemeinsames Leben begonnen und gemeinsam ihr Kind großgezogen. Aber Brit wusste nun genau, dass Arne es trotz seiner Liebe zu ihr nicht geschafft hätte, die Probleme durchzustehen, die sich ihnen aufgetan hätten. Er wäre bald gescheitert an seinem fehlenden Mut. Letztlich wäre er vermutlich auch vor ihr und Kari davongelaufen.

»Es darf keine Familien mehr geben, die ihre schwangeren Töchter verstoßen!«, sagte Olaf gerade. »Es darf keine Häuser mehr wie dieses geben, wo den Schwangeren und ihren Familien angeblich geholfen wird, aber in Wirklichkeit doch nur dafür gesorgt wird, dass die ledigen Mütter ausgestoßen bleiben, von der Gesellschaft geächtet, stigmatisiert. Ja, die Gesellschaft! Es sind nicht nur die Familien dieser Frauen, die sich an ihnen schuldig gemacht haben, es ist die Gesellschaft, an der ledige Schwangere und ihre Familien scheitern. Es sind wir alle, die eine ledige Mutter verstoßen, nicht nur ihre Familien. Es darf nie wieder vorkommen, dass eine unmündige Schwangere gezwungen wird, ihr Kind wegzugeben, damit sie danach so tun kann, als wäre ihre Schwangerschaft nur eine unbedeutende Episode gewesen.«

Er wurde durch viel Applaus unterbrochen, die Reporter kritzelten im Eiltempo ihre Blöcke voll, die Transparente mit den mutigen Forderungen sackten herab, sie schienen angesichts der Unterstützung, die Olaf Rensing bot, an Bedeutung zu verlieren. Brit sah auf ihre Fußspitzen, als Olaf von seinem Vater sprach, als er ihn ein Vorbild nannte, den Mann, dem er nacheifern wollte. Es stimmte nicht, was er sagte, und er wusste es selbst. Aber er hatte ihr vorher erklärt, dass er es nicht schaffen würde, seinen Vater der öffentlichen Missachtung auszusetzen. Nicht nach seinem Tod. Und Brit hatte Verständnis für ihn. Deswegen hatte sie ihm geholfen, die Beweise aus dem Entbindungsheim zu holen, die seinen Vater überführt hätten. Er hatte ihn in der kurzen Zeit, die ihnen geblieben war, lieben gelernt. Es war eine tiefe Liebe zwischen ihnen entstanden, die es vielleicht nur in dieser Besonderheit gab, wenn sie so kurz, wenn sie von vornherein so klar vom Ende bestimmt war. Sie wollte ihm diese Liebe nicht nehmen und auch nicht kleiner machen. Olaf war so glücklich, dass er seinen Vater kurz vor dessen Ende gefunden hatte, dass es in diesem Punkt nicht auf die Wahrheit ankam.

Olaf erklärte den Umstehenden, dass der Ort, in dem so viel Ungerechtigkeit geherrscht hatte, nun zu einem Ort der Entspannung werden sollte. Er schilderte seine Baupläne und legte dar, wie das Hotel demnächst aussehen sollte. Die Begeisterung ringsum war einhellig. Und als er zum Schluss seiner Rede versprach, dafür zu sorgen, dass es keine Heime für ledige Mütter mehr geben sollte, die dafür da waren, Kinder ihren Müttern zu entreißen und die Gesellschaft in Spießertum, Vorurteilen, Ignoranz und Krämergeist zu unterstützen, brach Jubel aus.

Olaf hob die Hände und sorgte dafür, dass wieder Ruhe eintrat. »Ich bin noch nicht ganz am Ende. Das Wichtigste am Schluss, so sagt man.« Er lächelte, sein Blick suchte und fand in diesem Augenblick Brit. »Ich werde eine Stiftung gründen, die den Namen von Knut Augustin bekommen soll. Die Knut-Augustin-Stiftung wird es sich zur Aufgabe machen, für unmündige ledige Mütter zu sorgen. Sie sollen mit ihren Kindern zusammen in angenehmen Heimen wohnen, ihnen soll der Weg in ein Leben als alleinerziehende Mütter geebnet werden, sie sollen jede Hilfe bekommen, die sie brauchen.« Nun hob er seine Stimme und kam wirklich zum Schluss. »Nie wieder sollen Mütter von ihren Babys getrennt werden. Nie wieder!«

Der Applaus wollte nicht aufhören. Alle Journalisten sprangen auf und machten Fotos von Olaf, der es sich lächelnd gefallen ließ.

Rieke Beering schob sich an Brits Seite. Sie war mitgekommen, um sich um Kari zu kümmern, die Brit einerseits dabeihaben wollte, die aber andererseits beschäftigt werden musste, damit sie sich nicht langweilte. Rieke hatte Brit diese Bitte mit Begeisterung erfüllt und war mit ihr und Olaf aufs Festland übergesetzt. »Ein großer Erfolg für Olaf«, raunte sie Brit zu. »Glaubst du, dass Arne Augustin das hinbekommen hätte?«

Eine männliche Stimme antwortete: »Niemals.« Auch Robert König war mit nach Achim gekommen, während Linda klar und deutlich gesagt hatte, dass sie an Heimen für ledige Mütter nicht interessiert sei. Roberts Blick wurde nachdenklich, während er Olaf beobachtete, der ein Interview nach dem anderen gab. »Arne war kein schlechter Mann«, sagte er, ohne Brit oder einen anderen der Umstehenden anzusehen. Er hatte Olaf fest im Blick. »Aber der Part, den Olaf Rensing jetzt so selbstverständlich übernommen hat, wäre für Arne zu schwer gewesen. Vielleicht, wenn er damals die Chance bekommen hätte, sich gegen seinen Vater durchzusetzen, das Mädchen zu heiraten und seinem Kind ein guter Vater zu sein. Aber nach dem schrecklichen Unfall und der Erkenntnis, dass er sich in seiner großen Liebe getäuscht hatte und dass sein Kind für ihn verloren war, war er ein gebrochener Mann … das hat er nie verkraftet.«

Brit nahm Kari auf den Arm und genoss es, dass die Kleine sich an sie schmiegte. Sie hatte schon einmal daran gedacht, Robert König über ihre Identität aufzuklären und ihm zu verraten, wessen Tochter und Enkelkind Kari war. Jetzt war sie ganz dicht dran … aber eine Stimme in ihrem Rücken hielt sie zurück, hielt die Welt an, hielt mit einem Mal Brits Leben in der Hand. »Brit!«

»Papa!« Sie schrie es schon, ehe sie sich umgedreht hatte.

Da stand er vor ihr, älter geworden, kleiner, schwächer, als sie ihn in Erinnerung hatte. Und daneben ihre Mutter. »Mama!« Mit grauen Haaren, gebeugt, über dem Blick ein Flor von Trauer und Angst. Und neben ihnen Hasso und Halina, jung, strotzend vor Kraft, aber auch ängstlich, als fürchteten sie sich vor Brits Reaktion.

Kari schien etwas von der Anspannung zu bemerken und kuschelte sich an Brit. Aber sie lächelte die vier Menschen an, obwohl sie ihr fremd waren. »Guten Tag«, sagte sie leise. »Ich heiße Kari.« Sie kniff in Brits Nase, lachte und ergänzte: »Und das ist meine Mama.«

Frida Heflik begann prompt vor Rührung zu weinen, auch Edward wischte sich heimlich eine Träne aus den Augen, schluckte dann aber und gab sich mannhaft und unerschütterlich. Aber Brit glaubte ihm nicht, sie sah genau, wie überwältigt ihr Vater war. »Wir dachten uns, dass du heute kommen würdest. Und da hatten wir die Hoffnung …« Er schluckte und schaffte es nicht, den Satz zu vollenden.

Ein Gespräch war zunächst nicht möglich. Die Veranstaltung war zu Ende, es entstand ein Sog, dem Brit sich unmöglich entziehen konnte, weil er von Olaf ausging. Er hatte in einem Lokal in der Nähe einen großen Tisch reservieren lassen, vorsichtshalber sogar mehrere Tische, falls viele Leute mitkommen wollten. Und genau so war es. Die Pressevertreter wollten ihm folgen, alle, die mit Brit eine Erinnerung verband, Romy, Maria, ihre Mutter, Hildegard Brunner und natürlich Robert König. Auch Günter Jürgens war dabei und sorgte dafür, dass er in Hildegard Brunners Nähe einen Platz fand und sie nicht aus den Augen verlor. Brit betrachtete die beiden sorgenvoll. Ließ Hildegard sich erneut auf etwas ein, was sie unglücklich machen würde? Aber sie hatte keine Zeit, darüber nachzudenken. Sie zog ihre Eltern mit sich und trug Hasso und Halina auf, einen guten Platz für die ganze Familie zu finden. Auch für sie und Kari. Olaf würde an einem Tisch mit Pressevertretern und interessierten Bürgern sitzen und weitere Fragen beantworten.

Die vielen Autos, die vor der Mauer des Entbindungsheims geparkt worden waren, wurden nun gestartet. Brit stieg zu Robert König in den Wagen, Rieke saß im Fond mit der zappeligen Kari auf dem Schoß. Alle schwiegen erwartungsvoll, sie hatten das Wiedersehen zwischen Brit und ihren Eltern miterlebt und hofften auf eine Erklärung von Brit. Doch sie konnte noch nicht darüber sprechen, es war zu frisch, zu unerwartet und viel zu ergreifend für sie, um in der kurzen Fahrzeit darüber zu reden.

Am Ende war sie vor Hasso und Halina im Restaurant. Eigentlich wollte sie vor der Tür auf ihre Familie warten, aber Olaf, der keine Ahnung hatte, auf wen Brit soeben getroffen war, winkte sie energisch an seine Seite. »Es ist gut gelaufen, oder?«, fragte er flüsternd. »Das Hotel wird schon in der ersten Woche ausgebucht sein. Wetten?«

Sie lächelte in sein gerötetes Gesicht und merkte, wie glücklich sie war. Olaf machte sie glücklich, Kari sowieso und jetzt auch … ihre Familie. Sie sorgte dafür, dass fünf Stühle an einem Tisch unbesetzt blieben, und winkte ihrem Vater, als er in der Tür erschien, damit er die anderen drei herführte. Frida hatte für Kari ein Spielzeug mitgebracht und schlich sich damit in das Herz der Vierjährigen. Brit flüsterte ihr zu: »Wir müssen gleich in Ruhe reden.«

Frida und Edward nickten, Hasso knuffte seine Schwester, wie er es früher gern getan hatte, und Halina sah aus, als würde sie Brit gern stundenlang im Arm halten.

Als alle Platz genommen hatten und weitere Fragen an Olaf gestellt wurden, sagte Edward Heflik leise: »Ein guter Mann. Kennst du ihn, Brit?«

Sie sah ihren Vater lachend an. »O ja! Ich bin mit ihm verlobt. Im Oktober werde ich ihn heiraten. An meinem einundzwanzigsten Geburtstag.«

Sie sah etwas in den Augen ihrer Mutter aufblitzen und schüttelte den Kopf, ehe Frida die Frage stellten konnte: »Nein, Mama, nicht in Riekenbüren. Das ist nicht mehr meine Heimat. Wir werden auf Sylt heiraten, dort gehöre ich jetzt hin. Und feiern werden wir im *König Augustin*.« Brit griff nach der Hand ihrer Mutter, die schon wieder verdächtig feuchte Augen bekam. »Wir werden in Riekenbüren einen Besuch machen. Versprochen. Kari kann dann im Garten spielen und im Teich planschen.«

Hasso und Halina verständigten sich mit einem Blick, den Brit zunächst nicht zu deuten wusste. »Ich hoffe, sie kann dann bald, wenn sie ein bisschen älter geworden ist, auf ihre kleine Cousine oder ihren Cousin aufpassen.«

Als der Imbiss gereicht worden war, als aus den Gesprächen Plaudereien wurden, als Brit erfahren hatte, welche Todesfälle es in Riekenbüren gegeben hatte, welche Hochzeiten gefeiert worden und wie viele Kinder geboren waren, stand sie auf und ging nach draußen. Sie musste an die frische Luft. Die Gaststube war so voller Emotionen, dass sie kaum voneinander zu trennen und erst recht nicht abzuwägen waren. Olaf, ihr Verlobter, ihr zukünftiger Mann, sein Erfolg, diese unglaubliche Stärke, mit der er seine neue Rolle angenommen und ausgefüllt hatte. Romy, Maria, ihre Mutter und Hildegard Brunner. Und dann ihre Familie. Sie war ihren Blicken meist ausgewichen, schaffte es noch nicht, ihnen zu verzeihen, aber sie spürte, dass sie es tun würde. Sie brauchte noch ein wenig Zeit, nur ein wenig.

Sie verließ die Gaststätte durch eine rückwärtige Tür, die in einen Nutzgarten führte. Hier war es still, sie konnte sich an einen Baum lehnen, die Augen schließen und nachdenken. Ja, das Verzeihen bahnte sich bereits einen Weg vom Kopf zu ihrem Herzen. Es würde ihr wohl gelingen, ihren Eltern zu verzeihen. Sie hatten ja auch gelitten in den letzten Jahren.

Sie stieß sich von dem Baum ab und öffnete die Augen. Im selben Augenblick nahm sie die Bewegung am anderen Ende des Gartens wahr. Ein Mann, der sie beobachtet hatte. Der sich nun abwandte und sich davonmachte. Arne? Seine Bewegungen waren die von Arne, das Profil war seins, als er den rechten Arm hob, um einen Zweig wegzustreifen, war sie sicher. Arne! Sie starrte auf die Stelle, an der er verschwunden war, aber nicht lange, dann drehte sie sich um und ging ins Haus zurück. »Ar – ne!« Zwei leichte Schritte, zwei Schlender-, zwei Bummelschritte. Nichts, was auf ein Ziel hinführte. »Ar – ne!« Zwei Schritte, die sie entfernten, die etwas hinter sich ließen. Aber Brit wollte nicht zurückblicken, wollte nicht zaudern und sich umschauen, wollte nur noch vorwärtsgehen. Und dieses Vorwärts hieß nicht Arne. Er bot für sie kein Ziel mehr. Das konnte nur Olaf, er war ihre Zukunft. Eine Zukunft auf der schönsten Insel der Welt, die zu ihrem Zuhause geworden war.

Danksagung

MEINE LIEBE FREUNDIN Gisela Tinnermann war auch diesmal meine Erstleserin, worüber ich sehr glücklich bin. Danke, Gisela!